KB162832

남자주인공이 없어도 괜찮아

❦ Ⅰ ❦

롹끼 장편소설

남자주인공이
없어도 괜찮아 I

초판 1쇄 인쇄일 | 2020년 8월 13일
초판 1쇄 발행일 | 2020년 8월 24일

지은이 | 똭끼
펴낸이 | 박성면
펴낸곳 | (주)동아

출판등록 | 제406 - 2007 - 000071호
주소 | 경기도 파주시 문발로 115, 세종출판벤처타운 201-A호
전화 | (031)8071 - 5201
팩스 | (031)8071 - 5204
E - mail | bear6370@hanmail.net

정가 | 13,000원

ISBN 979-11-6302-381-4 (04810)
        979-11-6302-380-7 (set)

I

남자주인공이 없어도 괜찮아

똑끼 장편소설

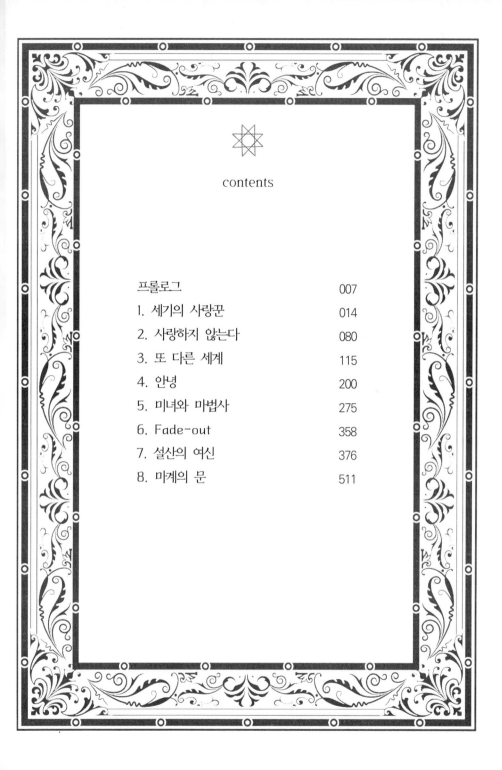

contents

프롤로그

5월의 신부가 되고 싶었다.

난 눈을 깜빡이며 천장을 바라봤다. 눈을 감은 순간에도 뜬 순간에도 천장은 똑같이 새까맸다. 그것은 시커멓게 타 버린 내 심장 같았다. 혹은 눈물 번진 화장에 젖어 있는 나의 얼굴이거나.

방금까지는 가슴에 멍울이 진 것처럼 아팠다. 불을 삼킨 것처럼 온 속이 타들어 갔다. 그러나 이제는 그런 고통마저 희미해졌다. 온 헤브람을 잠기게 할 만큼 쏟아지던 눈물도 멎은 지 오래. 결국 내 영혼은 더는 타들어 갈 수도 없이 잿더미가 되어 버린 모양이었다.

어느덧 달조차 종적을 감춰 버린 새까만 밤. 창밖에서는 차가운 바람이 들썩거렸다. 나는 한기를 느끼며 상체를 일으켰다. 내 움직임에 맞춰 쓸데없이 치렁치렁한 드레스가 일제히 바스락거렸다.

고개를 들자, 머리에 얹어져 있던 티아라가 바닥으로 떨어졌다. 난 멍하니 고개를 돌려 티아라를 내려다봤다. 티아라 한가운데는 암흑 속에도 빛을 발하는 굵은 토파즈가 반짝거리고 있었다. 그것을 보자 바닥난 줄만 알았던 눈물이 툭 하고 터졌다.

사실은 다이아몬드를 하고 싶었다.

하지만 토파즈가 네 눈 색과 같으니까, 네 브로치도 토파즈였고, 그날만큼은 우리가 하나처럼 보였으면 좋겠다고 생각했단 말이야.

"개자식……."

한번 터진 눈물은 주체할 수 없이 흘러 턱 끝을 적셨다.

개자식, 그래. 헤브람 제국 7황자 카르멘 노아 데일라르크의 악랄함에 대해 설명하려면 아주 먼 옛날로 거슬러 가야 한다.

이제부터 할 이야기는 헤브람 제국에서 가장 슬프고 비참한 소녀에 관한 것이다.

* * *

헤브람 제국 7세기. 인간에게 마력을 나눠 주던 마지막 드래곤이 지하 세계로 스며들고, 마력을 쓰지 못하는 무능태가 마탑에 입성하는 시대.

윤리와 질서는 모래성처럼 무너지고 마법사들의 자긍심은 그들에게 남은 마력만큼이나 희미해졌다. 마수들의 손길이 어느새 대륙까지 뻗쳐 왔고, 마법 제국으로 이름 높던 헤브람은 가냘픈 결계 한 장에 기대어 간신히 명맥을 유지했다. 불안감은 나날이 깊어졌다.

귀족들은 불안한 시국을 핑계로 사병을 만들어 황족을 위협했다. 전쟁의 불씨는 인광으로 발하는 도깨비불처럼 끈질기게 이어지며, 제국민들의 마음을 심란하게 뒤흔들고 있었다.

"하아……."

시국이 이러하니 누군가 한숨을 쉬더라도 당연해 보일 터였다. 그러나

나, 첼시 로드랭(6세, 귀족 영애)의 깊은 한숨은 사실 이런 시대 상황과는 별반 관계가 없었다.

여섯 살짜리 꼬맹이가 무슨 생각이 있겠는가? 난 그저 사역진의 12진법 수식에 대해 고민하는 것뿐이었다.

뭔가에 꽂히면 그것밖에 생각하지 못하는 것은 내 나쁜 버릇이었다. 그 전날까지는 연금술사인 트루디 삼촌이 내게 던진 질문에 대해 온종일 고민하느라 디저트 타임까지 놓쳐 버렸으니까.

"다 했니, 첼시?"

"아."

그때 메리 숙모가 내게 물었다. 난 놀라서 반사적으로 손에 힘을 줬다. 내 손 안에서 주황 장미가 와그작 소리를 내며 꺾였다.

"까악!"

숙모가 비명을 질렀다. 나는 아래를 바라봤다. 꽃이 통째로 떨어져 주황 장미의 꽃잎들이 처참한 꼴로 발밑을 굴렀다.

"뭐 하는 짓이니!"

숙모는 빽 소리를 지르며 테이블 위에서 남은 꽃과 화병을 홱 빼앗았다. 내 손에 파괴신이 깃들어서 남은 것들마저 모조리 부숴 버리기라도 하리라는 듯이. 나는 얼떨떨하게 사과했다.

"죄송해요."

"대체 무슨 생각을 하느라 이런 실수를 한 거니?"

숙모가 훈계하듯 물었다. 나는 사실대로 털어놓았다.

"사역진의 12진법 수식에 대해 고민하고 있었어요."

"뭐, 뭐……?"

숙모가 입술을 떨며 반문했다. 그러자 내 어깨 위로 새까만 강아지가 불쑥 얼굴을 내밀었다.

"이 아이요. 소환까지는 어떻게 했는데 도저히 제어를 못하겠거든요.

숙모는 혹시 아세요?"

그러자 숙모의 얼굴이 붉으락푸르락하게 변했다. 숨이 거칠어지고 미간이 씰룩거렸다. 넘쳐 나는 분노를 참기 힘들어 보였다.

당시에는 숙모가 화내는 이유를 몰랐는데 이제는 알 것도 같다. 숙모에게는 나보다 여덟 살 많은 아들이 있었다. 나의 사촌 오빠, 드레이코 로드랭. 친척들은 삼촌이 뛰어난 연금술사였으므로 그 아들도 재능을 물려받았을 것이라 기대했다. 하지만 그 아들이 조금…… 모자랐다.

그에게는 연금술 재능이 쥐뿔만큼도 없었고, 가르침을 받는 것도 싫어했다. 어린 아들의 미래에 불안감을 느낀 숙모는 그 애의 적성을 찾아주려고 무척 애썼다. 그렇게 겨우 찾은 적성이 소환술이었다. 일곱 살 때부터 배우기 시작해서 이제 지렁이 같은 것을 소환할 수 있게 되었으니 환갑을 넘길 때쯤에는 마수도 소환할 수 있으리라.

그랬다. 온 분야를 털어 겨우 찾은 재능조차 미래가 불투명했던 것이다. 그 앞에서 내가 똑 부러지게 깐죽거렸으니 숙모의 속이 뒤집어지는 것도 당연한 일이었다.

숙모는 거의 입에서 불을 내뿜으며 외쳤다.

"넌 정신이 그렇게 산만해서 대체 뭘 한다고 그러니? 지금 꽃꽂이 중이었잖아! 사역마가 대수야? 어차피 나이 차면 시집가서 안살림이나 할 텐데! 네가 사역마를 거두는 데 무슨 의미가 있다는 거야? 전부 시간 낭비일 뿐이야!"

그렇게 할 말 다 하고 나서야 숙모는 뒤늦게 합, 하고 손으로 입을 가렸다. 그러나 이미 나는 큰 충격을 받아서 돌처럼 굳은 후였다.

세상의 많은 철학가들, 우주의 시작과 진리를 추앙하는 자들의 목소리가 귓가에서 노래하는 것 같았다. 나는 어제까지 내 머릿속을 가득 채우고 있던 삼촌의 질문을 떠올렸다.

'우리 로드랭가에서는 언제나 최선을 선택하라고 가르치지. 네 나이 때 가장 중요한 선택은 아마 장래 희망일 거야.'

삼촌은 로드랭가의 가풍에 대해서 설명하다가 나를 보며 물었다.

'첼시는 커서 뭐가 되고 싶니?'

'커서 꼭 뭐가 돼야 해?'

난 멀뚱하게 눈을 깜빡이며 반문했다. 삼촌은 난처하게 웃다가 문득 벽에 있던 시계를 뜯었다. 난 삼촌의 행동을 이해할 수 없었는데, 잘 보니 그 시계 안은 열리는 구조로 되어 있었다.

'보렴, 첼시.'

난 눈을 커다랗게 뜨고 그것을 보았다. 그 커다란 괘종시계 안쪽에는 크고 작은 톱니바퀴가 또각또각 맞물려 돌아가고 있었다.

'이 시계가 세상이고, 이 부품 하나하나가 사람이지. 이 부품들에게는 제각기 역할이 있어. 시침을 움직이는 것, 시계에 동력을 주는 것⋯⋯.'

삼촌이 허리를 숙여 나와 눈높이를 맞췄다. 그는 내 머리를 쓰다듬으면서 부드러운 목소리로 말했다.

'넌 이 세상에서 무슨 역할을 할 거니? 한번 생각해 보렴.'

"첼시?"

내가 말이 없자 불안한 듯 숙모가 나를 불렀다. 나는 놀란 얼굴로 눈을 크게 뜨고 입을 딱 벌리고 있다가 소리쳤다.

"그랬구나!"

내 역할은 시집가서 살림하는 거였다!

오랫동안 나를 고민에 빠뜨렸던 문제 하나가 풀리는 순간이었다. 그러자 그동안 읽었던 많은 동화들이 파노라마처럼 떠올랐다.

공주님이 사과 먹고 잠들었다가 백마 탄 왕자를 만나는 이야기.

공주님이 개구리랑 키스했다가 백마 탄 왕자를 만나는 이야기.

혹은 구박받던 여자애가 구두 잃어버렸다가 백마 탄 왕자를 만나는 이야기!

헤브람에 내려오는 여러 모험 신화들, 마왕성에 갇혀 있던 공주를 멋진 용사님이 구해 주는 이야기도 떠올랐다. 난 그것들을 무척 좋게 봤다.

진정한 사랑!

헤브람의 옛 현자는 사랑만이 삶의 궁극적 목표가 될 수 있다고 말했다. 뭔지는 몰라도 무척 가치 있는 일처럼 느껴졌다. 난 꿈에 부풀어서 양손으로 숙모의 손을 맞잡고 활짝 웃었다.

"고마워요!"

이제 내 역할은 알았으니 백마 탄 왕자만 만나면 된다!

난 그게 쉽지는 않을 거라고 생각했다. 사과 먹고 죽거나 개구리가 되거나 구두라도 잃어버려야 하는 일이었다. 더구나 난 아직 어리니까 꽤 많은 기다림이 필요할지도 몰랐다. 그런데 내 왕자님은 예상보다 일찍 나타났다.

처음 안 사실이지만 우리 증조할아버지는 생전에 전대 황제와 무척 절친한 사이였다. 둘은 함께 술을 마시는 것을 무척 즐겼는데, 30년 전 어느 날 함께 술을 마시다가 손주가 태어나면 혼인시키기로 약속했다고 한다. 술김에도 계약서까지 쓴 것을 보면, 두 분이 평소에 얼마나 업무 더미에 시달려 왔는지를 알 수 있다.

아무튼 그 날림 계약에 휘말려 든 것이 나와 7황자였다.

여섯 살의 어느 봄날, 부모님은 미리 친분을 쌓아 두면 좋지 않겠느냐며 황궁 정원에서 우리 둘의 만남을 주선했다.

난 진짜 사랑을 원했으므로, 취중 계약에 의한 이런 강압적인 약혼에 무척 불만을 가지고 있었다. 그러나 우리 부모님은 우리가 싫다면 억지로 결혼시키지 않을 거라고 했다. 그러니까 그들은 그냥 내게 황족 친구나 만들어 줄 셈으로 끌고 온 것이다.

청명한 하늘, 빛나는 태양 아래, 황실 정원에서 우리는 만나게 되었다.

나는 그곳으로 가는 내내 오늘 본 하늘이 내가 본 중에서 가장 아름다운 하늘 같다는 생각을 하고 있었다.

그리고 너를 본 순간, 그 생각이 산산이 깨졌다.

"안녕. 네가 첼시구나, 만나서 반가워."

네가 봄바람처럼 부드러운 목소리로 인사했다. 네 머리카락은 넘실거리는 태양 빛만큼이나 찬란했다. 네 눈동자는 하늘의 청명함을 농축시킨 것 같았다. 네가 해를 등지고 나를 향해 웃을 때, 그 미소는 부서지는 햇살처럼 따스하면서도 스러질 듯 안타까웠다. 진짜 태양과 진짜 하늘도 너만큼 아름답지는 못했다.

그래서 난 한눈에 알아볼 수 있었다. 네가 내 진짜 왕자님이라는걸.

1. 세기의 사랑꾼

카르멘 노아 데일라르크는 절세미남이다.

그건 여섯 살 때부터 지금까지 변하지 않는 절대 명제였다. 보통 그렇게 잘생기면 콧대가 높고 성격이 시건방질 만한데 그 애는 전혀 그렇지 않았다.

카르멘은 몹시 방정한 남자이기도 했다. 난 만난 지 10분 만에 그걸 알 수 있었다. 카르멘이 아주 예의 바른 인사, '안녕. 네가 첼시구나, 만나서 반가워.'를 하고 나서, 나는 대답 대신 그 애의 손을 덥석 잡았다. 그리고 말했다.

"내 왕자님!"

내 외침에 카르멘은 떨떠름한 표정을 지었다. 그리고 한 박자 늦게 고개를 끄덕였다.

"어, 비슷하긴 한데…… 정확히는 황자야……."

"잘생겼어!"

내가 눈을 빛내면서 말했다. 카르멘이 주춤거리며 뒤로 물러났다. 그러나 그의 손은 여전히 내 손아귀 안에 있었다. 그는 힐끔 눈을 굴려 내 손에 잡힌 자신의 손을 내려다봤다. 흰 얼굴에 자리하던 우아한 미소가 조금 무너졌다.

"고, 고마워."

카르멘이 말했다. 난 황금색 눈을 크게 치뜨고 깜빡거렸다. 어른들이 내 눈이 크고 맑아서 똘똘해 보이고 예쁘다고 자주 칭찬한 게 생각났기 때문이다. 난 카르멘에게 지적이고 아름다운 인상을 주고 싶었다. 아니나 다를까 카르멘의 눈이 흔들리며 크게 동요하는 것이 보였다. 홋. 난 속으로 승리의 미소를 지었다.

그 짧은 순간에 나는 남자를 꼬실 수 있을 만한 로맨틱하고 시적인 멘트를 열심히 고민했다.

"눈이 가을 바다 같아."

"……고마워."

"머리카락은 여름의 태양빛 같고."

"고마워."

"나랑 결혼하자."

"고마……."

워. 라고 발음하고 나서 카르멘은 제가 무슨 말을 했는지 모르겠단 표정을 지었다. 난 신나서 맞잡은 손을 위아래로 흔들었다. 카르멘은 얼이 나간 얼굴로 입을 벙긋거렸는데, 아마 뭔가 할 말이 있는 것 같았다.

그러나 나는 들뜨는 마음을 주체하지 못해서 곧장 부모님들 쪽으로 달려갔다.

"엄마! 나 카르멘이랑 결혼하기로 했어!"

나는 엄마의 치마폭에 안겨서 귓속말했을 뿐인데 테이블에 앉아 담소를 나누고 있던 내 부모님과, 카르멘의 어머니, 옆에서 쉬고 있던 시녀들까지 모두 그 말을 들었다. 그들은 흐뭇한 미소를 지으며 우리의 결혼을 인정해 주었다.

우리의 결혼 생활은 그때부터 시작한다.

……라고 말하고 싶지만 아무리 나라도 그 정도는 아니었다. 다만 우린 정식 약혼자 관계로 정기적인 만남을 가지게 되었다.

* * *

귀족이나 황족 아이들은 기초 교육을 가정교사에게 받는다. 그 어떤 것이든 배우고 싶은 게 있다면 얼마든지 해당 가정교사를 집으로 초청해 준다.

그 말은, 대부분의 시간을 성안에 갇혀 지낸다는 뜻이었다. 그래서 그들의 행동반경은 무척 협소했다. 그러나 언젠가 사교계에 데뷔해야 하기 때문에, 사회성이 떨어지면 그것도 큰일이었다. 그래서 놀이 친구가 중요했다.

귀족들은 자식들이 적당히 말을 트면 놀이 친구를 소개시켜 줬다. 보통 부모가 서로 친하면 자식들도 자연스럽게 친구가 되곤 했다. 가문의 위세가 다 고만고만하고, 언젠가 자라면 서로 도움을 주고받을 수 있을 만한 위치에 있는 사람들이었다.

우리 로드랭 가문은 후작가였지만 꽤 유서 깊은 명문가였다. 풍요로운 영지와 오래된 성이 있고 할아버지 대에 전쟁 영웅이 있는, 공신 가문. 그래서 내 친구들도 죄다 부유하거나 지체 높은 분들의 자식이었다.

수도에서 가장 큰 은행을 가지고 있는 글램 백작의 아이들, 과거 마법사 가문으로 이름을 날렸던 프라온 공작의 아이들이 내 놀이 친구들이었다. 그 애들은 하나같이 잘 먹고 잘난 태가 났다.

그러나 잘난 태가 나기로는 역시 카르멘이 제일이었다.

그는 내 또래의 다른 애들이랑은 달랐다. 난 뭘 배웠다, 난 뭘 할 수 있다, 자기 자랑 늘어놓기만 좋아하는 멍청하고 유치한 애들과는 달리 카르멘은 무척 점잖았다. 카르멘은 날 상대로 신경전을 벌이지도 않았고, 자기 이야기를 주절거리지도 않았다.

그 애는 남 이야기를 들어 주는 걸 더 좋아하는 것 같았다. 그래서 카르멘에 대해 알기 위해서는 꼭 끈질기게 질문을 해야 했다. 그게 오히려 나를 더 궁금하게 만들었다.

한마디로 말하자면, 카르멘은 어른스러웠다.

그래서 나는 카르멘이 나보다 나이가 많은 줄 알았다. 그런데 카르멘은 나와, 내 유치한 친구들과도 동갑이었다. 그걸 알고 깜짝 놀라서, 나는 카르멘에게 쪼르르 달려가 일러 줬다.

"카르멘! 그거 알았어? 우리가 동갑이래."

"뭐…… 그게 정말이야?"

예상대로 카르멘은 놀라워했다. 그런데 그렇게 망치로 뒤통수를 얻어맞은 것처럼 놀랄 줄은 몰랐는데. 난 아무튼 그의 반응에 흡족해하며 손을 내밀었다.

"응, 우린 운명인가 봐."

그건 그 시기에 내가 버릇처럼 하던 말이었다. 처음 친구를 사귈 때 친해지려고 서로 공통점을 찾듯이, 난 연인끼리도 그렇게 해야 한다고 생각했다.

몇 번 반복하니 카르멘도 익숙해진 것 같았다. 그는 거의 습관처럼 내 손을 맞잡았다. 내가 흡족하게 웃고 있는데, 카르멘이 날 위아래로 훑으면서 중얼거렸다.

"캐럴보다 작은데?"

캐럴은 카르멘의 유일한 동복형제인 여동생이었다. 그 애는 우리보다 두 살이 작았으므로, 당시엔 다섯 살이었다.

그 말을 들으니 기분이 나빴다. 어린이들에게 두 살은 어마어마한 차이다. 난 그때 캐럴을 만나면 '귀여운 아기야'라고 부르면서 무척 예뻐했다. 그런 아기와 나를 비교하다니! 난 아주 자존심이 상했다.

"우리 언니랑 오빠가 키가 크니까, 나도 많이 클 거야. 아카데미에서 쑥쑥 클 거라고."

"아하하."

내 선언에 카르멘이 소리 내서 웃었다. 그러더니 나를 아주 귀엽다는 눈으로 보면서 내 머리를 쓰다듬었다.

"그래, 힘내 봐."

그 애의 파란 눈동자가 눈웃음에 가려 옅게 보였다. 그 손이 내 머리에 닿았을 때, 나는 깜짝 놀랐다. 그건 우리 오빠가 날 대하는 방식이랑 비슷했다. 그리고 카르멘이 평소에 캐럴을 다루는 방식과도.

나는 어리벙벙한 얼굴로 카르멘이 쓰다듬었던 내 머리를 만졌다.

그날은 온종일 심란했다. 나는 내 친구들과 카르멘을 다르게 생각하는데, 카르멘은 그렇지 않은 것 같다는 생각이 들어서였다. 아니, 어쩌면 그보다 나빴다. 카르멘은 자기 여동생과 나를 똑같이 대하는 것 같았다!

우리가 안 지 벌써 일 년이 넘은 때였다. 이대로는 안 된다. 나는 돌아가는 마차에서 생각에 골몰했다.

어떻게 하면 카르멘에게 특별한 인상을 남길 수 있을까?

난 카르멘이 약혼자인 나를 배신할 거라고 걱정하지는 않았다. 그러나 우리 또래의 유치한 애들과 달리 나를 특별한 아이라고 생각했으면 했다. 그가 나에게 그러하듯이.

다행히도 나는 카르멘이 무엇을 좋아하고, 무엇을 멋있다고 여기는지 잘 알고 있었다. 카르멘은 동물을 좋아했다. 언젠가 내가 나의 사역마, 까망베르(통칭: 까망이)를 데려갔을 때 그 애의 눈이 한여름의 태양처럼 커졌던 것을 기억한다. 하지만 까망이는 지금 없었다.

사역마는 계약을 통해 소환사에게 귀속된다. 소환사는 사역마에게 마력을 제공하고, 그 대가로 사역마는 소환사에게 충성을 바친다는 계약이다. 하지만 나는 가진 마력이 적은 편이라, 맺을 수 있는 계약도 6개월이 최대였다. 까망이는 계약이 끝나자마자 자유로운 몸이 되어 나를 떠나갔다.

"좋아······."

나는 마차 창문에 턱을 기댄 채 중얼거렸다. 우선, 새로운 사역마를 구해야겠다. 어떤 게 좋을까······. 나는 마차가 집에 도착하자마자 뛰어내려서 쪼르르 언니 방으로 달려갔다.

플로라 언니는 헤브람 황립 사관학교에 들어가기 위해 매일 성실하게 단련을 했는데, 주에 한 번은 머리를 식히기 위해 사냥을 하러 갔다. 이번 주는 한 번도 안 갔으니 슬슬 좀이 쑤실 터였다.

"언니! 내일 나 사냥하는 데 데려가 줘."

내가 문을 벌컥 열고 외쳤다. 언니는 막 샤워를 하고 나왔는지 가운을 걸치고 머리를 말리고 있었다. 짧은 흑발은 촉촉하게 물기가 남은 채였다. 언니의 전속 하녀가 화들짝 놀라면서 아가씨 방에 들어올 땐 노크를 꼭 하라고 내게 잔소리를 해 댔다.

언니가 웃으면서 물었다.

"갑자기 왜? 네가 사냥이라도 해 보게?"

"응! 갖고 싶은 게 있어."

"그게 뭔데?"

언니가 내게로 팔을 뻗었다. 나는 그녀의 무릎에 올라타서 시시덕거렸다. 언니가 궁금증을 참을 수 없다는 듯이 한 번 더 물어 왔다.

"언니한테만 말해 봐. 뭘 사냥할 거야?"

나는 양손으로 입을 가리고 비밀스럽게 속삭였다.

"매를 사냥할 거야."

카르멘은 기사가 될 거라고 했다. 기사가 좋아하는 동물은 사냥개와 매였다. 사냥개보다는 근사한 매가 좋을 것 같았다. 난 하늘에 울려 퍼지는 매의 울음소리, 윤기 흐르는 갈색 깃털을 가진 매의 모습을 떠올렸다. 설레서 가슴이 두근거렸다.

* * *

다음 날, 나는 아침 식사를 끝마치자마자 유모를 졸라서 시내로 나갔다. 마법 상점에서 그동안 모아 온 용돈을 한 번에 털어서 소환사의 사슬을 샀다.

집에 돌아가서는 열심히 마법진을 그렸다. 수도 없이 지우고 다시 그리기를 반복하자 어느새 점심시간이 됐다. 나는 콧노래를 흥얼거리며 즐겁게 식사를 했다. 혹시 위험하지 않을까, 염려하시던 부모님도 심하게 들뜬 내 모습을 보자 차마 말리지 못하셨다. 계획대로였다.

언니는 원래 말을 타고 사냥을 가지만, 날 데려갈 때는 마차를 이용했다. 그래도 산길이 험해서 마차가 자주 덜컹거렸다. 한여름이었지만 나는 가을용의 드레스를 입었다. 소매가 길고 뒷면이 헐렁한 와토 가운이었다. 길이가 내 키보다 길어 바닥에 질질 끌리기 좋았다. 원래는 파티에서나 입는 드레스였다.

언니는 나를 보면서 미묘하게 웃으며 "정말 그거 입고 갈 거야?"라고 물었다. 하지만 내가 단호하게 고개를 끄덕이자 한숨을 쉬며 그러라고 했다. 귀족 어린이가 이상한 똥고집을 부리는 건 흔한 일이니까. 특히 옷에 관련해선 말이다.

하지만 나는 장소에 맞지 않아도 늘 화려한 옷을 입고 싶은 철부지 귀족 꼬마가 아니었다. 그냥 내게 마법사용 로브가 없었을 뿐이다. 우리 부모님이 싫어할 테니까 그걸 살 수도 없었다.

목적지에 도착하자 언니는 내게 어린이용 활을 들려 줬다.

"자, 이렇게 잡는 거야."

언니는 내 손을 잡아서 직접 손잡이 잡는 법과 화살을 쏘는 방법을 가르쳐 줬다. 활을 당기기 좋은 자세도 가르쳐 줬지만, 역시 처음부터 잘 되지는 않았다. 나는 열심히 그녀의 말을 따라서 연습했다.

나무 열매나 나뭇잎 같은, 움직이지 않는 식물이 내 첫 번째 사냥감이었다. 조금 더 연습한 후에는 토끼나 다람쥐라도 잡으려고 열심히 쫓아다녔다. 그렇게 세 번째 화살통 안의 화살까지 전부 낭비하고 나서야 언니에게 말했다.

"잘 안 돼."

내가 울상을 짓자, 언니가 내 머리를 쓰다듬으면서 웃었다.

"언니가 잡아 줄까?"

"정말?!"

내가 눈을 반짝이면서 물었다. 언니가 싱그럽게 웃으면서 고개를 끄덕였다.

"그럼."

그녀의 답은 호쾌했다. 나는 언니의 등 뒤에서 후광이 비치는 것을 보았다.

언니와 함께 온 기사 중 하나가 숲 안쪽에서 매의 울음소리를 들었다고 했다. 우리는 좀 더 깊숙한 곳으로 들어갔다. 얼마 지나지 않아, 하늘에서 찢어지는 듯한 울음소리가 울렸다. 언니가 매를 잡는 데 성공한 것이다.

나는 화살을 맞은 매가 나무 사이로 떨어지는 것을 봤다. 기사들이 웃으면서 언니를 칭찬했고, 나는 소리를 지르면서 뛰어나갔다.

"내가 주워 올게! 내가 주워 올게!"

언니는 처음 매 울음소리를 들었던 호위 기사의 어깨를 두드려 주며 칭찬하다가, 날 돌아보면서 말했다.

"너무 멀리 가진 마!"

난 너무 들떠서 그 말엔 대답하지 못했다.

수풀 사이를 헤쳐서 열심히 뛰어가자 숲 한가운데 쓰러져 있는 거대한 회색 매가 보였다. 가까이 가자 화살에 꿰뚫린 옆구리에서 피가 조금 배어 나온 게 보였다. 나는 숨을 고르면서 그 옆에 앉아 매의 목 부분에 손을 대 보았다. 매는 죽어 가고 있었다. 급소를 맞은 모양이었다.

언니의 사냥 실력에 감탄하며, 나는 품에 숨겨 놓았던 양피지와 사슬을 꺼냈다. 매의 위에 마법진이 그려진 양피지를 펼쳐 올리고 조심스럽게 손을 올려 마법을 발동시켰다. 마법진을 따라 푸른빛이 한차례 일렁이더니, 곧 산화되듯이 글씨와 함께 사라졌다.

다음으로 나는 매의 목에 수많은 주술이 그려진 사슬을 감았다. 매를 내려다보며 잠시 심호흡을 하다가 입을 열었다.

"그레이야, 그레이야, 그레이야."

그레이는 내가 방금 지은 매의 이름이었다. 음, 회색이길래.

스무 번쯤 반복해서 부르자 매의 주변에 푸른빛이 일렁이기 시작했다. 난 힘을 내서 계속 매의 이름을 불렀다. 곧 사슬이 허공으로 떠오르고, 사슬에 묶인 매가 눈을 번쩍 떴다.

매의 까만 눈동자가 나를 바라봤다. 우리의 시선이 마주쳤을 때, 내가 치렁치렁한 드레스의 소매를 걷었다. 왼손을 펼치자 손바닥에 그려진 마법진이 드러났다.

"사역식 제1장. 너는 내게 귀속하라."

내 목소리에 화답하듯이, 마법진이 푸른빛을 내며 발동됐다.

이건 선창을 할 필요가 없는 마법이었지만 난 소리 내어 말하는 게 집중하기 편했다. 매가 비명을 지르며 펄떡거렸다. 마법이 발동된 후에, 마법진은 푸른빛과 함께 내 손에서 사라졌다.

나는 소매를 더 걷었다. 손목과 팔에 그려진 마법진이 드러났다. 나는 사역식 2장과 3장을 더 외웠다. 내가 그려 온 사역식은 총 13장까지였다. 사역마의 반항을 저지하고, 복종하게 하는 마법들.

법을 소모할 때마다, 팔을 가득 채우고 있던 사역식이 하나씩 사라져 갔다. 그렇게 10장까지 외웠을 때 나는 조금 걱정이 되기 시작했다. 싸움이 이렇게 길어질 줄은 몰랐는데, 내게 아직 매는 버거운 상대였던 걸까?

그러나 난 곧 그 생각을 지웠다.

사역술의 핵심은 지배력 다툼이다. '사역마는 손해 볼 계약을 하지 않는다.'라는 말이 있다. 술자가 사역마를 고를 때, 사역마도 주인을 검토한다는 것이다. 복종할 가치가 있는 인간인지, 그렇지 않은지.

난 사역마의 주인이 되어야 한다. 마음을 강하게 먹는 게 마력보다 중요했다. 나는 놈을 노려봤다. 눈도 깜빡이지 않고, 숨도 쉬지 않고.

언젠가 할아버지의 화랑에서 드래곤의 그림을 본 적이 있었다. 황실의 상징인 블루 드래곤의 새파란 눈동자는 불타는 것 같았고, 그저 그림인데도 나를 제압하는 것 같은 위압감이 느껴졌다.

나는 내가 드래곤이 되었다고 상상했다. 그런 다음 떠올렸다. 성채만 한 몸뚱이에 불을 매단 꼬리를 틀고 있는 무시무시한 블루 드래곤과, 그 앞에서 연약한 몸을 떨고 있는 손톱만 한 매를.

이건 기 싸움이다. 내가 놈을 노려보며 사역식 제11장을 읊었다. 매의 몸이 크게 뒤흔들리며 영혼이 희미하게 붉어지는 것이 보였다. 놈의 몸이 줄어들고 사슬이 조여 들었다. 나는 승기를 느끼며 12장을 뛰어넘고 곧바로 마지막 장을 읊었다.

사역식을 몇 장을 준비하든, 마지막 장은 언제나 같았다.

"사역식 제13장. 내가 네게 내 마력을 줄 테니, 너는 내게 네 몸을 다오."

완전히 붉어진 매의 영혼이 단말마 같은 소리를 지르며 사슬 속으로 사라졌다. 매에게 박혀 있던 화살이 파란빛을 내며 사라졌다. 계약이 이뤄진 대가로 내 몸에서 마력이 훅 빠져나갔다. 머리가 핑 도는 것이 느껴졌다. 나는 기진맥진해서 수풀 위로 쓰러졌다. 등이 땀으로 축축했다.

잠시 후에 여러 사람의 발소리가 들려왔다. 고개를 돌리자, 언니가 보였다.

"첼시!"

한참을 기다려도 내가 돌아오지 않으니까 무슨 일이 생긴 줄 알고 찾아온 것 같았다. 내 곁에 다가온 언니가 걱정스럽게 물었다.

"괜찮니? 왜 그래, 어디 아파?"

"아냐. 그냥, 지쳐서……."

"뭐가?"

언니는 의아한 얼굴로 물었다. 방금까지 쌩쌩하던 애가 갑자기 녹초가 되어 있으니까 이상해 보일 만도 했다. 눈을 굴리다가 언니를 따라온 기사들이 매의 시체에게로 다가가는 걸 발견했다. 나는 아직 내 손에 잡혀 있는 사슬을 힐끔 바라봤다.

"으아악!"

기사가 매를 들어 올릴 때, 새가 번쩍 눈을 떴다. 기사가 깜짝 놀라서 비명을 지르며 매를 놓쳤다. 나의 그레이는 푸드덕거리며 기사들의 머리 위로 날아올랐다.

건장한 기사들이 새 하나 때문에 허둥거리는 모습을 보자 웃음이 참기 힘들었다. 나는 박수를 치면서 깔깔거리며 웃어 댔다.

"살아 있었나?"

언니가 황당한 얼굴로 중얼거리는 소리가 들렸다. 나는 언니를 껴안으며 인사했다.

"고마워, 언니. 잘 키울게."

카르멘이 보고 깜짝 놀라겠지?

좋아했으면 좋겠다.

나는 그 생각부터 들었다. 기뻐하는 카르멘의 얼굴을 떠올리자 저절로 입꼬리가 올라갔다. 가슴이 간질거렸다.

사랑이었다.

* * *

그로부터 열흘 후에, 나는 카르멘과 다시 만날 수 있었다.

그날 나는 새로 산 하늘색 드레스를 입었고, 그레이의 목에는 내 예쁜 루비 목걸이를 걸어 줬다.

"카-르-멘!"

나는 황실 정원에서 황비님과 대화를 나누는 카르멘의 황금색 뒤통수를 발견하자마자 그를 향해 뛰어갔다. 카르멘이 내 목소리를 듣고 뒤를 돌아봤다. 난 활짝 웃으며 외쳤다.

"이거 봐라!"

내가 사슬을 칭칭 감은 왼손을 번쩍 들어 올렸다. 주술이 새겨진 사슬에서 회색 매가 울음소리를 내며 튀어나와 세차게 하늘로 날아올랐다. 카르멘은 눈이 휘둥그레져서 그레이가 파란 하늘을 한 바퀴 휘돌며 날아오르는 것을 바라봤다. 그는 정신없이 눈으로 매의 동선을 좇았다.

나는 새어 나오려는 웃음을 힘겹게 삼켰다. 그리고 진지한 얼굴로 오른손을 들어 올렸다. 하늘을 날던 그레이가 근사한 동작으로 내려와 내 팔에 착지했다.

우린 이걸 열흘 동안 쉬지 않고 연습했다. 가장 멋진 모습을 보여 주기 위해서. 그리고 노력한 보람이 있었다. 카르멘은 크게 감격한 표정이었다. 그가 내게 달려와서 숨 가쁘게 물었다.

"첼시, 너 소환사였어?"

"후후."

난 괜히 의뭉스런 웃음을 지으며 뜸을 들였다. 소환사라고 불리니 어쩐지 그렇게 해야 할 것만 같았다.

고개를 들자, 카르멘의 새파란 눈이 보석처럼 반짝이고 있었다. 그가 그렇게 기대에 가득 찬 표정을 하는 건 처음 봤다. 난 그게 귀엽다는 생각이 들었다. 마법에 환장하는 것을 보니 너도 어쩔 수 없는 어린이였구나.

"맞아."

"우와……."

카르멘이 감탄했다. 그의 시선은 그레이에게서 떨어질 줄을 몰랐다. 내가 웃으면서 물었다.

"들어 볼래?"

"그래도 돼?"

카르멘이 되묻자, 난 가볍게 고개를 끄덕였다. 카르멘은 긴장한 듯, 약간 어색한 동작으로 팔을 들었다. 나는 조심스럽게 그레이를 그의 팔 위로 올려 줬다. 카르멘은 이제 햇살이 부서지는 여름 바다처럼 눈을 반짝이고 있었다. 눈부신 미모에 약간 눈살이 찌푸려졌다.

우리는 그날 하루 종일 그레이와 함께 뛰어놀았다. 그렇게 활발한 카르멘의 모습은 그날 처음 보았다. 황비님도 약간 놀라신 것 같았다. 난 그게 무척 뿌듯하고 신났다.

정신없이 뛰어놀다 보니 어느새 저녁놀이 졌다. 우리가 헤어질 시간이 다가오자 나는 사슬을 들어 그레이를 집어넣었다. 파란빛을 내면서 사슬 속으로 사라지는 사역마의 모습을, 카르멘이 멍하니 바라보았다.

나는 다음에 만나자는 인사를 하려고 고개를 들었다. 그런데 카르멘이 약간 상기된 얼굴로 나를 보고 있었다. 그 애의 새하얀 볼은 그야말로 분홍색으로 물들어 있었다.

그렇게 뛰어놀고도 카르멘은 놀랍도록 단정한 모습이었지만, 머리카락이 약간 흐트러져 있었다. 그의 금발에 노을이 물들어 붉게 타오르는 것처럼 보였다. 그 비현실적인 미모 때문에, 그 애는 작은 태양의 신처럼 보였다.

태양의 신 카르멘이 내게 말했다.

"첼시, 멋있다."

"……."

나는 그 말에 아무런 답도 하지 못했다.

카르멘과 인사하고 집으로 돌아가는 마차 안에서도, 카르멘의 '첼시 멋있다.'는 떠나지 않고 내 귓가를 계속 맴돌았다. 깃털 베개가 백 개는 터진 것처럼 뱃속이 간지러웠다. 그 간질거리는 기분에, 나는 혼자 시시덕거리고 웃느라 밤을 지새웠다.

사역술을 열심히 연마해야지. 다음번엔 더 멋진 걸 잡아 줄 거야.

다시 또 언제 카르멘을 만날 수 있을까?

나는 설레는 기분으로 그날을 기약했다.

어릴 때 우리는 한 달에 두어 번을 만났을 뿐이었다. 평균을 내 보자면 15일에 한 번. 그러나 나는 카르멘을 만날 수 있다는 기대 덕분에 나머지 14일도 즐겁게 보낼 수 있었다.

아카데미에 입학하기 전까지는 그런 기억밖에 없다. 카르멘과 함께했던 시간, 혹은 카르멘과 만나기 전에 무언가를 준비했던 일.

언제는 이런 날도 있었다.

아홉 살이 넘어서는 난 엄마를 대동하지 않고 카르멘을 만나는 일이 잦아졌는데, 열 살 때는 카르멘과 건국절을 함께 보내기로 약속하기도 했다.

수도에서 열리는 건국절 행사는 거의 한 달 동안 이뤄진다.

정복을 차려입은 황실 기사단의 행진, 화려한 퍼레이드, 야시장의 음식들과 작은 이벤트들, 불꽃놀이. 그런 것들로 수도 플로라온은 내내 떠들썩했다.

카르멘은 황자였기에 여기저기 얼굴을 내밀어야 하기에 바빴지만, 날 위해서 하루는 빼 주겠다고 약속했다. 같이 퍼레이드를 구경하고, 야시장을 돌아다닐 생각으로 난 한 달 내내 들떠 있었다.

그리고 고대하던 카르멘을 만나는 날.

나는 전날 너무 설레서 잠도 잘 못 잤던 것 같다. 카르멘을 만나기 전날에 잠을 설치는 것은 일상적인 일이었다. 그러니 당일에도 제대로 자지 못해 졸린 눈을 비비면서도 벌떡 일어나서 샤워를 했다. 그리고 창밖을 봤는데…….

비가 내리고 있었다.

"안 됩니다."

카르멘의 기사가 딱딱한 태도로 대꾸했다. 난 눈꼬리를 늘어뜨리고 눈망울을 글썽거렸다.

"잠시만 보면 안 돼? 많이 기대했던 건데."

"황자님께 비를 맞게 할 수는 없습니다. 시야가 흐려져서 안전에도 문제가 생깁니다."

"그냥 보슬비인데! 이제 거의 그쳤잖아."

"그래도 안 됩니다. 근래에 불미스런 일도 있었고……."

"불미스런 일?"

나는 불퉁하게 물었다. 듣자 하니 우리는 오늘 보기로 한 퍼레이드를 볼 수 없게 된 것 같았다. 그뿐만이 아니라, 카르멘은 궁에서 나가지도 못하는 것 같았다.

또 궁이야? 지긋지긋한 황실 정원. 그깟 비가 뭐라고! 황궁 사람들은 아무래도 카르멘이 한창 뛰어놀 나이라는 걸 잊어버린 것 같았다.

기사는 내 분노에 당황한 듯 슬쩍 말을 돌렸다.

"……이곳에서라면 마음껏 돌아다니셔도 괜찮습니다."

저걸 지금 나 달래겠답시고 하는 말인가? 난 어이가 없었다. 코딱지만 한 실내 정원에서 어딜 돌아다니라는 거야?

"고마워요, 리먼."

그때 카르멘이 우리 사이에 끼어들었다. 카르멘은 자신의 기사에게 존댓말을 썼다. 한미한 가문의 귀족들조차도 그러지는 않는데.

기사가 고개를 꾸벅 숙이고 물러났다. 카르멘은 내 손을 잡고 정원을 걷기 시작했다. 평소였으면 한껏 들떠서 조잘거렸을 나는 그냥 카르멘을 따라 걷기만 했다. 조용한 내가 신경 쓰이기는 했는지, 카르멘은 머뭇거리다가 내게 말을 걸었다.

"이번 봄에는 분홍색 목련이 많이 피었어."

"……."

"분홍색 목련차 마셔 본 적 있어? 우리 엄마는 좋아하시는데. 나중에 보여 줄게."

"응."

"……."

이후로도 그는 평소에는 잘 하지 않는 쓸데없는 말들을 계속 주절거렸다. 꽃 얘기, 날씨 얘기, 동생의 성장에 관한 이야기. 카르멘은 정원에 있는 꽃의 이름들을 모조리 읊어 줄 기세로 말을 걸었다. 그 시도는 우리가 함께 저녁을 먹고 난 뒤에도 계속됐다.

그러나 나는 목련차를 마시면서도 계속 심드렁한 태도를 고수했다. 디저트 타임이 끝나고 함께 걸을 때쯤엔 내게 알려 줄 꽃 이름마저 모조리 동난 것 같았다. 카르멘은 결국 대화를 포기하고 한숨을 쉬며 나를 돌아봤다.

"좋아, 첼시."

카르멘이 내 어깨에 손을 얹고 날 멈춰 세웠다. 그러나 카르멘의 시선은 딴 곳을 보고 있었다. 그의 시선을 따라가자, 그의 기사와 내 유모가 대화를 나누고 있는 것이 보였다. 갑자기 저 사람들을 왜 보지? 내가 어리둥절하게 눈을 깜빡이자, 카르멘이 작은 목소리로 속삭였다.

"드래곤의 탑에 가 보고 싶다고 했지? 내가 데려가 줄게."

드래곤의 탑?

거긴 옛날 전대 '왕'이 살았던 곳이다. 다른 이름으로 왕의 침소라고 부르기도 한다. 왕이 살았던 공간을 침소라고 부르는 이유는 그 왕이 살아 있던 내내 잠만 잔 곳이기 때문이다. '왕'은 제국 사람들이 드래곤을 부르는 호칭이었다. 옛날 사람들이 드래곤에게 그런 칭호를 준 이유는 그가 건국 공신이기 때문이었다.

헤브람 제국이 건국된 해는 마탑이 생기던 해와 같다고 한다. 동화 같은 이야기지만, 건국 신화에서는 헤브람 제국을 세운 최초의 황제와 마탑을 세운 첫 번째 탑주, 그리고 드래곤. 그들이 친한 친구였다고 말한다.

그들은 세상에 마법을 나누어 주고 싶다고 생각했다. 그래서 세 친구들은 힘을 합쳐 마탑을 만들고, 국경을 따라 결계를 치고, 제국에 강력한 마법과 마력을 퍼뜨렸다. 그리하여 세상에서 가장 강력한 마탑을 가진 마법 강국, 헤브람 제국이 탄생한 것이다.

그 신화는 우리 부모님 세대까지만 해도 허무맹랑한 이야기로 취급받았다고 한다. 드래곤이 죽기 전까지만 해도 드래곤의 탑은 아무도 들어갈 수 없는 '금지의 탑'이었고, 그 누구도 드래곤의 존재나 드래곤과 마법사들이 부리는 마법과의 상관관계를 증명하지 못했기 때문이었다.

신화는 대체로 부풀려지고 거짓이 섞이기 마련이니까. 사람들은 제국의 건국 신화도 그러한 것이리라 생각했다. 그러나 십여 년 전, 드래곤의 탑에서 용의 시체가 출몰했고 제국은 정말로 마법을 잃었다.

그런 드래곤이 평생을 지냈다는 침소, 대체 어떤 공간일까. 직접 본 적은 없지만 사람들에게 전해 들은 바로는 무척 비밀스럽고 아름다운 곳인 것 같았다.

그 탑은 제국에서 가장 높은 건축물이고, 많은 대가들이 첫 작품의 피사체로 삼는 곳이기도 하다. 드래곤의 탑을 전시의 첫 작품으로 삼으면 성공한다는 말도 있다. 오죽하면 우리 할아버지가 드래곤의 탑을 소재로 한 작품만 모아서 전시회를 했을까. 그만큼 지금도 많은 지식인들과 예술가들의 사랑을 받는 곳이다.

캐럴이 내게 카르멘과 드래곤의 탑에 가 봤다고 자랑해서, 나도 데려가 달라고 부탁한 적이 있었다. 하지만 카르멘은 무척 난감해하며 거절했다. 황족들만 들어갈 수 있다나 뭐라나. 아무리 졸라도 안 된다고 일갈하기에 결국 포기했는데.

날 드래곤의 탑에 데려가 준다고? 정말?

난 그렇게 외치려고 했다. 그러나 한발 빠르게 카르멘이 검지를 입에 대고 속삭였다.

"쉿."

그래서 난 되묻는 대신에 그의 말을 따라 했다.

"쉬잇."

우리는 사람들이 한눈판 사이를 틈타 몰래 정원에서 빠져나왔다. 카르멘의 손을 잡고 그를 따라 달리자, 드래곤의 탑이 보였다. 하늘을 찌를 듯이 솟아오른 검은 첨탑이.

늘 멀리서 바라보던 탑에 이렇게 가까이 온 것은 처음이었다.

나는 탑을 구경했다. 탑은 화랑에서 본 그림과는 솔직히 좀 차이가 있었다. 책에서 읽은 것과도 달랐다. 책에선 탑이 파란색이라고 했는데. 내가 탑을 관찰하는 데 정신이 팔린 사이, 카르멘은 열린 쇠문 앞에 서서 주위를 두리번거리고 있었다.

"왜 그래? 어서 가자."

"음, 원래 이 시간엔 문을 닫아 놓는데……."

경비가 자리를 비웠나? 카르멘이 중얼거리며 입구 안으로 들어갔다. 난 그를 따라 탑 안으로 들어섰다가 조금 당황했다. 입구 안에 또다시 검은 돌문이 앞을 가로막고 있었다. 그건 검은 화강암 덩어리 같았고, 도저히 열릴 것 같은 모양새가 아니었다.

그러나 카르멘은 척척 돌문으로 다가갔다. 그가 벽을 더듬거리다가 어딘가를 누르자 벽돌 하나가 쑥 하고 안으로 사라졌다. 그러자 문이 진동하기 시작했다. 나는 깜짝 놀라서 외쳤다.

"헉, 비밀 문……."

"응."

육중한 문이 땅을 긁는 소리를 내며 열렸다. 그 모습은 무척 비현실적이어서, 나는 내가 소설책의 주인공이라도 된 것 같은 기분이었다.

"이, 이, 이런 걸 나한테 보여 줘도 돼?"

그걸 보고 있으니 덜컥 그런 걱정이 들었다. 황족만 드나들 수 있는 탑인데, 외부인한테 비밀의 문을 여는 방법을 가르쳐 줘도 되나? 황실의 비밀이 새어 나가지 못하게 입막음한다고 날 살해하는 건 아닐까? 난 정신없이 고민했다.

"괜찮아. 안에 별것도 없……."

"아, 그래. 어차피 난 황족이 될 거니까."

그러나 카르멘이 무어라 답하기 전에, 난 혼자서 결론을 내렸다.

"난 미래의 황자비가 될 거니까. 그렇지?"

나는 웃으면서 물었다. 그러나 긴장으로 뺨이 약간 굳어 있었다. 카르멘이 나를 보다가 희미하게 미소 지었다.

"그래."

그가 대수롭지 않은 목소리로 답했다. 난 얼떨떨하게 카르멘을 바라보았다. 어두컴컴한 첨탑 주변이 갑자기 좀 밝아진 것 같은 기분이 들었다.

"들어가자."

카르멘이 내 손을 잡고 탑 안으로 들어갔다.

드래곤의 탑에 대한 실망스런 첫인상은 비밀 문 덕분에 깨져 있던 참이었다. 그래서 나는 높은 계단을 쉴 새 없이 올라가면서도 지루하다는 생각을 못 했다.

탑 내부는 조금 추웠고, 짙은 어둠이 깔려 있었다. 심지어 거미줄같이 얇은 실 가닥들이 나무덩굴처럼 벽에 촘촘하게 늘어져 있기까지 했다. 그러나 카르멘이 내 손을 잡고 계속 말을 걸어 줘서 무섭지 않았다.

그 안에 재미있는 마법 장치가 있기도 했다. 우리가 계단을 올라가는 걸음에 맞춰서, 벽에 달린 화로에 불이 켜지는 것이다. 이런 방식의 마법 장치를 보는 것은 처음이었다. 카르멘이 그게 일종의 화염 마법이라고 설명해 줬다.

이십 분쯤 올라가자 작은 쉼터가 나왔다. 쉼터라고 해 봤자 오래된 의자 몇 개와 원탁 하나가 전부였지만. 거기까지 오르자 다리가 조금 아팠다. 카르멘이 의자에 앉기에 나도 그 옆에 앉았다. 우린 잠시 쉬면서 멍하니 내부를 구경했다. 그렇게 한참을 있던 중, 카르멘이 문득 일어났다.

"이제 돌아가자."

"뭐?"

내가 당황해서 말했다. 그러나 카르멘은 오히려 내 말이 의아하다는 반응이었다.

"다 봤잖아? 내부는 다 이런 식이야. 꼭대기에 침소가 있긴 하지만…… 거기까지 가려면 한참 걸려. 너 다리 아플걸."

"아……."

솔직히 난 좀 아쉬웠다. 그러나 카르멘이 그렇게 말하니 어쩔 수 없었다. 애초에 황족만 들어올 수 있는 공간이기도 했기에, 난 순순히 그의 말에 따랐다.

다시 1층에 도착해 돌문을 열었을 때, 우린 당황했다. 우리가 올 때 열려 있던 쇠문은 닫혀 있었다. 즐거운 건국절. 밖에서는 퍼레이드가 한창인데, 우린 졸지에 드래곤의 탑에 갇혀 버린 것이다.

* * *

카르멘은 벽에 있던 횃불을 들고 문을 이리저리 살폈다. 나는 공황 상태에 빠졌다. 바깥을 향해 소리를 질러 보기도 했지만 쇠문은 두꺼웠다. 웬만큼 큰 소리는 완벽하게 차단해 주는 것 같았다.

어쩌지?

난 그렇게 물으려 카르멘을 바라보았다. 그리고 입을 꾹 다물었다. 아이고, 애 얼굴이 말이 아니었다. 하긴, 카르멘은 워낙 바른생활 소년이라서 이런 문제를 일으킨 적이 한 번도 없었을 텐데.

카르멘은 황자님이셨다. 후작가의 말괄량이 막내딸이 사고를 친 것과는 차원이 다를 터였다. 카르멘은 흰 미간을 찌푸리고 한동안 고민에 빠져 있었다. 한참 그러고 있더니, 날 돌아보지도 않고 말했다.

"원래 초저녁쯤에 문을 잠그거든. 그런데 저녁이 됐는데도 열려 있어서 오늘은 열어 두는 줄 알았어. 종종 그런 날이 있어서……."

아니, 이제 보니 날 보지 않는 게 아니라 보지 못하는 것 같았다. 카르멘은 나와 눈도 마주치지 못하고 사과했다.

"미안해. 내 불찰이야."

난 할 말을 잃었다. 열 살짜리 황자와 귀족 영애가 함께 사라졌다면, 이건 국가적인 문제였다. 카르멘의 말대로라면 아마 하루 동안 갇혀 있게 될 수도 있었다. 그렇게 오래 우리가 나타나지 않으면, 납치의 가능성이 있으니 황제는 군대를 풀지도 모른다. 우리 부모님도 난리가 날 것이다. 그는 황자라는 위치가 있으니 아마 나보다 훨씬 복잡한 문제들이 많겠지.

머리가 복잡할 텐데, 이 와중에 내 걱정을 해 주다니. 어차피 내가 오고 싶어서 온 건데 말이다. 게다가 난 사실 아무런 문제가 없었다. 이 이색적인 상황이 내심 재미있기까지 했다.

그런데 저 사려 깊은 마음씨라니. 정말 미안한 듯, 카르멘은 고개를 떨구고 있었다. 죄스러운 표정을 하고 있는 잘생긴 옆얼굴을 보자 마음이 찡해졌다.

내가 카르멘을 위해 할 수 있는 일이 없을까?

난 고민 많을 그의 머릿속에서 나에 대한 고민 하나는 덜어 주고 싶다고 생각했다. 일이 어떻게 될지는 몰라도, 적어도 지금 탑 안엔 우리 둘밖에 없으니까. 걱정은 일이 닥친 후에 하는 것도 괜찮지 않을까?

나는 그렇게 결론짓고 카르멘에게 제안했다.

"카르멘, 우리 최상층에 올라가 보자."

"뭐?"

내 말에 그가 어리둥절한 얼굴로 날 돌아봤다. 난 그의 양손을 잡고 활짝 웃었다.

"이제 시간 많잖아. 나 사실 아쉬웠어."

그의 얼굴에서 이 상황에 뜬금없이 무슨 말이냐는 표정이 잠깐 스쳐 지나갔다. 하지만 카르멘도 우리가 할 수 있는 일이 그것뿐이라는 사실을 이해한 것 같았다.

"힘들지 않겠어? 계단이 많은데."

"괜찮아!"

그리하여 우리는 드래곤의 탑을 등반하게 되었다. 등반이란 단어가 정말 적절할 듯싶다. 계단이 많다고 한 카르멘의 말은 이백 퍼센트 사실이었다. 우린 걷다가 쉬고, 걷다가 쉬기를 반복했다.

몇 시간이나 걸었을까. 마침내 최상층에 다다랐을 때는, 산 정상에 오른 것 같은 성취감이 들었다. 아래를 보며 소리라도 지르고 싶은 기분이었다.

과연 드래곤의 침소가 맞기는 했는지, 최상층에는 거대한 원형의 강당 같은 공간이 있었다. 바닥에는 큰 원이 그려져 있었고, 기하학적인 무늬가 그 안을 채웠다.

천장에는 커다란 드래곤의 벽화가 새겨져 있었다. 넓은 천장을 온통 뒤덮은 두 쌍의 날개, 비늘로 뒤덮인 피부, 긴 꼬리를 가진 드래곤은 정말로 하늘을 날고 있는 것처럼 사실적이었다. 침소의 주인이었던 왕의 모습이리라.

나는 그 그림에 매료되어 한참을 바라봤다.

"케라아임."

문득 카르멘이 말했다. 내가 의아하게 여기며 카르멘을 돌아보자, 그가 말을 이었다.

"드래곤의 이름이야."

"처음 들어."

"워낙 칭호가 많으니까."

그렇구나. 마지막 드래곤, 황가의 문양이 된 푸른 용, 헤브람 제국의 유일한 왕. 그런 이야기는 수없이 들었지만 정작 드래곤의 이름은 몰랐다. 난 고개를 끄덕이면서 입 속으로 중얼거렸다. 케라아임. 이름이 있다면 이름으로 불러 줘야지.

내가 혼자 침소의 모습을 눈에 새길 동안 카르멘은 어딘가로 걸어갔다. 조금 뒤에 그가 나를 불렀다.

"첼시, 이리 와 봐."

"뭔데?"

나는 그가 있는 곳으로 쪼르르 달려갔다. 원형의 침소는 돌로 된 아치들이 둘러싸고 있었다. 카르멘의 목소리는 아치 바깥쪽에서 들려왔다. 저기에도 공간이 있었나? 난 흥미진진하게 아치를 넘어갔다.

"우와……."

아치 바깥쪽에 있는 것은, 헤브람 제국이었다.

그곳의 벽면에는 커다란 창문이 자리하고 있었다. 창은 없었고 그저 네모난 구멍이 뚫려 있을 뿐이지만, 그곳의 경관은 제국에서 가장 아름답다고 해도 과언이 아니었다.

해가 진 건국절의 밤하늘은 비구름의 흔적도 없이 맑고 깨끗했다. 둥근 보름달과 수많은 별들이 헤브람의 밤을 비추었다.

그렇게 아름다운 별들이 땅에도 있었다. 건국절이라 소란스런 우리의 수도는 유난히 밝았고, 노란 불빛들이 번쩍거렸다. 난 입을 다물지도 못하고 그 빛에게 시선을 빼앗겼다. 내가 살고 있는 나라가 이렇게 아름다운지, 미처 모르고 있었다.

제국에서 가장 높은 건축물답게, 드래곤의 탑에서 본 경관도 가장 아름다웠다. 침소의 창문이 헤브람 제국을 빠짐없이 담고 있는 것 같았다.

난 한동안 그것을 정신없이 바라보다가, 건국절 행사가 이뤄지고 있는 광장을 발견했다. 그걸 보자 건국절 행사를 즐기고 있었을 우리 가족들 생각이 났다.

지금쯤이면 내가 없어진 걸 알았을까? 알았다면 아마 난리가 났겠지. 이 좋은 날 우리를 찾느라 혼비백산이 되었을지도 모르겠다. 언니는 행사에서 경비까지 서야 한다고 들었는데, 나 때문에 지장이 생겼다면 무척 미안한 일이었다.

나는 나도 모르게 한숨을 내쉬었다. 그러다 문득 카르멘이 너무 조용하다는 걸 깨달았다. 아차, 내가 광장을 보고 가족들 생각이 났으면 카르멘도 그랬을 텐데.

나는 황급히 카르멘을 돌아봤다. 예상대로 그 애는 수심에 빠진 얼굴이었다. 카르멘은 감정을 잘 드러내지 않아서 눈치채기 힘들지만, 내가 관찰해 온 결과 그 애는 결코 태평한 성격이 못 되었다.

혹시 날 탑에 데려온 걸 후회하고 있는 건 아닐까. 그렇게 생각하자 마음이 아팠다. 난 그 애의 신경을 돌리려고 입부터 열었다.

"카르멘, 저기 좀 봐."

나는 창밖으로 손가락질을 하면서 카르멘을 불렀다. 그가 상념에서 벗어나 내가 가리키는 곳을 보았다.

"웨슬리 마법 상점! 여기서도 보인다."

웨슬리 마법 상점은 마법사 웨슬리 씨가 운영하는 가게로, 수도에서 가장 오래된 마법 상점이다.

드래곤이 죽은 이후로, 수도에 있던 모든 마법 상점들은 빠르게 사장되어 갔다. 상점들이 하나둘 문을 닫기 시작하면서, 이제 남은 것은 웨슬리 마법 상점 정도밖에 없었다.

수도 마법사들의 수요를 거의 독점하고 있는 덕분에 저곳은 아직 꽤나 번듯한 모습을 유지하고 있었다. 그 커다란 가게가 여기서 보니 작은 장난감처럼 보였다.

"그러네."

"귀엽지 않아?"

건국절을 맞아서 호객 행위라도 적극적으로 하고 있는 것인지, 지붕 위로 이상한 빛이 번쩍거렸다. 마법 장치라도 설치해 놓은 모양이지. 카르멘이 잠시 그걸 바라보고 있는데, 갑자기 그 화려하던 빛이 훅 하고 꺼졌다. 카르멘이 의아하게 눈을 깜빡였다. 난 마침 잘됐다 싶어서 물었다.

"무슨 일이지?"

"모르겠어."

내 물음에 그가 대충 답했다. 그래서 난 일부러 더 들뜬 어조로 말했다.

"상상해 봐."

이건 내가 프라온 공작의 막내딸, 엘레나와 만날 때 자주 하는 놀이였다. 엘레나는 나와 가장 자주 만나는 친구인데, 하도 오래 같이 있다 보니 할

게 없어질 때가 많았다. 심심한데 놀 것은 없을 때 우린 창문가에 앉아서 서로의 머리핀을 걸고 이런 내기를 했다.

저 너머에 뭐가 있을까? 저 사람들은 왜 저러는 걸까? 나중에 가서 확인해 보자. 그런 시시콜콜한 놀이였다.

"내 생각에는 웨슬리 씨가 뭔가 사고를 친 것 같아. 발동기를 잘못 건드려서 마법 장치가 폭발한 게 아닐까?"

"글쎄, 그냥 문 닫을 시간이 된 것 같은데."

"아냐, 웨슬리 씨가 실수를 한 게 틀림없어. 엘레나가 그러는데 웨슬리 씨가 요새 자주 공작가에 납품하는 물건을 잘못 준대. 나한테도 다 쓴 마력 증폭기를 줘서 교환하러 간 적이 있다니까?"

"음, 그분이 나이가 좀 많으시긴 하지."

"확실해. 만약 틀리면 내가 너한테 내 머리핀……"

나는 카르멘에게 머리핀을 준다고 약속하려다가 멈췄다. 카르멘은 남자니까 머리핀은 필요 없을 것 같았다. 그럼…….

"내 반지 줄게."

난 손등을 들어 보이며 말했다. 백금으로 만들어진 예쁜 반지였다. 카르멘은 미묘한 표정으로 대답했다.

"내 손에는 안 들어갈 것 같은데……."

그 애는 떨떠름해 보이긴 했지만 어쨌든 더 이상 심란해 보이진 않았다. 성공이었다.

난 계속 그런 식으로 카르멘에게 되도 않는 말을 걸었다. 어쩐지 낮과는 정반대의 상황이 되어 버린 것 같다. 내가 반지 다섯 개와 귀걸이 세 쌍을 걸었을 때쯤엔, 카르멘이 웃음을 터뜨리기도 했다.

그는 이제 완전히 내 말에 귀를 기울여 주고 있었다. 카르멘에게 기운을 북돋아 줄 생각이었는데 나는 그만 이 순간이 즐거워져 버렸다. 다만 추워서 코가 약간 맹맹했다.

그게 티가 났는지 카르멘이 입고 있던 겉옷을 내게 걸쳐 줬다. 난 또 신나서 말했다.

"카르멘, 저기도 탑이 있어."

"아, 광장의 시계탑."

"저것도 굉장히 높다. 이 탑이랑 닮았는걸."

"그러게."

카르멘이 다정한 눈으로 내게 물었다.

"맞춰 봐, 첼시. 저기선 무슨 일이 일어나고 있을 것 같아?"

카르멘이 저렇게 날 바라볼 때면 그가 나를 동생처럼 대하고 있다는 생각을 지울 수 없다. 난 일부러 새침하게 말했다.

"글쎄, 아마 말썽꾸러기 꼬마 둘이 최상층에 고립되어 있지 않을까."

"아하하. 여자애가 춥겠네."

그 말에 난 김빠진 웃음을 지었다. 내가 어깨를 으쓱하며 말했다.

"괜찮아. 같이 있는 멋진 약혼자가 겉옷을 벗어 줬을 거거든."

"……그럼 안 추워?"

"응, 하나도."

내가 활짝 웃으며 말했다. 카르멘은 잠시 말없이 나를 바라보았다. 그러다 문득, 그가 나를 안았다. 난 카르멘에게 안겨서 멍하니 눈을 깜빡였다. 카르멘은 여전히 아무 말이 없었다. 나 또한 아무 말도 못 하고 있다가 카르멘이 떨어지지 않자 조심스럽게 물었다.

"……추울까 봐 그래?"

카르멘이 고개를 끄덕였다. 난 양손을 들어서 그 애의 등에 올렸다.

그때 광장에서 불꽃놀이가 시작되었다. 우리의 옆으로 붉고 푸른 불꽃들이 자꾸만 터져 하늘을 밝혔다. 그 요란스러운 축제의 소리들이 내 심장 소리를 덮어 줘서 다행이었다. 난 붉어진 얼굴을 카르멘의 품에 묻었다. 문득 사람들은 모두 제 역할이 있다던 삼촌의 말이 떠올랐다.

카르멘, 내가 세상에 태어난 이유는 널 만나기 위해서가 아닐까.

네가 내 시계야.

카르멘, 널 좋아해.

* * *

난 드래곤의 탑에서 하룻밤을 보낼 각오를 했는데, 다행히도 한밤에 수색대가 우리를 찾았다. 황실에 사냥개들을 풀어서 흔적을 쫓았다고 한다. 그렇게 우리의 실종 사건은 약 여섯 시간 만에 종식되었다.

그러나 그 시간 동안 부모님은 크게 놀라셨고, 황궁은 난리가 났다. 알고 보니 건국절 전날 황실에서 황자 중 한 명이 병으로 세상을 떠났다고 한다. 생각해 보니 카르멘의 기사가 불미스런 일이 있었다고 운운했다. 그냥 둘러대려고 하는 말인 줄 알았는데, 정말이었던 것이다.

아무튼 그 후로 나는 부모님한테 끌려가서 엄청나게 혼이 났다. 벌로 외출 금지령까지 내려졌다. 그것도 삼 주나! 난 너무 슬펐지만 어쩔 수 없었다.

집에 콕 박혀서 할 수 있는 일이라곤 책읽기, 허공을 바라보기, 남은 수감 날짜를 세기, 행복했던 바깥에서의 추억을 회상하기……. 그런 것밖에 없었다. 그러다 보니 지루해서 자꾸 잠이 왔다. 낮잠이 늘었다.

열흘쯤 지났을 때, 낮잠을 자다가 한밤중에 문득 잠에서 깼다. 다시 자려고 노력해 봤지만 배가 고파서 잠이 오지 않았다. 난 부엌이나 뒤져 볼 요량으로 침대에서 일어나 아래층으로 내려갔다.

"카르멘이……."

그때 서재 쪽에서 부모님의 목소리가 들렸다. 얼핏 카르멘의 이름을 들은 것 같기도 했다. 난 드래곤의 탑에서 나온 이후로 내내 그 애의 소식이 궁금했다.

폐하께 혼이 나진 않았을까. 날 보지 못해서 시무룩해져 있는 건 아닐까. 카르멘의 이야기는 언제나 내 주된 관심사였다. 난 닫혀 있는 서재 문에 슬그머니 귀를 갖다 대었다.

"벌써…… 열이 심해서……."

"……리자드…… 유통 경로가……."

"……."

난 흠칫 굳었다. 대화의 방향이 무언가 심상치 않았다. 난 그들의 대화를 엿듣는 데 나의 온 청각 신경을 곤두세웠다. 문 위에 올려 둔 내 손이 어느새 잘게 떨리고 있었다.

그들의 대화를 종합하자면 이러했다.

카르멘이 병에 걸렸다. 치료제를 구하기 힘들다…….

이대로 가다간 죽을지도 모른다, 라고.

리자드는 마수의 이름이었다. 도마뱀처럼 생겼지만 크기는 사람보다 컸고, 등딱지에 여러 개의 뿔이 달려 있는 A급 마수였다. 리자드는 꼬리에 독을 가진 미생물을 키우는데, 그 침에 닿으면 걸린다고 해서 리자드병이라고 불렸다. 발열, 두통, 극심한 피로, 오한 등의 증세가 뒤따르고…… 방치하면 죽음에 이르는 경우도 있다고 했다.

감염 경로는 마수에게 물리는 경우도 있지만, 그 독에 중독된 짐승이나 식물을 먹어도 병에 감염된다고 한다.

설마 황실에 마수가 돌아다닐 리는 없을 테고. 그렇게 간접적으로 감염된 것 같았다. 아무리 그렇다고 해도 황실에서 이런 일이 생겼다는 것이 이상하게 느껴졌다. 그러나 다행히도 이 병에는 명쾌한 치료제가 있었다.

해독초 바라카.

이질적인 보랏빛 잎에 지독한 냄새를 풍겨서 마계의 꽃이라고도 불리는 북부 지방의 식물이다. 날씨가 추워지면 헤브람에도 드문드문 보인다고 하는데, 마침 지금은 겨울이라 구하기 힘들지는 않을 것 같았다.

그런데 왜 우리의 황실에선 못 구하고 있는 것일까? 아까 부모님의 대화를 엿들었을 때, 병의 치료제 수급에 문제가 있다고 했다. 바라카가 갑자기 멸종하기라도 한 걸까?

난 책을 읽다가 마음이 답답해져서 머리를 쥐어뜯었다. 카르멘은 황자 인데. 우리 헤브람 제국의 황실은 대체 뭘 하고 있단 말인가. 초조함에 손톱을 잘근잘근 씹었다. 마음 같아서는 당장 황궁으로 뛰쳐나가 따지고 싶었지만, 안타깝게도 난 저택 근신 중이었다.

바라카를 구하기가 그렇게 힘든 건가?

나는 손톱을 씹다가 문득 바라카의 그림을 내려다봤다. 보라색 잎에, 지독한 냄새를 풍기는 꽃. 바라카는 아주 특색 있는 식물이었다. 정말 구하기 힘든지 내가 직접 확인해 봐야겠다.

나는 자라고 잔소리를 하는 유모에게 낮잠을 많이 잤다고 둘러대 놓고, 양피지를 한가득 가져와 서재 바닥에 늘어놓았다. 잉크를 옆에 놓고 깃털 펜으로 그 양피지들 위에 모조리 마법진을 그렸다.

나는 가진 마력이 많지 않아서 그렇게 많은 사역마를 소환하지는 못한다. 하지만 크기가 아주 작고 약한 사역마라면 가능했다. 사역술은 마수뿐만 아니라 동물에게도 사용할 수 있다. 내가 사역술을 배우고 처음 소환한 사역마 까망베르도 원래는 그냥 강아지였다.

바라카는 지독한 냄새를 풍긴다고 했다. 개는 후각이 뛰어나지만, 내 마력으로는 두세 마리를 소환하는 게 한계였다. 그러나 난 개보다 뛰어 난 후각을 가지고 있는 동물을 알고 있었다.

바로, 나방과 개미였다.

곤충은 크기가 작아서 내 마력으로도 얼마든지 많은 수를 소환할 수 있었다. 나는 양피지와 잉크가 바닥이 날 때까지 소환진을 그렸다. 내가 그린 마법진이 수백 개에 달했다.

먼동이 틀 무렵, 나는 양피지 위에 손을 올려 두고 소환식을 외웠다. 서재에 한가득 파란빛이 번쩍였다. 나는 숨을 헐떡이며 바닥을 내려다봤다.

"으……."

서재에 개미와 나방이 우글거리고 있었다. 팔에 소름이 쫙 끼쳤다. 누군가 이 광경을 목격한다면 아마 난리가 날 것이다. 나는 그들을 향해 어색하게 웃으며 책을 펼쳐 보였다.

"자, 얘들아. 이제부터 이렇게 생긴 꽃을 찾을 거야."

난 바라카가 풍기는 냄새에 대해서, 책에서 본 것을 바탕으로 열심히 설명했다. 나의 곤충 사역마들은 내 설명을 유심히 듣고 창문 밖으로 빠져나갔다.

나는 그들이 나가는 것을 확인하고 창문을 닫았다. 그 순간, 몸에 힘이 쭉 빠졌다. 아무리 곤충이라도 이렇게 많이 소환하면 피곤하구나. 어쩐지 어깨와 팔까지 후들거리는 것도 같고……. 아, 이건 그냥 피곤해서 그런가…….

그게 내가 떠올린 마지막 생각이었다. 난 그대로 서재 바닥에서 곯아떨어지고 말았다.

"으음……."

내가 다시 정신을 차린 건 정오가 지난 늦은 점심이었다. 눈을 뜨자 양피지와 책 더미가 어지러이 널려 있는 서재의 모습이 보였다. 나는 곧 상당수의 계약이 깨져 있다는 것을 깨달았다. 내 곤충 사역마들이 그사이에 많이 죽어 버린 것이다.

난 내 명령을 수행하다 죽은 그들의 희생에 짧게 애도를 표했다. 그때,

창문 쪽에서 무언가가 톡톡 부딪치는 소리가 났다. 창문가로 다가가자, 나방들이 창을 두드리고 있는 게 보였다.

내가 창문을 열자 그것들이 우르르 방으로 들어왔다. 어쩐지 굉장히 서두르는 모양새였다. 누에나방이 너덜너덜해진 날개를 퍼덕거리며 열심히 하루의 성과를 설명했다.

그 설명을 듣는 내 눈이 점점 커졌다.

"아가씨, 언제 일어나셨어요?"

그때 유모가 문을 열고 들어오는 소리가 들렸다.

"일어났으면 일어났다고 말씀을 하시지, 어제는 왜 서재를 그렇게 엉망으로……."

무언가 잔소리를 하려던 유모가 창문가를 점령한 나방과 개미를 보고 기겁하며 비명을 질렀다. 그녀는 쟁반 위의 물컵을 내려 두고 쟁반을 무기처럼 휘두르며 다가왔다.

"아가씨, 어서 피하세요! 여긴 제가……!"

"유모! 아니야, 죽이면 안 돼!"

난 양팔을 벌려서 유모의 앞을 막아섰다. 나의 곤충 사역마들이 허겁지겁 내 발 뒤로 숨었다.

"얘들은 내 사역마들이야. 그보다 우리 부모님은 어디 계셔?"

"사역마라고요……? 주인님은 지금 외출을 하시겠다고 정원에 나가셨……."

"고마워!"

난 황급히 방을 뛰쳐나왔다. 계단을 굴러떨어지듯 내려와 심장이 아프도록 뛰어서 마차가 출발하기 전에 정원에 도착할 수 있었다. 나는 미친 듯이 숨을 헉헉대며 부모님에게 내 사역마들이 발견한 바라카가 있는 곳을 설명했다. 카르멘의 병을 고칠 수 있는 해독초가, 황궁 뒤의 야산에 있다고.

말하다가 조금 이상하다는 생각이 들기 무섭게 부모님이 황당한 얼굴로 내게 물었다.

"넌 온종일 집에 있었는데, 대체 그걸 어떻게 알았니?"

"그건⋯⋯."

나는 잠시 엄마 눈치를 봤다. 우리 부모님은 마법사를 아주 싫어하신다. 연금술사인 삼촌도 별로 좋아하지 않으시고, 그가 나한테 소환술이니 사역술이니를 가르치는 것도 탐탁잖아 하셨다. 하지만 지금은 별도리가 없었다. 나는 내 사역마들을 불러 모았다.

"이 애들이 가르쳐 줬어요."

마차를 타려다 말고 내게 붙들려 의아한 표정을 짓고 계시던 부모님은, 놀라서 숨을 삼키셨다. 내 뒤로 나방과 개미 군단이 행진해 오고 있었기 때문이다.

난 부모님께 내게 있었던 일을 차근차근 모두 설명했다. 부모님의 대화를 우연히 엿들은 것부터, 후각이 예민한 곤충들을 이용해 바라카를 찾게 한 것까지.

부모님은 무척 놀란 듯해 보였지만 내 말을 진지하게 들어 주셨다. 그리고 바라카가 난 야산으로 가려면 황궁을 거쳐야 해서, 부모님은 황실에 이 일을 알리고 협력 요청을 하겠다고 했다.

조금 뒤에 황실의 허락을 받고 난 부모님과 함께 황궁으로 향했다. '야산의 커다란 바위 뒤'라는 내 설명이 너무 모호해서, 내가 직접 동행할 필요가 있었다.

우리는 황궁에서 황비님, 황실 기사단과 합류하였다. 인사를 나눌 때 본 황비님의 얼굴은 무척 수척해져 있었다. 이쯤 되자 나는 조금 긴장했다. 내 사역마들은 황실 기사단원들이 어린애 말에 휘둘릴 필요 있냐고 투덜대는 소리를 들었다고 전해 줬다.

하지만 진짜로 있는걸. 잠시 후면 모두가 그것을 알게 될 것이다.

"여기에요."

목적지에 다다라서 나는 마차를 세웠다. 우리를 뒤따르던 황비님과 황실 기사단을 태운 마차도 멈춰 섰다.

꽤 깊숙한 곳까지 왔음에도 이 야산은 수풀이 우거지지 않았다. 바람이 많이 불어서인지 풀들은 죄다 짧고 키가 작았다. 난 그 사이에서 커다란 바위를 발견할 수 있었다. 누에나방들이 알려 준, 그 바위였다.

"저 뒤에 있을 거예요."

나는 바위를 가리키며 말했다. 기사들이 내가 말한 곳으로 다가갔다. 난 조마조마한 심정으로 그걸 바라봤다. 어쩐지 느낌이 좋지 않았다. 기사들이 바위 뒤를 살폈다. 그들 중 하나가 불쑥 고개를 들고 말했다.

"아무것도 없는데요."

"네? 그럴 리가……!"

난 초조한 마음에 그렇게 외치며 그들에게 다가갔다. 바위 뒤를 살폈는데 정말로 거기에는 딱히 무언가가 보이지 않았다.

그때, 기사단장이 내 뒤에서 말했다.

"이거 말입니까?"

그의 손에 보라색 으름덩굴 꽃이 있었다.

바라카가 아니었다.

난 특이한 모양의 보라색 꽃을 바라보며 멍하니 눈을 깜빡였다. 나지막한 황비님의 한숨 소리가 들렸다.

* * *

그 우스꽝스런 실패를 맞이한 내 당황이야 이루 말할 수도 없었다. 우리는 결국 아무런 소득 없이 집으로 돌아와야 했다. 부모님은 날 꾸짖지도 않으셨고, 도리어 괜찮다고 위로를 해 주셨다.

하지만 그들의 태도에는 공연히 큰일에 어린 딸을 끼워 넣었다는 자책이 엿보였다. 나는 시무룩해지지 않을 수 없었다.

우리가 산을 내려왔을 때, 황비님은 내 머리를 쓰다듬어 주시며 말씀하셨다.

"미안하다. 첼시, 우리가 네게 이런 일까지 신경 쓰게 만들었구나. 이제 이 일은 어른들에게 맡겨 두렴. 카르멘은 반드시 건강해질 거야. 약속하마."

황비님의 실망이 얼마나 컸을까. 그런데도 그녀가 내게 화를 내지 않았던 이유는 내가 어린아이이기 때문이었다. 아이는 무능력하다.

이번 사건으로 그게 더 확실해졌다. 나를 탓하는 사람은 아무도 없었지만, 내 스스로가 너무 당황스럽고 슬펐다. 집으로 돌아오는 내내 비탄에 빠져 있었다.

사실 처음 야산에 도착했을 때부터, 나는 무언가가 잘못될지도 모른다는 불안감을 느꼈다. 그리고 기사단장이 으름덩굴 꽃을 들어 보이는 순간, 머리가 백짓장이 되어 아무런 생각도 할 수 없었다.

그러나 집에 돌아와 찬찬히 생각해 보니 다소 위화감이 느껴졌다. 내 사역마들, 그러니까 나방과 개미들은 후각이 뛰어난 대신에 시력이 무척 나빴다. 그런 아이들이 비슷한 색깔이라고 하나 전혀 다른 냄새를 가진 바라카와 으름덩굴 꽃을 헷갈린다는 것은 이상한 일이었다.

더구나 황실 기사단이라고 하는 작자들의 태도는 어떠했는가? 자신들의 황자가 죽을병에 걸려 누워 있고, 유일한 희망이었던 해독초를 찾는 것에 실패했는데도 조금도 실망하는 눈치가 아니었다.

내가 어린애라 처음부터 기대를 안 했다면, 불쾌한 기색이라도 보여야 한다. 하지만 그들은 산을 오르는 동안에는 내 뒷말을 했으면서 내려가는 길에서는 그러지 않았다. 충성심이 있는 자들이라면 그 반대가 되어야 할 텐데.

"으음……."

난 침대에 누워서 머리를 헝클였다. 어쩐지 마음이 무척 불안했다.

황비님도 그렇고, 우리 부모님까지도 내게 이 일은 황실과 어른들에게 맡기라고 당부하셨다. 나도 물론 우리 황실이 나보다 못할 것이란 생각은 하지 않는다. 하지만…….

병상에 누워 있을 카르멘의 모습이 자꾸만 눈앞에 아른거렸다.

나도 아파 본 적이 있다. 몸살을 앓은 적도 있고, 식중독에 걸린 적도 있다. 식중독에 걸렸을 때는 진짜 아팠지. 난 엉엉 울면서 엄마에게 죽을 것 같다고 칭얼거렸다. 너무 아파서 세상이 다 미울 정도였다.

하지만 그렇게 아팠는데도 나는 죽음의 문턱에도 닿지 않았다. 나도, 내 주변 누구도 내가 정말로 죽을 거라고 걱정하진 않았다. 그 정도로 아프진 않았으니까.

사람이 죽을 만큼 아프다는 건 대체 어떤 걸까? 난 알 수 없었다. 내가 짐작할 수도 없는 고통을 견디고 있을 카르멘을 떠올리니 마음이 아렸다. 그 애의 병을 반으로 쪼개서 나눠 가질 수 있으면 좋을 텐데.

난 눈물을 닦으며 고개를 돌렸다. 창문틀에 앉아 내 눈치를 보고 있는 곤충 사역마들의 모습이 보였다. 그래, 이왕 소환한 거니까. 계약 기간도 아직 남아 있고, 손해 보는 일도 아니니까.

난 그 애들에게 다가가서 두 번째 명령을 내렸다. 내용은 첫 번째와 똑같았다. 바라카를 찾는 것. 그러나 이번에는, 그 애들에게 지원군을 많이 만들어 주기로 했다.

마법에 관심이 있는 사람들이라면 다들 자신이 가진 마력이 어느 정도인지 궁금할 것이다. 마력의 크기가 곧 마법 재능의 크기라고들 한다.

때문에 마탑이나 아카데미에선 재능 있는 아이들을 발굴하기 위해 마력

측정기를 누구나 쓸 수 있도록 마탑을 개방했다. 나도 어릴 때 삼촌을 따라 마탑에 가서 마력을 측정해 본 적이 있으니 말이다. 그러나 사람들이 살면서 자신이 가진 마력의 한계치까지 써 볼 기회는 많지 않다.

요즘은 마탑의 마법사 중에도 마력이 없는 마법사가 생겨났다. 그만큼 불황이라서 적은 마력으로도 마법을 쓸 수 있는 대책을 열심히 만들어 내고 있었다. 마력 증폭기나, 오버클록 마법진, 많은 확장 보조식들이 그런 것이었다.

후자는 너무 복잡하고 어려웠고, 마력 증폭기는 귀족들도 웬만한 부자가 아니고서야 구입하기 어려울 정도로 값비쌌다. 하지만 다행히도 그 웬만한 부잣집 귀족 영애가 바로 나였다.

선천적으로 가지고 태어난 마력을 순수 마력이라고 하고, 마력석과 마력 증폭기의 힘을 빌려 키운 마력을 수정 마력이라고 한다. 내 순수 마력은 12파시, 강아지 한두 마리 정도를 소환할 수 있을 양이였다. 그리고 내 수정 마력의 한계는 지금 막 확인하고 있는 참이었다.

"으으……."

나는 한 손으로 아픈 머리를 감싸며 고개를 들었다. 그 순간 잠깐 정신을 잃었던 것 같았다. 빈혈이 온 것처럼 눈앞이 핑 돌고 머리가 어지러웠다. 마력 결핍증의 증상이었다.

내가 일주일 동안 그린 마법진의 숫자는 약 이천 개. 그것들을 한꺼번에 발동시키려 하다가 3분의 1은 실패해 버렸다. 소환진 하나당 쓴 마력이 0.1파시이니 내가 소모한 마력은 총 130파시 정도. 그러니까 내 수정 마력은…… 개미나 나방 천삼백 마리짜리 마력…….

이게 많은 건지 적은 건지 모르겠다. 새롭게 소환된 사역마들은 곁에서 걱정스럽다는 듯이 내 얼굴을 기웃거리고 있었다. 나는 두통 때문에 괜히 짜증이 나서 외쳤다.

"뭘 멀뚱히 보고 있어? 어서 일해, 일!"

나의 곤충 사역마들이 화들짝 놀라 창문으로 날아갔다. 흥, 곤충들에게 걱정을 받고 싶진 않았다.

그렇게 천 마리가 넘는 내 사역마들이 열심히 바라카를 찾는 동안, 나는 집에서 계속 잠을 잤다. 마력 결핍증이 지긋지긋하게 나를 괴롭혔다. 가만히 있어도 몸이 계속 축축 늘어지고 아무리 자도 잠이 왔다.

그래서 한동안은 계속 침실에 박혀 잠만 잤던 것 같다. 부모님은 내가 어디가 아픈 것일까 봐 계속 걱정하셨다. 의사가 왕진을 오기도 했지만 마법에 무지한 사람이라 내 몸에서 이상을 발견해 내진 못했다. 그러자 부모님은 내가 카르멘을 걱정하느라 마음에 병이 생겼다고 생각하신 듯했다.

그렇게 쓰러져 잠만 자길 사흘. 사흘째 되던 날, 드디어 나의 사역마들이 수도 변두리 지역에서 바라카를 찾아냈다. 그걸 알자마자, 나는 당장 이 사실을 부모님께 알리고 싶었다

하지만 난 그러지 않았다. 우리가 함께 황실의 야산에 올랐을 때와 같은 실패를 반복하고 싶지 않았기 때문이다. 물론 부모님과 황비님이 내게 실망하는 것이 두렵기도 했다.

내가 부모님께 은근슬쩍 바라카에 대한 말을 흘릴 때마다, 그분들은 강경하게 나를 말리셨다. 엄마는 내게 카르멘의 일은 황실에게 맡기라고 당부하셨다. 난 이미 크게 신뢰를 잃었다…….

하지만 그것보다, 말로 형용할 수 없는 찜찜함이 피어나 버렸다는 이유가 더 컸다. 내가 부모님에게 말하면 부모님은 정석대로 황실에 전할 텐데, 왠지 그러면 안 된다는 생각이 들었다. 이건 내 감이었다. 그리고 난 카르멘에 관련된 일에 관해서는 내 직감을 믿었다. 왜 그러냐면…… 사랑의 힘이라고 할까.

그래서 나는 잠자코 해가 질 때까지 기다렸다. 유모에게 피곤해서 일찍 잔다고 말해 두고 저녁 무렵에 침실로 들어왔다. 그리고 밤이 깊었을 때,

이불 속에 베개와 인형을 내 대역으로 채워 두고 커튼을 엮어서 창문으로 빠져나왔다. 배낭을 단단히 메고 집을 나서면서 나는 마음속으로 사과했다.

'엄마 아빠, 미안해요.'

아직 외출 금지령이 남아 있었고, 부모님을 속인다는 게 무서웠다. 하지만 나의 카르멘이 가장 중요했다.

난 시내에서 돈을 주고 마차를 빌려 탔다. 혼자 다니는 귀족 꼬마처럼 보이지 않으려고 로브를 사 입는 철두철미함도 보였다. 안내역을 맡을 누에나방 몇 마리가 따라붙어 함께 마차에 올라탔다.

마차는 도심을 벗어나서 강을 두르고 달렸다. 난 창 너머로 풍경을 구경했다. 이렇게 늦은 시간에 혼자 바깥에서 밤하늘을 보는 것은 처음이었다. 마치 내가 모험을 떠나는 방랑 마법사가 된 것 같았다.

마부는 작은 마을을 가로질러 페레스산 어귀에 마차를 세워 줬다. 나는 사역마들과 함께 마차에서 내려서, 약속했던 나머지 대금을 마부에게 주었다.

마부는 돈을 건네받고도 한참 서서 나를 바라보다가, 아까 지나온 여관에서 묵을 예정이니 돌아갈 때 마차가 필요하면 찾아오라고 했다. 안 그래도 마침 돌아가는 길이 걱정이었는데 다행이었다. 마부 아저씨가 많이 피곤했나 보지. 그는 마을로 내려가면서 내게 충고했다.

"산도적을 조심하십쇼."

난 사역마들의 안내에 따라 산을 올랐다. 밤에 산을 오르는 건 처음이었다. 커다란 보름달이 떠 있어 그렇게 어둡지는 않았다.

팔랑이는 누에나방의 뒤를 쫓다가, 나는 우뚝 멈춰 섰다. 어딘가에서 기분 나쁜 냄새가 풍겨 왔다. 누에나방들이 내 머리 위로 날아올랐고, 난 그 궤적을 따라 고개를 들었다. 내 눈이 서서히 커졌다.

꽃 위로 솟아 오른 나비의 더듬이 같은 기다란 암술, 스컹크의 악취

같은 불쾌한 냄새. 책에서 본 것과 똑같았다. 거기에는 달빛을 받아 보라색으로 빛나는 바라카의 군락이 있었다.

그런데…….

"저길 어떻게 올라가지?"

눈앞에는 깎아지른 절벽이 있었다. 바라카는 그 위에 위치해 있었다. 나는 고개를 한껏 꺾어서 바라카를 바라만 보고 있었다. 역시 부모님과 함께 왔어야 했던 걸까?

마을에 내려가서 누구에게 도움을 요청해 볼까 고민하고 있는데, 어디선가 목소리가 들려왔다.

"오, 여기 있군!"

걸걸한 남자 목소리였다. 난 거의 반사적으로 나무 뒤에 숨었다. 마부 아저씨가 말한 산도적일 수도 있다는 생각이 들었기 때문이다. 남자는 두 명이었다. 하나는 뚱뚱하고 키가 컸고, 하나는 마르고 키가 작았다. 그들은 벼랑 앞에서 짐을 내렸다.

남자들의 짐 꾸러미에서는 쇠로 된 정과 로프가 나왔다. 키가 작은 남자가 로프를 절벽 위로 던져 바위 뒤에 고정했다. 그리고 그 로프를 잡고 절벽을 올라갔다. 키가 큰 남자가 가만히 서서 중얼거렸다.

"이렇게 낮은 곳에서 로프까지 쓸 필요 있어?"

"철저하게 해서 나쁠 건 없잖아."

저 깎아지른 절벽이 낮다니. 그들은 노련한 산사람인 것 같았다. 키가 작은 남자가 순식간에 절벽 위로 올라가 바라카를 꺾기 시작했다. 나는 당황했다. 저 남자들이 바라카를 모조리 쓸어 가기 전에, 뛰쳐나가서 하나라도 꺾어 와야 하나 고민이 되기 시작했다.

그때, 바라카를 뽑던 남자가 말했다.

"이 귀한 것들을 다 태워야 한다니. 참 아깝게 됐군."

그러자 덩치 큰 남자가 절벽 아래에서 답했다.

"그러게, 황족들의 생각은 이해가 안 된다니까."

그 순간 난 돌처럼 굳었다.

바라카를 태운다니?

너무 놀라서 덩치 큰 남자의 뒷말은 제대로 듣지도 못했다. 태워 버릴 거면 왜 가져가는 거야? 그럴 거면 날 주지!

난 당장 뛰쳐나가서 그렇게 따지고 싶었다. 하지만 그 남자들은 뒷모습에서도 험악한 분위기를 마구 풍겨 대고 있었다. 멀쩡한 꽃을 굳이 태워 버리려고 저렇게 열심히 일하는 것을 보니 분명 어마어마한 사이코가 확실했다. 저렇게 무서운 사람이라면, 나도 함께 태워 버리려 들 것 같았다.

난 나무 기둥 뒤에 숨어 발만 동동 굴렀다.

그 무뢰배들은 그렇게 바라카를 모조리 꺾어서 가져가 버렸다. 난 그들이 완전히 사라진 후에야 나무 기둥 뒤에서 나왔다.

포악한 산도적들에게 집단살해를 당한 바라카 군락은, 흔적도 남지 않고 몰살당한 후였다. 내 기분은 그야말로 침통하기 그지없었다. 눈물이 차올라서 나는 하늘을 향해 고개를 들었다.

그때, 달빛이 반짝 빛났다.

그 순간, 나는 절벽 위에서 보라색 이슬도 반짝 빛나는 것을 목격했다. 나는 화들짝 놀랐다. 얼른 손등으로 눈물을 탈탈 털어 버리고 이슬이 빛났던 곳을 바라봤다. 이 순간 나의 시선은 올빼미처럼 또렷했다. 절벽 위의 한쪽 구석, 돌무더기 틈새. 거기에 실처럼 솟아 있는 보라색 암술이 보였다. 내 눈이 커다랗게 떠졌다.

"바라카!"

거기에 바라카가 한 송이 남아 있었다. 바위에 가려져 잘 보이진 않았지만, 바라카가 틀림없었다.

* * *

난 황급히 뒤를 바라봤다. 주위에 인기척은 느껴지지 않았다. 하지만 마음이 불안했다. 그 남자들이 절벽 위에 연결한 로프를 그대로 놔두고 갔던 것이다.

그건 그자들이 여기에 다시 돌아올 것이라는 뜻이었다. 어쩌면 저 엉망으로 파헤친 흔적을 없애러 다시 찾아올지도 몰랐다. 그때에도 저 바위 사이에 남아 있는 바라카가 무사할 수 있을지는 확실치 않았다.

나는 도적들이 사라진 어둠을 바라보며 입술을 잘근잘근 씹다가, 주먹을 불끈 쥐고 고개를 돌렸다. 내가 다가간 곳은 다름 아닌 로프 앞이었다. 나는 로프를 들고 그것을 꼼꼼히 살펴보았다. 나무 열매 껍질로 만들어진 로프는 결이 거칠었지만 튼튼해 보였다.

"좋아……."

난 배낭을 바닥에 놓고 뒤집어쓴 로브도 벗어 던졌다. 짐과 로프를 던지자 몸이 가벼워졌다. 한결 간편해진 차림으로 로프를 잡고 매달렸다. 로프가 조금 흔들렸지만, 절벽의 우둘투둘한 곳에 발을 지탱하자 그럭저럭 중심이 잡혔다.

좋아, 이 정도라면 올라갈 수 있겠는걸.

나는 용기를 내어 로프를 오르기 시작했다. 발로 원피스 자락을 밟지 않으려고 노력하면서, 열심히 절벽에서 굴곡진 곳을 찾아 위로 올라갔다. 거칠거칠한 로프를 힘주어 잡자 손바닥이 따끔거렸다. 나는 달빛이 비추는 바라카의 모습만을 위안 삼아 절벽을 등반했다.

절벽을 절반 이상 올라왔을 때, 나는 튀어나온 돌 위로 발을 올렸다. 그런데 무게를 싣는 순간 돌이 아래로 확 무너져 내렸다.

"까악!"

난 화들짝 놀라 로프에 매달렸다. 균형이 무너지는 바람에 로프를 잡은 채 아래로 조금 미끄러지고 말았다. 로프에 쓸린 손이 불타는 것처럼 아팠다. 상처가 난 것 같았다.

너무 아픈 나머지 절로 울음이 터져 나왔다. 그러나 나는 로프를 놓지 않았다. 여기서 떨어지면 더 크게 다친다는 걸 알고 있었기 때문이다. 나는 훌쩍거리면서도 다시 줄을 잡고 벽에 발을 디뎠다. 다친 손바닥이 무척 아팠다.

그러나 카르멘은 더 아플 것이다. 난 침상에 누워 있을 카르멘의 얼굴을 떠올리며 힘을 냈다. 중간중간 아픈 손을 쉬어 가면서, 전보다 신중하게 발을 옮기며 로프를 타고 올라갔다. 그래서 마침내 절벽 위로 올라왔을 때는, 온몸이 완전히 땀범벅이었다. 하지만 내 얼굴에는 환한 미소가 가득 떠올랐다.

바위 사이에 피어 있는 보라색 바라카. 마계의 꽃이라는 별명에 걸맞게, 그 식물은 괴상한 모양에 독한 썩은 내를 풍기고 있었다. 나는 기쁨에 차서 숨을 크게 들이마셨다.

세상에, 책에서 본 것과 똑같았다! 그 순간 내게는 그 썩은 내 나는 꽃이 세상에서 가장 아름다운 꽃이었다.

나는 바라카를 향해 천천히 걸어갔다. 남자가 흙을 다 뒤엎어 놓은 덕분에 걸음을 옮기는 족족 발이 푹푹 아래로 꺼졌다. 돌무더기 앞에 서서, 조심스럽게 손을 뻗어 바라카를 꺾었다.

해냈다!

목적을 달성하자마자 난 곧장 마을로 내려왔다. 마을이 좁아 어렵지 않게 마부가 머무는 여관을 찾을 수 있었다. 다행히도 마부는 아직 잠들지 않았던 모양이었다. 나는 마부에게 지난번보다 두 배의 돈을 줄 테니 바로 수도로 가 달라고 부탁했다. 이 마을을 당장 떠나고 싶었다.

수도로 가는 동안 마부는 졸음을 물리치기 위해서인지, 내게 계속 말을 걸어 댔다. 주로 딸 자랑이었다. 나는 내 자랑을 하는 건 좋아해도 남의 자랑을 듣는 건 별로 좋아하지 않았다. 그래서 난 지루함을 참지 못하고 중간쯤부터 잠들어 버렸다.

"아가씨, 일어나 보쇼."

한창 단잠에 빠져 있는데, 문득 마부가 나를 깨웠다. 그때는 이미 여명이 밝아 오고 있었다. 새벽빛을 받아 푸르스름하게 빛나는 우리의 수도 플로라온의 모습이 보였다. 마부가 물었다.

"광장으로 가면 되겠수?"

"아니, 황궁 앞으로."

난 잠에 취해 가라앉은 목소리로 답했다.

새벽이 열리고 있었지만 아직 수도는 깨어나지 못한 듯했다. 지나다니는 사람이 없어 황궁까지 가는 길이 무척 쾌적했다. 덕분에 마차는 해가 완전히 떠오르기 전에 황궁 앞에 도착할 수 있었다.

나는 마부에게 줄 돈을 꺼낼 때가 되어서야, 내 수중에 그에게 약속한 만큼의 돈이 없다는 것을 알았다. 그래서 나는 돈 대신 내 목걸이를 풀어서 그에게 건넸다. 꽃모양으로 세공된 옐로우 다이아몬드가 달린 목걸이였다. 그 반짝이는 보석을 보자 마부는 화들짝 놀라 사양했다.

"어차피 수도로 돌아오긴 해야 했으니, 돈은 안 줘도 되우."

그는 그렇게 말했다. 그러나 잠도 못 자고 마차를 몰았던 사람에게 돈을 떼먹을 수야 없는 일이었다. 내가 강권하자 그는 결국 못 이기는 척 그것을 받아 들었다.

"고맙소. 딸아이가 좋아하겠군."

그가 씰룩거리는 입꼬리를 숨기지 못하고 말했다. 난 활짝 웃었다.

"나야말로 고마워!"

나는 그렇게 마부, 그리고 내 목걸이와 작별 인사를 했다.

황궁 입구로 다가가자 문지기들이 나를 막았다. 난 후드를 벗고 그들에게 황자비도 못 알아보느냐고 화를 냈다. 그제야 날 알아본 문지기 하나가 쩔쩔매면서 사과했다. 나는 괜히 그를 더 몰아붙여서 카르멘이 있는 궁까지 나를 안내하게 만들었다.

혼자 돌아다니기가 어쩐지 불안하게 느껴졌기 때문이다. 간밤에 산도적을 만나서일까? 어쨌든 난 병사와 함께 카르멘이 있다는 궁 앞에 도착할 수 있었다.

거기까지 와서, 난 들어가지 못하고 조금 머뭇거렸다. 혼자서 여길 온 건 처음인 데다가, 내 꼴이 아주 엉망이었다. 이런 모습으로 황비님을 만나도 될지 모르겠다. 입구에서 서성거리는 나를 병사가 이상한 눈으로 쳐다보기 시작할 때였다.

"첼시 님?"

익숙한 목소리가 들려 퍼뜩 고개를 들자, 거기에 시종장이 서 있었다. 아는 사람을 만나자 무척 반가웠다. 난 얼른 그를 불러 세웠다.

"브라안!"

"전하를 보러 오셨습니까?"

"네, 그게……."

시종장이 병사에게 손짓하여 그를 돌려보냈다. 그사이 나는 품속에 소중하게 넣어 둔 바라카를 꺼냈다. 고약한 악취에 인상을 찌푸리던 시종장은, 그것의 모습을 확인하고 눈을 크게 떴다.

"그건……."

시종장은 이 꽃의 정체를 알고 있는 눈치였다. 그는 카르멘이 태어나기 전부터 황비님을 보좌했던 사람이었다. 분명 나만큼이나 카르멘을 걱정하고 있었겠지. 난 그에게 바라카를 건네주며 말했다.

"이걸 의사에게 전해 주세요."

시종장이 얼떨떨한 얼굴로 바라카를 받아 들었다. 이걸로 안심이었다. 난 뿌듯하게 웃으며 돌아섰다. 그러자 시종장은 당황한 목소리로 말했다.

"전하를 만나 보지도 않고 그냥 가십니까? 황비 전하께서도 함께 계십니다."

그 말에 나는 놀라서 그를 돌아봤다.

"안 돼요, 황비님이 아시면 우리 부모님의 귀에도 들어갈 텐데!"

난 외출 금지를 당하고 있는 중이란 말이다. 몰래 빠져나갔다는 걸 들킬 수는 없었다. 난 그를 올려다보며 부탁했다.

"그걸 내가 줬다는 것도 비밀로 해 주세요. 아무에게도 알리지 말고요. 그 바라카는 브라안이 구한 거예요. 아셨죠?"

시종장은 얼떨떨한 표정으로 고개를 끄덕였다.

"예에⋯⋯."

"꼭꼭, 약속이에요."

내가 엄숙하게 당부하며 새끼손가락을 내밀었다. 시종장은 웃음을 참는 얼굴로 내 손가락에 자신의 손가락을 걸었다. 그러나 내가 "기사의 명예를 걸고." 하고 덧붙이자, 그는 사뭇 진지한 표정이 되었다.

시종장 브라안은 기사 출신으로, 아주 전통적인 기사도를 좋아했다. 전통적인 기사도에 따르면 레이디와 기사의 약속은 가벼운 것이 아니었다.

"전하께는 알려 드릴까요? 첼시 님이 자신을 위해 이렇게 고생한 것을 아시면 무척 고마워하실 겁니다."

브라안은 내 흙 묻은 로브와 상처 난 손바닥을 곁눈질하며 물었다. 그의 걱정스런 눈빛에 난 마음이 따뜻해졌다. 고생스러웠던 어젯밤을 모두 위로받는 기분이었다. 하지만 나는 고개를 내저었다.

"괜찮아요."

난 브라안에게 짤막한 인사를 하고 돌아 나왔다.

그대로 황궁을 나가지는 않았고, 창문 아래에서 조금 기다렸다. 곧 시녀들이 소란스럽게 움직이는 소리가 들렸다. 그 사이에서 웅성거리는 말소리도 들을 수 있었다.

"치료제가 도착했대?"

나는 그 목소리를 듣고 소리 없이 미소 지었다.

내가 황궁을 빠져나갈 때쯤에는 병사들이 '전하께서 깨어나셨다.' 하고 말하는 소리도 들을 수 있었다.

카르멘은 이제 괜찮다. 그것을 알자 갑자기 온 세상이 아름답게 보였다. 아침을 시작하는 제국민들의 얼굴엔 활기가 넘쳤고, 먹구름이 몰려오는 흐린 하늘조차 생명이 충만해 보였다.

광장의 분수에서 무지개가 보였고 꽃밭을 노니는 나비들은 정령인 것 같았다. 다친 손바닥의 따끔거림도, 간밤에 잠도 자지 못하고 바라카를 채취하느라 머리 위에 내려앉았던 피로도 모두 씻은 듯이 사라졌다.

커튼을 다시 타고 올라올 때는 조금 고생을 했지만…….

이 모든 고생을 카르멘이 몰라도 괜찮다. 그가 무사히 깨어나 주기만 한다면.

난 엉망이 된 옷을 훌훌 벗어 버리고 이불 아래에 던져둔 네글리제로 갈아입었다. 침대에 누운 나의 마음은 하늘을 떠다니는 구름처럼 가벼웠다. 브라안은 이런 나를 이해하지 못한 것 같았다. 하지만 그게 내 솔직한 마음이었다.

생색을 내려는 게 아니다. 감사받길 원하지도 않았다. 내가 카르멘을 위하는 건 내색할 필요도 없이 당연한 일이었다. 우리는 연인인걸.

내가 카르멘을 위하는 건 내가 날 위하는 것만큼이나 당연했다. 나는 카르멘도 나와 같은 마음일 것이라고 생각했다. 보답을 바라지 않고 서로를 위해 헌신하는 것, 진정한 사랑이란 그런 거니까.

* * *

그렇게 크고 작은 사건들이 일어나기도 했지만, 열두 살 전까지의 내 삶은 대체로 평이하게 흘러갔다.

말했다시피 귀족 아이들의 행동반경은 무척 좁아서 무슨 일이 일어나는 건 쉽지 않았다. 매일 비슷비슷한 나날들의 반복이었다. 그러한 일상은 평화로웠지만 지루했다.

내 삶의 낙이야 카르멘을 만나는 것뿐이었다. 하지만 그 애를 만날 수 있는 건 한 달에 한두 번밖에 안 됐다. 물론 난 카르멘을 보름 뒤에 만난다면 보름 전부터 설렜다. 그것도 좋았다. 좋은데…….

감질 나는 것도 정도가 있지.

카르멘은 결혼하면 매일 볼 수 있을 것이라고 나를 달랬다. 하지만 우리가 당장 결혼할 것도 아니질 않는가? 나는 불만이 쌓여 갔다.

내 인내심이 한계에 부딪힐 때쯤에, 나는 열두 살이 되었다. 열두 살. 이 정도 나이가 되면 비좁은 귀족 아이들의 행동반경이 드라마틱하게 넓어지는 이벤트가 발생한다.

바로, 아카데미 입학이었다.

* * *

입학식의 날씨는 맑고 청량했다. 새파란 하늘은 흰 물감을 그어 내린 듯 깃털 구름이 길게 가로질렀다. 많은 귀족가 아이들이 격식에 맞게 옷을 차려입고 한곳으로 향하고 있었다.

헤브람 황립 아카데미.

흰 대리석과 붉은 사암으로 만들어진 거대한 건축물. 지붕은 둥근 돔 형태였고 벽은 막힌 곳 없이 모두 아치형이었다. 이 건물에는 직선보다 곡선이 많았다.

'인재는 배움을 거부할 수 있으나, 배움은 인재를 거부하지 않는다.'

현 황제의 유명한 어록이었다. 그는 뛰어난 재능을 가진 아이는 평민이더라도 아카데미에 다닐 수 있도록 제도를 개정했다. 물론 엄청나게 비싼 학비 때문에 아카데미에 입학했던 평민 학생은 손에 꼽혔지만.

어쨌든 그러한 배경을 가지고 있는 헤브람 황립 아카데미는 여타의 다른 성과는 달리, 험악한 문지기도 빼곡한 성벽도 없었다. 헤브람 제국에서 가장 거대한 배움의 터다운 모습이었다. 나는 두근거리는 마음으로 아카데미에 발을 들였다.

입학식은 간단하게 이루어졌다. 나는 입학생들과 함께 교장의 훈화 말씀을 듣고, 몇몇 졸업생들의 응원과 인사를 받았다. 그다음 담당 교사의 안내에 따라 남녀별로 나눠서 교실로 향했다.

우리의 담당 교사는 각자에게 앞으로 한 해 동안 있을 교육 일정표를 나눠 주었다. 난 달력처럼 날짜별로 정리된 일정표를 한번 파라락 넘기며 훑었다. 입학 파티, 봄맞이 파티, 가면무도회…… 일정표를 살피던 내 눈에 의아함이 서렸다.

"……이거 교육 일정 맞아? 파티 일정 아니고?"

난 엘레나를 향해 물었다. 엘레나는 나와 함께 아카데미에 입학했다. 엘레나의 머리색은 어렸을 때는 금발이다가 자라면서 갈색으로 변했고, 연둣빛 눈동자도 좀 더 짙어졌다. 지난 삼 년간 키도 엄청나게 커서, 엘레나는 또래보다 어른스런 분위기를 풍겼다.

"우린 사관학교 생도도 아니고 마탑의 일원도 아니잖아. 수업보다 친교가 중요하지."

그녀가 당연하단 목소리로 답했다. 듣고 보니 맞는 말이었다. 헤브람 황립 아카데미는 사관학교 포함하고 있었고, 마탑과도 연계되어 있었다. 이 기관들의 교육 수준은 제국 최고였다. 그러나 가문의 안살림을 맡게 될 귀족가 영애들과는 상관없는 일이었다.

이들이 아카데미에서 배울 내용이란 대체로 기본 교양에 한정된 것으로, 굳이 아카데미까지 와서 배우지 않아도 될 것들이었다. 그들이 아카데미에 오는 이유는 교육보다는 친교가 더 컸다.

일정표를 받고 나선 딱히 할 일이 없었다. 우리는 밖으로 나와 아카데미를 구경하며 시간을 때웠다. 엘레나가 다리가 아프다고 칭얼거리기 시작할 때쯤, 누군가가 우리에게 다가왔다.

"저…… 로드랭 영애와 프라온 영애 맞으신가요?"

자신을 수잔나라고 소개한 여자애는 연한 진저에 주근깨가 나 있었다. 그녀를 따라온 구불거리는 금발을 가진 여자애의 이름은 리나라고 했다.

"네, 제가 첼시 로드랭이에요."

내가 의아하게 고개를 끄덕이자 그들이 서로 눈빛을 교환했다. 그러더니 수잔나가 갑자기 내 손을 덥석 잡았다.

"혹시 우리 수공예 모임에 들어오지 않을래요?"

난 잠시 당황했으나 뒤늦게 상황을 이해했다. 모임을 만들어 서로를 초대하는 것은 아카데미에서 친목을 다지는 가장 기본적인 수단이었다. 하지만…….

"죄송하지만, 전 수공예에 관심이 없어요."

내 대답에 수잔나의 얼굴이 대번에 시무룩해졌다. 미안한 마음이 들었지만 관심이 없어 어쩔 수가 없었다. 그때 리나가 옆에서 어리둥절한 얼굴로 물었다.

"로드랭 양은 경연 대회에 참석하지 않을 생각이세요?"

"경연 대회요?"

"네, 한 달 후에 입학 축제가 있잖아요. 그때 여러 가지 경연 대회가 열려요. 일단 사관학교에서는, 토너먼트전을 해서 아카데미 킹을 뽑아요."

리나가 자신의 일정표를 펼쳐서 내게 보여 주며 설명했다.

"그리고 귀족 영애들이 참여할 수 있는 대회는 우선 자수와 뜨개질, 그리고 시화 대회가 있고요. 공예나 체스 대회도 있어요."

"그렇게 많아요?"

내가 놀라서 묻자 리나가 웃으면서 말했다.

"이 중에서 관심 있는 대회에 골라서 나가면 돼요. 3등까지 뽑으니까,

실력만 있다면 수상도 어렵지 않아요. 하지만 가장 많이 수상한 팔방미인 영애에게는, '아카데미 퀸'이라는 칭호가 내려져요."

"아카데미 퀸……."

아카데미 킹은 아마 카르멘이 될 것이 틀림없었다. 카르멘은 오늘 사관학교에 수석으로 입학했으니까. 그렇다면 내가 아카데미 퀸이 되면 함께 단상에 오를 수 있겠지. 하지만 입학 축제는 한 달 뒤였고, 그 대회 종목 중에서 내가 잘하는 종목은 하나도 없었다.

내가 딱히 의욕을 느끼지 못하고 있는데, 수잔나가 갑자기 끼어들었다.

"맞아, 그리고 아카데미 퀸과 킹이 된 사람들은 대대로 헤브람스 패밀리에 들곤 했대요."

"헤브람스 패밀리요?"

"네, 설마 모르세요?"

수잔나가 눈을 동그랗게 뜨고 물었다. 내가 고개를 끄덕이자, 리나가 놀란 얼굴로 무언가를 꺼냈다. 제국에서 가장 대중적인 신문사인, 데일스에서 낸 잡지였다.

"데일스에서는 화목한 가정을 장려하기 위해서, 매년 가장 본받을 만한 '모범 가정'을 뽑아요. 뽑힌 가족들은 '헤브람스 패밀리'라는 칭호를 얻을 수 있죠. 이렇게요."

수잔나가 내게 잡지를 펼쳐 보여 주며 설명했다. 그녀가 펼친 페이지에는 네 사람의 초상화가 그려져 있었다.

벽난로 앞에 앉아 뜨개질을 하고 있는 여인, 그녀의 뒤에서 웃으며 장난을 치고 있는 두 아이, 그리고 그들을 흐뭇하게 바라보고 있는 군복을 입은 남자가 있었다. 그림이어서 하는 말이 아니라, 정말 그린 듯이 아름다운 가족이었다.

내 눈이 반짝거리기 시작했다. 카르멘과 나의 미래를 엿보고 있는 것 같았다.

"헤브람스 패밀리로 선발되면 황실에 초대되어 황후 폐하와 식사를 하실 수 있어요. 그리고 매년 '가정의 날'에 대광장에서 화목한 가정을 위한 연설을 하게 되죠. 물론 그에 상응하는 큰 대가를 받고요."

세상에, 그거 엄청 멋지잖아!

나는 수잔나에게 잡지를 건네받고 페이지를 넘겼다. 제1대 헤브람스 패밀리, 제2대 헤브람스 패밀리…… 그들은 모두 내가 꿈꿔 온 아름다운 모습을 하고 있었다. 눈이 팽팽 돌았다.

마지막 페이지에 다다르자, 텅 빈 네모 칸이 나타났다. 그 가운데는 아주 조그맣게, '다음 헤브람스 패밀리는 누구?'라는 문구가 있었다. 심장이 거세게 두근거렸다.

이건…… 나 들어가라고 비워 놓은 자리가 아닌가?

"들어갈게요."

"네?"

내 단호한 목소리에 수잔나가 의아하게 반문했다. 난 한 번 더 말했다.

"들어갈게요. 수공예 모임."

내 대답에 엘레나는 놀란 눈을 했고, 두 영애들은 신나서 박수를 쳤다. 난 주먹 쥔 손에 힘을 줬다.

무난한 수상 따위 아무 의미가 없지. 난 아카데미 퀸이 되겠어.

이건 날 위해 준비된 대회가 분명했다.

* * *

첫 수공예 모임이 끝났다. 첫 모임에서 우리는 기초적인 자수와 공예를 배웠다.

"아야야……."

난 무심코 손을 쓸었다가 어깨를 움츠렸다. 내 손은 상처투성이였다.

그것을 보자 갑자기 서러움이 밀려왔다.

사실 기초적이라는 말은 남들에게만 해당되는 것이고, 내게는 아니었다. 나는 경연 대회에 참여하기도 전에 생각지도 못한 복병과 부딪히고 말았다. 그것은 바로, 나의 엄청난 무재능이었다.

난 몸과 마음이 너덜너덜해진 채로 카르멘을 만났다. 내가 병든 닭처럼 비실거리는 것을 보고 카르멘은 티파티에서 누가 날 괴롭히기라도 했을까 봐 걱정했다. 난 나를 걱정하는 카르멘에게 아무 말도 할 수 없었다. 내 끔찍한 자수 실력을 알면 그 애가 내게 실망할 것 같았다.

멋진 신부가 되어야 하는데.

난 나의 삶을 조금 후회했다. 내가 여태 너무 안일하게 살았던 것 같았다. 소환술이나 사역술같이 아무짝에도 쓸데없는 재주 말고 자수와 뜨개질 같은 유익한 것들을 공부했어야 했는데!

나는 집에 돌아오자마자 유모에게 자수 도구를 부탁했다. 씻자마자 소파에 앉아 오늘 배운 것을 복습했다. 바늘을 너무 길게 잡지 말고, 실을 이렇게……. 난 한 시간 정도 앉아서 연습했다. 그렇게 연습하자, 아주 개미 눈곱만큼 나아진 기분이 들었다.

내 자수 실력은 우리 사촌 오빠의 소환 실력과 비슷했다. 이 속도로 늘어서는 환갑이 넘어야 장미꽃을 만들 수 있을 것 같았다.

"이래서는 안 돼!"

나는 자수틀을 보며 버럭 소리를 질렀다. 내게 간식을 가져다주려던 시녀가 놀라서 하마터면 쟁반을 놓칠 뻔했다. 이래서는 안 된다. 난 손톱 끝을 씹으며 생각했다.

그다음 날 부로 나는 부모님에게 부탁해 가정교사를 불러들였다. 여가 시간과 잠자는 시간까지 줄여서 모조리 자수 연습에 쏟아부었다.

하루에 한 시간씩 연습해서 백 일을 연습해야 될 것을, 하루에 두 시간씩 연습하면 오십 일이면 끝낼 수 있다. 그리고 하루에 열 시간씩 연습한다면 단 열흘 만에 끝내는 것이 가능하다. 게다가 종일 자수를 하다 잠들면 잘 때도 자수에 대한 꿈을 꾸기 때문에, 24시간을 모두 연습에 퍼붓는 것과 같은 효과를 가질 수 있다.

그쯤 되면 길에서 특이한 무늬만 봐도 자수 생각이 나고 친구와 대화를 할 때도 손가락이 자수를 하듯 움직이게 된다. 자수와 내가 한 몸이 되는 무아의 지경에 이르는 것이다. 이렇게 하면 연습 효과가 비약적으로 상승하게 된다.

물론 힘들긴 했다. 밤에는 안 그래도 서툰 실력에 잠까지 몰아치니까 계속 실수를 했다. 내 손은 바늘에 찔린 상처로 너덜너덜해졌다. 그러나 몸을 챙길 시간이 없었다. 서둘러야 했다. 대회 종목은 무수히 많았다. 어서 빨리 자수 연습을 끝내고, 다른 것들을 시작해야 했다.

그런데…… 자수 연습이 끝나질 않았다.

내가 자수틀과 씨름 하는 사이, 입학 축제가 코앞으로 성큼 다가왔다. 난 막바지에 다다라서야 간신히 다른 종목들을 연습했다.

뭐, 괜찮을 것 같았다. 체스는 대충 규칙은 알았고, 시는 즉석에서 주제를 던져 줘서 짓는 거라고 하니 임기응변이 중요할 테고, 뜨개질은 자수랑 비슷한 거니까.

난 대충 그런 상태로 입학 축제를 맞이했다.

* * *

축제 당일에는 등굣길부터 분위기가 달랐다. 평소에 아카데미 학생들의 차림은 수업에 걸맞게 깔끔한 편이었다.

그러나 오늘은 절제를 벗어던지고 할 수 있는 한 가장 화려하게 꾸미고 온 모습이었다. 옷이 화려하다기보다는 한껏 광낸 얼굴과 머리 스타일에서 알 수 있었다.

입학 축제의 대미는 저녁에 있을 불꽃놀이와 무도회였으니 그럴 만도 했다. 지금은 황실 기사단 단장이 된 아카데미 졸업생 플로라 언니의 말에 따르면, 졸업 축제가 서로를 아는 상태에서 조건에 맞춰 결혼 상대를 고르는 장소라면 입학 축제는 사고처럼 상대방과 눈이 맞는 장소라고 했다.

입학 축제에 참석하는 외부인 중에는 일부러 운명의 상대를 찾기 위해 입학 축제에 온 사람도 많다고 하니 말 다 했다. 주변을 돌아다니는 아카데미 입학생의 나이는 십 대 중반부터 이십 대까지 다양했다. 그 풋내 나는 귀족 아이들의 얼굴은 축제에 대한 기대감으로 가득했다.

그러나 나는, 국가고시를 앞둔 수험생처럼 긴장해 있었다. 그만큼 오늘은 내게 중요한 날이었다. 장차 우리가 헤브람스 패밀리가 될 수 있느냐 없느냐가 걸려 있으니까. 물론 여기서 우리란 나와 카르멘을 뜻한다.

입학 축제가 다가오자 사관학교 쪽도 꽤나 들뜬 분위기였다. 그곳의 주요 화제는 '누가 아카데미 킹이 되느냐'였다.

입학 축제에서 사관학교는 입학시험 점수가 높은 생도들을 대상으로 토너먼트전을 벌일 예정이었다. 요즘 우리 아카데미에서는 누가 아카데미 킹이 되는가를 두고 내기를 하는 모습이 심심찮게 보였다. 난 거기서 누구에게 가장 많은 돈이 걸려 있는지도 알았다. 그 화제의 주인공은 물론, 나의 카르멘이었다.

난 카르멘의 검술 실력이 얼마나 뛰어난지 알았다. 그래서 그 애에 대해서는 별걱정이 들지 않았다. 카르멘은 당연히 아카데미 킹이 될 것이다. 그러니 나만 아카데미 퀸이 된다면, 우린 헤브람스 패밀리가 될 수 있는 첫발을 내딛게 되는 셈이었다. 내 어깨가 무거웠다.

"안녕하세요, 첼시. 연습 많이 하셨나요?"

아카데미에 도착하자 수공예 모임원들이 나를 반겼다. 난 긴장된 얼굴로 고개를 끄덕였다. 엘레나가 내게 달려오다가 상처투성이인 내 손을 보고 깜짝 놀랐다.

"너……."

엘레나는 내 열정에 감명 받은 눈으로 날 바라봤다. 그때, 그녀의 뒤로 누군가가 들어왔다. 사랑스러운 분홍색 머리에 반짝이는 푸른 눈을 가진 아름다운 소녀. 사샤 크로프트였다.

사샤는 타국의 어린 왕녀였고, 내게는 오늘 가장 강력한 라이벌이 될 상대였다. 사샤가 들어오자 흩어져 있던 영애들이 꽃에 모여드는 나비처럼 그녀에게 따라붙었다.

"아카데미 퀸이 될 사람은 역시 사샤 님이죠!"

나비 일동이 입을 모아 그녀를 찬양하는 소리가 들렸다. 난 주먹을 불끈 쥐었다. 엘레나가 문득 진지한 얼굴로 내 어깨에 손을 올렸다.

"지지 마."

난 엄숙하게 고개를 끄덕였다.

대회가 시작되기 직전에, 수잔나가 일정표를 펼쳐 보이며 모임원들에게 대회 일정을 정리해 주었다.

"대회는 10시부터 6시까지, 총 8시간 동안 진행됩니다. 우선, 자수는 10시에 대회장에서 자수틀과 도구를 받아서 대회가 끝날 때 납품하면 되고요. 체스 대회는 3시부터 4시까지 진행돼요. 그 둘을 제외한 다른 대회는 모두 2시간 동안 진행되는데, 공예는 10시 30분, 뜨개질은 2시, 그리고 시화는 4시에 시작되네요."

난 일정표를 진지하게 들여다보며 말했다.

"시간 분배가 중요하겠군요. 10시에 자수를 시작하더라도 다른 대회를 틈틈이 출전하며 병행해서 진행해야 하니까요."

"바로 그거예요. 입학 축제에서는 자수 대회의 시간이 따로 책정되어 있지 않아요. 여러 대회에 동시에 참가하며 완벽하게 해내는 것, 그게 이 대회의 핵심이죠."

수잔나가 내게 행운을 빈다고 말하며 검지를 치켜들었다.

자수 대회에 참가할 사람은 나와 리나, 그리고 수잔나, 이렇게 세 사람이었다. 우리는 함께 자수 대회장으로 가서 자수틀과 도구를 받았다.

혹시나 집에서 가지고 온 자수로 대체하는 일을 방지하기 위해, 실과 천 등은 모두 아카데미에서 특별히 제작한 것이었다. 나는 제법 큰 천을 받아 들고 긴장했다. 이걸 가득 채우려면 꽤나 분주하게 움직여야 할 것 같았다.

우린 곧바로 회장 안으로 들어가 자리를 잡고 앉았다. 자수틀을 무릎 위에 두고 밑그림을 그리고 있자, 사람들이 하나둘 회장 안으로 들어왔다. 그 사람들 중에는 물론 사샤 크로프트도 있었다. 난 잠시 그녀에게 경계의 눈초리를 던지다가 다시 내 자수틀로 시선을 돌렸다.

자수는 오늘 있을 여러 종목 중 내가 가장 못 하는 것이었다. 그러나 난 오늘을 위해 많은 연습을 했다. 처음 내가 정한 자수 도안을 보여 줬을 때는 다들 힘들 것이라 말렸지만, 난 포기하지 않았다. 연습에 연습을 거듭하고 실패작을 쌓기를 수십 번. 이 도안은 이제 내게 가장 자신 있는 것이 되었다. 난 진지한 자세로 수를 놓기 시작했다.

그렇게 자수에 몰입하고 있는데 수잔나가 내게 속삭였다.

"이제 공예 대회가 시작할 시간이에요."

벌써? 난 당황해서 자수틀을 바라봤다. 이제 막 집중하려는 타이밍이었는데!

그러나 어쩔 수 없었다. 나와 수잔나는 허겁지겁 도구를 챙기고 자리에서 일어났다. 리나는 자수 대회만 참가하겠다고 하고 대회장에 남았다. 나와 수잔나가 자수 대회장을 빠져나갈 때, 사샤도 자리에서 일어났다. 난 그녀를 경계하며 발걸음을 빨리 했다.

질 수 없지. 회장에 도착하는 시간까지도 그녀보다 빨라야 했다.

그렇게 서둘러 공예 대회장에 도착하자, 난 머리가 복잡해졌다. 공예대회에서는 여러 가지 도면이 준비되어 있었다. 인형의 집, 보석함, 바구니 만들기 등등……. 내가 혼란스런 눈으로 그것들을 살피고 있는데, 수잔나는 인형의 집 도면을 선택했다.

"이건 그냥 준비된 재료들을 풀로 붙이기만 하면 돼서 간단해요. 풀이 마르는 동안 수를 놓을 수도 있고요."

일리 있는 말이었다. 나도 그녀와 함께 인형의 집을 선택했다.

인형의 집은 손바닥만 한 종이판 위에 작은 인형의 침대, 기둥, 책상 등등을 풀로 붙여 집 모양을 만드는 것이었다. 수잔나는 침착하게 도면을 살피더니 차근차근 재료를 붙여 나갔다. 하나를 완성시키면 풀이 마르는 동안 남는 자투리 시간을 이용해 자수를 하고, 풀이 마르면 그 위로 다시 재료를 붙였다.

나도 그 옆에서 도면을 보고 재료를 붙이기 시작했다. 그런데 계속 손에 풀과 재료가 붙어서 깔끔하게 만들기가 힘들었다. 어떻게든 그것들을 풀로 붙여 놓고 풀이 마르는 동안 자수를 하려고 바늘을 들었다. 한 땀 한 땀 신중하게 수를 놓고 있자, 수잔나가 옆에서 내 어깨를 툭 쳤다.

"첼시, 시간이 다 돼 가요."

"네? 벌써?"

난 놀라서 시간을 확인했다. 이런, 정말로 대회가 끝나 갔다. 언제 시간이 저렇게 됐지? 나는 당황했다. 자수에 집중하다 보니 인형의 집의 존재를 깜빡 잊고 말았던 모양이다.

난 손에 풀이 묻건 말건 신경 쓰지 않고 부랴부랴 인형의 집을 만들었다. 급하게 하다 보니 종이 기둥이 휘어지고 침대 다리는 풀이 달라붙어 허옇게 변했다.

하지만 어찌어찌 제시간에 만드는 것은 성공했다. 난 헉헉거리며 작품을 납품하다가, 진행원이 내 작품을 옮기는 것을 보고 놀라서 외쳤다.

"풀이 아직 다 안 말랐으니까 조심해서 옮겨 주세요……!"

내 다급한 외침에 뒤에 서 있던 사람들이 웃음을 터뜨렸다. 난 그 웃음소리에 뒤늦게 정신을 차렸다. 당황해서 수잔나와 함께 다급히 대회장을 빠져나왔다. 얼굴이 다 화끈거렸다.

공예가 끝나고 나서 우리는 모임원들과 합류해서 점심을 먹었다. 아니, 정정한다. 모임원들은 점심을 먹었고, 난 자수를 했다. 수잔나처럼 식사를 하면서 자수를 하고 싶었는데 초조하다 보니 마음처럼 잘 되지 않았다.

그렇게 먹는 둥 마는 둥 점심 식사를 끝내고, 난 먼저 일어나 다시 뜨개질 대회장으로 향했다. 입구에서 실과 코바늘을 받고 재빨리 회장 안으로 들어갔다. 제일 빨리 왔다고 생각했는데 나보다 먼저 와 있는 사샤가 보였다. 난 또다시 그녀를 경계하며 멀찍이 떨어져 앉았다.

3시에는 체스 대회가 시작되었다. 난 뜨개질 도구와 자수 도구를 들고 체스 대회장으로 향했다. 체스 대회는 토너먼트전으로 진행되었다.

한 시간 동안 내가 치르게 될 경기는 총 세 경기였다. 난 자수틀과 코바늘을 무릎 위에 얹고 체스 테이블 앞에 앉았다. 내 첫 상대는 코에 주근깨가 난 소년이었다.

4시까지 뜨개질을 다 완성해야 하는데 체스도 해야 하니 마음이 초조했다. 나는 빠르게 내 말을 옮기고, 상대가 수를 고민할 때 뜨개질을 하는 식으로 체스를 두었다.

우여곡절 끝에 첫 상대를 이기고 난 두 번째 경기를 치렀다. 두 번째 상대는 오며 가며 본 적 있는 영애였다. 몇 수 둬 보니, 그렇게 경계할 만한 상대는 아닌 것 같단 생각이 들었다. 난 다시 말을 옮겨 놓고 뜨개질을 하다가, 뜨개실이 이상하게 뭉쳐 있는 것을 발견했다.

이런, 겉뜨기를 해야 하는 곳에서 안뜨기를 했던 모양이었다. 체스를 하면서 뜨개질을 하느라 이런 초보적인 실수를 한 것이다. 난 울며 겨자 먹기로 실을 다시 풀었다. 시간이 촉박했다. 난 다급히 말을 옮기고 실을 풀었다.

"체크메이트."

한창 실을 풀고 있는데, 내 상대가 외쳤다.

난 놀라서 체스판을 쳐다봤다. 언제 형세가 이렇게 기울었는지 모를 일이었다. 난 황망한 얼굴로 킹을 빼앗겼다. 그러나 패배에 충격 먹을 시간조차 없었다. 난 서둘러 뜨개질 대회장으로 돌아왔다. 황급히 모자를 완성시키고 접수처에 납품하고 다음 순서인 시화 대회장으로 달려갔다.

시화는 그림을 보고 그에 어울리는 시를 짓는 형식이었다. 난 그것 또한 얼른 끝내고 남는 시간에 자수를 완성시켰다.

마지막으로 자수까지 납품하자, 나는 완전히 녹초가 되어 있었다. 내 상황이 궁금해서 찾아온 엘레나가 늘어져 있는 날 발견하고 화들짝 놀랐다.

"첼시, 괜찮아? 배고프겠다. 어서 이거 먹어."

엘레나가 점심을 제대로 못 챙겨 먹은 날 생각해서 샌드위치를 챙겨 와 주었다. 그러나 난 그걸 먹는 둥 마는 둥 했다. 엘레나에게는 미안한 일이었지만 음식이 목으로 넘어가질 않았다. 난 수험생의 마음으로 수상 발표를 기다렸다.

* * *

시상식은 8시에 시작됐다. 시상 시간이 다가오자 입학 축제에 참석한 모든 사람들이 강단 앞으로 모여들었다. 흩어져 있던 수공예 모임원들도 하나둘 모여들었다. 우리는 서로의 손을 잡고 시상식을 기다렸다.

시상식의 사회자는 아카데미 회장이 맡았다.

"자, 올해의 아카데미 킹부터 발표하겠습니다. 모든 생도들을 꺾고 당당히 토너먼트에서 우승을 차지한 아카데미 킹은 바로, 카르멘 데일 라르크 님입니다! 위로 올라와 주시죠."

카르멘의 이름이 나오자마자 박수갈채가 쏟아졌다. 함성 소리에 귀가 다 아플 지경이었다. 하지만 난 귀를 막는 대신 더 크게 박수를 쳤다. 카르멘이 강단 위로 올라가자 영애들의 박수 소리가 더 커졌다. 뒤에선 잘 보이지 않았지만, 오늘도 카르멘은 잘생긴 모양이었다.

어떤 영애들은 얼굴을 발갛게 물들이고 눈을 반짝이기도 했지만…….그래 봤자 카르멘은 내 약혼자인걸. 난 우쭐한 마음으로 생각했다.

사회자는 카르멘을 한껏 칭찬하고는 시상을 이어 갔다.

"오늘 참 많은 대회가 있었죠. 수많은 영애들이 대회에서 힘내 주셨습니다. 각각의 부문에 납품된 작품들 중에, 가장 빛나는 작품을 3위까지 뽑아 시상하도록 하겠습니다. 우선, 자수 부문입니다. 1위는, 알렉산드라 크로프트 님입니다!"

알렉산드라 크로프트는 사샤 크로프트의 본명이었다. 그렇게 열심히 하더니, 용케 1위를 차지했나 보다.

"그리고 2위는, 첼시 로드랭 님입니다!"

"꺄악, 첼시!"

엘레나가 날 와락 껴안았다. 난 멍한 얼굴로 그녀를 마주 안았다. 수잔나도 감격한 눈으로 날 돌아봤다.

"정말 축하해요! 그렇게 어색하게 수를 놓던 게 엊그제 같은데, 수상을 하다니……. 정말 애쓰셨군요."

"고마워요……. 세상에, 다 여러분 덕분이에요!"

난 환하게 웃으며 그녀의 말에 답했다. 심장이 두근거렸다. 아카데미 퀸은 등수를 보지 않고 수상한 종목 수만 보기 때문에, 잘하면 정말로 아카데미 퀸이 될 수도 있겠다는 생각이 들었다. 난 들뜬 마음으로 다음 수상을 기다렸다.

그러나 하나둘 발표가 될수록 내 얼굴에서 기대가 사그라들었다. 사샤 크로프트는 정말 모든 종목에서 수상을 기록하고 있었다. 반면 내 이름은 자수 대회를 마지막으로 한 번도 불리지 못했다. 수공예 모임원들이 어쩔 줄 몰라 하는 얼굴로 나를 살피기 시작했다.

마지막으로 시화 대회의 수상자를 발표한 후에, 사회자는 아카데미 퀸을 발표했다.

"그렇게 해서 올해의 아카데미 퀸은 바로, 알렉산드라 크로프트 님입니다! 힘찬 축하의 박수를 부탁드립니다!"

와아아! 함성과 박수갈채가 쏟아지고, 사샤가 강단 위로 사뿐히 걸어 올라갔다. 아카데미의 교장이 사샤와 카르멘에게 빛나는 왕관을 씌웠다. 아카데미 퀸과 킹에게만 수여되는 특별한 황금 왕관이었다.

"감사합니다."

사샤가 환하게 웃으면서 관객들을 향해 인사했다. 관객. 그래, 난 관객이었다. 나는 카르멘의 옆에서 그와 같은 모양의 왕관을 쓰고 있는 사샤를 바라봤다.

내가 더 나았더라면, 그의 옆에 서 줄 수 있었는데.

관객들 사이에서 내가 할 수 있는 일이라곤 카르멘을 바라보는 것뿐이었다.

* * *

시상식이 끝나자 무도회가 시작되었다. 그러나 난 춤출 기분이 아니었다. 적당히 신나는 척을 하며 엘레나를 안심시켜 주다가, 그녀가 3학년 선배와 춤을 추는 사이 슬쩍 발코니로 빠져나왔다.

나는 발코니 난간에 팔을 걸치고 무알코올 칵테일을 마시며 시린 속을 달랬다. 기분은 꿀꿀한데 하늘은 너무나도 아름다웠다.

오늘은 달이 한 해 중 가장 크게 떠오르는 날이라고 들었다. 그 말처럼 검푸른 밤하늘을 비추는 만월은 마치 태양처럼 빛났다. 그 달은 마음이 저릿하도록 근사했지만, 오늘처럼 쥐구멍에 숨고 싶은 날에는 그다지 반 갑지 않은 것이었다.

등 뒤로는 무도회를 즐기는 사람들의 웃음소리와 음악 소리가 흘러나 왔다. 난 한숨을 내쉬었다. 부모님과 유모가 걱정할까 봐 빨리 집에 안 가려고 버티고 있긴 했지만, 이젠 그냥 집에 가 버리고 싶어졌다.

난 결국 난간에서 떨어져 발코니 문 쪽으로 다가갔다. 문고리로 손을 뻗는데, 갑자기 벌컥 문이 열렸다. 난 당황해서 고개를 들었다. 거기에는 불청객치곤 반가운 얼굴이 있었다.

"여기서 뭐 해?"

"……카르멘?"

내가 주춤거리며 뒷걸음질을 치자, 카르멘이 발코니 문을 닫았다. 그 애는 어울리지 않게 조금 삐딱한 표정을 지었다.

"뭘 마시는 거야?"

카르멘이 내 손에서 잔을 휙 빼앗아 갔다. 내가 말릴 틈도 없이 그가 그것을 휙 마셔 버렸다.

"아, 거기에 체리가……!"

"……윽."

재빨리 그에게서 잔을 도로 뺐었다. 내가 먹어 버리긴 했지만, 그 칵테 일에는 원래 체리가 들어 있었다. 카르멘은 도합 일곱 개의 알레르기를 가지고 있었는데, 그중에는 체리도 포함이었다. 난 당황해서 그에게 다가 갔다.

"세상에! 괜찮아? 아니 넌 알러지가 그렇게 많은 애가 아무 음식이나 무턱대고 주워 먹으면 어떡해?"

난 그 애의 등을 두드려 주며 두다다다 잔소리를 했다. 카르멘은 손을 들어 올리면서 내 말을 막았다.

"이 정도는, 괜찮아……."

"먹기 전에 뭐 들었는지 꼭 물어보고 먹으라고 했잖아. 대체 왜 그 래?!"

"……부끄럽잖아."

"뭐가?"

"황자가 돼서, 알러지가 그렇게 많으면……."

카르멘은 정말로 부끄러운 듯 고개를 푹 숙였다. 난 그저 눈을 깜빡였다. 나는 카르멘이 알레르기가 많은 게, 황자답게 고귀해 보이고 예민한 게 귀엽다고만 여겼기 때문에 부끄러운 거라고 생각해 본 적이 없었다.

그 애는 조금 난감한 표정으로 말했다.

"……네가 술 마시는 줄 알았어."

"아하하."

난 나도 모르게 소리 내서 웃었다.

카르멘의 붉어진 뺨 위로 황금색 달빛이 부서졌다. 오늘 강단 위로 올라간 카르멘을 보고 영애들이 수군거리던 말이 떠올랐다. 그들의 말이 맞았다. 정말 카르멘은 헤브람 제국에서 가장 잘생긴 것 같았다.

그 영애들이 카르멘의 이런 모습은 절대 몰라야 할 텐데. 사랑에 빠지고 말 테니까.

카르멘은 아랫입술을 불만스럽게 씰룩거리다가 물었다.

"왜 웃어?"

"귀여워서."

난 그렇게 말하며 다시 웃었다. 카르멘은 쩔쩔매며 난간에 팔을 걸친 채 반대쪽으로 고개를 돌려 버렸다. 난 달빛을 받아 금빛으로 반짝이는 그의 뒤통수를 한참 바라봤다. 나는 몇 번 입술을 달싹이다가, 결국 입을 열었다.

"축하해, 아카데미 킹. 멋있더라."

"……고마워."

"나도 아카데미 퀸이 되고 싶었는데."

그 애는 잠시 말이 없더니 문득 날 돌아보고 말했다.

"내 왕관 너 줄게. 같은 거야."

"아하하하."

난 다시 유쾌하게 웃어 버렸다. 세상에. 놀라운 일이었다. 그렇게 꿀꿀하던 마음이 카르멘과 몇 마디 대화를 나누는 사이에 죄다 날아가 버린 것이다. 난 이제 즐겁게 달을 마주 볼 수도 있었다. 카르멘이 내게 마법을 건 것만 같았다.

"사실 입학식 때부터 계속 대회 준비를 했는데, 잘 안 됐어. 어렵더라고."

"……종목이 많긴 하더라."

"그렇지? 그런데 사샤 그 앤 그 많은 걸 다 잘하더라. 나한테는 무리였어."

"……."

"내가 네 옆에 서고 싶었는데."

난 카르멘에게 푸념하면서 품에 넣어 뒀던 손수건을 꺼냈다. 오늘 하루 종일 제대로 만든 것은 이것뿐이었다. 난 손수건을 카르멘에게 건넸다.

"선물이야."

카르멘이 어리둥절하게 그것을 받아 들었다. 손수건을 바라본 그 애의 눈에 이채가 서렸다. 카르멘이 놀란 표정으로 중얼거렸다.

"이건……."

"예쁘지?"

내가 난간을 등지고 장난스럽게 웃었다. 내 입으로 말하니까 우습지만, 그건 정말 예뻤다. 그 손수건에는 내가 한 달 동안 최선을 다해서 연습했던, 황가의 상징이 수놓아져 있었다. 하늘로 비상하는 푸른 용이.

카르멘은 커다란 눈을 깜빡이며 손수건을 들여다봤다. 나는 다시 난간에 턱을 괴고 그 애를 보다가 문득 입을 열었다.

"난 주변머리가 없어서, 한 번에 여러 일을 해내지는 못해."

내 목소리에 카르멘이 고개를 들었다. 의아한 빛을 띤 파란 눈동자가 나를 바라봤다. 나는 난간에서 떨어져 그에게 고개를 가까이 했다. 카르멘의 눈동자에 비친 내 모습이 보일 정도로.

"그러니까 난 내가 해낼 수 있는 단 한 가지는 아주 소중히 여길 거야. 그리고 거기에 최선을 다할 거야."

난 까치발을 들어 그 애의 볼에 입을 맞췄다. 카르멘이 숨을 멈추는 소리가 들렸다. 난 작게 웃으면서 속삭였다.

"사랑해, 카르멘."

2. 사랑하지 않는다

한 해 중에 가장 커다란 달이 떠올랐던 입학 축제 날, 나는 카르멘에게 사랑한다고 말했다.

카르멘, 이제 와서 묻고 싶은 말은…… 그날 너는 내 말을 듣고 무슨 생각을 하고 있었는지.

* * *

입학 축제는 내게 아카데미 퀸의 왕관을 주지 않았다. 그 대신 커다란 교훈을 안겨 주었다. 난 입학 축제에서 내가 그동안 얼마나 시간을 낭비하며 살아왔는지 깨달았다.

나는 카르멘이 나의 시계고, 난 그를 굴리는 시계태엽이라고 생각해 왔다. 내 생의 목표는 언제나 카르멘과 결혼하여 단란한 가정을 꾸리는 것이었다.

그것이 내가 세상에 태어난 이유이며, 사랑이야말로 세상에서 가장 중요한 가치라는 생각은 흔들림이 없었다. 하지만 그냥 결혼해서 단란한 가정을 꾸리는 것만으로는 안 됐다. '가장 단란한 가정'이어야 했다! 헤브람스 패밀리는 그런 내게 제일의 목표로 떠올랐던 것이다.

아카데미에 가니, 아주 멋지고 근사한 영애들이 넘쳐 났다. 그들은 모두 입학하기 전부터 꽃꽂이니, 자수니, 뜨개질이니 하는 것들에 능통하였음은 물론이요 더하면 벌써부터 집안 대소사를 알고 돌보는 법까지 배우고 있었다.

그러니까 난 무척 늦었던 것이다. 내가 남들보다 출발선 뒤쪽에 서 있다는 사실은 꽤나 충격적이었다. 후회가 되었다. 난 카르멘과 즐거운 시간을 보낼 생각만 하며 여태 그가 동경하는 사역술이니, 소환술이니 하는 쓸데없는 학업에 몰두해 왔던 것이다. 그 애가 내게 멋있다고 칭찬하는 게 그저 좋아서…….

이대로라면 카르멘에게 어울리는 신붓감이 될 수 없었다.

하지만 1학년 수업을 신청한 건 입학 축제 전이었던지라, 나는 마법 수업을 꽤 많이 넣었다. 엘레나도 나를 따라서 소환술 수업을 같이 들었다. 방학이 다가오고 학기말 고사를 치를 무렵, 선배들이 나를 불러서 물었다.

"넌 마탑 소속도 아니면서, 왜 이 수업을 듣는 거야?"

그 사람들은 모두 마탑의 일원임을 상징하는 룬 목걸이를 차고 있었다. 나보다 나이가 꽤 많은 편인지 키도 겅중 커서 그들이 날 둘러싸자 대번에 내 모습이 감춰졌다.

"마법사가 될 마음도 없잖아? 어차피 졸업하자마자 결혼해서 애나 낳아 키울 것 아니야? 네가 소환술을 배워서 뭘 어쩌겠다는 거야?"

그들은 아무래도 내게 무척 유감이 많은 듯했다. 여럿이 모여서 두다다다 쏘아붙이는데, 그동안 얼마나 불만이 많이 쌓였는지 알 수 있었다. 그리고 난 그들에게 크게 공감했다.

"정말 맞는 말이야."

난 그들 중 가장 가운데 있는 소년의 어깨에 손을 얹어 주며 말했다.

"어차피 아무짝에도 쓸모없는 수업, 나도 내가 왜 들었는지 모르겠어. 다음 학기부터는 절대 신청 안 할게."

"……정말?"

"그럼. 난 거짓말쟁이를 싫어해."

난 진정성을 담아 약속했다. 소년의 옆에 서 있던 사람이 물었다.

"그런데 너 왜 우리한테 반말하냐?"

"너희가 먼저 했잖아?"

그리하여 나는 다짐했다. 이제 쓸데없는 시간 낭비는 절대 하지 않을 것이라고. 그리고 그 다짐을 열심히 실현했다.

내가 2학년이 됐을 때는 글램 백작가의 쌍둥이 형제가 아카데미에 입학했다. 내 놀이 친구였던 꼬맹이들 말이다. 그 말썽쟁이들은 나와 동갑이었지만 어렸을 때부터 나보다 정신 연령이 현저히 낮았다. 그러더니 아카데미도 나보다 늦게 들어온 모양이었다.

이해할 수 없는 일이지만 그 애들은 입학식에서부터 인기가 좋았다. 주황색 머리가 타는 저녁노을 같고 초록빛 눈동자는 에메랄드 같다고 했다. 형인 크리스는 신비로운 비밀을 가지고 있는 것 같고 동생인 마스는 밝은 웃음 뒤에 슬픔을 감추고 있는 것 같다는 말도 들었다.

우웩, 그냥 똑같이 생긴 일란성 쌍둥이인데 다들 정성스레 무슨 헛소리를 하는지 모를 일이다.

아무튼 나와 엘레나, 그리고 글램 꼬맹이들은 자주 함께 다녔다. 학년은 달랐지만 몇몇 교양 수업은 함께 듣기도 했다. '세계 정치'나, '기계의 시대' 같은 아주 쓸데없는 수업이었다.

숨길 일도 아니지. 난 한 학년 선배였음에도 그 애들보다 성적이 크게 뒤처졌다. 내 성적은 절묘하게 낙제를 피한 수준이었다. 그리고 그 수업에서 낙제 위험을 느끼는 사람은 나뿐이었다. 글램 꼬맹이들은 그게 무척 뿌듯했던 모양이었다. 그 애들은 자주 성적으로 나를 놀렸다.

"와하하! 이 문제 대체 누가 틀리나 했는데 바로 너였구나?"

"첼시, 너 진짜 바보야?"

내가 뭇 영애들의 오해를 정정해 줄 수 있을 것 같다. 형인 크리스는 신비로운 얄미움을 가지고 있고, 동생인 마스는 밝은 웃음 뒤에 지랄 맞은 성정을 감추고 있다고 말이다.

글램 꼬맹이들은 사람 면전에다 대고 손가락질을 해 대며 아주 박장대소를 했다. 배를 잡고 떼굴떼굴 구르기도 하며 난리 블루스를 추더니 웃음기가 남은 목소리로 내게 물었다.

"바보 첼시, 대체 이 문제는 왜 틀린 거야?"

"그럴 수도 있지."

"아니, 그럴 수 없어. 바보 첼시, 제국민이 돼 가지고 헤브람 제국 초대 황제의 이름도 모르면 어떡해?"

"……알거든? 그냥 헷갈린 거야."

"안다고? 그럼 말해 봐. 뭔데?"

글램 꼬맹이들이 부담스럽게 큰 녹색 눈을 반짝거리며 나를 바라봤다. 난 주춤했다. 지나가는 사람들이 우릴 쳐다보기 시작했다. 하필 여기서 이래야 해?

우리는 빵집 앞에 있었다. 점심때 카르멘과 갑작스럽게 피크닉을 가게 돼서, 도시락을 사러 온 길이다. 카르멘은 식당에서 식사를 하는 줄 알고 있지만 나는 풀밭에서 도시락을 먹는 피크닉을 하고 싶어졌다.

아무튼 나는 시녀들의 도움을 받으며 엘레나와 도시락 종류를 고르는 중이었다. 저 글램 꼬맹이들은 교실에서부터 여기까지 내 뒤를 졸졸 쫓아오며 놀려 대고 있었다. 정말 열심히도 산다.

"열다섯 살이나 먹어 놓고 유치하게 이럴 거야?"

내가 짜증을 내자 글램 꼬맹이들이 낄낄 웃으며 반문했다.

"열다섯 살이나 먹어 놓고 초대 황제 이름도 모르는 거야?"

"안다니까!"

"알면 빨리 말해 보라니까?"

난 씩씩거리면서 그 애들을 노려보다가 고개를 푹 숙였다. 앓는 소리가 내 입에서 터져 나왔다.

"으…… 에르?"

"엘데니아야, 바보 첼시!"

"오늘 풀이하면서 선생님이 말해 줬잖아. 왜 모르는 거야?"

"모를 수도 있지."

"아니, 이건 상식이야."

얄미운 형제들이 동시에 말했다. 짜증이 났지만 딱히 반문할 말이 떠오르지 않았다.

"시끄러워. 너희 자수는 놓을 줄 알아? 뜨개질은? 난 할 줄 알거든. 사람이 어떻게 모든 걸 다 잘해?"

그래서 그냥 그렇게 말했다. 글램 꼬맹이들이 신나서 빈정거렸다.

"그런 건 레이디의 덕목이잖아. 우리가 그런 걸 왜 해?"

"인정해, 첼시. 넌 그냥 머리가 나쁜 거야. 너 아직 네 클래스메이트들 이름도 못 외웠지?"

"그건……."

맞는 말이었기에 난 말끝을 흐렸다. 나는 원래 사람 이름을 잘 못 외웠다. 사실 외우려고 노력해 본 적도 없었다. 내가 왜 외워야 하는데? 난 불쑥 그 녀석들을 상대하고 있는 내가 바보같이 느껴졌다.

"그래, 내가 기억력이 나쁜가 보지. 이제 만족하니?"

망할 글램 꼬맹이들이 손뼉을 마주치며 좋아했다. 내가 허탈하게 웃고 있는데, 시녀 한 명이 나를 불렀다.

"아가씨, 샌드위치도 있으면 좋을 것 같은데, 치즈 샌드위치를 살까요?"

"안 돼!"

난 다급히 그녀에게 다가가며 말했다.

"이 가게의 치즈 샌드위치는 호밀 빵을 써. 카르멘은 견과류 알러지가 있단 말이야."

카르멘의 일곱 개의 알레르기 중에 가장 위험한 게 견과류 알레르기였다. 어렸을 때 이것 때문에 그 애가 기절한 적도 있었다. 내겐 너무 충격적인 기억이었기 때문에 그 이후로 난 그 애와 식사를 할 때 그 부분을 무척 신경 썼다.

"멜팅 샌드위치에도 아몬드가 들어가고 바질 샌드위치에는 땅콩이 들어가. 에그 치아바타에는 호두가 들어가지만 뺄 수 있으니까 그걸 부탁해 보자. 아, 까르파쵸도 주문해 줘. 카르멘이 좋아해."

내 말에 시녀가 꾸벅 고개를 숙였다. 다시 앞을 보자, 글램 꼬맹이들이 아주 놀란 눈으로 나를 보고 있었다.

"첼시, 메뉴를 보지도 않고 어떻게 알아?"

"외웠으니까."

"……여기 단골이야?"

"아니, 두 번째로 오는 건데."

글램 형제들의 입에서 이상한 탄성이 흘러나왔다. 난 어깨를 으쓱했다.

"카르멘이랑 결혼하려면 이 정도는 기본이지."

난 대수롭지 않게 말하고 도시락을 챙겨서 카르멘과 피크닉을 하러 갔다.

그날 있었던 일은 내게 정말 대수롭지 않은 일이었다. 하지만 글램 형제들과, 형제들에게 그 이야기를 전해 들은 학생들에게는 그렇지 않았던 모양이었다.

중요한 건 아니지만, 사실 아카데미에서는 나와 카르멘이 약혼 관계라는 사실이 무척 놀라운 일처럼 다뤄졌다. 카르멘이 원체 잘생기고 인기가 많다 보니, 그 애의 연애사까지 사람들이 관심을 가졌다. 아카데미 내 여론은 대체로 카르멘이 아깝다는 것이었다.

소문 중에는 이상하게 카르멘과 사샤를 교묘하게 엮는 것들도 있었다. 사샤가 카르멘에게 관심이라도 있는 것인지도 모르지. 뭐, 사람들이 어떻게 생각하던 난 딱히 신경 쓰지 않았다. 내가 신경 쓰는 건 카르멘의 생각뿐이니까.

그런데 갑자기 그날 나와 글램 형제들의 대화가 아카데미 내에 퍼졌다. 소문의 근원지는 당연히 촉새 같은 글램 꼬맹이들일 것이다. 그리고 그 이후로 여론이 묘하게 변했다.

'카르멘이 아깝기는 하지만, 첼시가 저만큼 좋아하면 카르멘이 결혼해 준다고 해도 이해는 된다.'

대체 우리의 결혼에 그들의 이해가 왜 필요한지는 모르겠다.

하지만 그건 칭찬인 것 같아서 뿌듯했다. 내 사랑을 인정받은 것 같아서. 그리고 카르멘에게도 떨어지는 사람과 사귄다는 말보다 무척 사랑받으면서 사귄다는 말을 듣는 게 더 좋을 것 같았다.

아카데미에서의 기억은 대체로 행복한 추억들로 채워져 있다. 나는 매일 연무장에 가서 카르멘이 대련하는 것을 구경했고 카르멘은 종종 수공예 모임이 끝나는 시간에 맞춰 나를 데리러 왔다.

가끔 우리는 함께 손을 잡고 아카데미를 걸었고 날씨가 좋은 날에는 피크닉을 했다. 사람들은 서서히 카르멘과 나의 관계에 익숙해져 갔다.

우리는 그렇게, 열여덟 살이 되었다.

* * *

아카데미 6학년. 이제 아카데미 내에서 우리를 모르는 사람은 없게 되었다. 물론 입학식 때부터 카르멘을 모르는 사람이야 없긴 했다. 카르멘은 7황자에다, 동기들 중에서 가장 뛰어난 검술 실력을 가지고 있었다. 그 애의 인기는 대단했다.

물론 카르멘의 검술 실력이 뛰어나지 않다거나 황자가 아니었다고 하더라도 다들 그 애를 좋아했을 것이다. 카르멘은 정말 사랑스러운 애니까.

사람이 어쩜 그렇게 완벽할까? 카르멘은 똑똑하고, 다정하고, 강하고, 멋있고, 아름답고…… 세상의 모든 좋은 수식어들이 그 애를 위해서 만들어진 것 같았다.

그리고 나는, 그저 그렇게 멋진 카르멘을 너무 좋아한다는 것으로 유명했다. 이건 좀 이해할 수 없는 점이다. 우리는 결혼을 약속한 연인이라고. 연인이 서로를 사랑하는 건 당연한 게 아닌가?

물론 연인이 아닌데 카르멘을 사랑하는 자들도 많을 것 같긴 하지만 말이다. 난 그들도 이해할 수 있다. 나의 카르멘이 워낙에 완벽하니까.

약혼자인 내가 곁에 떡하니 붙어 다니는 데도 불구하고 카르멘은 가끔 고백 편지를 받았다. 내 귀에 들어올 정도니 실제로는 더 많을 것이다. 이에 대해서 엘레나는 '따끔하게 한마디 해 줘!' 하고 분개하고, 글램 꼬맹이들은 '너 이제 어떡하냐?' 하고 걱정인지 놀림인지 모를 말을 전했다.

하지만 카르멘이 러브레터를 받았다는 말을 처음으로 들은 날에도 우리는 만나서 함께 식사를 했다. 카르멘은 그날따라 만나는 순간부터 유독 내 눈치를 살폈다. 종업원이 그 애가 좋아하는 까르파쵸를 가져다준 후에도 먹지 않고 깨작거리기만 했다. 그러더니 결국 내게 고백했다.

"첼시, 너한테 할 말이 있어."

"뭔데?"

"……오늘 아침에 어떤 영애에게 고백을 받았어."

카르멘의 목소리는 아주 진지했다. 그 애는 거절하고 싶었지만 이름이 적혀 있지 않아 거절할 수 없었으며, 혹시나 이후에 당사자가 직접 찾아온다면 단칼에 거절하겠다고 약속했다. 나는 눈을 커다랗게 뜨고 카르멘의 해명을 듣다가, 웃음을 터뜨렸다.

"그것 때문에 그렇게 긴장했던 거야?"

내가 대수롭지 않다는 듯 물었다. 그러나 카르멘은 여전히 진지한 얼굴이었다.

"혹시 네가 나중에 알게 되면 화가 날 수도 있잖아."

난 눈을 동그랗게 뜨고 그 애를 봤다.

아마 카르멘이 황립 사관학교에서 가장 뛰어난 생도인 이유에는 육체적인 것도 있겠지만 정신적인 것도 있을 것이다. 정말 교본에 나와도 될 것 같은 기사정신이지 않는가? 난 저 애의 저렇게 티 한 점 없이 곧고 강직한 면이 너무 좋았다.

나는 충동적으로 손을 뻗어 그 애의 뺨에 얹었다. 카르멘의 몸이 움찔 굳는 것이 느껴졌다.

"넌 좋은 기사가 될 거야."

내가 말했다. 카르멘의 눈이 커진 게 우스워서 나는 조금 웃었다.

"마음에 걸리는 게 생기면 거리끼지 말고 바로 말해. 너도 알다시피, 난 정직한 사람을 좋아하거든."

"……"

카르멘은 내 손을 볼에 얹은 채로 고개를 끄덕였다. 또 무슨 생각을 하는지 아주 진지한 얼굴이었다. 사람 설레게.

그래서 엘레나의 걱정이나 글램 꼬맹이들의 호들갑과 상관없이, 나는 카르멘이 아카데미 영애들의 마음을 쓸어 담는 동안에도 꽤 평온했다.

내가 카르멘을 사랑하듯이, 카르멘도 나만을 사랑한다는 것을 알고 있었으니까.

나는 카르멘을 믿는다.

믿는데…….

"이건 너무한 거 아냐?"

언제나와 같은 점심 식사 시간, 나는 엘레나를 붙잡고 하소연했다.

"아카데미에 입학하기 전에도 이런 적은 없었는데!"

벌써 삼 주째였다. 카르멘을 못 만난 지가.

엘레나는 포크로 샐러드를 치즈에 찍어 먹으며 말했다.

"바쁜 거 아냐? 요새 그럴 시기잖아."

때는 4월. 봄이 무르익고 신입생들이 아카데미에 새로운 활력을 불어넣는 시기. 사관학교는 요즘 새로운 생도들을 통제하느라 정신이 없었다.

우리들은 내년이면 아카데미를 졸업한다. 카르멘도 연말마다 있는 시험을 대비하며 기사를 목표로 수행에 전념하고 있었다. 그 애가 그 일에 얼마나 진지하게 임하는지 정도는 알고 있었다. 알고 있지만…….

"카르멘이 기사가 못 될 것도 아니잖아. 그렇게 열심히 할 필요가 뭐 있어?"

"그분은 황자시잖아."

맞은편에 앉아 있던 글램 꼬맹이들이 불쑥 끼어들었다. 정말 자연스럽게 옆에 있군. 카르멘이 이 녀석들만큼만 자주 보인다면 좋을 텐데. 내 속도 모르고 동생인 마스가 계속해서 조잘거렸다.

"황자님은 나중에 황제가 될 수도 있는 거 아냐? 그럼 바쁘시겠지."

"야, 그런 소리 하지 마."

철없는 마스의 말에 내가 정색했다.

"카르멘은 황제가 안 될 거야."

"엥, 그래?"

"의외네, 첼시. 언제나처럼 '우리 카르멘은 어쩜 그렇게 완벽할까? 그 애만큼 완벽한 황제가 될 수 있는 애는 없을 거야.' 할 줄 알았는데."

크리스는 두 손을 모으고 꾀꼬리 같은 목소리로 말했다. 나를 따라 한답시고 하는 것 같지만, 실로 입맛이 떨어지는 모양새였다. 난 푸딩을 질경질경 씹으면서 싸늘한 시선을 보내 줬다.

"황제는 바쁘잖아. 카르멘이 황제가 되면 우리랑 언제 놀아 줘? 우린 달마다 가족 여행을 가야 한다고."

"……'우리'라니?"

"나랑 내 아이들."

나는 잔뜩 꿈에 부풀어 흐뭇한 표정으로 말했다. 그런데 글램 꼬맹이들은 떨떠름한 얼굴이었다. 마스는 헛웃음까지 치면서 물었다.

"네가 그래서 황자님이 너를 안 만나 주는 거 아니야?"

"뭐라고?"

난 조금 기분이 나빠져서 반문했다. 그러자 크리스가 말을 얹었다.

"황자님 정도 되면 할 일이 많을 것 아냐. 새로운 인맥을 만드는 것도 바쁜데, 약혼녀는 마침 굳이 안 만나 줘도 해바라기처럼 자기만 바라보고 있겠다. 다른 데에 시간을 쓰는 게 낫지."

나는 놀라서 눈을 동그랗게 뜨고 물었다.

"무슨 소리야? 상대가 잘해 주면 나도 잘해 주고 싶고, 볼수록 보고 싶어지는 게 사랑이지."

"첼시, 넌 꼭 그렇게 네 맘대로 사랑을 정의하려 들더라."

글램 형제들은 안타까운 듯 한숨을 쉬면서 내게 어깨동무를 했다.

"사람들이 왜 태양을 숭배하는 줄 알아? 손에 닿지 않으니까."

"멀면 가까워지고 싶지만, 너무 가까워지면 밀어내고 싶은 게 사람 마음이거든."

"그래서 연인 사이에 필요한 게 밀고 당기기지."

"그런데 너는 여태까지 당기기만 했다고."

내 옆자리를 하나씩 차지한 글램 형제들이 내 왼쪽 귀와 오른쪽 귀에 대고 속삭였다. 난 짜증스럽게 그들의 얼굴을 밀어냈다. 마스가 킬킬거리며 말했다.

"거봐, 너무 가까워지니까 싫잖아?"

크리스가 고개를 끄덕이며 녀석의 말을 받았다.

"맞아, 부담스러워."

"노력할 필요가 없지."

"잡은 물고기."

"닭장 속의 토끼."

그저 최선을 다하는 게 좋은 거라고만 생각했던 나에게 그들의 이론은 너무 새롭고 충격적이었다. 나는 혼란에 빠지고 말았다.

"애 좀 그만 괴롭혀!"

그때 엘레나가 불쑥 끼어들어 소리쳤다. 말 많은 형제들을 밀어내고 내 곁에 앉은 엘레나는, 유모처럼 따뜻한 손으로 내 등을 토닥여 주며 말했다.

"신경 쓰지 마, 첼시. 카르멘은 그렇게 생각 안 할 거야."

"엘레나……."

나는 감동한 눈으로 엘레나를 바라봤다. 그녀는 천사처럼 맑은 웃음을 지어 보이더니, 머뭇거리며 입을 열었다.

"그래, 그런데 다 먹은 것 같으니까 이제 일어나자. 나 오후에 약속이 있어서……."

"아아……."

조심스러워하는 기색을 보니 데이트 약속이 틀림없었다.

엘레나는 입학 축제 때 함께 춤을 추었던 선배와 서서히 관계를 진전시키다가 어느새 연인이 되었다. 둘의 관계는 선배가 졸업을 한 뒤로도 이어지고 있었다. 플로라 언니의 말대로 입학 축제는 어린 연인들의 만남의 장이라고 했다. 엘레나는 그것을 십분 활용했던 것이다.

"그래, 그럼 가 봐야지."

나는 애써 씁쓸한 마음을 숨기며 웃어 보였다.

봄이었다. 요새 들어 수공예 모임이 모이는 횟수도 부쩍 줄어든 것 같았다. 엘레나는 물론이고 글램 형제들도 약속이 있다며 어디론가 바쁘게 사라져 버렸다.

나는 혼자 남아 길거리를 돌아봤다. 울긋불긋한 히아신스가 만개하는 계절, 아카데미의 정원은 한 쌍의 나비 같은 연인들로 가득했다. 난 힘겹게 그 사이를 걸어 나갔다. 어린 남녀들 사이에 맴도는 풋풋하고 어색한 로맨스의 기류에 질식해 버릴 것만 같았다.

나도 연인이 있다. 그런데 왜 눈꼴이 시린 걸까?

아쉬운 마음이 들어서일까, 정신을 차려 보니 내 발은 사관학교로 향하고 있었다. 연무장을 지나쳤는데 카르멘의 모습은 보이지 않았다. 그 대신 그와 친하게 지내는 생도를 발견할 수 있었다.

나는 반갑게 인사를 해 보았다. 그리고 넌지시 대화를 걸었다가 카르멘이 주말에는 일정이 비어 있으며, 그때 나를 만나려고 계획하고 있다는 것을 알게 되었다. 난 고맙다고 인사를 하고 돌아섰다.

"아, 카르멘이 곧 올 텐데……."

카르멘의 친구는 그런 말로 날 붙잡으려 했지만, 나는 카르멘을 방해하기 싫다고 하고 그냥 그곳을 빠져나왔다.

망할 글램 형제들이 한 말 따위를 신경 쓰는 것은 절대 아니다. 이건 내 자의로, 카르멘의 훈련을 응원하는 마음으로 그러는 것뿐이다. 정말로, 하늘에 맹세코.

나는 결국 밝은 대낮에 이른 귀가를 했다. 나날이 날씨가 포근해지고 있었다. 누구는 일몰이 늦어져서 오래 돌아다닐 수 있어 좋다는데, 나와는 상관없는 이야기였다. 나는 소파에 앉아 자수틀을 무릎에 놓고 무료하게 수를 놓았다. 자수는 내 유일한 특기이자 취미였다.

그러고 있자니 회의감이 몰려들었다. 우리는 내년이면 아카데미를 졸업하고, 카르멘은 그 안에 기사 서임을 받을지도 모르는데. 나는 귀중한 아카데미 시절과 청춘을 낭비하고 있는 것이 아닐까?

그리고 조금 후회가 되었다. 글램 형제들의 말에 휘둘리지 말고, 그냥 카르멘의 얼굴이라도 한번 보고 올걸. 요즘 그 애를 만날 수 있는 기회가 흔하게 오는 게 아닌데.

우리는 두 해만 지나면 완연한 성인이 된다. 성인이 되면 사람은 성장을 멈추고 본격적으로 노화를 시작한다.

인간의 생애에서 성장기는 극히 짧았다. 그 말인즉슨 미성숙한 성장기의 카르멘을 볼 수 있는 것도 얼마 남지 않았다는 뜻이다. 나는 그 애의 성장의 기록을 섬세한 묘사를 동원해 일기에 남기고 있었지만 눈으로 보는 것과 글로 보는 것은 큰 차이가 있었다.

카르멘은 이 사실을 알고 있는 걸까? 우리가 성인이 돼서 결혼을 하면, 지금으로는 돌아올 수 없을 거라는걸. 그걸 알고서 삼 주가 넘는 시간 동안 나를 이렇게 방치하고 있는 걸까?

우중충한 불만들이 삐죽삐죽 튀어나왔다. 그 애를 탓하고 싶지 않은데, 계속 속 좁은 생각이 떠올랐다. 오늘 집 가는 길에 쓸데없이 풋풋하고 사랑스런 연인들을 너무 많이 봤던 탓이었다.

나도 연인이 있는데……. 같은 연인이라도 그들과 우리는 사뭇 달라 보였던 것이다. 그들과 우리의 다른 점이 대체 뭘까? 다들 그렇게 알콩달콩하기만 한데. 얼마 전까진 권태기인 것 같다며 투덜거리던 엘레나도 오늘은 좋아 보이기만 했는데…….

잠깐, 권태기?

나는 자수틀 위로 바늘을 툭 떨어뜨렸다. 손끝이 바들바들 떨렸다.

나는 양손으로 입을 막고 중얼거렸다.

"세상에, 그건가 봐……."

얼마 전에 입학 축제가 있었다. 오늘 내가 아카데미에서 본 연인들은 아마 그날 만나 사귀게 되었을 거다. 그들과 우리가 달라 보이는 이유. 그건 바로 그들은 얼마 전에 처음 만난 풋풋한 연인들이고, 우리는 만난 지 어언 십 년이 넘어가는 익을 대로 농익은 연인들이라는 것이었다.

십 년을 만났으니 이제 권태기를 걱정할 때도 되었지.

나는 조금 낭패스런 기분으로 고민했다. 어쩌면 좋지? 무언가, 이 상황을 타개할 비책이 있을 것 같은데! 나는 자수를 하다 말고 머리를 감싸고 생각에 빠졌다.

한참 끙끙거리고 있으니 어느덧 노을이 졌다. 저녁 식사 시간이 되어서 시녀가 나를 부르러 왔다. 그녀가 나를 발견하고 말을 걸려 하던 때, 나는 양손을 짝 마주치며 외쳤다.

"그래, 약혼을 해야겠다!"

"네? 약혼이요?"

시녀는 방금까지 자신이 하려고 했던 말도 잊고 눈을 동그랗게 떴다. 나는 활짝 웃으며 그녀의 손을 맞잡았다.

"저녁 식사 시간이 됐다고 알려 주려 왔지? 그래, 식사를 할 때 부모님께 약혼에 대해서 말씀드려야겠어!"

약혼! 이건 정말 천재적인 발상이었다.

우리는 결혼을 약속하긴 했지만 정식으로 약혼식을 한 적은 없었다. 그래서 우리는 서로를 약혼자이기 전에 연인으로 여기고 있었다.

우리는 아마 아카데미를 졸업하고 곧장 결혼을 하게 될 텐데, 그러면 바로 부부가 될 것이다. 약혼자로서의 기간은 거의 없다시피 되는 것이다. 하지만 지금 약혼을 한다면, 연인과 부부 사이에 약혼자라는 특별한 기간이 생기는 것이다.

연인으로서는 농익은 사이지만 약혼자로서는 갓 약혼한 관계가 되겠지. 그러면 권태기 문제가 한 방에 해결되는 데다가, 약혼자로서의 카르멘을 만날 수도 있게 된다.

약혼자 카르멘!

그건 정말 희귀한 것이었다. 약혼자로서의 기간은 2년이 고작이었다. 맙소사, 하마터면 이런 귀중한 기간을 통째로 날려 버릴 뻔했군. 나는 안도의 한숨을 내쉬었다.

약혼식을 하면서 우리는 결혼식을 연습할 수도 있었다. 우리가 결혼한다면 식은 아마 5월에 올리는 것이 좋을 것이다. 5월의 신부는 화목한 가정을 갖게 된다는 말이 있으니까. 그러면 약혼식도 5월이 좋겠다.

다음 달이군! 서둘러야겠어!

나는 방금 내게 떠오른 아이디어를 곧장 실행에 옮겼다. 우선 우리의 부모님께 알렸고, 허락을 받아 냈다. 그리고 주말에는 카르멘을 만나 이 원대한 계획에 대해 알렸다. 장대하게 할 생각은 없고 그저 우리 부모님과 황비님 정도만 참석해도 좋을 것 같다고 하니 카르멘 또한 동의했다. 황비님께 알리니, 옆에 있던 캐럴이 자신도 참석하겠다고 날뛰었다. 나는 흔쾌히 말했다.

"좋아."

"까악, 새언니!"

"아하하, 아직 아냐."

난 내게 안겨 드는 캐럴을 안아 주며 흐뭇하게 웃었다. 기분이 좋았다. 나 다음 달에 약혼한다!

* * *

약혼식은 간략하게 진행하기로 했다. 너무 법석 떨지 말고, 가족들과 아주 가까운 친구만 초대할 것이다. 그래서 일단 나는 약혼식에 대한 계획을 나의 소중한 친구 엘레나에게만 슬쩍 알렸다. 그녀는 이 뜻밖의 소식을 자기 일처럼 축하해 주었다.

나는 이 약혼식을 결혼식의 예행연습으로 삼으려고 했다. 내가 가장 먼저 한 일은 웨딩드레스를 맞추는 일이었다. 디자이너에게 내가 최우선으로 부탁한 것은 '최대한 빠르게'였다.

디자이너는 내 요구를 최대한 수용했다. 며칠 후에 웨딩드레스가 집으로 배달되었다. 그날은 아카데미도 가지 않는데 아침 댓바람부터 나의 전속 시녀가 나를 깨우더니 물었다.

"아가씨, 웨딩드레스 안 입어 보세요?"

시녀는 아마 부모님의 눈치에 시달리다가 결국 나를 깨운 것 같았다. 아마 어지간히도 궁금하셨나 보지. 할 수 없이 나는 아침부터 목욕재계를 하고 웨딩드레스를 입어 보았다.

눈 뜨자마자 난리도 이런 난리가 없었다. 온 저택의 시녀들이 내게 달라붙어 목욕 시중을 들고 드레스를 입혀 줬다. 그들은 내친김에 나를 가지고 신부 화장을 연습하는 것 같았다. 나는 어쩐지 이젤에 얹어진 도화지가 된 기분으로 내 얼굴을 내줬다.

마지막으로 웨딩드레스와 맞춰서 산 웨딩 베일까지 쓰고 나서, 나는 거울 앞에 섰다. 시녀들이 나를 둘러싸고 감탄을 한마디씩 거들었다.

"제가 본 신부 중에서 가장 아름다우세요."

"백합의 정령 같아요."

"정말?"

난 신이 나서 아래층으로 내려갔다. 티 룸에서 이야기를 나누고 있던 부모님이 깜짝 놀라서 벌떡 일어났다.

"세상에, 우리 집에 천사가 사는 줄은 몰랐군."

아빠가 그렇게 말하면서 날 안았다. 나는 볼에 입맞춤을 받으며 뿌듯하게 미소 짓다가 엄마가 조용하다는 것을 알았다. 나는 의아하게 엄마를 돌아봤다가 깜짝 놀랐다.

"엄마, 왜 울어?"

"네가 너무 예뻐서……."

엄마가 울먹이며 답했다. 그녀는 느릿느릿 걸어와 나를 안았다.

"그 손바닥만 하던 아기가 벌써 이렇게 커서 웨딩드레스를 입고……."

"엄마, 나 결혼하는 거 아니야."

나는 티 룸에 앉아 엄마를 달랜다고 조금 진땀을 뺐다.

오늘 저녁에 마침 오빠가 온다고 했다. 나는 언니와 오빠에게도 웨딩드레스를 보여 줄 요량으로 저녁까지 드레스를 입고 있었다. 사실 애써한 화장을 지우기 싫었던 것도 있었다.

언니와 오빠는 저녁 식사 시간에 맞춰서 집에 돌아왔다. 나는 또다시 예쁘다는 칭찬을 왕창 받았다. 기분이 날아갈 것같이 좋았다. 그리고 이 모습을 카르멘에게도 보여 주고 싶다는 생각이 들었다.

신부의 웨딩드레스는 결혼식 전에 보여 주면 안 된다는 말이 있었다. 하지만 그건 결혼식에 해당하는 말이었다. 약혼식 드레스는 별로 상관이 없지 않을까?

약혼식 당일에 보여 줘야 한다는 생각과 지금 당장 보여 줘도 된다는 생각이 서로 싸웠다. 나는 약혼식 당일에 보여 주는 게 가장 좋다는 결론을 내렸다. 하지만 실수로 카르멘에게 저녁에 로드랭 별장에서 만나자고 전령을 보내고 말았다. 순전히 손이 미끄러지는 바람에 생긴 사고였다.

곧 카르멘에게서 알겠다는 답이 왔다.

"야호!"

나는 어쩔 수 없이 집을 나서게 되었다. 가족들이 내게 충고했다.

"드레스만 보여 주고 와야 한다."

"네!"

나는 그길로 곧장 로드랭 별장으로 향했다.

카르멘이 아직 저녁 식사를 하지 않았을지도 몰라서, 나는 별장에 도착하자마자 시녀들에게 카르멘이 좋아하는 연어 까르파쵸를 준비시켰다. 식사 준비가 완료될 때쯤에 별장 앞에 황실의 마차가 도착했다.

나는 마차가 왔다는 소식을 듣자마자 창가로 달려갔다. 마음 같아서는 문 밖으로 뛰어나가 카르멘을 맞이해 주고 싶었지만 웨딩드레스를 입고 있었기에 점잖을 떨어 보았다.

내가 테라스로 나가자 시녀가 내 뒤를 쫓아와 벽에 걸린 호롱에 불을 붙여 주었다. 황가의 문양이 그려진 마차에서 금발 머리 소년이 내리는 모습이 보였다.

"카르멘!"

나는 카르멘을 향해 손을 흔들었다. 카르멘이 마차에서 내려 내가 있는 곳을 올려다봤다. 나는 먼 거리에서도 그 애의 파란 눈동자에 경탄이 서리는 것을 알 수 있었다.

카르멘은 내 웨딩드레스에 구색을 맞춰 주기 위해 새까만 정복을 입은 채였다. 달빛에 반사되는 밝은 금발과 그 애의 몸에 완벽하게 들어맞는 딱딱한 정복. 당장 결혼식을 올려도 될 것 같았다. 그때 나와 카르멘의 시선이 마주쳤다. 버튼이 눌린 것처럼 심장이 두근거리기 시작했다.

남색 밤하늘에 뜬 손톱같이 창백한 초승달. 은색 울타리가 둘러진 테라스에서 카르멘을 향해 손을 흔드는 나. 노란 호롱불을 등지고 빛나는 새하얀 웨딩드레스.

정원에는 푸른 용이 새겨진 황가의 마차가 세워져 있고, 카르멘은 새벽의 여명 같은 파란 눈동자로 나를 올려다보고 있는데. 나는 이 순간이 마치 동화 속의 한 장면 같다는 생각을 했다.

우리의 시선이 허공에서 마주친 순간은 단 몇 초에 불과했다. 그러나 내가 우리의 행복한 결혼식을 상상해 내기에는 충분한 시간이었다. 꿈을 꾸고 있는 것 같았다. 울타리를 넘어 카르멘의 품에 안겨야 할 것 같은 충동마저 들었다.

내가 몽롱한 눈으로 난간을 짚는데, 마차 안에서 카르멘과 똑같은 색의 머리칼을 가진 소녀가 불쑥 뛰어내렸다.

"언니!"

아, 캐럴도 같이 왔구나.

갑자기 정신이 번쩍 들었다. 난 고개를 휙휙 젓고 캐럴을 향해서도 인사를 했다. 카르멘과 캐럴이 별장에 들어왔다. 나는 그들을 1층의 다이닝 룸으로 안내했다. 캐럴은 내 뒤를 졸졸 따라오면서 나의 아름다움을 칭송했다.

"언니, 너무 예뻐."

"그래?"

"응! 2층 테라스에서 우리한테 인사하는 언니를 보는데…… 난 무슨 달의 여신이 내려온 줄 알았어. 하늘에 아직 달이 제대로 떠 있는지 확인했다니까? 언니를 보는 순간 너무 눈이 부셔서 아침이 온 줄 알았어."

"푸, 우리 시녀들 화장술이 좋기는 하지."

"아냐! 웨딩드레스 효과도 있지만, 언니는 원래 완벽해. 우리 오빠는 긴장할 필요가 있다니까? 언니랑 예전에 쇼핑할 때도 지나가는 남자들이 언니를 얼마나 쳐다봤는데. 늘씬하지, 얼굴 예쁘지."

"……요새 키가 많이 자라긴 했는데."

"그렇지?!"

내가 조금 긍정하자 캐럴은 신나서 손뼉을 마주쳤다. 난 결국 웃음을 터뜨렸다.

캐럴은 정말 사랑스러운 아이였다. 사실 캐럴이 마차에서 내리는 순간 카르멘과 나의 둘만의 시간을 방해받았다는 생각에 약간 실망한 마음도 있었다. 하지만 캐럴은 카르멘을 꼭 닮은 얼굴로 내 마음에 쏙 드는 말들을 계속 늘어놓았다. 그래서 다이닝 룸에 도착했을 때 나는 완전히 기분이 좋아져 있었다.

의자에 앉자 시녀들이 몇 가지 음식과 연어 까르파쵸를 날라 주었다. 카르멘은 자기 앞에 탑처럼 쌓인 까르파쵸를 보고 약간 놀란 표정을 지었다. 캐럴도 감탄했다.

"우와, 오빠가 좋아하는 까르파쵸네. 역시 첼시 언니."

"카르멘은 먹는 음식만 먹으니까."

"맞아, 오빠가 입이 짧아서. 환장하고 먹는 음식은 저거뿐이라니까."

우리가 즐겁게 대화하며 식사를 시작했다. 카르멘도 뒤늦게 칼과 포크를 들고 음식을 먹었다. 우리는 식사를 하면서도 카르멘이 까르파쵸를 얼마나 좋아하는가에 대해 이야기를 나눴다. 대화 주제가 바뀌질 않자 카르멘이 조용히 끼어들었다.

"……그렇게까지 좋아하진 않는데."

우리의 대화가 멎었다. 우리는 눈을 동그랗게 뜨고 카르멘을 돌아봤다. 카르멘이 무안한 얼굴로 말을 이었다.

"아니, 내 말은…… 좋아하긴 하지만 이것만 좋아하고 그러진 않는다고."

나는 그 애를 빤히 바라보다가 피식 웃으며 말했다.

"그래, 카르멘."

"으하하!"

캐럴이 신나서 제 오빠의 어깨를 퍽퍽 치며 웃었다. 카르멘은 멍하니 앉아서 캐럴이 때리는 대로 흔들렸다. 결국 나도 웃음을 터뜨렸다.

식사를 마치고 나서, 나는 내 웨딩드레스를 입은 모습을 보여 주겠다는 목적을 달성했으니 이제 헤어져야 하는 건가 고민했다. 그때 캐럴이 말했다.

"언니, 여기 와인 창고가 있지 않아?"

난 어리둥절하게 답했다.

"응, 있지."

"나 구경시켜 주면 안 돼?"

"네가 왜, 마시기라도 하게?"

"그럼 좋고."

캐럴이 방긋방긋 웃으며 말했다. 나는 멍하니 눈을 깜빡였다.

"캐럴, 넌 어린애가……."

"으, 잔소리하지 말고. 나 열여섯 살이거든? 이제 행사 같은 곳에서 분위기에 맞춰 한 잔씩 마셔 줘야 하는 나이란 말이야."

"아……."

듣고 보니 맞는 말이었다. 캐럴은 열여섯 살. 16세는 제국법상 합법적으로 술을 마실 수 있게 되는 나이였다. 캐럴은 황족이고, 이미 사교계에 공식 데뷔 행사를 치렀다. 그러니까 이제 파티에서 술을 권유받는 일이 생길 수도 있겠다. 그렇다면 좀 더 편한 자리에서 술 마시는 법을 배울 필요가 있을지도.

"알았어."

나는 캐럴과 카르멘을 와인 창고로 데리고 갔다.

이 별장은 주로 엄마나 아빠가 친구들을 데리고 기분 전환을 할 때 이용하는 장소였다. 애주가인 아빠는 마음이 내킬 때마다 꺼내 마실 수 있도록 갖가지 종류의 와인을 별장에 구비해 놓았다. 덕분에 별장의 와인 창고는 꽤 실속 있게 가득 차 있었다.

우리는 창고를 구경하면서 마음에 드는 와인을 몇 가지 골라서 다이닝 룸으로 돌아왔다. 테이블에 술이 놓이자 아까와는 다른 분위기가 연출되었다. 천장에 매달려 있는 샹들리에나 테이블 한쪽에 놓여 있던 향초가 달라 보였다.

우리는 와인을 마시면서 어릴 적 이야기를 했다. 처음으로 같이 술을 마셨던 때에서, 술버릇에 관한 이야기가 나왔다가, 어느새 살면서 보았던 서로의 가장 멍청한 실수에 대해서 말하고 있었다. 오래된 관계라는 게 이렇다. 옛날이야기를 시작했다간 끝이 없지.

한창 이야기꽃을 피우다가 카르멘이 잠시 화장실을 가겠다고 자리를 비웠다. 카르멘이 사라진 사이에 캐럴도 일어났다.

"뭐야, 너도 화장실 가?"

술기운이 올랐는지 볼이 발갛게 달아오른 캐럴이 헤실헤실 웃으며 나를 돌아봤다.

"아니, 난 이제 빠져 주려고."

"뭐?"

"언니, 약혼식 전에 오빠랑 하고 싶은 얘기도 있을 거 아냐."

"아니, 잠시만⋯⋯."

"안녕, 예비 새언니!"

캐럴은 그 말만 남기고는 후다닥 사라져 버렸다.

나는 텅 빈 방에 남아 멍하니 눈을 깜빡였다. 뒤늦게 웃음이 새어 나왔다. 갑자기 새언니는 무슨 소리람? 아무튼 정말 깜찍한 꼬맹이였다.

사실 이제 슬슬 집에 돌아가야 할 것 같았는데. 일이 이렇게 됐으니 캐럴의 성의를 봐서라도 좀 더 이야기를 나누다가 돌아가야겠다. 뭐, 아직 그렇게 시간이 늦은 것도 아니니까.

잠시 후, 다이닝 룸에 돌아온 카르멘은 방 안을 휙휙 둘러보더니 물었다.

"캐럴은?"

"집에 갔어."

"응?"

그 애는 어리둥절한 표정으로 의자에 앉았다.

"왜 혼자?"

"우리 예비 시누이가 눈치가 좀 좋거든. 날 닮아서."

"뭐?"

카르멘은 황당한 얼굴로 되물었다가 곧 바람 빠지는 소리를 내며 웃었다.

"알 만하네."

"응, 너무 귀엽지."

나는 카르멘의 앞으로 빈 잔을 내밀었다.

"우리 캐럴 정성을 봐서 한 잔만 더 마시고 돌아가자. 어때?"

카르멘은 웃으면서 빈 병을 치우고 새 와인을 따면서 말했다.

"뜻대로 하시죠, 레이디."

"아하하."

카르멘은 우아한 손짓으로 내 잔에 포도주를 채웠다. 그 애의 능청에 나는 기분이 좋아졌다. 내 손에는 찰랑거리는 보랏빛 포도주가 담긴 유리잔이 있었고, 카르멘은 여느 때처럼 다정했다. 와인은 향긋했고, 기분 좋을 만큼만 취기가 올랐다.

* * *

우리는 다시 어릴 적 이야기를 하며 추억에 잠겼다. 대화는 재미있었다. 나는 자꾸 웃었고, 카르멘도 그랬다. 어쩌다가 대화가 그렇게 흘러갔는지는 모르겠지만, 아무튼 우리는 결혼에 대해서 말하게 되었다. 내 결혼에 대한 꿈은 유구한 것이었다. 나는 신나서 우리의 미래에 대해 주절거렸다.

한 지붕 아래에서 사는 우리, 우리를 반씩 닮은 사랑스런 아이. 날씨가 좋은 날은 아이들과 함께 꽃을 보러 가고, 날씨가 나쁜 날은 방 안에서 같이 따뜻한 차를 마시는 삶에 대해서. 내가 바라는 결혼 생활은 그런 거였으니까. 난 들뜬 목소리로 말했다.

"첫째는 로엠, 둘째는 하웰이라고 짓자. 내가 십 년 전부터 정해 놓은 이름이거든."

"그래."

카르멘은 내 모든 말에 고분고분하게 고개를 끄덕이기만 했다. 난 괜히 지적하듯 물었다.

"흘려듣는 거 아니지?"

"아냐, 다 기억해 두고 있어. 난 결혼 생활은 잘할 수 있어."

카르멘이 웃으며 말했다. 그 애는 웃고 있는데 나는 어쩐지 그 말에 미묘한 기분이 들었다. 그래서 카르멘을 향해 마주 웃어 주며 덧붙였다.

"잘할 필요까지 뭐 있어. 그냥 서로 사랑하면서 살면 되는데."

카르멘이 말없이 웃었다. 여태 내 말에 일일이 수긍의 말을 돌려주던 애가 이번에는 아무 대답이 없는 게 이상했다. 난 와인으로 목을 축이고 장난스런 투로 물었다.

"왜 말이 없어, 날 사랑하지 않는 거야?"

"……."

카르멘은 여전히 답이 없었다. 나는 인상을 찌푸렸다. 카르멘의 침묵이 길어지자 내가 다시 그 애의 이름을 불렀다.

"……카르멘?"

"맞아."

그런데 카르멘이 갑자기 웃음기가 빠진 얼굴로 말했다. 난 내가 무언가를 잘못 들었다고 생각했다. 내 귀를 의심하고 다시 물었다.

"……뭐라고?"

카르멘은 머뭇거리다가 입을 열었다.

"첼시, 사실 난 너를…… 사랑하지 않아."

"……."

그리고 갑자기 이상한 일이 일어났다. 그 애는 내 맞은편에 앉아 있었고, 내 몸도 분명히 의자에 가만히 앉은 채였다. 그런데 내가 돌고 있기라도 한 것처럼 시야가 흔들거렸다. 어지럽고 머리가 멍했다.

쨍!

손이 허전해진다 싶더니 바닥에서 유리잔이 깨지는 소리가 났다. 카르멘은 조금 놀란 것 같았다. 하지만 나는 바닥으로 눈길 한번 주지 않고 카르멘에게만 시선을 고정했다.

"다시 말해 봐."

내가 말했다. 그러자 카르멘은 깨진 유리잔에서 시선을 올려 나를 바라봤다. 우리의 시선이 마주쳤을 때, 그 애는 어쩐지 괴롭고도 결연한 표정을 지었다. 그리고 다시 한번 입을 열었다.

"……나는 너를 사랑하지 않아."

"뭐라고?"

"……나는 너를……."

나는 고장 난 인형처럼 몇 번이고 그 질문을 반복했다. 내가 잘못 들은 것이길 바라면서. 하지만 그 애는 성실하게도 같은 대답만을 반복했다.

나는 카르멘이 내게 왜 이러는지 알 수 없었다. 그 애가 술에 취해서 말실수를 하고 있다거나, 농담이나 거짓말을 하는 것이라고 생각하고 싶을 지경이었다.

"……."

어느 순간부터 카르멘은 내 질문에 답하지 않고 입을 다물었다. 하지만 나는 사실 굳이 반복해서 확인하지 않더라도 그 애가 처음 말을 뱉은 순간에 이미 그게 거짓말이 아니라는 것을 알 수 있었다.

왜냐면 내가 카르멘을 사랑하기 때문에. 사랑하는 사람의 진심은 한눈에 알아볼 수 있으니까.

"나, 난, 이만 가야겠어."

내 입에서 나오는 목소리가 사정없이 떨렸다. 그제야 내가 울고 있다는 것을 알았다. 나는 힘없이 휘청거리는 것치고는 엄청나게 빠른 걸음으로 다이닝 룸을 빠져나왔다. 밖에 있던 시녀들이 나를 보고 놀라서 달려왔다.

"어서 집에 가자."

나는 시녀들을 재촉해서 별장을 나가려고 했다.

"첼시!"

그때 카르멘이 내 뒤를 쫓아왔다. 그 애가 나를 잡아 세웠다. 내가 사랑하는 파란 눈동자가 걱정과 혼란으로 일렁거렸다.

"내가, 잘할게. 네가 말했던 것, 다 지키도록 할게."

카르멘이 내게 무어라 말을 했다. 그러나 나는 혼미한 기분으로 고개만 저었다. 정신을 차릴 수가 없었다. 내 반응을 뭐라고 해석했는지, 카르멘은 슬픈 얼굴로 말했다.

"꼭 서로 사랑해야 결혼할 수 있는 건 아니잖아. 난 널 사랑하지는 않아도 좋은 남편이 되려고 노력할 거야."

그 말을 듣고 나자 그 애의 진의를 조금 이해할 수 있었다.

내게 중요했던 사랑이 너에게는 아무것도 아니었다는걸.

나는 고개를 젓는 것을 멈추고 고개를 들었다. 눈물로 눈앞이 흐렸지만 나는 최선을 다해 그 애를 노려보며 소리쳤다.

"우리 할아버지는 내가 세상에서 가장 소중한 보물이라고 했어!"

내가 그 애한테 그런 식으로 화를 낸 것은 처음이었다. 카르멘은 내 팔을 붙잡은 채로 얼어붙었다.

"할아버지가 가족 다음으로 소중히 여기는 건 그의 화랑이지. 하지만 할아버지의 두 번째 보물에도 모조품은 단 하나도 없어! 그런데 내게 모조품이 되라는 거야?"

난 그저 머리끝까지 화가 나서 내가 뭐라고 하는지도 모르고 지껄여 댔다. 나는 카르멘에게 악을 질러 준 후에 그 애의 팔을 뿌리치고 마차를 탔다.

그 이후에 내가 어떻게 집으로 돌아왔는지도 모르겠다. 걸음을 걷는데 중심을 잡을 수가 없었다. 내 꼴을 발견한 가족들은 모두 난리가 났다. 다들 내게 대체 무슨 일이 있었던 거냐고 물었다. 하지만 나는 아무런 대답도 해 달 수가 없었다.

나는 엉엉 울면서 내 방에 들어가 방문을 걸어 잠갔다. 나를 걱정하는 가족들을 향해 날 혼자 있게 해 달라고 소리를 질렀다. 죽을 듯이 심장이 죄어 왔다. 하늘이 무너지고 땅이 솟아서 그 사이에 끼어 버린 기분이었다.

카르멘이 나를 사랑하지 않는다니. 내가 여태껏 진리처럼 여겼던 믿음을 산산이 부서뜨리는 말이었다.

하늘은 파랗고, 태양은 동쪽에서 뜨고, 카르멘은 나를 사랑한다.

그런데 카르멘이 나를 사랑하지 않는다니. 그런 건 천재지변 같았다. 내가 보여 줬던 모든 노력과 진심들이, 그 애한테는 아무런 영향도 미치지 못했던 것만 같았고……

우주의 먼지가 되어 버린 기분이었다.

더 이상 무엇을 어떻게 해야 할지 알 수 없었다. 왜 내게 이런 일이 생긴 거지? 나는 생각을 정리하고 싶었다. 몸을 바들바들 떨면서도 이 상황을 이해해 보려고 노력했다. 방 안을 정신없이 서성거리고 있는데 벽면에 있던 전신 거울이 눈에 들어왔다.

거기에는 웨딩드레스를 입고 엉망이 된 얼굴로 울고 있는 여자가 있었다. 아니, 사실은 아무도 없었다.

카르멘은 나의 시계인데.

나는 그 애의 시계태엽이 되기 위해 태어난 것일 텐데.

분명히, 이 세상에서 오직 사랑만이 의미가 있는 것일 텐데.

내게 허락된 단 하나의 길이 사랑이라면 그 사랑만은 가치 있을 것이리라 믿었다. 적어도 이보다는 절실하고 아름다울 줄 알았다. 그런데 카르멘이 내게 말했다.

'꼭 서로 사랑해야 결혼할 수 있는 건 아니잖아. 난 널 사랑하지는 않아도 좋은 남편이 되려고 노력할 거야.'

그게 무슨 말이지?

서로 사랑하지 않는 채로 결혼해서, 서로 사랑하는 것처럼 살자는 뜻일까? 그 애가 나를 사랑하지 않는 것을 알면서도 신부 화장을 하고, 입을 맞추고, 결혼을 하고, 기쁜 듯이 웃고, 아이를 낳고……

나는 그런 결혼을 하기 위해 여태껏 살아온 것인가? 평생 거짓 사랑을 연기하기 위해서?

……여태까지의 내 삶은 대체 뭐였지?

나는 쓰러지듯 바닥에 주저앉았다. 거울 속에는 첼시 로드랭이 보이지 않았다. 거울이 비추고 있는 건 그저 이제 아무것도 아니게 되어 버린 여자애 하나였다.

* * *

끔찍한 밤이었다.

나는 쉼 없이 울었다. 눈물로 헤브람 제국을 잠기게라도 할 것처럼.

겨우 울음을 그쳤을 때는 깊은 새벽이었다. 나는 엉망이 된 얼굴을 쓸었다. 눈가는 따끔거리고 심장 위에는 돌이 얹어진 것 같았다. 밤새 내내 울음을 토하던 목은 천 개의 가시를 삼킨 것처럼 아팠다.

상체를 일으키자 치렁치렁한 드레스가 일제히 바스락거렸다. 고개를 들자, 머리에 얹어져 있던 티아라가 바닥으로 떨어졌다. 난 멍하니 고개를 돌려 티아라를 내려다봤다. 티아라 한가운데는 암흑 속에도 빛을 발하는 굵은 토파즈가 반짝거리고 있었다. 그것을 보자 바닥난 줄만 알았던 눈물이 툭하고 터졌다.

사실은 다이아몬드를 하고 싶었다.

하지만 토파즈가 네 눈 색과 같으니까. 아카데미에서 내내 카르멘에 비해 부족하다는 평가를 들었던 나지만, 약혼식만큼은 우리가 하나처럼 보였으면 좋겠다고 생각했단 말이야.

"개자식……."

나는 태어나서 처음으로 카르멘을 향해 욕설을 내뱉었다. 그래도 내 분노는 사그라들 기색이 보이지 않았다.

아카데미에서는 카르멘과 나의 약혼을 탐탁잖게 여기는 사람들이 많았다. 나의 동기들이야 긴 세월 우리를 지켜봐 왔으니 나를 인정해 주었다. 그러나 종종 나는 황자비가 되고 싶어서 귀한 황자님께 온갖 아양을 떠는 비굴한 약혼녀로 여겨지기도 했다.

그러나 나는 황자비가 되고 싶은 게 아니었다. 내 목적은 카르멘과 결혼을 하는 게 아니었다. 그림같이 아름다운 가정을 꿈꿨던 것은 사실이지만, 내게 가장 중요했던 것은 사랑이었다.

사랑하는 카르멘.

내겐 그 외에 아무것도 필요치 않았다. 그 애의 사랑만 있다면 나는 충만해질 수 있었으니까.

바꿔 말하자면, 그 애의 사랑이 없는 나는 아무것도 없다는 뜻이다.

사랑이 빠져나간 자리를 분노와 미움이 가득 채웠다. 혹은 텅 비어 버렸거나.

* * *

아침이 밝은 후에도 나는 꼼짝 않고 방 한구석에 처박혀 있었다. 결국 보다 못한 가족들이 나를 억지로 방에서 끌어냈다. 유모가 나를 욕실로 안고 가서 씻겨 주었다. 나는 실이 끊어진 인형처럼 멍하니 앉아 나를 씻기는 손길을 받아 냈다.

내가 아침도 거르고 방에 틀어박히자 보다 못한 엄마가 방에 들어와서 물었다.

"첼시, 대체 무슨 일이니? 카르멘이랑 싸우기라도 한 거니?"

나는 이불을 꽁꽁 덮고 아무런 답도 하지 않았다. 엄마는 억지로 이불 속에서 내 머리를 끌어내어 무릎에 뉘이셨다. 그녀는 내 머리를 쓰다듬으면서 한층 더 걱정스러워진 목소리로 물었다.

"첼시, 설마 너희…… 헤어지기라도 한 거야?"

"……."

우리 헤어졌나?

나는 고민하다가 작게 고개를 저었다. 우리는 헤어지지 않았다. 우리는 헤어질 수가 없었다.

왜냐면 우리는 사귄 적이 없으니까.

나는 이제 그 사실을 받아들여야 했다. 많은 시간을 함께했지만, 우리는 한 번도 연인이었던 적이 없다는 사실 말이다. 나는 그동안 우리가 진정한 사랑을 하고 있다고 믿었으나, 내가 해 왔던 것은 진정한 사랑이 아니었다. 진정한 짝사랑이었지.

"흑……."

다시 울컥 눈물이 넘쳤다. 엄마가 당황한 얼굴로 내 눈물을 훔치셨다. 그러나 그녀가 아무리 닦아도 눈물은 쉼 없이 쏟아져 나왔다. 나는 결국 그녀의 품에서 목 놓아 울고 말았다.

그 후로 가족들은 내게 아무것도 묻지 않게 되었다. 조금만 카르멘에 대한 이야기를 꺼내 볼라치면 내가 눈물을 터뜨리고 말았기 때문이다.

매일매일이 계속 그런 식이었다.

울다가, 울다 지쳐 잠들면 카르멘의 꿈을 꿨다. 카르멘이 내가 틀어박혀 울고 있는 침실 문을 열고 들어와 내게 사랑한다고 말해 주는 꿈이었다.

그 애는 녹을 듯이 부드러운 목소리로 사랑을 고백하면서 내게 사과했다. 그 말은 진심이 아니었다고, 미안하다고 말하면서. 나는 카르멘의 품에 안겨서 안도했다. 겨우겨우 울음을 그칠 때가 되면 잠에서 깨어났다. 눈을 뜨면 현실이 있었다.

텅 빈 침실에 나는 혼자 누워 있고, 카르멘은 나를 사랑하지 않는다는 현실이.

나는 혼란스러운 눈으로 침대에서 일어나 침실 문을 쳐다봤다. 그러나 아무리 기다려도 그 문이 열리는 일은 없었다. 카르멘은 나를 찾아오지 않았다. 왜냐면 카르멘은 나를 사랑하지 않으니까.

갑자기 외로움이 심장에 사무쳤다. 나를 이 새까만 고독 속에 혼자 버려둔 채, 카르멘은 영영 오지 않을 것이다.

미동 없는 방문을 보고 있는 시야가 뿌옇게 흐려졌다. 결국 입가에서 다시 울음소리가 새어 나왔다. 아무리 기다려도 카르멘은 오지 않고, 침실에는 나 혼자였다.

이 광활한 헤브람에, 나만 덩그러니 혼자.

* * *

저녁에는 유모의 서슬에 억지로 끌려가 오렌지 타르타르를 먹었다. 가족들이 내 눈치를 살피며 저마다 위로의 말을 던졌다.

"무슨 일인지는 몰라도, 이겨 내야지. 첼시."

나는 힘없이 고개를 끄덕였다. 이겨 내야지. 나도 그런 생각은 했다. 카르멘은 나를 사랑하지는 않아도 좋은 남편이 되겠다고 말했다. 그런 그에게 모조품이 될 수 없다고 말한 건 바로 나였다.

카르멘은 나의 시계가 아니었다. 나도 그 애의 시계태엽이 아니었다.

그럼 나는 뭐지?

나는 침대에 누워 멍하니 생각했다. 삼촌은 세상에 쓸모없는 인간은 없다고 했다. 그러니 분명히 내가 태어난 이유도 있을 것이다.

"나는……."

멍하니 고개를 돌려 내 방을 돌아봤다. 바람에 흔들거리는 하늘색 커튼이 보였다. 하늘색이 좋았다. 카르멘의 눈동자 색과 닮았으니까.

힘없이 시선을 더 내려 내 옆을 바라봤다. 거기에는 어색한 솜씨로 만든 봉제 인형이 있었다. 파란 단추로 된 눈과 노란 머리를 가진. 카르멘을 본떠 만든 인형이었다.

잘 만들지는 못했지만 그래도 열심히 연습했다. 손재주가 많아지고 싶었다. 훌륭한 신부가 되어서, 헤브람스 패밀리에 들고 싶었으니까.

카르멘과 결혼해서.

나는 절레절레 고개를 저으며 일어났다. 벽에는 카르멘과 내가 함께 그려져 있는 초상화들이 걸려 있었다. 내 방에는 카르멘과 함께 고르거나 카르멘에게 선물 받은 물건들이 많았다. 그 애와 함께한 추억은 내게 모두 소중했으니까.

"……."

또 눈물이 날 것 같아서 나는 침대에서 일어났다. 내 방에서 나오자 드레스 룸이 보였다. 나는 홀린 듯이 그곳으로 들어갔다. 내 옷장을 열자 수많은 드레스들이 보였다. 하나씩 찬찬히 살피자 옷에 담긴 기억들이 떠올랐다.

저 제비꽃 색깔 옷은 올 봄에 카르멘이 선물해 준 것, 저 분홍색 원피스는 카르멘이 예쁘다고 했던 것, 저 엠파이어 드레스는 카르멘의 정장에 맞춰서 산 것…….

나는 카르멘과 관련된 옷을 하나씩 옷장에서 꺼냈다. 마지막 옷까지 꺼냈을 때, 나는 옷장이 텅 비었다는 걸 깨달았다.

나는 혼란스러운 눈으로 바닥에 깔려 있는 드레스의 산을 바라봤다.

그러다 내 등에 무언가가 툭 걸렸다. 움찔 놀라서 고개를 돌리자 커다란 파티션이 세워져 있었다. 나는 멍하니 파티션을 걷었다.

거기에 새하얀 웨딩드레스가 있었다.

카르멘과 약혼식을 올릴 때 입으려고 구입한 웨딩드레스가.

울컥 눈물이 치밀어 올랐다. 나는 철제 마네킹에서 그것을 벗겨 냈다. 손에 힘을 줘서 끌어 내리자 우드득 소리를 내며 딸려 왔다. 나는 헐떡이면서 그걸 드레스의 산 위에 던졌다.

이것들을 모조리 내다 버려야겠다. 카르멘과 관련된 것은 전부 다.

씩씩거리며 고개를 들자 벽면에 세워져 있는 커다란 전신 거울이 보였다. 거기에는 비쩍 마르고 어두운 갈색 눈을 하고 있는 내가 비춰졌다. 눈물이 주룩 흘렀다.

내 눈은 그냥 보면 밝은 갈색이지만 밝기에 따라 다른 색으로 보였다. 고개를 숙이면 짙은 갈색, 어두운 곳에서는 검정, 조명 아래에서는 주황, 태양 아래나 밝은 빛 가까이에서는 황금색.

카르멘과 있을 때 내 눈동자는 언제나 금안이었다.

그런데 지금은 이렇게 텅 빈 눈을 하고 있었다. 화가 났다. 잘못 살았다는 생각에. 옷이 아니라, 사실은 나를 내다 버리고 싶다. 쓸모없는 나를.

책상다리도 네 개인데, 개와 고양이도 네 개의 다리로 서는데. 어째서 나를 지탱하는 것은 오로지 카르멘 하나일까.

그게 나를 가장 괴롭게 하는 사실이었다. 책상 위에 놓인 펜 하나, 옷장을 메운 드레스 하나, 침대 밑에 놓인 인형과 그림도. 모조리 카르멘과 관련되어 있다는 게.

기억이 나는 가장 오래된 시절부터, 지금 이 순간에 이르기까지. 나는 카르멘과 함께이거나, 그 애를 생각하고 있었다. 책상도 네 다리로 버티는데, 그 애는 나를 혼자 버티고 얼마나 무거웠을까.

글램 형제들이 내게 해 줬던 말이 떠올랐다. 내가 해바라기처럼 카르멘만 바라봐서 부담스러울 것이라던. 그래서 나를 사랑하지 않는 걸까. 다리에 힘이 풀려서 나는 그대로 바닥에 주저앉았다. 괴로웠다. 나는 흐느낌처럼 내뱉었다.

"나쁜 놈."

나쁜 놈, 그래. 그 애는 정말 나쁜 애였다.

다정하고, 잘생기고, 아름답고, 상냥하고, 멋있고, 사랑스럽고…….

나를 사랑하지 않는 카르멘.

3. 또 다른 세계

허무한 슬픔에 잠긴 채, 나는 드레스 더미 위에 쓰러져 울었다. 그때 누군가가 방문을 열었다.

"첼시."

난 방문이 열리는 소리에도 미동하지 않고 있다가, 예상하지 못한 목소리에 고개를 들었다. 휘둥그레진 눈으로 옷 더미를 보고 있는 유모와 함께, 플로라 언니가 문 앞에 서 있었다. 눈물을 머금은 내 눈이 커졌다.

"세상에, 이게 무슨 일이에요?"

유모가 호들갑스럽게 방 안으로 들어왔다. 플로라 언니도 유모를 따라 천천히 방 안에 들어왔다. 언니가 내 곁으로 다가오자, 나는 손등으로 눈물을 닦아 내며 물었다.

"어, 언니, 출정 나간 거 아니었어······?"

"네가 아직도 방 안에 박혀서 나오지 않는다기에 서둘러서 왔지."

서둘러 온 것이 정말인지, 그녀는 아직 제복 차림이었다. 플로라 언니는 빛나는 금색 눈동자로 드레스 더미를 바라봤다. 쌓여 있는 옷들을 훑던 그녀의 시선이 웨딩드레스에서 멈췄다.

"왜 이렇게 꺼내 놓은 거야?"

"내다 버리려고."

그렇게 말하는 내 목소리는 조금 쉬어 있었다. 언니는 낮게 한숨을 쉬며 내 머리를 쓰다듬었다.

"무슨 일이야?"

"……."

나는 말없이 바닥으로 시선을 돌렸다. 플로라 언니는 나를 빤히 바라보다가 유모에게 말했다.

"유모, 첼시의 방으로 따뜻한 차 좀 가져와 줘."

"알았어요."

유모가 걱정스러운 목소리로 답하고 방을 나갔다. 언니가 날 보는 시선이 느껴졌지만 나는 고개를 들지 않고 가만히 있었다. 그러자 갑자기 몸이 공중에 떴다.

"……!"

난 화들짝 놀라 고개를 들었다. 눈이 마주치자, 날 안아 들고 방을 나서던 플로라 언니가 싱긋 웃었다.

"이제야 고개를 드네, 우리 막내."

"언니……."

"어린애가 뭘 그렇게 죽을 날 받아 놓은 사람처럼 처져 있어."

난 그 말에 울컥했다.

"언니는 내가 얼마나 힘든지 모를 거야."

"그러니?"

언니는 침통해 있는 나를 침대 위에 내려놓았다. 나는 침대에 앉아서 도로 고개를 푹 숙였다. 언니는 바닥에 쭈그려 앉아서 나와 눈을 마주쳤다.

"그럼 언니한테만 살짝 말해 줘. 활기 빼면 시체인 막내가 왜 이렇게 힘이 없는지."

"……."

"그렇게 사이가 좋더니, 카르멘이랑 싸우기라도 한 거야?"

언니는 다정한 미소를 지으며 나를 물끄러미 바라봤다. 그녀의 얼굴을 마주 보다가, 나는 토해 내듯 내뱉었다.

"나 약혼 못 할 것 같아."

내 말에 플로라 언니의 표정이 굳었다.

"그 자식이 너한테 무슨 몹쓸 짓이라도 했어?"

"……그런 거 아니야."

"아니긴 뭐가 아니야, 애를 이렇게 보내 놓고 연락 한번 없는데. 그렇게 안 봤는데, 아주 몹쓸 놈이네!"

"뭔가 사정이 있겠지! 그런 식으로 말하지 마."

카르멘이 나를 슬프게 만들기는 했지만, 카르멘의 입장에서는 그저 내게 진실을 말해 준 것뿐이었다. 내 입으로도 카르멘을 욕한 적이 있긴 하지만 언니가 카르멘을 나쁘게 말하는 것을 들으니 어쩐지 화가 났다.

언니는 웃음을 참는 것 같았는데, 다시 보자 무척 근엄한 표정을 짓고 있었다. 아마 내가 잘못 본 모양이었다.

"내 동생을 이렇게 힘들게 만든 놈의 사정을 내가 왜 생각해 줘야겠어?"

"……."

내가 힘없이 고개를 숙이자, 그녀가 내 뺨에 손을 올리며 눈을 맞췄다.

"생각해 봐, 네가 이렇게 괴로워하는 모습을 보면 카르멘이 좋아할까?"

"……아니."

카르멘은 남의 고통을 보면서 좋아하는 애가 아닌걸. 내가 이렇게 힘들어하고 있다는 걸 알면 크게 죄책감을 느낄 것이다.

"그래, 그러니까 털어 내 버려. 무슨 일이 있었는지는 모르겠지만…….

약혼? 하기 싫으면 안 해도 돼. 너희가 약혼자 명분으로 만나기는 했지만 우리 부모님들이 너희를 약혼시키려고 작정하셨던 건 아니야. 너는 강요로 느껴졌을지도 모르지만…….”

“그렇게 안 느꼈어.”

나는 고개를 저으면서 눈물을 열심히 닦아 냈다. 카르멘이 내 모습을 보고 죄책감을 느끼거나, 나 때문에 욕을 먹는다고 생각하니 울 수가 없었다. 언니가 내 모습을 보고 희미하게 웃더니 침대 위로 올라와서 내 옆에 앉았다. 그녀의 손이 내 머리를 쓰다듬었다.

“그렇다면 다행이지만. 너는 너무 어릴 때부터 결혼이나 가정, 그런 데 목을 맸잖아. 다른 애들은 소꿉놀이나 즐길 나이에. 나는 옛날부터 그게 이상했거든. 아마 어른들이 너한테 무슨 압박을 줬을지도 모르지.”

“…….”

나는 언니의 말을 가만히 듣다가 입을 열었다.

“사람은 모두 태어난 이유가 있다고 하잖아.”

내 말에 플로라 언니가 나를 돌아봤다.

“나는 내가 태어난 이유가 카르멘일 거라고 생각했어.”

내 목소리가 흔들렸다. 플로라 언니가 당황해서 내 등을 끌어안았다. 나는 언니의 품에 안겨서 말했다.

“언니, 어쩌지. 카르멘이 없으면 나는 아무것도 아닌데…….”

“그게 무슨 소리야.”

언니는 놀란 것 같았다.

“널 이렇게 걱정하는 언니를 앞에 두고 왜 그런 말을 해? 부모님도 오빠도, 널 얼마나 사랑하시는데.”

“하지만…….”

나는 훌쩍이면서 말했다.

“이제 아무도 나랑 엮이려고 하지 않을걸.”

헤브람 제국의 귀족 사회는 한 다리만 건너면 모두가 연결되어 있었다. 또래의 귀족 자제들은 모두 아카데미에서 친분을 만든다. 그 아카데미에서, 나와 카르멘의 관계를 모르는 사람은 아무도 없었다.

파혼을 한다면 모두 내게 문제가 있다고 생각하겠지.

꼭 그렇게 생각하지 않더라도, 황자의 약혼녀로서 그렇게 법석을 떨고 다닌 영애와 혼인하고 싶은 남자는 없을 것이다. 아카데미로 돌아가면 다들 나를 어떻게 볼까. 내가 평생 사랑을 할 수는 있을까.

"난 이미 끝났어……."

내 인생에 의미 같은 건 없는 게 아닐까?

그만 살고 싶다는 생각이 들었다. 눈물은 참아 냈지만 내 목소리에는 고통이 고스란히 담겨 있었다. 플로라 언니가 놀라서 내 머리를 쓸었다.

"아니야, 첼시. 네가 얼마나 사랑스럽고 멋진 아이인데."

"언니한테는 동생이니까……."

"아니라니까."

플로라 언니는 한숨을 참는 듯한 투로 말했다.

"그리고 꼭 연애나 결혼만이 인생의 전부는 아니잖아?"

"뭐……?"

내 입에서 절로 반문이 튀어나왔다. 언니가 당황해서 나를 바라봤다.

"뭘 그렇게 황당해하니? 네 언니도 결혼을 안 했는데."

"그건, 아직 좋은 남자를 못 만나서…… 앞으로 할 거잖아?"

"안 할 거야."

"정말? 아니, 왜?"

내가 놀란 표정으로 물었다. 플로라 언니가 결혼을 안 할 거라니, 생각지도 못한 이야기였다. 언니는 자랑스러운 황실 기사단 단장이고…… 착하고, 가문도 나쁘지 않고, 어디 하나 빠지는 데가 없는데 대체 왜? 우리 언니가 뭐가 모자라서?

"일에 전념하고 싶어서."

나의 의문에 언니는 담백하게 답했다. 나는 뒤통수를 얻어맞은 기분이었다.

언니가 뛰어난 기사라는 것은 많은 사람들에게 들어서 알고 있었다. 하지만 그것 때문에 결혼을 안 할지는 몰랐는데. 언니는 정말 그 일을 좋아하는구나…….

귀족 영애가 결혼을 하지 않고 일에 전념하겠다니. 그런 가능성은 한 번도 생각해 본 적이 없었다.

"하, 하지만 언니는 특별하잖아."

"너도 특별해, 첼시."

"하지만……."

"세상에, 항상 자신감 넘치던 내 동생은 어디로 간 거야?"

언니의 말에 난 조그맣게 어깨를 움츠렸다. 언니는 다정하게 내 머리를 쓰다듬었다.

"첼시, 넌 고작 열여덟 살이야. 네가 얼마나 많은 가능성을 가지고 있는데."

"난 별로, 언니처럼 잘하는 것도 없고, 좋아하는 것도 없는걸……."

내가 잘하는 일은 카르멘을 웃게 하는 것. 내가 좋아하는 건 카르멘. 내 인생은 그 애에게만 맞춰져 있었다.

"자수를 잘 놓잖아?"

언니가 물었다. 나는 힘없이 고개를 저었다.

"헤브람스 패밀리가 되고 싶어서 열심히 연습한 것뿐인걸. 이젠 쳐다보기도 싫어."

"춤도 잘 추고……."

"첫 데뷔에서 카르멘을 발을 밟기는 싫었으니까."

"으음, 그래도 넌 똑똑하잖아."

"언니 내 성적표 본 적 없지?"

나는 한숨을 쉬면서 말했다.

"좋은 신부가 되는 데는 공부는 필요 없다고 해서, 나는 겨우 낙제만 면하는 수준만 유지해 왔는걸. 글램 형제들이 날 바보 첼시라고 부른다고."

나는 우울한 목소리로 말했다. 언니의 눈동자가 옆으로 데굴데굴 굴렀다.

"뜨개질은?"

"그거랑 자수랑 다른 게 뭐야?"

"음, 어릴 때 꿈이라든가……."

"카르멘이랑 결혼하는 거."

"……언니 따라서 검술을 배워 볼래?"

"카르멘에게 몇 번 배워 봤지만 딱히 재능은 없던걸."

플로라 언니는 필사적으로 나를 위로하려고 했다. 그러나 나의 모든 적성과 취미는 카르멘 때문에 만들어진 것이었다. 결국 언니는 입을 다물었다. 나는 완전히 기분이 저조해졌다.

플로라 언니도 이쯤 하면 내가 답이 없다는 걸 알았겠지.

카르멘은 내 삶의 중심이었고, 나는 그 애를 중심으로 돌고 있었다. 삶의 양식을 바꾸는 것은 힘든 일이다. 죽었다 다시 사는 게 아닌 이상에야. 난 무슨 일을 해도 그 애의 그늘을 벗어나지 못할 것 같다.

"아, 소환술!"

완전히 체념하나 싶었는데, 갑자기 언니가 탄성을 내질렀다. 난 어리둥절하게 고개를 들었다.

"소환술 말이야, 너 어릴 때 그거 잘했잖아."

"……언제 적 이야기를 하는 거야?"

나는 고개를 절레절레 저으며 말했다. 소환술이라니. 마법에서 손을 뗀 지 몇 년이 지났는지 기억도 안 나는데.

"그것도 그냥 카르멘한테 잘 보이려고 익힌 재주일 뿐인걸. 자수랑 뜨개질처럼 말이야."

"아니, 소환술은 네가 카르멘과 만나기 전에 삼촌한테 배운 거야."

"……그랬나?"

언니가 말하니까 생각이 난다. 어릴 적에 할아버지 댁에서 삼촌 부부와 함께 지내면서 사촌 오빠 드레이코와 함께 여러 가지를 배우곤 했었다. 나는 느리게 눈을 깜빡였다.

하나 있었구나. 카르멘 때문에 배운 게 아닌 내 특기가?

"그때 네가 강아지를 소환했었잖아. 이름이 뭐였더라, 깜장이?"

"……까망베르."

"맞아. 식구들이 다들 네가 천재라고 얼마나 좋아했었는데."

"그랬어? 안 좋아했던 것 같은데……. 부모님은 마법 같은 거 싫어하시잖아."

"아냐, 네가 몰라서 그래. 내심 뿌듯해하셨는걸."

그랬나? 기억이 안 난다. 카르멘이 까망이를 보고 좋아했던 건 기억이 나는데…….

"……하지만 그건 어릴 때 일이고……."

"쯧."

내 자신 없는 목소리에 언니는 짐짓 엄한 표정으로 말했다.

"그거야 안 해 보면 모르는 일이지. 첼시, 넌 아직 어려. 물론 첫사랑이 끝나서 지금은 아프고 세상이 무너진 것 같겠지만, 시간이 지나면 아무것도 아닌 게 될 거야."

나는 머뭇거리면서 고개를 들었다.

"정말?"

"그럼."

지금 내가 느끼는 이 슬픔과 분노, 내 사랑과 카르멘이 아무것도 아닌

게 된다니. 솔직히 믿기지 않았다. 하지만 언니의 말이 맞는 것 같기도 했다. 꼭 사랑이 아니더라도, 내가 할 수 있는 가치 있는 일이 있을지도 모른다. 언니가 검술을 좋아하듯이.

카르멘은 나의 시계가 아니었지만, 세상 어딘가에는 내게 꼭 맞는 나의 시계가 있지 않을까?

내가 생각에 잠겨 있자, 언니는 큰마음을 먹고 내게 제안했다.

"좋아, 그럼 언니 토벌대에 한번 합류해 볼래?"

"뭐?"

내가 깜짝 놀라서 고개를 들었다.

황실 직속 기사단은 여러 종류가 있었다. 황실에 머물면서 황족을 호위하는 근위대, 수도에 머물면서 치안과 유사시의 방어를 담당하는 수도 방위대, 그리고 수도 바깥을 돌며 적극적으로 마수의 소굴을 찾아 퇴치하는 황실 기사단.

마탑이 힘을 잃고 마수의 세력이 커진 현 시국에서 가장 많은 일을 하는 것은 물론 황실 기사단이었다. 황실 기사단은 원래 황궁에 있었지만, 마수의 수가 많아지며 국경 방어대를 흡수하고 국경 방어대가 하던 역할을 대신하고 있었다. 여전히 황명을 따르기에 황실 기사단이라는 이름은 바꾸지 않았다.

가장 많은 전력이 투입되어 있는 점과 조직 체계도 황실 기사단 때와 그대로였다. 대신 목숨을 걸고 수도 바깥에서 활동하는 만큼 자율적으로 운영되었고 기사단 내의 유대감이 높았다.

아무튼 이 황실 기사단은 팀을 나눠 각 부대마다 한 달에 한 번 수도 바깥으로 토벌대를 보낸다. 언니는 기사단장으로서 토벌대를 이끌어야 하기 때문에 매번 출정을 나갔다. 그런데 거기에 나를 데리고 가겠다는 말이었다.

"그래도 돼?"

아무리 황실 기사단이 자율적이라도 단장의 동생이 토벌대에 끼다니, 그래도 될까? 내가 의문스럽게 묻자, 언니가 활짝 웃었다.

"괜찮아, 위험한 데로 가기 전에 돌려보내 줄 테니까."

"아니, 무서워서 그런 게 아니라⋯⋯."

내 변명을 다 듣지도 않고 언니는 기분 좋게 일어났다.

"밖에 나가서 돌아다니면 금방 힘이 날 거야. 네가 우울한 것도 방에만 박혀 있어서 그런 거라니까. 출발은 열흘 후니까, 그때까지 준비해 두렴."

"어어?"

"힘내, 우리 막내."

언니는 내 이마에 입을 맞추고는 신나서 방을 나가 버렸다. 방문이 닫히자마자 문밖에서 부모님과 언니의 말소리가 들렸다. 나는 놀라서 입을 열었다.

세상에, 설마 부모님이 내 방문 앞에서 기다리신 거야?

"아직 한다고 말도 안 했는데⋯⋯."

그러나 바깥에서는 벌써 들뜬 이야기 소리가 들려오기 시작했다. 나는 작게 앓는 소리를 냈다.

* * *

나는 하루 종일 언니와 했던 대화를 되새기며 고민했다. 그리고 모처럼 언니가 날 위해 마음을 써 줬으니 적당히 응해 주자고 결론을 냈다.

마수를 퇴치하는 토벌대. 그런 것에 대해서는 한 번도 관심을 가져 본 적이 없었다. 마탑이 힘을 잃어 마수의 숫자가 급격히 불어났다지만 나는 마수를 실제로 본 적도 없으니까.

난 태어나서 지금까지 수도에만 박혀 살았다. 수도 플로라온은 황제가 사는 도시였다. 만약 수도에 사는 내가 마수를 본 적이 있다고 한다면 그건 아마 제국에 망조가 들었다는 뜻이리라.

딱 한 번, 카르멘을 위해서 바라카를 찾으러 수도 밖으로 나간 적이 있긴 했지만 마수와 마주치지는 않았다. 그때 카르멘이 정말 심하게 아팠었는데…….

아, 또 카르멘 생각이군. 정말이지 내 인생이란 카르멘을 빼면 남는 게 없는 것 같다. 내 모든 추억이 카르멘과 연관되어 있으니. 나는 이마에 맺히는 땀을 닦으며 생각을 털어 냈다. 그리고 마지막 책을 벽난로에 밀어 넣었다.

"이게 마지막이네."

나는 이글거리는 불꽃을 바라보며 중얼거렸다. 타닥거리는 불꽃이 만들어 낸 열기에 얼굴이 뜨거웠다. 5월의 밤. 아직 쌀쌀하긴 하지만 벽난로를 피울 정도는 절대 아니었다. 그러니까 지금 나는 몸을 덥히고 있는 것이 아니다.

나는 장례식을 치르고 있는 중이다. 내 사랑의 장례식을.

불에 타고 있는 것은 나의 일기였다. 나는 여섯 살 때부터 꾸준히 일기를 써 왔다. 매년 한 권씩 써 왔기에 어느새 일기만 열세 권이 되었다. 내 일기의 주된 내용은 카르멘의 성장 기록이었다.

그 애가 내게 해 줬던 말, 키가 얼마나 자랐고, 검술은 얼마나 늘었는지. 내가 어떻게 하면 좋아하고, 어떤 걸 예쁘다고 생각하는지. 난 그런 걸 빠짐없이 기록했다. 사랑을 담아서.

내 정성과 시간이 타오르고 있다. 내 사랑이 잿더미가 되고 있었다. 강한 불씨에 눈이 따끔거렸지만 나는 고개를 돌리지 않았다. 절로 눈에 눈물이 고였다.

"흑……."

눈이 너무 따가워서 울음이 나올 정도였다. 그러나 이게 마지막이었다. 이 끝없이 흐르는 눈물도 이제 일기와 함께 태워 버릴 시간이었다.

카르멘, 그 애를 좋아했던 만큼 그 애가 미웠다. 그러나 이 증오도 언젠가는 사그라들 것을 알고 있다. 그 애가 너무 밉지만, 사실 카르멘이 나쁜 애가 아니라는 것쯤은 나도 안다. 그 애가 나쁜 짓을 한 것은 아니었다. 다만 나를 사랑하지 않았을 뿐.

카르멘 데일라르크는 오늘 이 순간까지 내 삶의 목적이었다. 내가 태어난 이유, 행복이자 빛이며, 인생의 동반자가 될 사람이었고, 미래의 남편이었으며, 세상에서 가장 멋진 나의 왕자님이었다.

그러나 카르멘에게는 아니었다. 그 애는 나를 사랑하지 않으니까.

하지만 그 애는 내 말은 무엇이든 들어줬다. 지루하고 귀찮았을 텐데도, 내가 제안하는 데이트, 약속, 미래 계획, 모든 것에 장단을 맞춰 주었다.

좋은 애였다. 나는 운이 좋았다. 사랑한 사람이 글램 꼬맹이들이나, 질 나쁘고 속이 검은 남자가 아니어서. 카르멘과 함께했던 시간은 모두 행복했다.

그리고 동시에 마음이 씁쓸했다. 카르멘은 사랑하지 않는 내게도 그렇게까지 다정하게 잘해 주었는데, 진심으로 사랑하는 사람을 만나면 그 애는 얼마나 소중히 여겨 줄까?

지금도 그 애가 내게 미소를 지을 때는 빛이 나는데, 정말로 사랑하는 연인을 향해서 미소 짓는 것을 봤다가는 눈이 멀어 버릴지도 모르겠다. 카르멘은 보석보다 아름다운 사랑을 하겠지. 분명 동화 속 왕자님처럼 멋진 남자가 될 것이다.

부럽다. 네가 사랑할 사람. 너의 그 귀한 사랑을 받을 사람이.

카르멘은 나를 사랑하지 않아도 좋은 남편이 되겠다고 말해 주었다. 그러나 나는 내가 그 애를 만나 느꼈던 행복을 그 애가 똑같이 느낄 수 있게 되면 좋겠다고 생각했다. 온 세상이 우리를 축복하는 것 같은 그 충만감, 꿈결처럼 반짝거리는 나날들을.

나를 사랑하지 않는 카르멘과 결혼하는 일은 내게도 힘들겠지만, 그 애에게도 분명 불행한 일이 될 것이다. 그러니까 불태우는 것이다. 이게 분명 카르멘과 나, 둘 다를 위하는 길이겠지. 나는 마음이 아팠지만 우리를 위해 포기하기로 했다.

당장은 아프고 힘들지만 서서히 지워 나가야겠지. 그리고 희망을 기도하자. 카르멘이 진짜 사랑을 찾을 수 있기를. 그리고 나도 나의 진짜 시계를 찾기를.

* * *

다음 날 아침에 나는 새로운 마음으로 눈을 뜨고 아침 식사를 했다. 입맛은 없었지만 억지로라도 씹어 삼키려고 했다. 가족들을 더 이상 걱정시키고 싶지 않았다.

아침 식사를 하는 동안 나는 밥을 먹는 것만으로도 감격에 찬 시선을 받을 수 있다는 것을 깨달았다. 누군가가 나를 억지로 방에서 끌어내지도, 방으로 음식을 대령해서 닦달하지도 않았는데 내가 식사를 하는 것이 아주 오랜만이라서 그런 것 같았다.

팔을 움직일 때마다 헐렁해진 옷이 펄럭거렸다. 어쩐지 옷이 크다 했더니, 그 짧은 시간 동안 살이 많이 빠진 모양이었다. 이래서 가족들이 그렇게 걱정한 거구나. 나는 좀 미안한 마음이 들었다.

반성하는 마음으로 식사를 마친 후에, 나는 서재로 향했다.

어릴 적에 내가 날짐승을 사역한 적도 있었지만 그건 아주 까마득한 옛날이었다. 시간이 워낙 많이 흘러서 어떻게 했던 것인지 잘 기억도 나지 않았다.

그때도 삼촌에게 배운 것은 거의 기초적인 이론뿐이었다. 언니를 따라 토벌대에 합류하려면 그래도 할 줄 아는 게 조금은 있어야 할 텐데……

열흘간 뭘 할 수 있을지는 모르겠지만, 나는 대충 시도라도 해 보자는 마음으로 서재에서 도움이 될 만한 책을 찾았다. 일단 정석부터 시작하는 게 나을 것 같았다.

나는 소환술에 대한 입문서, 그리고 마법서와 사역술에 대한 책을 몇 권 빼왔다. 기초 지식이라도 쌓아 두면 도움이 될 것 같았다. 부족하면 가정교사를 고용하거나 삼촌에게 도움을 청해도 될 것이다.

나는 별 의욕 없이 마법서를 펼쳐 들었다.

"⋯⋯아가씨."

"⋯⋯."

"아가씨!"

"꺅!"

나는 책을 읽다가 깜짝 놀라서 벌떡 일어났다. 엎드려 있다가 갑자기 일어나자 머리까지 덮어 쓰고 있던 이불이 어깨 아래로 흘러내렸다. 고개를 돌리니 유모가 나를 보고 서 있었다. 난 의아하게 물었다.

"유모? 언제 들어왔어?"

"노크를 그렇게 했는데, 못 들으셨어요?"

"응."

"문을 안 열어 주셔서 또 울고 계시는 줄 알았어요."

유모는 그렇게 말하면서 내 얼굴을 살폈다. 눈물 자국이 있는지 확인하는 것 같았다. 나는 옅게 웃으면서 말했다.

"이제 안 울어."

"그래요? 식사도 거르시면서⋯⋯."

유모는 이제 안 운다는 내 말을 믿지 못하는 눈치였다. 내가 정말 안 울었다고 재차 말하는 동안 유모를 따라온 시녀가 침대 옆 테이블에 쟁반을 올렸다. 따뜻한 수프와 으깬 감자 같은, 간단한 식사가 놓여 있었다.

요새 내가 하도 음식을 깨작거려서 먹기 쉽고 소화가 잘되는 것들로 준비해 준 모양이었다.

"고마워."

난 눈꼬리를 늘어뜨리며 말했다. 유모는 방을 나가기 직전까지 걱정스러운 얼굴로 나를 격려했다.

"얼른 기운 차리셔야죠."

"으응."

아무리 괜찮다고 말해도 유모의 눈에는 내가 실연의 고통을 겪고 있는 비련의 여주인공으로만 보이는 모양이었다. 하기야, 내가 말은 괜찮다고 하면서 방 밖으로 나오지를 않으니.

나는 아침 식사만 다이닝 룸에서 먹고 점심과 저녁은 방에서 해결했다. 가족들의 눈에는 내가 여전히 식음을 전폐하는 것처럼 보일 것이다. 그들을 안심시켜 주기 위해서라도 가족들과 함께 식사를 하려 했는데, 그간 생활한 패턴이 있어서 그런지 계속 타이밍을 놓쳤다.

모두가 나를 조심스럽게 대하고 있는 상태여서, 내가 방을 나오지 않자 또 우는 줄 알고 가만히 놔둔 것 같았다. 그동안 울 때 건드리면 더 자지러지게 울고는 했으니까. 그리고 유모는 여태 했던 것처럼 내 식사를 방으로 가져다줬고…….

음, 게다가 습관이 돼서 그런가. 이게 참 편하게 느껴졌다. 방에서 식사를 해결하는 건 편리한 일이었다. 특히 이렇게 책에 빠져 있을 때는 말이다.

나는 내일 아침은 꼭 가족들과 같이 식사를 해야겠다고 다짐하고 테이블 앞에 앉았다. 유모에게 미소 지으며 나가라고 손짓하자, 그녀는 나를 걱정스럽게 보면서 방을 나갔다.

나는 테이블 한쪽에 책을 펼치고 읽던 것을 마저 읽었다. 내가 지금 보고 있는 것은 사역술 입문서였다.

기초 마법이나 소환술과는 달리 사역술은 그렇게 널리 알려진 분야가 아니었다. 영역도 애매하게 걸쳐져 있어서, '소환술사들이 곁다리로 배우는 마법 중의 하나' 정도로 인식하는 사람이 많았다.

하지만 사역술은 사실 소환술에 속한 마법이 아니었다. 따지고 보면 마법이라고 하기에도 애매했다. 주술이나 마법진을 이용하기는 하지만, 사역술의 핵심은 술자와 사역마가 맺는 '계약'에 있었다.

술자가 사역마에게 마력을 주고, 사역마는 술자를 주인으로 받아들이는 계약이었다. 여기서 마력이 소모되기 때문에, 사역술을 마법이라고 생각할 수도 있었다. 하지만 사역술에는 마법이나 소환술과도 구분되는 독특한 면이 있었다.

마법은 마법사가 가진 마력을 수식으로 구현하는 술법이었다. 소환술은 이세계나 다른 장소에 있는 대상을 술자가 있는 곳으로 이동시키는 마법의 일종이었다. 그러나 사역술은 그저 대상을 잡아서 복종시키는 기술이다.

소환술이라고 하기에는, 사역술은 이동 마법이 아니었다. 동물이나 마수를 소환하여 사역술을 펼칠 수는 있지만, 여기서 사역술은 소환술과 별개로 기능했다. 게다가 소환술을 쓰지 않고 사역술을 쓸 수도 있었다. 그러니 사역술은 마법과도 조금 달랐다.

물론 사역술에도 마력이 소모되긴 했다. 그러나 마력을 사용하면 바로 발동되는 마법과는 달리 사역술에서 마력은 그저 계약에 이용되는 '비용'일 뿐, 주된 요소가 아니었다. 사역술에서 승패를 가르는 것은 수식으로 표현되지 않는 지배력 다툼. 즉, 기 싸움이었다.

나는 옛날부터 사역술이 마법과는 다른 무언가라고 생각해 왔다. 이게 소환술의 일종이라고 여겨지는 것은, 그저 사역술이 학문으로서 깊게 연구되지 못한 탓이라고 여겼다.

사역술은 마법사들에게 인기가 없는 분야였으니까.

그 이유는 사역술의 비효율성에 있었다. 사역술에는 품이 많이 들고, 너무 많은 마력이 필요했다. 게다가 영구적인 것도 아니었다.

'우편물을 나르는 부엉이'를 예로 들어 보자. 창조 마법을 쓴다면 우편물을 나르는 부엉이를 만드는 일은 힘이 많이 들지 않았다. 처음 부엉이를 만들 때, 그러니까 마법을 발동할 때만 마력을 쓰면 된다. 그러면 이 부엉이가 죽기 전까지는 영구적으로 우편물을 나르게 할 수 있다.

그러나 사역술에서는 일단 부엉이를 잡는 일부터 시작해야 했다. 그다음 내 마력을 대가로 내게 종속되어 달라고 제안을 하고, 부엉이가 수락하면 계약이 시작된다. 계약 기간은 술자의 마력에 비례하지만 보통 2년 안에 만료된다.

그리고 계약 기간 동안 술자는 지속적으로 약속한 마력을 수급해 주어야 한다. 이때 소모되는 마력은 창조 마법에서 우편물을 나르는 부엉이를 만드는 데 쓰는 것과 큰 차이가 없었다. 그런데 사역술을 쓰면 술자는 부엉이가 우편물을 나를 수 있도록 훈련까지 시켜 주어야 한다. 어디를 보더라도 창조 마법이 유리했다.

그런 이유로 옛날부터 사역술은 마법사들에게 인기가 없었는데, 지금처럼 마법사 개개인의 마력이 줄든 시점에서는 더욱 소외된 분야가 되었다. 일반인들과는 달리 머리가 아닌 마음으로 사역술에 꽂혀 버린 소수의 괴짜들만 사역술을 습득했다.

그리고 그 소수의 괴짜 중 하나가 나였다.

내가 지금 사역술에 관심을 가지고 있는 이유는, 그게 카르멘과 연관되지 않은 유일한 특기였기 때문이었다. 사역술을 배우면 카르멘과 관계없는 진정한 나를 발견할 수 있지 않을까.

그러나 우리 집의 거대한 서재에도 사역술에 대한 책은 달랑 한 권밖에 없었다. 부모님이 마법을 싫어해서 그렇다고 생각하기엔 마법과 소환술에 대한 책은 꽤 됐다.

나는 한 사흘 정도 마법서를 몇 권 읽어 보았지만 별로 흥미가 돌지 않았다. 사역술에 대한 책을 더 사고 싶었지만, 서점을 찾아가도 괜찮은 책을 찾을 수 없었다. 인기가 없는 분야라 책도 많이 나오지 않는 모양이었다.

그래서 나는 할아버지 댁에 가서, 삼촌에게 사역술에 대한 책을 몇 권 빌려야겠다고 결심했다.

* * *

트루디 삼촌의 독서 사랑에 대해서 말하자면 입이 아팠다. 우리 언니와 오빠는 장남인 아빠를 대신하여 둘째인 삼촌이 조부모님을 모시고 살게 된 형국에는 트루디 삼촌의 독서 사랑이 지대한 영향을 끼쳤을 것이라고 말하곤 했다. 할아버지의 저택에는 귀한 고서가 모여 있는 거대 도서관이 있었기 때문이다.

어렸을 때 나는 할아버지의 저택에 와서 며칠씩 머물고 가곤 했다. 그때 삼촌과 함께 도서관을 즐겁게 탐방하고 다녔던 기억이 있다. 할아버지의 저택에 방문하니 다들 반갑게 나를 맞아 주었다. 내가 책을 빌리러 왔다고 하니 삼촌은 깜짝 놀랐다.

"네가 웬일로?"

조카가 책 빌리러 왔다는데 저렇게 놀랄 것은 뭔가. 순간 불쾌한 기분이 들었지만 삼촌의 얼굴에 비친 반가운 기색을 발견하고 나는 입을 다물었다. 음, 내가 그동안 책을 멀리하기는 했지.

나는 삼촌을 따라 도서관으로 향했다. 삼촌이 물었다.

"어떤 책이 필요한데?"

"일단은 사역술에 관한 것."

"사역술?"

삼촌은 눈을 동그랗게 뜨고 나를 돌아봤다. 그리고 미묘한 표정으로 머리를 긁적이며 "오랜만이네." 하고 말했다.

삼촌의 말에 나는 나의 사촌 드레이코 로드랭을 떠올렸다. 어릴 때 내가 사역술을 배울 수 있었던 건 삼촌의 아들인 드레이코가 사역술에 흥미를 느껴서 배우고 있던 덕분이니까. 하지만 아카데미에 간 이후로 힘들어하다가 때려치웠다고 들었다.

그 이후에도 그는 마법을 놓지 못하고 마탑에 들어갔다고 한다. 그러나 요즘의 마탑이야 인맥만 있으면 누구나 들어갈 수 있는 그런 곳이었다. 딱히 전망이 밝아 보이진 않았다.

난 내가 한창 소환술이며 사역술을 배워 댈 때 숙모가 날 무척 못마땅하게 여겼던 것을 기억해 냈다. 그래서 힐끔 눈을 굴려 삼촌의 눈치를 살폈다. 다행히 삼촌은 딱히 불쾌한 기색은 없었다.

"사역술에 관한 내용은 고서에 많지."

삼촌은 그렇게 말하더니 나를 꽤 깊숙한 지하로 데려갔다. 원형으로 이어지는 긴 계단을 내려가자 우물 속으로 빠져들고 있는 듯한 기분이 들었다.

이렇게 깊숙한 데까지는 내려온 적이 없었다. 생소한 눈으로 끝없이 이어지는 돌계단을 구경하고 있는데 문득 삼촌이 멈춰 섰다. 드디어 목적지에 도착한 모양이었다.

격자무늬로 나누어져 있는 돌바닥은 묘하게 금색을 띠면서 빛나고 있었다. 둥글게 휘어진 벽면이 모두 책으로 가득했다. 삼촌은 어디에선가 끌어다 온 사다리를 타고 책장 높은 곳에 있는 책을 꺼냈다.

"자, 받아."

나는 황급히 사다리 옆으로 가서 삼촌이 내려 주는 책을 차곡차곡 받아 냈다. 삼촌은 내 양팔이 가득 찰 때까지 책을 한 아름 안겨 주다가, 내가 팔이 후들거릴 때쯤에 그만뒀다.

"이게 다 사역술에 대한 책이야?"

"응."

나는 묵직한 책을 바닥에 내려놓았다. 쿵 하는 소리가 들렸다. 여기서는 감탄할 수밖에 없었다.

"서점에도 책이 별로 없었는데!"

"요새는 마법서도 잘 나오질 않으니까. 최근에 나온 책 중에 괜찮은 건 거의 없고……."

삼촌은 내 겨드랑이 사이에 끼어 있는 책을 가리키며 말했다.

"마탑에서도 사역술은 그 책에 있는 것 이상으로는 가르치지 않으니까."

그건 우리 집 서재에 있던 책 중 사역술을 다루는 단 한 권의 책이었다. 『사역술원론』.

"마탑에서 교본으로 쓰는 책이거든, 그거."

"그래?"

"그것도 사역술을 각 잡고 배우는 애들에게나 가르치지."

나는 그 이야기를 듣고 고개를 갸웃했다. 그런 책이 왜 우리 집 서재에 있었지?

"여기서 좀 읽다가 가도 돼?"

"물론이지, 더 필요한 거 있어?"

삼촌이 다정하게 물었다. 그러나 더 필요한 거라고 해 봤자, 지금 있는 이 책들도 다 못 읽을 것 같았다.

"충분해, 고마워."

내가 대답하자 삼촌이 씩 웃었다.

"옛날 생각나네. 네가 여기 있으니까."

그 말에 나는 옛 추억을 떠올렸다. 어렸을 때는 삼촌과 도서관에 자주 왔었다. 나는 책을 좋아했고, 삼촌은 그걸 기꺼워했으니까.

언제부터 발길을 끊었지?

"혹시 도움이 필요하면 불러."

"고마워."

나는 삼촌이 계단을 올라가는 걸 보다가, 삼촌의 뒷모습이 시야에서 사라지자 책 더미로 시선을 돌렸다. 그러고는 "아." 하고 깨달았다.

아카데미에 입학하고부터였다. 도서관에 발길을 끊은 것이. 경연 대회에서 패배하여 이국의 왕녀 사샤 크로프트에게 아카데미 퀸의 왕관을 빼앗긴 때부터.

헤브람스 패밀리가 되겠다고 생각했지. 입학 축제가 끝난 후에도 행사는 종종 있었다. 나는 입학 축제에서 경연 대회의 종목에 포함되었던 것들을 모두 완벽하게 터득하고 싶었다. 졸업식에도 비슷한 축제가 있으니까. 입학식의 설욕을 하고 싶기도 했고.

"……."

나는 잠시 멍하니 고개를 들었다가, 허공을 한 번 보고, 다시 아래로 시선을 돌려서 책 하나를 펼쳐 들었다.

한참 책을 훑어보다가 나는 인상을 찌푸렸다. 다른 책에서도 『사역술 원론』에 나온 것 이상의 내용을 찾기는 힘들 것이라던 삼촌의 말이 딱 맞았다. 설명하는 방식만 조금씩 다를 뿐, 새로운 내용이 없었다.

기본서가 학문의 전부라니, 나는 사역술이라는 학문의 빈약함에 조금 슬퍼졌다. 이제라도 다른 분야로 전향해야 하나?

나는 기운 없이 책을 덮고 새로운 책을 펼쳐 들었다. 어느새 마지막 책이었다. 나는 대충 페이지를 휙휙 넘기다가 멈칫했다.

"고대어……?"

내 입에서 황망한 목소리가 흘러나왔다. 분명 앞 페이지는 공용어로 쓰여 있었는데, 절반 정도 넘어가니 고대어가 나왔다. 고대어는 이제 제국에서 쓰지 않는 사어였다. 물론 나도 그 언어를 읽을 수 없었다.

사역술에 쓰이는 주술과 수식이 본격적으로 시작되는 부분이었는데.

"포기해야 하나?"

난 한숨을 쉬면서 페이지를 파라락 넘겼다. 옛날 형식의 마법진 그림이 보였다. 이런 형식은 듣도 보도 못했다. 물론 형식만 다를 뿐 내용을 읽어 보면 『사역술원론』에 나와 있는 마법진과 똑같은 종류일 수도 있지만……

아예 새로운 마법진일 가능성도 있었다. 워낙 정보가 부족하니 하나하나가 귀했다. 나는 일어나서 책장으로 다가갔다. 조금 정성을 쏟아 책장을 살펴서 고대어 사전을 찾아 낼 수 있었다.

고대어 사전. 이것으로 모든 단어를 번역해 가며 책을 읽으면 엄청나게 시간이 오래 걸릴 것이다. 그러나 대충 훑어보는 것쯤은 가능했다. 물론 정확하진 않을 것이다. 조금 번역한 단어만으로 나는 그것이 『사역술원론』에 없는 내용이라는 것을 알 수 있었다.

"새로운 마법!"

난 탄성을 내질렀다.

적어도 한 권은 건졌다!

이것만으로도 오늘 이곳에 온 목적은 달성했다고 할 수 있었다. 하지만 역시 한 권만 달랑 가져가기에는 아쉬운 마음이 들었다.

나는 혹시나 하는 마음에 고대어로 '사역술'을 뜻하는 단어를 찾아내서 고서들을 살폈다. 삼촌의 도움까지 받아 가며 열심히 책장을 뒤진 결과, 나는 사역술에 관한 고서를 두 권 더 발굴할 수 있었다.

그중 한 권은 나무 상자 안에 이상한 쇠사슬에 묶여 따로 보관되어 있었는데 도서관이 아니라 박물관에 보관해야 할 것 같다는 생각이 들 정도로 오래된 책이었다. 삼촌도 이게 왜 쇠사슬에 묶여 있는지 모르겠다고 했다.

아무튼 그렇게 나는 총 세 권의 책을 빌려 왔다.

집에 도착하자 부모님이 나를 따스하게 맞이해 주셨다. 어딘가 무척 기분이 좋아 보이셔서 무슨 좋은 일이라도 있나 생각했다. 그때 집사가 내게 말해 주었다.

"오랜만에 아가씨가 외출을 하셔서 주인님과 마님이 무척 기쁘신가 보군요."

난 그제야 그 좋은 일이 나의 외출이었다는 것을 깨달았다. 생각해 보니 나는 보름 만에 처음 외출을 나갔던 것이었다. 고작 그것만으로 저렇게 기뻐하시다니. 난 내일부터는 정원 산책을 하는 모습이라도 보여 드려야겠다는 책임감을 느끼며 서재로 향했다.

할아버지 댁에서 빌려 온 고서들은 전부 고대어로 되어 있었다. 나는 바닥 가운데에 책을 펼쳐 두고 왼편에는 고대어 사전을, 오른편에는 노트를 펼쳐서 책을 열심히 번역해 나갔다.

그러나 단어만 번역해서 내용을 이해하는 것은 번역이 아니라 추리에 가까운 일이었다. 나는 저녁 시간 동안 책에 매달렸으나 결국에는 포기했다. 아무래도 고대어를 몰라서는 읽지 못할 것 같았다.

고대어를 배울 시간은 없었으므로, 결국 나는 우리 집 서재에 있던 『사역술원론』을 외우는 것으로 합의를 보기로 했다. 그러나 『사역술원론』에는 마수와 맞닥뜨렸을 때 쓸 수 있는 술법이 많지 않았다. 얼핏 훑어봤을 뿐이지만, 고서에는 마수에 대한 내용을 다룬 것 같았다.

아마 창조 마법이 발달하지 않았던 옛날에는 마수와 싸울 때 사역술을 주로 썼던 것이 아닐까?

그렇다면 실전에서 써먹을 수 있을 만한 술법이 거기에 있을지도 몰랐다. 그렇게 생각하니 이대로 토벌대에 합류하는 것이 아쉽다는 생각이 들었다.

"좀 더 시간이 많으면 좋을 텐데……."

나는 아직 펼쳐 보지 못한 고서들을 보며 중얼거렸다.

토벌대에 합류하기 전날, 언니는 나를 데리러 가기 위해 집에 왔다. 그녀는 그새 내가 토벌대에 가겠다는 마음을 바꿨을까 봐 걱정하는 눈치였다.

"첼시, 언니 따라서 갈 거지?"

"응, 갈 거야. 그런데……."

나는 조금 망설이다가 물었다.

"시간이 너무 빠듯해서 그런데, 다음 토벌에 가는 건 안 될까?"

"그건 다음 달인데?"

"알아. 그냥, 준비할 게 많아서……."

"좋아. 대신 번복하기 없기야."

언니의 말에 난 빠르게 고개를 끄덕였다.

그리하여 출발일이 다음 달로 미뤄졌다. 고서를 읽어 볼 수 있는 시간이 생긴 것이다.

나는 공용어가 섞여 있는 책부터 시작하기로 했다.

* * *

고서 세 권 중에 두 권을 떼는 데는 보름 정도가 걸렸다. 그리고 그쯤에서 나는 저명한 마법사 R.D의 추종자가 되어 있었다.

옛날에는 대마법사라고 불리던 마법사가 있었다고 한다. 대마법사란 마법사들에게는 전설의 영역에 있는 존재다. 마왕을 무찌르고, 땅을 움직이고, 혈혈단신으로 마계의 군대를 저지하는 등 동화책에 나와서 말도 안 되는 일을 벌이는 마법사들은 모두 대마법사를 모티브로 한 것이었다.

모든 마법사들의 궁극적인 목표이자 꿈이라는 점에서는 기사들의 소드 마스터와 비슷하다. 동화책에서는 단골 소재이지만 현실에는 한 명도 있을까 말까 하다는 점이 더더욱 그렇다.

한 세기에 한 명 등장하기도 힘든 대마법사 중의 한 명이 바로 R.D였다.

대마법사를 탑주로 두고 있었던 과거의 마탑은, 대륙을 집어삼킬 수 있을 정도로 강대한 힘을 자랑했었다고 한다. 그런 마탑의 모습은 상상이 가지 않았는데, 고서를 읽으면서 조금 이해가 되었다.

현대의 마법들은 거의 이삼십 년 전에 발명된 것이다. 마지막 드래곤이 죽고 마법사들의 마력이 약해지자, 마탑은 마력을 적게 쓰는 마법을 개발했다. 그것들은 마력을 적게 요구하는 만큼 단순한 식이 많았다.

그래서 나는 방대한 마력을 요구하는 마법들이 이렇게 화려하고 아름답다는 것을 몰랐다. 그것들은 여러 개의 마법식을 교묘하게 연계시켜서 상상도 못 한 시너지를 만드는 방식이었다.

옛 마법사들이 사용하는 마법은 정말이지 기적이라고 불러도 좋았다. 그중에서도 가장 뛰어난 것이 대마법사 R.D의 마법이었다. 물론 그만큼 마력이 배로 소모되고, 마법사에게 큰 부담을 주는 형식이기는 했다.

내 마력으로 이 마법진들을 발동시킬 수는 없을 것이다. 그러나 고대의 사역마법에는 사역술의 역사가 담겨 있었다. 그것을 배우는 것은 무척 즐거웠고, 중독성이 있었다.

피곤이 몰아쳐서 어쩔 수 없이 책을 덮어야 할 때마다 아쉬운 마음이 들 정도로. 덕분에 아침 해를 보며 잠드는 날이 잦아졌다. 가족들과 함께 끼니때에 맞춰 식사를 하겠다는 내 갸륵한 꿈도 잊힌 지 오래였다. 유모는 매일 같이 잔소리를 해 댔다.

"아가씨, 식사를 좀 하세요!"

"미안, 방문 앞에 두고 가 줘!"

난 유모의 잔소리가 듣기 싫어서 서재 문을 잠가 두었다.

꼬박 한 달 동안 책에만 코를 파묻고 있었던 것 같다. 그리고 한 달이 지났을 때, 나는 기어코 고서 세 권에 든 마법진을 모두 그리는 데 성공해 냈다.

그중 내가 가장 마지막에 외운 마법진은 사슬에 감겨 있던 그 의문의 고서에 있던 것이었다. 그 책의 표지에는 고대어로 '프네우마'라는 제목이 적혀 있었다. 프네우마에 있는 마법진은 단 하나뿐이었다. 그러나 그 마법진이 너무 복잡해서 저자는 그것 하나를 설명하기 위해 책 한 권을 전부 할애했다.

마법진의 이름은 영혼의 서.

처음 이 책을 펼쳐 봤을 때, 내가 이 책을 읽을 수 없을 거라고 생각했다. 내용이 어려운 것은 둘째 치고 책의 상태가 너무 안 좋았다. 책의 반은 소실되어 있었는데 찢어진 것이 아니라 너무 오래된 탓에 삭아서 사라진 듯한 모양새였다.

겨우 남아 있는 페이지들도 글을 알아볼 수 없을 정도로 닳아 있었다. 하지만 마법진에 대한 내용만은 일부 남아 있었다. 내가 이 책을 읽은 이유는 오직 그 마법진 때문이었다.

책에는 저자의 이름이 적힌 부분이 닳아서 보이지 않았지만, 마법진의 모양과 마법식을 엮는 방식을 보아 이것은 천재 마법사 R.D가 고안한 게 틀림없었다. R.D가 고안한 마법진은 드물었다. 나는 R.D에게 완전히 매료되어 있었기 때문에, 그 책에 오랫동안 매달렸다.

결국 여러 가지 문제 때문에 '영혼의 서'를 완벽하게 이해하지는 못했다. 그러나 마법진의 모습을 외울 수는 있었다. 나는 '영혼의 서'만 수십 번, 수백 번을 따라 그린 것 같다.

영혼의 서는 마수의 지배력과 주술자의 영혼을 교환하는 것이다.

나는 프네우마의 마지막 문장을 고대어로 따라 읽으며 드디어 완벽하게 외워 낸 '영혼의 서'를 그렸다. 마지막 원을 그리는 순간, 머리부터 발끝까지 전율이 차올랐다.

그때, 누군가가 내 어깨를 잡았다. 나는 화들짝 놀라서 고개를 돌렸다.

"……첼시."

내 어깨를 두드린 사람은 아빠였다.

언제부터 아빠가 여기 계셨지? 들어오는 소리도 못 들었는데.

"세상에."

또 다른 곳에서 경탄인지 탄식인지 모를 소리가 들렸다. 고개를 돌리니 문가에서 우리 엄마와 유모가 서 있는 게 보였다. 그들은 모두 경악에 찬 눈으로 나를 보고 있었다.

뭐가 잘못됐나? 나는 어리둥절하게 그들의 시선을 따라 눈을 굴렸다. 그리고 나는 서재의 바닥재와 벽지가 보이지 않는다는 사실을 깨달았다. 바닥을 빼곡히 채우고 있는 것은 마법진이 그려진 양피지들, 벽면을 더럽히고 있는 고대어들, 주술과 마법식의 공식들.

그동안 시녀들이 종종 서재를 정리하고 싶어 했다. 나는 이 책 세 권만 다 읽으면 치우겠다고 그들을 말려 왔다. 그런데 생각보다 내가 읽는 게 느려서 여태 치우질 못했다. 우리 부모님과 유모가 저렇게 경악하고 있는 것은, 서재가 너무 지저분해서 그런 게 틀림없었다. 나는 사과를 하려고 몸을 일으켰다.

"……."

아니, 일으키려고 했다. 그 순간 갑자기 머리가 핑 돌았다. 부모님과 유모가 무어라 소리를 지르는 모습이 보이는데 어쩐지 점점 그들의 목소리가 멀어진다. 그러고는 갑자기 밤이 온 것 같았다. 시야가 절로 새까맣게 점멸했다.

* * *

내가 다시 눈을 떴을 때 가장 먼저 보인 것은 눈을 동그랗게 뜨고 날 내려다보고 있는 유모의 얼굴이었다.

"아가씨, 정신이 드세요?"

"으응……."

유모는 다급하게 방을 나가 가족들을 불러왔다. 곧이어 우리 부모님과, 왜 집에 있는 것인지 모를 언니와 오빠가 한꺼번에 방에 들이닥쳤다.

"괜찮니, 아가?"

가장 먼저 들어온 엄마가 침대로 다가와 내 얼굴을 쓰다듬으셨다. 아빠는 엄마의 등 뒤에서 눈물을 글썽이며 나를 바라보셨고, 오빠는 신경질을 냈다.

"그동안 안 싸웠던 거 몰아서 싸우는 거냐? 카르멘 때문에 그렇게 힘들어할 거면 차라리 화해를 해!"

그 말을 듣고 나는 조금 의아해졌다. 여기서 카르멘 이름이 왜 나오지? 그러나 내가 뭐라고 대답하기도 전에 엄마가 오빠를 타박했다.

"아픈 동생한테 왜 소리를 지르니?"

"그게 아니라……."

둘은 갑자기 나를 두고 공방을 펼쳤다. 결국 아버지가 그들을 말리며 밖으로 데리고 나갔다. 나는 어리둥절하게 가족들이 나간 방문을 바라봤다.

"괜찮아?"

방에는 이제 언니와 나만 남아 있었다. 언니가 내 옆에 앉자, 난 상체를 일으켜 침대 헤드에 등을 기댔다.

"응, 뭔가 가뿐해진 느낌이야."

"열다섯 시간 동안 잤으니까."

"열다섯 시간이나?"

내가 깜짝 놀라서 반문하자 언니가 옅게 웃었다.

"그래. 네가 잠든 사이 주치의도 왔다 갔어. 널 진찰하더니 과로인 것 같다고 말하더라. 그런데 아버지와 오빠는 네가 카르멘과 헤어진 충격 때문에 앓다가 쓰러진 거라고 굳게 믿나 봐. 두 사람이 스트레스 때문일 거라고 하도 단호하게 말해서 주치의가 혼란스러워했지. 과로와 신경증 중에서 갈팡질팡하다가 결국 둘 다인 것 같다고 결론 내렸어."

나는 왕진 온 주치의를 마구 닦달하는 가족들의 모습을 쉽게 떠올릴 수 있었다. 가족들이 그렇게 말하니 의사도 어쩔 수 없이 수긍했을 것이다. 난 조금 억울했다.

내가 쓰러진 건 카르멘과는 상관없는 일인데. 물론 간접적으로야 상관이 있을지도 모르지만!

"그런데 언니랑 오빠는 집에 왜 있어?"

"네가 쓰러졌다는 말 듣고 달려왔지, 이 사고뭉치야."

언니가 나를 타박했다. 그러나 나를 바라보는 눈이나 머리를 쓰다듬는 손길은 다정하기만 했다. 난 웃으면서 "미안." 하고 속삭였다.

"하지만 카르멘 때문에 그런 게 아니야."

내 말에 언니는 눈을 굴렸다.

"어머니도 그렇게 생각하시는 것 같더라."

"그래?"

"응, 나도 네 서재 봤어."

아, 그 난장판 말이지. 나는 조금 부끄러워져서 머리를 긁적였다. 언니가 킬킬거리며 웃었다.

"다들 깜짝 놀랐어. 아버지가 엄청 걱정했다고. 문을 아무리 두드려도 대답이 없어서 열쇠를 가져와서 열었던 거 알아?"

"뭐? 그랬어?"

내가 눈을 휘둥그레 뜨자 언니가 헛웃음을 지으며 말했다.

"오빠는 네가 카르멘과 싸운 충격 때문에 미친 게 틀림없다고 말하더라."

"······."

오빠가 날 미쳤다고 생각한다니. 나는 충격을 받았다. 그러나 언니는 유쾌하게 웃으면서 내 어깨를 툭 쳤다.

"두 번째 사랑을 찾아 버린 거니, 꼬마야?"

그녀가 장난스러운 목소리로 물었다. 난 어깨를 문지르며 고개를 저었다.

"그런 것까진 아냐."

"그래?"

"응, 사역술은 재밌지만……."

고대어로 된 옛날 책들은 이해하기가 어려웠다. 그래서 좋았다. 다른 생각을 하면서 읽을 수 있는 책이 아니니까. 지쳐서 잠들면 꿈도 꾸지 않고 푹 잘 수 있었다. 어찌 보자면 아빠와 오빠의 말이 맞는 걸지도 모르겠다. 카르멘에 대한 생각을 떨쳐 내기 위해서 더 매달린 면이 없지는 않았으니까.

언니는 내 침묵을 어떻게 해석했는지 걱정스런 얼굴로 내 머리를 쓰다듬었다.

"그렇게 좋아했는데, 사람 마음이 어떻게 그렇게 금방 바뀌겠어. 하지만 네가 카르멘과 화해를 하더라도, 넌 카르멘과 관련되지 않은 다른 일을 좀 할 필요가 있어."

"……."

언니는 드레스 룸에서 울고 있던 나를 발견했던 날을 떠올리고 있는 게 틀림없었다. 난 어색하게 웃으며 고개를 끄덕였다.

아마 언니는 내가 결혼을 하더라도 결혼 생활과 양립할 수 있는 취미를 하나쯤 가지기를 바라는 것 같았다. 그리고 그 취미가 사역술이 될 것이라고 기대하나 보다.

카르멘은 우리가 그렇게 헤어진 지 한 달이 넘었는데도 아직 연락 한 번 없었다. 약혼식 일정은 무효가 되었으므로, 사실상 파혼한 것이나 다름없었다.

하지만 우리는 약혼자로서 십 년을 넘게 만났다. 가족들은 우리에게 무슨 일이 있었는지 몰랐다. 그래서 다들 그저 우리가 싸워서 냉전 상태라고 생각하는 듯했다.

난 가족들에게 우리에게 있었던 일을 알리고 싶지가 않았다. 나는 말을 돌려서 내일 출발 일정에 대한 이야기를 좀 하다가, 짐을 싸겠다는 핑계로 방을 나왔다.

핑계였지만, 정말 짐을 쌀 필요가 있기는 했다. 서재에 가니 그곳이 아직 엉망인 상태라 놀랐다. 내가 그동안 서재를 치우지 말라고 자주 말해서 그런가?

나는 그중에 마법진을 그린 양피지 몇 개를 골라서 챙겨 놓고, 하인들에게 서재를 치워 달라고 말했다. 그리고 빌린 책들을 돌려주기 위해 마차를 타고 할아버지 댁으로 향했다.

* * *

할아버지 댁에 도착하자 집사가 나를 맞이했다. 집사는 내게 삼촌과 숙모가 외출 중이라고 알려 주었다. 어차피 책만 돌려주면 되기 때문에, 난 별생각 없이 고개를 끄덕였다.

그러나 저택에 들어서자마자 익숙한 목소리가 나를 반겼다.

"우리 공주님 왔니."

"할아버지!"

거기에는 간편한 실내복을 입은 단정한 노신사가 지팡이를 짚고 서 있었다. 그가 나를 보자마자 활짝 웃으며 양팔을 펼쳤다. 로드랭 후작님, 우리 할아버지였다.

난 달려가서 할아버지의 품에 안겼다.

"왜 나와 있어요?"

"손녀가 오는 소리를 듣고 나왔지."

"책만 돌려주고 갈 건데요."

"아, 저번에 빌린 책 말이지. 다 읽었니?"

"네."

내가 대답하자 그는 기특하다는 표정으로 웃었다. 그러나 할아버지의 눈이 나를 따라온 하인의 손에 들려 있는 책으로 향했을 때, 그는 놀란 얼굴로 다시 물었다.

"첼시, 정말 저것들을 다 읽었니……?"

나는 당당하게 고개를 끄덕였다.

"고대어로 되어 있었을 텐데?"

"네, 그래서 사전도 같이 빌렸어요."

"……어렵지 않았니?"

"어렵긴 했지만, 그래도 재밌었어요."

"그랬구나……."

그는 그렇게 말하더니 내 얼굴을 빤히 바라봤다. 내가 어색하게 눈을 굴리자 그는 아차, 하며 고개를 들었다.

"책을 돌려주러 왔다고 했지? 도서관까지 함께 가자. 내가 안내해 주마."

"네? 안 그러셔도 되는데……."

"괜찮다, 따라오렴."

나는 쩔쩔매며 할아버지의 뒤를 쫓았다. 할아버지는 무릎이 좋지 않으신데 그 많은 계단을 어떻게 내려가실지 걱정이 되었다. 그러나 내가 말려도 그는 요지부동이었다.

나는 계단을 내려가는 내내 불안한 마음으로 할아버지를 부축했다. 위태롭게 목적지에 다다르자, 할아버지는 지팡이를 짚고 도서관 안쪽으로 척척 걸어갔다.

"첼시, 이리 오렴."

"네."

할아버지의 뒤를 좇아가자, 그는 내가 예전에 고서 프네우마를 발견한 나무 상자를 열었다. 그 안에는 프네우마를 감싸고 있던 쇠사슬이 있었다. 그가 그것을 잡아 꺼내 들었다. 다섯 뼘 정도 되는 길이의 쇠사슬이 절그럭거리는 소리를 내며 허공에 늘어졌다.

"이게 무엇인지 알겠니?"

"아⋯⋯."

손잡이 부분이 둥글게 고리로 된 가느다란 금색 사슬의 끝은 창처럼 날카로운 촉이었다. 예전에 봤을 때 나는 그것을 그저 책을 감싸고 있는 쇠사슬이라고 생각했다. 그러나 프네우마를 모두 읽은 나는 이제 그것이 무엇인지 알았다.

"윙투스."

그것은 고대어로 '소환사의 사슬'을 뜻하는 말이었다. 현대의 사역용 사슬보다 더 견고하게 만들어져 몇 중으로 마법이 걸려 있고, 동물보다는 대형 마수를 상대하기 위해 만들어진 '진짜' 무기였다.

이것은 사역마의 몸체를 칭칭 감아야 발동되는 현대의 사슬과는 달리 피 한 방울만 묻어도 계약을 시전할 수 있었다.

"잡아 보겠니?"

내가 눈으로 윙투스를 샅샅이 살피는데, 할아버지가 물었다. 나는 얼떨떨하게 그것을 건네받았다. 중지를 둥근 고리에 걸고 팔을 뻗자, 사슬이 유려하게 흔들리며 아래로 늘어졌다. 그 안에 좁쌀만 한 크기로 새겨진 섬세한 주술들이 보였다. 나는 홀린 듯이 사슬에 새겨진 주술들을 바라봤다.

"발동할 수 있겠니?"

"⋯⋯음, 글쎄요."

내가 애매하게 답하자 할아버지가 나를 재촉하듯 고개를 까딱하셨다.

나는 별로 자신은 없었지만 그가 시키는 대로 마력을 불어넣어 보았다.

내 마력이 윙투스를 타고 내려가자 금색 사슬에 푸른빛이 둘러졌다. 나는 마력으로 사슬에 새겨진 주술들을 하나씩 훑었다. 손잡이와 가장 가까운 곳에 있는 네 개의 문장은 그것의 움직임을 조절하는 주술이었다. 나는 심호흡을 하고 첫 번째 주술을 발동시켰다.

사슬의 몸체가 웅웅 소리를 내며 진동했다. 절그럭거리는 소리를 내며 사슬의 촉이 허공으로 솟았다. 나는 이를 꾹 악물고 그 촉이 앞으로 향하게 움직였다. 윙투스가 날카로운 촉을 따라 화살처럼 가지런하게 나열되었다.

간단한 동작 같지만 사실 이것은 네 개의 마법을 동시에 발동시키는 술법이었다. 사슬을 휘는 것, 촉의 방향을 조절하는 것 등이 모두 다른 마법으로 작용했다. 힘은 많이 들지만, 마법이 분할된 덕에 윙투스는 살아 있는 생물처럼 세밀한 움직임을 보였다.

나는 낑낑거리며 마력을 더 아래로 보냈다. 다음으로 새겨져 있는 주술은 강력한 변형 마법이었다.

주술을 발동시키자 윙투스는 허공에 뜬 채로 길게 늘어나기 시작했다. 섬세하게 얽혀 있는 사슬들이 천천히 늘어났다. 예리한 촉이 도서관의 벽을 향하고 있었다. 나는 벽을 노려봤다.

윙투스는 먹이를 사냥하는 뱀처럼 빠르게 움직였다. 촉이 벽에 박히기 직전에, 그것이 우뚝 멈췄다.

"흐아!"

나는 윙투스를 바닥에 던져 버리고 털썩 주저앉았다. 주술자와 떨어진 윙투스는 바닥에 떨어진 스프링처럼 빠르게 줄어들었다. 그 반동으로 사슬이 내 발에 부딪혔다. 내가 움찔 놀라자 할아버지가 껄껄 웃으셨다.

"괜찮니?"

"힘들어요."

나는 바닥을 짚고 한숨처럼 말했다.

책에서 읽어 본 바에 따르면, 내가 지금 발동시킨 두 주술은 윙투스에 새겨진 여러 주술들 중 가장 쉬운 것이었다. 그러나 나는 고작 가장 쉬운 주술 두 개를 발동시켰다고 벌써 녹초가 됐다.

사역술에서 가장 중요한 것은 사슬을 움직이는 게 아니라 마수와의 계약이다. 이래서는 마수와 계약할 마력이 남아나질 않을 것이다. 내가 실전에서는 다룰 수 없는 사슬이었다. 이건 선천적인 마력량의 문제여서 훈련으로 극복할 수 있는 것이 아니었다. 과연 마법사의 마력이 넘쳐 나던 시대에 쓰인 무기다웠다.

할아버지는 헐떡이는 나를 걱정스러운 눈으로 내려다보고 계셨다. 난 고개를 들어 할아버지를 향해 활짝 웃어 보였다.

"그래도 멋지네요!"

이건 진심이었다. 책으로 배운 윙투스를 직접 만져 보고, 사용해 볼 거라곤 상상도 못 했다. 이런 물건은 박물관에나 있을 거라고 생각했다.

"옛날 마법들은 지금과는 차원이 다르네요."

"그렇지. 옛날 마법사들은 정말 대단했으니까."

할아버지가 흐뭇하게 웃다가 조금 아쉬운 목소리로 덧붙였다.

"이제 쓸 수는 없겠지만."

그는 허리를 숙여 바닥에 늘어진 윙투스를 주워 들었다.

"이건 삼십 년 전까지만 해도 귀한 물건이었단다. 지금은 쓸모없는 쇳덩이에 불과하지만 말이야."

할아버지의 주름진 손이 얼기설기 이어진 사슬을 추념하듯 쓰다듬었다. 찰랑이는 금빛 윙투스는 쇳덩이라고 칭하기에는 너무 아름다웠다.

"그렇지 않아요."

내가 말했다. 할아버지는 옅게 웃으며 내 머리를 쓰다듬었다. 그가 다정한 목소리로 말했다.

"그 사슬과 책은, 원래 황실의 물건이었단다."

"네?"

"너에게 주마. 가져가렴."

"네?!"

내 목소리가 확 꺾였다. 황실의 물건이었다는 것도 놀라운데, 그걸 내게 준다니? 나는 눈을 동그랗게 뜨고 할아버지를 올려다보았다. 그러나 할아버지는 껄껄 웃기만 하셨다.

"쓸모는 딱히 없겠지만, 부적이라고 생각하렴. 원래는 귀한 물건이었으니까."

"그게 아니라…… 그런 물건을 제가 가져도 되나요?"

"집에 돌아가서, 네 엄마에게 내게 맡겼던 물건을 너에게 돌려줬다고 말하렴. 어쩌면 네가 그녀를 닮은 건지도 모르겠구나."

내가 눈을 깜빡이자, 할아버지는 선선히 등을 돌려 계단으로 향하셨다. 난 어리둥절한 상태로 할아버지를 따라 도서관을 나왔다. 그렇게 나는 고서 프네우마와 윙투스를 품에 안은 채로 집으로 돌아가게 되었다.

집에 도착할 때는 시간이 많이 늦어 있어서, 나는 곧장 씻고 저녁을 먹었다. 식사를 하고 나서는 프네우마와 윙투스를 들고 엄마를 찾아갔다.

엄마는 거실에서 안락의자에 앉아 뜨개질을 하고 계셨다. 내가 다가가자 엄마는 다정하게 미소 지으며 고개를 들었다. 난 머뭇거리면서 입을 열었다.

"엄마, 오늘 할아버지께서 선물을 주셨어."

"그랬니?"

엄마의 시선이 내 품에 있는 책과 사슬로 내려갔다. 따스하던 그녀의 표정이 미묘하게 굳었다.

"이걸…… 너한테 줬다고?"

"응."

나는 약간 움츠러든 목소리로 대답했다. 엄마의 반응을 보니 괜히 말했다는 생각이 들었다.

우리 부모님은 마법을 싫어하셨다. 그런 건 사람을 현혹시키는 요행일 뿐이라고 하시면서 말이다. 그들은 언제나 마법 같은 것에 기대지 말고 정당한 노동을 통해 결실을 얻어야 한다고 말씀하시곤 했다. 그 말은 마법이 정당한 노동이라고 생각하지 않으신다는 거겠지. 어른들 사이에는 우리 부모님처럼 마법을 싫어하는 사람들이 종종 있었다.

어렸을 때 삼촌이 내가 마법에 재능이 있는 것 같다고 칭찬했을 때도 어머니는 별로 좋아하지 않았다. 음, 역시 괜히 말한 것 같았다. 나는 어색하게 웃으며 말했다.

"그냥, 부적 같은 거라고 주셔서 받았어. 방해해서 미안해요. 난 이제 짐 챙겨야겠다."

"……."

나는 괜히 바쁜 척을 하면서 방으로 향했다. 계단을 오르다가 문득 나는 어머니를 돌아봤다. 그녀는 의자에 앉아 무릎에 놓인 뜨개실을 멍하니 바라보고 있었다.

어쩐지 어머니의 두 어깨가 자그마하게 느껴졌다. 나는 알 수 없는 감정을 느끼며 잠시 서서 그녀를 보고 있다가, 어머니가 고개를 들자 황급히 등을 돌려 방으로 향했다.

* * *

방에 돌아온 나는 배낭에 옷과 양피지와 얼마 전에 마법 상점에서 산 소환사의 사슬도 챙겨 넣었다. 책은 무거울 것 같아서 뺐지만, 윙투스는 소중히 챙겨 넣었다. 배낭의 맨 위에 가지런히 놓인 윙투스를 보고 있자니 갑자기 마음이 설레서 도로 빼 들고 침대로 가져왔다.

베개를 옆으로 베고 누워서 고리에 손가락을 넣고 윙투스를 들어 올리자, 가느다란 사슬이 차르르 침대보 위로 쏟아졌다. 그것을 얼굴 가까이 대고 보석처럼 반짝이는 금빛 사슬에 적힌 주술을 바라봤다. 내 마력으로는 쓸 수도 없는 그 주술들을 보고 있는데 왜 뿌듯한 마음이 드는지 모를 일이었다.

물론 이 중에서 가장 멋진 것은 R.D의 마법이었다. 그 사람은 정말이지 천재였다. 나는 만나 본 적 없는 대마법사에게 존경의 마음을 보내며 주술들을 구경했다.

그때, 방문을 두드리는 노크 소리가 들렸다. 나는 고개를 들었다.

"첼시, 자고 있니?"

문 너머에서 예상치 못한 어머니의 목소리가 들렸다. 나는 화들짝 놀라 사슬을 이불 속으로 숨겼다.

"응, 아니, 들어와!"

부드럽게 문이 열리고 어머니가 들어왔다. 그녀는 나처럼 편한 실내용 원피스 차림이었다. 느슨하게 틀어 올린 갈색 올림머리 옆으로 구불거리는 옆머리가 흘러 내려와 어깨에 닿았다. 그녀의 금색 눈이 창문 아래에 놓여 있는 내 배낭을 바라봤다.

"내일 떠나는구나."

"응."

"널 그렇게 멀리 보냈던 적이 없는데……."

어머니는 걱정스러운 목소리로 말하며 내 곁에 다가왔다. 나는 그녀가 내 옆에 앉기 전에 사슬을 이불 속에서 주섬주섬 챙겨서 내 등 뒤로 옮겼다. 작게 짤랑이는 소리가 울려서 황급히 어머니 눈치를 살폈는데 다행히도 그녀는 듣지 못한 것 같았다.

"네 아빠와 오빠는 네가 그렇게 모험을 떠나 보는 게 카르멘에 대한 생각을 떨쳐 내는 데 도움이 될 거라고 생각하나 봐. 네가 이번에 쓰러진 것도 카르멘 때문이라고 알고 있거든. 네가 그 애랑 싸우고 나서 많이 힘들어했으니까."

정확히는 싸운 건 아니지만…….

나는 그러려니 하며 고개를 끄덕거렸다.

"하지만 엄마는 네가 안 갔으면 좋겠구나."

걱정이 담긴 어머니의 금색 눈이 나와 눈을 맞추었다. 그녀의 손이 내 손을 부드럽게 잡았다. 나는 조금 당황해서 말했다.

"멀리 나가는 것도 아닌데. 난 헤브람 제국 국경까지만 같이 가는 거야. 고작 3박 4일 일정인걸."

"알아, 알지만……."

어머니가 한숨을 쉬었다. 우리 부모님은 나를 사랑하셨지만, 내가 막내라고 특별히 과보호하지는 않았다. 나는 의아하게 어머니를 바라봤다. 어머니의 금색 눈이 멍하니 허공을 응시했다. 나는 그녀가 먼 과거를 바라보고 있다는 것을 알았다.

"첼시, 할아버지가 네게 그 고서와 사슬을 주면서 뭐라고 하지는 않으셨니?"

"응? 그냥, 어머니에게 맡아 둔 물건을 돌려준다고……."

"그건 전대 황제 폐하께서 내게 하사하신 결혼 선물이었어."

결혼 선물?

나는 우리 증조할아버지가 전대 황제 폐하와 술친구 관계였다는 것을 떠올렸다. 친구의 아들이 결혼한다고 하니 그 신부에게 선물을 주는 것도 그럴듯했다. 그래서 황실의 물건이 우리 도서관에 있었던 거구나.

"그 책과 사슬은 옛날에 야만족에게 도둑질을 당했다가 전전대 황제 폐하가 다시 되찾아 온 유물이지. 제대로 조사하지 않아서 어느 시대에 만들어진 것인지는 모르겠지만, 아무튼 아주 오래된 물건이야."

"황실의 유물 같은 것을 결혼 선물로 줘도 되는 거예요?"

"그러게."

어머니가 침대에 누워 나와 눈을 마주쳤다. 헐렁하게 묶여 있던 끈이 풀어져서 갈색 머리가 뺨 위로 흘러내렸다.

"선황께서는…… 귀족들과 친하셨지. 반면에 백성들, 황족들과는 그렇게 친하지 못하셨단다."

그녀의 말에 나는 눈을 깜빡였다. 황족은 황제의 가족이다. 가족과 친하지 못하고 백성에게도 사랑받지 못하는 황제라. 그래도 되는 건가?

"원래는 황태자가 아니셨거든. 그래서 아버지와 사이가 안 좋으셨고, 황실을 좋아하지 않으셨어. 그래서 황실의 유물을 쉽게, 내게 선물해 주신 거지."

나는 조금 충격적인 기분이었다. 증조할아버지와 친했던 황제 폐하는 좋은 황제가 아니었던 것 같았다.

"첼시는, 그런 것들을 모르고 살아도 되지만……."

어머니는 손을 뻗어 내 머리를 쓸었다. 나는 어쩌면 우리 부모님이 나를 과보호하지 않았다는 생각이, 순전히 내 착각이었을지도 모른다는 생각이 들었다.

"그런데 엄마는 마법을 싫어하잖아. 왜 폐하는 하필 그런 물건을 선물해 주셨던 거야?"

나는 내내 궁금했던 것을 물었다.

전대 황제 폐하가 황실을 싫어해서 황실의 전통성을 중요시 여기지 않고 유물들을 마구 바깥으로 빼돌렸던 것은 이해가 된다. 그런데 왜 하필 프네우마와 윙투스였을까? 그냥 유물을 바깥으로 빼돌리는 것이 목적이고 어머니의 기호 따위는 신경 쓰지 않으셨던 건가?

내 질문에 어머니가 눈을 휘며 부드럽게 웃으셨다.

"난 특이한 마법 물품을 모으는 취미가 있었거든."

"엄마가?"

"그래, 내가 네 나이만 할 때, 나는 마탑 소속이었거든."

그 말에 나는 하마터면 소리를 지를 뻔했다. 내가 눈을 동그랗게 뜨고 물었다.

"그 말은……."

"난 마법사였어."

내가 경악하자 그녀는 작게 웃으며 덧붙였다.

"그것도 꽤 뛰어난 마법사였지."

그 웃음은 수줍었지만 어머니의 자긍심이 느껴졌다. 그 말을 할 때 나는 어머니가 내 또래의 소녀처럼 느껴졌다.

여태 한 번도 상상해 본 적 없는, 지팡이를 들고 마법사의 로브를 입은 어머니의 소녀 시절이 자연스럽게 떠올랐다. 그녀는 수줍은 웃음을 지으면서도 마음속에 높은 프라이드를 가지고 있었던 마법사였을 것이다.

"그런데 왜 지금은……."

지금은 왜 마법을 포기했을까? 나는 그렇게 물으려다가 멈칫했다.

"혹시 우리 때문에?"

내가 시무룩한 얼굴로 물었다. 혹시 자식들 때문에 마법사 일을 더는 할 수가 없어져서 포기하신 걸까?

"그건 아니야."

눈치를 보는 내 표정에 어머니는 밝게 웃었다. 그러나 그녀의 얼굴에서 서서히 웃음이 지워지고 오래된 슬픔이 떠올랐다.

"그냥…… 사건이 조금 있었지."

* * *

때는 제국력 601년. 마탑에서 꽤 뛰어난 마법사였던 우리 어머니는 아버지와 결혼 날짜를 잡고 분주해 있었다. 그러나 결혼식 두 달 전에 문제가 생겼다. 어머니의 어머니, 그러니까 우리 외할머니가 불치병에 걸렸다는 것을 알게 된 것이다.

어머니는 마법사 중에서도 치유의 마법사였다. 그녀는 장로 중 한 명의 제자였고, 치유 마법으로는 동급의 마법사 중에서도 따를 자가 없었다.

치유의 마법사가 의사보다 훨씬 우대받던 시절이었다. 당연히 어머니는 자신이 할머니의 병을 치료할 수 있을 거라고 생각했다. 어머니는 마탑에 있는 자신의 연구실에서 마법 기구들을 가져와 할머니의 방에 병실을 만들었다.

그 기구들이 할머니의 호흡을 도와주었고 고통을 덜어 주었다. 결혼식이 얼마 남지 않은 시기였지만, 어머니는 끊임없이 연구하다가 병을 완치할 수 있는 실마리를 찾아냈다.

병을 치료하는 것은 시간문제였다. 그녀는 모든 일을 뒤로 미루고 연구실에 박혀 치료 마법 연구에 매진했다.

그리고 마지막 드래곤이 죽었다.

"아직도 그날이 생생하게 떠올라."

어머니는 그렇게 말했다.

드래곤이 죽은 것은 늦은 저녁이었다. 아무런 전조도 없이, 언제나 푸른빛에 감싸여 있던 드래곤의 탑이 갑자기 새까맣게 점멸했다.

그때 마법사들은 동시에 같은 것을 느꼈다고 한다. 온몸의 힘이 빠지고 몸이 텅 빈 것 같은 공허감, 정체를 알 수 없는 공복감. 제 몸처럼 함께하던 지팡이가 갑자기 나무토막이 된 것 같은 느낌.

마법으로 날아다니던 날개마차들이 땅으로 떨어져 민가의 지붕과 사람들의 머리 위를 덮치며 집을 부수고 사상자를 냈다. 도시를 환하게 밝히던 가로등들이 빛을 잃었고, 제국은 암흑에 빠졌다. 마탑의 천장을 날아다니던 마법사들이 갑자기 추락하고 마법 기구들이 멈췄다.

제국은 그야말로 아비규환에 빠졌다.

어머니의 연구실에 있던 마법 기구들은 마력석으로 돌아가는 것이라 멈추지 않았다. 마력석은 마력을 저장하는 기능을 해서 드래곤이 죽은 후에도 효능을 다했다.

그때 그녀도 갑자기 힘이 빠지는 기분을 느꼈지만, 며칠 동안 잠을 제대로 못 자서 제정신이 아니었다고 한다. 그래서 그녀는 마력이 사라졌다는 것을 바로 눈치채지 못했다. 어머니의 친구가 잠겨 있는 연구실 문을 강제로 열고 들어와 도움을 청할 때에서야 그 사실을 알았다고 한다.

어머니의 친구는 다친 마법사를 데려왔었다. 어머니는 놀라서 지팡이를 꺼내 치료 마법을 시전했지만 마법이 발동되지 않았다. 어머니는 혼란에 빠졌고, 열린 문 밖으로 엉망이 되어 있는 마탑의 상황을 보고 나서야 지금 무슨 일이 일어났는지 깨달았다.

그 순간 그녀의 머릿속을 스친 것은 마법 기구들에게 의지해 생명을 유지하고 있던 외할머니였다.

어머니는 정말 미친 듯이 달렸다. 날개마차도, 텔레포트도 작동하지를 않아서 마탑에서 집까지 말을 타고 갔다고 한다. 수도 바로 옆에 붙어 있는 마탑에서 집까지의 거리가 그렇게 멀게 느껴졌던 적이 없었다.

무너진 지붕과 혼란스러워하는 사람들을 피하느라 몇 번 낙마하기도 했다. 그렇게 너덜너덜한 꼴로 집에 도착했을 때, 할머니는 죽어 있었다. 사인은 질식사였다. 멈춘 마법 장치가 할머니의 코와 입을 막고 있었던 것이다.

할머니의 호흡을 돕기 위해서 어머니가 달아 두었던 마법 장치가.

* * *

"그날부로 마탑을 나왔지. 결혼식은 미뤄졌고, 난 정말 괴로운 시기를 보냈어. 아마 네 아빠가 없었으면 견딜 수 없었을 거야."

충격적인 이야기였다. 나는 어머니에게 어떤 말을 해 줘야 할지도 알수 없었다. 허공을 바라보는 어머니의 눈이 젖어 있었다.

"아직도 가끔 후회된단다. 그 장치를 달지 말걸, 의사를 찾아볼걸, 연구를 하겠다고 연구실에 틀어박혀 있지 말고 엄마와 이야기를 더 나눌걸, 처음부터 마법을 배우지 말걸……. 마법을 믿고, 내 능력을 믿고, 오만했던 것이 후회가 돼."

"엄마 잘못이 아니야."

난 어머니의 손을 꼭 잡고 가만히 눈을 마주쳤다.

"아무도 그런 일이 생길 줄 몰랐잖아……. 그 상황에서는 그게 최선이었는걸."

내가 힘주어 말하자, 어머니가 엷게 미소 지었다.

"고맙다."

그렇게 말하는 어머니의 표정이 너무 슬퍼 보여서 나는 그녀의 어깨를 꼭 끌어안았다. 어머니가 나를 위로할 때 그러는 것처럼. 어머니가 작게 웃었다.

"우리 첼시 다 컸네, 엄마를 위로해 주고."

"……엄마가 가지 말라고 하면 안 갈게."

나는 작은 목소리로 말했다. 내가 어렸을 때 사역술에 재능이 있다는 말을 듣고 부모님이 좋아하지 않았던 것이 이해가 됐다. 어머니가 마법을 증오하게 됐다고 해도 이상한 일이 아니었다.

"안 그래."

그러나 엄마는 내 어깨를 살짝 밀면서 눈을 마주치고 말했다.

"내가 내 욕심 때문에 너에게 압박을 줬던 걸 후회하거든."

"엄마가?"

엄마가 나한테 무슨 압박을 줬었나? 나는 이해하지 못하고 눈을 동그랗게 떴다.

"네 오빠는 남자라 가문을 물려받을 거고, 네 언니는 어렸을 때부터 갑자기 기사가 돼서 영웅이 될 거라고 수행을 하지 않니. 그래서 막내인 너라도 좋은 남자와 결혼해서 평범하게 살았으면 했거든. 아름다운 귀부인이 돼서 말이야."

"그건 내가 원한 일인걸."

"아냐, 넌 어렸을 때 마법사가 되고 싶다고 했어."

"내가?"

기억이 나지 않았다. 어머니는 쓸쓸한 웃음을 지었다.

"그래서 내가 너에게 사랑 이야기를 많이 읽어 줬지. 네가 카르멘을 마음에 들어 할 때부터 얼마나 기뻤는지 몰라. 플로라와 다르게 얌전하고 순해서 다행이라고 생각했지."

"……틀린 말은 아닌걸. 난 운동도 싫어하고, 언니처럼 특별히 잘하는 것도 없고……."

"아니야, 첼시."

어머니의 손이 내 머리를 부드럽게 쓸었다. 나는 고개를 들어 그녀와 눈을 맞췄다.

"네가 요새 달라진 게, 네 아빠와 오빠는 카르멘 때문이라고 생각하지만 난 아니라는 걸 알아. 너는 어렸을 때부터 유별난 아이였거든. 넌 똑똑하고, 강하고, 특별한 아이야."

"엄마……."

"내가 마법사가 된 걸 후회하고, 결혼해서 행복해졌기 때문에 너도 그럴 거라고 생각했지. 하지만 넌 나와 다른 사람이었어. 그걸 나는 이제야 깨달았구나."

어머니가 내 이마에 입을 맞췄다. 그녀의 금색 눈이 부드럽게 미소 지었다.

"미안하다, 첼시. 내일 잘 다녀오렴."

난 어머니의 다정한 인사말을 들으며 눈을 감았다.

* * *

출정의 날이 밝았다. 나는 배낭을 메고 편한 옷에 튼튼한 마법사용 로브를 걸쳤다. 언니와 함께 마차에 올랐다. 등 뒤로 온 식구의 배웅을 받으며 나는 당당히 황실 기사단으로 향했다.

황실 기사단은 이름과 달리 황실과 거리가 먼 수도 밖에 있었다. 헤브람 제국은 먼 옛날 마탑이 설치해 놓은 결계로 보호되고 있었는데, 황실 기사단은 이 결계 벽과 맞닿아 있었다.

중심지에서 먼 위치 때문에 대부분이 기숙사 생활을 하고 있다. 만약 적이 나라에 침입하게 되면, 여기가 제1방어진이 된다. 최전선. 덕분에 기사들의 긴장감이 가장 높았고, 숫자도 가장 많았다. 마수와 직접 맞서 싸워야 하는 기사단이다.

헤브람 제국의 국토는 날개를 활짝 편 드래곤 모양을 하고 있다. 약간 둥그스름한 마름모꼴 모양이었다. 우리는 결계 벽 안쪽에서 국경선을 따라 북쪽으로 향할 것이다. 나흘을 가면 결계 벽이 끝나고, 언니와 기사단은 거기서 좀 더 올라가서 북부에 있는 나스티아 공국으로 갈 것이다.

3년 전에 북쪽 나라 에키드 왕국이 완전히 멸망했다. 에키드 왕국은 마수로 인해 멸망한 유일한 왕국이다. 그 나라는 거의 이십 년 동안 마수와의 전쟁에 시달렸다. 우리 제국에서도 많은 지원병을 보냈으나 결국 삼 년 전에 수도가 함락되고 말았다.

에키드 왕가는 남쪽 끝까지 도망치며 분투했으나 결국 전멸. 지금 에키드 왕국은 완전히 마수에게 먹혀서 암흑대륙이 되어 있었다. 나스티아 공국은 원래 바로 그 에키드 왕국의 일부였다.

삼십 년 전에 나스티아 공국이 에키드 왕국에서 독립하여 나갔다.

에키드 왕국이 멸망한 지금도 나스티아 공국은 건재했다. 그러나 나는 결계 바깥까진 가지 않을 것이다. 안전한 헤브람 제국의 국경까지만 함께할 예정이었다. 그래서 일정도 딱 3박 4일이다.

언니는 일부러 조금 일찍 도착해서 내가 기사들에게 눈도장을 찍을 시간을 주었다. 언니가 있는 제5사단은 이상하게 여기저기 다친 사람들이 많았다. 그들은 대부분 웃으면서 나를 반겨 줬지만, 몇몇은 나를 보고 내심 귀찮게 여기는 것 같기도 했다.

하긴, 전력에 도움도 안 되는 인원이니까. 언니는 이런 일이 예전에도 있었으니 괜찮다고 말했지만 난 최대한 그들을 방해하지 않아야겠다고 결심했다.

대부분의 단원들과 인사를 나누었을 때, 언니가 문득 내게 말했다.

"첼시, 저 사람이 네가 보고 싶다고 했던 그 마검사야."

사역술을 쓴다던 마검사!

난 언니가 가리킨 곳으로 황급히 고개를 돌렸다. 한 구석에 긴 은발을 가진 호리호리한 남자가 벽에 기대서 있었다. 척 보기에는 머리색이 튄다는 것 외에는 다른 기사들과 별반 차이가 없어 보였다.

"우리 기사단의 막내야. 열 살에 마탑에 들어가서 마법을 배우다가, 삼 년 전에 갑자기 기사로 전향했지. 저 나이에 마검사라니, 천재지."

천재……. 내가 조금 긴장해서 고개를 끄덕이자, 언니가 웃으며 내 등을 떠밀었다.

"안녕하세요."

내가 그에게 다가가 조심스럽게 인사하자 그가 고개를 돌렸다. 난 활짝 웃으며 인사했다.

"단장님의 동생인 첼시 로드랭이에요. 잘 부탁드립니다."

눈꼬리가 날카로운 회색 눈이 별 감흥 없이 나를 위아래로 훑었다. 시선이 걷히고 나서 그가 아주 예쁜 목소리로 말했다.

"슈웨인 카터입니다."

"……."

나는 당황했다. 지금 뭐 하는 거야? 인사할 땐 보통 상대방을 보고 말하는 게 아니었나? 그러나 난 곧 침착하게 상황을 파악했다.

다른 사람들은 다 바쁘게 떠날 채비를 하고 있는데 혼자 구석에 처박혀 있는 것도 그렇고…… 사회성이 없는 사람인가? 사회성이 없는 사람과 대화하는 게 처음은 아니었다. 나는 좀 더 힘내 보기로 했다.

"마검사라고 들었어요!"

나는 평소 때보다 좀 더 밝은 목소리를 짜내서 말했다.

"마법사에다가 기사라니. 정말 대단하시네요. 사역술을 쓴다고 들었는데, 맞나요?"

"……."

"실전에서 쓰긴 어려운 술법이잖아요. 실제로 한번 보고 싶은걸요."

사역술사를 만나는 것은 처음이었기 때문에 나는 그가 진심으로 무척 반가웠다. 그래서 열심히 칭찬을 섞어 가며 그에게 말을 걸었다. 그런데 슈웨인은 내 쪽을 한 번도 돌아보지 않았다.

"전 결계 벽 끝까지 가 보는 건 처음이에요. 카터 경은 국경 너머의 마수를 사역해 본 적이 있나요?"

아무리 재잘거려도 굳건한 무응답에 내가 조금 무안해질 무렵, 슈웨인이 마침내 고개를 돌려 나와 눈을 마주했다. 나는 기뻐서 활짝 웃었다.

"마법사는 삐에로가 아닙니다, 레이디."

그러나 슈웨인의 입에서 튀어나온 것은 생각보다 더 냉정한 목소리였다.

"마법은 실제로 보면 그렇게 재미있지도 않고요."

그는 차갑게 덧붙이고는 나를 내버려 두고 가 버렸다. 나는 순간 너무 당황해서 걸어가는 슈웨인의 뒷모습을 바라보기만 했다.

"뭐, 뭐……."

그가 무리 속으로 사라지고 나서야 정신이 돌아왔다.

"뭐 저런 사람이 다 있어?"

뒤늦게 말해 봤자 내 분노를 알아줄 사람은 아무도 없었다. 곧 언니가 나를 불렀기 때문에, 나는 슈웨인에게 따지지도 못하고 마차에 올라탔다. 언니는 내 표정이 좋지 않다는 것을 눈치채고 무슨 일이 있었냐고 캐물었다. 그러나 나는 괜히 언니를 걱정시키고 싶지 않았다. 그래서 애써 웃으며 그녀를 안심시키고, 창밖을 구경하는 척 고개를 돌렸다.

그렇게 혼자 화를 삭이려 노력해 봤으나 쉽지는 않았다. 마법사는 삐에로가 아니라고? 마법은 실제로 보면 그렇게 재밌지도 않아? 그걸 누가 모르는 줄 아나! 마법은 자기 혼자만 부리는 줄 아나 보지?

하여간 마탑의 인간들은 하나같이 오만해서는 남을 내려다볼 줄만 아는 모양이었다!

내가 혼자서 씩씩대는 사이, 마차가 출발했다. 그렇게 저조한 기분으로 출정이 시작되었다.

* * *

토벌대의 행군 일정은 평화롭기 그지없었다.

나는 태어나서 처음으로 캠프에서 잠을 잤고, 군용 식량을 먹고, 기사단 사이에 끼어서 마수에 대한 이야기를 들었다. 난 마수를 만난 적이 없었기 때문에 어느 나라가 마수와 전쟁을 하거나, 마수 때문에 피해를 입었다는 이야기를 들어도 그렇게 와닿지 않았다.

그러나 기사단에는 마수에게 손가락을 빼앗긴 남자가 있었다. 다른 사단의 부단장이었다가 마수에게 한쪽 눈을 잃는 바람에 5사단으로 밀려나게 된 기사도 있었다.

그밖에 사람들도 제각기 몸에 큰 흉터 하나씩은 달고 있었다. 난 우리 언니가 몸에 별 상처가 없어서 그렇게 위험한 일이 없는 줄 알았는데, 다들 그녀가 대단한 것이라고 입 모아 말했다.

기사들 사이에서 토벌대의 일정에 맞춰 움직이는 일은 귀족 영애에게는 생소하고 불편한 일이었다. 그러나 그게 전부였다. 귀족 영애에게는 힘들 만한 일? 그러나 나, 첼시 로드랭은 대마수용 마법을 열심히 익혀서 토벌대를 따라왔단 말이다! 청소년 캠핑 체험 같은 것을 하러 온 게 아니었다.

그런데 플로라 언니는 틈만 나면 내게 "첼시, 저 초목들을 보렴!", "시냇물이 참 맑지?" 같은 소리를 하며 풍경이나 구경시켰다. 언니가 '밖에 나가서 돌아다니면 금방 힘이 날 거야. 네가 우울한 것도 방에만 박혀 있어서 그런 거라니까.' 같은 말로 나를 꼬실 때부터 알아봤어야 했는데! 그녀는 정말 나에게 집밖을 돌아다니게 만들 목적 외에는 다른 건 없었던 것 같다.

그동안 괜히 긴장해서 열심히 공부했던 것이 바보같이 느껴졌다. 이러다간 아름다운 산천초목만 실컷 구경하다가 집으로 돌아가게 될 것 같았다. 국경을 넘기 전에 나는 호위 기사와 함께 집에 돌아가게 된다. 국경을 넘으면 제국을 보호하는 결계가 끝나서 마수가 출몰할 수 있기 때문이었다.

이게 말이 되나? 나는 결국 마수 꼬랑지 하나 구경 못 하고 집에 돌아가게 되는 것이다. 이러다간 죽을 때까지 마수 구경 한번 못하고 평안한 삶을 영위할 기세였다.

물론 토벌대에 합류했다는 것만으로도 의의는 있었다. 제국에 몇 없는 사역술사를 만나 볼 수 있었으니까 말이다. 만약 그와 사역술에 대한 이야기를 나눌 수 있었다면 그것만으로도 무척 보람찬 일정이 되었을 것이다.

그러나 그 대단하신 사역술사, 슈웨인 카터 님께서는 나와 대화해 줄 여유가 조금도 없으신 것 같았다. 슈웨인은 내가 말만 걸라치면 갑자기 피곤하고 바쁘다며 바람처럼 사라져 버렸다. 마수와 싸우기 전까지 단련하고 푹 쉬어서 체력을 비축해야 된다나 뭐라나. 아주 성가신 어린애 취급이었다.

다른 사람들은 나랑 노닥거리면서도 잘만 쉬는데. 누가 보면 토벌은 자기 혼자 다 하는 줄 알겠다.

결국 아무 소득도 없이 마지막 밤이 와 버렸다. 우리 언니는 나의 이런 고민을 까맣게 모르고 있었다. 난 이제라도 언니에게 쪼르르 달려가 슈웨인의 비협조적인 태도를 일러바칠 수도 있었다. 그러나 그렇게 하면 슈웨인이 생각하던 그대로의 철부지 어린애가 되는 꼴이었다.

그렇다면 방법은 하나뿐이었다. 그가 흥미를 느낄 만한 대화 소재를 찾아내야지. 난 오늘도 막사 옆에서 혼자 검을 휘두르고 있는 슈웨인을 찾아갔다. 얌전히 기다리다가 그가 검을 내려놓고 쉬는 타이밍에 쪼르르 다가가 말을 걸었다.

"카터 경, 오늘 달이 참 예쁘죠? 내일도 날이 맑을 건가 봐요."

"네."

그가 짧게 답하며 검을 들고 일어났다. 세상에, 진심이야? 이렇게 다정한 질문에 '네.'가 끝이라고?

나는 오늘도 그의 사교성 없음에 감탄했다. 그러나 다행히도 내가 준비한 대화 소재는 날씨 이야기가 끝이 아니었다. 나는 그를 쫓아가며 소매에 넣어 둔 윙투스를 꺼냈다.

"카터 경! 혹시 고대 마법은 관심이 없으신가요?"

나는 그렇게 말하며 윙투스에 마력을 불어넣었다. 목에 걸고 있던 마력석이 반짝 빛나는 것과 동시에, 날카로운 촉이 허공을 날아가 슈웨인의 앞을 막았다.

그가 우뚝 멈춰 섰다. 난 그의 무채색 눈동자에 이채가 서리는 것을 발견했다. 웃음이 나오려는 것을 가까스로 눌렀다.

훗, 너도 이런 건 처음 보지?

이 윙투스가 비록 실전에는 쓸모가 없을지언정 겉모습은 휘황찬란하여 이목을 끌기에 좋았다. 나는 놀란 표정을 짓는 슈웨인을 향해 은은하게 미소 지어 주고 윙투스를 천천히 움직였다. 섬세한 금색 사슬이 잘그락거리는 소리를 내며 허공을 헤엄쳤다.

이 윙투스는 사역술에 대해 좀 아는 마법사라면 관심을 가질 수밖에 없는 멋진 물건이었다. 슈웨인도 홀린 듯한 눈으로 윙투스의 움직임을 따라갔다. 난 윙투스를 이렇게 움직일 만큼 마력이 많지 않지만, 나의 비싼 마력석에게는 마력이 많았다.

"고대 사역술은 마수를 잡는 마법이 많더라고요. 경은 마수를 사역해 보셨나요?"

나는 아주 자연스럽게 대화의 물꼬를 틀 수 있을 만한 질문을 던져 보았다. 그러나 슈웨인의 표정이 대번에 굳었다.

"죄송하지만 귀족 영애께서 배우실 수 있을 만한 마법은 모릅니다."

그러고는 휑하니 사라져 버렸다. 나는 얼이 빠져서 그의 뒷모습을 바라봤다.

"무, 무슨……."

세상에, 진짜 뭐 저런 게 다 있어? 사람을 완전히 무시하는 태도였다! 나는 화가 나서 발만 탕탕 굴렀다.

* * *

내일은 국경을 넘어간다. 국경의 결계를 넘으면 마수의 땅이었다. 기사들은 내일을 대비하여 일찍 잠에 들었다.

모두가 잠든 밤, 나는 막사 밖으로 슬쩍 나왔다. 슈웨인에게 말한 것처럼 오늘은 달이 참 예뻤다. 새까만 밤하늘에 걸린 커다란 보름달은 신비해 보이기까지 했다. 나는 달이 잘 보이는 납작한 바위 위에 자리를 잡고 누웠다. 양쪽 귀에 달린 검은색 귀걸이가 짤랑거리는 소리를 냈다.

보석에 마력을 불어넣어 만드는 마력석은 보통 검은색이었다. 덕택에 마법사들은 온몸에 시커먼 장신구를 두르고 다닌다. 내 목걸이에 달린 흑요석도, 손목에 주렁주렁한 흑진주도 마력석이었다. 어릴 때 모아 놓은 마력석들까지 모조리 긁어모아 배낭에 짊어지고 왔는데, 괜히 요란만 떤 것 같아 조금 무안하다.

나는 윙투스를 왼손에 끼웠다. 손가락에는 은색 너클 모양의 마력 증폭기가 달려 있었다. 마력석 하나를 발동시키자 윙투스에 검은빛이 둘러졌다. 날카로운 촉이 허공을 날았다. 구불거리는 사슬은 뱀처럼 유연하게 움직였다. 이동하는 내내 조금씩 연습한 보람이 있었다.

"귀한 마력석을 낭비하는군요."

그때 익숙한 미성이 들렸다. 고개를 돌리자 예상했던 대로 새하얗고 재수 없는 남자가 보였다. 바쁘신 슈웨인 님이 황공하게도 먼저 말을 걸어 주시다니? 달빛을 받은 은발이 평소보다 더 아름답게 밤바람에 하늘거리고 있었으나, 나는 시큰둥한 눈으로 그를 바라봤다.

"제 마력석 소비 습관까지 걱정해 주실 필요는 없는데요."

그리고 고개를 홱 돌렸다. 옆에서 헛웃음을 치는 소리가 들렸으나 나는 윙투스를 들고 일어났다. 그러자 슈웨인이 당황한 목소리로 물었다.

"어디 가십니까?"

그냥 좀 걸으려고 한 거뿐인데. 언제나 무심하던 그가 당황하는 것은 처음 봐서 나는 조금 장난기가 돋았다.

"카터 경이 도와주지 않으시니까, 저 혼자 날짐승이나 사역해 보려고요."

"짐승을 사역하는 것은 쉬워 보이십니까?"

또, 또 문외한 취급.

그에 비하면 문외한에 가까운 것은 맞겠지만, 그런 말을 들으니 신경질이 났다.

"이미 해 본 적 있거든요."

"날짐승을요?"

"그래요. 매를 사역했었죠."

난 그를 향해 짜증스런 목소리로 덧붙였다.

"여덟 살 때요."

"⋯⋯정말인가요?"

슈웨인이 이상한 목소리로 되물었다. 그러나 난 대답해 주지 않고 고개를 돌렸다. 사실 플로라 언니의 도움을 조금 받긴 했지만 거기까지 설명할 필요는 없어 보였다. 나는 새침하게 숲속으로 걸어갔다. 등 뒤에서 초조한 발소리가 들렸지만 그냥 무시했다.

그때였다. 무언가가 휙 하고 날아와 내 앞을 가로막았다. 나는 흠칫 놀라서 뒤로 물러났다가 그것과 눈이 마주쳤다. 세로로 긴 동공을 가진 주홍색 눈동자가 물끄러미 나를 올려다봤다. 은백색의 윤기 나는 털이 달빛에 반짝였다. 새하얗고 풍성한 꼬리를 가진 아름다운 은여우였다.

"세상에⋯⋯."

은여우가 꼬리를 살랑이며 내 옆으로 지나갔다. 내 눈은 홀린 듯이 은여우의 움직임을 따라갔다. 은여우는 슈웨인의 발치로 쪼르르 달려가 나를 돌아봤다. 슈웨인의 손에 그의 머리카락과 똑같은 색의 긴 사슬이 감겨 있었다. 난 멍하게 물었다.

"⋯⋯카터 경의 사역마인가요?"

"그렇습니다."

슈웨인은 허리를 숙여 은여우의 머리를 쓰다듬었다. 꼬리를 살랑살랑 흔들며 슈웨인의 손길을 받는 은여우는 척 봐도 주인을 무척 좋아하는 것 같았다.

"짐승을 사역하는 것은 힘들지만, 사역술만으로 마수를 상대할 수는 없습니다. 사역술은 그다지 실전에서 쓸모 있는 술법은 아닙니다."

슈웨인은 조금 주저하는 듯한 얼굴로 나를 쳐다봤다.

"그래도 궁금하시다면…… 짐승을 사역하는 모습 정도는 보여 드릴 수 있습니다."

난 그의 말에 화들짝 놀랐다.

"그래도 괜찮아요?"

"레이디께서 혼자 밤의 숲을 돌아다니도록 놔두는 것보단 낫겠지요."

"꺅! 고마워요, 카터 경!"

그의 손을 덥석 잡으며 말했다. 그러자 슈웨인이 옅게 미소 지었다. 나는 곧장 막사로 달려가려다가 놀라서 돌아봤다.

웃기도 하는구나, 저 사람.

"웃으시니까 훨씬 보기 좋네요."

내가 활짝 미소 지으며 말했다. 그러자 슈웨인은 금방 다시 얼굴을 딱딱하게 굳혔다. 쑥스러워서 그러나? 그렇게 생각하니까 조금 웃겼다. 나는 킥킥거리면서 막사로 달려가 로브와 배낭을 가지고 나왔다.

슈웨인은 은여우 세 마리를 숲에 풀었다. 사냥개를 이용한 개사냥은 몇 번 봤는데, 은여우를 이용한 여우 사냥은 처음 보았다. 은여우가 숲속으로 달려가자 그는 여우들을 쫓아가면서 자신의 사냥법에 대해서 설명해 주었다.

"계약을 맺으면 사역마는 술자에게서 마력을 받습니다. 그때부터 사역마는 보통의 짐승들과 조금 달라지죠. 뛰어난 술자와 계약을 한 사역마는 영물에 가깝게 진화하기도 합니다. 제 은여우들은 후각과 청각이 발달했고, 덩치가 크고 강하게 진화했습니다."

"우리 그레이도 보통 매보다 큰 편이었어요."

"그레이라면, 사역했다는 매의 이름인가 보군요."

또 다른 세계 ∞ 169

"네."

그레이를 떠올리자 자연히 카르멘 생각이 났다. 카르멘에게 호감을 사고 싶어서 매를 사역했고, 그 애는 정말로 좋아해 줬었다. 난 그게 마냥 기쁘고 뿌듯했었는데. 지금 떠올리니 왜 마음이 아픈지 모르겠다.

"괜찮으십니까?"

슈웨인이 의아하게 물어 왔다. 아차, 내 감정이 표정에 드러난 모양이었다. 난 당황해서 괜찮다고 말하려고 했다.

캥캥!

그때 숲 안쪽에서 여우 울음소리가 들렸다. 슈웨인은 즉시 소리가 들린 곳으로 방향을 틀었다. 그의 뒤를 쫓으니, 휘어진 나무 아래에서 바닥에 코를 박고 있는 은여우가 보였다.

내가 여우가 있는 곳으로 다가가려고 하자, 슈웨인이 팔을 뻗어 내 앞을 가로막았다. 내가 그를 돌아보자 슈웨인은 한쪽 무릎을 꿇고 바닥으로 손을 뻗었다. 그의 시선이 향한 곳에는 진흙 웅덩이가 있었다. 그 위에 짐승의 발자국이 찍혀 있었다.

"앞발의 발가락은 다섯, 뒷발은 넷. 발톱이나 모양 등으로 보아, 이 숲에 늑대가 있는 것 같습니다."

"늑대요?"

난 나도 모르게 놀란 목소리로 물었다. 늑대라면 무리 생활을 할 텐데…….

"무서우십니까?"

슈웨인이 물었다. 그의 목소리에 놀리는 기색은 없었지만, 난 어쩐지 울컥해서 답했다.

"아뇨, 전혀요."

그러나 슈웨인은 나의 그런 기색을 전혀 눈치채지 못하고 말을 이었다.

"다행히도 한 마리가 혼자 다니는 것 같습니다."

"늑대가 왜요?"

"글쎄요. 어쩌다 무리를 잃어버렸거나, 서열 다툼에서 패배한 늑대가 무리에서 떨어져 나간 거겠죠."

슈웨인은 몸을 일으켜서 은여우에게로 다가갔다. 아치 모양으로 휘어진 나무 아래에는 핏자국이 있었다.

"아마 후자인 것 같군요."

그가 나를 돌아보며 말했다. 저 어두운 숲속에 늑대가 있다니. 늑대를 잡을 수 있을까? 맹수가 돌아다니는 숲속을 들어가야 하는데, 어쩐지 공포심 뒤로는 기분 좋은 긴장감이 따랐다. 불안감보다는 기대감에 더 가까운 감각이었다.

"제가 있으니 위험할 일은 없……."

슈웨인은 무어라 말하다가 내 얼굴을 보고 입을 닫았다. 그가 미묘한 표정을 지으며 말했다.

"호승심이 강한 것은 사역술사에게 좋은 특성이죠."

슈웨인이 나를 칭찬한 것은 처음이었다. 내가 눈을 휘둥그레 뜨고 그를 보자, 그는 얼른 고개를 돌리고 앞서 나갔다. 나는 얼른 그의 뒤를 쫓았다. 우리는 그렇게 늑대의 발자취를 쫓아 숲속 깊숙이 발을 들여놓게 되었다. 나는 특이한 모양의 맹그로브 나무 사이를 지나치면서 물었다.

"그런데 왜 갑자기 사역술을 가르쳐줄 마음이 생긴 거예요? 계속 저를 무시했으면서."

슈웨인은 어느 순간부터 나와 걸음을 나란히 하고 있었는데, 내 직설적인 질문에 당황했는지 그의 발걸음이 잠깐 멈췄다.

"무시……한 건 아닙니다만."

"에이, 했거든요."

나는 그 잠깐 사이에 슈웨인이 그렇게 냉정한 사람이 아니라는 것을 배웠다. 덕분에 전보다 그를 편하게 대할 수 있었다.

"……사실 제게 여동생이 하나 있습니다."

"어, 정말요?"

"네, 레이디와 같은 나이인."

슈웨인의 여동생이라니. 슈웨인을 닮았으면 상당한 미인일 것 같았다. 나도 동생이 갖고 싶었는데. 난 부럽다는 말을 하려고 그를 돌아봤는데, 슈웨인이 굉장히 피곤한 얼굴로 한숨을 내쉬었다.

"그런데 아카데미에 입학하고 나서부터는 사역술에 부쩍 관심을 보이더군요. 그리고 얼마 전에는……."

그는 내 앞을 가로막는 수풀을 칼로 잘라서 길을 터 줬다. 난 그의 손을 잡고 바위를 가뿐히 넘었다.

"저 같은 마검사가 되고 싶다면서 마탑에 보내 달라고 하더군요."

"……그거……."

좋은 일이잖아요? 내가 어물거리자, 슈웨인은 무심한 눈으로 날 힐끗 쳐다봤다. 평소처럼 표정 없는 회색 눈동자가 어쩐지 날 째려보는 듯한 느낌을 받았다.

"마수에게 동생을 빼앗기고 싶지는 않습니다. 그 애의 적성에 맞는 일도 아니고요. 그냥 제가 하는 일은 다 따라 하고 싶은 나쁜 버릇이 발동한 것뿐이니……."

으음, 나는 어쩐지 그 여동생의 입장을 대변해 주고 싶은 욕망이 일었지만 열심히 참아 냈다. 남의 가정사에 너무 깊게 참견해 봤자 좋은 일은 없으니까. 아무튼 난 슈웨인이 그동안 날 무시했던 이유를 조금 알 것 같았다.

"하지만 전 카터 경의 동생이 아닌데요."

그는 자신의 철없는 동생과 나를 겹쳐 본 것 같았다. 난 퉁명하게 물었다.

"동생분과 제가 닮았나요?"

"웃는 얼굴이 조금 닮았습니다. 하지만……."

그가 날 흘끔 쳐다보며 말했다.

"이제 보니 레이디는 단장님을 닮으셨습니다."

"제가요?"

그런 말은 태어나서 처음 들어 본다. 언제나 플로라 언니와 딴판이라는 평가만 들어왔는데. 특히 아카데미에 들어와서는 더더욱 말이다. 그러나 슈웨인은 내 반문에도 확고하게 고개를 끄덕였다. 어쩐지 쑥스러운 기분이었다. 난 뺨을 문지르며 특이한 모양의 맹그로브 나무를 지나치려다가, 문득 멈춰 섰다.

저 나무, 아까도 보지 않았나?

내가 멈춰서 나무를 보고 있자 슈웨인이 나를 돌아봤다.

"왜 그러십니까?"

"아니, 그냥⋯⋯."

난 나무와 슈웨인을 번갈아 보다가 고개를 저었다.

"그냥요."

뭐, 기분 탓이겠지.

한참 후에 은여우 중 하나가 수풀 사이에서 캥캥거리며 소리를 냈다. 늑대의 흔적이 점점 짙어지고 있었기에, 우리는 녀석이 지척에 있다는 것을 알았다.

슈웨인이 수풀을 헤치고 달려갔다. 난 최선을 다해서 슈웨인의 뒤를 쫓아갔다. 그리고 수풀을 넘어갔을 때, 난 미묘한 표정으로 바닥을 보고 있는 슈웨인을 발견했다. 나는 그가 보고 있는 것을 발견하고 멈춰 섰다.

"이건⋯⋯."

늑대의 목이었다. 마치 그 부분까지만 삼키고 남긴 듯한.

나는 당황했다.

"아까부터 뭔가 이상하다고 생각했는데⋯⋯."

슈웨인이 다소 초조해 보이는 표정으로 일어났다.

"레이디, 아무래도 저희가 함정에 빠진 것 같습니다."

"네?"

난 어리둥절하게 슈웨인의 곁으로 걸어갔다. 내 발이 무른 흙바닥을 디뎠다. 그때였다. 갑자기 발밑이 흔들리기 시작했다. 몸의 중심이 아래로 무너졌다. 나를 보는 슈웨인의 얼굴에 경악이 서렸다. 그가 내게로 달려오며 손을 뻗었다.

내가 가까스로 그 손을 맞잡았을 때, 땅이 무너졌다. 암흑 속으로 낙하하며 내가 마지막으로 본 것은 새빨간 괴물의 눈이었다.

* * *

난 진동하는 피비린내 때문에 잠에서 깨어났다. 흐릿하게 목소리가 들려왔다.

"……레이디, 괜찮……."

난 돌바닥 위에 몸을 웅크리고 앓는 소리를 냈다. 머리가 땅하고 아팠다. 힘겹게 눈을 떠 보았으나, 여전히 앞이 보이지 않았다. 밤이라서 그런가? 내가 멍하니 그런 생각을 하고 있는데, 문득 새까만 암흑이 눈을 떴다.

검은 눈꺼풀이 올라가자 드러나는 거대한 붉은 눈동자. 세로로 긴 동공.

거기에는 집채만 한 늑대가 엎드려 있었다. 난 하마터면 비명을 내지를 뻔했다. 그러나 놈은 가만히 우리를 보고 있을 뿐, 공격하려고 달려들지는 않았다.

"정신이 드셨습니까……?"

내가 덜덜 떨면서 고개를 돌리자, 슈웨인의 모습이 보였다. 다행이다. 그와 떨어지진 않았구나. 난 내심 안도했으나, 곧 그의 옷이 피에 젖어 있는 것을 발견했다. 나는 화들짝 놀라 몸을 일으켰다.

"카터 경, 상처가⋯⋯!"

슈웨인의 옆구리가 잔인하게 파헤쳐져 피로 범벅이 되어 있었다. 내가 덜덜 떨면서 그에게 손을 뻗자, 그가 말했다.

"괜찮습니다."

무슨 소리야. 피가 이렇게나 흥건한데⋯⋯.

난 혼란스러운 와중에도 얼른 로브를 벗어 바닥에 깔았다. 슈웨인을 그 위에 눕히고 로브를 찢어서 상처 위에 둘둘 말았다. 지혈을 도우면서 주변을 둘러봤다.

여기는 아주 깊숙한 굴속인 듯했다. 바닥과 벽면이 돌로 되어 있어, 위로 올라가 밖으로 나가는 것은 불가능할 것 같았다. 반대쪽에도 통로가 있는 것 같은데, 통로로 향하는 쪽은 거대한 괴물이 막고 있는 듯했다.

괴물.

놈의 생김새는 언뜻 늑대와 비슷했다. 그러나 그 크기가 일반 늑대의 수십 배는 되었다. 마법진이 그려진 돌들이 우리와 그것의 사이에 선을 긋듯이 듬성듬성 놓여 있었다.

괴물은 움직이기 불편한 상태인 듯, 바닥에 몸을 웅크리고 가만히 있었다. 놈이 고개를 숙여서 난 움찔 놀랐는데, 그것은 혀를 내어 제 배를 핥았다. 그제야 난 괴물의 배에 커다란 상처가 나 있다는 것을 깨달았다.

그것이 우리를 공격하지 않는 이유가 저 상처 때문인지, 마법진이 그려진 돌 때문인지는 확실치 않았다. 한 구석에는 뱀처럼 생긴 거대한 마수의 시체도 있었다. 그것을 면밀히 관찰하던 내 눈이 문득 무언가를 발견하고 커졌다.

마수의 시체 주변에 은여우들의 사체가 바닥을 나뒹굴고 있었다. 한 마리는 입에 돌을 문 채로 죽어 있었다. 나는 말없이 그것들을 살폈다. 슈웨인의 상처 위에 로브를 동여매는 데 성공한 후에, 난 심호흡을 하고 궁금했던 것들을 물었다.

"이게 대체…… 무슨 일이죠? 저 괴물은 또 뭐고요?"

"저것은 마수, 다이어 울프입니다."

슈웨인은 짧게 숨을 끊어 쉬면서 말했다. 다이어 울프?

"다이어 울프는…… 북부의 마수잖아요? 그런 게 왜 여기에……."

"3년 전 에키드 왕국의 전쟁에서 멸족되었다고 들었는데, 하나가 남아 있었던 모양입니다."

"하지만 여긴, 헤브람 제국이잖아요?"

마탑의 결계로 인해 안전하게 지켜지고 있는 땅, 마법 제국. 어떻게 여기에 다이어 울프가 들어온 거지?

"여기는 원래 바실리스크의 굴이었던 것 같습니다."

바실리스크. 뱀 같은 모습에 유리처럼 투명한 비늘을 가진 마수의 일종이었다.

"바실리스크 자체는 살상력이 크지 않지만 개중에 종종 환영 마법을 부리는 개체가 있습니다. 아실지도 모르지만 제국의 결계는…… 마수의 침입이나 물리계 공격은 방어할 수 있지만 환영 마법 같은 정신계 공격은 막지 못합니다."

그 말을 듣는 순간, 등줄기에 소름이 돋았다.

숲을 헤맬 때 보았던 늑대의 흔적, 늑대의 시체, 그리고 반복되는 맹그로브 나무. 그것들이 설마…… 바실리스크가 보여 준 환상이었던 건가? 바실리스크가 우리를 결계 밖으로 유인하기 위해 만들어 놓은?

내가 충격에 빠져 있는데, 슈웨인의 말은 거기서 끝나지 않았다.

"여기저기 알이 깨져 있는 것으로 봐서 아마 새끼를 키우려고 안전한 땅으로 도망쳐 온 거겠죠. 그리고 어쩌다가 다이어 울프가 바실리스크의 둥지를 찾아내서 주인을 죽이고 집을 차지한 것 같습니다."

세상에. 난 이제 모든 사태를 이해할 수 있었다.

여기는 바실리스크의 둥지 속이었다. 마수 전쟁에서 동족을 모두 잃은 다이어 울프가 어쩌다 이곳에 흘러 들어오게 되었고, 바실리스크와 새끼들을 죽이고 둥지를 차지한 것이다. 안 그래도 위험한 마수의 둥지가, 더 무시무시한 마수에게 넘어가게 된 형국이었다.

그리고 다이어 울프가 바실리스크를 죽인 직후, 우리가 재수 없게도 바실리스크의 덫에 걸려 국경을 넘어 버렸고, 이곳으로 떨어지게 된 것이다. 다이어 울프의 주변에 있는 마법진이 그려진 돌들은 슈웨인이 설치한 결계 마법인 듯했다. 슈웨인의 몸에 난 상처는 아마 기절한 나를 지키면서 결계를 치는 와중에 다이어 울프에게 공격당해 생긴 것이겠지.

난 느릿느릿 눈을 깜빡이는 슈웨인을 바라봤다. 그는 곧 정신을 잃을 것 같았다. 난 그를 위로하기 위해 말했다.

"조금만 더 버텨요. 기사단이 곧 우리를 찾을 거예요."

슈웨인은 막사를 벗어나기 전에 플로라 언니에게 우리의 행적을 알렸다고 했다. 우리가 돌아오지 않으면 금방 이상을 눈치챌 것이다. 그러나 슈웨인이 고개를 저었다.

"새끼를 보호하기 위해 설치한 바실리스크의 결계 마법은 바실리스크가 죽으면 해지되지 않고, 오히려 더 강력해지는 경향이 있습니다."

그는 꺼져 버릴 듯한 목소리로 말했다.

"그러니 아마 결계를 다루는 마법사가 오기 전에는 우리를 발견하기 힘들 겁니다."

그 말을 들으니 머리가 아찔해졌다.

우리는 수도에서 이미 나흘을 달려왔다. 5사단 내에 마법사는 슈웨인 하나였다. 다른 기사단에 증원을 요청한다고 해도 오는 데 닷새는 넘게 걸릴 것이고, 그중에 결계를 다루는 마법사가 있는 것도 희박한 확률이었다.

사람들이 우리를 찾을 때까지 얼마나 걸릴까. 빨라야 닷새. 늦으면 보름, 아니면 한 달? 그때까지 이 상태로 우리가 견딜 수 있을까?

내 불안감을 눈치챈 것처럼, 슈웨인이 입을 열었다.

"레이디를 위험에 처하게 해서 죄송합니다. 다 제 책임입니다."

그의 회색 눈동자가 단호한 시선으로 나를 바라봤다.

"하지만 기다려야 합니다."

그는 아픈 상태에서도 기사다운 어투로 말했다. 나는 슈웨인의 떨리는 손을 바라보다가, 그의 눈 위에 손을 얹었다.

"일단 좀 쉬어요, 카터 경. 몸 상태가 너무 안 좋아요."

내가 말하자 슈웨인은 얌전히 눈을 감았다. 무리를 했던 것이 틀림없었다.

그가 잠들고 나서, 나는 다이어 울프를 바라봤다. 녀석이 바닥에 머리를 베다가 결계석 근처에 닿자 파지직 하고 번개가 튀었다. 다이어 울프는 으르렁거리는 소리를 내며 결계석을 노려봤다. 그러다 놈의 눈이 나를 바라봤다. 붉은 눈동자는 명백히 적의를 띠고 있었다.

난 경계하듯 슈웨인의 앞을 가로막았다. 다이어 울프의 옆구리에 난 상처와, 결계석, 그리고 놈의 머리 위에 종유석처럼 튀어나와 있는 바위 같은 것들이 어지러운 꿈처럼 내 눈에 담겼다.

* * *

"으……."

"카터 경, 괜찮아요?"

반나절은 지났을까. 슈웨인이 눈을 떴다. 난 물통을 열어 그에게 물을 먹여 줬다. 그렇지 않아도 새하얗던 그의 얼굴은 이제 거의 시체처럼 질려 있었다. 그의 입술에도 핏기가 없었다. 흐르던 피도 멎었고 잠도 푹 잤는데 왜 상태가 더 나빠 보이는 건지 모를 일이었다.

그때 슈웨인이 저답지 않게 조금 몽롱한 목소리로 말했다.

"레이디, 제가 아마, 독에 당한 것 같습니다."

그 말에 심장이 철렁 내려앉는 것 같았다. 독이라니. 이미 최악의 상황이라고 생각했는데 더 나빠질 데가 있다는 것이 놀라웠다.

수색대가 올 수도 있었다. 가장 발 빠른 전령이 수도로 도움을 요청하고, 기적적으로 결계 전문가가 그 속에 섞여 있다면 수색대는 닷새 만에 우리를 찾아 낼 것이다. 돌아가는 데 걸리는 시간까지 합하면 적어도 열흘.

슈웨인은 그때까지 버틸 수 없었다. 그러니 나에게는 두 가지 선택지가 있었다. 하나는 지금 다이어 울프와 싸우는 것, 하나는 수색대를 기다리는 것.

싸우려면 당장 싸워야 했다. 여기에서는 물도 음식도 구할 수 없었고, 시간이 흐를수록 난 기력이 쇠할 것이다. 반면 다이어 울프는 다친 상태였다. 여기서 치유를 하고 있는 것처럼 보이니, 시간이 지날수록 놈은 나아질 것이다. 게다가 시간이 흐를수록 슈웨인의 생존 확률도 떨어진다.

다이어 울프의 독이라니, 말만 들어도 무시무시했다……. 그러나 내가 이긴다는 가정하에, 빨리 다이어 울프를 처치하고 슈웨인이 치료를 받는 편이 조금이라도 그의 생존 확률을 높이는 방법일 것이다.

그러니 우리에게는 지금이 가장 호기라고 볼 수 있었다. 기다리려면 영영 기다려야 했다. 호기를 놓친 후에 싸움을 거는 것은 멍청한 일이었다.

따져 보았을 때 내가 살 가능성이 큰 것은 후자일 것이다. 다이어 울프와 싸우다니, 신선한 자살 행위에 지나지 않는다. 제정신이라면 기다리는 쪽을 택하겠지.

내가 어떻게 다이어 울프에게 이길 수 있겠는가? 난 군인도 아니고, 마수를 본 적도 없고…… 난 그냥 벼락치기로 사역술 공부를 좀 하고 온 민간인에 불과한데. 그래서 슈웨인도 그동안 날 그렇게 귀찮아한 거잖아.

난 기계적으로 눈을 굴려, 슈웨인의 흐려진 회색 눈동자를 바라봤다. ……아니, 말은 바로 해야지. 슈웨인은 날 민간인이라고 귀찮아한 게 아니었다. 마검사가 되고 싶어 하는 여동생이 떠올라 피한 것이었다.

"레이디……."

그때 슈웨인이 말을 걸었다. 난 움찔 놀라 슈웨인을 돌아봤다.

"네, 네?"

"정신적으로 힘드시겠지만…… 제가 없더라도 마음 굳게 먹으셔야 합니다."

슈웨인은 세상에서 가장 힘이 없는 목소리로 내게 힘을 내라고 말하고 있었다. 난 멍청한 눈으로 그를 내려다봤다.

"그리고 사과가 늦었지만…… 그동안 레이디를 피했던 것 때문에 마음이 상하셨다면 미안합니다."

"……이 타이밍에 왜 그런 말을 해요?!"

난 기겁하며 말했다. 정말 첫 만남부터 사람을 환장하게 만드는 능력이 있는 기사님이셨다. 저렇게 창백한 얼굴로 저런 말을 하니까 꼭 유언 같잖아!

"……."

하지만 내 황당한 목소리에도 슈웨인은 아무런 답이 없었다. 난 그제야 깨달았다. 유언 맞구나. 갑자기 머리에 차가운 얼음물을 끼얹은 기분이었다. 이제야 그가 죽어 가고 있다는 것이 좀 더 선명하게 느껴졌다.

슈웨인이 죽으면 나와 동갑이라는 그의 여동생이 슬퍼하겠지. 나에게도 오빠가 있다. 나이 차이가 많이 나서 벌써 가정을 꾸렸지만, 내가 쓰러졌다는 말을 듣고 한달음에 달려와 주는 오빠였다. 만약 그를 잃게 된다면…… 그 상실감은 상상도 되지 않았다.

난 이를 악물었다. 이렇게 되면 선택지는 하나밖에 없잖아.

"카터 경."

내가 슈웨인을 부르자 그는 지친 눈을 들어 나를 바라봤다. 난 명확한 목소리로 말했다.

"다이어 울프를 사역하는 법을 가르쳐 줘요."

내 말에 피곤해 보이던 슈웨인의 눈이 번쩍 떠졌다.

"다이어 울프를 사역하다니…… 그게 무슨 말입니까?"

"말 그대로예요."

난 차분한 목소리로 설명했다.

"마법진을 그리는 방법이나 마수를 사역하는 이론은 알지만, 실제로 써 본 적은 없거든요. 실전에 대한 조언을 해 주셨으면 해요."

"레이디."

슈웨인은 아까와는 달리 또박또박한 발음으로 나를 불렀다. 아마 자신이 독에 당했다는 것을 잠시 잊은 듯했다.

"그런 방법은 모릅니다."

"여기까지 와서 치사하게 굴기예요?"

"그런 게 아니라…… 저는 저런 마수를 사역해 본 적이 없습니다."

그의 말에 난 어리둥절하게 고개를 갸웃했다.

"카터 경은 천재라고 들었는데요."

"잘 들으십시오, 레이디."

슈웨인은 고통을 참는 듯 눈을 찌푸리며 말했다.

"다이어 울프는 늑대처럼 무리 생활을 합니다. 그런데 저 다이어 울프는 혼자 있지요. 아마 에키드 왕국의 전쟁에서 무리를 잃은 것일 겁니다. 하지만 바실리스크를 죽이고 둥지를 얻어 냈다는 건……. 레이디, 다이어 울프의 무리에서 집을 구하는 것은 알파의 역할입니다."

"……녀석이 다이어 울프에게 남은 마지막 우두머리군요."

"그렇습니다."

나는 다이어 울프가 있는 방향을 힐끔 바라봤다. 정도의 차이는 있어도, 전쟁은 결국 쌍방에게 피해를 남기게 된다. 3년 전의 전쟁에서 에키드 왕국은 멸망했으나, 녀석도 모든 동족을 잃었다.

슈웨인은 말을 많이 해서 힘이 들었는지 숨을 헐떡였다.

"다이어 울프도 상급 마수이지만, 그중 알파는 최상급 마수에 속합니다. 그런 마수를 사역한 일은 전례가 없습니다."

"그렇군요."

내가 납득하는 듯하자, 슈웨인은 안도의 한숨을 내쉬었다. 그러나 난 다시 입을 열었다.

"그럼 다르게 물어볼게요. 다이어 울프 말고, 보통 마수를 사역할 때 주의할 점을 가르쳐 줘요."

"레이디……!"

슈웨인은 깜짝 놀라서 소리쳤다. 난 걱정이 됐다. 큰 소리를 내면 몸에 무리가 갈 것 같은데.

"레이디께서는 마수를 상대해 본 적이 없어서 모르시겠지만, 이 상황에서 저 마수를 사역하여 저를 구한다는 것은 불가능한 일입니다. 마음은 알겠지만, 이성적으로 생각하셔야 합니다. 모두가 죽는 최악보다는 하나라도 사는 차악을 선택하는 것이 낫습니다."

"카터 경, 저는 차악은 생각하지 않아요. 우리 로드랭가는 언제나 최선만 선택하거든요."

난 슈웨인의 상처를 가리키면서 말했다.

"게다가 그러는 경도 저를 위해서 싸우다가 그렇게 되신 거잖아요?"

"저와 레이디는 다릅니다. 저는 기사이지 않습니까."

"하."

무례인 걸 알지만 그 말에는 코웃음을 치지 않을 수가 없었다. 난 그에게 얼굴을 바짝 갖다 대고 말했다.

"그래요, 경은 기사고, 난 어리고 연약한 귀족 영애지요. 그래서 당신 죽음처럼 무거운 건 못 짊어져요."

"……."

"도와줘요, 슈웨인."

난 그의 눈을 똑바로 마주하며 말했다. 나를 빤히 바라보던 슈웨인이 나지막이 한숨을 내쉬었다. 그가 체념한 목소리로 말했다.

"정말 고집불통인 게 단장님을 꼭 닮으셨습니다……."

이겼다. 말투로 봐서 칭찬은 아닌 것 같았지만 난 활짝 웃었다.

* * *

우리는 다이어 울프를 상대할 전략을 짰다. 배낭을 챙겨 온 덕에 장비는 충분했다. 양피지와 펜, 장신구에 달려 있는 마력석과 얼마 전에 산 소환사의 사슬에 윙투스까지. 슈웨인에게서 결계석 세 개도 건네받아 계획을 위한 준비물로 추가시켰다.

난 발광석을 곁에 놓고 챙겨 온 백지의 양피지 다섯 장에 양면으로 소환진을 그려 넣었다. 그리고 내 몸에 마법진과 주술들을 새겼다.

최상급의 마물을 상대하기 위한 25장까지의 사역식을 모두 몸에 새기는 것은 처음이었다. 그것은 번거로운 작업이었지만 그동안 마법진 하나만큼은 신물 날 정도로 그려 왔던 덕택에 그리 오랜 시간이 걸리지 않았다.

양피지 중에는 이미 마법진이 그려져 있는 것들도 있었다. 고서에 있는 마법진을 따라 그렸던 것이다. 그것들을 써먹을 리 없겠지만, 난 혹시 몰라 그것들도 품에 넣었다.

무안할 정도로 요란을 떨었다고 생각했었지만 마력석을 긁어모아 챙겨 온 것은 정말 잘한 일이었다. 마수를 사역해 본 적은 없지만, 내게는 윙투스가 있었다.

윙투스에 새겨진 주술 중 내가 발동할 수 있는 것은 가장 쉬운 두 개뿐. 그마저도 주술을 발동시키면 마력이 모두 소모되어서 마수와 계약을 할 마력도 남지 않는 수준이었다. 그러나 지금 내게는 상등품의 마력석이 여러 개 있었다. 이것들을 잘 활용한다면 기회가 생길 수도 있었다.

난 다이어 울프에게 다가가기 전에 슈웨인에게 물었다.

"저 결계석은 얼마나 버틸 수 있을까요?"

"……그다지 오래 견디지는 못합니다. 지금은 다이어 울프가 굳이 넘어오려 하지 않고 있지만……. 만약 그것이 결계를 공격하기 시작한다면 십 분 안에 깨질 겁니다……."

"그렇군요."

십 분. 난 고개를 끄덕였다. 슈웨인이 희미한 목소리로 말했다.

"레이디, 아무리 생각해도 이건 자살행위입니다……."

"응원 고마워요. 슈웨인도 힘내요."

"……."

내가 몸을 일으키려는데, 슈웨인이 다시 나를 불렀다.

"레이디, 사역술에서 가장 중요한 것은 지배력 다툼입니다."

그가 진지한 눈으로 말했다.

"놈에게서 눈을 떼지 마십시오."

그의 말에 나는 씩 웃으며 말했다.

"그건 제가 평생 해 온 일이에요."

* * *

나는 결계석을 사이에 두고 다이어 울프의 앞에 섰다. 놈은 잠들어 있었다. 다이어 울프를 사역하기 위해서는 첫 번째 단계부터 성공해야 했다. 다이어 울프에게 사슬을 연결시켜, 사역식을 발동하는 것.

그것을 해내지 못하면 지배력 다툼이든 뭐든 아무것도 시도해 볼 수가 없었다. 난 거대한 크기의 마수를 바라봤다. 놈의 날카로운 발톱과 송곳니는 덩치 큰 검사들이 쓰는 브로드 소드만큼이나 무시무시해 보였다. 심지어 거기에 독까지 가지고 있다.

난 심호흡을 하면서 몸에 바짝 들어간 긴장을 풀어내리고 노력했다.

'단순하게 생각하자, 첼시. 지금은 첫 번째 단계만 해내면 돼.'

내가 가진 윙투스는 대상의 몸체를 칭칭 감아야 발동되는 현대의 사슬과는 달리 피 한 방울만 묻어도 계약을 시전할 수 있었다. 이것은 다친 마수를 상대할 때 아주 큰 이점이었다. 마침 다이어 울프가 몸에 상처가 난 채 잠들어 있으니, 그냥 윙투스를 이대로 쭉 뻗어서 상처에 닿기만 해도 계약을 시전할 수 있을 터였다.

난 생각한 것을 곧장 실천에 옮겼다.

결계의 앞에 서서 왼 손목에 소환사의 사슬을 감고, 오른손 중지에 윙투스의 고리를 끼웠다. 그리고 결계를 향해 팔을 뻗어 윙투스의 두 번째 주술까지를 단번에 발동했다. 내 팔찌에 달려 있는 마력석들이 검게 빛나며 윙투스가 쭉 길어졌다.

다이어 울프가 검은 손을 뻗어 온 것은 윙투스가 결계 벽을 건드리는 것과 거의 동시였다. 그야말로 괴물 같은 반사 신경이었다. 고작 윙투스의 촉이 결계에 닿았을 뿐이다. 그런데도 다이어 울프는 순식간에 윙투스에게 날카로운 앞발을 뻗어 왔다. 방금 전까지 자고 있었다는 것이 거짓말 같았다. 소름이 돋을 만큼 예민한 감각이었다.

난 다이어 울프가 윙투스에게 닿기 전에 재빨리 윙투스를 다시 돌려놓았다. 놈의 손이 결계 벽에 닿자 결계에서 파지직 소리가 났다. 그러나 다이어 울프는 전처럼 괴로워하는 소리를 내지 않았다. 그새 결계가 약해진 것이다.

십 분이라고? 오 분도 못 버틸 것 같은데.

난 쓰게 웃으며 팔을 내렸다. 직접 부딪히지도 않았는데 온몸의 솜털이 쭈뼛 섰다. 다이어 울프와 맞붙는 것은 자살행위라고 강조하던 슈웨인의 말은 정말 옳았다.

"으……."

무섭지만, 놈의 감각이 예민한 것을 역으로 이용할 수도 있을 것 같다.

난 소환진을 그린 양피지 다섯 장을 꺼냈다. 마력석의 마력을 불어넣자, 소환진이 검은빛을 발하며 발동되고는 사라졌다. 그러나 아무것도 소환되지 않았다. 아니, 자세히 보면 양피지 가운데에 검은 점이 있었다.

내가 소환한 것은 오도르 벌레였다. 마수의 대변이나 더러운 시궁창에 서식하는 벌레로, 세상에서 가장 끔찍한 냄새를 풍겼다. 거대하고 후각이 예민한 다이어 울프에게는 가장 좋은 상대였다.

조금 치사한 방식이지만, 난 생존이 하고 싶은 거지 대련이 하고 싶은 게 아니니까.

열 번째 소환진을 발동시킬 때 손목에 매달려 있던 흑진주 하나가 쨍 소리를 내며 깨졌다. 이제 팔찌에 남은 마력석은 여섯 개였다. 생각보다 빠른 소비에 난 조금 당황했다. 과연 세상에서 가장 뛰어난 악취를 가진 벌레로군.

난 열 마리의 오도르 벌레들을 결계 안으로 보냈다. 이걸로 놈의 주의나 끌 수 있으면 좋겠는데. 나를 주시하고 있던 다이어 울프는 오도르 벌레들의 출입에 반응을 보였다. 바닥에 누워 쉬고 있던 녀석이 벌떡 일어서더니 나를 노려보기 시작했다.

"크르르르……."

놈의 입에서 섬뜩한 소리가 나왔다. 음, 괜히 화만 돋우는 건 아니겠지.

오도르 벌레들이 다이어 울프의 얼굴을 향해 날아갔다. 오도르 벌레의 역겨운 냄새가 단단히 심기를 건드렸는지 다이어 울프는 짜증스럽게 손을 들어 벌레를 내리쳤다. 눈에 보이지도 않는 벌레들을 향한 것치고는 과격한 공격이었다. 쿵 소리가 나며 바닥에서 갈라진 돌들이 튀었다.

겉으로 보기에는 허공을 지나 그냥 바닥을 내리찍는 것처럼 보였는데, 그 한 번의 움직임으로 사역마들의 연결이 대거 끊겼다. 그 작은 벌레들을 정확히 찍어 죽일 수 있다는 것이 놀라웠다.

난 다이어 울프가 오도르 벌레를 모두 밟아 죽이기 전에 다이어 울프의 상처 쪽으로 다시 한 번 윙투스를 날려 보냈다. 반응은 즉각적이었다. 다이어 울프는 입을 벌리고 윙투스를 향해 달려들었다. 난 재빨리 윙투스를 뒤로 물렸다.

파지직!

다이어 울프와 결계가 격돌하며 커다란 소리가 났다. 다이어 울프는 포효했고, 결계는 위태롭게 번쩍거렸다. 난 결계가 파괴되고 있다는 것을 알았다. 결계의 번쩍임이 사그라들기 전에, 나는 다시 윙투스를 발동시켰다. 내가 계속해서 상처를 공격하고 있다는 것을 학습한 다이어 울프는 반사적으로 제 상처를 보호하며 발톱을 뻗어 왔다.

그러나 내 윙투스가 향한 곳은 위였다. 아까 봐 두었던 종유석처럼 튀어나온 바위를 감고 그대로 수축했다. 내 몸은 윙투스에게 매달려 시계추처럼 반대쪽으로 날아 다이어 울프의 머리 위를 지나갔다.

손목에서 마력석들이 검은 가루를 날리며 하나씩 깨져 갔다. 난 내 몸이 다이어 울프의 꼬리까지 날려 왔을 때, 왼팔에 감아 놓은 소환사의 사슬을 발동시켰다. 거기에는 내가 미리 준비해 놓은 윙투스의 첫 번째 주술과 같은 주술이 새겨져 있었다.

술자의 의지에 따라 움직이는 술법. 소환사의 사슬은 살아 있는 것처럼 움직여 다이어 울프의 꼬리를 감았다. 내 손끝에서 팽팽히 당겨지는 느낌이 왔다. 됐다. 난 회심의 미소를 지었다. 곧장 사역식 1장을 시전하기 위해 마력을 불어넣는데……

"컹!"

분노한 다이어 울프가 꼬리로 땅을 내리쳤다. 놀라울 만큼 빠르고 거센 움직임이었다. 오직 한 번의 움직임일 뿐이었는데 팽팽히 당겨져 있던 소환사의 사슬이 기이한 파열음을 내면서 끊어졌다. 동시에 사슬을 쥐고 있던 내 몸도 함께 당겨졌다.

난 윙투스에 힘껏 매달렸으나, 윙투스가 감겨 있던 바위마저 부서져 버렸다. 가장 높은 지점에 올라간 시계추처럼 허공에 띄워져 있던 내 몸은 바위보다 느리게 곤두박질치기 시작했다. 난 허공으로 떨어지며 그 모든 것을 바라봤다.

아주 위급한 상황이 오면 모든 것이 느리게 보이는 순간이 있다고 한다. 내게는 지금이 그런 순간이었다. 내 왼 손목에서 소환사의 사슬이 부서지고 있고, 종유석처럼 날카로운 바위가 다이어 울프의 등 위로 떨어지고, 윙투스가 바위에서 떨어져 나와 허공을 날고 있는 모습이 아주 긴 시간처럼 느리게 보였다.

내 오른손 중지에는 아직 윙투스가 걸려 있었다. 나는 이 시점에서 내가 두 가지 선택을 할 수 있다는 것을 알았다.

하나는 윙투스를 아래로 뻗어 추락하는 충격을 감소시키는 것. 그렇게 하면 크게 다치는 것은 피할 수 있을 것이다. 그리고 나머지 하나는 이대로 추락하면서 다이어 울프의 상처에 윙투스의 추를 박아 넣는 것이었다.

나는 전자의 선택지를 크게 고려하지도 않았다. 결계 앞에 서는 순간부터, 내 목적은 하나였으니까. 난 허공에서 다이어 울프를 향해 팔을 뻗고, 윙투스를 발동시켰다. 그 순간 마침내 내 손목에 남아 있던 마지막 마력석마저 깨졌다. 나는 바닥에 추락하기 직전에 왼팔을 들어 왼뺨과 머리를 감쌌다.

쿵!

"아아아악!"

바닥과 충돌하는 순간, 느려졌던 시간이 다시 빠르게 감겼다. 나는 내 팔에서 소름끼치는 파열음이 나는 것을 들었다. 뼈가 부러졌다기보다는 부서지는 것 같은 감각이었다.

한 번도 느껴 본 적 없는 날카로운 고통이 팔꿈치와 팔을 통해 전신으로 내달렸다. 눈앞이 새빨갛게 변하고 기절해 버릴 것처럼 정신이 깜빡거렸다.

정신 차려, 첼시 로드렝.

나는 필사적으로 오른손을 들어 바닥을 더듬었다. 왼팔의 고통 때문에 오른손이 바닥을 짚는 감각은 느껴지지도 않았다.

고통에 신경 쓰지 마, 적에게 집중해.

난 스스로에게 세뇌하듯 되뇌었다. 지금 내 몸을 일으켜 주고 있는 것은 대부분이 오기라고 말해도 좋았다.

몸을 일으키니 여전히 내 오른손 중지에 걸려 있는 윙투스가 길게 뻗어 나가 있는 것이 보였다. 윙투스의 끝은 다이어 울프의 상처에 닿아 있었다. 놈은 떨어진 바위에 맞아 다친 상처가 더 커졌는지 괴로운 신음을 내뱉고 있었다.

"헉, 헉······."

난 덜덜 떨면서 망가지지 않은 오른손으로 왼팔의 소매를 젖혔다. 어깨에서 피가 뚝뚝 흐르고 있기는 하지만, 다행히 손목 안쪽에 그려 놓은 마법진은 흐트러지지 않았다. 나는 떨리는 손끝으로 손목을 짚으며 선창했다.

"사역식 제1장. 너는 내게 귀속하라."

내 목소리에 화답하듯이 마법진이 검은빛을 내며 발동됐다. 손목에 그려진 사역식 1장의 마법진이 사라지는 것과 동시에 2장과 3장도 연달아 선창했다. 연속된 공격에 다이어 울프가 격렬히 비명을 질렀다. 난 놈이 정신을 차리지 못하는 사이 놈을 지나 서둘러 슈웨인이 있는 곳으로 향했다.

다이어 울프는 등에 떨어진 바위를 털어 버리고 고개를 들었다. 내가 준비한 사역식은 25장까지였다. 나는 다이어 울프가 반격할 틈을 주지 않으려고 쉴 새 없이 사역식을 발동시키며 놈에게서 떨어졌다.

내 몸에 새겨져 있던 마법진들이 검은빛을 흩뿌리며 소멸되었다. 사역식이 발동될 때마다 다이어 울프가 몸을 움츠리고 비명을 질러 댔다.

문득 발에 깨진 결계석 조각이 밟혔다. 나는 이제 슈웨인을 내 등 뒤에 두는 위치에 있었다. 내게 다가오는 다이어 울프와 눈을 마주치며, 난 슈웨인에게 받아 둔 결계석을 발동시켜 놈과 나 사이에 던졌다.

"크르르르!"

찡!

다이어 울프가 날카로운 발톱을 세워 나를 공격한 것은 결계석이 결계를 만들어 낸 것과 거의 동시였다. 방금 그것으로 양쪽 귀걸이에 매달려 있던 마력석들이 한꺼번에 깨졌다.

이제 내게 남은 마력석은 목걸이에 있는 흑요석 하나가 전부였다. 그러나 이건 내가 가진 것 중에서 가장 많은 마력을 담고 있는 마력석이었다. 이것 하나로 끝내야 한다.

난 움직이지 않는 왼손을 오른손으로 잡아끌었다. 감각이 없는 왼손이 오른팔에 새겨진 마법진을 짚었다. 억지로 움직여진 왼팔이 고통을 호소하고, 이마에서 식은땀이 흘러나왔다. 나는 떨리는 목소리로 마지막 장을 읊었다.

"사역식 제25장, 내가 네게 내 마력을 줄 테니, 너는 내게 네 몸을 다오."

오른팔에 새겨진 마법진이 검은빛을 발하고, 마지막 식이 발동되기 시작했다. 다이어 울프의 입에서 쇳소리 같은 비명이 흘러나왔다. 놈이 발버둥을 치면서 발톱으로 결계를 긁어 댔다. 그 반향으로 결계가 파란빛을 뿜으며 번쩍이고 바람에 머리카락이 날렸다.

나는 다이어 울프가 분노와 고통이 뒤섞인 붉은 눈으로 나를 바라보는 것을 가만히 주시했다. 목에 매달린 흑요석이 요동치고 있었다. 마력석에서 마력이 빠져나가는 것이 느껴졌다. 난 눈살을 찌푸렸다. 마법진이 완전히 발동된 후에는 빛과 함께 사라져야 했다.

그러나 마법진은 아직 빛나고 있고, 놈은 계속해서 나와 눈을 마주치고 있었다. 거센 저항감에 버티기가 힘들었다. 나는 고개를 비스듬히 꺾어 바람을 피하며 붉은 눈을 들여다봤다. 그 눈에 떠 있던 고통의 기색과, 괴로운 비명 소리가 서서히 사그라들고 있었다. 움츠러들었던 놈의 몸이 서서히 펴지기 시작했다.

그리고 목에 걸려 있던 마지막 마력석이 깨졌다.

난 그 자리에서 얼어붙었다. 마법진의 빛이 사그라들었는데, 마법진은 사라지지 않고 팔에 그대로 있었다. 사역식이 깨진 것이다.

사역식의 마지막 장은 술자의 마력과 사역마의 지배권을 교환하는 것이었다. 다이어 울프는 약해져 있었고, 흑요석은 내가 가진 마력석 중에서 가장 많은 마력을 가지고 있었다. 그래서 난 다이어 울프의 힘이 대단하다는 걸 알았지만 내게 승산이 있다고 생각했다. 그러나 사실 처음부터 상대가 되지 않았던 것이다.

이제 사역식을 깨뜨린 다이어 울프는 여전히 나를 노려보고 있었다.

"아니, 아니, 아니……."

난 당황한 채 뒷걸음질 쳤다. 다이어 울프가 팔을 들어 결계를 내리쳤다. 망했네. 어떻게 하지? 가망이 없다는 생각이 들었다. 왼팔은 더 이상 감각이 없었고, 등 뒤에는 슈웨인이 죽어 가고 있었다.

플로라 언니의 생각이 났다. 우리가 죽으면 기사단장인 우리 언니는 책임을 물어야 할까. 동생을 죽게 만들었다는 자책이 가장 무거운 책임이 되진 않을까.

젊은 시절에 배운 후회를 이겨 내고 나를 배웅해 준 어머니는 후회 위에 또 다른 후회를 쌓게 될까.

카르멘은…… 날 사랑하지 않더라도, 지금 이 타이밍에 내가 잘못되면 평생 죄책감을 지고 살 애인데.

공포로 머리가 새하얗게 얼어붙은 와중에도 내 몸은 정신없이 살 궁리를 모색하고 있었다.

윙투스는 아직 놈의 상처 위에 꽂혀 있었고, 내가 할 수 있는 행동은 하나뿐이었다. 다시 처음부터 시작하는 것.

왼팔에 흐르는 피로 손바닥에 사역식을 그리는 행위는 거의 내가 아니라 내 본능이 행한 것이었다. 사역식 1장의 마법진은 아주 어렸을 적 바라카를 찾을 때 수천 번을 그린 것이었다. 순식간에 마법진이 완성되었고, 그와 동시에 내가 외쳤다.

"사역식 제1장, 너는 내게 귀속하라."

더는 남아 있는 마력석이 없었다. 마법진은 나의 푸른 마력으로 파란 빛을 내며 발동되었다.

"크르르르……!"

다이어 울프가 괴로워하는 사이, 난 다시 오른팔에 그려진 마지막 마법진을 발동시켰다.

"사역식 제2장, 내가 네게 내 마력을 줄 테니, 너는 내게 네 몸을 다오."

마법진이 파란빛을 발했다. 다이어 울프가 비명을 질렀으나, 놈은 화를 내며 고개를 한 번 털고 다시 일어났다. 25장의 사역식으로도 제압할 수 없었던 다이어 울프였다.

그러나 이 상황에서 내가 쓸 수 있는 마법식은 가장 간단한 1장과 마지막 장밖에 없었다. 난 뒷걸음질을 치며 다시 감각 없는 왼쪽 손바닥에 피로 마법진을 그렸다.

"사역식 제1장, 너는 내게 귀속하라."

그리고 곧이어 오른팔의 마법진도 발동시켰다.

"사역식 제2장……."

오른팔의 마법진을 발동시키자, 다이어 울프가 분노를 담아 포효했다. 다시 사역식이 깨졌다. 난 망연자실할 틈도 없이 다시 마법진을 그려 사역식 1장과 2장을 연이어 발동시켰다.

"사역식 제2장, 내가 네게 내 마력을 줄 테니, 너는 내게 네 몸을 다오."

다이어 울프가 번뜩이는 눈으로 나를 노려봤다. 놈은 더 이상 결계를 공격하지 않았다.

'뭐지?'

다시 사역식이 깨지고, 나는 다시 사역식 1장을 발동시키며 놈의 몸을 살폈다. 내 시선이 멈춘 곳은 윙투스가 꽂혀 있는 곳이었다. 이미 다친 곳에 날카로운 바위까지 떨어져서 상처는 아까보다 훨씬 더 커져 있었다. 난 멍하니 눈을 깜빡였다.

놈은 내가 있는 곳까지 걸어올 수 없는 것이다. 내 몸도 만신창이었지만 다이어 울프도 비슷한 상황이었다. 내가 놈의 공격 범위 안으로 들어가지 않으면 공격해 올 수 없었다.

하지만 내게는 윙투스가 있었다. 나는 윙투스를 발동시켜 그것을 더 깊숙한 곳으로 보냈다.

"키이이……!"

윙투스가 살을 파고들어 뼈와 부딪혔다. 다이어 울프가 비명을 지르며 괴로워했다. 내 이마에도 식은땀이 흘렀다. 나나 놈이나 급소가 아닌 곳이 다친 것은 피차일반인 것 같았다. 고통의 크기가 같다면, 내가 할 수 있는 일이 있었다.

나는 고통을 억누르고 놈을 향해 씩 웃어 줬다. 다이어 울프의 붉은 눈에 분노가 일렁이는 것이 보였다. 짐승은 자기보다 약한 것을 향해 분노하지 않는다. 짐승이 분노를 표출할 때는 공포와 고통을 느낄 때다.

사역술의 핵심은 지배력 싸움.

술자가 사역마보다 강하다는 것을 새겨 주는 것.

나는 다이어 울프와 똑바로 눈을 마주하고 다시 마법진을 발동시켰다.

"사역식 제2장, 내가 네게 내 마력을 줄 테니, 너는 내게 네 몸을 다오."

놈이 분노를 담아 소리를 질렀다. 저항감에 몸이 덜덜 떨렸지만, 나는 기분 좋은 척 미소 지으며 말했다.

"난 이걸 영원히 할 수도 있어."

곧 마력이 바닥이었다. 그러나 가장 간단한 사역식 첫 장과 마지막 장쯤은 한참 더 외울 수 있었다. 물론 다이어 울프의 마력에 비해 나의 마력은 턱없이 적었다. 하지만······.

"괜히 힘 빼지 말고 그냥 계약해 주면 안 될까? 너도 쉬고 싶잖아."

불공정 계약을 제안해서 화가 났는지, 다이어 울프가 날카로운 발톱을 들어 결계를 내리쳤다. 또다시 사역식이 깨졌지만 난 곧바로 사역식 1장을 발동시켰다. 나는 이빨을 드러내는 다이어 울프에게 웃어 보이며 말했다.

"좋아, 누가 먼저 나가떨어질지 한번 해 보자."

* * *

똑, 똑.

조용한 굴속 어딘가에서 물 떨어지는 소리가 들렸다. 그리고 조용한 숨소리. 간간히 결계가 흔들리는 소리.

얼마나 오랜 시간이 지났는지 모르겠다. 한 시간이 지났는지, 하루가 지났는지, 혹은 며칠이 흘러가 버렸는지. 내 발은 한참 동안 여기에 붙박여 있었으나, 나는 배고픔이나 수마를 느끼지 못했다. 난 걸레짝이 되어 버린 왼팔의 고통에 쓸 신경조차 없었다.

나의 모든 감각은 붉은 눈으로 나를 노려보고 있는 다이어 울프를 향해 있었다. 내 시야를 빠짐없이 막을 만큼 거대한 몸. 다이어 울프는 섬뜩한 이를 드러내고 악마처럼 새빨간 눈으로 나를 노려보고 있었다.

그러나 계속 놈을 주시하고 있었던 나는 그 눈이 일순간 흐려지는 것을 놓치지 않았다. 난 오른손으로 윙투스를 당겼다. 날카로운 촉이 놈의 몸속에서 상처를 헤집었고, 다이어 울프가 그르렁거리며 눈을 번쩍 떴다. 그러나 놈의 눈은 처음만큼 또렷해지지 못했다. 많이 지친 것 같았다.

물론 나도 그렇지만.

난 입꼬리를 억지로 끌어당기며 말했다.

"사역식 제2장……."

나는 내가 갈증을 느끼지 않는다고 생각했는데, 내 목소리는 듣기 싫게 갈라져 나왔다.

"크르르……."

다이어 울프도 계속되는 싸움이 지겨웠는지, 진저리를 치며 발톱을 세웠다. 놈이 허공으로 손을 한번 휘두르자, 결계가 희미한 불빛을 내며 깨졌다. 발톱이 결계에 스치지도 않은 것 같은데, 결계가 무척 약해져 있었던 모양이었다.

그러나 결계는 더 이상 크게 중요한 문제가 아니었다. 그 증거로 이제까지 우리를 갈라놓고 있던 결계가 깨졌음에도 다이어 울프는 곧바로 나를 공격해 오지 않았다. 어차피 다이어 울프는 일어날 수 없는 상태였으니까. 눈대중으로 우리 사이의 거리를 재다가 손이 닿지 않는다는 것을 알아차린 것 같았다.

놈은 아마 내가 지쳐 버리기를 기다리고 있는 거겠지. 내가 혼자 쓰러져 버리기를 기대하는 것이다. 나는 쉰 목소리를 내고 싶지 않아 선창 없이 마법진을 발동시켰다.

"……."

그 직후 난 조용히 낭패감을 느꼈다. 마법진이 발동되지 않았다. 내 마력이 드디어 완전히 고갈된 것이다. 나와 눈을 마주치는 데 에너지를 쏟고 있던 다이어 울프는 다행히 그 작은 이변을 눈치채지 못한 것 같았다. 난 눈을 느리게 감았다 떴다.

수마가 느껴지지 않는다고 했지만, 내 몸에 피로가 축적되고 있다는 것은 알 수 있었다. 아까부터 몸을 지탱하고 있는 다리가 자꾸만 휘청거리고 있으니까.

다친 상태에서 마수와 체력 싸움으로 이길 수는 없었다. 역시 여기서 죽는 걸까? 난 흐트러지는 마음을 심호흡을 하며 정비하고 다시 다이어 울프를 노려봤다. 아니, 절망할 여유가 있으면 생각을 하자. 나는 아직 살아 있으니 할 수 있는 일을 해야 했다.

내게 남은 패가 뭐가 있지?

필사적으로 방법을 뒤적이던 내 머릿속에서, 품에 넣어 둔 양피지가 떠올랐다. 고대 마법들. 그중 내 머릿속에 떠오른 것은 내가 마지막까지 이해해 내지 못했던 마법 하나였다.

'영혼의 서.'

나는 품을 더듬어 겨우 양피지를 꺼냈다. 다이어 울프에게서 시선을 뗄 수 없었지만 굳이 양피지를 들여다볼 필요도 없었다. 모든 마법진은 이미 내 머릿속에 있었으니까.

내가 '영혼의 서'를 이해하지 못했던 결정적인 이유는 하나였다. 그 마법진에는 마력식이 없었다. 마력식은 마법사의 마력을 마법진에 불어넣는 마법식이었다. 마법은 마력을 통해 구현되는 것인데, 마법진에 마력식이 없다는 것은 이상한 일이었다. 난 마지막까지 그 마법이 대체 어떻게 발동되는 것인지 이해할 수 없었다.

영혼의 서는 마수의 지배력과 주술자의 영혼을 교환하는 것이다.

나는 어쩌면 그 비밀이 프네우마의 마지막 문장에 있을지도 모른다는 생각이 들었다. 사용할 마법식의 순서는 술자가 정하는 것이었으나, 사역술사가 사역술에서 사용하는 마법식의 마지막 장은 언제나 같았다.

'내가 네게 내 마력을 줄 테니, 너는 내게 네 몸을 다오.'

술자는 마력을 제공하고, 그 대가로 마수는 술자에게 종속되게 만드는 마법.

영혼의 서의 마법진은 사역술의 마지막 장과 닮은 점이 있었다. 지금 내 머릿속에 작은 가능성 하나가 떠올랐다. 프네우마의 마지막 문장은, 어쩌면 마력이 아니라 영혼을 불어넣는다는 뜻인지도 모른다고.

영혼이란 것은 목숨일까? 지금으로써는 알 수 없는 이야기였다. 하지만 만약 그게 맞다면 '영혼의 서'는 지금 내가 쓸 수 있는 유일한 마법이었다. 지금 내게 남은 것이라곤 내 목숨뿐이었으니까. 그리고 이대로 있다간 그 것마저 잃겠지.

그러니까 이건 마지막 발악이었다. 다이어 울프는 갑자기 양피지를 꺼 낸 나를 경계의 눈초리로 보고 있었다. 난 후들거리는 다리를 움직여 놈 에게 다가갔다.

다이어 울프에게 덤벼드는 건 자살행위라고 말하던 슈웨인의 목소리가 떠올랐다. 그때도 그는 꽤 경악한 것 같았는데, 지금 내 행동을 본다면 완전히 죽기로 결심한 것이라고 생각할지도 모르겠다.

어쩌면 그게 맞을지도.

나는 저벅저벅 걸어 다이어 울프에게 다가갔다. 다이어 울프가 발톱을 꺼내 나를 향해 손을 뻗었다.

쿵.

놈의 손이 바닥을 내려치는 소리가 들리고, 바람이 한차례 일었다. 뒤 늦게 이마에서 날카로운 고통이 느껴졌다. 아마 다이어 울프의 발톱 끝에 베여 버린 것 같았다. 보이진 않지만 꽤 큰 상처가 난 것 같았다. 살아서 돌아가 치료를 한다고 해도 심하게 흉이 지겠네.

내게 얼굴에 난 흉터로 고민할 기회가 왔으면 좋겠다. 지금 네게 이길 수만 있다면, 영혼을 바쳐도 좋아.

흐르는 피가 눈꺼풀 위로 떨어졌지만 나는 눈 하나 깜빡하지 않고 다 이어 울프를 노려봤다. 그 찰나에 놈의 몸이 굳었다. 나는 지체 없이 양 피지를 다이어 울프의 발 위로 내리쳤다.

"사역식 제2장……."

죽음을 각오한 순간, 난 고대어를 읊고 있었다.

"내 영혼을 줄 테니, 네 몸을 다오."

내 말에 화답하듯이, 마법진이 황금색 빛을 발했다. 그것은 양피지와 나, 다이어 울프, 우리가 서 있는 이 공간을 가득 채울 만큼 거대한 빛이었다.

* * *

난 마침내 온몸에 힘이 다 빠져서 중심을 잃었던 것 같다. 몸이 바닥으로 쓰러졌고, 그 충격에 잠시 눈을 감았다. 다시 눈을 떴을 때, 나는 내 시선 끝에 다이어 울프의 눈이 없다는 것을 깨달았다.

반사적으로 윙투스를 잡은 손에 힘을 줬으나, 그것은 아까 전처럼 팽팽히 당겨지지 않고 바닥에 쓸리며 쉽게 끌려왔다. 난 잠시 불안감을 느꼈다.

그러나 다음 순간에 나는 나와 사역마 사이에 이어진 강력한 연결을 느꼈다. 그것은 내가 평생 느껴 본 것 중에서 가장 강한 힘을 가진 사역마였다. 바닥에 뺨을 붙인 채, 난 고개를 약간 들어 어둠을 바라봤다. 그것이 내게 다가오고 있었다.

"안녕, 까망아."

난 그것에게 내가 여섯 살 때 처음 소환했던 사역마와 같은 이름을 붙였다. 까만색이어서. 아차, 이러고 있을 때가 아니지. 슈웨인이 죽어 가고 있는데. 까망이에게 우리를 기사단의 막사로 옮겨 달라고 명령을 해야 하는데…….

어쩐지 눈앞이 자꾸만 흐릿해졌다. 오로지 정신력으로 움직이고 있던 내 몸이 완전히 녹초가 되어 버린 탓이었다. 내가 열심히 정신을 붙잡으려고 노력하고 있는데, 어둠이 입을 열었다.

"안녕."

4. 안녕

"헉!"

나는 놀라서 잠에서 깨어났다. 잠에서 깨어나다니, 이상한 일이었다. 그건 내가 잠들었었다는 말인데. 그럼 안 된다. 슈웨인을 어서 빨리 의료인에게 보여야 하는데, 까망이에게 아직 그를 구하라고 명령도 하지 못했는데, 한시가 바쁜 순간이었는데!

나는 다급하게 몸을 일으켰다. 그리고 뒤늦게 깨달았다. 여기는 내 방이었다.

"어⋯⋯."

나는 익숙한 천장과 벽지를 보며 멍하니 눈을 깜빡였다. 그때 벌컥 문이 열리는 소리가 들렸다. 내가 문을 돌아보자, 방에 들어오던 내 전속 시녀가 화들짝 놀랐다.

"아가씨!"

"대체 이게 어떻게⋯⋯."

시녀는 내 말을 끝까지 듣지도 않고 방을 뛰쳐나갔다.

"주인님! 주인마님! 아가씨가 깨어났어요!"

방문 밖에서 시녀가 외치는 소리가 들렸다. 난 멍하니 닫혀 가는 방문을 바라보다가, 직접 나가 봐야겠다 싶어서 침대 시트를 짚었다.

"어?"

그리고 뒤늦게 놀랐다. 뼈가 완전히 으스러져서 이대로 불구가 되는 게 아닌가 싶었던 내 왼팔이 멀쩡히 움직이고 있었다. 난 상처 하나 없는 왼팔을 기이한 눈으로 바라보다가 손을 들어 이마를 쓸었다. 흉터는커녕 거친 구석 하나 없이 보드라운 피부가 만져졌다.

이게 어떻게 된 일이지?

"첼시!"

그때 다시 방문이 벌컥 열렸다. 엄마와 아빠, 그리고 플로라 언니가 한꺼번에 들이닥쳤다. 그들은 문의 크기를 고려하지 않고 동시에 들어왔다. 어머니가 가장 먼저 침대로 달려와 날 끌어안으며 물었다.

"괜찮니? 어디 아픈 데는 없어?"

"네, 괜찮……."

아버지가 어머니의 곁에서 내 머리를 쓰다듬었다.

"배고프지? 곧 유모가 수프를 끓여 올 거야. 오, 마침 오는구나."

시녀가 테이블을 내 침대 옆으로 끌어당기자 유모가 거기에 트레이를 올렸다. 거기에는 평소라면 쳐다보지도 않았을 건강하기만 하고 끔찍한 수프가 있었다.

유모가 스푼으로 내게 수프를 떠 주었고, 난 얼결에 그것을 받아먹었다. 뜻밖에도 그 멀건 수프에서는 천상의 맛이 났다. 난 잠시 그것에 혼이 빠졌다.

"네가 무사히 깨어나서 정말 다행이다."

"실종됐다는 말을 들었을 때는 정말 심장이 철렁했어."

난 얌전히 앉아서 정신없이 수프를 받아먹으며 부모님이 쏟아 내는 안심의 말을 들었다. 수프를 다 먹자 하품이 나왔다.

"저런, 막 깨어난 애를 우리가 너무 괴롭혔네."

부모님은 내 이마에 키스하고 잘 자라는 인사와 함께 방을 나가셨다. 그 말을 들으니 정말 내가 피곤할 만하다는 기분이 들었다. 조용해진 방에서 눈을 감으며 나는 내 상태를 살폈다. 잠이 조금 오는 것 같았고, 배가 조금 불렀다. 그 외에 별 이상은 없었다.

이상.

아니, 내 몸에는 전과 비교해서 크게 달라진 점 하나가 있었다. 그것은 아주 거대한 마수와 이어진 강한 연결이 생겼다는 점이었다.

마수.

난 벌떡 일어났다.

"슈웨인!"

"일어났어?"

금방이라도 튀어 나갈 것 같은 자세로 있던 나는 옆에서 들려오는 목소리에 멈췄다. 거기에는 플로라 언니가 있었다.

"언니, 카터 경, 카터 경은 어떻게 됐어?"

"진정해, 첼시."

"크게 다쳤는데……!"

"그는 무사해."

"정말이야?"

"그래, 황자가 뛰어난 치료사를 붙여 줬거든."

"황자?"

난 어리둥절하게 물었다. 언니는 어깨를 으쓱하며 덧붙였다.

"음, 카르멘이 왔었거든."

"카르멘이?!"

난 무척 놀랐다. 카르멘이 왔다니. 생각지도 못한 일이었다.

"네가 실종되고 나서 곧바로 전령을 보냈어. 꽤 시간이 걸릴 거라고 생각했는데…… 카르멘이 지원군을 이끌고 이틀 만에 도착했어."

난 멍하니 눈을 깜빡였다. 그 애는 그 사건 이후로 한 달 동안 내게 아무런 연락을 취하지 않았다. 그런데 몸소 지원군을 이끌고, 우리가 나흘 걸려서 온 거리를 이틀 만에 왔다니…….

"덕분에 모든 절차가 빨리 해결됐지. 하지만 널 찾을 수는 없어서 계속 숲을 헤맸어. 이유를 몰랐는데, 마수의 환상 마법 때문이었다는 걸 나중에 카터의 설명을 듣고 알았어."

아, 지원군 중에서 결계 전문가는 없었던 모양이었다. 그럼 어떻게 우리를 찾았지? 내가 의문스러운 표정으로 언니를 바라봤는데, 이상하게도 언니도 똑같은 표정으로 나를 보고 있었다.

"그런데 수색 도중에 병사들이 갑자기 달려와서는…… 다이어 울프가 나타났다는 이상한 소리를 하는 거야."

"쿨럭."

난 당황했다. 내가 잠결에 까망이에게 우릴 데리고 나가라고 명령을 내렸나? 기억을 더듬어 봤지만 잘 생각이 나지 않았다. 숲속에서 갑자기 나타난 다이어 울프를 보고, 기사들이 얼마나 혼비백산했을지 상상이 갔다. 언니는 내 반응을 보고 묘한 표정을 지었다.

"설마 정말로 다이어 울프를 사역한 거야?"

"뭐야, 언니는 못 봤어?"

"……내 눈에는 그냥 강아지 같아 보이던데."

강아지? 다이어 울프를 본 게 아닌가?

내가 의문점을 떠올리는 사이에도 언니는 계속해서 말을 이었다.

"아무튼 병사들은 엄청 놀라서, 카터가 다이어 울프를 사역했다고 난리가 났지."

"엑?"

그 다이어 울프는 내 사역마인데!

하긴, 이름 있는 마검사와 언니 따라 견학 온 귀족 영애 사이에서 다이어 울프를 사역한 사람이 마검사라고 생각하는 것은 당연한 일일지도 모르겠다. 하지만 난 조금 억울해졌다. 그러나 내가 진실을 토로하기 전에, 언니가 입을 열었다.

"그런데 카터가 일어나서 네가 사역한 거라고 정정해 줬어. 그래서 더 난리가 났지."

"아."

난 머쓱해져서 볼을 긁었다.

"……카터 경은, 괜찮아?"

"괜찮다니까. 지금은 요양 차 자택에서 쉬고 있어. 그쪽도 네 소식을 궁금해하니까, 쉬고 나서 한번 만나러 가 봐."

"지금 갈래."

"뭐, 너 방금 일어났는데……."

언니는 날 말리려고 하다가, 내가 벌떡 일어나 방문을 나서자 다급히 덧붙였다.

"언니가 같이 가 줄까?!"

"괜찮아!"

난 달리면서 대답했다. 안심시키려고 하는 말이 아니라, 정말 몸 상태가 괜찮았다. 스스로도 이해가 안 될 정도로 괜찮았는데, 아마 푹 쉬어서 그런 것 같았다. 난 옷을 갈아입은 후에 머리를 그냥 손에 잡히는 머리끈으로 질끈 묶어 버리고 재빨리 대문을 나섰다. 그러다 문득 내 팔과 이마는 대체 어떻게 나은 것인지 물어보지 못했다는 사실이 떠올랐다.

의문스러운 구석이 한두 개가 아니었지만, 난 우선 가장 시급한 의문부터 해소하기로 했다. 슈웨인은 괜찮은가?

마차가 수도를 가로질러 달렸다. 수도의 중심을 지나치고 나서야, 나는 이 방향이 마탑으로 향하는 길이라는 것을 깨달았다. 우리 집에서 마탑으로 향하는 길의 3분의 2 정도를 달렸을 때 마차가 멈춰 섰다.

도착한 곳은 귀족가의 저택치고는 크기가 작은 새 저택이었다. 슈웨인은 본가로 내려가지 않고 수도와 가까운 사택에서 쉬고 있었다. 연락도 없이 불쑥 찾아왔는데, 카터가의 집사는 반갑게 나를 맞이해 주었다. 사용인들도 모두 날 무척 환대해 주어서 조금 당황스러웠다.

내가 아는 슈웨인은 별로 살가운 성격은 아니었다. 보통 하인들의 분위기는 주인의 성향을 닮기 마련인데, 이곳 사용인들은 그렇지 않은 모양이었다.

그냥 얼굴만 보고 갈 생각이었는데, 집사는 내게 응접실에서 조금 기다려 달라고 말했다. 난 달콤한 수국 차와 수북한 디저트들을 먹으며 응접실을 구경했다. 성실한 하인들이 끝없이 디저트들을 날라주어서 난 뜻밖에도 화려한 티파티라도 온 것 같은 기분을 맛봤다. 이상한 일이었다.

배가 불러올 때쯤 슈웨인이 집사의 부축을 받으며 내려왔다. 그래도 벌써 걷는 모습을 보니 괜찮은 것 같아서 안심이 되었다. 슈웨인은 푸른색의 깔끔한 실내복 차림이었다. 제복 차림만 보다가 이런 모습을 보니 무척 색다르게 느껴졌다.

"안녕하세요."

내가 인사하자, 슈웨인이 다정하게 미소 지었다.

"건강해 보이셔서 다행입니다."

"……?"

난 당황했다. 내가 해야 할 말을 빼앗긴 것은 그렇다 치고……. 저 사람 누구지? 내가 찾아온 기사님은 좀 더 딱딱한 성격을 가진 분이신데.

"그러는 카터 경은 괜찮으세요? 상처가 컸었는데."

"괜찮습니다."

슈웨인은 미묘한 얼굴로 답했다. 그리고 약간 머뭇거리다가 덧붙였다.

"왜 다시 카터 경입니까? 그때는 이름으로 부르셨으면서."

"네?"

난 멍청한 얼굴로 반문했다. 슈웨인은 말없이 내 맞은편 소파에 앉았다. 난 뒤늦게 슈웨인이 말한 '그때'라는 게 숲속에서 다이어 울프를 만났을 때를 뜻한다는 것을 깨달았다. '도와줘요, 슈웨인.' 내가 그런 말을 했었다.

하지만 그때는 좀 특수한 상황이었고, 지금은 상황이 좀 다른데. 아, 이름으로 부르는 게 좋다는 뜻일까? 내가 고민하는 동안, 슈웨인은 맞은편 소파에서 고개를 숙이고 있었다. 그가 무릎 사이에 모은 손을 꼼지락거렸다. 왜 어울리지 않게 저러고 있지?

"슈웨인."

"네."

슈웨인이 퍼뜩 고개를 들면서 답했다. 나는 내가 출석이라도 부른 줄 알았다.

"음, 그런데 그 굴에서는 어떻게 나온 거예요? 언니에게 들으니 우리가 숲속에 쓰러져 있었다고 하던데."

"레이디가 쓰러지신 후, 다이어 울프가 우리를 구해 줬습니다. 제 몸의 독도 없애 주었고요."

"첼시."

"네?"

"슈웨인도 첼시라고 불러요."

난 그렇게 뱉어 놓고 고민했다. 슈웨인의 설명에 따르면, 이상한 점이 있었다. 나는 다이어 울프에게 제대로 명령을 하지 못하고 정신을 잃었다. 그런데 다이어 울프가 어떻게 우리를 구한 것일까? 내가 명령을 내려놓고 기억을 못하는 것인가? 아니면…….

"슈웨인, 혹시 내가 다이어 울프를 잡고 나서 무슨 말을 하던가요?"

"네?"

슈웨인은 내가 갑자기 말을 걸어서 당황한 것 같았다. 재차 물어보자, 그는 고개를 저었다.

"사실 그때는 저도 반쯤 기절한 상태라 잘 모르겠습니다. 빛이 번쩍하는 것은 보았지만, 그밖에는 잘…….."

그는 어쩐지 눈을 피하면서 말했다.

"사실 저도 궁금했습니다. 어떻게 다이어 울프를 잡으신 겁니까? 제가 마지막으로 봤을 때는 마력이 얼마 남지 않아 보이셨는데요. 사실은 다 틀렸다고 생각하고 있었습니다."

"아."

난 그의 말을 듣고 벌떡 일어났다.

"맞아, 슈웨인. 사실은 그것 때문에 온 것도 있어요. 여기 펜과 종이 있어요?"

"네? 마법진을 그릴 거라면, 서재에…….."

슈웨인도 나를 따라 일어났다. 그는 집사의 부축을 받으며 나를 서재로 안내했다.

"뭐 때문에 그러십니까?"

"다이어 울프를 사역한 마법을 가르쳐 줄게요."

"네? 그렇게까지 해 주실 필요는 없습니다."

"슈웨인이 물어봤잖아요."

"가르쳐 줄 거라고 생각 못 했으니까요."

"궁금한 거 아니었어요?"

"궁금하지만…… 마법사의 마법은 비밀스러운 것이지 않습니까."

그는 갑자기 내 영업 비밀을 듣게 돼서 당황한 기색이었다.

"전 마탑의 일원도 아닌걸요. 게다가, 슈웨인, 어쩌면……."

난 말하다 말고 혀로 입술을 축였다. 입이 바짝 말랐다. 지난 며칠간의 일로 나는 똑똑히 알았다. 내겐 사역술의 재능이 있다는 것을. 어중간한 마법사 따위는 내게 아무런 의미가 없었다. 만약 이 길을 간다고 한다면, 최고의 사역술사가 되어야 했다.

난 고민했다. 최고의 사역술사가 되기 위해서는 어떻게 해야 할까? 어떤 분야에서 최고로 인정받기 위해서는, 업적을 쌓아 공로를 인정받아야 한다. 나는 마음을 가다듬고 입을 열었다.

"이 마법으로 마수 전쟁을 종식시킬 수 있을지도 몰라요."

나의 파격적인 발언에, 슈웨인의 눈이 커졌다.

다이어 울프를 사역하기 직전에, 난 마력이 완전히 바닥난 상태였다. 우리가 살아남을 수 있었던 건 내가 쓴 마법, '영혼의 서'가 마력이 필요 없는 마법이었기 때문이다.

마력이 필요 없는 마법이 있다니. 이건 혁명이었다. 게다가 그건 다이어 울프를 사역할 수 있을 정도로 강력한 마법이었다. 누구나 쓸 수 있는 강력한 마법. 설레는 마음에 입꼬리가 저절로 올라갔다.

이 마법이 헤브람 제국에게 마수로 된 군대를 만들어 줄지도 모른다. 난 야심만만하게 슈웨인의 서재로 향했다. 슈웨인이 건네준 펜과 종이를 받자마자, 바닥에 양피지를 깔고 마법진을 그렸다.

슈웨인은 가만히 서서 마법진이 완성되길 기다렸다. 그러나 십 분이 지나자 내 맞은편에 슬쩍 앉았다. 내가 마법진을 완성한 것은 그로부터 이십 분이 더 지난 후였다. 난 펜을 놓으며 말했다.

"이게 '영혼의 서'예요."

"세상에, 이건 정말……."

커다란 종이를 가득 채운 마법진을 바라보는 슈웨인의 얼굴에는 경탄이 서려 있었다. 그는 조금 기가 질린 듯한 목소리로 말했다.

"정말 대단하군요."

"그렇죠? 대마법사가 고안한 마법이니까요."

슈웨인은 홀린 듯이 마법진을 구경했다. 난 그에게 마법식을 하나하나 설명해 주었다. 내 설명을 들은 슈웨인은 이제 약간 정신이 혼미해 보였다. 내 말이 끝나자, 슈웨인은 목멘 목소리로 말했다.

"마력 대신 영혼을 쓰다니. 그런 마법은 어디서도 듣지 못했습니다."

"고대 마법이니까요."

"아무리 고대 마법이라도, 이건 대단하다고 해야 할지, 위험하다고 해야 할지…… 그 마법을 발동시켰다는 것이 정말 대단하군요."

슈웨인은 저답지 않게 연신 찬사를 내뱉었다. 난 조금 쑥스러워져서 말했다.

"이 마법을 쓰면 누구나 다이어 울프를 사역할 수 있을지도 몰라요. 그런데 마력식 부분이 조금 걱정이에요. 영혼이라니, 너무 추상적인 개념이잖아요. 슈웨인 말대로 좀 위험해 보이기도 하고요. 사람들에게 보여 주려면 좀 더 검증이 필요할 것 같은데……."

슈웨인은 잠자코 내 말을 듣다가 말했다.

"제가 한번 해 볼까요?"

"괜찮겠어요?"

내가 걱정스럽게 묻자, 슈웨인은 이 마법을 위험하다고 묘사한 사람치곤 시원스럽게 말했다.

"물론입니다."

그는 서재 한쪽에서 소환사의 사슬과 종이 한 장을 가져왔다. 그는 내가 바닥에 놔둔 펜을 집어서 종이에 소환진을 슥슥 그렸다. 꽤나 유려한 손놀림이었다.

슈웨인이 소환진 위에 손을 올리자 검은 잉크 위로 연회색 빛이 떠올랐다. 난 흥미롭게 예쁜 빛이 빛났다가 사그라드는 것을 바라봤다.

"아웅."

소환진이 사라지고 나타난 것은 하얀 사막여우였다. 슈웨인은 사슬을 들어 사막여우의 몸에 감았다. 다음으로 그는 내가 그린 마법진 위에 여우를 놓고 그 위로 손을 올렸다.

슈웨인이 조심스럽게 나를 올려다보기에, 난 응원하듯 고개를 끄덕여 줬다. 그는 짧게 심호흡을 하고 입을 열었다.

"네게 내 영혼을 줄 테니, 내게 네 몸을 다오."

그는 내가 가르쳐 준 고대어로 된 문장을 정확히 선창했다. 마법진에 희미한 빛이 떠오르는 것이 보였다. 난 긴장해서 마법진을 내려다봤다.

푸시시.

"……."

"……."

우리는 마법진 위로 빛 대신 거뭇한 연기가 피어오르는 것을 보았다. 빠르게 연기가 사그라든 다음에는, 종이 위로 엉망으로 번져 있는 잉크가 드러났다. 난 당황했다.

"이게…… 무슨 일이죠?"

"이건……."

슈웨인도 꽤 당황한 것 같았다. 그는 턱을 문지르며 말했다.

"마법이 실패한 것 같네요."

"하지만 마법이 실패하면 아예 발동이 되지 않잖아요? 그런데 이건……."

빛이 피어올랐다가 이렇게 엉망이 되어 버리는 모습은 처음 보았다. 정말 이상한 일이었다. 그런데 슈웨인이 의아한 얼굴로 말했다.

"마력이 부족해서 발동되지 못할 때는 그렇죠. 그런 것 말고, 왜, 마법을 처음 배울 때 이런 실수를 많이 하지 않습니까? 마력식을 이해하지 못해서 마력을 구현하는 것에 실패하면 이렇게 되잖아요. 보통 마법사가 되기 전에 이런 것을 수천 번 보지 않습니까? '마력식을 이해하는 순간 마법사가 된다.'는 말도 있을 정도인데요."

"전 그런 적이 없어서요."

"……정말로요? 마법을 처음 배울 때도?"

"네."

그는 재차 "한 번도?" 하고 물었고, 난 고개를 끄덕였다. 슈웨인은 혼란스러운 목소리로 중얼거렸다.

"어떻게 한 번도……?"

이제 슈웨인은 아주 이상한 사람 보듯이 나를 바라봤다. 난 그냥 마법의 발동을 실패해 본 적이 없는 것뿐인데, 슈웨인은 마법을 처음 배울 때 보통은 수백 번 실패하게 된다고 말했다. 우리 사이에 몰이해가 꽃피고 있었다. 슈웨인은 날 이해하길 포기했는지 다시 영혼의 서 이야기로 돌아와서 물었다.

"음, 그러면 레이디가 '영혼의 서'를 발동했을 때의 이야기를 들려주시지 않겠습니까?"

"아, 그게 도움이 될까요?"

난 손바닥을 맞대고 기억을 더듬었다. 그러니까, 결계를 사이에 두고 다이어 울프와 마주했을 때부터 말해야겠지.

난 윙투스에 매달려 다이어 울프의 머리를 넘었던 것, 호기롭게 발동한 사역식 25장이 깨졌던 것, 피로 마법진을 그리며 싸우다가 마력이 바닥났던 것을 차근차근 설명해 줬다. 슈웨인의 하얀 얼굴이 점점 더 새하얗게 질려 가는 모습은 꽤 보는 재미가 있었다. 차분한 사람이었는데 오늘따라 많은 감정 변화를 보는 것 같다.

내가 목숨을 걸고 영혼의 서를 발동시킨 데까지 듣고 나서, 슈웨인은 힘겹게 물었다.

"그 마법을 발동했을 때, 어떤 기분이 들었습니까?"

나는 느리게 눈을 깜빡했다.

사실 난 그때의 상황이 명확하게 기억나진 않았다. 수색대가 우리를 찾는데 이틀이 걸렸다고 하니, 난 거의 사흘 밤낮을 꼬박 새웠던 셈이었다. 그 긴 시간 동안 내 다리를 세웠던 것은 정신력이었고, 날 싸우게 만들었던 것은 책임감이었다.

그러나 마지막 순간에 부서진 결계를 넘어서 놈에게 다가갈 용기를 주었던 것은 생존 본능 뒤에 숨겨져 있던, 어떤 호승심. 기어코 영혼의 서가 발동되고 황금색 빛이 눈앞을 채웠을 때 내가 느꼈던 기분은……

"짜릿했어."

나는 나도 모르게 툭 내뱉고 당황했다. 그때 내 뒤에서 죽어 가고 있던 사람에게 할 말은 아니었는데. 난 퍼뜩 고개를 들고 사과했다.

"이런, 미안해요, 그러니까 내 말은……"

"괜찮습니다."

슈웨인은 웃음을 눌러 참는 목소리로 말했다. 난 눈을 동그랗게 떴다. 이제 슬슬 그가 어딘가 크게 다친 게 아닌지 걱정이 되기 시작했다.

"어쨌든 그 말을 들으니 왜 제가 그 마법을 쓸 수 없는지 감이 잡히는 것도 같군요. 아주 특수한 상황이었으니까요."

"아, 네."

"그럼 혹시 다음번에 그 마법진이 적혀 있었다던 고서를 가져와 주실 수 있겠습니까? 마탑에서 복원 작업을 할 수도 있을 것 같은데요."

"정말? 그래 줄 수 있어요?"

"도움이 될 수 있다면 영광이지요."

슈웨인이 부드럽게 말했다. 그의 태도 변화가 아직 적응되진 않았지만 아무튼 너덜너덜한 프네우마를 복원한다면 그 마법에 대해서 완벽하게 이해하게 될 것 같다. 난 기분이 좋아졌다.

"고마워요, 슈웨인."

"생명의 은인께 이 정도야 얼마든지 해 드릴 수 있습니다. 저야말로 제 목숨을 구해 주셔서 감사합니다, 레이디."

인사가 늦었지만요, 하고 덧붙이며 그가 말했다. 난 작게 웃으며 말했다.

"첼시라고 부르라니까요."

"아."

그가 이상하게 당황하더니 고개를 약간 돌리고 말했다.

"체, 첼시."

"……."

난 조금 당황했다. 세상에. 진짜 쑥스러움 많이 타네. 아마 슈웨인은 이름을 튼 친구가 많이 없는 모양이었다.

난 슈웨인에게 다음에 다시 찾아올 것을 약속하고 작별 인사를 했다. 이야기를 얼마나 오래 했는지, 어느새 저녁이었다. 마차를 타고 집으로 향했는데, 집에 도착하기 전에 멀리서부터 익숙한 문양의 마차가 보였다. 푸른 용, 황족의 문양이었다.

난 어리둥절해져서 마차에서 내리자마자 그쪽으로 향했다. 그때 마침 마차로 걸어오는 사람이 있었다. 난 그가 얼굴이 식별될 만큼 다가올 때까지 기다렸다가 입을 열었다.

"안녕, 카르멘."

카르멘이 날 보고는 움찔 놀라서 걸음을 멈췄다. 그는 못 본 사이 조금 수척해진 것 같았다. 사선을 넘고 온 나도 이렇게 팔팔한데. 그러다 그 굴속에 있었을 때, 카르멘을 떠올렸던 것이 생각났다. 카르멘이 날 사랑하지 않더라도 내가 잘못되면 자책할 것이라던 생각은 역시 옳았다.

"첼시."

카르멘이 부드러운 목소리로 나를 불렀다. 그리고 눈에 띄게 안도하며 말했다.

"건강해 보여서 다행이다."

내가 사랑했던, 흠결 하나 없는 새파란 눈동자가 곧은 시선으로 나를 바라보고 있었다.

"그렇게 보지 마."

그 애를 다시 만나면 웃으면서 말해야지. 수십 번 했던 다짐이 헛된 것은 아니었는지, 난 웃는 얼굴로 말할 수 있었다.

"오해하잖아."

이런 미친, 그냥 입을 닫겠다고 다짐했어야 했는데. 카르멘은 당황한 듯 그 걸음을 멈췄다. 난 아랫입술을 꾹 씹었다가 심호흡을 하고 다시 입을 열었다.

"음, 좀 걸을래? 여기는 그렇고…… 다른 데서."

* * *

우리는 마차를 타고 로드랭 별장으로 향했다. 내가 웨딩드레스를 입고 카르멘에게 차였던 곳 말이다.

로드랭 별장의 정원은 나무에 발광석이 여기저기 매달려 있어서 밤에 보면 꽤 아름다운 산책로가 되었다. 우린 돌길을 따라 말없이 걸었다. 드문드문 그 애의 시선이 느껴져서 어색하게 머리를 쓸다가 머리를 묶고 있는 부드러운 리본에 손이 걸렸다. 이상하게 익숙한 감촉이었다. 난 잠시 고민하다가 이마를 짚었다.

이거, 카르멘이 선물해 줬던 거잖아. 다 버렸다고 생각했는데 이놈의 선물들은 대체 얼마나 많이 받은 건지 이렇게 끝도 없이 나왔다. 어휴, 하필이면 오늘…….

난 답답한 마음에 환기를 시켜 보려고 입을 열었다.

"저기, 이번에 네가 많이 도움을 줬다며. 지원군을 빨리 보내 주고,

카터 경에게 뛰어난 치료사를 붙여 줬다고 들었어."

"아, 응."

"고마워."

"아니, 나야말로 무사히 돌아와 줘서 고마워."

카르멘이 다정한 목소리로 말했다. 발광석의 빛 사이로 보이는 카르멘의 옆얼굴은 너무 아름다워서 이 밤에 눈이 다 부셨다. 내가 선택한 남자지만 정말 좋은 사람이었다. 난 용기를 내서 다시 입을 열었다.

"그날은 너무 감정이 북받쳐서 제대로 얘기를 못했지. 카르멘, 난……사랑 없는 결혼은 하고 싶지 않아."

"응."

카르멘은 쓰게 웃더니 슬픈 목소리로 말했다.

"미안해, 전부 다."

"이젠 괜찮아."

난 하늘을 바라봤다. 달은 구름 뒤로 숨어 버렸는지, 하늘이 온통 새까맸다. 그러니까 우린, 여기가 끝인 거지.

"카르멘, 마지막으로 한 번만 안아 줄래?"

"응?"

"연인에서 친구가 된다는 증표로, 우정의 포옹. 사심 없이."

"사심 없이."

카르멘은 재미있다는 듯 웃으며 말했다. 그러나 순순히 팔을 벌려 줬다. 난 그의 어깨에 머리를 툭 대고 안겼다. 내 몸을 감싸는 팔과 어깨가 단단했다.

어른이 됐네, 카르멘.

어쩐지 코끝이 찡했다. 우리의 첫 만남에서부터, 함께했던 추억들이 파노라마처럼 스쳐 지나갔다. 우리의 추억이란 거의 내 인생 전체였다. 하지만 이제는 아닐 것이다.

"이제 됐어."

난 그의 어깨를 밀면서 말했다. 카르멘은 조심스러운 목소리로 물었다.

"내일은 아카데미, 나올 거지?"

"응? 응."

난 그와 눈도 마주치지 않고 대답했다. 갑자기 웬 아카데미? 하긴, 최근에 계속 결석했었지.

"카르멘, 이제 돌아가. 난 이쪽으로 갈게."

"아, 그래. 몸조심해."

"응, 잘 가."

난 담백하게 인사하고 등을 돌렸다. 산책로를 조금 돌아 마차가 있는 곳으로 향했다.

"하아."

조금 걷고 나서야 깊이 숨을 내쉴 수 있었다. 기분이 이상했다. 하지만 어쨌든 최악의 이별은 아니었다. 이별도 사랑의 일부였다. 난 우리의 사랑이 나쁜 기억으로 남지 않았으면 했다. 아마 언젠가는 카르멘과 정말로 친구가 될 수 있을지도 모른다. 당장은 어렵겠지만.

이제 안 울기로 했는데, 자꾸 눈물이 나오려고 하네.

길었던 내 짝사랑이 방금 막 끝났다.

"휴."

하지만 입에서 나온 것은 흐느낌 대신 안도의 한숨 같은 것이었다. 해야 할 일을 한 것 같은, 개운한 기분이 들었다. 저 하늘에도 어느새 하얀 달이 구름 밖으로 빠져나와 밤을 비추고 있었다.

난 정원을 가로질러 뛰다시피 걸었다. 차가운 밤바람이 얼굴에 부딪혔다. 문득 카르멘이 선물한 리본이 떠올랐다. 난 머리를 쓸어 손끝으로 리본을 풀어냈다. 파란 리본이 눈물과 함께 바람에 날아갔다.

하, 정말 미치도록 사랑했다……

* * *

다음 날 아침, 난 일어나자마자 윙투스부터 찾았다. 슈웨인은 내 상처가 말끔하게 나은 것이 내가 다이어 울프를 사역한 것과 관련이 있을지도 모른다고 말했다.

다이어 울프를 불러내기 위해서는 넓은 공간이 필요할 것 같았다. 나는 혼자 윙투스를 가지고 수도 외곽에 있는 산으로 향했다. 지나다니는 사람이 없는 절벽 끄트머리까지 와서 윙투스를 들었다.

오랜만에 윙투스를 잡아서 그럴까? 손에 감기는 사슬의 감촉이 새롭게 느껴졌다. 난 마음을 가다듬고 입을 열었다.

"까망베르."

다이어 울프의 이름을 부르자 사슬이 허공에 띄워져 둥글게 원을 만들어 냈다. 허공에서 찢어지는 듯한 소리가 들리고, 그와 함께 기묘한 바람이 불었다. 사역마를 불러낸다고 이런 반응이 오는 것은 처음 보았다. 어쩐지 등골이 오싹해져서 난 나도 모르게 뒷걸음질을 쳤다.

그런데 정작 까망이는 나타나지 않았다. 고개를 돌리며 좌우를 살펴봤지만 다이어 울프의 모습은 어디에도 없었다. 그 거대한 녀석이 보이지 않을 리가 없는데. 기이한 일이었다.

"주인."

그때 아래쪽에서 어눌한 목소리가 들려왔다. 난 움찔 놀라서 고개를 숙였다. 그곳에 작은 새끼 늑대가 있었다. 녀석이 내게 인사했다.

"안녕."

"……."

나는 너무 놀라서 아무런 반응도 하지 못하고 굳었다. 저 새끼 늑대는 갑자기 어디서 나타났지? 아니, 늑대가 대체 왜 말을 하지? 가장 이해할 수 없는 것은, 그 목소리가 어딘가 익숙하다는 것이었다. 난 그와 같은 목소리를 정신이 흐릿할 때 환청처럼 들어 본 적이 있었다. 꿈이라고만 생각했는데.

까망이가 내게 인사했던 게 꿈이 아니었다는 걸까? 정말로 마수가 말을 했다고?

그렇다면 설마, 저게…….

"까망이……?"

"까망이."

새끼 늑대가 긍정하듯 내 말을 따라 했다. 나는 혼돈에 빠졌다. 정말 이게 까망이라고? 쉽사리 받아들일 수 없는 현실이었다. 그러나 내 몸에서 느껴지는 연결은 눈앞에 있는 새끼 늑대를 향하고 있었다. 이해가 되지 않았다.

난 다이어 울프의 진짜 모습을 안다. 바실리스크의 굴 하나를 가득 채울 만큼 거대한 몸채, 어둠 속에서도 흉포하게 번뜩이는 새빨간 눈동자, 위협 적인 이빨과 발톱. 그 모습이 손에 잡힐 것처럼 생생했다. 다이어 울프는 상급 마수라는 분류에 맞게 마주하는 것만으로 공포에 질리게 만드는 위압 감이 있었다.

그런데 이 새끼 늑대는 내가 기억하는 다이어 울프의 모습과 전혀 달 랐다. 새까맣고 보송보송한 털, 작고 쫑긋한 귀, 앙증맞은 발, 어린 티가 나는 통통한 몸집과 살랑이는 꼬리.

무엇보다 나를 올려다보고 있는, 짙은 황금색 눈동자.

내가 아는 다이어 울프와는 전혀 매치가 되지 않는 모습이었다. 난 이런 마수에 대해서는 아는 바가 없었다. 대체 이 조그맣고 까만 아이 는 뭐지? 초대형 마수를 잡았다고 좋아했는데. 이건, 너무…….

"귀엽잖아."

난 더 이상 참지 못하고 까망이를 번쩍 안아 올렸다. 녀석의 어두운 금안은 사람 마음을 요동치게 만드는 무언가가 있었다.

"기, 귀여워."

까망이는 내가 갑자기 안아서 당황한 모양이었다. 녀석은 짧은 팔다리를 바둥거리며 어눌한 발음으로 내 말을 따라 했다. '귀여워'보다는 '도와줘'라고 말해야 할 것 같은 어투였다. 그 와중에 꼬리는 열심히 살랑거리고 있다는 점이 귀여운 포인트였다.

"너 누구야? 왜 이렇게 작아졌어?"

"캥."

"아빠는 어딨니? 응? 꼬맹아."

질문을 계속해 보았지만 까망이는 대답 대신 고개만 갸웃거렸다. 보아하니 너무 긴 말은 이해하지 못하는 모양이었다. 마수라서 그럴까, 아니면 어려서? 내가 봤던 까망이는 어려 보이진 않았는데.

정말 큰일이었다. 난 까망이를 불러내는 김에 영혼의 서도 발동해 보려고 마법진까지 그려 왔다. 맹수가 나와도 녀석이 날 지켜 줄 거라고 믿었기에 자신만만하게 여기까지 왔는데. 이래서야 까망이가 날 지켜 주기는커녕 내가 까망이를 지켜 줘야 할 판이었다.

"어떻게 하지?"

내가 중얼거리자 까망이도 답을 모르겠는지 다시 고개를 갸웃했다. 이 상황은 황당했지만, 그 모습은 사랑스러웠다.

내 커다란 다이어 울프가 손바닥만 해진 것에 대해서는 슈웨인을 만나서 물어보기로 하자. 그렇다면 지금 직면한 문제는 힘겹게 올라온 산을 다시 내려가야 한다는 것이었다.

다이어 울프와 놀기 위해서는 넓은 공간이 필요할 것 같아 애써 온 것인데, 조막만 한 늑대 새끼를 마주하고 있으려니 조금 무안해졌다. 갓 태어난 듯한 꼬마 늑대에게 이 험한 산을 내려가게 만드는 건 동물 학대일 것 같다. 결국 난 까망이를 안아 들고 산을 내려가기 시작했다.

키 큰 나무들을 돌아가자 가파른 비탈길이 나타났다. 그 끝없는 길을 내려다보며 각오를 다질 때였다. 문득 숲속에서 기묘한 소리가 들려왔다. 나는 호기심이 들어서 소리가 들린 곳으로 방향을 틀었다. 시야를 가로막는 수풀을 헤치자 곧 조금이나마 시야가 트였다. 난 열심히 주변을 살피다가, 무언가를 발견하고 굳었다.

먼 곳에서 커다란 새가 죽은 짐승을 뜯어 먹고 있는 모습이 보였다. 먼 거리였지만 아무리 봐도 저 거대한 뒷모습은 독수리인 것 같았다.

왜 독수리가 이런 곳에?

이런 산중에서 독수리를 만난 건 처음이었다. 긴장으로 굳어 있는 것도 잠시, 나는 조심스럽게 까망이를 땅에 내려놓고 윙투스를 꺼냈다. 이럴 줄 알았으면 마력석이라도 챙겨 올걸. 내게 다이어 울프가 있다는 생각에 별 대비를 하지 않고 왔다. 까망이만 멀쩡했으면 이건 정말 좋은 기회인데.

그래도 이런 곳에서 독수리를 발견한 것은 큰 행운이었다. 이런 기회를 그냥 날려 버릴 수는 없다. 나는 윙투스를 손가락에 끼우고, 마력을 불어넣었다.

그때였다.

난 마력을 사용함과 동시에 내 몸에 기묘한 힘이 들어차는 것을 느꼈다. 윙투스에 마력을 불어넣었으니 몸에서 힘이 빠져나가야 정상인데. 이상하게도 내 속에 끝없는 힘이 소용돌이쳤다. 난 당황해서 내 손을 내려다봤다.

내 눈에 검은 마력에 둘러싸여 있는 윙투스가 비쳤다.

저것은 내 마력이 아니었다. 검은색 마력은 마수의 것. 난 딱딱하게 굳은 시선으로 까망이를 돌아봤다. 까망이는 아까와 똑같은 모습으로 얌전히 앉아 있었으나, 그 작은 새끼 늑대에게서 낯익은 다이어 울프의 존재감이 느껴졌다. 아무래도 내 다이어 울프가 어딘가로 증발해 버린 것은 아니었던 모양이다.

원래 마수 사역마는 술자에게 마력까지 제공하는 것인가?

믿을 수 없는 일이었다. 내 심장이 크게 고동치기 시작했다.

우리의 시선이 마주치자 까망이는 턱을 까딱였다. 마치 까망이가 내게 계속해 보라고 말하는 것 같았다. 목울대가 꿀꺽 울렸다. 마치 황금 사과를 삼켜 버린 것 같은 기분이었다. 마력이 몸 안에서 분수처럼 넘치고 있었다. 이것은 내가 한 번도 가져 본 적 없는 강력한 힘이었다.

"하⋯⋯."

난 마음을 진정시키기 위해 심호흡을 하고, 윙투스에 마력을 불어넣었다. 내 것이 된 다이어 울프의 마력이 검은빛으로 윙투스를 물들였다. 그동안 내가 썼던 것은 첫 번째와 두 번째 주술이었다. 그리고 그다음은⋯⋯.

"아."

난 짧게 숨을 멈췄다. 검은 마력은 여태 마력이 부족해서 닿지 못했던 세 번째 주술까지 닿고 있었다. 윙투스에 새겨진 세 번째 주술은 투명화 마법. 네 번째 주술은 윙투스가 내 손을 떠나서 움직일 수 있도록 하는 염력 마법.

난 내 손에서 순식간에 모습을 감춘 윙투스를 바라봤다. 마지막 주술은 모든 마법의 힘을 증폭시키는 강화 마법이었다.

난 할아버지에게 윙투스를 받았을 때 다섯 가지의 주술을 전부 숙지해 놓았다. 그리고 이것의 힘을 최대화시키는 방법도 고민했었다. 다섯 개의 주술을 전부 발동시킬 수 있을 것이라 생각하지는 못했으니, 그저 기분 좋은 망상을 한 것에 불과했다.

"하아⋯⋯."

나는 떨리는 몸을 진정시키기 위해 심호흡을 하고 똑바로 고개를 들었다. 실행할 수 있을 것이라 기대하지 않았던 상상을 똑같이 재현했다.

윙투스를 감은 오른손을 들어 올려 중지와 검지를 세웠다. 그리고 동물 사체를 뜯어 먹는 데 정신이 팔려 있는 독수리를 향해 천천히 조준했다. 난 마력을 윙투스에 가득 휘감아, 주문을 발동할 준비를 했다.

그것은 마치 활시위가 팽팽해질 때까지 힘껏 당기는 것과도 비슷한 행위였다. 검은 마력이 윙투스의 끄트머리까지 빠짐없이 채우는 순간, 나는 마법을 발동시켰다. 윙투스가 앞으로 쏘아지자, 그 반동으로 내 몸이 뒤로 밀려났다. 그것은 마치 화살대가 없는 투명한 화살을 쏘는 듯한 감각이었다.

윙투스는 앞을 가로막는 나뭇가지와 잎을 관통하고 목표물을 향해 포탄처럼 날아갔다. 독수리가 뒤늦게 이상을 감지한 듯 고개를 들었지만 증폭 마법을 두른 윙투스가 훨씬 빨랐다.

끼이익!

높은 비명 소리가 산을 울렸다. 나는 윙투스를 쏜 자세 그대로 굳어 있었다. 커다랗게 뜬 눈에 독수리가 쓰러지는 모습이 비쳤다. 난 잠시 내 눈을 의심했으나, 곧 정신을 차리고 독수리가 있던 곳으로 달려갔다.

수풀을 헤치고 도착한 곳에는 정말로 윙투스가 박혀서 쓰러져 있는 독수리가 있었다. 난 미리 준비한 사역식들을 발동시켰다. 사역식 1장을 외치고 나서 바로 '영혼의 서'를 발동시켰다.

"내 영혼을 줄 테니, 네 몸을 다오."

슈웨인이 발동시켰을 때와는 달리 마법진은 내 목소리를 듣자마자 곧바로 황금색 빛을 발했다. 빛이 사라졌을 때, 나는 두 번째 사역마의 연결을 느낄 수 있었다. 난 거의 1분 만에 독수리를 손에 넣은 것이다.

"헉, 헉……."

잠깐 달린 탓인지 아니면 흥분 때문인지 몸이 더웠다. 난 허공에서 덜덜 떨고 있던 손으로 주먹을 말아 쥐고 외쳤다.

"됐어."

사라져 있던 윙투스가 서서히 그 금빛 몸체를 드러냈다. 그러나 내 몸속에서 술렁거리는 검은 마력은 사라지지 않았다. 정말 기묘한 기분이었다. 나는 내 발치에서 따뜻한 기운을 느꼈다. 아래를 보니 까망이가 다리에 몸을 비비고 있었다.

역시 이 마력은 녀석이 내게 준 것인 듯했다. 원래 상급 마수 사역마들은 술자에게 마력을 주기도 하는 것일까. 아니면 내가 녀석과 맺은 계약이 특별하기 때문일까? 이유가 뭐가 되었든 이것은 정말 엄청난 일이었다. 사역마가 마력을 제공해 주다니!

난 두근거리는 기분으로 내 손을 내려다봤다.

이 힘으로 내가 마법을 쓸 수도 있을까?

만약 그게 가능하다면, 난 어떤 마법이든 쓸 수 있었다. 마력이 부족해서 배울 의욕이 들지도 않던 그 수많은 마법을. 드래곤이 죽기 전에 마탑에서 쓰던 마법, 심지어 그 찬란한 고대의 마법까지도.

상상만 해도 몸에 전율이 일었다. 아무래도 곧바로 확인해 봐야겠다. 난 품에서 펜을 꺼내 들고 고민했다. 이왕이면 마력이 많이 필요한 마법을 써 보면 좋을 것 같은데.

삼십 년 전에 쓰던 마법을 배우는 사람은 많지 않다. 그것들은 고대 마법 같은 취급을 받았다. 그 과거의 마법들에는 항상 둥근 원에 마이너스가 그려져 있는 표식이 붙어 있었다. 비활성화된 마법, 혹은 폐기된 마법이라는 뜻이다. 드래곤이 죽기 전에 쓰이던 마법들은, 현재는 쓸 수 없게 되었기 때문이다. 그것들은 이제 이론으로나 존재하는 마법이 되었다.

나는 고민하다가 신고 있던 워커를 벗었다. 그리고 워커 바깥쪽에 마법진을 그리기 시작했다.

이런 상황에 써먹을 만한 마법은 역시 이거지.

이 마법은 내가 고서에서 배운 고대 마법이 아니었다. 더 어릴 적에 삼촌에게 배운 마법이다. 내가 이 마법진을 알고 있는 이유는, 로망 때문이었다.

비행 마법.

옛날에는 날개마차라는 것이 있었다고 한다. 하늘을 나는 마차라니, 정말 꿈같은 이야기였다.

어릴 적에 읽은 동화 중에는 『날개 신발을 신은 꼬마 키키』라는 책이 있었다. 키키가 날개가 달린 마법 신발을 신고 세상을 유영하는 내용이 담겨 있었다. 내가 다섯 살 때 신발에 깃털을 잔뜩 달고 창문에서 뛰어내리기 직전에 읽은 책이었다. 그땐 정말 다리가 부러지지 않은 게 용했었지.

"완성!"

난 신발을 들고 뿌듯하게 외쳤다. 워커 위로 완벽한 마법진이 완성되었다. 대여섯 살에 갑자기 삼촌을 졸라서 배운 마법진인데, 아직도 정확하게 기억한다는 것이 놀라웠다. 역시 어릴 적의 로망은 끈질기다.

워커에 도로 발을 끼워 넣은 다음, 허리를 숙여 양쪽 신발에 손을 대고 동시에 마법을 발동시켰다. 검은빛과 함께 마법진이 사라지자, 워커가 두둥실 허공을 날기 시작했다.

"우와, 우와, 우와!"

정말로 된다!

난 상공 1㎝ 위에서 소리를 지르며 좋아했다. 날 바라보던 까망이가 하품을 했다. 나는 녀석을 홱 돌아봤다. 역시 상공 1㎝에서 만족할 수는 없지.

"낑, 낑."

내 품에서 까망이가 바르작거렸다. 난 까망이를 더 꼭 껴안고 절벽 앞에 섰다.

휘오오오.

바람이 절벽에 부딪히며 기분 좋은 소리를 만들어 냈다. 난 눈을 감고 잠시 자연을 만끽했다. 시원한 산들바람이 얼굴과 머리카락을 쓸어내는 느낌이 좋았다.

"낑, 낑."

"가만히 좀 있어 봐."

까망이는 아무래도 내 품이 편안하지 못한 것 같았다. 자세를 고쳐 잡아 줘도 계속 낑낑거렸다. 난 녀석의 뒤통수 너머로 까마득한 절벽을 내려다보며 경쾌하게 물었다.

"이 정도 스케일은 돼야 다이어 울프의 수준에 맞지, 안 그래?"

"……."

내 말을 듣고 녀석의 몸이 잘게 떨리기 시작했다. 기대가 되어 견딜 수 없는 모양이었다. 난 즐겁게 웃으며 두 발을 모았다. 그리고 절벽 끝에서 가볍게 뛰어내렸다.

"깨애애앵!"

까망이의 힘찬 고함 소리와 함께, 우리는 절벽 아래로 낙하했다. 세찬 바람이 귓전을 때리고 긴 로브가 거꾸로 젖혀져 미친 듯이 펄럭거렸다. 나의 피부 위로 차가운 공기가 거세게 쓸렸다. 공기의 압력이 뭉쳐져 마치 투명한 원통형의 기둥 속을 통과하고 있는 것 같은 기분이었다.

발밑으로 보이는 회색 바위와 날카로운 나뭇가지들이 빠르게 가까워졌다. 이런, 이러다 죽겠다. 난 황급히 날개신발을 가동했다. 그것이 미약한 빛을 내며 천천히 부유감을 가지기 시작했다.

나뭇가지가 빠듯할 정도로 가까워졌을 때, 날개신발은 완벽하게 내 무게를 견디기 시작했다.

"끼이……."

"아하하."

품속에서 까망이가 이상한 소리를 냈다. 난 까망이의 머리를 쓰다듬어 주고 위로 올라갔다. 속력이 붙자 머리카락이 아래로 쏠리고 피부 위로 시원한 바람이 느껴졌다. 내려갈 때와는 또 다른 경쾌함이 있었다.

"까망아, 우리가 하늘을 날고 있어!"

난 신나서 외쳤다. 까망이는 내 말을 알아들었는지 아닌지, 대답 없이 아래만 보고 있었다. 난 석상처럼 얌전한 뒤통수를 내려다보다가 갸웃했다. 자는 건가?

절벽의 중간쯤 올라왔을 때, 난 본격적으로 속도를 냈다. 엇물린 절벽의 무늬들이 빠르게 지나가며 파도처럼 출렁였다. 나는 꿈을 꾸는 기분으로 그것을 구경하다가, 숨을 멈췄다.

"헉."

너무 정신을 딴 데 팔고 있었던 것 같았다. 찰나에 균형이 어긋났다. 나는 바로 멈추려고 했지만 가속도를 얻은 신발은 계속해서 비상하려고 했다. 결국 그 불균형을 견디지 못하고 몸이 기우뚱 옆으로 넘어갔다.

"꾸응……?"

"까악!"

까망이가 잠이 덜 깬 목소리로 중얼거릴 때, 내 몸은 신발에 매달린 채 허공에서 한 바퀴를 돌았다. 순식간에 시계가 반전하고, 세상이 거꾸로 돌아갔다.

"흡!"

난 황급히 까망이를 세게 껴안았다. 녀석은 놀랐는지 숨 삼키는 소리를 냈다.

"괜찮아, 괜찮아, 내가 잡고 있어."

난 신발에 매달려서 절벽을 거꾸로 날아오르며 말했다. 까망이가 금색 눈을 커다랗게 떴다. 나는 킬킬거리면서 웃었다. 날개신발을 신은 꼬마 키키도 거꾸로 암벽을 날아오르진 못했다. 로브가 바람에 날리며 날개처럼 펄럭거렸다.

투둑.

그때 위에서 이상한 소리가 들려왔다. 난 의아함에 고개를 들었다. 그 순간 내 왼쪽 다리가 쑥 빠졌다.

"어어?"

난 혼자서 신나게 절벽 위로 올라가는 신발 한 짝을 황망하게 바라봤다. 뭐였지? 내가 어리둥절하게 오른쪽 발을 살피자, 워커의 끈이 천천히 터지고 있는 것이 보였다.

"어어어?"

내 목소리에 까망이도 고개를 들었다. 녀석이 미친 듯이 깽깽거리기 시작했다. 난 눈을 굴려 절벽의 끝을 바라봤다.

"괘, 괜찮아, 곧 도착……."

뚝.

"캐애앵!"

신발 끈이 기어코 완전히 끊어졌다. 잠시 시야가 한 바퀴 돌았다. 까망이는 단말마 같은 비명 소리를 냈다. 난 왼팔로 녀석을 단단히 고정하고 부드럽게 말했다.

"괜찮아."

까망이가 눈물 젖은 눈으로 날 올려다봤다. 녀석은 내가 허공을 날고 있는 신발을 붙잡고 겨우 매달려 있는 것을 확인했다.

"휴우……."

까망이가 한숨을 푹 내쉬었다. 나는 웃으면서 녀석의 정수리에 볼을 비볐다.

"놀랐어?"

투둑.

난 또다시 들리는 익숙한 소리에 고개를 들었다. 내가 붙잡고 있는 신발의 뒤꿈치가 뜯어지고 있었다. 난 당황해서 그것을 놓치고 말았다.

"아차."

"깨애애애앵!"

그 직후 우리의 몸은 수직으로 강하하기 시작했다. 떨어지는 것은 날아오르는 것보다 훨씬 쉬웠다. 공기의 저항을 받은 로브가 고치처럼 우리의 몸을 감쌌다. 세찬 바람 사이로 힘겹게 눈을 뜨자 순식간에 가까워진 땅이 보였다.

머리 위로 바위가 가까워지고 있었다. 까망이는 바람을 정통으로 맞으면서도 신기하게도 큰 소리로 비명을 질러 댔다.

"브라운!"

난 까망이를 세게 껴안고, 오른손을 펼치며 외쳤다. 바닥에 닿기 직전에, 울려 퍼지는 새 울음소리와 함께 푹신한 깃털이 우리의 몸을 받았다. 난 깃털에 파묻혀서 웃었다. 진정이 되질 않았다.

벼랑에서 떨어지고, 거꾸로 하늘을 날고, 이 상황이 마치…….

"마법 같아."

가만히 누워서 숨을 골랐다. 어느 정도 호흡이 진정이 되었을 때, 나는 내 턱 아래에서 아직도 거친 숨소리가 들린다는 것을 깨달았다. 벌떡 몸을 일으켜서 로브를 벗자, 내 품속에서 몸을 동그랗게 말고 있는 새까만 털 뭉치가 보였다.

"까망아, 고개 좀 들어봐."

내 부름에 까망이가 파들파들 떨면서 고개를 들었다. 눈물 젖은 금안이 드디어 나를 마주했다. 녀석은 어리둥절하게 눈을 몇 번 깜빡이다가 우리를 받치고 있는 갈색 깃털을 발견하고 눈을 반짝 떴다.

"후으으……."

까망이의 입에서 이상한 소리가 흘러나왔다. 그러나 녀석은 이내 기쁜 듯 꼬리를 살랑살랑 흔들었다. 난 웃으면서 까망이의 머리를 쓰다듬었다.

"그렇게 재미있었어?"

"……재, 재미……."

까망이가 황망하게 내 말을 따라 했다. 보아하니 이번에도 내 말을 이해하지 못한 것 같았다. 녀석은 숨을 푹 내쉬고는 내 팔에 턱을 기댔다. 그 모습이 어쩐지 고단해 보였다.

착각이겠지? 최상급 마수 다이어 울프에게는 하늘을 나는 일 정도는 분명 아무것도 아닐 테니까. 음, 마력을 많이 써서 그런가?

난 우리를 태우고 날아오르고 있는 브라운의 등을 내려다봤다. 녀석의 몸은 우리를 거뜬히 태울 만큼 커져 있었다. 거대한 날개를 활짝 펼치고 하늘을 나는 브라운의 모습은 신화 속에 나오는 전설의 새 같았다.

슈웨인이 분명 그랬지. 계약을 맺은 사역마는 보통의 짐승들과 조금 달라진다고. 슈웨인의 은여우들도 꽤나 큰 편이었다. 그것을 감안해도 브라운은 조금 많이 커진 것 같다만…… 그래 봤자 독수리. 내게 마력을 나눠 주진 않았다.

난 떨리는 손으로 윙투스를 움켜잡았다. 아직도 심장이 두근거렸다. 내 생애에 윙투스의 다섯 번째 주문을 발동시키고, 비행 마법을 시전하게 될 일이 일어날 줄은 상상도 못 했다.

난 어느덧 까마득하게 멀어진 지상을 내려다봤다. 태양이 내리쬐는 푸른 녹음, 산을 둘러 흐르는 강. 시야를 먼 곳으로 두자 아름다운 수도 플로라온의 모습까지 보였다. 이 순간, 나는 평생을 통틀어 가장 하늘과 가까운 곳에 있었다.

난 무언가가 일렁이는 마음으로 조금씩 가까워지는 우리의 수도를 바라봤다.

나는 어릴 때 삼촌에게 마법을 배웠고, 별 어려움 없이 기본 마법을 썼다. 그래서 난 내가 마법을 안다고 생각했다. 그러나 그것들은 마법이 아니었다.

난 시선을 내려서 내 품속을 내려다봤다. 나의 작은 마법도 나를 바라보고 있었다. 난 웃으면서 녀석을 불렀다.

"까망아."

내 목소리에 까망이가 고개를 갸웃했다. 지금 내가 마주하고 있는 것은 무한한 가능성이었다. 원래 마수가 술자에게 마력까지 제공하는 것인가? 난 그런 이야기는 듣지 못했다. 만약 이게, '영혼의 서'에서만 가능한 일이라면…….

그렇다면 마수 군대 따위가 문제가 아니었다. 어쩌면 세상에 마법을 다시 돌려놓을 수 있을지도 몰라.

난 까망이의 반짝이는 눈동자를 똑바로 마주했다. 정신을 차렸을 때는 이미 영혼을 빼앗겨 버린 후였다. 이런 경험이 처음은 아니었다. 두 번째 사랑을 찾은 것이냐고 묻던 언니의 목소리가 떠올랐다.

"술사는 나일 텐데, 네가 내게 마법을 부렸구나."

난 까망이를 번쩍 들고 웃었다.

사람은 모두 태어난 이유가 있다고 한다. 내 소명이 사랑은 아니었다. 그러나 내 진짜 소명이 사역술이라고 해도, 내 모토는 언제나 같았다.

"넌 최고의 사역마가 될 거야. 왜냐면 내가…….."

난 감정에 북받쳐서 말을 쏟아 내다가 멈췄다. 손 안에서 색색거리는 숨소리가 들렸다.

"잠들었어?"

난 눈을 깜빡이며 말했다. 까망이는 커다란 눈을 감고 자고 있었다. 정말 많이 피곤했나 보다. 난 미안한 마음에 까망이를 도로 품에 안았다. 쌔근거리는 정수리에 입을 맞추고 인사했다.

"잘 자, 내 마법사님."

* * *

나는 응접실 문을 벌컥 열고 외쳤다.

"슈웨인! 이걸로 우리 제국에 마력을 돌려놓을 수 있을지도 몰라요!"

미리 응접실에서 날 기다리고 있던 슈웨인은 읽던 책을 테이블에 놓고 안경을 벗었다.

"저번에는 마수 군대를 만들겠다고 하시더니, 이번에는 마력을 돌려놓으려고 하십니까? 나날이 목표가 커지시는군요."

난 슈웨인의 맞은편에 앉았다. 시녀가 찻잔과 디저트를 새로 세팅하고 나가자, 슈웨인이 내게 안겨 있는 까망이를 보고 물었다.

"강아지…… 아니, 새끼 늑대군요. 그 녀석은 뭡니까?"

"아, 다이어 울프요."

"그렇군요."

슈웨인은 고개를 끄덕이며 차를 마셨다. 차의 향을 즐기던 그의 얼굴에 한 박자 늦게 의구심이 차올랐다.

"방금 뭐라고……?"

"다이어 울프요. 왜, 둘이 만나 본 적 있잖아요?"

"만나 본 적……."

난 까망이의 겨드랑이에 손을 끼워 넣고 들어 올렸다. 슈웨인의 시선이 까망이의 샐쭉이 내밀어진 혀부터 포동포동한 분홍색 배까지 훑으며 내려갔다.

"제가 다이어 울프와 그렇게 친근한 사이는 아니지만…… 이 새끼 늑대는 아닌 것 같습니다."

"그때 걔 맞아요. 까망이."

"까망……."

슈웨인이 황망한 표정을 지었다.

"다이어 울프에게 그런 이름을 지어 준 겁니까……?"

"네. 까망아, 안녕, 해야지."

"아니, 지금 그런 이야기를 할 때가……."

"안녕."

까망이가 낮은 목소리로 인사했다. 슈웨인은 내게 무언가 따지려 들려다가 딱딱하게 고개를 돌렸다. 그가 새하얗게 질린 얼굴로 까망이를 가리키며 입을 벙긋거렸다. 난 대충 그가 묻고 싶어 하는 말을 알아듣고 고개를 끄덕였다.

"맞아요. 까망이가 인사한 거예요."

"……."

"……."

슈웨인은 큰 충격에 빠진 것 같았다. 그에게 진정할 시간을 줄 겸, 난 까망이를 옆에 내려놓고 레몬 셔벗을 먹었다. 와, 역시 맛있네. 여기 요리사는 정말 실력이 뛰어난 것 같다. 레몬 셔벗을 모두 먹어 치우고 고개를 들었는데 슈웨인은 아직도 혼란스런 얼굴이었다. 이제는 좀 의아했다.

"슈웨인이 내게 말했잖아요. 계약을 맺은 사역마는 진화한다고."

"그랬죠. 하지만 저건……."

나는 눈을 굴렸다. 그가 보기에도 까망이의 변화의 폭은 좀 큰가 보다.

"아예 다른 종(種) 같습니다. 말을 하는 마수라니. 마수 명부를 모조리 뒤져도 그런 종족은 없습니다."

"음, 영혼의 서 때문일까요?"

내 질문에 슈웨인이 생각에 잠긴 얼굴로 고개를 끄덕였다.

"사역마가 평범한 짐승과 다르게 변하는 이유는 술자의 마력에 영향을 받았기 때문이지요. 저는 영혼이라는 게 무엇인지 잘 모르겠습니다만, 아무튼 그것은 최상급 마수를 사역할 수 있을 정도로 거대한 힘입니다. 그것을 받았다면 평범한 사역마들보다 더 큰 변화가 일어나는 것도 이해가 됩니다. 종이 달라질 정도로요."

슈웨인은 그렇게 설명하다가 불안한 눈으로 날 올려다봤다.

"그런데 이건 마력과는 별 상관이 없는 일이군요. 설마 무언가가 더 있습니까?"

"맞아요!"

하마터면 본론을 까먹을 뻔했네. 난 품에서 종이를 꺼냈다. 마법진이 그려진 종이였다. 마법진이 보이자 슈웨인의 눈이 흥미로운 빛을 띠었다. 나는 까망이를 힐끔 봤다가 마법진에 손을 올렸다. 마법진이 검은빛을 내며 사라지자, 마법이 발동되었다.

"이건……."

슈웨인이 눈을 커다랗게 떴다. 하얀 종이가 나비처럼 팔랑거리며 실내를 날아오르기 시작했다. 그는 손끝으로 종이를 살짝 건드려 보더니 말했다.

"비행 마법이군요."

"맞아요."

고작 종이를 날게 하는 것뿐이지만, 비행 마법은 마력을 아주 많이 잡아먹는 마법이었다. 그랬기에 유용한 마법임에도 드래곤이 죽고 난 후 사실상 폐기된 것이다.

"이걸 어떻게……?"

"내가 마법을 쓰려고 하면, 까망이가 내게 마력을 공급해 줘요."

"네?"

슈웨인이 멍하니 눈을 깜빡였다. 그의 머리가 내 말을 이해하기 위해서 복잡하게 돌아가고 있는 것이 보였다.

"마수가 술자에게 마력을 준다고요……? 아니, 어떻게…… 아니, 마력으로 계약을 하지 않았으니 가능한가?"

그는 거의 혼잣말처럼 중얼거렸다. 난 그의 반응을 보고 고개를 끄덕였다.

"역시 흔한 일은 아니었나 보네요."

"흔한 일……? 이건 혁명에 가깝습니다."

"혁명!"

난 경쾌하게 그의 말을 따라 했다. 슈웨인이 얼떨떨한 목소리로 말했다.

"계약을 맺으면 술자의 마력이 사역마에게 스며들어 가 사역마의 상처가 치유되는 현상이 일어나지요. 그 반대라고 생각하면 계약을 맺을 때 마수의 마력이 첼시에게 가, 그 상처들이 치유된 것도 이해가 됩니다."

"그렇군요!"

과연, 그렇게 생각하니 이해가 되었다. 이렇게 굉장한 마법이라니! 난 무척 들떴다.

"이 마법을 이용한다면 제국민 모두가 많은 마력을 얻을 수 있을 거예요."

슈웨인이 얼이 나간 얼굴로 나를 바라봤다. 나는 즐겁게 웃었다.

"정말 멋진 일이 아니겠어요? 우리 선조들이 축적해 놓은 그 많은 지식들, 마법들, 그것들이 지금은 케케묵은 책장 속에서 이론으로만 존재하고 있죠. 하지만 마력만 있다면 다시 옛날처럼 돌아갈 수 있을 거예요. 지금처럼 마수 때문에 생존을 위협받는 일도 없이요."

날개마차가 날아다니고 마법사들이 북적이는 강력한 마법 제국. 우리 헤브람 제국이 과거의 영광을 다시 되찾게 되는 것이다. 난 꿈을 꾸듯 눈을 반짝이며 말했다.

슈웨인은 홀린 듯이 내 눈을 바라보다가, 갑자기 술에서 깨어나려는 사람처럼 고개를 흔들었다.

"하지만 어제 보셨다시피, 발동이 되지 않았습니다. 어쩌면 아주 특수한 상황에서만 발동되는 마법일지도 모르고……."

"그건 아니에요. 오늘 아침에도 썼거든요."

"네?"

슈웨인이 놀란 눈을 했다. 난 어깨를 으쓱했다.

"'영혼의 서'로 독수리를 사역했어요. 잘만 되던걸요?"

"첼시, 어떤 부작용이 있을 줄 알고 그렇게 남발을……."

"슈웨인은 영혼이 뭔 줄 알아요?"

내가 웃으면서 물었다. 슈웨인은 인상을 찌푸렸다.

"모릅니다만……. 하지만 마법이 공짜로 얻어지는 게 아니라는 것은 압니다. 보기에는 무에서 유가 창조되는 것 같을 수도 있지만, 무언가를 얻으려면 반드시 그 대가를 치러야 합니다."

마법은 기적이 아니라 과학과 수학으로 정리할 수 있는 현상이었다. 마법을 만들어 내기 위해서는 재료가 될 마력이나 마력석이 필요하고, 큰 마법을 발동하면 후폭풍이 불기 마련이었다.

"그 마법은 꼭 필요할 때만 쓰는 게 좋을 것 같습니다. 어떤 부작용이 올지 모르지 않습니까."

슈웨인은 날 어르듯이 말했다. 그가 날 걱정하고 있다는 것은 알겠다. 그러나 내 상태는 지금 나쁘지 않았다. 마력을 소모하면 피로감이 밀려오는 것에 비해, 영혼의 서를 발동한 후에는 어떤 나쁜 징후도 오지 않았다. 난 그 이유가 '영혼'이라고 부르는 에너지의 특성 때문일 거라고 생각했다.

나는 테이블 위에 프네우마를 꺼내 놓았다. 책의 무게 때문에 둔탁한 소리가 났다.

"오늘 가지고 오기로 했던 프네우마예요. 그리고 이게……."

나는 책의 마지막 페이지를 펼쳐 들었다.

"그 문제의 '영혼식'이죠. 보여요? 그리고 이 마지막 문장이, '영혼의 서는 마수의 지배력과 주술자의 영혼을 교환하는 것이다.' 하는 대목이고요."

난 대체 내가 까망이에게 무엇을 준 것인지 궁금했기 때문에 그 문장에 대하여 깊이 고찰해 본 바가 있었다.

"여기서 '프네우마'라는 단어가 나오잖아요. 이 책을 처음 읽었을 때 내가 봤던 얇은 사전에서는 그걸 '영혼'이라고 번역했거든요. 그런데 이번에 더 상세한 뜻을 찾아봤어요. 영혼, 귀신, 정신, 마음, 여러 뜻이 많은데…… 고대의 사람들은 영혼을 '마음의 힘' 정도로 보았더라고요. 그러니까 제 말은……."

"우리가 이해하는 영혼과 '영혼의 서'의 영혼이 다른 단어일 수도 있다?"

"뉘앙스의 문제라는 거죠."

난 손가락을 튕기며 긍정했다.

공용어로 '영혼'은 '생명'과 거의 같은 단어였다. 그러나 고대어의 '영혼'은 '마음의 힘'같이 추상적인 개념이었다. 내 생각에 '영혼의 서'의 영혼이란 건 마력처럼, 일종의 에너지일 것 같았다.

마법사가 마력을 마구 소모한다고 해서 죽지는 않는다. 기절을 하게 되는 일은 종종 있지만, 그 정도로 마력을 많이 쓴다면 정신을 잃기 전에 반드시 전조가 있다. 피곤이 몰려온다든가 버거운 느낌이 든다든가. 그래서 나는 다이어 울프를 잡고도 아주 멀쩡한 나의 상태를 두 가지 경우로 추측했다.

첫째로, 내게 이 '영혼'이라는 에너지가 특출 나게 많거나, 혹은 이 '영혼'이라는 에너지가 마력보다 한 수 높은, 거대하고 강력한 에너지인 경우이다.

물론 이건 내 추측이니 틀릴 수도 있었다. 그러나 이 마법이 주는 결과물은 엄청났다. 그런 불확실성이 주는 위험을 떠안을 만한 가치가 있다는 뜻이다. 나는 이 영혼의 서가 우리가 처한 상황을 타개할 실마리가 될 수도 있을 거라고 생각했다.

내가 열심히 설명했지만 슈웨인은 여전히 미심쩍은 반응이었다.

"일리가 있는 말이지만…… 그래도 저는 아직 걱정됩니다. 첼시가 너무 낙관적으로 생각하는 것 같습니다. 얻는 힘이 이렇게 큰데, 부작용이 없을 리가 없습니다."

"하지만 옛날에는 대마법사도 있었잖아요. 마지막 드래곤이 죽은 후에 왜 사람들이 마력을 잃었는지에 대해서는 아직도 의견이 분분하지요. 다들 드래곤의 수호나, 은총을 잃었다고만 말해요. 나도 어제 갑자기 궁금해져서 책을 찾아봤지만…… 모두 옛날 책들뿐이잖아요. 내 친구들은 궁금해하지도 않아요. 왜 마법이 사라져 가는지. 시간이 지날수록 적응해 나가겠죠. 그리고 언젠가는 완전히 잊어버릴 거예요. 세상에 마법이 있었다는 사실도."

요즘 태어나는 아이들은 아예 마력이 없는 아이가 많다고 했다. 마수의 숫자는 늘어나는데 마탑은 하루하루 쇠약해졌다. 급기야는 마수 때문에 멸망하는 왕국도 나오지 않았는가.

토벌대에 합류했던 경험은 내게 현실을 일깨워 주었다. 제국 밖으로 나가면 마수의 땅인데, 평화로운 수도에만 박혀 사는 나는 그것이 아주 먼 이야기인 줄만 알고 있었다.

"난 얼토당토않은 일을 하려는 게 아니에요. 그냥 잃은 것을 되찾으려는 거죠."

내가 말을 마쳤을 때, 슈웨인은 약간 얼이 나간 듯한 표정을 짓고 있었다. 그가 느리게 입을 열었다.

"……사역술로요."

"네, 사역술로요."

그러고 보니 다이어 울프를 만났던 날, 그가 내게 사역술은 실전에서 그다지 쓸모 있는 술법은 아니라고 말했던 것이 떠올랐다. 나도 그렇게 전망이 밝은 학문은 아니라고 생각했었지.

슈웨인이 한 손으로 얼굴을 문지르며 한숨을 쉬었다.

"첼시는 큰일을 쉽게 말하는 경향이 있습니다."

"쉽게 말하지 않았는데요."

언제나 진심인데. 내가 샐쭉이 말하자 슈웨인이 웃었다.

"네, 그렇죠."

슈웨인은 그렇게 말하고는 잠시 고민을 하는 듯했다. 그러다 조심스럽게 제안했다.

"하지만 현재 영혼의 서를 쓸 수 있는 사람은 첼시밖에 없고, 그 안에 어떤 위험성이 있을지 모릅니다. 사람들에게 영혼의 서를 알리고 싶다면, 이 마법에 대해서 정확히 알아야 합니다. 그러기 전까지는 이 일은 비밀리에 붙이는 것이 좋겠습니다."

왜 또 설교? 내가 입술을 씰룩거리자, 슈웨인이 얼른 말을 이었다.

"그렇게 해 주신다면, 마탑의 도서관에 들어갈 수 있게 해 드리겠습니다."

내 눈이 커졌다. 마탑의 도서관이라면, 마탑의 일원만 볼 수 있는 온갖 희귀한 마법서가 모여 있는 곳이었다. 거기라면 영혼의 서에 대한 실마리도 찾을 수 있을 것이다.

난 신나서 외쳤다.

"좋아요!"

* * *

그리하여 나는 슈웨인을 따라 마탑에 입성하게 되었다.

슈웨인은 마탑에서 나와 황실 기사단에 들어갔다고 들어서, 난 그가 마탑의 일원이 아닐 거라고 생각했다. 그런데 슈웨인은 열 살 때 마탑에 들어와서 열여덟 살 때까지 살다시피 했다고 한다. 게다가 장로의 수제자였다고 하니, 아마 거의 식구 같은 느낌인 모양이었다.

"우와!"

난 거대한 마탑의 도서관을 보고 연신 감탄했다. 내가 눈을 반짝이면서 책장을 구경하자 슈웨인은 웃으면서 도서의 분류법을 알려 주었다.

도서관의 크기에 비해서 사람은 몇 없었다. 덕분에 우리는 거의 전세를 낸 것처럼 소파를 차지하고 뒹굴거리며 편하게 탐독할 수 있었다. 책을 한창 뒤져 보았으나 성과가 없자 기분을 환기하고자 나는 내 일기를 꺼내 펼쳤다.

여섯 살 때부터 올해까지 계속 써 왔던 일기는 얼마 전에 모조리 태워 버렸다. 그 후에 다시 일기를 쓰기 시작했는데, 주된 내용은 내가 사용한 마법의 기록이었다.

나는 까망이를 사역한 이후부터 사용한 마법과 마력량을 모두 기록하고 있었다. 내 마법의 발전 방향과 마력량의 한계치를 점검하기 위해서였는데, 고대 마법에 대한 것도 기록하면 도움이 될 것 같았다.

굳이 일기를 꺼내 놓고 다시 책을 들여다보았지만 딱히 기록할 만한 것은 나오지 않았다. 내 허벅지 위에서 책을 기웃거리던 까망이가 심심해서 잠들었을 때쯤 슈웨인에게 말을 걸었다.

"뭐 좀 있어요?"

슈웨인이 흐트러져 있던 자세를 바로 하며 말했다.

"지금은 신화를 찾고 있는데…… 비슷한 게 하나 있군요. 이 책에 악마에게 영혼을 팔고, 그 대가로 막대한 힘을 얻게 된 남자의 이야기가 있습니다. 여기서 악마를 마수라고 본다면……."

"헉, 제 이야기잖아요."

난 슈웨인의 옆자리로 가서 그의 턱 아래로 고개를 들이밀었다. 과연 그 책에 그런 내용이 있었다. 내가 흥미롭게 책을 읽어 내리는데, 슈웨인이 기어들어 가는 목소리로 말했다.

"체, 첼시…… 받아 가서 읽으셔도 됩니다……."

"아, 고마워요."

난 그에게서 책을 건네받았다. 그나저나 슈웨인은 왜 얼굴이 붉어졌지? 도서관이 그렇게 더운가.

나는 슈웨인에게서 약간 떨어져 앉아 책을 찬찬히 읽었다. 마지막 페이지를 넘기고 나서, 난 인상을 찌푸렸다.

"너무 끔찍한 결말인데요."

"그렇습니까?"

"악마에게 이용만 당하다 죽잖아요."

세상을 정복하고 싶어 하는 남자가 있었고, 악마가 그의 욕심을 이용해 영혼을 얻어서 그 힘으로 세상을 멸망에 이르게 한다는 이야기였다. 그 과정에서 남자는 악마에게 지배당해 인간이 아닌 존재가 되어 가다가 결국 끔찍한 죽음을 맞이한다.

난 기분이 나빠져서 책을 탁 덮었다.

"우리 까망이는 악마가 아니에요."

난 잠든 까망이의 머리를 쓰다듬으며 말했다. 혀를 삐죽 내밀고 자고 있는 까망이의 모습은 악마보단 천사에 가까워 보였다.

"까망이는 악마가 아니지만…… 그 힘이 나쁜 사람에게 들어간다면 악용될 수는 있겠죠."

"……."

"그걸 발동할 수 있는 사람이 있다면요."

슈웨인이 조심스레 덧붙였다. 난 가만히 그의 말을 곱씹다가 까망이의 머리를 쓰다듬던 손을 멈췄다.

"슈웨인이 왜 이 마법을 제대로 알기 전까지는 비밀리에 붙이자고 했는지 이해하겠어요."

내가 말하자, 슈웨인이 부드럽게 웃었다.

그 후로도 우리는 한참 책을 뒤져 보았으나 별 소득은 없었다. 꺼내 온 책을 다 읽어서 새 책을 찾아보려고 고개를 들었을 때, 이상하게도 도서관에 사람이 많아졌다는 것을 깨달았다. 한 무리를 이룬 사람들이 저편에서 웅성거리며 우리를 보고 있었다.

슈웨인도 그것을 눈치챈 모양이었다. 그는 인상을 찌푸리면서 그만 돌아가자고 말했다.

"지금 당장이요? 더 찾아보고 싶은데……."

"제가 꺼내 온 책을 몇 권 빌려드리겠습니다. 집에 가서 보시지요."

"아, 그러면 되겠네요."

내가 호응했을 때 슈웨인은 이미 책을 모두 챙기고 일어나 있었다. 난 당황해서 그의 뒤를 쫓아갔다.

"뭐가 그렇게 급해요?"

"그게……."

우리가 도서관의 카운터 쪽에 다다랐을 때, 슈웨인의 발걸음이 문득 멈췄다.

"이게 누구야."

내가 의아하게 그의 옆으로 고개를 내밀었다. 우리의 앞길을 막고 있는 것은 백발의 할아버지였다. 흘끗 돌아본 슈웨인은 무척 곤혹스런 표정을 짓고 있었다.

"……탑주님."

"오랜만에 왔는데 인사도 없이 가는 거니?"

탑주님? 그 말은 설마 저 사람이…….

난 눈을 휘둥그레 뜨고 눈앞의 할아버지를 바라봤다. 금사가 섞여 있는 흰색 로브는 마탑 안에서는 흔하게 볼 수 있는 것이었다. 난 어렸을 때 마탑에서 진행하는 행사에서 마탑주를 본 적이 있었다.

먼발치에서 올려다본 마탑주는 황제처럼 휘황찬란한 사람이었는데, 눈앞에 서 있는 저 사람은 키가 크고 풍채가 좋을 뿐 인상 좋은 할아버지로만 보였다. 하긴, 탑주에게 마탑은 집이나 마찬가지였으니 편하게 입고 있는 것이 당연할 수도 있겠다.

그러니까 저 사람이 마탑주라는 거지. 나 엄청 대단한 사람을 마주하고 있잖아. 살면서 마탑주를 이렇게 가까운 거리에서 보는 것은 처음이었다. 내 열렬한 시선을 느꼈는지, 마탑주가 나를 향해 싱긋 웃었다. 난 움찔 놀라 시선을 내렸다. 그러자 탑주가 슈웨인에게 물었다.

"슈슈, 이분은?"

……슈슈?

황당할 정도로 귀여운 애칭에 난 일순 긴장을 놓쳤다. 슈웨인이 한숨을 내쉬었다.

"그렇게 부르지 마십시오. 제 나이가 스물하나입니다. 그리고 알면서 뭘 물으십니까."

"그렇군. 이렇게 만나서 반가워요, 첼시 로드랭 양."

슈웨인은 분명 불평만 한 것 같은데 탑주님은 제대로 소개를 받은 사람처럼 자연스럽게 내게 인사했다. 난 얼떨결에 그가 내민 손을 맞잡았다.

"마탑주인 클라우드 웨인입니다."

클라우드가 손을 흔들며 즐겁게 웃었다. 난 그 분위기에 휩쓸려서 그를 따라 웃으며 만나 뵙게 되어 영광이라고 인사했다. 클라우드는 웃는 낯으로 까망이를 가리키며 물었다.

"그쪽은 로드랭 양의 사역마인가요?"

"아…… 네."

클라우드가 허리를 숙여 까망이의 머리를 쓰다듬었다. 그의 손이 머리에 닿자, 까망이는 불안한 표정으로 나를 돌아봤다.

"……마수군요."

그가 눈을 가늘게 뜨고 말했다. 어떻게 마수인 걸 알았지? 겉모습으로는 그냥 강아지나 새끼 늑대로만 보이는데. 난 조금 당황했지만, 티 내지 않고 말했다.

"네, 맞아요. 얼마 전에 잡은……."

"결계를 뚫고 들어왔다는 다이어 울프가 이 녀석인가요?"

난 얼결에 고개를 끄덕였다. 어느덧 주위에 마법사들이 가득 둘러싸고 있었다. 단순히 탑주 때문은 아닌 듯했다.

우리가 발견되었을 때 수색대 중에서 다이어 울프의 모습을 본 사람이 있다고 들었다. 그러니까 내가 다이어 울프를 잡았다는 소문이 돌지 않았을 거라고 생각하지는 않았다. 하지만 막상 이런 상황이 오니 조금 당황스러웠다.

마탑주는 계속해서 다정한 말투로 물었다.

"이상하군요. 이 녀석은 다이어 울프와 전혀 다르게 생겼는데."

이런. 슈웨인도 까망이가 다이어 울프와는 아예 종이 다른 것 같다고 했다. 그리고 까망이가 그렇게까지 변한 이유는 영혼의 서 때문이었다.

방금 막 이 마법을 비밀리에 붙이자고 정한 참이었는데, 마음을 먹자마자 다 들통나게 생겼다. 난 진정하려고 애썼다. 마탑주를 향해 차분하게 웃어 보이며 말했다.

"네, 사실 까망이는 다이어 울프가 아니에요. 아마 몇 기사님들이 혼란스러운 와중에 잘못 보신 거겠죠. 이 아이는 전에 없던, 새로운 종류의 마수예요."

원래 이런 종이었다고 하면, 계약 후에 이렇게 변했다는 생각은 못하겠지. 겉으로 보기에 까망이는 영락없는 하급 마수였다. 마탑의 일원도 아니었던 귀족 영애가 다이어 울프를 잡았다는 것보다는 훨씬 자연스럽게 보일 것이다.

나는 조심스럽게 마탑주의 표정을 살폈다. 그의 얼굴에는 흥미로운 빛이 가득했다. 어쨌든 내 말을 의심하는 눈치는 아니어서 안심이 되었다.

"새로운 종이라……. 세상에, 마수를 잡은 것으로도 모자라 신종 마수를 발견해 내다니. 이 시대에 이렇게 대단한 운과 재능을 가진 젊은이를 만나게 될 줄은 몰랐군요."

클라우드가 내 말을 믿어 주는 건 다행이었지만, 그의 반응은 내 예상을 조금 빗겨 나갔다. 찬사를 받을 의도로 한 말은 아니었는데.

"그렇다면 이 마수를 새로이 등록해야겠군요. 이 신종 마수를 어떻게 부를지는 정했나요?"

신종 마수의 이름. 그게 까망이의 이름을 묻는 게 아니라는 건 알았다. 새로운 마수를 발견하면 발견한 사람이 그 종의 이름을 정하는 거였구나. 갑자기 어마어마한 일을 떠맡게 된 것 같다. 난 당황스러웠지만 우선 긍정부터 하고 봤다.

"그럼요."

여기서 당황한 티를 내면 내가 지금까지 한 말들이 임기응변으로 둘러 댄 거짓말이라는 사실이 들통날 것 같았다.

"그렇군요. 어떤 이름이지요?"

클라우드가 가느다란 눈을 반짝이며 물었다. 난 그를 바라봤다가, 그의 등 뒤로 보이는 사람들의 숫자에 당황했다. 호기심이 가득한 표정을 하고 있는 마법사들이 어느덧 투명한 도서관 출입구 밖까지 가득 채울 정도로 몰려 있었다.

이 많은 사람들이 모두 행인이었을 리는 없고, 아무래도 이 소동에 대한 이야기를 듣고 어디서 함께 구경을 온 모양이었다. 분명 방금 전까지는 도서관에 아무도 없었던 것 같은데. 마탑의 일원이라는 사람들은 모두 함께 뭉쳐 다니기라도 하는 것인가?

나는 곤혹스러운 눈으로 구경꾼들을 둘러봤다. 내가 한참 말이 없자, 클라우드가 나를 재차 불렀다.

"로드랭 양?"

"아, 네."

난 퍼뜩 정신을 차리고 그를 돌아봤다. 까망이의 종 이름이라. 다이어 울프인데, 다이어 울프라고 말할 수는 없으니……. 나는 잽싸게 고민을 끝내고 입을 열었다.

"웨어 울프요."

웨어 울프. 웨어(were)는 고대어로 '사람'을 뜻했다. 사람 말을 하는 늑대. 그게 내가 재촉 속에서 급히 지은 까망이의 종족 이름이었다.

"웨어 울프!"

구경꾼들이 웅성거리기 시작했다. 도서관에서는 정숙하는 게 기본일 텐데. 지금 이 자리에서는 누구도 기본을 지킬 생각이 없어 보였다. 웅성거림은 곧 환호와 탄성으로 바뀌었다. 금세 도서관이 시장통처럼 떠들썩해졌다.

난 슬쩍 클라우드를 바라보았다. 이 소동을 잠재울 수 있는 사람은 마탑주밖에 없어 보였다. 클라우드는 턱을 매만지다가, 내 시선을 느꼈는지 미소를 지었다. 그가 드디어 입을 열었다.

"로드랭 양, 내 수제자가 되지 않겠어요?"

마탑에 일대 소란이 일었다.

* * *

"아가씨, 또 여기서 주무세요?"

친숙한 잔소리에 나는 부스스한 머리를 들었다. 내 얼굴을 덮고 있던 책이 옆으로 툭 떨어졌다.

"그냥 낮잠 잔 거야. 무슨 일 있어?"

내 낮잠이란 새벽이 틀 무렵 잠들어서 정오쯤 깨는 것을 뜻한다. 유모가 떨떠름한 얼굴로 늘어진 종이들을 보다가 고개를 저었다.

"아가씨를 뵙고 싶다는 분이 있으셔서요."

"또?"

난 떨어진 책을 테이블 위에 올려놓으며 되물었다. 유모가 느리게 고개를 끄덕였다.

"이번에는 누구야. 무도회? 행사? 데이트 신청? 마법사야, 귀족이야? 그것도 아니면 왕족? 제발 가정교사 초청이라고 말하진 말아 줘."

클라우드가 내게 자신의 수제자가 되라고 제안한 지도 보름이 지났다.

그사이 내겐 아주 많은 일이 있었다. 그날 답을 얼버무리고 도망치듯 집에 돌아온 다음 날부터, 매일같이 마법사들이 집을 찾아와서 대문을 두들겼다. 그들은 다시 한번 마탑에 와서 탑주님과 이야기를 한번 나눠 달라고 부탁했다.

처음에는 정중하게 거절했지만, 마탑주는 포기를 몰랐다. 끈질긴 러브콜이 계속되자 나는 결국 방에 틀어박혀 유모에게 '나 없다고 말해 줘.'를 시전하기에 이르렀다.

마탑주의 수제자가 된다는 것은 탑주의 후계자가 되라는 소리와 같았다. 아무래도 그 마탑주가 사람 보는 눈이 대단히 떨어지는 게 틀림없지. 내가 탑주의 후계자라니. 아무리 생각해도 말이 안 되지 않은가? 마탑에는 그를 공경하는 성숙한 제자들이 가득 차 있었다. 그들이 마탑의 일원도 아니었던 나를 탑주의 후계자로 인정할 리가 없다.

게다가 지금의 탑주는 마법 능력만큼이나 중재자로서의 능력이 중요한 자리였다. 옛날에는 마력량으로 탑주를 뽑았던 시절도 있었다고 하지만, 지금은 아니었다. 그리고 난 내가 정치적 감각이 떨어진다는 것 정도는 알고 있었다.

한 번에 여러 사람의 특성을 파악하고 그들을 적절히 관리하는 것은 내 적성에서 가장 멀리 떨어져 있는 일이었다. 그런 거, 싫어하기도 하고 생각해 보니 정치에 대해 냉소적인 것도 카르멘에게 받은 영향이었던가. 그는 내가 황실 사람들의 알력 다툼에 대해 관심 가지는 것을 좋아하지 않았다.

하지만 사람들은 내 그런 성정에 대해서는 관심이 없는 듯했다. 클라우드가 내게 후계자가 되라고 제안한 다음 날, 나는 나와 클라우드의 이야기를 신문으로 볼 수 있었다.

내가 거절하면 금방 가라앉을 것이라고 생각했는데. 이게 웬걸. 사람들은 마탑주의 끈질긴 러브콜과 그것을 매몰차게 거절하는 귀족 영애의 구도를 아주 흥미로워했다.

난 유명 인사가 되었다. 파티의 초청장이 빗발치고 하루에도 수십 통씩 청혼서가 날아왔다. 집 근처에 기자들이 기웃거리고 길을 지나다니면 낯선 사람들이 말을 걸어와서, 난 외출도 자유롭게 못 하고 있었다. 게다가 사흘 전에는, 나스티아 공국의 사신이 찾아와서 공녀님의 가정교사가 되어 달라는 초청하기까지 했다.

평소라면 영광된 일이라 여겼을 수도 있지만, 지금은 그 모든 일들이 성가시게만 느껴졌다. 바빠 죽겠는데! 내겐 헤브람 제국에 마력을 돌려놓기 위하여 영혼의 서의 비밀을 밝혀내야 하는 중대한 임무가 있단 말이다. 그래서 지금 내가 손님이 찾아왔다는 유모의 말을 이렇게 탐탁잖게 받아들이는 것이다.

그러나 유모의 대답은 내 예상을 모두 빗나갔다.

"마법사, 귀족, 왕족 중에서는 귀족이 되시겠네요. 프라온 공작 영애가 오셨어요."

난 즉시 자리에서 일어났다.

"엘레나!"

내가 쓰러져 있는 동안 엘레나도 날 보러 왔었다고 한다. 안 그래도 만나고 싶었는데, 상황이 따라 주질 않았다. 그런데 엘레나가 먼저 찾아와 주다니.

난 아래층에서 날 기다리고 있는 엘레나를 보자마자 외쳤다.

"엘레나!"

"첼시!"

엘레나가 날 와락 끌어안았다. 그러고는 빠른 속도로 내 머리와 얼굴을 확인했다.

"안 좋은 데는 없어? 다 나은 거야?"

"응."

엘레나가 날 걱정하는 것을 보니 가슴이 뭉클해졌다. 난 웃으면서 그녀의 손을 끌어당겼다.

"들어가서 얘기하자. 유모가 달콤한 프라페를 준비해 줄 거야."

우리는 함께 티 룸으로 갔다. 커다란 창으로 정원의 꽃들이 훤히 보이는 곳이었다. 엘레나는 내게 궁금한 것들을 쏟아 냈다. 신종 마수를 잡았다는 건 정말인지, 마탑주의 제안은 왜 거절하는지, 아카데미에는 왜 오랫동안 나오지 않은 것인지 기타 등등.

난 엘레나의 모든 질문에 사실대로 답해 줬다. 엘레나는 내 말을 진지하게 듣다가 문득 물었다.

"그럼 그것도 정말이야?"

"뭐?"

"네가…… 카르멘과 파혼했다는 거."

"아, 응."

그러고 보니 그런 일도 있었지. 난 시원스레 고개를 끄덕였다. 엘레나는 충격에 빠졌다.

"세상에, 완전히 뜬소문인 줄 알았는데!"

"소문까지 퍼졌어?"

난 고개를 절레절레 흔들었다. 근 며칠간 영혼의 서의 비밀은 못 알아내고 사람들이 얼마나 소문을 좋아하는지만 절절히 배웠다.

"퍼지진 못했지. 아무도 안 믿거든."

"엥, 뭘?"

엘레나는 내 눈치를 살피면서 말했다.

"너희가 파혼했다는 거."

"음……."

이건 또 신기한 현상이네. 아무도 우리의 파혼을 믿지 않는다니. 하긴, 우리 아빠나 오빠만 해도 우리가 심하게 다툰 정도로만 이해하고 있으니까.

열두 살 때부터 지금까지 우리의 관계를 봐 왔던 클래스메이트들이 우리의 파혼 소식을 들으면 어떤 반응을 보일까 궁금하긴 했지만, 설마하니 믿지도 않을 줄은 몰랐다.

내가 그런 감상을 느끼고 있는데, 엘레나가 갑자기 내 어깨에 손을 올렸다. 어쩐지 엘레나는 날 다 이해한다는 표정을 짓고 있었다.

"말 안 해도 괜찮아, 사실 나도 헤어졌거든."

"뭐?!"

이번에는 내가 놀랄 차례였다.

엘레나의 남자 친구는 그녀가 입학 축제 때 만난 사람이었다. 가끔 싸우긴 해도 얼마나 다정하게 만나고 있는지 다 아는데. 그새 헤어졌다니 무척 당황스러웠다.

"너희가 헤어질 줄은 상상도 못 했는데."

"내가 할 말이야."

우린 서로를 가만히 응시하다가 동시에 웃음을 터뜨렸다.

"첼시, 이 프라페 치워. 술 갖고 오라고 해."

"대낮부터 무슨 소리야."

"지금 대낮이 문제야?"

노란 햇살이 레이스 커튼을 타고 들어오는 티룸에서 엘레나가 주정뱅이 같은 소리를 지껄여 댔다. 난 낄낄거리며 그녀를 말렸다.

엘레나는 남자 친구와 싸우다가 헤어졌다고 한다. 그는 남작가의 사람인데, 엘레나가 공작가의 막내딸이라 열등감이 있었나 보다.

그는 말다툼을 할 때 계급을 들먹이며 자신을 무시하냐고 묻곤 했는데, 엘레나가 '그러는 당신은 내가 공작 영애라서 접근한 거야?' 하고 말하자 손찌검을 하려고 해서 이별을 통보했다고 한다.

"정곡을 찔리기라도 한 모양새였다니까. 사실 예상은 했어. 툭하면 어차피 결혼은 급이 맞는 사람과 할 거 아니냐고 묻는데, 진절머리가 나더라니까. 결혼은 가문 간의 화합이니까, 그런 생각이 드는 것도 이해는 되지만……."

엘레나는 분통을 터뜨리다가 이야기를 모두 털어놓자 진정이 되었는지 물었다.

"그래서, 넌 그것 때문에 아카데미에 안 나오는 거야?"

"응? 아냐. 그냥……."

난 그동안 개근을 해 왔다. 아카데미에 가면 카르멘을 만날 수 있을지도 모르니까. 그 공간이 좋았다. 그러니 파혼을 하자 아카데미에 나갈 필요를 느낄 수가 없었다.

"……아카데미보다 중요한 일도 있고."

"하긴, 넌 이제 대단한 사람이 됐잖아."

"내가?"

"응, 마수를 사역마로 삼은 마법사는 삼십 년 만에 처음 나왔다는걸?"

난 떨떠름하게 프라페를 삼켰다. 나는 까망이가 다이어 울프란 것을 숨기면 사람들이 대수롭지 않게 받아들일 것이라고 생각했다. 그런데 마지막 드래곤이 잠든 이후로 하급 마수를 사역한 사람조차 한 명도 없었던 것이다.

난 몰랐지.

"유명 인사가 된 기분이 어때?"

"좀 이상해."

"좋지 않아?"

엘레나가 싱글거리며 물었다.

"좋은데. 난 언제나 똑같은 사람인데, 사람들의 태도가 변하니까. 문득."

난 약간 뜸을 들이다가 말했다.

"사람들이 생각보다 사랑을 별로 안 좋아하는 거 같다는 생각이 들어."

"그게 무슨 소리야?"

"그냥."

내가 열심히 사랑을 할 때는 조금 바보 취급을 당하는 것 같았는데, 내가 사역술을 하니까 찬양을 해서.

옛 현자는 사랑이 삶이 궁극적 목표가 될 수 있는 것이라고 했고, 내가 어릴 때 보던 동화에서는 사랑을 무척 귀하게 그려 내곤 했다. 그러나 의외로 현실은 그렇게 돌아가지가 않나 보다.

이제 사람들은 결혼은 현실이라고 말하고, 가문이나 조건이 더 중요하다고 하고…… 오로지 사랑 때문에 결혼을 하려 했던 내가 철없는 어린 애처럼 느껴졌다.

"좀 속았다는 생각이 들어."

이럴 거면 왜 그렇게 사랑을 중요한 것인 양 가르친 걸까? 의미 모를 내 질문에 엘레나는 의아한 표정을 지었다.

* * *

엘레나가 돌아가고 나서 나는 슈웨인의 집으로 향했다. 요새 나는 그의 집에 거의 출근 도장을 찍고 있었다. 슈웨인은 마탑의 도서관에서 필요한 책들을 빌려다 놓고, 내가 오면 한 아름씩 안겨 주었다.

나를 보자 집사가 친근하게 나를 맞이했다. 난 익숙하게 슈웨인의 서재의 문을 열고 인사했다.

"안녕하세요, 슈슈!"

"안, 쿨럭!"

우아하게 다리를 꼬고 앉아 커피를 마시고 있던 슈웨인은 난데없는 인사에 사레가 걸린 듯했다. 난 장난스럽게 웃으며 맞은편에 앉았다. 슈웨인은 겨우 기침을 멈추고 힘없이 말했다.

"탑주님이 첼시에게 이상한 것을 가르쳤군요……."

"왜, 귀여운데요."

"……."

난 어쩔 줄 몰라 하는 슈웨인을 내버려두고, 하인에게 차를 건네받았다. 따뜻한 레몬차를 잠시 즐기다가 슈웨인을 향해 물었다.

"그래서, 새로운 소식은 좀 있어요?"

"유용한 책은 딱히 찾지 못했습니다만……."

슈웨인의 말에 난 그럼 그렇지, 하는 생각이 들었다. 요 며칠 동안 열심히 알아보았지만 우리는 허무맹랑한 신화를 제외하고는 단서가 될 만한 정보를 하나도 찾지 못했던 것이다.

슈웨인은 마탑에서 프네우마를 복원한 자료를 가져다주었다. 그러나 중요한 부분은 복원하지 못했다. 그냥 내가 추측하며 읽었던 것이 다 얼추 맞았다는 것만 확인했을 뿐이다. 그들은 더 시도해 보겠다고 말했지만, 잘 될지는 확신할 수 없었다.

난 답답한 마음에 한숨을 쉬었다. 그런데 슈웨인의 뒷말은 예상치 못한 것이었다.

"대신, 특이한 소문을 하나 들었습니다."

"소문이요?"

뜻밖의 말에 난 찻잔을 내려놓고 그의 말에 귀를 기울였다.

"에키드 왕국에 대해서 아십니까?"

"네, 마수로 인해 멸망한 왕국이잖아요."

"헤브람 제국과 에키드 왕국 사이에 나스티아 공국이 있습니다."

나스티아 공국은 우리나라의 우방이었다. 얼마 전에 우리 토벌대가 향했던 곳이기도 하고.

"네."

"그곳에 함께 갔던 동료에게 들은 말입니다만, 나스티아 공국에 '말하는 마수'가 있다고 합니다."

"말하는 마수요?"

"네. 마수인데, 인간의 언어를 구사한다고 하더군요. 그저 소문일 뿐이지만…… 어디서 많이 본 마수 같지 않습니까?"

난 눈을 깜빡였다. 까망이는 영혼의 서로 계약을 한 이후로 갑자기 사람 말을 구사하기 시작했다.

"설마……."

"첼시처럼 어딘가에서 영혼의 서로 계약을 한 술자가 있다고 하면 말이 되죠."

나는 작게 숨을 들이켰다.

나스티아 공국. 국경 밖에는 마수가 들끓고 있었다. 나는 헤브람 제국의 밖으로는 한 번도 간 적이 없다. 까망이를 만난 곳조차 결계 밖은 아니었으니까.

엘레나는 내가 언제 아카데미에 나올지 궁금해했지만, 사실 나는 요새 다른 계획을 짜고 있었다.

먼 옛날, 우리의 선조들은 훌륭한 마법사가 되기 위해서는 우선 세상에 던져져 봐야 한다고 생각했던 모양이다. 그래서 평민 분장을 하고 혼자 여러 나라를 돌아다니는 수행을 떠났는데, 이것을 '코나툼'이라고 불렀다. 고서에는 위대한 대마법사 R.D도 코나툼을 다녀왔다는 기록이 있었다.

나는 근래에 그 멋진 전통을 계승하고 싶다는 생각이 계속 들었던 것이다. 그리고 지금 슈웨인이 들려준 이야기를 그 일의 동기로 삼을 수도 있지 않을까 하는 생각이 들었다.

나도 모르게 입가에 미소가 걸렸다. 난 기대를 숨기지 못하고 말했다.

"직접 가 봐야겠어요."

* * *

나스티아 공국에 가겠다고 마음을 먹은 후에, 내가 가장 걱정한 것은 아카데미였다. 우리 부모님이 아무리 자식을 자유롭게 키운다고 해도, 내가 아직 아카데미의 학생 신분인데 쉽게 보내 주려 하시지는 않을 것 같았다.

그러나 그 문제의 해결책은 뜻밖의 곳에서 나왔다. 몰랐는데 마탑주의 수제자로 선택되면 수업의 정규 과정을 듣지 않아도 아카데미의 졸업 요건이 충족된다고 한다.

마탑에서 온 마법사들에게 이 이야기를 듣고, 나는 냉큼 마탑에 입적하겠다고 대답했다. 여태까지 몇 번이고 나를 찾아와서 회유했던 마법사들은 무척 허무한 표정을 지었다. 그러게 처음부터 이 이야기를 해 줬으면 좋았을걸.

물론 조건은 달았다. 마탑에 이름만 올리고 자유롭게 돌아다닐 수 있도록 해 줄 것. 내 일에 참견하지 말 것. 다행히도 마탑주는 모험을 떠날 것이라는 내 말에 무척 재미있어하면서 흔쾌히 그러라고 말해 주었다.

그 후 내가 집에 비웠을 때 아카데미에서 사람이 왔다. 졸업 행사 때 아카데미에 나와서 연설을 해 달라고 부탁했다나. 마법 수업 하나 듣지 않은 아이가 이런 졸업 요건을 충족해서 졸업하는 것은 처음 있는 일이라고 한다.

아무튼 가장 큰 복병은 그렇게 해결되었다. 난 얼토당토않은 제안을 해 준 마탑주에게 마음속 깊이 감사했다. 덕분에 예상보다 훨씬 쉽게 내 계획을 부모님께 털어놓을 수 있었다.

대뜸 나스티아 공국에 가 보고 싶다고 말하자 당연하게도 부모님은 걱정부터 하셨다. 하지만 근래에 있었던 해괴한 일들 때문인지 강경하게 반대를 하진 못하셨다. 최악의 상황에는 가출이라도 할 심산이었던 나는, 부모님의 반응을 보고 설득할 여지가 있다고 느꼈다. 그들을 납득시키기 위해서 꺼내 든 나의 카드는 바로 할아버지였다.

나는 우선 할아버지 댁에 방문해서 윙투스에 새겨진 다섯 개의 주술을 모두 발동시키는 모습을 뽐냈다. 트루디 삼촌과 할아버지는 예상대로 기절초풍하셨다. 모험가 기질이 다분한 트루디 삼촌은 내가 나스티아 공국에 가고 싶다고 말하자 곧바로 내 편이 되어 주었다.

할아버지는 내가 국경을 넘어가는 것은 반대하셨지만, 내가 어떻게 갑자기 주술을 잘 쓰게 되었는지를 무척 궁금해하셨다.

나는 토벌대와 함께 떠났던 경험을 각색해서 이야기해 드렸다. 내게는 원래 넘치는 마법적 재능이 있었는데, 집에만 박혀 살던 바람에 펼칠 기회가 없다가 바깥세상으로 나가니 곧장 개화되었다는 식으로 말이다.

나는 그에게 비행 마법을 포함한 몇 가지 고대 마법도 보여 줬다. 그러면서 세계 최고의 사역술사가 되고 싶다고 야심차게 이야기하자 할아버지의 눈이 흔들렸다. 트루디 삼촌과 함께 열심히 내 꿈과 재능에 대해 설파하자 할아버지도 결국 넘어오셨다.

아무렴, 내게 윙투스를 넘겨주신 분인걸. 내가 마법을 쓰는 모습을 볼 때 할아버지의 눈이 유독 애정 어려 보인다고 느꼈던 건 착각이 아니었다. 난 트루디 삼촌과 할아버지의 인정을 등에 업고 다시 부모님을 마주했다.

"나스티아 공국에 가고 싶어요."

부모님은 내 편에 서 있는 삼촌과 할아버지를 보고 당황하셨다가 금세 침착하게 나를 말렸다.

"안 돼, 넌 겨우 열여덟 살이야. 국경을 넘는 건 위험해."

"마탑주가 수제자로 인정한 열여덟 살이지."

"아버지!"

아빠가 소리치자 할아버지가 어깨를 으쓱했다.

"내가 뭐 틀린 말 했나?"

"갑자기 왜 그러세요. 아버지는 막내 손주가 걱정되지도 않으십니까?"

"첼시가 윙투스의 다섯 가지 주술을 다 발동시켰어."

"……네?"

할아버지의 말에 가장 동요한 것은 엄마였다. 할아버지는 엄마의 반응을 살피면서 말했다.

"내가 직접 봤단다. 마탑이 아무리 쇠했다 한들 마법사들의 기둥. 그들의 수장인 마탑주가 인정한 아이야. 무작정 품에 쥐고 있는 게 답이 아닐 수도 있지."

트루디 삼촌도 가세해서 고대 마법을 발동시키는 게 얼마나 대단한 일인지, 내가 어떤 가능성을 품고 있는지 열심히 토로했다. 삼촌의 열띤 연설까지 가세하자 부모님도 마음이 흔들리는 눈치였다.

난 거기에 확인 사살을 해 보았다.

"최고의 사역술사가 돼서 돌아올게요."

우리 부모님은 자식의 꿈을 쉽사리 꺾으려고 들지 못했다.

그날 당장 허락을 받아 내진 못했지만, 며칠 더 설득한 끝에 어머니는 결국 내 편을 들어주셨다. 아버지는 마지막까지 못마땅해하셨지만 어머니를 꺾지는 못하셨다. 난 결국 오랜 노력 끝에 부모님의 허락을 받아 내는 데 성공했다.

난 삼 일가량의 시간을 내서 언니와 오빠에게도 인사를 했고, 엘레나도 한 번 더 만났다. 슈웨인은 고맙게도 나와 함께 가고 싶다고 말해 주었지만 내가 거절했다. 그에게는 그의 일이 있었고, 코나툼은 홀로 떠나는 것이 전통이었다.

그렇게 나는 떠날 준비를 마쳤다.

"다녀올게요!"

난 나를 배웅하는 가족들에게 인사를 하고 집을 나섰다.

* * *

부모님은 내게 호위 기사나 마차나 말 같은 것을 내주려고 하셨지만, 나는 수도 광장에서 직접 돈을 주고 마부를 고용했다. 부모님의 도움을 받지 않는 것도 코나툼의 전통이었다.

다만 국경을 넘어가고 싶어 하는 마부는 잘 없기 때문에, 날 나스티아 공국에 데려다줄 만한 마부는 부모님의 추천을 받았다. 거기에 더해서 내가 마법사라는 것을 밝힌 후에야 마부를 고용할 수 있었다. 다들 목숨을 아까워했으니 어쩔 수 없었다.

마부는 인상이 좋고 과묵한 사람이었다. 그는 내게 인사하고 한마디만 덧붙였다.

"강아지가 귀엽네요."

난 어색하게 웃으며 품에 있는 까망이를 내려다봤다. 까망이는 무심한 표정으로 내게 안겨 있다가 내 시선을 눈치채고 떨떠름하게 입을 열었다.

"……멍!"

"오, 녀석. 인사를 하는군."

"아하하. 워낙 사람을 좋아해서요."

"개가 다 그렇지요."

마부는 따뜻한 눈으로 까망이를 바라보며 웃었다. 나도 어색하게 따라 웃었다.

이해할 수 없는 일이지만, 까망이는 윙투스에 들어가는 것을 싫어했다. 물론 나도 녀석을 소환해 놓고 있는 쪽이 편했다. 마법을 쓰려면 까망이가 필요하기도 하고. 그래서 어젯밤에 나는 떠날 채비를 하면서 까망이에게 미리 말해 놓았다.

'까망아, 이제 많은 사람들을 만나게 될 테니까. 넌 그럴 때 강아지인 척을 하고 있어야 해. 마수인 걸 들켜도 큰일이지만, 새끼 늑대로 봐도 이상하게 생각할 거란 말이야. 그러니까 앞으로는 사람들 앞에선 멍! 하고 울어.'

'……'

'알았지? 따라 해 봐. 멍!'

'……머엉.'

'사람처럼 말하지 말고, 더 개같이 짖어! 멍!'

'……멍!'

특훈의 성과가 있었는지, 까망이는 이제 제법 개처럼 짖어 댔다. 대신 조금 시무룩해져 있었다. 강아지 흉내를 내라고 해서 기분이 상했나 보다. 그래도 다이어 울프인데.

마차는 왁자지껄한 수도를 벗어나 결계 벽을 따라 달렸다. 토벌대의 행군과 비슷한 루트였지만 그보다는 조금 둘러 가는 길이었다. 밤이 깊으면 여관에서 잠을 자야 했으니까, 마을과 가까운 쪽으로 이동했기 때문이다.

사흘째부터는 마을과 마을 사이의 거리가 상당히 멀어졌다. 다음 마을로 가기 위해서는 강을 두르고 달려야 했다. 창 너머로 밤하늘을 구경하고 있으려니 문득 옛 기억이 떠올랐다.

열 살이었나. 바라카를 찾기 위해서 이렇게 마부를 고용해서 혼자 마차를 타고 떠나던 때가 있었다. 그때도 이렇게 마차 안에서 밤하늘을 구경하면서, 마치 내가 모험을 떠나는 방랑 마법사가 된 기분이라고 설레어 했었는데.

이제는 진짜 방랑 마법사가 되어 버렸네.

가만히 달리는 마차 밖의 풍경을 구경하고 있는데, 묘한 기분이 들었다.

세 번째 밤을 보낸 여관은 작지만 왁자지껄한 분위기였다. 1층에는 펍이 있고 2층에는 숙소가 있는 그런 곳이었는데, 내가 지쳐서 잠들기 직전까지 시끌벅적하더니 새벽녘에 일어날 때까지 그 상태였다. 덕분에 잠을 설쳐서 기분이 별로였다.

씻고 다시 떠날 채비를 해서 마차가 있는 곳으로 향하는데, 여관 앞에서 실랑이를 하는 소리가 들렸다. 여관을 나와 보니 여러 마리의 말을 끌고 있는 남자와 여행자로 보이는 여자가 서로 대치하고 서 있었다.

"은화 한 개짜리 말은 없어. 다른 데 알아봐."

"팔라는 게 아니에요. 빌려만 주세요. 다음 달에 다시 와서 두 배로 대금을 치를게요."

"너 나스티아 사람이잖아? 국경 넘어가면 끝인데, 뭘 믿고 말을 빌려 줘? 딴 데 가서 알아봐."

여행자가 애원했지만 남자는 매몰차게 거절하고 다른 손님에게 인사를 건넸다. 여행자는 어깨를 축 늘어뜨리며 돌아섰다. 그 순간 난 그 여행자의 얼굴을 볼 수 있었다. 밤색 머리에, 콧등 위로는 주근깨가 나 있는 여자였다. 앳된 얼굴로 봐서는 아마 나와 비슷한 나이인 것 같았다.

듣자 하니 나스티아 공국 사람인데 돌아갈 여비가 없는 것 같았다. 난 잠시 망설이다가 그녀에게 다가가서 물었다.

"나스티아 공국으로 가시나요?"

갑작스런 질문에 그녀는 어리둥절한 얼굴로 고개를 끄덕였다. 난 미소를 띠고 말했다.

"저도 나스티아 공국에 가요. 마차에 자리가 남는데, 괜찮다면 같이 가실래요?"

"……그래도 되나요?"

"그럼요."

난 웃으면서 말했다. 여자의 눈이 못 믿겠다는 듯이 나를 잠시 살폈다. 그러나 로브를 뒤집어쓰고 있을 뿐, 난 어딜 보나 그냥 평범한 여자애였다. 그녀는 내 얼굴을 확인하고는 금방 경계를 거뒀다.

"고, 고맙습니다."

"천만에요."

난 선뜻 여행자를 마차로 데려왔다. 이렇게 갑작스럽게 호의를 베푸는 이유는, 그녀가 내 어릴 적과 겹쳐 보였기 때문이다. 무턱대고 바라카를 구하겠다고 나섰던 열 살. 난 날 위해서 수도에서 페레스산까지 왕복으로 마차를 몰아주었던 마음씨 좋은 마부를 기억했다.

그때는 몰랐지만, 지금 생각해 보면 그 마부는 아무래도 어린 내가 걱정이 되어서 근방의 마을에 머물렀던 것 같다. 게다가 내가 집으로 돌아가겠다고 하자, 무리한 부탁인데도 그 새벽에 출발을 해 주었지. 그는 내 또래의 딸이 있다고 했다.

난 그 덕분에 그날 산에서 만난 기묘한 산적들에게서 쉽게 도망칠 수 있었다. 그때 변장을 한다고 하긴 했지만 지금과는 달리 무척 허술했다. 아마 마부는 첫눈에 내가 몰래 집을 빠져나온 귀족 꼬마인 것을 눈치챘을 것이다. 만약 그 마부가 나쁜 사람이었으면 나는 바라카를 찾지도 못하고 그냥 납치나 당하게 됐을지도 몰랐다.

돌이켜 생각해 보면 그날은 참 위험천만한 하루였다. 하지만 난 운 좋게도 착한 마부를 만나서 무탈하게 돌아올 수 있었다. 어릴 적 받았던 대가 없는 선의를 나도 남을 위해 베풀고 싶어졌다.

여행자는 마차에 올라타고는 내게 거듭해서 인사했다.

"저…… 제 이름은 릴리예요. 정말 감사해요. 덕분에 살았어요."

"반가워요, 릴리. 내 이름은 첼시예요. 그렇게 고마워할 것 없어요. 어차피 가는 길이었는데요, 뭘."

내 대답에 릴리는 구불구불한 갈색 머리를 손가락으로 꼬았다.

"여기에 오고 나서는 어째 계속 사기만 당하는 것 같아서…… 첼시처럼 좋은 사람을 만나게 될 거라고는 생각도 못 했어요. 아빠 말이 맞네요. 역시 세상에는 좋은 사람이 훨씬 많나 봐요."

그녀가 무척 고마운 투로 말했다. 난 어쩐지 쑥스러워져서 고개를 숙였다. 릴리는 작게 웃다가 내 옆에 앉아 있는 까망이를 보고 말했다.

"그런데 강아지와 함께 여행하시는 거예요?"

"아, 네. 제 가족 같은 아이라서요. 이름은 까망이에요."

"그렇구나, 세상에. 안녕, 까망아."

"……."

까망이가 무심한 얼굴로 릴리를 바라봤다. 아니, 강아지는 그렇게 반응하지 않는다니까. 나는 당황해서 녀석의 옆구리를 쿡 찔렀다. 까망이가 뒤늦게 정신을 차리고 꼬리를 흔들었다.

"멍!"

"어머, 귀여워라."

릴리가 웃으면서 까망이의 머리를 쓰다듬었다.

"저도 어렸을 때 강아지를 키운 적이 있었는데요……."

"그랬어요?"

까망이 덕분에 우리 사이에 대화 화제가 생겼다. 말을 튼 김에 난 슬쩍 릴리의 나이를 물었다.

"전 스무 살이에요."

"역시 또래였구나. 나이도 비슷한데 우리 편하게 말해요."

"앗, 그럴까?"

난 릴리와 담소를 나누다가 슬쩍 까망이의 눈치를 살폈다. 녀석은 얼이 나간 얼굴로 허공을 바라보고 있다가 힘없이 고개를 떨궜다. 머리를 쓰다듬은 것이 그리도 충격이었을까. 까망이는 시름시름 앓다가 곧 잠들어 버렸다.

국경 근처에 오니 땅이 거칠어져서 마차가 심하게 덜컹거렸다. 그런데도 릴리와 까망이는 곤히도 잤다.

까망이는 그냥 어려서 잠이 많은 것 같고……. 릴리는 제국에 와서 며칠 동안 잠도 못 자고 무슨 물건을 구한다고 동분서주했다고 하니, 자세한 사정은 몰라도 피로가 많이 쌓여 있었던 것 같다.

오늘은 국경을 넘어간다. 국경을 넘는 것은 생애 처음 있는 일이라 나는 신경 써서 방비를 했다. 어젯밤에 미리 마차에 마법진을 그려 놓았다. 릴리가 곤히 잠들어 있어서 일이 쉬웠다.

헤브람 제국의 국경을 지날 때쯤, 나는 마차에 손을 올려 은신 마법을 발동시켰다. 검은빛과 함께 마법진이 사라지고, 마차를 둥글게 감싸는 투명한 결계가 생성되었다. 나는 멈추지 않고 연달아 마법을 발동시켰다. 마차 위로 결계가 겹겹이 쌓였다.

국경을 넘어서서 얼마 되지 않아 사막이 보였다. 원래는 여기가 옆 나라 에코 왕국의 땅이었다. 그러나 마수가 터를 잡은 이후부터는 관리하는 사람이 사라져 누구든 허가 없이 드나들 수 있게 되었다. 사실상 무주지였다.

나는 창문을 열었다. 토벌대는 저 사막을 마수의 바다라고 불렀다. 물결치는 사막 속에서 솟아 나오는 마수를 보고 있으면 꼭 바다에서 튀어나오는 날치 떼를 보는 것 같다고 했다.

그러나 우리는 완전히 사막화된 길로 가지 않았다. 사막화가 심한 방향으로 가면 쉴 없이 마수가 나오지만 죄다 하급 마수들이라 기사단이 상대하기는 쉬웠다. 그래서 제국에서 나스티아로 향할 때는 보통 무리를 지어 다른 방향으로 가곤 한다.

우리가 가는 쪽은 일명 '그린로드'라는 이름으로 불린다. 그린로드는 사막 가운데에 홀로 길게 난 숲길이었다. 마치 누가 인위적으로 초록색 길을 깔아 둔 것 같은 이곳은, 나스티아 공국으로 가는 지름길이었지만 아무도 가지 않았다. 식물과 비슷한 성질의 마수들이 서식해서 땅과 나무가 유지되는 대신 중급 마수들이 출몰하여 위험했기 때문이다.

그래서 사람들은 보통 이 길을 기피했지만, 난 혼자 싸울 거니까. 여러 하급 마수들이 있는 길보다는 차라리 이 편이 나을 것도 같았다. 사막보단 흙길로 가는 게 마차가 덜 덜컹거리기도 하고.

정오쯤 되었을 때 저 건너편에서 커다란 오크가 보였다. 국경을 넘어서 마주친 첫 번째 마수였다. 나는 바짝 긴장해서 마수의 동태를 살폈다. 녀석은 미동 없이 앞만 보고 있었다. 마부가 불안한 얼굴로 날 돌아봤다. 난 그에게 그대로 직진하라고 지시했다.

긴장한 것이 무색하게, 마차가 마수의 앞을 지나갈 때도 녀석은 미동이 없었다. 완전히 마수를 벗어나고 난 후, 나는 뿌듯하게 웃었다. 마차에 건 결계가 제대로 작동하고 있다는 뜻이었다. 기척을 완전히 감추는 결계를 쳐 본 것은 처음이었는데 성공적으로 발동되어서 다행이었다.

마부가 멈춰 서서 말에게 물을 먹일 때, 나는 잠시 곁에 다가가서 말에게 마법진을 그린 양피지를 갖다 댔다. 그 마법은 사역술에 사용되는 마력식만 빼서 만든 것인데, 다른 개체에게 마력을 불어넣어 주는 마법이다.

예전에 내가 고서에서 배웠던 고대 마법이다. 마력을 많이 공급하면 죽어 가는 짐승도 살릴 수 있으니 이 정도면 체력 회복에도 도움이 될 것 같았다.

아니나 다를까 다시 출발할 때 말은 무척 활기가 넘쳤다. 아침에 처음 달리기 시작했을 때보다 더 빠른 것 같았다. 마부가 이해할 수 없다는 목소리로 '이 녀석들이 왜 이러지?'를 연발했다.

모든 마수가 우리를 인식도 하지 못하고 지나쳤는데, 중간쯤 가자 우리의 존재를 눈치채는 마수가 하나 나왔다. 짐승 세 마리의 머리를 가지고, 등에는 초록색 식물을 얹고 있는 거대한 전갈.

그 거대한 크기 때문에 아직 멀찍이 떨어져 있는데도 녀석의 모습이 훤하게 보였다. 아무래도 저 마수가 이 그린로드의 주인인 듯했다. 마수의 기척을 눈치챘는지, 잠에서 깬 까망이가 날 올려다봤다. 난 까망이에게 고개를 끄덕여 주고 공격 준비를 했다.

창문을 끝까지 활짝 열고 문턱에 왼팔을 걸쳤다. 마부에게는 마수는 신경 쓰지 말고 곧장 직진하라고 알려 두었다. 마부는 고개를 끄덕이고 중얼거렸다.

"괜찮아, 생명 수당은 받았으니……."

세상모르고 잠든 릴리의 옆에 난 창밖에서 세 개의 머리가 침을 질질 흘렸다. 마수의 붉은 눈은 명확하게 우리를 응시하고 있었다. 마차에 걸어 둔 은신 마법이 통하지 않다니, 꽤 강한 마수인 것 같았다.

팔을 들자 긴 소매 아래로 금색 윙투스를 감은 손이 드러났다. 그러나 세 번째 주술인 투명화 마법까지 발동시키자, 윙투스는 도로 모습을 감췄다.

나는 중지와 검지를 세우고 마수를 향해 조준했다. 브라운을 잡았을 때의 기억을 떠올리려고 노력했다. 윙투스 가득 마력을 채우고, 마치 활 시위를 팽팽히 당기는 것처럼.

검은 마력이 윙투스를 완전히 감쌌을 때, 나는 다섯 번째 주술까지 단번에 발동시켰다. 사슬이 최대로 줄어드는 순간, 윙투스는 순식간에 내 손을 벗어났다. 그것은 화살대가 없는 활처럼 빠르게 날아가 마수의 다리를 관통했다.

"캬아악!"

마수의 다리에서 보라색 액체가 쏟아져 나오며 녀석이 균형을 잃었다. 그사이 마차가 마수의 다리 사이를 지나쳤다. 마수는 황당한 눈으로 우리를 돌아봤다.

"방금 무슨 일이 일어난 거요?"

마부가 혼란스런 목소리로 물었다. 난 즐겁게 웃으며 소리쳤다.

"아무것도 아니에요. 잘 하고 있으니, 그대로 계속 가요!"

화가 난 마수가 우리를 향해 긴 다리를 뻗었다. 나는 허공에서 검지로 반원을 그렸다. 전갈 다리를 관통하고 날아가던 윙투스가 방향을 틀어 다시 다리로 날아와 박혔다.

"키에에!"

마수가 비명을 지르며 몸부림쳤다. 나는 창문으로 고개를 빼고 마수를 돌아봤다. 너무 적극적으로 녀석을 관찰한 걸까. 난 마수와 눈이 마주치고 말았다.

녀석은 더 화가 머리끝까지 났는지 이상한 소리를 내면서 마차를 향해 뛰어왔다. 나는 당황해서 다시 검지로 허공에 원을 그리기 시작했다. 윙투스는 투명화 마법이 걸려 있었지만 마수의 피를 잔뜩 묻힌 탓에 동선이 훤히 보이게 되었다.

보라색으로 보이는 사슬이 허공을 빙글빙글 돌며 전갈의 다리를 감았다. 마수는 당황한 눈으로 윙투스를 보다가, 문득 나를 다시 돌아봤다. 난 웃으면서 주먹을 쥐었다. 마수의 눈이 커졌다. 윙투스는 다섯 번째 주술, 증폭 마법을 입고 힘껏 날아올랐다.

"키에에에에에!"

커다란 비명 소리와 함께, 마수의 다리 하나가 잘렸다. 보라색 액체가 분수처럼 쏟아졌다. 나는 잽싸게 윙투스를 도로 불러냈다. 품에서 손수건을 꺼내서 마수의 피로 더러워진 윙투스를 감싸 잡았다.

계속할 거야?

난 그런 궁금증을 담아서 마수를 바라봤다. 마수는 마차를 향해 시선을 던졌다가, 나와 눈을 마주치고 움찔 놀랐다. 녀석은 망연자실한 얼굴로 멈춰 섰다. 아마 우리를 끝까지 따라오진 않을 모양이었다.

"휴, 진짜 무서웠어."

흥분 때문에 손바닥 안까지 맥박이 쿵쿵거리고 있었다. 난 가슴을 쓸어내리며 고개를 들었다. 그런데 어쩐지 까망이가 황당한 소리를 들었다는 표정으로 나를 바라보고 있었다.

열심히 마수와 싸운 주인을 왜 그런 눈으로 보는 건지 모르겠다. 아무튼 난 손수건으로 윙투스를 단단히 감싸서 배낭에 넣었다. 저 윙투스는 다음 숙소에서 물로 꼼꼼히 씻은 후에 다시 쓰던가 해야겠다.

마차를 끄는 말들은 내게 받은 마력을 생존을 위해서 쓰기로 결정한 것 같았다. 녀석들은 잇따라 마수를 마주치고 나서 달리는 속도가 더욱 빨라졌다. 그린로드가 지름길인 데다 말들이 힘을 내준 덕분에, 저녁녘에는 나스티아 공국의 성벽이 보이기 시작했다.

원래라면 이틀은 걸리는 길을 반나절 만에 주파하다니. 역시 그린로드로 오길 잘했다.

그때 릴리가 하품을 했다.

"하암……."

"아, 일어났어?"

"이런…… 말하다가 잠들어 버렸네. 요새 계속 잠을 못자서……."

"응, 너 엄청 잘 자더라."

릴리는 눈을 비비면서 창밖을 봤다가 저 멀리서 모습을 드러내는 나스티아 공국을 발견했다. 그녀의 눈이 커졌다.

"내가 이틀을 잤어?!"

릴리가 경악하며 창밖을 손가락질했다. 그녀의 말도 안 되는 발상이 우스워서 난 웃음을 터뜨렸다.

"무슨 소리야. 아니야."

"하지만 저건……."

"지름길로 와서 그래."

"……지름길?"

릴리가 어리둥절한 얼굴로 우리가 지나온 길을 돌아봤다.

"설마 우리…… 그린로드로 온 거야?"

"응."

내가 고개를 끄덕이자, 릴리가 비명을 지르기 시작했다. 우리를 실은 마차는 요란하게 덜컹거리며 나스티아 공국에 도착했다.

* * *

암흑 왕국의 접경국, 나스티아 공국. 나는 이 나라를 플로라 언니를 통해서 배웠다.

나스티아 공국은 삼십 년 전 에키드 왕국으로부터 독립했다. 에키드 왕국은 멸망하기 전까지 세계에서 두 번째로 많은 마력석을 보유한 나라였다. 이들은 나라에서 생산되는 질 좋은 보석을 팔아 마력석을 사들였고 그것으로 마법사를 양성했다.

그 결과, 헤브람 제국에서 드래곤이 사라지고 마탑의 몰락이 도래한 후에 에키드 왕국은 전 대륙에서 가장 많은 마법사, 그리고 마력석을 지닌 나라가 되었다. 마탑을 믿고 마력석을 마구 수출했던 헤브람 제국과는 달리, 그만큼의 마력석을 생산할 능력이 없는 에키드 왕국에서는 다른 방법으로 최대한 많은 양의 마력석을 보유해 놓으려고 했기 때문이었다.

풍부한 지하자원과 뛰어난 외교술, 에키드 왕국은 부강한 나라였다. 그런 에키드 왕국이 나스티아 공국과의 영토 전쟁에서 패배한 것이다. 그 힘을 증명하듯, 나스티아 공국은 암흑 왕국과 붙어 있다는 사실을 믿기 힘들 만큼 번화해 있었다.

"우와아……."

아름다운 분수가 있는 광장, 화려한 간판의 상점들, 시끌벅적한 사람들, 사람들, 사람들!

특히나 알록달록한 양산이나 모자를 쓴 귀부인들이 눈에 띄었다. 나스티아 공국은 사막이 옆에 있는 것치고는 그렇게 덥지 않았는데, 그래도 헤브람 제국보다는 햇빛이 강렬했다. 그래서 의복이나 장식품도 햇빛을 차단할 수 있는 것을 중심으로 발전한 것 같았다.

그때 가판대가 줄지어 선 분수 옆에서 반가운 목소리가 들렸다.

"시원한 과일 음료가 단돈 1실링!"

난 릴리를 돌아봤다. 그녀는 아직도 마부와 함께 마차에 묻은 보라색 액체를 보면서 의아해하고 있었다.

"대체 무슨 일이 있었던 거예요?"

"모르겠습니다. 저도 정말 앞만 보고 달려서……."

"언제까지 그 얘기만 할 거야? 우리 과일 음료 마시러 가자!"

이걸 위해 입국 심사관에서 제국 돈을 나스티아 화폐로 왕창 바꿔 왔다! 난 릴리의 손을 끌고 잽싸게 가판대 앞에 섰다. 얼른 돈을 지불하고 붉은 과일 음료를 두 개 받았다.

나스티아 공국에 와서 처음으로 먹는 외국 음식! 난 잔뜩 기대하고 음료를 들이켰다. 그리고 난 그 음료를 다시 정의해 줬다.

"시원한 과일 음료 아니야. 미지근한 과일 음료야."

릴리는 과일 음료를 마시다가 어리둥절한 표정을 지었다.

"시원하지 않아?"

"나스티아 공국 사람들은 시원함에 대해 모르나 봐."

"그래? 난 맛있는데. 그보다 첼시, 새 옷을 사는 게 어때? 그 로브는 너무 더워 보여."

난 릴리와 문화 차이를 느끼며 쇼핑을 잠깐 했다. 릴리의 추천에 따라 나스티아의 시원한 의복을 몇 벌 샀다.

시간이 늦었으니 마부에게 여관까지 데려다 달라고 부탁하고, 대금과 함께 숙박비를 얹어 줬다. 릴리의 마을까지는 꽤 시간이 걸린다고 해서 그냥 릴리 몫까지 숙소를 잡아 주었다. 릴리는 완전히 빈털터리인 것 같았으니까, 헤어지기 전까지는 도움을 줄 생각이었다.

숙소를 잡은 후에는 옷을 갈아입고 다시 밖으로 향했다. 릴리에게는 그냥 산책을 하러 간다고 말했지만, 사실 내 목표는 정보 수집이었다. 나스티아 공국에 왔으니 이제 본격적으로 말하는 마수를 찾아봐야 했다.

릴리에게 거짓말을 한 이유는 간단했다. 내가 마법사인 것을 고백하면 평민인 척을 하고 세간에 숨어든다는 코나툼의 정신에 어긋나는 것 같았기 때문이다.

나는 식당가와 광장을 돌아다니며 '말하는 마수'에 대한 정보를 캤다. 그러나 누구도 그런 마수에 대해 아는 사람이 없었다. 별 수확 없이 해가 지자, 나는 마지막 수단으로 술집으로 향했다.

길을 떠나기 전에 여러 모험가들의 책을 읽어 보았는데, 방랑 마법사들은 정보를 얻기 위해서 술집을 애용했다. 취객은 비밀이 없고, 바텐더들은 정보에 빠삭했다.

우리 숙소는 번화가에서 약간 떨어진 곳에 있었는데, 나는 그 근방에서도 외진 골목에 있는 술집을 찾아 들어갔다. 그런 곳에 더 많은 정보가 모일 것 같다는 생각이었다.

시간이 꽤 늦어서 그런지 술집은 이미 술을 진탕 마신 취객들로 가득했다. 그러나 내가 술집에 들어서자, 정신없는 와중에도 사람들의 시선이 내게로 쏠려 왔다. 이럴 줄 알았으면 로브라도 둘러쓰고 올걸. 남자들로 가득한 술집에서 얇은 원피스 차림인 여자애의 존재는 조금 튀었다.

시끌벅적한 곳에 들어오자 내 품에 있던 까망이가 꼬리를 바짝 세우고 주위를 경계했다. 나는 가장 구석진 자리에 들어가 앉았다.

"꼬마 아가씨, 혼자 왔어?"

내 옆자리에 앉아 있던 남자는 청년 주제에 아저씨 같은 말투로 물었다. 다 큰 숙녀에게 꼬마 아가씨는 대체 무슨 망발일까? 난 그를 무시하고 가장 비싼 술을 주문했다. 바텐더의 시선을 끌기 위해서였다. 그런데 휘파람 부는 소리는 바텐더가 아닌, 다른 쪽에서 들려왔다.

"귀엽게 생겼는데 화끈하네. 몇 살이야?"

"……너 나 알아?"

"어쭈, 반말하네."

그 남자가 지적하듯 말하며 내 이마를 주먹으로 콩 때렸다. 나는 벼락 맞은 사람처럼 놀랐다. 아프지는 않았지만 어이가 없었다. 이런 대우를 받는 것은 처음이었다. 게다가 내가 아무리 평민 흉내를 내고 있다 한들, 이딴 협잡배 놈에게까지 존대를 해 줘야 한단 말인가?

순간적으로 당장 정체를 밝히고 저 무례한 놈을 경비대에 넘겨 버리고 싶은 충동이 일었다. 하지만 저딴 무뢰배 때문에 목표한 바를 깨뜨리자니 그것도 자존심이 상했다.

첼시 로드랭, 넌 고귀한 사람이야. 이런 뒷골목이나 드나드는 평민이 배우면 얼마나 배웠겠니? 그런 허물조차 이해해 달 수 있어야 진짜 귀족 이지. 난 인내심을 끌어모아 얼굴에 미소를 띠었다.

"내가 너한테 왜 존대를 하겠어?"

"내가 더 나이가 많으니까? 넌 끽해 봐야 열여덟 정도로 보이는데."

여자 나이를 맞추는 재주를 가진 남자다. 난 그가 겉으로 보이는 것처럼 발랑 까진 성정을 가졌으리라 확신했다. 무례를 용서해 줄 수는 있지만 이 이상 그가 집적거리는 것을 받아 줄 마음은 없었다. 무엇보다 그에게 존대를 해 주기가 너무 싫었기에 난 이렇게 말했다.

"아니, 난 마흔여덟 살이란다."

"그런 얼굴로 마흔여덟이나 되는 사람이 어디 있어?"

"여기. 알았으면 꺼져."

때마침 바텐더가 술을 건네주었다. 난 그것을 한 번에 들이켜고 잔을 내려놓았다. 그리고 똑같은 술을 한 잔 더 주문했다. 바텐더는 놀란 눈으로 나를 관찰했다. 바텐더와 몇 번 눈이 마주쳤지만, 난 그의 시선을 피하지 않고 웃어 주었다.

두 번째 술잔을 건네받을 때, 난 그에게 말을 붙여 보았다.

"장사가 잘되네요."

"이런 시간대에는 다 그렇죠."

"술맛이 좋아서 그런 것 같은데."

난 싱긋 웃으며 말했다. 그리고 바텐더와 짧게 담소를 나눴다. 가게 이야기, 나스티아 공국이 돌아가는 이야기.

난 바텐더가 좋아할 만한 질문에 내가 관심 있는 마수 이야기를 은근히 섞어 가며 대화를 이어 갔다. 그렇게 노력을 기울여서 술잔을 다 비웠을 쯤에는 내가 궁금한 것을 물어볼 분위기가 만들어졌다.

"젊은 아가씨가 마수에게 관심이 많구만."

"사실 나스티아 공국에 온 것도 그런 이유예요. 여기에 특별한 마수가 있다고 들어서요."

"특별한 마수?"

"네, 혹시 들어 본 적 있어요? '말하는 마수'에 대해서."

"말하는 마수?"

바텐더가 내 말을 따라 하며 입꼬리를 끌어 올렸다. 저 반응은 뭘까? 내가 의아하게 그를 바라보는데, 아까까지 내게 집적거리던 옆자리 남자가 갑자기 낄낄거리더니 말했다.

"말하는 마수라면 저기 있어."

그의 목소리는 제법 커서 내 주변 사람들까지 행동을 멈추고 고개를 돌렸다. 거기에는 청소부가 있었다. 그는 구석에서 어느 취객이 바닥에 엎지른 술을 닦고 있었다. 비쩍 마른 데다 덩치도 무척 작은 사람이었는데 피부가 전혀 드러나지 않도록 빈틈없이 옷을 껴입고 있었다. 이 더운 날씨에.

"야, 그렘린! 너 찾는다, 말하는 마수."

바텐더가 소리치자 청소부가 움찔 놀라서 나를 돌아봤다. 난 화들짝 놀랐다. 울퉁불퉁한 초록색 피부, 밀대를 잡고 있는 손에는 고무장갑을 뚫고 나올 만큼 긴 손톱이 달려 있었다. 무엇보다도 나비의 날개처럼 커다란 귀가 정말로 그렘린과 똑같았다.

그러나 그의 얼굴과 몸체는 그냥 사람이었다. 그는 마치 사람과 마수를 억지로 이어 붙인 것 같은 모습을 하고 있었다. 난 혼란에 빠졌다. 그때 청소부의 까만 눈동자와 내 시선이 허공에서 마주쳤다. 그가 움찔 놀라 목을 움츠렸다.

정말 저 청소부가 '말하는 마수'인가? 내가 그에게 말을 걸려는 순간, 누군가가 내 어깨를 덥석 잡았다. 난 화들짝 놀라 뒤를 돌아봤다.

"릴리?"

날 붙잡은 사람은 뜻밖의 인물이었다. 밤 산책을 간다는 내 말에, 자신도 광장의 야시장을 구경하러 가겠다고 말한 릴리가 있었으니까. 그녀는 청소부를 흘끔 바라보더니, 내 귓가에 작게 속삭였다.

"저 사람은 마수가 아니라 에키드나야. 첼시, 여기서 나가자."

릴리는 내 손목을 잡아끌며 말했다.

에키드나. 그것은 이제는 멸망하고 없는 나라, 에키드 왕국의 사람들을 뜻하는 말이었다. 초록색 피부에 나비같이 커다란 귀. 저런 모습을 하고 있는데 마수가 아니라 그냥 사람이라고? 나는 저런 형상을 한 사람은 한 번도 본 적이 없다.

나는 혼란에 빠진 채 릴리의 손에 이끌려 술집을 나왔다. 골목을 지나면서야 뒤늦게 물었다.

"넌 왜 여기 있어?"

"그건 내가 할 말이야."

릴리는 적당히 밝은 곳까지 나와서 내 손목을 놓아주었다.

"어디가 어딘 줄 알아? 왜 이런 구석진 곳에 들어온 거야?"

그렇게 묻는 릴리의 목소리는 작았지만 그 어투가 마치 다그치는 것 같았다. 난 조금 곤혹스러웠다.

"그러는 너는?"

"난……."

답하기 곤란한 질문에는 반문하는 것이 최고였다. 나의 역질문에 릴리가 당황한 듯 말을 더듬었다.

"사실, 나는 용병이야. 그 술집은 수도에 올 때마다 들르는 단골 가게고."

……그러나 릴리는 마음먹은 듯 솔직하게 털어놓았다. 이럴 때는 어쩌지? 이번에는 내가 당황할 차례였다. 용병이라니. 릴리는 나보다 키가 크지만, 그래도 그냥 평범한 여자애 같았다. 그녀가 용병이라는 것은 정말 예상하지 못한 사실이었다.

"……그렇게는 안 보이는데."

"뭐, 겉보기는 그렇지. 이제 너도 털어놔 봐."

릴리가 작은 목소리로 재차 물었다.

"'말하는 마수'에겐 무슨 볼일이야?"

이런, 역시 다 들었구나. 다른 마법사들은 이런 상황에 어떻게 했을까? 코나툼에 대해서 더 다양한 사례들을 배워 올 걸 그랬다. 내가 당황해서 말문이 막히자, 릴리는 씩 웃더니 입을 열었다.

"내가 맞춰 볼까, 너 마법사지?"

"……하하, 무슨 말도 안 되는 소리야."

어떻게 알았지?

내가 잡아뗄 말을 늘어놓기 위해 입을 열자, 릴리는 검지로 내 입술을 막더니 다시 말했다.

"그린로드를 상처 하나 없이 지나올 수 있는 사람은 검사 아니면 마법사인데 넌 근력을 보아하니 검사 같지는 않고, 그러면 마법사지."

"……책에선 그냥 운이 좋아서 지나간 민간인도 종종 있다고……."

"쉿, 사실대로 말하면 내가 널 도와줄게."

두 번째로 내 입을 막은 릴리가 환하게 웃으면서 말했다.

"내가 그 '말하는 마수' 마을 출신이거든."

틀림없이 내 눈은 크게 흔들렸을 것이다.

나는 선택의 기로에 섰다. 그냥 선조를 따라 하고 싶어 시작한 코나툼과 고대 마법의 단서가 될 수 있는 말하는 마수 찾기. 마법사라면 언제나, 전통보다는 실리를 추구하는 법이다.

5. 미녀와 마법사

결국 나는 릴리에게 내 정체를 실토했다. 우리는 숙소로 돌아와 자세한 이야기를 나눴다.

"우리 브리튼 마을은 사파이어 광산으로 유명한 곳이야. 덕분에 부유하고 살기 좋은 마을이었어. 마수 전쟁 전까지는."

릴리는 어두운 얼굴로 이야기를 시작했다.

브리튼 마을은 에키드 왕국의 접경 지역이었다. 마수 전쟁으로 에키드 왕국이 암흑 왕국으로 변하는 동안, 브리튼 마을도 영향을 받았다. 몇몇 사람들은 수도로 피난을 갔다. 그러자 그 빈자리로 에키드 왕국의 난민들, '에키드나'들이 몰려왔다.

"아까 술집에서 봤지? 에키드나들은 마수 같은 모습을 하고 있어. 나도 잘은 모르지만, 무슨 연구의 부작용 때문이라나 봐. 하지만 우리 마을 사람들은 에키드나들을 받아들였어. 빈집은 많았으니까, 식량과 옷도 나눠 주며 함께 살았지."

그러나 전쟁이 막바지에 이르자, 마수들은 에키드 왕국을 완전히 괴멸시키고 브리튼 마을까지 흘러들어 왔다. 마지막까지 영지를 포기하지 않았던 영주 덕분에 마을 사람들은 살아남았지만, 영주와 많은 기사들이 죽었다.

그렇게 큰 희생을 치렀으나, 마을에는 아직도 마수가 남아 있었다. 그게 '말하는 마수'였다.

"놈은 옛 영주님이 살던 성에 살고 있어. 들리는 소문으로는 놈이 사람 말을 한대. 그리고 가끔씩 마을에 내려와 젊은 사람들을 납치해 가. 성 근처에 가면 성에 갇혀 있는 사람들이 살려 달라고 비명을 지르는 소리가 들린대."

마을에 내려온 새 영주가 마수를 퇴치하기 위해 용병을 고용하기도 하고 기사들을 보내기도 했지만, 모두 실패했다. 게다가 새 영주는 마수를 퇴치하겠다는 명목으로 많은 세금을 거둬들였다.

치솟는 세금, 마수와 같은 마을에 산다는 불안감. 마을 사람들은 이대론 살 수가 없다고 생각해서 직접 모금을 했다. 마력석을 모아서 마을에 있는 마법사에게 마수를 퇴치해 달라고 부탁하기 위해서였다. 그렇게 마을에서 유일하게 마수의 바다를 건넌 경험이 있는 릴리가 마력석을 사러 헤브람 제국으로 갔던 것이다.

"그런데 그사이에 시세가 많이 올랐는지, 차비까지 탈탈 털어도 필요한 마력석의 반도 못 사게 돼서 말이야. 마을 사람들 얼굴을 어떻게 봐야 할지 모르겠다고 생각하고 있었는데…… 네가 나타난 거야."

릴리가 고개를 돌려서 날 바라봤다. 그녀는 다소 긴장한 표정으로 물었다.

"역시 그린로드를 통해서 왔는데 무사했던 건 우연이 아니지? 넌 실력 있는 마법사인 거지?"

이쯤 되면 숨길 이유도 없었다. 난 씨익 웃었다.

"당연하지."

"역시!"

릴리가 손뼉을 치며 활짝 웃었다. 그러나 금세 돌변해서 눈물을 글썽이며 내 손을 잡았다.

"날 도와주면, 정말 뭐든 할게. 그동안 용병 일을 하면서 모아 둔 돈도 좀 있어."

"돈은 됐어."

난 손사래를 쳤다. 용병으로서 릴리의 실력이 어떤지는 모르겠지만, 평민이 돈을 모아 봤자 얼마나 모으겠는가. 그 돈을 받을 마음은 없었다.

"난 하나만 확실하면 돼. 정말로 그 마수가 사람 말을 하는 거지?"

"응. 직접 들은 사람도 있는걸."

릴리가 빠르게 고개를 끄덕이며 말했다. 나는 내 손을 잡은 릴리의 손을 맞잡아 주고 말했다.

"좋아, 릴리. 내가 널 도와줄게."

* * *

다음 날 아침, 난 릴리와 함께 브리튼 마을까지 우리를 데려다줄 마부를 구했다. 마차를 타고 가는 동안 난 릴리의 마을에 있다는 마법사에 대해 물었다.

"릴리, 네가 원래 도움을 요청하려고 했던 마법사는 어떤 사람이야?"

"마법사님 말이야? 음……."

'마법사님.' 상당히 우호적인 호칭이었다.

"마을 사람이야?"

"거의 그렇지."

"거의?"

"음, 마을에 온 지는 3년쯤 됐지만…… 언제든 인질만 구하면 마을을 떠날 사람이거든."

"인질?"

"마수의 성에 갇혀 있는 여자 말이야."

마수의 성이란, 전대 영주가 살았던 성을 뜻했다. 이제는 말하는 마수에게 점령되어 버린 옛 영주의 성.

"소문에 의하면, 그 성에 아주 아름다운 미녀가 갇혀 있대."

"성에 갇혀 있는 미녀라."

어쩐지 무척 익숙한 스토리에 난 눈살을 찌푸렸다. 마왕의 성에 갇힌 아름다운 공주와 마왕을 무찌르고 공주를 구해 주는 왕자님. 내가 어릴 적에 좋아했던 많은 동화들이 이러한 스토리 라인을 가지고 있었다.

성에 갇혀 있는 미녀가 있으니, 왕자님도 나와야 하는데. 난 시답잖은 생각을 하다가 문득 멈칫했다. 그 왕자님이 설마…….

"마법사는 여전히 그 미녀를 구하기 위해 마을에서 연구를 계속하고 있어."

"으아……."

난 나도 모르게 통탄했다. 릴리가 당황한 얼굴로 나를 바라봤다.

아름다운 로맨스, 동화 같은 사랑 이야기. 그것들은 내가 평생 동안 푹 빠져 있던 이야기였으나, 지금은 아니었다. 난 이제 현실과 동화를 구분할 수 있게 되었으니까. 다만 현실과 동화를 구분하지 못했던 과거가 생각나서 잠시 부끄러웠을 뿐이다.

말했다시피, 마왕의 성에 갇힌 공주를 목숨 걸고 구해 주는 왕자님 이야기는 내가 좋아하는 이야기였다. 나는 내가 좋아하는 걸 좋아하는 사람과 공유하고 싶었고, 그래서 툭하면 그런 이야기들을 카르멘에게 재잘거리며 풀어놓곤 했다.

나는 그 동화 속의 주인공들이 꼭 우리 같다고 생각했으니까. 난 내가 마왕에게 납치되면 카르멘도 동화 속 왕자와 똑같이 행동할 거라고 생각했다.

카르멘은 그 이야기를 들으며 대체 무슨 생각을 했을까? 내가 철없는 어린애 같다고 생각했을까, 아니면 그냥 부담스럽게 여기고 있었을까. 날 사랑하지도 않는 남자에게 혼자 신나서 그런 걸 강요하고 있었다니. 너무 부끄러워서 떠올리는 것만으로도 얼굴이 홧홧해졌다.

릴리는 갑자기 옛 기억과 싸우는 나를 어리둥절하게 바라보다가, 문득 창밖을 보고 외쳤다.

"아, 도착했다!"

"벌써?"

나도 릴리를 따라 마차 밖을 바라봤다. 평탄하게 이어진 평지의 양옆으로는 파릇한 밀밭이 펼쳐져 있고, 평지의 끝에는 높은 산이 모습을 보이고 있었다. 험준한 산 초입에 있는 광산 아래까지 이어지는 마을에는 작은 집들이 오순도순 모여 있었다. 그러나 산은 녹음 하나 없이 황폐한 몸체를 드러내고 있어 음산한 분위기였다.

"광산이 있네?"

"응, 이제 사파이어는 잘 안 나오지만……."

마을에 가까워질수록 그 대비는 선명해졌다. 과일이 열려 있는 나무들과 알록달록한 지붕들, 반팔을 입고 밀밭을 뛰어다니는 어린아이들. 작고 평범한 마을의 중심에는 화려하고 아름다운 영주의 저택이 있었다. 그러나 저 멀리로 보이는 하얀 산은 홀로 겨울이었다.

"리튼산은 사시사철 눈으로 덮여 있어서 '설인이 사는 산'이라고도 불려."

릴리가 말했다. 산 위에는 거대한 성이 있었다. 회색 돌벽으로 둘러싸여 있는 무채색 성은 영주의 저택보다 컸지만 홀로 방치되어 있어 쓸쓸해 보였다.

마차가 마을을 가로질러 들어가자 사람들의 시선이 한데 집중되었다. 마차가 멈추자 릴리가 마차에서 내렸다.

"다들 안녕."

릴리가 머쓱하게 인사하자, 마차를 주시하던 사람들이 대번에 반가운 얼굴을 하고 달려왔다.

"릴리!"

보통 이렇게 작은 마을이라면 다들 한 집 건너 다 아는 사이이기는 할 테지만, 이와 같은 환대는 특별한 것이었다. 릴리를 맞이하는 마을 사람들의 모습은 마치 영웅을 대하는 것 같았다.

"역시 릴리야, 마수의 바다를 무사히 건넜구나!"

"마력석은? 구해 왔어?"

"다친 덴 없고?"

릴리는 질문을 쏟아 내는 마을 사람들 사이에서 쩔쩔매고 있었다. 나는 마차 안에서 창문 밖으로 그 모습을 지켜봤다.

평민들이 모여 사는 산골 마을은 처음 와 봤다. 브리튼 마을의 사람들은 내가 상상하던 순박한 시골 사람들의 이미지와 비슷했다. 어쩐지 마음이 설렜다.

그때 갑자기 웬 두 사람이 릴리를 둘러싼 무리를 가르고 들어왔다. 그들은 덥지도 않은지 이 날씨에 검은 로브를 머리에 뒤집어쓴 채였다. 마을 사람들은 그들이 다가오자 곧바로 길을 비켜 주었다. 두려워하는 것 같기도 하고 배려하는 것 같기도 한, 이상한 모습이었다.

개중 키가 큰 쪽이 먼저 릴리에게 다가왔다. 그녀는 후드를 벗지도 않고 인사했다.

"무사히 돌아와서 다행이에요."

"모데라토!"

릴리가 반갑게 그녀의 이름을 불렀다. 모데라토. 차림새를 봐서는 마법사 같았지만, 분명 릴리는 이 마을에 있는 마법사가 남자라고 했다.

"마력석은?"

그때 키가 작은 사람이 릴리에게 물었다. 약간 쉰 남자의 목소리다. 그가 마법사인 걸까?

릴리는 품 안에서 주머니를 꺼냈다. 마을 사람들은 눈을 빛내며 기다렸지만, 릴리가 풀어 놓은 헝겊 주머니 안에서 나온 마력석은 새끼손톱보다 작았다.

"미안. 이것밖에 못 가져왔어⋯⋯."

"뭐?"

남자가 당황해서 반문했다. 릴리를 둘러싸고 있던 마을 사람들도 술렁이기 시작했다. 사람들은 거의 한목소리로 릴리를 향해 따져 물었다.

"대체 왜?"

"요즘 생산되는 마력석이 없어서, 그새 시세가 많이 올랐더라고⋯⋯."

릴리가 말을 더듬으며 전말을 설명하는 사이, 난 슬쩍 마차 문으로 고개를 내밀었다. 이 위치에서는 로브를 덮어쓴 두 사람의 얼굴도 보일 것 같았다. 그러나 나는 로브 아래로 드러난 두 남녀의 얼굴을 확인하고 당황했다.

저 조합은 대체 뭐지?

내가 혼란에 빠진 순간이었다.

"네가 중간에서 돈을 빼돌린 건 아니고?"

"뭐라고?"

릴리가 당황해서 반문하자, 로브를 쓴 남자가 갑자기 릴리의 멱살을 잡아챘다. 난 놀라서 남자를 말리려고 했지만, 그의 옆에 있던 여자의 행동이 더 빨랐다.

"앨런, 그만둬!"

모데라토라고 불렸던 여자가 소리쳤다.

"릴리도 최선을 다했잖아. 우릴 위해 목숨을 걸고 마수의 바다를 건너 온 거야."

"그래, 앨런. 릴리 잘못이 아니잖아. 진정해."

모데라토와 마을 사람들이 다급히 앨런을 말리자, 그는 이를 갈며 릴리를 놓아주었다. 그러나 분노를 참지 못하는 듯 거칠게 숨을 씩씩 거리는 채였다. 난 그 모습을 보며 황당함을 금치 못했다.

저 분노 조절 장애 환자 이름이 앨런이라고? 왜 하필 저런 놈이 우리 조카랑 똑같은 이름인 거야?

앨런처럼 흥분한 사람은 없었지만, 마을 사람들도 혼란에 빠졌는지 근심스런 얼굴로 제각기 웅성거렸다. 릴리는 옷을 탁탁 털고 애써 웃 으면서 말했다.

"자자, 다들 진정하고 여기를 좀 봐 줘. 마력석은 못 구했지만, 대신 마력석을 가진 마법사를 데려왔으니까."

마력석을 가진 마법사? 이건 또 누구를 소개하는 건지 모르겠다. 어쨌 든 언제까지 민망하게 마차에 숨어 있을 수는 없었으니, 나는 마차에서 폴짝 내려 땅에 착지했다. 얇은 로브와 함께 하늘거리는 원피스가 잠시 허공으로 떠올랐다. 윤기가 흐르는 내 남색 머리카락도 찰랑거리며 엉덩 이 아래로 달라붙었다. 마을 사람들의 놀란 시선이 내게 쏟아졌다.

"여자애잖아……?"

"예쁘다."

그 예상치 못한 반응에 난 약간 미간을 찌푸렸다. 뭐, 평민들이 보기에는 평범한 귀족 영애인 나조차 꽤나 예쁘장한 여자애로 보이긴 할 것이다. 귀족이 받는 관리는 평민의 것과는 급이 다르니까. 이런 시골 마을에서는 내 결 좋은 머리와 고운 피부만으로도 눈에 띄는 미인이 되어 버릴 수도 있겠지.

하지만 난 예쁜 여자애로서 여기에 있는 게 아닌데. 몇몇 사람들은 벌써부터 기분 나쁜 시선으로 나를 훑고 있었다. 난 어제 술집에서 만났던 그 양아치가 생각나 심히 기분이 나빠졌다.

내가 못마땅하게 그들을 바라보고 있는 사이, 마을 사람들은 내 품에 안긴 검은 생물에도 눈길을 줬다. 까망이는 심드렁하게 사람들을 보고 있다가 뒤늦게 "멍!" 하고 짖었다. 장하기도 해라.

"……그리고 강아지네."

"무슨 상관이야. 마력석을 가진 마법사인데."

혼란스런 와중에 냉철한 마을 사람 하나가 말했다. 나는 어색하게 오른팔을 들며 말했다.

"음, 마법사는 맞지만…… 마력석은 없는데."

"뭐?"

내 고백에는 마을 사람들보다 릴리가 더 놀랐다. 난 어깨를 으쓱했다.

"마력석이 있다고 말한 적은 없잖아."

"하지만 우리, 그린로드를 지나왔잖아?"

"마력석이 없어도 그 정도는 할 수 있다고."

내 대답에 릴리는 혼란스런 얼굴을 했다. 그녀는 내가 마력석을 가지고 있을 것이라고 철석같이 믿고 있었던 모양이다. 난 분명 릴리에게 내가 '강한 마법사'라고만 말했지 마력석을 가지고 있다고 말한 적은 없는데.

뭐, 요즘 시대에 마력석 없이 강한 마법사는 없으니 그녀의 오해가 이해되지 않는 것은 아니었다. 하지만 난 마력석이 필요 없는걸. 윙투스만 있으면 까망이의 마력을 마음껏 끌어다 쓸 수 있으니까. 물론 이 말을 해 줄 수는 없지만.

릴리가 혼란스러워하니 마을 사람들도 걱정스런 표정으로 수군거리기 시작했다. 그때, 앨런이 릴리와 나 사이로 불쑥 걸어 들어왔다. 그는 갑자기 나를 척 가리키더니 릴리를 향해 따졌다.

"이런 꼬마가 어떻게 마력석을 대신할 수 있다는 거야?"

……뭐라고?

난 당황해서 앨런을 돌아봤다. 그러나 로브를 둘러쓴 데다가 나를 등지고 서 있는 사람의 얼굴이 보일 리 없었다.

"그렇게 말하지 마. 첼시는 호의로 우리를 도와주러 온 고마운 마법사야."

"저런 조그만 여자애가 마법사면 개나 소나 마법사게? 저런 애를 어떻게 마수의 성에 들여보낸단 거야?"

아까부터 저 콩만 한 꼬맹이가 대체 뭐라는 거야?

"야."

"첼시는 진짜 마법사야. 그린로드를 지나왔단 말이야."

"그린로드가 뭔데? 너, 아까부터 우리가 알아듣지 못할 말만 하고 있잖아. 사실은 마을 사람들이 모은 돈을 이상한 데 빼돌리고 온 거 아니야? 저런 어린 여자애한테 마법사 연기나 시키고?"

"앨런!"

"이거 봐, 모데라토. 너도 용병이 그렇게 믿을 만한 족속은 아니란 거 알잖아. 아니면 직접 저 꼬마한테……."

"야!"

나는 분노를 담아 소리쳤다. 그제야 사람들의 시선이 내게로 돌아왔다. 난 왼손으로 오른손의 로브를 걷으며 팔을 앞으로 뻗어 냈다. 긴 팔의 연장인 것처럼, 손가락에 걸려 있던 윙투스가 앞으로 뻗어 나왔다.

구불거리며 허공을 가르고 날아가는 윙투스의 끝에는 뱀의 독니처럼 날카로운 금색 촉이 번뜩였다. 목표는 로브 아래로 커다랗게 떠진 앨런의 눈 사이.

"……!"

윙투스는 정확히 앨런의 미간 앞에서 멈췄다. 앨런은 가만히 굳은 채 새까만 눈만 깜빡이고 있었다. 마법의 반향으로 뒤늦게 앨런의 후드가 툭 하고 벗겨지는 소리가 들렸다.

난 의기양양하게 웃으며 윙투스를 도로 돌려놨다.

"난 마법사야. 그리고 마흔여덟 살이란다. 그러니 그에 걸맞은 예의를 갖추렴, 꼬맹아."

어린 여자애라고 무시당하기는 싫었으므로, 나는 어제 하던 거짓말을 이어서 하기로 했다. 신원을 속이는 것쯤은 여행의 기본이 아닌가. 내가 그런 생각을 하면서 고개를 들었을 때, 난 앨런의 맨얼굴을 보았다.

'······?'

열 살 남짓해 보이는, 평범한 남자애의 모습. 하지만, 까만 머리 위로 삐죽 튀어나온 귀는 분명 짐승의 것이었다. 앨런은 나와 눈을 마주치고 흠칫 놀랐다. 그는 다급한 손길로 후드를 도로 뒤집어썼다. 머리를 가리는 손도 장갑을 낀 채였다.

"너······."

"첼시."

갑자기 뒤에 서 있던 여자가 불쑥 앨런의 앞을 가로막고 섰다. 모데라토. 그렇게 불리던 여자였다.

"첼시, 맞죠? 내 이름은 모데라토예요. 앨런의 무례를 용서해 주세요. 애가 아직 어려서."

모데라토가 공손하게 사과했다. 나는 마흔여덟 살 먹은 마법사답게 자애로운 미소를 띠며 말했다.

"괜찮아, 어린애가 그럴 수도 있지."

그러면서 앨런을 흘끔 쳐다봐 주자, 앨런은 당황한 듯 후드를 더욱 깊게 눌러썼다. 아마 저 귀를 감추려고 그러는 듯했다. 상당히 비밀스런 특징인가 보지. 그래 봤자 이미 다 봤는데.

그나저나, 저들은 역시 '에키드나'인 거겠지?

내가 앨런을 바라보자 그는 흠칫 놀라며 모데라토의 뒤로 숨었다. 모데라토는 웃으면서 내게 제안했다.

"그럼, 일단 우리 집으로 갈래요? 첼시도 마법사님을 만나고 싶을 것 같은데."

저들을 따라가면 마법사를 만날 수 있나? 나는 마을의 '마법사님'에겐 관심이 있었다.

"뭐, 좋아요."

모데라토는 앨런과 함께 우리를 산으로 안내했다. 집으로 간다고 해 놓고 산으로 향해서 당황스러웠는데, 릴리는 익숙한 듯 산을 올랐다. 마을 사람들은 아래에 자리를 잡고 사는데, 이들이 산속에 사는 것은 조금 이상한 일이었다. 앨런은 완전히 꼬맹이였고, 녀석의 누나처럼 보이는 모데라토도 키는 크지만 얼굴은 꽤 앳돼 보였는데.

난 힐끔 모데라토를 바라봤다. 언뜻 보면 멀쩡해 보이지만, 분명 초록색이었지. 머리카락 근처의 피부가…….

그때 모데라토가 휙 나를 돌아봤다.

"왜 그러시나요?"

난 당황해서 다급히 반대편으로 고개를 돌렸다.

"어어, 산에 광산이 있네. 사파이어 광산이야?"

"네, 사파이어는 잘 안 나온다고 하지만요."

난 그 말을 듣고 다시 광산을 바라봤다. 멀어서 잘은 보이지 않지만 안이 보이지 않도록 높은 보호벽이 에워싸고 있었다.

"그래? 작업 중인 거 같은데."

"뭐, 애는 써 보는 거겠지요."

"그런가?"

난 머쓱해서 모데라토에게 이런저런 질문을 던졌다. 그렇게 잡담을 나누다 보니, 우리는 어느새 산 중턱에 도착했다. 갑자기 나타난 평평한 땅에 발을 디디며 나는 당황했다.

"여기는 뭐야……?"

그곳에는 또다시 마을이 있었다. 수풀이 우거진 산속, 허름한 오두막집이 듬성듬성 모여 있는 아주 작은 마을이었다. 마을에 들어서자 여기저기서 인기척이 느껴졌다. 하지만 사람의 모습은 어디에도 없었다. 난 모데라토를 따라 마을을 가로질러 걸었다.

"야, 우리야!"

앨런이 난데없이 허공에 대고 소리를 질렀다. 그러자 갑자기 여기저기에서 숨어 있던 사람들이 빼꼼히 고개를 내밀었다.

벽 뒤에서 나타난 소년의 손은 뱀 같은 갈색 피부로 뒤덮여 있었다. 나무 뒤에 숨어 있던 여자는 온몸에 흰색 털이 나 있었고, 모자와 망토 아래로 더듬이나 날개 같은 것이 보이는 아이들도 있었다.

에키드나들이 모여 사는 마을일까?

릴리는 분명 내게 브리튼 마을 사람들이 에키드 왕국에서 도망쳐 온 난민들을 받아들여 줬다고 말했다. 그런데 실상을 보아하니 에키드나들은 산속 깊숙한 곳에 숨어 살고 있고, 브리튼 마을은 양지바른 곳에 따로 있었다.

차별받고 있는 걸까, 아니면 에키드나들이 자의로 숨어 살고 있는 것일까?

어느 쪽이든 좋은 풍경은 아니었다.

난 그들을 스쳐 지나가서 모데라토의 집으로 향했다. 사람들은 서로 눈치를 살피다가 조심스럽게 우리의 뒤를 따라왔다. 난 조금 의아했지만 모데라토가 안내해 주는 대로 집에 들어갔다. 모데라토의 오두막집은 무척 아담했다.

"그런데 이분은 누구셔?"

우리를 뒤쫓아 들어온 여자아이가 모데라토의 곁에 앉아서 물었다. 대충 열두 살쯤 되어 보였다.

"마수를 물리쳐 줄 마법사님이야."

"마법사는 이미 있잖아. 우린 마력석만 필요한 거 아니었어?"

"마력석은 없어."

앨런이 투덜거렸다. 모데라토가 녀석의 옆구리를 쿡 찌르자 입을 꾹 다문다. 아까 좀 겁먹은 것 같았는데, 제 성질 남 못 주는 모양이다. 나는 그에게 탐탁지 않은 눈빛을 한번 보내 주고 모데라토를 향해 물었다.

"그래서, 마을에 있다는 그 마법사는 어디 있어?"

"덴버 아저씨는 다른 데 살아."

대답은 모데라토가 아니라 에키드나 꼬마들에게서 나왔다. 이제는 마법사님도 아니고 덴버 아저씨였다. 그 방랑 마법사는 이 마을에 꽤나 잘 녹아들어 있는 모양이다. 난 약간 허리를 숙여서 꼬마에게 물었다.

"그럼 덴버 아저씨는 어디에 사니?"

"숲속에 있는 오두막집. 근데 만나기 힘들걸."

"덴버 아저씨는 집에서 잘 안 나와."

"마수를 무찌르는 마법을 연구한대!"

모자를 눌러쓴 여자아이와 망토를 두른 남자아이가 번갈아 말했다. 그러니까 그 덴버라는 마법사, 사람 만나는 것을 꺼려하는 성정인가? 내가 미간을 찌푸리자, 내 근심을 눈치챈 모데라토가 온화하게 말했다.

"걱정 마세요. 우리와 같이 가면 만나 줄 거예요."

"그래? 친한가 보네?"

"그건 아니지만……."

모데라토는 어색하게 웃었다. 앨런이 실소했다.

"우릴 제자로 맞고 싶어 하거든."

"제자?"

"……마법사님은 선생님이 꿈이었대요."

"이런……."

이런 시골 마을에서 말이야? 하는 말이 턱 끝까지 차올랐다.

마법은 어쩐지 귀족들의 학문이라는 편견이 박혀 있어서 그런지, 좀 장소에 맞지 않다는 생각이 들었다. 평민이라고 마법을 배우지 못하리란 법은 없지만…… 마력석은 비싸고, 마력 증폭기는 더 비쌌다. 그들에게는 조금 어려운 일이 아닐까?

"우리에게 재능이 있대요."

모데라토가 어깨를 으쓱하며 말했다. 그러자 앨런이 차갑게 웃었다.

"재능은 얼어 죽을."

난 이제 이 마을의 정서를 따라잡기 힘들다는 생각이 들었다.

음, 그냥 '말하는 마수'에만 집중하도록 하자. 모데라토를 따라가서 그 덴버라는 마법사를 만나면 마수에 대한 정보를 얻을 수 있을 것이다. 몇 년씩이나 마수를 잡기 위해 연구를 했다고 하고, 그래도 마법사니까 뭐 아는 것이 있겠지.

나는 곧장 마법사를 만나러 가고 싶었으나, 모데라토가 식사를 하고 가는 건 어떠냐고 제안했다. 난 그다지 내키지 않아 망설였는데, 그때 갑자기 모데라토의 집에 사람들이 들이닥쳤다.

"애들아, 밥 먹자!"

"와아!"

양손에 웬 식재료를 잔뜩 싸 들고 온 아주머니가 소리치자, 아이들이 반갑게 그들을 맞았다. 마을 사람들이 아이들에게 밥을 먹이려고 올라온 것이었다.

모데라토의 집에 찾아온 여자들은 모두 셋이었는데, 다들 푸근한 외모를 하고 있었다. 모데라토의 집에는 소담한 크기와 어울리지 않게 거대한 식탁이 있었는데, 우릴 따라온 마을 아이들은 의자를 가져와서 그 앞에 앉았다.

그 자연스러운 움직임에서 나는 이들이 매일 이렇게 함께 식사를 했다는 것을 알 수 있었다. 설마 여태까지 브리튼 마을 주민들이 이런 식으로 계속 에키드나 아이들의 식사를 챙겨 줬던 걸까? 난 조금 놀랐다.

아주머니들이 부엌에서 음식을 데우자, 에키드나 아이들은 그들의 등 뒤에 붙어서 눈을 반짝이며 물어 댔다.

"오늘 메뉴는 뭐예요?"

"응, 샐러드랑 감자 스튜랑……."

"와 감 자스튜!"

그들의 모습은 마치 한 가족이라도 되는 것처럼 단란해 보였다. 난 에키드나들이 차별받고 있는지도 모른다고 추측했던 것을 재빨리 내던졌다. 아무래도 그냥 에키드나들이 자발적으로 숨어 살고 있었던 모양이다.

그것도 슬프기는 매한가지였으나, 나스티아 공국 사람들에게 핍박받고 사는 것보다는 훨씬 나았다. 게다가 저렇게 화기애애한 모습을 보고 있으려니 마음이 따뜻해졌다.

"나왔습니다!"

아주머니가 즐거운 목소리로 말하며 커다란 냄비를 식탁에 소리 나게 놓았다. 그 순간, 내 마음을 적시던 감동이 산산이 깨지며 나는 경악하고 말았다.

흥건한 물에 아무렇게나 섞여 있는 묽은 건더기들. 샐러드는 시들고 벌레 먹은 야채들로 가득 채워져 있었다. 한 그릇 크게 떠서 내 앞에 놓아 주는데, 있던 식욕도 사그라들게 만들 만한 비주얼이었다.

이걸 사람 먹으라고 주는 거야?

화기애애하긴 개뿔. 에키드나들이라고 무시해서 이런 돼지죽 같은 걸 주나 보다! 나는 화가 나서 고개를 들었으나, 곧장 말문이 막혔다. 그 돼지죽 같은 음식을 아주머니들도 먹고 계셨다.

"왜 그래요, 어서 들어요."

내게 다정한 목소리로 권유하는 아주머니의 얼굴은 악의가 느껴지지 않았다.

난 뒤늦게 이해했다. 마을의 상황이 많이 어렵다고 했지. 그래서 그렇구나……. 나는 복잡한 마음으로 그 스튜를 내려다봤다. 아주머니는 여전히 권하듯 보고 계셨으나 차마 먹을 용기가 나지 않았다. 난 어색하게 변명했다.

"속이 안 좋아서요, 하하……."

여행 중에 식사를 할 때마다 우리 요리장의 음식이 그리워지곤 했지만, 오늘만큼 그리웠던 날은 없었다. 적당히 숙성되어 풍미 깊은 스테이크와 신선한 야채들, 상큼한 레몬셔벗이나 오렌지 타르타르의 맛이 혀끝에서 흩어졌다. 사람들이 왜 향수병에 걸리는지, 이제는 이해할 수 있을 것 같았다.

"저런, 체한 거예요?"

"그런 것 같아요. 죄송해요, 친절하게 대접해 주신 건데."

"우와, 그럼 이거 나 먹어도 돼요?"

우리의 대화를 듣고 내 옆에 앉아 있던 꼬마가 신나서 내게 물었다. 내가 고개를 끄덕이기 무섭게 꼬마는 내 그릇을 빼앗아 갔다.

"친절은, 아니에요. 없는 형편에 많은 애들을 먹이려다 보니, 변변한 음식도 못해 주는데……."

아주머니는 스튜를 떠먹으며 옅게 웃었다.

"우리는 자식이 없고, 이 애들은 부모가 없으니 서로를 부모 자식처럼 여기면 좋을 것 같다고 생각했어요. 하지만 상황이 좋지 않네요."

그녀의 말에 나는 식사에 열중한 에키드나 아이들을 휙 둘러봤다. 이 마을에 들어서는 순간부터 보인 것은 아이들뿐이고, 어른은 하나도 보이지 않았다. 이 아이들의 부모는 어떻게 된 걸까?

나는 조심스럽게 물었다.

"여기에 사는 건 모두 아이들뿐이에요?"

"대체로 전쟁 중에 부모를 잃은 아이들이 많았지만, 원래는 어른들도 몇 명 있었어요. 그런데 마수에게 모두 납치당했죠."

"아……."

"이곳이 마수의 성과 유독 가까워서 그런 것 같아. 아이들에게 마을로 내려와서 같이 살자고 말하기도 했어요. 하지만 아이들이 원하지 않았어요."

그 말을 들으니 더욱 마음이 아팠다. 아이들은 밥을 먹으면서도 로브나 모자를 벗지 않았다. 모습을 가리기 위해서인 것 같았다. 폐쇄적인 성향은 그들의 외모 때문일까. 부모가 있는 아이들은 부모를 기다리기 위해서 마을로 내려갈 수 없는 걸지도 모르겠다.

"괜찮아요, 마법사님이 마수를 무찔러 줄 거야!"

그때 내 옆의 꼬마가 웃으며 외쳤다. 그러자 다른 아이들도 곧장 호응해 왔다. 그 '마법사님'은 이 마을에서 아주 큰 신뢰를 받고 있는 것 같았다.

"'마법사님'이 마을 사람들에게 무척 인기가 좋나 보네요."

"아무렴, 사랑 이야기를 싫어하는 사람은 없으니까요."

반대편에 앉아 있던 아주머니 하나가 우리의 대화를 들었는지, 즐거운 목소리로 끼어들었다.

"아름다운 여인을 구하기 위해서 마수를 무찌르는 마법사라니, 꼭 동화 속 왕자님 같지 않아요?"

그녀의 말에 식사를 하던 에키드나 아이들이 까르르거리며 좋아했다. 아주머니의 옆에 앉은 여자도 그녀를 향해 주책이라고 말하면서도 얼굴은 장난스럽게 웃고 있었다.

상황이 이렇게 열악한데도 다들 무척 해맑았다. 동화 속 왕자님이라니. 미녀를 구하려고 하면 모두 왕자님인가? 희망적인 것은 좋지만 너무 낙천적으로만 생각하는 것 같다.

"그 사람이 마수를 해치운 건 아니잖아요?"

"에이, 언젠가는 해내겠지요. 그렇게 애쓰는데."

난 조금 미묘한 기분이 들었다.

자신의 꿈도 버리고 시골 마을에 머물면서 미녀를 구하려고 하는 마법사. 이 마을 사람들은 그를 무척 로맨틱한 사람이라고 여기는 것 같았다. 하지만 나는 그 마법사가 자꾸 과거의 나와 겹쳐 보였다.

그래서일까? 만나 본 적도 없는 마법사가 벌써부터 마음에 들지 않았다. 입 안이 쓰게 느껴져서 냉수를 들이켰다. 고개를 들자 사람들이 미묘한 얼굴로 나를 보고 있었다. 아차, 기분 나쁜 티가 났나?

그때 릴리가 낮게 웃으면서 말했다.

"첼시는 로맨스를 싫어하나 봐."

그녀의 말에 나는 잠깐 대답을 못했다. 그녀가 재차 물었다.

"아니야?"

"……아니, 맞아."

내가 로맨스를 싫어한다고? 어쩐지 웃음이 나왔다. 나는 무척 재밌는 이야기를 들은 것처럼 미소 지었다.

"싫어해, 로맨스 같은 거."

* * *

집을 나서기 전에 모데라토는 내게 옷을 껴입으라고 말해 주었다. 난 순순히 겉옷을 받아 입고 집을 나섰다. 여기는 더운 나라였지만, 난 마을에 들어서면서 리튼산의 정상이 눈으로 덮여 있는 것을 이미 보았다.

산을 올라가자 얼마 걷지도 않았는데도 기온이 부쩍 내려갔다. 모데라토는 분명 마법사의 집이 멀지 않다고 말했는데, 그녀가 안내하는 곳에는 집이 아니라 어느 허름한 축사 같은 것밖에 없었다. 그런데 이상하게 모데라토가 나를 그곳으로 안내했다.

내가 그녀의 의중을 알 수 없어 의아해하는 사이, 모데라토가 문을 두드렸다.

"마법사님, 저희 왔어요."

설마 마법사가 이런 곳에 산다고?

난 까망이를 꼭 껴안고 조금 주춤했다. 그때 갑자기 문이 벌컥 열렸다.

"모데라토! 드디어 마법을 배울 마음이 생긴⋯⋯!"

반가운 목소리로 인사하던 마법사가 모데라토의 뒤에 선 릴리와 나를 보고 말을 멈췄다. 마법사와 눈이 마주친 순간, 내 마음속에서 무언가가 와장창 깨졌다.

저 비렁뱅이가 마법사라고?

'아름다운 여인을 구하기 위해서 마수를 무찌르는 마법사라니, 꼭 동화 속 왕자님 같지 않아요?'

요리 실력이 뛰어나고 푸근한 인상을 가지셨던, 그 브리튼 마을 아주머니는 대체 무슨 생각으로 그런 말을 했던 걸까?

며칠은 씻지 않은 듯 떡 진 머리, 정체불명의 액체가 묻은 옷, 얼굴의 반을 가린 갈색 수염, 남자의 뒤로 펼쳐진 초토화 상태의 집 안까지. 카르멘을 만나기 전, 동화 속 왕자님을 기다리며 꿈에 젖어 있던 여섯 살의 내가 이 광경을 봤더라면 분명 큰 상처를 받고 말았을 것이다.

마탑에서도 연구에 매진하느라 피곤에 절어 있는 마법사들은 몇 있었지만, 이 남자만큼 거지꼴을 하고 있던 사람은 없었다.

"모데라토, 이분들은⋯⋯?"

"아, 여기는 마력석을 구하러 갔던 릴리. 그리고 그 옆은 릴리가 헤브람 제국에서 만난 마법사님이래요."

"오, 마법사?"

저 폐인이 마치 반갑다는 듯이 날 돌아봤다. 길게 자란 머리와 수염 때문에 표정을 확인하긴 힘들었지만, 아마도 웃고 있는 것 같았다.

"어서 들어와요."

"……."

내가 굳어 있자 까망이가 날 툭 쳤다. 난 뒤늦게 정신을 차리고 고개를 들었다. 에키드나들과 릴리는 이미 집에 들어서고 있었다. 덴버는 어리둥절한 눈으로 문을 열고 날 내려다봤다. 난 퀴퀴한 냄새가 흘러나오는 집 안을 흘끗 바라봤다.

이 마법사는 이래 보여도 마을에 몇 년 동안 있으면서 말하는 마수를 연구했다고 했다. 내겐 그의 정보가 필요했다. 난 애써 웃으며 고개를 끄덕였다.

"네, 그럼 실례할게요."

나는 용기를 내서 집 안에 한 발을 들여놓았다.

덴버의 집은 밖에서 본 것과 마찬가지로 아주 난장판이었다. 청소를 포기하고 사는 듯, 발 디딜 곳이 묘연할 정도로 쓰레기가 가득했다. 마법진이나 지도가 그려진 양피지도 쓰레기와 한데 어우러져 엉망으로 바닥을 구르고 있었다.

마법사들은 자신의 마법을 중요하게 여긴다. 오랜 연구를 통해 자체적으로 만들어 낸 마법은 마법사의 생명과도 같았으니까. 하지만 이 덴버라는 마법사는 그런 기본적인 경계 의식마저 없는 것 같았다.

내겐 잘된 일이지만.

"까망아……."

난 덴버를 따라 식탁 쪽으로 향하며 슬쩍 까망이를 바닥에 내려놓았다. 그리고 녀석에게 쓸모 있는 마법진이나 지도들을 챙겨 놓으라고 명령했다.

"죄송해요. 집이 어수선하죠?"

"아뇨, 괜찮아요."

난 덴버와 함께 부엌으로 가서 말하는 마수에 대한 이야기를 물었다.

그리고 적당히 대화를 나누다가, 화장실에 가는 척 슬쩍 일어나 거실 안 쪽으로 걸어왔다.

내가 나오자 까망이가 양피지를 한 뭉치 물어서 갖다주었다. 난 그것 을 품에 집어넣고 까망이의 머리를 쓰다듬어 줬다. 그리고 슬쩍 옆으로 고개를 돌렸다.

아까 부엌으로 오는 길에, 반쯤 열린 방문 틈으로 바닥에 커다란 마법 진이 그려진 것을 봤다. 십중팔구 이곳이 덴버의 연구실일 것이다. 난 조 심스럽게 방문 앞에 서서 바닥을 채운 마법진을 훑어보았다.

결계 마법과 역마법이 어우러진 것을 보니 결계를 해제하는 마법이군. 마법진을 이루는 마법식은 총 다섯 개. 마법식의 수가 좀 많네.

결계를 펼칠 수 있는 마수는 많지 않았다. 그래서 그런 마수를 대할 때 쓰는 결계 해제 마법은 이미 정형화된 것이 있었다. 그런데 덴버가 연구해 놓은 이 마법진은 꽤 복잡한 편이었다. 마치 마법사의 결계 마 법을 상대하려는 것처럼······.

'말하는 마수'가 펼치는 마법이 꽤 독특한 것인가 보지? 복잡한 결계 마법을 쓰려면 마력도 필요하지만 지능도 뛰어나야 한다. 우리 까망이 처럼.

"역시······."

말하는 마수는 영혼 계약을 한 사역마인 게 틀림없다!

"여기서 뭐 해요?"

"끄악!"

갑자기 등 뒤에서 들려온 목소리에 난 비명을 질렀다. 뒤를 돌아보자, 덴버가 서 있었다. 이런, 어쩌지. 열심히 연구한 마법진을 빼먹으려 한 걸 들켜 버렸는데.

내가 변명거리를 생각해 내려고 애쓰는 사이, 덴버가 입을 열었다.

"아, 이거······."

그런데 덴버는 내게 화내는 대신, 날 지나쳐 연구실 안으로 걸어 들어 갔다. 그리곤 내게 손짓했다.

"들어와 봐요."

"네?"

마법을 숨길 생각이 없는 건가? 난 어리둥절한 채로 방에 들어왔다. 그는 바닥에 앉아 마법진을 훑으며 말했다.

"말하는 마수의 결계를 풀기 위한 해제 마법이에요. 겨우 완성시키긴 했는데, 이게 마법식이 다섯 개나 돼서……. 이 마법을 발동시키면 릴리 양이 구해 준 마력석을 다 써 버리고 말 거예요. 제일 중요한 건 성 안에 들어가서 마수를 물리치는 건데……."

난 덴버의 말을 들으며 마법진을 내려다봤다. 나도 적은 마력으로 마법을 쓰기 위해서 애쓰던 시절이 있었다. 마력 소모를 아끼려면 마력식의 효율성을 높이는 것이 최선이었다. 그러고 보니 마법진의 마력 식이 꽤 비효율적으로 나열되어 있네. 나열 방식을 고치면 마력을 좀 더 아낄 수 있을 텐데.

"혹시 좋은 생각 있어요?"

덴버가 나를 돌아보며 물었다. 난 흠칫 놀랐다가, 애써 웃어 보였다.

"아뇨, 저도 잘 모르겠네요."

"그렇군요……."

덴버는 답답한지 한숨을 푹 내쉬었다.

"죄송해요. 도움이 못 돼서."

"아니에요. 그렇게 오래 연구했는데, 제가 부족한 탓이죠."

오, 제대로 알고 있네. 몇 년 동안 이 마을에 박혀서 연구만 했다는데, 결과가 이거면 재능이 없는 거지.

덴버와 함께 부엌으로 돌아오자 모데라토와 앨런, 릴리의 시선이 우리 에게로 꽂혔다. 난 머쓱해져서 말했다.

"마법사님의 연구실을 구경했어."

"어머, 어땠어요?"

"어어······."

모데라토의 질문에, 난 덴버를 한번 돌아보고 대강 답했다.

"멋있었어."

엉망이었지.

"그치! 마법사님은 대단하시다니까."

릴리가 신나서 말했다. 모데라토도 덧붙였다.

"두 분이 힘을 합친다면 인질도 구할 수 있을 거예요."

"하하, 그러게요."

덴버가 웃으며 호응했다. 난 반사적으로 덴버와 함께 마수의 성에 숨어 들어가는 상상을 했다가 인상을 찌푸렸다. 그러게요는 무슨. 댁이랑 함께 하면 마수 무찌르랴 동료 지키랴 일만 두 배로 늘 거 같은데.

난 벌벌 떠는 덴버를 등 뒤에 숨기고 마수와 대치하는 상상을 하다가 고개를 저었다. 그러다 흠칫 놀랐다. 앨런이 나를 빤히 바라보고 있었다. 난 황급히 웃으며 입을 열었다.

"그, 그러게요. 마법사님은 마수의 성에 대해서도 잘 아실 테니······."

"예, 딱 한 번이지만 들어가 본 적도 있으니까요."

"정말요?"

나는 눈을 동그랗게 뜨고 반문했다.

"저는 고향에 돌아가 마을 아이들에게 마법을 가르쳐 줄 생각이었어요. 하지만 그전에 마수와 싸운 경험을 쌓아 보려고 모험을 하고 있었죠. 그러다 마수의 소문을 듣고 이 마을에 오게 됐어요. 마을 사람들의 말에 따라 성에 도착하자 성에 갇힌 인질의 가냘픈 목소리가 들려왔어요. 구해 달라고 말하는 것 같았죠. 그래서 곧바로 성에 들어갔다가 마수의 습격을 받고 정신을 잃었······."

난 이야기를 듣다가 문득 위화감을 느꼈다.

"잠깐, 마법사님 미녀랑 사랑하는 사이 아니었어요?"

"네?"

"이 마을에선 유명한 로맨스잖아요."

"아, 그 소문……."

"마법사님이 미녀를 구하기 위해서 아주 헌신한다고요. 다들 마법사님을 거의 용사님으로 생각하고 있던데. 아니에요?"

"그, 그게……."

덴버는 거의 기어들어 가는 목소리로 말했다.

"그분은 저를 모를 거예요."

"……."

그쪽은 알지도 못한다고? 그렇다면, 완전히 덴버의 일방통행? 나는 혼란스런 기분으로 물었다.

"그럼 마법사님이 얼굴만 보고 반하신 거예요?"

"아……."

덴버는 어색한 웃음을 지으며 고개를 끄덕였다.

"말이 그렇게 되겠네요."

난 황당함을 금할 수 없었다. 난 릴리의 이야기를 듣고 잠깐이라도 덴버를 과거의 나와 비슷하다고 생각했던 것을 취소했다. 나와 카르멘은 약혼자 관계였고, 내가 사랑을 속삭일 때마다 카르멘은 언제나 내 말을 받아들여 주었다. 비록 거짓이었지만.

그런데, 성에 갇힌 인질은 덴버를 어떻게 생각하고 있을까? 난 그의 외관을 다시 한번 훑었다. 모든 면모가 나빴지만 가장 나쁜 것은 그의 나이였다. 그는 못해도 마흔은 되어 보이는데. 미녀님께선 제 아버지뻘의 남자가 자신을 사랑하는 것에 어떻게 생각할까?

"……그래도 마법사님이 구해 주면 아주 고마워하겠죠."

"그, 그런가요?"

내 말에 덴버가 해죽 웃었다. 어쩐지 소름이 끼쳤다.

설마 덴버는 미녀의 생명을 구해 주고 그 대가로 음흉한 요구를 할 속셈인 건 아닐까. 덴버가 미녀에게 강요할 만한 대가로 떠오르는 것이 너무 많아 머리가 복잡했다.

나는 덴버와 마수의 성에 대한 이야기만 좀 더 나누고 그 집에서 나왔다. 작별 인사를 나눌 때, 덴버는 내게 양피지를 한 장 건넸다. 양피지에는 연구실 바닥에 있던 마법진이 그려져 있었다. 연구실에서 몰래 마법진을 외워 두었던 나는 조금 당황한 얼굴로 그것을 받았다.

"저 주시는 거예요?"

"네. 혹시, 마력 소모를 아낄 좋은 아이디어가 떠오르면 알려 주세요."

난 의심스럽게 덴버의 얼굴을 바라봤다. 왜 이러는 거지? 설마, 내가 이미 마법진을 외웠다는 걸 알고 있나? 그러나 머리와 수염에 덮여 덴버의 표정을 파악할 수 없었다. 결국 양피지를 건네받고 돌아가는 발걸음이 무거웠다.

현실은 동화가 아니며, 사람은 이익을 위해 움직인다. 용사가 마왕을 물리치고 사랑하는 공주님을 구하는 일 같은 건 동화 속에서나 있는 이야기였다.

하지만 성안에 갇혀 있다는 미녀는 덴버가 구해 주면 무척 고마워할 것이다. 게다가 덴버가 선생님이 되겠다는 꿈도 미루고 아주 오랫동안 이 마을에서 그녀를 구하기 위해 애쓴 걸 알게 된다면. 그 부채감과 책임감. 덴버가 설사 부당한 것을 요구해도 그걸 거절할 수 있을까.

"하아……."

나는 한숨을 푹 내쉬었다. 동화에서는 공주를 구해 준 용사와 공주가 결혼을 하는 게 마냥 좋아 보이기만 했는데, 막상 현실이 되니 내 상상과는 조금 달랐다.

앞서 걸어가던 릴리가 의아한 얼굴로 나를 돌아봤다.

"첼시, 왜 한숨을 쉬어?"

"아무것도 아냐, 그런데……."

난 고개를 돌려 산 중턱을 바라봤다. 그곳에는 미녀가 갇혀 있는 옛 영주의 성이 있었다.

물론, 그 미녀가 취향이 괴상해서 덴버를 마음에 들어 할 수도 있겠지. 하지만 나는 그녀의 선택에서 쓸데없는 부채감 따위가 개입할 여지를 없애 줄 작정이었다.

나는 검은 성을 바라보며 말했다.

"나 잠깐 성 좀 둘러보고 올게."

덴버, 네 꿍꿍이가 뭔지는 모르겠지만 마음대로는 안 될걸. 성에 갇힌 미녀를 구하는 건 네가 아니라 나야.

오늘 밤, 난 성에 들어가서 덴버를 제치고 인질을 구해 낼 것이다.

* * *

나는 나무 위에서 잠시 숨을 돌렸다. 가까이에서 본 옛 영주의 성은 생각보다 더 거대했다. 옛 영주는 긍지 높은 기사 가문이었다더니, 성도 전형적인 기사의 성이었다.

높은 회색 성벽과 창문이 작은 성, 성벽 안의 넓은 연무장까지. 이 성은 마을에서 가장 에키드 왕국과 가까이 있는 건물이었다. 최전선에서 영지를 지키던 주인의 성향을 담은 견고한 성이었다.

"거기 누구냐!"

이크! 난 얼른 나뭇가지 사이로 몸을 숨겼다. 근처의 나무들은 거의 헐벗고 있었지만, 내가 숨은 이 겨울나무는 다행히 이파리가 무성해 나를 숨겨 주었다. 나무 밑을 살피던 기사는 어리둥절한 표정으로 돌아갔다.

"인기척이 느껴진 것 같았는데……."

난 기사의 뒷모습을 보며 안도의 한숨을 내쉬었다. 릴리가 충고해 준 대로, 성 근처에는 성을 지키는 영주의 기사들이 배치되어 있었다. 숫자도 꽤 많아 보였다. 정문 쪽에 둘, 후문 쪽에 둘, 그리고 일정 시간마다 순찰을 도는 기사들까지 합하면 한 열두 명쯤 되려나.

릴리는 영주가 성에 기사들을 배치시킨 이유가 마수가 사는 성을 함부로 출입하면 사고가 날 수 있기 때문이라고 말했다. 하지만 그런 이유 때문이라고 하기에는 배치된 기사의 수가 조금 많은 것 같았다.

이 위험한 성에 용기 있게 들어갈 사람이 많을 것 같지는 않은데, 평상시에 이렇게 많은 인력을 배치하는 건 낭비 아닌가? 아무리 말하는 마수가 브리튼 마을의 최대 위협이라지만…….

게다가 성에 설치되어 있는 저 결계.

덴버 덕분에 말하는 마수가 결계를 쳐 놓았다는 건 알았지만, 저렇게 거대한 규모일 줄은 몰랐다. 성 바깥의 성벽까지 결계가 쳐져 있었으니까.

나는 까망이를 시켜서 결계를 살피게 했다. 그 결과, 결계의 내구성은 그다지 뛰어난 편이 아니라는 것을 알게 됐다. 덴버에게서 얻어온 무효화 마법을 약간만 손보면, 쉽게 무효화할 수 있는 수준의 결계였다.

좋아, 그럼 결계 문제는 해결됐고…….

난 나무 위에서 덴버의 집에서 얻어 온 양피지를 팔랑팔랑 넘겼다. 성문의 위치가 그려진 지도 몇 개 말고는 거의 마법진이었다. 혼자서 이것저것 공격마법을 강구해 본 흔적이 느껴졌다. 어차피 그 결계 무효화 마법의 마력 소모를 개선하지 않으면 이런 공격 마법들은 써 보지도 못하고 죽겠지만.

덴버의 마법을 보고 있자 그의 이야기도 떠올랐다.

'마을 사람들의 말을 따라 성에 도착하자 성에 갇힌 인질의 가냘픈 목소리가 들려왔어요. 구해 달라고 말하는 것 같았죠. 그래서 곧바로 성에

들어갔다가 마수의 습격을 받고 정신을 잃었…….'

그때는 결계가 없었다는 뜻이다. 이야기를 들을 땐 다른 데 정신이 팔려서 몰랐는데, 다시 생각해 보니 조금 이상했다.

마수가 왜 처음에는 결계를 치지 않았지?

결계 마법을 치는 습성이 있는 마수들은 방어적인 영역 동물 같은 성향이 있었다. 보금자리를 소중하게 여기고, 여타의 침입을 싫어했다. 소문 속 미녀는 마수의 첫 인질이었고, 브리튼 마을 사람이 아니라고 했다. 그때는 아직 마수가 옛 영주의 성을 보금자리로 여기지 않았던 것일까? 하지만 그것도 이상한데…….

"까망아, 가자."

"응."

난 훌쩍 나무에서 내려왔다. 잠시 성을 배회하다가 사람이 없는 것을 확인하고 성 가까이 다가가 봤다. 그냥 지금 확 무효화하고 들어가 버려? 마수를 퇴치한다고 하면 기사들도 봐줄 텐데.

내가 결계를 앞에 두고 고민하는데 까망이가 내 바지 자락을 당겼다.

"주인, 주인."

"응?"

"나, 저거……."

까망이가 뭔가를 설명했지만 알아들을 순 없었다. 난 그냥 그 애가 가리키는 곳으로 따라갔다. 까망이는 검은 돌 앞에 멈춰 섰다. 난 녀석의 옆에 쪼그려 앉았다.

"이건……."

결계에 걸쳐진 검은 돌. 마법진은 사라져 있었지만 그건 결계석이 분명했다. 이건 마수의 물건이 아니었다. 결계석을 이용해 결계를 치는 것은 마법사밖에 없었다.

"거기 누구야!"

"아차."

그때 어린 기사가 나를 발견했다. 난 까망이를 안고 냅다 뛰었다. 기사를 따돌릴 자신은 없어서 걱정했는데, 다행히도 그는 날 뒤쫓지 않았다. 작은 여자애와 그 품에 안겨 있는 강아지. 검을 찬 기사들이 쫓기에는 그다지 전의가 생기지 않는 조합이라 그런가 보지.

난 나무에 올라가 몸을 숨기고 안도했다. 그나저나 정말 이상한 일이다. 결계석이라니. 대체 누가 저 성에 결계를 쳐 놓은 걸까? 혹시 말하는 마수를 부리는 사역술사?

각오는 하고 있지만, 영혼 계약으로 사역마를 부리고 고대 마법을 구사하는 사역술사가 말하는 마수에게 사람을 납치하게 시킨다면 상당히 위험한 존재였다.

그를 제압하고 고대 마법에 대한 비밀을 털어놓게 하려면 아마 피를 봐야겠지. 하지만 그런 마법사가 만들었다기엔 결계가 조악하다는 점이 마음에 걸렸다.

"여기로 간 거 맞아?"

갑자기 아래에서 낮은 목소리가 들렸다. 나는 깜짝 놀라 생각을 멈췄다. 기사들인가? 안 쫓아올 줄 알았더니…….

"안 보이잖아."

"……죄송합니다."

"죄송하다고 말하면 다야? 너 진짜 죽고 싶냐?"

"그게, 그냥 어린 여자애와 강아지 한 마리여서…….""

슬쩍 아래를 보자 아까 마주쳤던 기사가 연신 허리를 굽히며 사과하는 것이 보였다. 대장으로 보이는 남자는 분에 차서 씩씩거리며 기사의 머리를 내리쳤다. 난 깜짝 놀랐다.

내가 마법사긴 하지만 겉으로 보기엔 정말 어린 여자애와 강아지일 뿐인데. 저게 저렇게 화낼 일인가?

"영주님께서는 성 근처에 쥐새끼 한 마리도 얼씬 못 하게 하라고 하셨다."

"죄송합니다. 다시는 이런 일······."

"주인의 명령을 따르지 않는 기사는 필요 없다. 마을로 내려가도록."

"예?"

대장의 말에 기사는 당황한 얼굴을 했다. 나도 당황했다. 아무리 영주의 명령이 있었다지만, 저렇게까지 복종을 강요할 일인가?

이 마을의 새 영주는 부임한 지 이 년밖에 되지 않았다는데, 지배력이 상당히 강한 것 같았다. 듣기로는 영주가 온 뒤로 마을의 형편이 나아진 것도 없는 것 같은데 저 충성심은 이해가 되지 않았다. 그런데 내 의아함을 어떻게 알았는지 대장이 말을 이었다.

"영주님은 나스티아 공작님의 사위. 직급은 백작이지만 사실상으론 왕족이나 다름없는 분이시다. 그러니 기사들도 왕실기사단급의 충성심과 명예를 갖춰야 한다. 명령을 흘려듣는 기사는 필요 없어."

대장은 그렇게 말하며 돌아서 가 버렸다. 어린 기사도 다급하게 그 뒤를 쫓았다. 나는 나무 위에서 멍하니 그들을 보다가 퍼뜩 정신을 차렸다. 그길로 까망이를 안고 곧장 산을 내려왔다.

언덕을 내려가자 오두막집 창문 너머로 낯익은 얼굴이 보였다. 난 벌컥 창문을 열었다.

"릴리!"

"꺄악! 첼시, 왜 거기로 들어오는 거야?"

릴리는 화병에 꽃을 꽂다 말고 내게 달려왔다. 그녀가 창문을 내다보며 소리쳤다.

"여긴 2층인데!"

"사소한데 신경 쓰지 말고. 릴리, 브리튼 마을의 새 영주가 나스티아 공작의 사위라는 게 진짜야?"

"응? 응, 맞긴 한데······."

릴리가 혼란스런 얼굴로 나와 창문을 번갈아 보며 말했다. 난 쓰러진 화병을 보며 가만히 생각을 정리했다.

브리튼 마을은 고립된 곳이었다. 나가는 사람은 있어도 들어오는 사람은 없는. 이 마을의 기사들은 아마 오랫동안 여기에서만 있었을 것이다. 마력석의 시세가 오른 것도 모를 테니 정보도 막혀 있겠지. 그래서 모르나 본데, 나스티아 공작에게는 백작 사위가 없었다.

그러니까 정리하자면…… 새 영주 놈은 사기꾼이다.

갑자기 흘려 넘기고 있던 정보들이 하나하나 마음에 걸렸다. 마수를 잡겠다는 명목으로 마구 걷어 대던 세금, 더 이상 사파이어가 나오지 않는 사파이어 광산, 크기만 크고 내구성은 낮은 결계.

설마. 설마 새 영주가 세금을 걷기 위해 마수의 성에 결계를 쳐 놓은 건…….

"첼시, 왜 그래? 성에서 마수라도 마주쳤어?"

"아."

릴리의 목소리에 난 정신을 차렸다. 그래, 마수. 난 말하는 마수 때문에 이 마을에 왔다. 지금 가장 중요한 건 그것이었다. 그렇긴 한데…….

"뭐야, 왜 이렇게 시끄럽…… 헉, 아줌마, 갑자기 어디서 나왔어?"

그때 앨런이 계단을 올라왔다. 난 녀석을 흘끔 보고 책상에 다가가 엽서와 펜을 꺼내 들었다.

"아줌마라고?"

"마흔여덟 살이라며. 그럼 아줌마지."

"난쟁이 꼬마야, 너 발은 좀 빠르니?"

난 책상에 앉아 빠르게 서신을 써 내려갔다. 그리고 방 한편에 있던 내 배낭에서 인장을 찾아냈다. 앨런이 내 행동을 보며 어리둥절하게 물었다.

"갑자기 왜?"

"그걸 성에 좀 배달해 줘."

"성? 하면 뭐 줄 건데?"

"음, 여태 내게 무례하게 군 걸 용서해 주지."

앨런은 코웃음을 치며 서신을 들었다. 내용을 훑어보던 녀석의 작은 얼굴에 경악이 서렸다.

"이게, 이게 무슨 말이야?"

"할 수 있어?"

"이, 이걸 어디로 배달하라고?"

난 녀석에게서 서신을 뺏어 봉투에 넣고 그 위에 가문의 인장을 쿵 찍어 도로 넘겼다.

"나스티아 공작성."

내가 상냥하게 말하자 앨런의 얼굴이 파랗게 질렸다. 녀석은 작게 떨리는 손으로 머리에 뒤집어쓴 후드를 잡았다.

"하지만, 난……."

그러고 보니 녀석은 자신의 집 안인데도 여태 로브를 뒤집어쓰고 있었다. 난 앨런의 손을 잠깐 바라보다가 말했다.

"너희를 받아들여 준 고마운 마을 사람들한테 본은 좀 하지 그러니? 성으로 가는 게 무서우면 너 대신 성에 가 줄 다른 사람을 찾아도 되니까."

"아니, 난……."

"넌 뭐, 남들 욕만 할 줄 알고 네 힘으로 할 수 있는 건 아무것도 없는 거니?"

"윽……."

앨런은 편지를 보며 주저하다가 결국 고개를 끄덕였다.

"알았어."

"그래, 장하다."

난 서신을 들고 계단을 뛰어 내려가는 앨런을 바라보며 만족스럽게 미소 지었다. 좋아, 이건 일단 됐다. 이제 성에 쳐들어갈 준비를 해야지.

그때 릴리가 계단을 올라오더니, 혼란스런 얼굴로 내게 물었다.

"첼시, 앨런은 갑자기 어디 간 거야?"

"아."

릴리에게는 사태를 설명해 줘야겠지. 난 펜을 들고 고개를 들었다. 그리고 깜짝 놀랐다.

"릴리, 너 그 목걸이……."

가벼운 차림을 하고 있는 릴리의 목에는 여태 보이지 않았던 목걸이가 드러나 있었다. 목걸이 가운데 걸려 있는 옐로우 다이아몬드는 꽃 모양으로 세공되어 있었다.

세월이 오래 지났으나 이 목걸이는 한창 애용했던 것이라 똑똑히 기억했다. 그건 내가 바라카를 구하러 갔다가 산적을 만났던 날, 나를 페레스 산에서 황궁까지 데려다준 고마운 마부에게 찻삯 대신 준 물건이었다.

"아, 이거…… 아빠의 유품이야."

아빠가 돌아가시고 헤브람을 떠나면서 유일하게 가져온 재산이지. 릴리가 말했다. 난 그제야 이해했다.

'고맙소. 딸아이가 좋아하겠군.'

그 마부는 그렇게 말했었다.

"돌아가셨구나……."

마음이 복잡했다. 내가 슬프게 중얼거리자, 릴리가 물었다.

"……우리 아빠를 알아?"

"응."

나는 오랜만에 감회에 젖어 옛이야기를 풀어냈다. 국경을 넘기 전, 곤경에 처한 릴리를 만났을 때 나는 그녀를 내 어릴 적과 겹쳐 보았다. 그리고 내가 어릴 적 이름 모를 마부에게 받았던 대가 없는 선의를 기억하며 그녀를 돕기로 마음먹었었다.

그런데 릴리가 그 마부의 딸이었다니. 어쩐지 코끝이 찡해지고 가슴이 뭉클했다. 8년이라는 세월을 거쳐 선의가 선의로 돌아갔다니. 이상한 일이었다. 난 말로 형용할 수 없는 감정에 휩싸였다. 릴리는 고개를 숙이고 자신의 목걸이를 매만지며 속삭였다.

"그런 일이 있었구나……."

난 어쩐지 무슨 말이라도 해야 할 것 같은 기분에 휩싸였다. 릴리의 손 위에 내 손을 포개며 입을 열었다.

"릴리, 난 오늘 밤 마수의 성에 갈 거야."

릴리의 젖은 밤색 눈동자가 나를 바라봤다.

"힘낼게."

난 그녀에게 약속했다. 릴리가 옛 은인의 딸이었다니. 전력을 다해야 할 이유가 하나 늘었다. 나는 마법서와 성의 지도를 펼쳐 놓고 공격 전략을 짜기 시작했다.

* * *

나는 또다시 옛 영주의 성, 마수의 성 앞으로 돌아왔다. 한낮에 먼 곳에서 처음 봤을 때부터 쓸쓸해 보이던 성은, 한밤중엔 쓸쓸하다 못해 음산해 보였다. 성의 저 너머에서 기이한 새 울음소리까지 들려온다.

난 숲 사이를 걷다가 이파리가 벗겨져 앙상한 나무 그림자에 화들짝 놀라 멈춰 섰다. 무섭다고 여기기 시작하자 별것들이 다 무서웠다.

그때 서늘한 금속성과 규칙적인 발소리가 들려왔다. 기사들이 다가오고 있는 것 같았다. 어두컴컴한 곳에서 느껴지는 기사들의 기척은 한층 위협적이었지만, 난 차분히 숨을 가다듬었다.

여기에 있는 사람 중에서는 내가 가장 강했다.

"멍!"

나는 기사들의 앞에 까망이를 보내 놓고 나무 뒤로 숨었다. 기사들이 까망이에게로 다가와 허리를 숙이자 그들의 뒤로 조심스레 다가갔다.

"뭐야, 여기 왜 강아지가…… 윽!"

"뭐야, 억!"

난 어둠속에 스며들어 기사들의 등에 손을 대고 손바닥에 새긴 마법을 발동시켰다. 어둠 속에서 마법진이 번쩍일 때마다, 기사들이 차례로 바닥에 쓰러졌다.

"휘유."

라이트닝 볼트, 전기 충격을 가하는 물리계 마법이었다. 사람에게 공격 마법을 쓰는 것은 처음이라 긴장이 됐다. 난 가볍게 손을 쥐었다 펴며 마음을 가다듬었다.

쓰러진 기사들을 수풀 사이로 숨기고 싶었지만, 난 기사의 다리를 들어 보았다가 금방 포기했다. 갑옷 때문에 너무 무거웠다. 아까 기사들에게 공격 마법을 쓸 때도 그렇고, 의외로 마법사에게도 순발력이나 근력 같은 기초 체력이 필요한 것일까?

난 고뇌하며 결계석으로 다가갔다. 개선시킨 덴버의 결계 무효화 마법을 시전하자, 검은빛과 함께 결계에 구멍이 뚫렸다. 나와 까망이가 통과할 수 있을 만큼의 크기였다.

"……."

처음부터 이 결계 무효화 마법은 결계에 구멍을 뚫는 마법이 아니었다. 원래는 결계 전체를 무효화하는 마법이었다.

'혹시, 마력 소모를 아낄 좋은 아이디어가 떠오르면 알려 주세요.'

괜히 덴버의 그 부탁이 뇌리에 박혀서, 나도 모르게 마법을 마력 효율성을 높이는 방향으로 자꾸 수정하다 보니 그만……. 이쯤 되면 덴버가 준 결계 무효화 마법과는 아예 다른 마법이 된 것 같긴 하지만.

아무튼 나는 까망이와 결계를 통과해서 후문으로 향했다.

"대장님! 이쪽으로 와 보십시오!"

"무슨 일이지?"

뒤늦게 기절한 기사들을 발견했는지, 결계 밖에서 소란이 일었다. 나는 걸음을 재촉했다. 문 앞에 도착했을 때, 갑자기 까망이가 고개를 빼고 코를 킁킁거렸다.

"왜 그래?"

"마법사님."

마법사님? 나는 흠칫 놀라 고개를 돌렸다. 저 멀리서 누군가 다가오는 것이 보였다. 긴 로브에 옆구리에 양피지를 잔뜩 낀 채 걸어오는 남자의 모습. 덴버가 분명했다.

덴버는 조심스럽게 결계 앞으로 다가오더니 바닥에 무릎을 꿇고 양피지를 펼쳐 들었다. 난 당황해서 주위를 살폈다. 기사들은 갑자기 다 어디간 거야? 아, 나 때문에 다들 옆쪽으로 갔지.

난 불안하게 덴버를 바라봤다. 그는 마법진에 손을 올리고 마법을 발동시켰다.

"……?"

그러나 결계는 멀쩡했다. 덴버는 한숨을 쉬며 다른 양피지를 펼쳐 들기 시작했다. 난 그제야 깨달았다. 아하, 마력식의 효율성을 개선 못 해서 마법 전체를 바꿨구나.

몇 년을 연구해도 안 됐던 게, 하루아침에 성공할 리가 없지.

난 서둘러 등을 돌려서 성문에 손을 올렸다. 중년 마법사 아저씨를 지켜 주며 마수까지 무찔러야 하는 번거로운 루트는 사양이다. 결계 구멍이 들통나거나, 덴버가 들어와서 일이 더 귀찮아지기 전에 어서 마수를 만나야지.

[도와……]

그렇게 성 안에 첫발을 딛는 순간, 어디선가 희미한 목소리가 들려왔다.

나는 흠칫 놀랐다가 뒤늦게 깨달았다. 덴버도 성에서 마수에게 잡혀 온 인질의 목소리를 들었다고 했지. 그의 말처럼 작고 가냘픈 목소리였다.

"어디세요?"

나는 성 안을 둘러보며 외쳤다. 창을 통해 들어오는 달빛 덕분에 흐릿하게나마 앞이 보였다. 정면에는 넓은 계단이 있었고, 양옆으로는 긴 복도가 이어져 있었다.

[도와주세요…….]

나는 오른쪽 복도로 고개를 돌렸다. 이번에는 똑똑히 들었다.

"이쪽이야!"

나는 까망이와 함께 소리가 들리는 곳을 향해 달렸다.

복도는 넓고 어두웠다. 마수에게 끌려와 이렇게 으슥한 곳에서 감금당한 채 지내다니. 정신이 나가 버려도 이상하지 않을 일이었다. 납치당한 인질들을 데리고 얼른 이곳을 나가야겠다.

"여긴가?"

목소리를 따라 걷던 나는 어느 방문 앞에 멈춰 섰다. 조심스럽게 문을 열자 낡은 경첩이 큰 소리로 삐걱거렸다. 온몸의 털이 곤두서는 느낌이었다. 두근거리는 심장을 진정시키며 방 안에 들어왔다.

"뭐지?"

난 휑한 방의 풍경에 당황했다. 방 안에는 아무것도 없었다. 열린 창 사이로 부는 바람, 흔들리는 커튼, 스며드는 달빛 사이로 보이는 고요한 방의 풍경. 난 의아한 눈으로 방을 훑었다.

[도와주세요……!]

그때, 다시 애타는 목소리가 들려왔다. 소리의 근원지는 방문 너머였다.

"착각했나……?"

난 어리둥절했지만 우선 방을 나갔다. 아무래도 정신이 없어서 소리가 나는 곳을 오해했던 모양이었다.

이번에는 정말 착각하지 말아야지. 나는 소리를 따라 걷다가 옆방의 문 앞에 멈춰 섰다. 아, 옆방과 헷갈렸구나. 안도하고 얼른 발을 옮겼다.

"악!"

그러다 발에 무언가가 걸려 나는 중심을 잃고 넘어지면서 바닥에 부딪혔다. 복도에 쿵 소리가 울렸다.

"아이고, 아파라……."

뭔가가 발목을 잡았던 것 같은데, 뭐였지? 난 몸을 일으키며 뒤를 바라봤다. 하지만 복도에는 아무것도 없었다. 난 깔끔한 복도를 보고 고개를 갸웃했다. 방금 뭐가 분명 발에 걸린 것 같았는데.

"주인, 주인!"

까망이가 내게 다가와 우왕좌왕하며 소리쳤다.

"난 괜찮아."

내가 다시 몸을 일으켜서 괜찮다는 것을 보여 주자 까망이는 겨우 진정했다. 인질이 갇힌 문 앞에서 이게 무슨 추태람. 나는 투덜거리며 방문을 잡았다. 문을 열고 방에 들어서자, 난 당황스러웠다. 이번에도 방에는 아무도 없었다.

상황을 이해할 수가 없어서 아무도 없는 것이 한눈에 보이는데도 나는 방을 한 바퀴 돌아보았다. 그러나 횅한 방에는 사람을 숨길 공간도 딱히 없었다. 창문가, 거울 앞, 책장과 책상 사이, 소파 뒤. 이곳에 사람을 숨기기는 불가능할 것 같았고 방은 정말로 텅 비어 있었다.

분명 여기서 도와 달라는 목소리를 들었는데. 내가 또 잘못 들은 걸까? 납득은 안 되지만 그것밖에는 답이 없었다. 난 다시 복도로 나가 인질을 찾기 위해 방문으로 향했다. 그때였다.

"주인."

"응?"

"주인."

"왜애."

난 방문을 열고 나가려다 말고 까망이의 부름에 뒤를 바라봤다. 그런데 돌아본 곳에는 까망이가 없었다.

"주인?"

아래에서 들린 목소리에, 나는 흠칫 놀라 시선을 돌렸다. 까망이는 내 발치에서 어리둥절한 얼굴로 나를 올려다보고 있었다.

"왜 가마니?"

이상하다. 까망이의 목소리가 뒤에서 들린 것 같았는데, 아래에 있었네?

"왜 가만히 있냐구? 네가 날 불렀잖아."

"……?"

까망이는 내 말을 알아듣지 못하는지 혼란스런 눈을 했다. 까망이와 나 사이를 언어 장벽이 가로막고 있다. 난 재차 설명해 주기 위해 입을 열었다.

[도와주세요.]

그때, 다시금 그 목소리가 들렸다. 가냘픈 인질의 목소리. 이번에는 정말 똑똑히 들었다. 목소리는 바깥쪽이 아니라, 방 안에서 나고 있었다. 난 딱딱하게 굳은 채 목소리가 들린 곳으로 고개를 돌렸다.

거기에는 거울이 있었다.

"들었어……?"

"……응."

난 까망이와 시선을 교환하고 거울을 바라봤다. 긴장으로 목울대가 꿀꺽 울렸다.

아니, 긴장이라니. 내가 뭘 걱정하는 거람? 나, 첼시 로드랭. 전혀 원하던 바는 아니었지만 마탑주의 수제자가 되어 버린 마법사다. 마법사는 숫자와 과학을 숭상하는 집단. 귀신이나 유령 같은 초자연현상 따위는 전혀 믿지도 않고 두려워하지도 않는다.

"흥."

마음을 다잡고 거울을 향해 척척 다가갔다. 벽에 세워진 동그란 전신 거울은 프레임이 회색 철제로 되어 있어 낡은 티가 나지 않았는데, 가까이서 보자 여기저기 흠집이 나고 손자국이 남아 있었다. 그래도 가운데 비친 내 얼굴만큼은 뚜렷이 보였다.

나는 거울을 주시하며 천천히 몸을 움직였다. 내가 손을 들고 고개를 흔들자, 거울 속의 내가 나의 움직임에 따라 똑같이 움직였다. 특징이 있다면 긴장 때문에 움직임이 조금 뻣뻣하다는 것 정도였다.

거울은 그냥 거울이었다. 아무 일도 일어나지 않자 맥이 탁 풀렸다. 눈곱만큼이라도 겁을 먹었다는 것이 우습게 느껴졌다.

"하하, 그럼 그렇지."

나도 참, 그냥 인질이 갇혀 있는 곳과 이 방이 가까운 모양이지. 무슨 거울을 의심하고 난리람? 내가 무슨 어린애도 아니고, 방이 좀 어둡고 으슥하다고 무서워할 나이는 아닌데 말이다. 난 개운해진 얼굴로 고개를 들었다.

"뭐야……."

그리고 이상한 일이 일어났다. 나는 분명 고개를 들었는데, 거울 속의 나는 고개를 들지 않고 있다.

난 기이한 현상에 당황한 눈으로 거울을 바라봤다. 그것은 고개를 푹 숙인 채 등을 부들부들 떨고 있었다. 우는 것일까, 웃는 것일까. 내 눈으로 보면서도 믿을 수가 없어 뒷걸음질을 쳤다. 다리가 후들거렸다. 지금은 넘어지면 안 될 타이밍인 것 같은데.

일렁이는 거울 속에서 내 얼굴을 한 여자가 천천히 고개를 들었다. 붉은 눈동자가 번쩍 빛났다.

[도와줘!]

그녀가 시뻘건 입을 찢으며 거울 밖으로 손을 뻗었다.

"꺄아아아아악!"

내 공포 수용력은 거기까지가 한계였다. 나는 까망이를 낚아채고 방문 밖으로 뛰쳐나갔다. 그대로 왔던 길을 되돌아 달렸다. 정신없이 달리는 와중, 무언가에 발이 걸려 몸이 앞으로 고꾸라졌다. 커다란 소리와 함께 내 몸이 사정없이 바닥에 부딪혔다.

"윽……."

난 부들부들 떨면서 바닥을 짚었다. 무릎과 손바닥이 까졌는지 온통 쓰라리고 욱신거렸다. 그러고 보니 아까도 여기에서 뭔가에 걸려 넘어졌었지. 아무것도 없는 맨바닥인 거 같았는데 대체 뭐에 발이 걸린 거…….

끙끙거리며 몸을 일으키던 내 눈에 비친 것은, 바닥 한가운데 덩그러니 자리하고 있는 사람의 손이었다. 바닥에서 솟아난 붉은 손.

"으아아악!"

내가 방금 동강 난 손을 발로 찬 것이다. 나는 벌떡 일어나 반대편 방향으로 다시 내달렸다. 미친, 마수의 성이라더니, 귀신의 성이잖아! 난 마수를 잡으러 왔다고. 귀신이 아니라! 이런 일이었으면!

"마법사가 아니라 퇴마사를 불러억!"

복도의 끝까지 달려왔을 즈음, 나는 발을 디뎠다가 낡은 바닥재가 움푹 꺼지는 일도 경험했다. 몸이 휘청 옆으로 넘어가며 계단 쪽으로 쓰러졌다. 난 말 그대로 계단을 데굴데굴 굴렀다.

그리고 잠시 정신을 잃었다.

＊ ＊ ＊

"으으……."

난 내가 기절했다는 사실을 다시 정신을 차렸을 때야 깨달았다. 겨우 눈을 떠 보았지만 이상하게도 아무것도 보이지 않았다.

그러고 보니 마지막에 계단을 굴렀었다. 내가 지하로 떨어졌구나. 난 아픈 머리를 붙잡고 몸을 일으켰다. 오늘 하루 동안 대체 몇 번을 넘어진 건지 모르겠다.

"까망아, 괜찮……."

난 벽에 기대 앉아 내 품에 있을 까망이를 살펴보려고 했다. 이제야 품에 있어야 할 푹신한 털 뭉치가 없다는 것을 깨달았다. 까망이가 없었다.

"……어디서 잃어버렸지?"

나는 혼자 중얼거리다가 문득 고개를 들어 옆을 바라봤다. 사방은 온통 새까만 암흑이었다. 기절하기 전 거울 속에서 보았던, 입이 찢어진 여자의 얼굴도 떠올랐다.

"……."

그럼 내가 지금 귀신의 성에서 혼자 덩그러니…….

내 얼굴이 새파랗게 질렸다.

"주인."

내가 졸도하기 직전에, 어둠 속에서 까망이의 목소리가 들렸다. 새까만 어둠을 걷어 주는 여명같이 사랑스러운 목소리였다.

"거기 있었구나!"

난 벌떡 일어나 목소리가 들리는 곳으로 걸어갔다. 가까이 다가가자 바닥에 웅크린 조그마한 몸체가 보였다.

"첼시."

나는 까망이를 향해 손을 뻗으려다가 움찔 멈췄다. 첼시라고? 달라진 호칭은 그렇다 쳐도, 목소리가 까망이가 아닌데.

어둠에 익숙해진 눈이 희미하게 주변을 판별하기 시작했는지, 어둠 속에서 희미하게 그것의 모습이 보였다. 조그맣고 통통한 새끼 늑대의 발과, 꼬리가 보이는 것 같았다.

뭐지? 내가 갈등에 빠져 주춤거리는 동안, 그것이 눈을 뻔쩍 떴다. 새빨간 눈. 그제야 보였다. 새끼 늑대의 몸 위에 달린 얼굴은 사람의 것이었다.

"거기 있었구나!"

인면어도 아니고…… 인면견이냐고!

얼굴은 남자 같은데 목소리는 나와 똑같았다. 그 기이한 조합이 너무 이질적이라 공포스러웠다. 그 흉측한 생물체가 이를 드러내며 내게 달려들었다.

"저리 가아아악!"

난 팔로 머리를 감쌌다. 손가락에 걸려 있던 윙투스가 소매 안에서 튀어나와 그것을 향해 뻗어 나갔다.

'철퍽!'

……철퍽? 난 갑자기 들린 진흙 으깨지는 소리에 고개를 들었다. 내 손 끝으로 뻗어 나간 윙투스가 박힌 곳에는, 이상한 진흙 무더기가 흩어져 있었다.

"……저게 뭐지?"

나는 윙투스를 되돌리고, 진흙 무더기가 있는 곳으로 다가갔다. 허리를 숙이고 고개를 가까이하자, 조용하던 진흙 무더기가 작게 튀어 올랐다. 마치 놀라기라도 한 것처럼. 그것들은 꾸물거리며 기어가더니 벽 속으로 사라졌다. 그 모습이 꼭 벽에 스며드는 것처럼 보였다. 저런 기묘한 광경은 처음 보았다.

"저게 대체 무슨 귀신이지? 저런 귀신은 본 적 없는데……."

"……귀신이 아니라 마수야."

대답을 기대한 말이 아니었는데, 구석에서 조그맣게 대답하는 목소리가 있었다.

"거, 거기 누구 있어요?"

나는 공포에 질려서 물었지만, 대답은 없었다. 난 목소리가 들려온 암흑 속을 가만히 바라보다가 윙투스를 꼭 쥐었다. 또 귀신의 농간에 휘둘릴까 봐 무서웠지만, 진짜 인질일 가능성도 있으니 도망칠 수는 없었다.

"사, 사람이시죠……?"

나는 천천히 어둠 속으로 걸음을 옮겼다. 앞이 잘 보이지 않아서 손으로 벽을 더듬으면서 걸었는데, 어느 순간 손끝에 돌벽이 아니라 차가운 철창이 만져졌다.

귀족들 중에서도 저택 지하에 종종 감옥을 만드는 이들이 있었는데, 이 영주의 성에도 지하 감옥이 있었던 모양이다. 철창 앞에 도착하자 구석에서 움직이는 인영이 보였다. 그것이 혹시 또 내게 달려들지도 모른다는 생각에 온몸에 바짝 힘이 들어갔다.

"……사람이야."

그때 거칠고 갈라진 목소리가 내게 답했다. 안도로 긴장이 쭉 빠져나갔다.

"휴, 전 인질들을 구하러 온 마법사예요. 많이 무서우셨죠? 제가 금방……."

"인질들?"

그런데 그녀가 어리둥절한 목소리로 반문했다.

"여기에 있는 사람은 나밖에 없어."

"네?"

"옛날부터 줄곧, 나밖에 없었어."

난 눈을 굴렸다. 마수가 가장 처음 납치한 사람이 소문 속의 '미녀'이고, 그 후로도 마을 사람들이 몇몇이 납치되었다고 들었다.

하지만 어쩌면 그녀의 말이 맞을 것 같기도 했다. 마수가 사람들을 굳이 다른 장소에 가둘 것 같지는 않았다. 그렇다면 납치된 다른 사람들은 어디 있을까.

짚이는 바는 있었다. 아마 마수가 사람들을 납치했다는 거짓 소문을 퍼뜨린 놈이 범인일 테니까. 그리고 이 마을에는 담 큰 거짓말쟁이가 하나 있었다.

그렇다면, 여기 갇혀 있는 것은 가장 처음 납치당한 소문의 '미녀'가 될 것 같았다. 덴버가 노리고 있던 그 인질. 아마 이분은 밖에서 중년의 마법사와 자신이 얼마나 이상한 소문에 엮여 있는지 꿈에도 모르고 있겠지. 난 마음이 급해졌다.

"알았어요. 금방 풀어 드릴게요."

그런데 이 감옥, 문이 대체 어디 있는 거지? 어두워서 자물쇠를 찾는 것도 쉽지 않았다. 이럴 줄 알았으면 빛 마법을 그려 오는 건데.

"됐어, 난 그냥 버리고 가."

내가 손으로 철창을 더듬고 있는데, 인질이 말했다. 난 의아해졌다. 왜 저런 말을 하지? 성을 지키고 있을 마수가 무서워서 그러는 걸까? 아까 내가 비명을 지르고 난리를 쳤으니, 마법사라고 밝혀도 못 미더울 수도 있었다. 귀신을 마주친다는 것은 너무 예상을 벗어나는 상황이라 당황해서 그만……

그래, 조금만 생각해 보면 알 수 있는데. 마수대백과를 독파했는데도 그런 마수는 듣도 보도 못해서, 평정을 잃고 말았다. 그러나 난 에키드나에 대해서도 전혀 몰랐으니까, 암흑 왕국과 접해 있는 이 동네에서는 내가 모르는 마수가 더 있을 수도 있었다.

마수라면 방법이 있었다. 난 우선 겁에 질린 인질을 조금이라도 안심시켜 줘야겠다고 생각했다.

"걱정하지 마세요. 그게 만약 귀신이면 모를까, 마수라면 해치울 수 있거든요. 아까는 당황해서 추태를 보였지만, 다시는 그런 일 없을 거예요."

"……그게 아니라……"

미녀님은 어쩐지 말을 잇지 못하셨다. 그녀는 우물대다가 다른 이야기를 했다.

"네 동료는 어떻게 되었지?"

"제 동료요?"

까망이를 말하는 걸까? 난 고개를 들었다.

"마수가 네 이름을 말했잖아. 그 마수는 한 번이라도 보고 들은 것이면 모두 따라 할 수 있어. 하지만 직접 보지 않은 건 아무것도 따라 할 수 없지. 그러니까, 이 성에 네 동료가 있는 거겠지."

까망이 이야기가 아니었다. 우리 꼬마는 나를 이름으로 부르지 않는다. 난 드디어 손끝에 걸린 자물쇠를 잡으며, 방금 전의 상황을 떠올렸다.

'첼시'. 내 이름을 부르던 그 목소리. 그리고 결정적으로, 그 징그러운 인면견에게 달려 있던 남자의 얼굴. 너무 놀라서 당시에는 눈치채지 못했지만, 그 얼굴은 낯이 익었다.

"덴버!"

덴버가 들어왔구나! 다급해진 난 자물쇠에 대고 윙투스를 쏘았다. 챙 그랑, 높은 파열음을 내며 윙투스의 끝에서 자물쇠가 부서졌다.

"정말 자물쇠를 부쉈어?"

인질이 놀란 목소리로 물었다. 난 뿌듯하게 웃었다. 이걸로 인질을 구한 사람은 내가 되었다. 덴버가 와도 헛걸음만 한 것이 되겠지. 그의 꿍꿍이가 뭐였든 이젠 도로 아미타불이었다.

"첼시."

그때 갑자기 입구에서 덴버의 목소리가 들려왔다. 나는 순간 덴버가 도착한 것인가 생각했지만, 곧 그게 아니라는 것을 알 수 있었다. 덴버는 다소 방정맞은 사람인데, 저기 있는 그는 침착하게 내 이름을 부르고 가만히 서 있었기 때문이다.

"거기 있어요. 그편이 더 안전할 거예요."

나는 인질에게 속삭이며 윙투스를 잡았다. 문에서 손을 떼면서 동시에 윙투스의 세 번째 주술, 투명화 마법을 발동시켰다. 내 소매 속에서 윙투스가 투명하게 변했다.

"덴버."

내가 마수를 돌아보며 중얼거렸다. 그것을 향해 걸어가자 서서히 덴버의 모습을 한 마수의 실루엣이 어렴풋이 보였다.

"또 속겠어?"

나는 왼손을 펼치며 네 번째 주술과 다섯 번째 주술을 발동시켰다. 염력 마법과 증폭 마법에 둘러싸인 윙투스가 내 손을 떠나 마수에게 날아갔다. 마수가 뒤늦게 뒷걸음질을 쳤지만 증폭 마법을 두른 윙투스를 피할 수는 없었다. 나는 승기를 느꼈다. 됐다!

철퍽!

다음 순간, 난 깜짝 놀랐다. 놈의 배에 윙투스가 닿자, 복부가 아까와 같이 찰흙처럼 뭉개졌다. 어쩌지? 윙투스가 마수에게 꽂히면 준비해 둔 사역술이나 공격 마법을 쓰거나 할 텐데. 저렇게 젤리처럼 무너져서야 어떻게 해야 할지 모르겠다.

내가 당황하는 동안, 그 마수도 당황한 듯했다. 외모는 덴버였는데, 복부와 함께 척추가 사라지자 상체가 무너져 흐느적거렸다. 굉장히 기괴한 모습이 연출됐다.

"흐어어."

놈은 상체를 늘어뜨리고 계단을 달려 올라가기 시작했다. 난 끔찍한 모습에 잠시 충격을 받고 있다가 뒤늦게 정신을 차렸다.

"앗, 거기 서!"

계단을 올라가자 달빛 덕에 시야가 천천히 밝아졌다. 아까는 어둡고 으슥하게 느껴졌던 곳이었는데, 지하에 있다 오니 이마저도 밝게 느껴졌다.

계단을 모두 올라 지상에 도착하자 덴버의 얼굴이 보였다. 난 그 얼굴을 보자마자 윙투스를 꺼내 들어 주술을 발동시켰다.

"첼시!"

윙투스의 촉이 덴버의 얼굴 앞에서 우뚝 멈춰 섰다. 활짝 웃으며 손을 흔들려던 덴버가 놀란 눈으로 윙투스를 바라봤다. 저 방정맞은 동작은 혹시…….

"진짜 덴버?"

"그, 그럼 진짜죠!"

덴버는 결백한 얼굴로 양팔을 들었다. 사람을 따라 하는 것만 할 수 있는 마수가 이렇게 적절한 대답을 할 수는 없을 것 같았다.

진짜네. 결국 올 것이 왔군……. 그럼 마수는 놓친 걸까. 난 한숨을 삼키며 윙투스를 불러들이다가, 덴버의 손에 들린 새장을 보고 화들짝 놀랐다.

"까망아!"

"아, 오는 길에 찾았어요. 가엽게도 갇혀 있길래."

"낑……."

새장 안에는 까망이가 갇혀 있었다. 세상에, 어떻게 한 것인지는 몰라도 그 교활한 마수의 짓이 틀림없었다. 날 몇 번이나 농락한 것도 모자라 내 사역마에게까지 이런 짓을? 감히 최상급 마수인 다이어 울프를 새장에 가두다니.

까망이도 제 처지가 참담한 듯 어깨를 축 늘어뜨리고 있었다. 아무리 작아졌다 하더라도 다이어 울프. 고작 새장 따위를 못 부수는 건 아닐 텐데. 아마 내가 사람 앞에서는 강아지인 척해야 한다고 신신당부를 한 탓에 나오지 못하고 있는 것 같았다. 새장 사이로 글썽이는 눈을 보자 마음이 아팠다.

하여간 저 아저씨는 도움이 안 된다. 여기는 또 어떻게 온 거야?

"여긴 어떻게 들어온 거예요?"

"아, 결계에 구멍이 난 걸 발견해서……."

이런, 내가 원흉이었구나. 나는 원망도 못하고 한숨을 내쉬었다.

"첼시."

그때, 내 등 뒤에서 다시 덴버의 목소리가 들렸다. 고개를 돌리자 덴버와 똑같은 후줄근한 차림에, 똑같은 새장을 들고 있는 남자의 모습이 보였다.

"헉."

내 등 뒤에서 덴버가 숨을 삼켰다. 자신과 똑같은 모습을 한 마수가 나왔으니 공포에 질릴 만도 했다. 난 덴버의 앞을 막아서며 그에게 물었다.

"괜찮아요?"

"저, 제, 제가 진짜예요."

"……."

"현혹되지 말아요, 첼시!"

덴버가 애타는 목소리로 호소했다. 괜찮은 모양이었다.

"알거든요."

난 다시 팔을 들어 윙투스를 쏘았다. 윙투스는 가짜 덴버의 왼쪽 눈을 관통하고 날아갔다.

"칫."

난 혀를 차고 윙투스를 불러들였다. 이래선 원거리전은 무리였다. 직접 마수와 접촉해서 손에 그린 마법진을 발동시켜야 하는데…….

하지만 마법사에게 근접전이라니. 너무한 처사였다. 아까 성 밖에서 기사 둘을 쓰러뜨리긴 했지만 마수에게 통할지는 자신이 없었다. 난 사역술사인데. 저렇게 작은 까망이를 마수와 싸우라고 보낼 수도 없고…….

내가 망설이는 사이 마수는 관통된 왼쪽 눈은 수복시키고 다시 모습을 바꿨다. 내 얼굴이었다. 아까 거울에서 본 끔찍한 모습이 떠올라 잠시 움찔했지만 난 다시 윙투스로 놈을 공격했다.

아까처럼 관통시키지 않고 윙투스가 마수와 부딪히기 직전에 멈춰 몸을 에워싸게 만들었다. 그대로 사역진을 발동시키려는 속셈이었지만 놈이 더 빨랐다. 이번에는 온몸을 액체처럼 흘러내리게 만들어 사슬 안에서 빠져나갔다. 언뜻 느리게 움직이는 것 같지만, 윙투스와 연동해 사역술을 발동시키는 시간보다는 빨랐다.

정말 근접전밖에 방법이 없나. 난 미간을 찌푸렸다.

"엄마."

그때 질퍽거리는 액체들이 바닥에서 모여들어 어린아이의 모습으로 변해 갔다. 아이로 변해 동정심에 호소하려는 속셈인 것 같았지만, 안타깝게도 내겐 아이가 없었다. 하지만 이번엔 바로 공격하지 않고 놔두었다. 어차피 접촉을 해야 한다면, 지금보단 거리를 좁혀야 했다.

마수는 내 눈빛이 고요한 것을 보고는 재빨리 다른 모습으로 변했다. 병든 노인, 다친 병사, 검은 고양이, 헐벗은 기사, 왜소한 마법사, 작은 여자, 배에 화살이 꽂힌 귀족.

그 마수가 발을 떼고 디디는 짧은 사이에 십여 개의 얼굴이 나타났다가 사라졌다. 목소리와 호소하는 말투도 가지각색이었다. 변하는 속도가 너무 빨라서 이젠 얼굴이 흐릿해 보일 정도였다.

그러나 난 여태까지의 경험에서 놈이 나에게 원하는 것이 '공포'라는 것을 깨달았다. 그래서 최대한 평정을 가장하며 마수가 일정 거리 안으로 다가오길 기다렸다.

"마수가 쳐들어온다!"

그때 그것이 소리쳤다. 청아하고 울림 있는 목소리, 짧게 잘린 붉은 머리칼, 손에 들린 제 키보다 큰 광도검. 나는 그녀를 알고 있다.

"크르릉⋯⋯."

새장 속의 까망이가 털을 곤두세우고 그녀를 노려봤다. 그러나 그녀는 의연하게 입을 열었다.

"네놈들 말대로 아버지가 날 죽이려고 이곳에 보냈다고 해도, 난 죽을 마음이 없다."

1황녀, 현재 헤브람 제국의 유일한 소드마스터이자, 다음 황위에 가장 가까운 사람.

어떻게 이 마수가 저 얼굴을 알지? 나는 아연한 눈으로 황녀의 겉모습을 훑었다. 저 갑옷과 장비들, 그리고 그녀의 말. 황녀는 전장에 있었다. 마수 전쟁. 이 마수가 거기에 있었구나.

난 깨달음 한편으로 의아해졌다. 아버지가 그녀를 죽이려고 전장에 보냈다니, 그 말이 사실일까?

"난 살아남아서, 제국으로 돌아가 황위를 물려받을 태자로 인정받을 것이다. 그때가 되면 나를 끊어진 줄 취급했던 것은 잊고, 너희가 전우였다는 것만 기억하마."

그녀는 황후의 딸이었고, 태어남과 동시에 제국법상으로 이미 제1 계승권자였다. 그런데 그녀의 말은 마치 태자로 인정받지 못하고 있다는 것 같았다.

"죽을 각오로 싸우지 말고, 죽일 각오로 싸워라. 우리는 이겨서 조국으로 돌아간다. 가자!"

난 투지로 일렁이는 황녀의 붉은 눈동자를 바라보다 문득 깨달았다. 어, 언제 이렇게 가까워졌지.

"죽어라!"

황녀가 광도검을 높이 쳐들었다. 나는 다급히 사역진이 그려진 손을 뻗었지만 그녀가 더 빨랐다.

"크르릉!"

나는 나를 노리는 검의 칼날과, 그녀의 뒤로 빠르게 달려드는 새까만 그림자를 보았다. 황녀의 공격을 피하던 내 몸이 그대로 기우뚱 뒤로 넘어갔다. 검은 그림자가 나를 공격하던 마수와, 내 위로 덮쳐들었다. 찰나의 순간, 마수가 놀란 얼굴로 고개를 드는 것이 보였다.

철퍽!

"윽!"

난 폐가 짓눌리는 느낌에 신음했다. 하지만 바로 압사를 당하지 않은 것은 이 거대한 생물이 나름대로 힘 조절을 한 덕분일 것이다.

아니나 다를까 곧 날 짓누르고 있던 것이 비켜 나갔다. 그리고 까만 입을 들이대더니 내 로브를 물었다. 난 어미에게 옮겨지는 새끼 고양이처럼 옷자락이 잡혀 달랑 위로 올려졌다.

잠깐 기분이 상했으나, 곧 녀석이 나를 푹신한 등 위로 올려 줘서 마음이 풀렸다. 다이어 울프의 등에 올라타는 것은 마법사에겐 로망이라고도 말할 수 있는 일이었다. 등에 올라타자 금색 눈동자가 나를 바라봤다. 나는 내 머리보다 커다란 눈을 보고 감탄했다.

"너, 커질 수 있었구나!"

"······!"

까망이가 내 말을 듣고 움찔 놀랐다. 뭘까, 저 반응은? 아무튼 난 신기한 마음으로 거대해진 까망이의 몸을 구경했다.

처음 봤을 때처럼, 아니 그때보다 더 커다란 것 같았다. 이런 크기가 되었으니, 녀석을 가두고 있던 새장은 아마 가루가 되었겠군. 까망이를 훑던 내 시선이 녀석의 발치에서 우뚝 멈췄다. 까망이의 발아래에 질척이는 진흙 같은 물질이 짓밟혀 있었다.

"그대로 있어!"

난 까망이의 다리를 타고 후다닥 바닥으로 내려갔다.

"체, 첼시, 무사했군요!"

덴버가 안도한 목소리로 외치며 내게 다가왔다. 난 손을 들어 그를 저지하고 바닥에 무릎을 꿇었다. 까망이의 발 아래에 깔린 마수는, 액체화가 되었는데도 도망가지 않고 있었다.

아까 나를 구하려고 까망이가 거대화해서 달려들었을 때, 철퍽하는 소리가 났던 것도 같다. 까망이한테 깔아뭉개진 것 같았는데, 설마 그때 정신을 잃은 걸까?

추측하건대, 이 마수는 물리 공격을 전혀 받지 않는 것 같았으니 정신적 충격을 받고 기절한 것 같았다. 갑자기 나타난 까망이를 보고 무척 놀란 게 분명하다. 이 귀신의 성을 점령한 마수의 약점이 설마 '공포'였다니.

나는 혀를 내두르며 윙투스를 마수의 몸 사이에 박아 넣었다. 로브의 소매를 걷자 팔에 새긴 마법진이 모습을 드러냈다. 그와 동시에 머리 위에서 발랄한 감탄사가 들려왔다.

"몸에 마법진을 새겼네요?"

"사역술사니까요."

난 대강 답했다. 덴버가 '사역술사! 그런 마법사는 처음 봐요!' 하며 재차 감탄했다. 나는 딱히 반응하지 않고 마수의 몸에 손을 올렸다.

"사역식 제1장. 너는 내게 귀속하라."

내 목소리와 함께, 마법진이 파란빛을 내며 발동되었다. 덴버는 부지런히 호응했다.

"와, 첼시의 마력은 파란색이네요."

난 짜증스레 고개를 들었다. 덴버는 이제 아예 바닥에 엉덩이를 깔고 앉아서 마법을 구경하고 있었다. 내게 호탕하게 마법 자료를 내어 줄 때는 좀 놀랐었는데, 이제 보니 그냥 저작권 개념이 없는 작자 같았다. 난 그를 무시하기로 마음먹고 '영혼의 서' 위에 손을 올렸다.

"내 영혼을 줄 테니, 네 몸을 다오."

이제는 익숙해진 고대어를 외치자, 팔에 그려진 마법진이 황금빛에 둘러싸였다. 덴버의 눈이 휘둥그레지는 것이 보였다.

"마력의 색이 두 개?"

그가 혼란스럽게 중얼거렸다. 이번에 쓴 건 마력이 아니지만, 난 굳이 정정하지 않고 마법에 집중했다. 금색 빛과 함께 팔에 그려진 '영혼의 서'도 사라졌다. 그러자 진흙 같던 마수의 몸체가 윙투스 안으로 빨려들어 가듯 사라졌다.

"우와……."

덴버는 '굉장하다, 이게 사역술이군요!' 등의 탄성을 연발하더니 나를 휙 돌아봤다. 평소에는 더벅머리에 가려 알아보기도 힘든 그의 눈이 마구 반짝거리고 있었다.

"첼시, 제 제자가 되지 않을래요?"

"……제가 덴버 씨의?"

내가 헛소리를 들었다는 눈으로 덴버를 바라보자, 그는 잠시 주춤했다. 그러나 곧 활기를 되찾고 다시 제안했다.

"제가 첼시의 제자가 되는 건 어때요?"

"필요 없어요……."

덴버의 들뜬 반응과 달리, 난 조금 허탈한 기분이었다. 다른 마법사의 사역마는 사역할 수 없다. 그렇다면 역시 이 '말하는 마수'는 영혼 계약을 통해 말을 하게 된 마수가 아니었구나.

사실 이 마수는 말을 하기보단 그저 들은 것을 그대로 따라 하는 것뿐이라, 난 처음 봤을 때부터 녀석이 까망이와 다르다는 것을 눈치챘다. 그래서 예상은 했지만, 이렇게 확인까지 당하니 좀 서글퍼졌다. 브리튼 마을의 말하는 마수는 영혼의 서와는 전혀 상관없는 마수였던 것이다.

완전 허탕 쳤네.

나는 한숨을 내쉬다가 문득 발밑이 흔들린다는 것을 깨달았다.

"지진인가, 왜 땅이⋯⋯."

"체, 첼시."

덴버가 어쩐지 떨리는 목소리로 나를 불렀다. 고개를 들자 그가 불안한 표정으로 천장을 가리켰다.

"방금 그 마법, 사역술이죠? 저는 사역술은 잘 모르지만, 아무튼 마수가 그 사슬 속으로 사라진 것 같았는데요."

"네."

"마수가 사슬 속에 들어갈 때, 천장과 벽에서도 어떤 것이 후두둑 떨어져서 빨려 들어갔어요."

"네?"

난 멍하니 물었다. 어쩐지 내 마음도 서서히 불안해졌다.

"사실 오는 길에 느낀 건데, 이 성이요. 기둥에 기대면 기둥이 마수로 변하고, 바닥에서는 손이 튀어나오잖아요. 추측이지만, 아마 이 성 전체에 마수가 스며들어 있었던 것 같아요."

"⋯⋯!"

난 화들짝 놀라 벌떡 일어났다.

"그래서 마수가 사라지자 성도 무너지기 시작했다는, 아니, 어디 가세요?"

"지하에 인질이 있어요!"

감옥 문은 열어 놨지만 오랫동안 감금당해 있던 인질이 사태를 파악하고 걸어 나와 도망칠 수 있을지는 미지수였다. 정신적인 부분도 걱정이지만, 몸이 쇠약해져서 혼자 걷는 게 어려울 수도 있었다.

젠장, 마수의 습격을 받았다던 성이 멀쩡할 때 알아봤어야 했는데!

내가 지하로 달려가자, 까망이가 벌떡 일어났다.

"크르릉!"

"꺅, 까망아! 움직이지 마!"

거대한 다이어 울프가 실내에서 움직이자 성이 더 격하게 흔들리기 시작했다. 난 다급히 까망이를 저지했다.

"제가 갈게요!"

그때 덴버가 나를 제치고 휙 달려 나갔다. 나는 당황해서 그를 바라봤다.

"인질은 걱정 말고 첼시는 그 마수를 작게 만들 방법을 찾으세요!"

"어어……."

내가 말릴 새도 없이 덴버는 지하로 뛰어 들어갔다. 그 용기 있는 뒷모습에, 난 죽 쒀서 남 준 것 같은 느낌을 지울 수가 없었다. 내가 이런 사태를 막으려고 서둘러 온 거였는데……. 나는 입 속으로 앓는 소리를 냈다.

"주인!"

"앗."

그때, 어느새 다시 작고 귀여워진 까망이가 발치에서 나를 불렀다. 작아지는 것도 쉽게 할 수 있었구나? 난 퍼뜩 정신을 차리고 까망이를 안아 들었다.

"그럼 우리도 가자!"

나는 재빨리 지하로 향했다. 그러나 계단을 내려가려 할 때, 이미 덴버는 저 아래에서 올라오고 있었다. 인질을 부축하고 있는 덴버가 날 보더니 놀라서 소리쳤다.

"첼시, 위!"

"헉."

위를 보고 황급히 뒤로 물러나자, 내가 서 있던 곳에 돌이 쿵 떨어졌다. 천장이 무너지는 속도가 생각보다 빨랐다. 다시 위로 올라오자 덴버도 황급히 계단을 올랐다. 그러다가 나는 문득 지상의 천장보다 계단의 천장이 더 크게 흔들리고 있다는 것을 깨달았다.

덴버의 머리 옆으로 아슬아슬하게 파편이 떨어져 내리고 있었다. 아니,

저 정도 크기라면 이미 파편이라고 할 수 없었다. 난 곧 성이 무너져 내리리라는 것을 직감했다. 하지만 그게 어느 타이밍일지는 알 수 없었다. 가장 가까운 문은 여기서 서른 걸음 정도의 거리에 있었다.

문으로 달려가는 동안은 성이 버틸 수 있을까? 아니면 여기서 바로 결계 마법을 치는 것이 더 안전할까?

머리가 어지러운 가운데, 내 고민을 멈추게 해 준 것은 바로 까망이였다. 마수는 인간이나 짐승보다 육감이 발달한 존재였다. 까망이는 이 자리에 있는 누구보다 더 빠르게 현 상황을 파악하고 우리에게 닥칠 위험에 대처했다. 그래서 까망이는 다시 거대한 다이어 울프로 돌아가 내 머리 위를 에워쌌다.

나는 까망이의 행동을 보고 지금 무슨 일이 일어날지 깨달았다. 난 우선 덴버를 향해 외쳤다.

"인질을 이리로!"

그리고 덴버가 인질을 까망이의 품으로 넘기는 사이에, 윙투스를 위로 뻗었다. 아무리 다이어 울프라도 무너지는 성 전체를 버티고 살아남을 수는 없었다. 하지만 나는 까망이를 서포트해 줄 만한 방어 마법은 준비해 둔 것이 없었다.

그래서 내게 가장 익숙한 주술을 사용했다. 윙투스에 새겨진 두 번째 주술은 강력한 변형 마법. 나는 여태 그 마법을 그저 윙투스의 길이를 조절하기 위해서만 썼지만, 이 순간은 다른 방식으로 이용했다. 결계처럼, 우산처럼 까망이의 머리 위를 보호하도록. 다른 곳은 몰라도 급소는 보호해야 했다.

"윽!"

한 번도 이런 방식으로 사용해 본 적이 없던 주술이라 아직은 서툴렀다. 윙투스 위로 성의 잔해가 떨어져 내리자 그 무게감을 견디기 버거웠다. 사람은 마나 코어도 없다는데, 어쩐지 가슴께가 찌르는 듯이 아파 왔다.

하지만 여기서 포기하면 까망이를 잃을지도 몰랐다. 나의 거대한 꼬마, 소중한 사역마를.

난 숨을 내쉬고 윙투스에 정신을 집중하려고 애썼다. 어디가 돌이고, 어디가 까망이의 몸인지 구분해야 했다. 내려앉는 무게감을 견디며 천천히 윙투스를 더 넓게 펼쳤다. 건물의 진동이 멎자, 더 이상 건물의 잔해가 떨어지지 않았다. 나는 불안감에 휩싸여 고개를 들었다.

"까망아, 괜찮아?"

내 목소리가 잘게 떨렸다. 내 질문과 녀석의 대답 사이의 침묵이 너무나 길게 느껴졌다.

"……우웅."

하지만 곧 위에서 불만스런 대답이 들려왔다. 입에 흙이라도 들어간 듯, 억눌린 목소리였다.

"기다려, 금방 꺼내 줄게!"

눈앞은 무너진 기둥과 잔해로 엉망이었다. 난 대충 문이 있을 것 같은 방향으로 팔을 뻗었다. 내 팔에는 마수를 위해 준비한 공격 마법이 덕지덕지 그려져 있었다. 난 마법진 위로 손을 올렸다.

에어붐, 충격파를 터뜨리는 마법. 나는 마력을 한껏 끌어모아 마법을 발동시켰다. 건물의 잔해들이 부서지며 공간이 조금 생겼다. 나는 마법을 차례차례 발동시키며 길을 텄다.

빛이 새어 나오는 곳으로 무작정 공격 마법을 쓰며 나아가자 무너진 문이 보였다. 성 밖에서 우리를 반겨 준 것은 여명이었다.

"살았다……."

밖에 도착하자, 나는 긴장이 풀려서 바닥으로 털썩 주저앉았다. 인간들을 위해 생체 방패막이가 되었던 까망이도 조그맣게 변해서 내 옆에 풀썩 쓰러졌다. 슈웨인이 왜 품에 결계석을 들고 다니는지 똑똑히 알았다. 나도 앞으론 꼭 들고 다녀야지…….

난 후들거리는 몸을 일으켜서 까망이의 상태를 확인했다. 여기저기 생채기는 났지만, 그래도 어떻게 급소는 피한 모양이었다. 정말이지 천운이었다. 그리고 고개를 돌려서 옆을 확인했다. 인질 할머니도 무사했다.

"휴……?"

난 안도의 한숨을 내쉬다가 뒤늦게 이상함을 느꼈다. 인질 할머니라고? 미녀가 아니라?

새하얗게 샌 머리, 온몸에 자글자글한 주름은 아무리 봐도 감금 후유증이 아니라 노화로 인한 것이었다. 마수의 성에 갇힌 미녀는, 할머니였다. 나는 충격에 빠져 중얼거렸다.

"마수가 영기를 빼앗아 노인으로 만든 건가……?"

"원래 노인이었다, 윤석아."

할머니는 인상을 찌푸리며 지적했다. 그녀는 찌뿌둥한 허리를 두드리면서 말을 이었다.

"몇 년 전에 첫째 아들놈이 지 동생이랑 재산을 똑같이 갈라 준다고 원한을 품고 날 저 감옥에 가뒀지. 내가 후레자식을 낳았어."

"……그럼 성에 납치당한 미녀는……."

"미녀? 바깥에 그런 소문이 도나? 내가 예쁜 할머니이긴 하지."

나는 혼란에 빠졌다. 난 덴버 씨가 자신보다 한참 어린 아가씨를 좋아하는 파렴치한 취향을 가지고 있을지도 모른다고 추측했었다. 그런데 그 반대로 한참 연상이 취향이었던 걸까? 할머니는 아들이 있으시다는데 그럼 불륜이 되는 건…… 아니, 이미 사별하셨을 가능성도…….

난 정신없이 고민하다가 번쩍 고개를 들었다. 덴버 씨에게 직접 물어보면 되지. 난 그에게 다가가 말을 걸었다.

"마법사님, 혹시……."

"끄윽……."

그런데 그의 상태가 이상했다.

누워 있는 모습을 보고 나와 까망이처럼 쉬고 있는 것이라 생각했는데, 이제 보니 등을 웅크리고 떨고 있었다.

"왜 그래요?!"

난 벌떡 일어나 덴버 씨에게 달려갔다. 그는 인상을 찌푸리고 신음하다가, 내가 다가오자 고개를 들었다. 난 그의 갈색 머리 아래에 숨겨져 있던 녹색 눈동자와 눈을 마주쳤다. 덴버 씨는 뒤늦게 팔을 풀었다. 드러난 그의 손은 피로 젖어 있었다. 내 심장이 덜컹 내려앉았다.

"……난 틀렸어요."

그가 희미한 목소리로 중얼거렸다. 난 그의 곁에 앉았다.

"그런 말 하지 마세요. 드디어 인질을 구했잖아요."

"그러게요. 너무 늦었지만요."

그가 힘겹게 숨을 내쉬며 답했다. 그 목소리가 너무 평온해서, 도리어 불안했다. 나는 오해를 풀 순간이 지금밖에 없다는 것을 직감하고 조심스럽게 입을 열었다.

"마법사님, 혹시 이전에 인질을 보신 적이 없었던 건가요?"

내 질문에 덴버 씨의 눈이 작게 커졌다. 그가 희미하게 웃으며 대답했다.

"네, 맞아요."

그랬구나.

그녀는 마법사를 만난 적이 없다. 그리고 마법사도 그녀를 본 적이 없었다. 그는 그저 도와 달라는 목소리만을 들었을 뿐이었다. 난 여태 오해하고 있었다. 덴버 씨가 일방적으로 미녀의 얼굴을 보고 반하기라도 한 줄 알았다. 하지만 둘은 서로 모르는 사이였다.

"설마 미녀가 성에 갇혀 있다는 소문만 듣고 그녀를 구하려 한 거예요?"

"아니요, 그 반대예요."

그가 흐릿하게 웃었다.

"내가 너무 간절히 그녀를 구하려 했기 때문에, 미녀라는 소문이 돈 거죠."

그 대답에 나는 뒤통수를 얻어맞은 기분이었다.

삼 년 전, 마수 전쟁이 끝난 후. 마수 전쟁에서 도망쳐 온 한 마수는 무너지기 직전인 옛 영주의 성에 터를 잡아 성의 일부가 되어 지탱하고 있었다. 그리고 얼마 후 성의 지하 감옥에 한 남자가 제 어머니를 버렸다.

그 후 선생님이 꿈인 마법사 하나가 제자들에게 들려줄 만한 이야기를 구하러 그 성에 왔다. 성 근처를 기웃거리는 마법사에게 들려온 가냘픈 목소리.

'도와주세요……'

마법사는 그 목소리를 듣고 마수의 성에 들어가 인질을 구하려 했으나, 실패하고 만다. 그러나 포기하지 않고 거듭 인질을 구하려고 시도한다. 고향에 돌아가지도 않고, 꿈도 접고, 일상생활도 제대로 하지 않으며 오로지 인질을 구하기 위한 연구에 몰두한다.

귀한 마법사가 인질을 구하기 위해 모든 것을 포기하는 것을 보고 마을 사람들은 생각한다.

'우리로서는 고마운 일이지만, 저 마법사가 왜 저러는 걸까?'

그리고 그들은 스스로 납득할 수 있을 만한 이유를 만들었다.

'성에 갇혀 있는 여자가 아주 예쁜 게 틀림없어. 마법사가 그녀를 사랑하나 봐.'

"그렇게 생각하면 이해가 된다는데, 군이 정정할 필요는 없을 것 같아서요."

"……그럼 진짜 이유는 뭐예요?"

내가 머뭇거리며 물었다. 덴버가 지친 눈으로 나를 바라봤다.

"당신이 꿈도 고향도 버리고, 몇 년을 희생하면서 인질을 구하려 했던 진짜 이유요."

내 말에 덴버는 당연하다는 듯 대답했다.

"할 수 있으니까요."

그 짧막한 답변에 난 얼이 나갔다. 그는 느릿하게 눈을 깜빡이며 말했다.

"처음에는 저도 그냥 떠나려고 했어요. 내겐 고향도, 꿈도 소중했으니까요. 하지만 결국 멀리 가지 못하고 다시 돌아왔어요. 공국 끄트머리에 있는 작은 마을. 이 마을에 마수를 상대할 수 있을 만한 사람은 없다는 걸 알았어요. 영주도 제대로 일을 하지 않았고, 내가 떠나면 인질은 성에서 나오지 못하는 게 뻔한데. 그걸 알면서도 그냥 가 버렸다가 잘못된다면 내 탓이나 다름없잖아요. 그 죄책감을 견딜 자신이 없었어요……."

말꼬리를 늘리던 그가 나를 올려다보며 미소 지었다.

"구해 줘서 고마워요, 첼시."

난 이제 목이 갑갑하게 죄여 왔다. 미안함인지 감동인지, 정체를 알 수 없는 것이 기도를 막아 심장이 아팠다. 그의 숨이 느려지자, 난 더 이상 버티지 못하고 그의 손을 잡았다.

그의 방을 가득 채우고 있던 손때 묻은 연구 자료들, 무너지는 성에서 망설임 없이 지하로 내려가던 그의 모습이 떠올랐다. 나는 여태 그 노력과 헌신이 모두 개인적인 욕심을 채우기 위한 것인 줄 알았다. 정말 순수한 선의에서 우러난 행동이었다는 걸, 나는 미처 몰랐다. 상상도 하지 못했다.

"제가, 당신의 제자가 될게요."

내 눈에서 눈물이 방울져 떨어졌다. 목소리가 뭉개졌지만 더 늦기 전에 이 말을 해야 했다.

"약속해요. 제가 당신의 제자가 돼서, 유지를 이을게요."

다행히도 그가 떠나기 전에, 그것 하나는 이루어 줄 수 있었다. 선생님이 되고 싶다던 그의 소중한 꿈 하나는.

생기가 사라지고 있던 마법사님의 얼굴이 놀랍게도 환한 미소를 띠었다. 그가 내 눈물을 닦아 주며 말했다.

"이제 눈을 감을 수 있겠네요……."

그 말을 끝으로, 마법사님의 녹색 눈동자가 서서히 감겨 들어갔다. 난 그를 안은 채 한참을 울었다.

* * *

"다 됐습니다!"

붕대를 감은 릴리가 상쾌하게 외쳤다. 난 이마를 주먹에 괴고 부들부들 떨었다.

"죽는 줄 알았잖아……."

"허벅지 좀 찢어진 걸로 뭘 죽어?"

릴리가 깔깔거리며 말했다. 난 그녀가 꿰매 놓은 허벅지를 바라봤다. 과연 릴리는 용병답게 응급처치에 능숙했다.

"괜히 사람을 놀라게 하고. 허벅지가 급소라도 돼요?"

난 덴버를 노려보며 말했다. 침대에 누워 있던 덴버는 깜짝 놀라 눈을 돌렸다. 그가 작은 목소리로 변명했다.

"미안해요, 전 다른 데인 줄 알고……."

"……."

그렇다. 덴버는 죽지 않았다. 그는 성이 무너질 때 허벅지를 다친 게 다였다. 크다면 큰 상처이긴 했지만 죽을 정도는 절대 아니었다. 에휴, 그러게 죽을 거라면서 대답은 꼬박꼬박 잘할 때 알아봤어야 했는데. 난 한숨을 내쉬며 얼음주머니를 다시 눈가에 얹었다.

고작 허벅지 찢어진 상처를 보고 빽빽 울어 댄 게 창피하지만 어쩌겠는가. 이미 엎지른 눈물을 주워 담을 수도 없고.

덴버는 내 눈치를 살피다가 조심스럽게 물었다.

"……첼시, 그래서 혹시 내 제자가 된다던 것도 무를 건가요?"

그의 소심한 질문을 듣자 화를 내기도 허탈해졌다. 난 픽 웃으며 얼음 주머니를 내려놓았다.

"아니요. 이미 내뱉은 말이고, 또 덴버 씨한테 감명 받은 건 진짜니까요."

"정말요?"

그의 얼굴에 화색이 돌았다. 난 자애롭게 웃으며 덧붙였다.

"네, 배울 게 없어서 바로 하산할 거지만."

놀리려는 의도로 한 말이었는데, 의외로 덴버는 기분 좋게 고개를 끄덕였다.

"그렇죠. 유지를 잇는다고 했으니까, 여기서 아이들을 가르쳐 주세요."

"……네?"

난 멍청하게 되물었다. 그때 릴리의 옆에서 붕대와 솜을 정리하던 모데라토가 번쩍 고개를 들고 말했다.

"그럼 제가 첼시 님의 첫 번째 제자가 되겠어요."

"네?"

모데라토의 말에는 덴버도 어이가 없는 듯했다.

"모데라토, 내가 그렇게 부탁할 땐 마법에 관심 없다더니?"

"이제 생겼어요."

모데라토가 수줍게 웃으며 말했다. 난 얼이 나가서 모데라토를 바라봤다. 이 사람 원래 이렇게 뻔뻔한 성격이었나?

"안 돼요."

"왜요?"

내가 단호하게 거절하자, 두 사람이 동시에 되물었다. 난 당황했다. 왜냐니, 난 바쁘니까……. 하지만 유지를 잇겠다고 약속한 건 정말인데. 으음. 적절한 변명이 떠오르지 않자, 나는 다른 수를 쓰기로 했다.

"음, 좋긴 하지만 조건이 있어요. 앨런도 함께여야 해요."

거절하기 곤란할 땐 더 심지 굳은 사람에게 미루는 게 최고였다. 자존심 강한 앨런은 내 제자가 되라고 하면 펄쩍 뛰며 반발할 게 틀림없었다. 난 녀석이 그런 일을 승낙할 리 없다는데 평생 먹을 오렌지 타르타르를 모조리 걸 수도 있었다. 내가 내건 조건에 두 사람은 반박하지 못하고 긴가민가한 얼굴을 했다.

"하지만 앨런은 여기 없는데요."

"오고 있을 거예요."

"맞다, 첼시가 앨런에게 시킨 일이란 게 뭐예요?"

"앗, 앨런이 말 안 했어요?"

"그냥 첼시가 시킨 일을 하러 수도에 갔다 온다고만 들었어요."

급하게 나가더니. 앨런은 모데라토에게 공작성에 간다는 말도 하지 않고 떠났던 모양이다. 내가 설명해 주려고 입을 여는데, 벌컥 문이 열렸다.

"모데라토, 얼른 와 봐! 앨런이 공작의 병사들을 데려왔어!"

* * *

우리가 영주성에 도착했을 때, 성은 이미 마을 주민들에게 에워싸여 있었다. 우리는 사람들을 비집고 성 안으로 들어갔다. 공작성에서 왔다는 병사들은 딱히 밀려드는 사람들을 제지할 낌새도 없어 보였다. 그들은 영주의 기사들과 대치하고 있었다. 영주는 키도 크고 살집도 있는 사내였는데, 방금 막 자다 깼는지 혼란스러운 얼굴을 하고 있었다.

"브리튼 후작! 나스티아 공작님의 이름을 팔아먹으며 공작가를 사칭하고 기만한 죄, 그리고 마수의 짓으로 속이고 마을 사람들을 납치하여 강제 노역을 시킨 죄! 이하의 죄목으로 당신을 연행하겠소!"

기사대장인 듯 보이는 사내가 영주에게 소리쳤다. 그 호기로운 목소리와는 다르게 가장 전방에 서 있는 사람은 조그마한 에키드나 꼬마 하나였다.

"앨런!"

모데라토가 화들짝 놀라 소리쳤다. 청각이 발달한 앨런은 그 소란 속에서도 모데라토의 목소리를 들었는지, 우리 쪽을 흘끔 바라봤다. 그러나 내 시선을 사로잡은 것은 앨런이 아니라 그 뒤에 있는 갈색 머리 남자였다.

어쩐지 눈에 익은데. 설마 아니겠지…….

나는 다시 앨런을 살폈다. 다행히도 녀석은 딱히 겁먹은 표정은 아니었다. 난 끼어들지 않아도 되겠다고 생각하고 마음 놓고 구경꾼 속에 스며들었다.

영주는 그렇게 큰 죄를 지었으면서도 수갑도 차지 않은 채였다. 저렇게 예우해 주는 것을 보면 귀족인 건 맞았던 모양이다. 그래도 영주는 기사의 말에 순순히 따르는 것 같았다.

그러나 영주가 기사대장을 따라갈 때, 앨런이 옆에서 무어라 말했다. 들리지는 않았지만 녀석의 성격상 고운 말은 아니었을 것이다. 아마 영주에게 욕을 했거나 기사대장에게 그를 제대로 구속하라고 참견을 하거나 했겠지.

아무튼 영주는 녀석의 말을 듣고 얼굴을 시뻘겋게 물들이더니 갑자기 손을 들어 앨런의 뺨을 때렸다. 영주의 두꺼운 손이 아마 앨런의 얼굴보다 컸을 것이다. 그 조그마한 에키드나 꼬마는 그대로 바닥으로 넘어졌다.

"깍!"

마을 사람들이 깜짝 놀라 웅성거렸다. 난 황급히 옆으로 고개를 돌렸는데, 모데라토가 무시무시한 얼굴로 군중들 속에서 튀어 나갔다. 그대로 영주의 뺨이라도 올려붙일 기세라, 난 다급히 모데라토의 뒤를 쫓았다.

"앨런!"

모데라토가 앨런에게 달려가 그 애를 부축했다. 그리고 영주를 노려보며 소리쳤다.

"우리들을 속인 것도 모자라, 어린애한테 폭력을 써? 당신은 부끄러움도 모르나요?"

"내가 언제 너희를 속였다는 거냐?"

"이렇게 되고도 시치미를 떼는군요! 마을 사람들을 납치해서 광산에 처박아 두고, 마수의 짓인 척 꾸며서 공포에 떨게 만들었잖아요!"

"그래, 난 마을 사람들을 속였지. 하지만 너희는 속인 적 없어. 너희 에키드나들이 마을 '사람'인가? 그 꼴을 하고도 말이야."

그 순간 모데라토의 노란색 눈동자가 붉은빛을 띠었다. 그녀는 벌떡 일어나 영주에게 한 걸음 다가갔다. 나는 모데라토와 영주의 사이로 끼어들어 그녀의 앞을 막아섰다. 모데라토가 내 등 뒤에서 소리쳤다.

"첼시!"

"하, 네가 그 마법사인가? 그나마 머리가 돌아가는군."

"첼시, 비켜요. 이놈이 앨런을!"

그때 내 소매 안에서 윙투스가 튀어 나갔다. 마력에 감싸인 윙투스가 휘돌아 가며 금색 사슬로 영주의 광활한 이마를 내려쳤다.

"……."

사위가 고요해졌다. 곧 쿵, 하는 소리를 내며 거구의 사기꾼이 바닥으로 쓰러졌다.

"아."

사기꾼을 노려보고 있던 나는 뒤늦게 정신을 차리고 고개를 들었다. 내가 어색하게 웃으며 사과했다.

"죄송해요. 범인을 멋대로 기절시켜 버렸네."

기사대장이 황당한 얼굴로 나를 바라봤다. 그때 기사대장 뒤에 있던,

갈색 머리의 청년이 한 발짝 앞으로 나와 말했다.

"괜찮습니다. 범인을 미리 구속시키지 않은 저희 탓이지요."

"그러게요. 나스티아는 범죄자에게 관대한 모양이에요."

"아닙니다. 친히 기절시켜 주셨으니 이대로 구속시키면 쉽겠군요. 일을 덜어 주셔서 감사합니다."

정말로 기사들은 영주를 밧줄로 척척 묶기 시작했다. 휴, 난 안도했다. 그래도 저 사기꾼과 함께 폭력죄로 나란히 연행되는 일은 없을 것 같다. 난 그제야 뒤를 돌아봤다. 모데라토와 앨런은 멍한 얼굴로 나를 바라보고 있었다. 난 허리를 숙여 앨런의 다리에 묻은 흙을 털어 줬다.

"앨런, 괜찮아?"

"……."

"공작 성까지 다녀오느라 수고했어. 입만 산 녀석인 줄 알았는데, 다시 봤는걸. 혼자 영주의 비리를 캐고 이렇게 처벌까지 받게 만들다니 말이야. 넌 이제 브리튼 마을의 영웅이야."

난 씩 웃으며 고개를 들었다가 깜짝 놀랐다. 앨런의 얼굴이 한여름의 태양처럼 붉게 물들어 있었다.

"어머, 얘 얼굴이 왜 이렇게 빨개?"

"괘, 괜찮아요……."

앨런이 고개를 푹 숙이며 말했다. 갑자기 웬 존댓말……?

아무튼 그 후 사기꾼 영주는 재판을 받고 직위와 재산을 몰수당했다. 광산에 갇혀 강제 노역을 당하던 에키드나 어른들은 풀려나 마을로 돌아왔다. 에키드나 아이들과 부모의 상봉식은 그야말로 울음바다였다.

브리튼 마을은 일련의 절차를 거쳐 공작령으로 흡수되어 소공작이 관리하게 되었다. 소공작은 마을에 오지 않았지만, 그는 과한 세금을 걷지도 않았고 납치당해 광산에서 강제 노역을 하고 있던 사람들을 포함하여 영주에게 피해를 본 사람들에게 충분한 보상을 해 주었다.

그리고 마수의 성에 갇힌 미녀, 인질 할머니는 덴버와 함께 그의 고향에 가기로 했다. 마을 사람들은 로맨스의 진실을 알고 당황했지만, 덴버의 선의에 감동했다. 나는 소문 속 로맨스만큼이나, 이 진실도 로맨틱하다고 생각했다.

악덕 영주와 마수의 손아귀에서 벗어난 마을 사람들은 축제를 벌이며 실종자들과의 재회를 축하했다. 난 마수를 해치운 사람이 덴버라고 말했는데, 이미 마을 사람들은 일어난 일들을 대강 알고 있었다. 하여간, 입가벼운 스승님 같으니.

어쨌든 브리튼 마을의 말하는 마수 사건은 그렇게 일단락되었다.

인질 할머니는 덴버와 마을을 떠나기 전에, 내게 놀라운 사실 하나를 알려 주었다. 말하는 마수가 그간 지하 감옥에 갇혀 있던 할머니에게 음식을 공급해 주었다는 것이다.

"녀석은 날 살려 두고 말을 배우고 싶어 하는 거 같았어."

마수는 모름지기 사람을 보면 해치려 들기 마련인데, 저 마수는 말을 배우기 위해 사람을 살렸다. 무척 특이한 행동 양상이었다.

내 마법사의 영혼이 고동쳤다. 낮은 공격성과 파워, 높은 지능, 본 것을 거울처럼 따라 하는 능력과 몸을 여러 개로 나눌 수 있는 특성까지. 녀석은 무척 유용한 마수였다.

내 설명을 들은 모데라토는 고개를 갸웃하며 물었다.

"그 마수를 어떻게 활용할 건데요?"

모데라토의 질문에 난 팔짱을 끼고 대답했다.

"그야 당연히……."

* * *

브리튼 마을의 사건이 해결된 지도 한 달이 지났다.

오랜만에 본 슈웨인은 긴 은발을 파란색 끈으로 묶고 있었다. 그가 머리를 묶은 모습은 종종 보았지만, 저렇게 예쁘게 리본 끈을 한 것은 처음 보았다. 분명 시녀의 솜씨겠지. 난 활짝 웃으며 인사했다.

"안녕하세요. 머리 예쁘네요."

[좋은 아침이에요, 첼시.]

슈웨인이 어색하게 웃으며 화답했다. 이제 그게 부끄러운 표정이라는 것도 알겠다.

"제 부탁을 들어주셔서 고마워요. 덕분에 모든 일이 척척 진행됐어요."

[아니요. 저야말로 이런 일을 맡겨 주셔서 고맙습니다. 정말 진귀한 마수예요. 덕분에 이렇게 첼시와 대화도 하고.]

나는 싱긋 웃으며, 내 앞의 거울을 툭 쳤다.

마수경(魔獸鏡). 나는 옛 영주의 성에 살던 변종 마수의 이름을 그렇게 지었다. 본 것을 그대로 따라 하는 마수경의 특성은 거울 안에 있으면 가장 강하게 발휘되었기 때문이다.

난 이 마수경을 사역마로 만든 후에, 여러 가지 실험을 했다. 마수경의 신체가 어디까지 분할되는지, 여러 조각으로 분리되어도 그대로 능력을 쓸 수 있는지, 멀리 떨어진 신체로도 본 것을 똑같이 따라 할 수 있는지.

옛 영주의 성에서 마수경은 입구에서 덴버를 보고 지하에서 덴버의 모습으로 변신해 나를 현혹시켰으니까, 나는 녀석의 특성을 이용하면 연락책으로 써먹을 수 있겠다고 생각했다. 그래서 마수경을 사역한 후에 그것도 실험해 보았다.

하지만 그래도 한 몸인데, 다른 나라까지 떨어져도 능력을 발휘할 수 있을 줄은 몰랐다. 난 지금 덴버 씨의 집에서 헤브람 제국에 있는 슈웨인과 대화를 하는 중이었다.

"저도 신기하네요."

사실 내가 가장 궁금했던 것은 모든 마수가 영혼 계약을 하면 까망이처럼 이지를 가지게 되는 것인가 하는 거였지만, 마수경은 그렇게 획기적으로 변하진 않았다.

하지만 녀석은 수천 킬로미터 반경에 있는 자신의 몸이 보고 들은 것도 그대로 따라 할 수 있었다. 물론 너무 작게 분할되면 그 힘이 약해졌기 때문에, 마수경을 나눠 줄 수 있는 것은 아주 소수였다. 그래도 엄청난 능력이었다.

[마탑이 아주 난리가 났었어요. 첼시가 그 소동을 봤어야 했는데.]

"그건 괜찮아요."

굳이 보지 않아도 눈에 훤했다. 그 마력 효율성을 높이는 연구에만 빠져 있는 마법사들이 이렇게 듣도 보도 못한 마수를 보고 얼마나 충격을 먹었을지.

[마수 자체도 놀랍지만, 이 마수를 사역하고 마탑으로 보내 준 첼시의 능력과 도량에 더 놀랐지요.]

"하하, 너무 아부하는 거 아니에요?"

난 마수경을 열 개로 분할해서 가장 큰 조각을 가지고, 나머지를 각각 나눠서 마침 나스티아 공국으로 파병을 온 슈웨인을 통해 헤브람 제국으로 보냈다. 로드랭가, 엘레나, 캐럴, 그리고 슈웨인에게 연락용으로 하나씩, 그리고 나머지는 마탑을 통해 헤브람 황실에 전달했다.

마수경이 황실에 도착했을 때, 재상이 마수경을 통해 직접 내게 연락해서 황제가 내 공을 치하하고 싶어 한다고 전했다. 난 이를 거절하기 위해 진땀을 빼야 했다.

다행히도 재상은 나스티아에서 제국으로 돌아가는 길에 있는 마수의 바다가 얼마나 위험한지 떠올리고 납득해 주었다. 황실에서는 마수경 조각들을 마탑에 맡겨 연구한 후에 군사 목적으로 이용할 계획을 짜고 있었다.

"마수대백과의 개정은 잘 돼 가고 있나요?"

[네, 곧 마탑에서 연락이 갈 거예요.]

"그래야죠. 마수경이 하급 마수라니, 얼마나 어이가 없던지."

처음에 마탑에서는 마수대백과의 등급 규정에 따라 마수경이 하급 마수로 표기될 것이라고 전했다. 난 황당해져서 그 잘난 규정 좀 보자고 했다. 그래서 마수대백과의 규정을 찬찬히 훑었는데, 분류법이 아주 엉망이었다. 사람들에게 피해를 많이 주거나 힘이 강한 마수는 상급으로, 약하고 온순한 마수를 하급으로 표시했으니까.

심지어 요정의 숲에 사는 온순한 요정이나 엘프들도 그냥 하급 마수로 표시되어 있었다. 나는 공격성과 마력량, 각종 특성에 따라 마수대백과를 뜯어고쳐야 한다고 주장했다.

"요정이 마수라니, 그게 말이 돼요?"

내가 고개를 저으면서 말하자 슈웨인이 낮게 웃었다.

[기존 규정은 마수의 위험성만 반영했으니까요.]

"맞아, 너무 인간 중심적인 분류법이에요."

[그래도 마수대백과의 규정을 전면 수정해야 한다는 주장에는 깜짝 놀랐어요. 첼시는 정말 핵심을 짚는 눈을 가진 것 같아요.]

"슈웨인…… 그렇게 칭찬하면 아무리 나라도 부끄러워요."

[사실인데요.]

슈웨인은 진지한 목소리로 과한 칭찬을 늘어놓다가 문득 물었다.

[그런데 고대 마법에 대한 단서는 찾았나요?]

"아니요. 전혀."

난 한숨을 내쉬었다.

근 한 달 동안 나는 꽤 동분서주했다. 릴리를 따라가 용병길드에 이름을 올리고, S클래스 용병 자격을 받은 후 고대 마법과 관련 있는 의뢰만 받았다. 갑자기 나타난 실력 있고 독특한 용병의 소문은 금방 전역에 퍼졌다. 보수도 낮게 책정한 탓에, 의뢰는 폭주했다.

'이건…… 된다!'

나는 처음에 길드에 들어온 의뢰 목록을 보고 고대 마법 정복이 코앞에 있다고 생각했다. 그만큼 흥미롭고 그럴듯한 의뢰들이 많았다.

하지만 죄다 꽝이었다. 한눈에 내 흥미를 끌었던 의뢰도 꽝이었고, 이건 분명 고대 마법과 관련이 있다고 생각했던 의뢰도 꽝이었다. 실패를 거듭하다가 이번만은 진짜 된다고 생각하고 받았던 의뢰도 꽝이었다.

검은 마력을 쓴다는 사역술사의 마력은 실제로 보니 남색이었고, 고대 마법의 마법진이 있다는 유적지의 벽화에는 맘모스의 사냥법이 새겨져 있었다. 사람 말을 쓴다는 마수를 찾아갔다가 에키드나를 만난 일도 횟수로 벌써 두 자리를 넘어간다.

"길드에서 탈퇴하겠다고 날뛰었더니 이제 확실한 건이 아니면 절대 연락하지 않겠다고 빌더라고요. 당분간 쉬면서 애들이나 가르치려고요."

[정말 하려고요?]

슈웨인이 깜짝 놀라서 물었다. 나도 애매하게 웃으며 머리를 긁적였다. 앨런의 상태가 이상하다 싶긴 했지만 그 정도일 줄은 나도 몰랐지.

영주의 일이 일단락된 후에 덴버와 모데라토는 앨런에게 우리가 했던 내기에 대해서 설명했다. 앨런이 승낙만 한다면 내가 브리튼 마을에서 선생질을 하겠다고 약속했던 것 말이다.

모데라토와 덴버는 앨런에게 내 제자가 되자고 꼬드길 마음이 만만했다. 자기들끼리 앨런을 어떻게 설득할지 열띤 토론을 벌이면서 앨런을 회유할 뇌물을 준비해 두는 모습이 인상적이었다.

그래도 난 별걱정을 하지 않았다. 앨런은 처음부터 꾸준히 나를 무시해 왔으니까. 난 녀석의 나를 싫어하는 마음을 믿었다. 하지만 앨런은, 선물을 양손에 들고 있는 모데라토와 덴버가 본격적으로 설득을 시작하기도 전 쑥스러운 얼굴로 말했다.

'스, 스승님이 괜찮으시다면……'

우리는 녀석의 반응에 크게 당황했다. 앨런이 까만 눈동자로 내 눈치를
보듯 날 올려다보는데, 난 얼떨결에 하겠다고 말하고 말았다.

"나 혹시 검은머리 짐승에게 약한가……?"

난 까망이를 흘깃 내려다보며 중얼거렸다. 까망이는 바닥에서 갈비를
뜯다가 내 목소리를 듣고는 먹던 것도 놓고 내게 다가왔다.

[뭐라고요?]

"아니에요. 아무튼 성과가 없으니까 좀 지쳐서, 요새는 까망이에게 글을
가르치는 게 제일 즐거워요."

[말이 많이 늘었나요?]

"그럼요. 이제 웬만한 사람보다 더 유창하게 말하는걸요. 그렇지?"

무릎 위로 올라온 까망이의 머리를 쓰다듬으면서 묻자, 까망이가 고개를
끄덕였다.

"네. 까망이 잘해요, 말."

[…….]

까망이가 저렇게 유창하게 대답하는데 슈웨인은 답이 없었다. 난 한쪽
눈썹을 들어 올리며 말했다.

"슈웨인?"

[아, 네. 정말 대단하군요. 정말 사람과 비교해도 손색이 없겠네요.]

"그렇죠?"

내가 흐뭇해져서 까망이의 머리 위에 입을 맞추자, 까망이는 으쓱한지
가슴을 쭉 폈다. 슈웨인은 어쩐지 미묘한 웃음을 지었다.

[아무튼, 제 쪽에서도 찾고 있으니, 고대 마법과 관련된 유용한 정보를
발견하면 즉시 연락하도록 하겠습니다.]

"네, 슈슈는 언제든지 연락해도 돼요. 기다릴게요."

[……감사합니다. 좋은 저녁 되시길.]

슈웨인은 급한 일이라도 있는지 내 쪽을 보지도 않고 인사했다. 연락이

끊기기 직전에 그의 귀가 붉어 보인 건 기분 탓이겠지.

거뭇한 젤리 같은 마수경이 거울에서 흘러내리자, 거울에는 슈웨인 대신 내 얼굴이 비쳐졌다. 마수경은 바닥을 꾸물거리다가 나와 까망이를 빤히 보더니 까망이의 모습으로 변했다. 녀석은 까망이인 양 무릎으로 기어올라와 내 손에 머리를 들이밀었다.

성에 있을 땐 그렇게 무서웠던 녀석이, 사역마가 되고 나니 꽤 사랑스러워 보였다. 난 마수경을 꼭 껴안아 줬다. 녀석은 질감까진 복제하지 못해서 촉감이 물컹거렸지만, 그마저도 귀엽게 느껴졌다. 그래, 귀여운 사역마라도 얻었으니 됐지. 난 한숨을 내쉬며 말했다.

"'영혼의 서'에 대한 건 알아내지 못했지만……."

내 목소리에 까망이가 고개를 들었다.

"영혼의 서?"

"응, 너랑 내가 한 계약 말이야."

"뭐가 몰라요?"

까망이는 호기심이 많았다. 내가 말을 가르쳐줄 때도 아주 열심히 귀 기울여서 공부하곤 했다. 난 까망이의 그런 특성이 재밌고 귀여워서, 웃으며 대답했다.

"왜 다른 사람들이 영혼의 서를 쓰지 못하는지, 어떻게 하면 쓸 수 있는지, 영혼의 서에서 말하는 '영혼'이란 무엇인지. 그런 것들."

까망이가 내 말을 한 번에 알아듣지 못해서, 난 천천히 반복해서 말해 줬다. 겨우 내 말을 전부 이해한 까망이는 짙은 금안을 깜빡이며 대답했다.

"나 할 수 있는데. 주인님한테, 알려 주기."

"……?"

난 멍하니 안고 있던 마수경을 툭 떨어뜨렸다. 잠깐의 침묵 후에 내가 입을 열었다.

"정말이야?!"

"네, 네?"

"왜 말을 안 했어?"

"……!"

까망이는 생각지도 못한 말을 들은 것처럼, 황금색 눈동자를 동그랗게 뜨고 날 바라봤다. 언젠가 영주의 성에서 커진 까망이를 보고 내가, "커질 수 있었구나!"라고 말했을 때 지은 표정과 똑같은 표정이었다.

"어쨌든. 어서 알려 줘! 왜 영혼의 서가……."

"스승님!"

그때 문이 벌컥 열리고 모데라토와 앨런이 들이닥쳤다. 덴버가 내게 주고 간 이 집은 자물쇠가 헐거워서 조금만 힘을 줘도 벌컥벌컥 열려 버렸다. 그래도 집주인이 들어오라고 말도 안 했는데 저렇게 맘대로 들이닥치는 게 어딨나. 난 예의 없는 제자들에게 한 소리 해 주려고 입을 열었다.

"나 지금 바쁘니까……."

"스승님."

그런데 어쩐지 앨런이 진지한 목소리로 나를 불렀다. 신경이 쓰여 고개를 들자, 새까만 머리에 삐죽 솟은 귀가 보였다. 난 조금 놀랐다.

"앨런, 로브를……."

"이, 이제 안 쓰려고요."

앨런의 옆에 선 모데라토도 로브를 쓰지 않은 채였다. 그녀의 녹색 머리카락은 단백질이 아니라 식물 줄기로 이루어져 있었다. 줄기의 시작점이 되는 피부부터 녹색으로 물들어 있었고, 머리카락 사이사이에는 잎사귀며 붉은 꽃도 군데군데 보였다. 난 신기한 눈으로 그 녹색 머리칼을 바라보다가 문득 굳었다. 그녀의 관자놀이와 턱을 따라서 붉은 흉터가 늘어져 있었기 때문에.

모데라토가 빙긋이 웃으며 말했다.

"이 마을에선 굳이 감출 필요 없으니까요."

어쩐지 울 것 같은 기분이었다. 그들이 내게 마음의 문을 열어 준 것 같아 고맙다는 생각이 들었다.

"……이것 때문에 온 건 아니에요."

앨런이 고개를 푹 숙이고 말했다. 예전에는 참 눈을 잘 마주치는 아이였는데, 갑자기 내외를 하는 건 아닐 테고. 로브를 벗은 게 적응이 안 되는 모양이었다.

"응, 뭔데?"

"보여 드릴 게 있어요."

모데라토가 말했다. 그녀의 노란색 눈동자는 흥분을 하면 붉은빛을 띠었는데, 지금은 연한 주황색이었다. 난 심상치 않은 분위기를 느끼고 순순히 일어나 겉옷을 챙겼다.

그들은 나를 데리고 리튼산의 반대편으로 가자고 했다. 덴버 씨의 집은 에키드나들의 마을보다 높은 곳에 있었는데, 그 산을 가로로 가로지르려니 길도 멀고 산새도 험해서 힘들었다. 그래서 나는 내 독수리 사역마, 브라운을 소환했다.

"갈 방향을 알려 줄래?"

난 브라운의 등 위에 모데라토와 앨런을 태우고 그렇게 물었다. 그들은 눈을 반짝이며 브라운을 바라보다가, 곧 서로 눈을 마주치고 고개를 끄덕였다.

"저쪽이에요."

난 그들이 안내하는 대로 브라운을 이끌었다. 그렇게 도착한 리튼산의 반대편은 사람의 발길이 끊긴 지 오래인 검은 땅이었다. 풀 한 포기 나지 않은 검은 산에 발을 딛자, 기묘한 감각이 발을 타고 올라왔다. 무언가 기분 나쁘면서도, 동시에 친숙하기도 한 이상한 느낌.

"저기가 바로 암흑 왕국이에요."

모데라토가 산 건너편을 가리키며 말했다. 멸망한 에키드 왕국의 땅에는, 자욱하게 안개가 깔려 있어 모습을 볼 수가 없었다. 그러나 이따금 찢어지는 비명 소리 비슷한 것이 들려왔다.

"정말 여기가 접경지구나……."

암흑 왕국을 보여 주려고 날 여기로 데려온 건가. 난 그렇게 생각하며 모데라토를 바라봤다. 그런데 앨런이 보이지 않았다. 등을 돌리니 그가 바위 앞에 서서 무언가를 살피고 있었다. 의아한 마음에 그의 등 뒤로 다가갔는데, 갑자기 바위가 진동하기 시작했다.

"뭐, 뭐야……."

육중한 바위가 땅을 긁는 소리를 내며 양옆으로 열렸다. 나는 문득, 어린 시절 이와 비슷한 장면을 본 적이 있었다는 것을 떠올렸다.

드래곤의 탑에서 보았던 비밀 문.

바위 아래에는 어두운 공간이 있었다. 앨런이 그 안으로 들어서자 불이 밝혀졌다.

"들어와 보실래요?"

난 그를 따라 계단을 내려갔다. 층계를 디딜 때마다 불이 하나씩 들어왔다.

"여긴 뭐 하는 곳이야?"

"이 마을에 처음 왔을 때 봤던 광산. 기억나시나요?"

"응."

마지막 계단을 내려갈 때, 앨런은 조금 긴장한 목소리로 말했다.

"그 사기꾼 영주가 마을 사람들을 납치해 가며 찾아내려고 한 건, 사파이어가 아니었어요."

앨런이 앞서 들어가자 내부에 환하게 불이 들어왔다. 난 그제야 이곳이 어딘지 알 수 있었다.

"에키드나 연구소."

웬만한 저택만큼 넓은 규모의 연구소. 그 내부가 원통형의 실험관으로 가득 차 있었다. 아마 옛날에 이곳에서 사람과 마수를 가지고 합성 실험을 벌인 것 같았다.

나는 파란 액체 때문에 속이 잘 보이지 않는 실험관을 가까이 들여다봤다가, 심장이 덜컹 내려앉았다.

"이게 뭐야……."

그 안에는, 사람이 있었다. 정체를 알 수 없는 선을 몸에 주렁주렁 매달고 잠들어 있는 그것은 분명히 사람이었다. 난 덜덜 떨면서 그 옆의 실험관도 돌아봤다. 갈색 피부와 발달한 송곳니. 아직 어린지 크기는 작았지만, 오우거가 틀림없었다.

그냥 폐쇄된 연구소 같은 게 아니었다. 여긴…….

"우리 아빠는 마법사였어요."

그때 앨런이 입을 열었다. 난 놀란 눈으로 그를 돌아봤다. 앨런이 에키드 왕국 마법사의 자식이었다고?

에키드 왕국의 마법사들은 순수 마력 없이 마력석과 증폭기에만 의존에서 마법을 부렸다. 헤브람 제국에서도 마법사는 귀족들이 많았지만, 에키드 왕국에서의 마법사는 모두 고위 귀족이었다. 그렇다면 앨런도 최소한 백작가의 영식이었다는 말이 된다.

"그런데 어째서……."

앨런은 머뭇거리며 입을 열었다.

"에키드 왕국의 전쟁이 막바지에 왔을 때는, 귀족들도 마음이 급해졌어요. 당시 우리나라는 기사보다는 마법사들에게 의지하고 있었지요. 하지만 왕국의 마력석은 바닥이 났고, 헤브람 제국에서도 마력석을 보내주지 않았어요."

"제국의 마력석도 바닥을 보이고 있었으니까."

앨런이 쓴웃음을 지었다.

"마수와의 전쟁에서 이기기 위해서는, 마력이 필요했어요. 마수의 몸에는 '마나 코어'라는 게 있다고 해요."

내 눈이 커졌다.

"설마."

"맞아요. 마수와 사람을 합성해서, 마나 코어를 가진 사람을 만들어 내는 것. 그게 그들의 목적이었어요."

"하지만 그건……."

인체 실험이잖아. 나는 혼란스러운 눈으로 실험관을 바라봤다. 앨런은 무거운 숨을 내쉬었다.

"맞아요. 그래서 우리 아버지는 실험에 반대하셨고, 사람들을 빼내려다 숙청을 당하셨어요. 반대파의 자식이란 이유로 저도 실험체가 되었고요."

앨런은 그렇게 말하면서 제 소매를 걷었다. 표범의 앞발처럼 예리한 손톱을 가진 뭉툭한 손과, 평범한 사람의 것 같은 팔 사이는 화상 자국과 흉터가 가득했다. 난 굳은 눈으로 그것을 바라봤다. 에키드나들 대부분이 반인반수의 모습을 하고 있는 것은, 이 실험 때문이었다.

그때 모데라토가 말했다.

"그래도 우리는 운이 좋은 편이었어요."

그녀는 어느새 붉어진 눈으로 멈춰 서서 실험관을 바라보고 있었다. 그녀가 자신의 앞에 있던 실험관에 손을 올렸다. 그 안에는 앨런과 비슷한 또래일 것 같은, 어린 남자아이가 있었다.

"제 동생이에요."

모데라토의 눈에서 눈물이 떨어졌다. 그녀가 흔들리는 목소리로 말했다.

"전쟁 통에 가족은 다 죽고, 우리 둘뿐이었어요. 저는 앨런처럼 귀족은 아니었지만, 동생과 피난을 가다가 마법사들에게 납치돼서 이곳으로 끌려왔죠. 동생은 나보다 늦은 순번이었어요. 내가 깨어났을 땐 이미 이렇게……."

모데라토는 동생의 얼굴로 손을 뻗었다. 그러나 그녀의 손은 동생의 얼굴 대신 차가운 실험관 위에 부딪혔다. 그녀는 실험관에서 손을 떼고 나를 향해 말했다.

"실험체들을 남겨 두고 연구원들은 모두 죽었지만, 이들은 아직 살아 있어요."

그 말을 듣고 난 황급히 고개를 돌렸다. 실험관에 연결된 호스 끝에는, 거대한 마력석 장치가 있었다.

"여기, 아직……."

"네, 작동하고 있어요."

그 안에는 영주가 그렇게 찾아 헤맸다던, 검은 마력석이 그득히 쌓여 있었다.

"……작동을 중지시키고 사람을 빼내는 건?"

"이미 가동한 후에 장치를 중지시키면 즉시 사망해요. 실험관을 깨서 빼내는 것도 마찬가지. 관에서 사람을 빼내려면 사망 위험을 감수하고 합성을 완료하는 방법밖에 없지만, 저 안에 있는 마력석이 부족해서 그것도 못 하죠. 그래서 겨우 관 안에서 생명 유지만 시키고 있어요."

"그래……."

상황이 너무 복잡했다. 마력을 빌려줘서 합성을 도와줘야 하는 걸까, 사망 위험이 있는 데다 평생 상처를 지고 살아가게 되는데? 난 답답한 마음에 손톱 끝을 깨물었다. 그때, 내 손에 부드러운 것이 닿았다.

고개를 돌리자 앨런이 내 손을 잡고 나를 바라보고 있었다. 그 애의 눈에는 처음 만났을 때 보았던 적대감은 한 톨도 남아 있지 않았다. 오히려 한 줄기 희망을 붙잡는 사람처럼, 간절한 목소리로 말했다.

"스승님, 우리를 구해 주세요."

이제야 나는 깨달았다.

수년의 세월을 거쳐 다시 만난 내 목걸이가 릴리의 목에 걸려 있는 모습을 봤을 때. 난 형용할 수 없는 기분을 느꼈었다. 그리고 또다시, 덴버가 모든 걸 바쳐 구하려고 했던 것이 자신과 전혀 상관없는 낯선이라는 걸 알았을 때도.

그리고 지금. 헤브람 제국에서 나스티아 공국까지, 일련의 사건들이 내게 전하고 싶은 말이 있었다는 것을 깨달았다. 심장이 뛰었다. 그러나 여섯 살의 황실 정원에서 카르멘을 만난 때와는 또 다른 종류의 것이었다.

릴리가 그 옛날 만났던 마부의 딸이었다는 걸 알았을 때, 덴버가 내게 진실을 말해 줬을 때. 그들은 내게 감동을 줬다. 그게 최고의 사역술사가 되겠다는 목표나, 어떤 명예와 공로보다 더 내 마음을 움직였다.

그래서 난 지금 내가 무슨 말을 해야 할지도 알았다.

"알았어."

난 고개를 숙여 그 애와 눈을 마주치고 말했다.

"구할게. 내 모든 걸 바쳐서라도."

그 말은 마치 처음부터 그러기로 정해 놓은 것처럼 매끄럽게 내 입에서 튀어나왔다. 앨런은 놀란 눈으로 나를 바라보았지만, 나는 평온했다. 그만큼 확신할 수 있었다.

난 사람을 구하기 위해서 태어났구나.

이 얼마나 가치 있는 소명일까.

내 안에서 무언가가 맞춰지는 소리가 들렸다. 톱니바퀴 하나가 제자리를 찾는 소리였다.

다시 시계가 돌기 시작했다.

6. Fade-out

에키드나 연구소는 전체가 거대한 마법 장치였다. 장치마다 정교한 보안 마법이 걸려 있고, 무엇 하나 건드리려면 이중 삼중으로 해제 마법을 써야 했다. 해제 마법을 쓰려면 우선 처음부터 걸려 있던 마법의 마법식을 알아 내야 했기 때문에, 우리는 연구소의 자료들을 모조리 뒤져 이곳의 마법을 조사했다.

그러나 연구소의 마법들을 파헤칠수록 우리의 분위기는 저조해져 갔다. 불법적인 마법을 썼을 거란 예상은 했지만, 생각보다 더 심했던 탓이다. 개중엔 발동하면 불구가 되거나 목숨을 잃게 되는 마법도 많았다. 함부로 역마법을 썼다간 피험자나 내가 해를 입게 될 수도 있을 정도로.

나는 이 연구소의 연구원들을 사람을 파리 목숨처럼 여기는 악독한 놈들이라고 생각했지만, 그들도 이 연구에 모든 것을 바쳤던 것이다. 이 연구가 마수 전쟁에서 이길 수 있는 마지막 희망이라고 여기고…….

마나 코어가 뭐라고, 마력이 뭐라고 이들을 이렇게 만든 것일까. 자료

분석이 끝나 갈 때쯤에는, 모두가 말없이 쓴맛만 삼키고 있었다.

그래도 건진 것은 있었다. 에키드나 연구소는 여기만 있는 게 아니었는데, 자료 사이에 에키드 왕국 전역에 설립된 연구소들의 지도가 남아 있었다. 그리고 합성 마법의 마법식 중에 고대 마법이 섞여 있다는 점도 알게 되었다.

난 이것을 토대로 여러 곳을 떠돌아다니며 조사를 진행했다. 단기간에 해결될 일이 아니었으니 우리는 마음을 차분히 먹기로 했다. 연구소에 있는 마력석은 앞으로 세 달간은 버틸 수 있을 만한 양이었다. 난 기회가 있을 때마다 마력석을 조달해 채워 놓기로 했다.

모데라토와 앨런은 마법적 지식이 부족해서 내가 준 기본 마법서로 공부하는 중이었다. 간간히 브리튼 마을에 들를 때마다 그 아이들은 내가 준 과제들을 착실히 끝내 놓고 있었다.

그렇게 비교적 평화로운 시간이 흘렀다. 그사이에 변한 게 있다면 엘레나의 부탁으로 그녀의 사촌 동생을 제자로 들였다는 것 정도.

어느 날은 한참 동안 숲속에서 의뢰를 해결하고 집에 돌아왔다가, 헤브람 제국의 접경국인 리타 왕국에서 마수 전쟁이 터졌다는 이야기를 들었다. 그 전쟁에 참전한 헤브람의 군대에 카르멘이 선봉을 선다는 말과 함께.

그 소식을 듣고서 난 조금 걱정이 되었다. 내가 기억하는 카르멘은 사관학교에서 가장 뛰어난 생도였지만 실전에 나서는 건 본 적이 없었으니까. 그러나 전쟁은 내가 손쓸 수 있는 영역의 일이 아니었다.

카르멘은 헤브람 제국의 황족이었고, 이제 제국을 수호하는 어엿한 기사였다. 로드랭 별장의 정원에서 이별을 하고 반대편 길로 걷기 시작한 순간부터 우리는 우리의 영역에서 각자의 길을 걷고 있었다. 전쟁은 그의 몫이었고, 내게는 내 몫의 일이 있었다.

에키드나 연구소의 마법 장치를 조사하는 게 가장 중요한 일이었지만, 마탑에서는 변화된 마수 백과의 분류법을 알리며 마법사들에게 희귀종의 보호를 요청해 왔고, 고대 마법이나 영혼의 서 문제도 남아 있었다. 내 몫으로 주어진 여러 가지 소동 속에서, 난 전쟁에 신경을 쓸 여유도 없이 바쁘게 지냈다.

여러 사건이 있었지만 어떻게든 시간은 흘렀다. 어느덧 내가 집을 떠난 지도 반년이 훌쩍 넘었고, 난 열아홉 살이 되었다.

* * *

[드디어 연락이 되는구나, 첼시!]

난 엘레나의 목청에 깜짝 놀라 주위를 살폈다. 주변이 고요한 것을 확인하고 나서야 웃으면서 손을 흔들었다.

"안녕, 엘레나. 어떻게 지냈어?"

[나야 항상 똑같지. 너랑 로즈는 잘 지내?]

"로즈?"

[아직도 이름을 못 외웠어? 로즈탈레인 프라온, 내 철부지 사촌 동생 말이야.]

"아아, 응. 잘 지내지."

마지막으로 얼굴을 본 게 두 달 전이었지만 그때까진 분명 좋아 보였지……. 난 진땀을 흘리며 고개를 끄덕였다.

[힘들지는 않아? 네가 처음에 선생님을 한다고 해서 얼마나 놀랐는지.]

"하하, 나도. 스승님 부탁이 아니었으면 절대 안 했겠지."

내 말에 엘레나의 표정이 미묘해졌다.

[그 평민 마법사 말이지? 마탑에서도 네가 그 사람을 스승으로 알려 줬다고 하던데.]

"응, 맞아."

[음, 그렇게까지 할 필요가 있을까? 실력이 뛰어난 사람도 아니고.

솔직히 말하자면 네 이름에 별 도움이 안 되는 것 같아서 나는…….]

"엘레나."

난 손에 건 윙투스를 만지작거리며 말했다.

"평민이든 갓난아기든 중요한 가르침을 내려 주면 스승이지. 난 그렇게
생각해."

[……그 사람이 네게 중요한 가르침을 줬어?]

"응."

엘레나가 한숨을 내쉬었다.

[하긴, 실력이랑 가르치는 능력은 별개니까. 미안, 내가 괜한 참견을
했네.]

"아냐, 네가 날 생각해서 하는 말인 건 알아."

그리고 덴버 씨의 가르치는 능력이 어떤지는 사실 나도 잘 몰랐다. 내가
어색하게 웃자, 엘레나는 따라 웃고는 화제를 돌렸다.

[아무튼, 네가 연락이 끊긴 사이에 리타 왕국의 전쟁이 끝났어.]

"이렇게 빨리? 어떻게 됐는데?"

[승전.]

엘레나가 답했다. 나는 그 짧은 단어를 이해하는데 시간이 좀 걸렸다.
내 눈이 서서히 커졌다.

"진짜?!"

[응, 에키드 왕국이 멸망한 이후로 대륙에서 처음 있는 승전이란다.]

"와와, 와."

난 감탄사를 연발하다가 고개를 홱 돌렸다.

"그럼 카르멘은?"

[무사히 살아 돌아왔어. 이제 전쟁 영웅이지.]

"다행이다……."

나는 안도의 한숨을 내쉬었다. 어쩐지 캐럴에게서 연락이 없더라니.

돌아온 오빠를 반기느라 바빴던 거구나. 카르멘과 파혼한 후에도 여전히 여동생 같이 느껴지는 그 애가 견디기 힘든 고통으로 시름할 일이 없어서 다행이었다.

엘레나는 날 묘한 눈으로 바라보다가 문득 입을 열었다.

[있잖아, 이젠 물어봐도 돼?]

"뭘?"

[너희가 헤어진 이유.]

그렇게 말하는 엘레나의 표정과 목소리가 사뭇 심각했다. 난 엘레나를 멍하니 바라보다가 웃음을 터뜨렸다.

"궁금하면 그냥 물어보면 되지. 뭐가 그렇게 조심스러워?"

[그냥, 혹시 기분 상할까 봐서…….]

"그런 걸 신경 쓰고 있었어? 안 상해. 그게 언제 적 일인데."

난 대수롭지 않은 목소리로 카르멘과 파혼했던 경위를 설명해 줬다. 겨우 작년에 일어난 일인데, 그사이에 하도 많은 일이 있어서 그런지 기억이 가물가물했다. 덕분에 난 열심히 기억을 더듬어야 했다.

엘레나는 내 말을 잠자코 듣다가 이야기가 끝나자 버럭 외쳤다.

[그 사기꾼!]

그녀는 화가 머리끝까지 나서는 발을 동동 구르며 열심히 욕을 연발했다. 천벌을 받을 놈, 얼굴 좀 잘생기고 황족이면 다냐, 언젠가 업보를 돌려받을 거다! 최근에 용병들 사이에서 걸쭉한 욕만 듣다가 그녀의 고상한 비난을 듣고 있자니 어쩐지 웃음이 나왔다.

[넌 지금 웃음이 나와?]

"미안, 네가 너무 귀여워서."

엘레나는 내 반응이 물렁해서 힘이 빠진 듯했다. 그녀는 주먹 쥔 손을 내리고 물었다.

[별로 나쁜 감정은 안 남았나 봐? 걱정까지 해 주는 걸 보면.]

"적어도 전쟁 통에 죽길 바라진 않지."

[흠, 그래…….]

그녀는 탐탁지 않은 기색이었지만 어쨌든 고개를 끄덕여 줬다.

[아무튼 너, 위험한 데 있는 건 아니지?]

"어?"

난 당황해서 고개를 끄덕였다. 마수경 너머에서 엘레나는 의자에 등을 기대며 말했다.

[그렇다면 다행이다. 전에 네가 암흑 왕국 접경지에 있다고 해서 네 부모님이 얼마나 놀랐는지 알아? 브리튼 마을인가 뭔가 하는 곳 말이야. 아직도 그런 데 있는 건 아니겠지?]

"……브리튼 마을은 아냐."

[그래, 암흑 왕국과 붙어 있는 곳은 안 돼. 내 사촌 동생도 걱정되지만, 네가 또 그런 데 있는 걸 알면 로드랭 후작님도 가만 안 있으실 거니까.]

"……알아, 나도 후작 영애인걸. 너도 내가 더러운 곳이라면 질색하는 거 알잖아."

[그래, 그랬지 참. 아무튼 또 연락할게. 잘 지내!]

"응, 너도……."

엘레나의 목소리가 사라지자 사위가 조용했다. 마수경이 손거울 아래로 흘러 내려오자, 난 거울을 가방에 넣고 하늘을 올려다보았다. 안개에 가려 달도 별도 보이지 않았지만 주위가 어두운 것을 보니 잘 시간이 된 것 같았다. 난 까망이의 품속에 더 깊게 등을 파묻으며 주변을 살폈다.

자연 발생이 아닌 인위적인 짙은 안개, 한 치 앞도 보이지 않는 검은 땅.

간간이 먼 곳에서 울음소리가 들려왔다. 폐가라도 좋으니 지붕과 벽이 있는 곳에서 잠을 자고 싶었는데. 근처에 에키드나 연구소가 있었지만,

시체 썩는 냄새와 핏자국으로 가득한 그곳에서 밤을 났다간 악몽을 꿀 것이 분명하니 어쩔 수 없었다.

여기는 암흑 왕국이다.

난 품속에 있는 일기를 꺼냈다. 까망이를 사역한 이후부터 매일 쓰는 일기였다. 나는 가운데에 끼워 놓은 지도를 꺼내서 모닥불 위에 비췄다. 이 지도는 지난 의뢰에서 얻은 물건인데, 에키드 왕궁의 고대 유적지가 표시되어 있었다.

하지만 이런 안개 속에서, 지도는 별 효용을 발휘하지 못했다. 유적지를 찾아 암흑 왕국을 헤매고 다닌 지도 벌써 두 달이 되어 간다. 즉, 내가 이런 식으로 노숙을 한 지도 벌써 두 달이 되어 간다는 뜻이었다.

"하아……."

나는 에키드 왕국에 있는 에키드나 연구소도 모조리 찾아다니고 있었는데, 이제껏 리튼산에 있는 연구소만큼 원형이 잘 보존되어 있는 곳은 없었다. 내가 마지막으로 들린 연구소는 최근에 습격이라도 받았는지 실험관들이 엉망으로 깨져 있었고 마력석조차 사라진 채였다.

그나마 마법 자료는 꽤 건질 수 있었지만, 에키드나 시체를 너무 많이 봤더니 기분이 나빴다. 죽은 실험체들은 앨런과 모데라토의 또래들이 대부분이었다. 어서 유적지를 찾아야 나스티아로 돌아갈 수 있을 텐데.

"지도상으론 분명 여기가 맞는데."

"뭘 찾는데?"

그때 안개 속에서 걸걸한 목소리가 내게 말을 걸어왔다. 나는 고개를 들어 목소리가 들린 곳을 바라봤다. 곧 모닥불의 뒤로, 커다란 인영이 하나둘 모습을 드러냈다.

오크의 몸통에 사람의 얼굴을 가진 자, 비쩍 말라 스켈레톤의 팔다리를 가진 자. 사람보다는 마수의 특성을 더 짙게 가진 에키드나들은 죄다 손에 무기를 하나씩 들고 있었다.

인원은 열댓 명 정도. 암흑 왕국에 와서 생각보다 많은 사람들을 만났지만, 이 정도로 규모가 큰 집단은 처음 보았다. 난 그들을 차례로 훑다가 물었다.

"에키드나 도적인가?"

"도적이라니, 그냥 오랜만에 여자를 발견해서 재미 좀 보려는 거지."

덩치에 비해서 비정상적으로 긴 스켈레톤의 팔을 가진 남자가 제 칼을 핥으며 나를 바라봤다. 저 칼, 마수의 뼈를 깎아 만든 것 같은데, 그런 걸 핥다니. 내가 눈살을 찌푸리자 그는 만족스럽게 웃었다.

"크헤헤, 아가씨가 겁에 질렸군."

"그러게 왜 이런 데서 혼자 있어."

"에키드나도 아닌 것 같은데, 범죄자인가?"

그 질문을 한 남자는 우락부락한 몸에 붉은 문신을 덕지덕지 새겼을 뿐 마수의 특징은 없어 보였다. 암흑 왕국에 남아 있는 인간은 마수의 특징이 너무 많이 남아 인간 사회로 섞이지 못하는 에키드나들과, 끔찍한 범죄를 저지르고 처벌을 피해 도망친 사형수들이 대부분이었다. 제 뒤가 구린 자들일수록 남들도 저와 같을 것이라고 생각하는 것 같았다. 난 낮게 조소하며 입을 열었다.

"너나 그렇겠지, 이 쓰레기야."

내가 목소리를 낸 순간, 놈들의 눈빛이 일변했다. 제멋대로 떠들던 놈들이 입을 다물자 그제야 좀 주위가 조용해졌다. 난 문득 가장 앞에 있는 오크와 합성된 남자의 목에 마력석이 매달고 있는 것을 발견했다.

"저기 있던 연구소. 습격한 게 너희야?"

"뭐?"

"그 마력석, 연구소에서 가져온 거 아냐?"

난 남자의 목걸이를 가리키며 물었다. 남자는 떨떠름하게 고개를 끄덕였다.

"그걸 너희가 가져오면 실험관 안에 있는 사람들이 죽는 거 알아?"

"……푸."

"푸하하하!"

내가 지적하자, 그들은 약속이라도 한 것처럼 다 함께 웃음을 터뜨렸다.

"……웃으라고 한 말은 아닌데."

"크핫! 미안, 미안."

마력석을 건 남자가 눈물을 닦아 내며 손을 내저었다. 스켈레톤의 팔을 가진 남자가 한 걸음 다가왔다.

"알고 있었다면?"

입가에 걸린 비릿한 미소. 움푹 파인 눈이 나를 지그시 관찰했다. 아마 그들은 내가 그 연구소에 있던 실험체의 가족이나, 관련이 있는 자라고 생각한 것 같았다. 종종 가족을 찾기 위해 암흑 왕국으로 목숨을 걸고 들어오는 사람들도 있으니까.

사람의 죽음이나 그에 대한 비탄마저 흥밋거리로 여기는 태도였다. 난 느리게 숨을 내쉬며 그들을 바라봤다. 그들은 하나같이 검게 죽은 눈으로 낄낄거리며 내 반응을 기다리고 있었다. 여기에 있는 것이 내가 아니라 가족들을 찾으러 온 모데라토나 앨런이었다면…….

그런 가정을 하자 윙투스를 쥔 손에 절로 힘이 들어갔다.

"후……."

하지만 인성을 잃었어도 인간이었다. 난 오늘 이미 피를 충분히 보았고, 더 이상 사람이 다치는 것은 보고 싶지 않았다. 아마 이들은 연구소에 있던 사람들이 결국 다 죽을 목숨이라고 생각했을 테니까.

마력석을 훔친 것도 저들이 살아남기 위해서 한 행동이었다. 게다가 나는 지쳐 있었고, 저들은 숫자가 너무 많았다. 그러니 웬만하면 싸우지 않고 평화롭게 넘어가고 싶다는 게 솔직한 내 심정이었다.

난 그런 마음으로 입을 열었다.

"주접부리지 말고 꺼져. 남아 있는 인간 대가리까지 잃기 싫으면."

"……."

에키드나들은 반박할 생각도 못하고 멍청한 얼굴로 눈만 끔뻑였다. 가장 먼저 침묵을 깬 것은, 방금 마수의 뼈로 만든 칼을 핥았던 그 위생 관념 없는 남자였다.

"이 쥐방울만한 계집이 어디서 겁도 없이……!"

그가 칼을 들어 올리며 소리치자 에키드나들도 정신을 차리고 나를 노려보았다. 금방이라도 달려들 것 같은 기세에, 난 고개를 까딱여 위를 가리켰다.

잔뜩 화가 난 표정으로 내가 가리키는 곳을 바라본 놈들의 눈이 서서히 커졌다. 그들은 그제야 내가 등을 기대고 있던 것이 바위가 아니라 마수라는 사실을 눈치챈 것 같았다. 난 입꼬리를 끌어 올리며 말했다.

"난 작지만, 내 친구는 좀 크거든."

아까부터 잠에서 깨어 있던 까망이는 눈을 번쩍 치켜뜨고 놈들을 노려봤다. 스켈레톤과 혼합된 남자가 손에서 칼을 떨어뜨렸다. 칼이 바닥과 부딪히며 내는 날카로운 소음과 함께, 남자가 뒷걸음을 치며 중얼거렸다.

"다, 다이어 울프……."

까망이가 남자를 향해 이빨을 드러냈다.

"크르르……."

"히익, 도망쳐!"

남자는 떨어뜨린 무기를 황급히 주우려다 앞으로 고꾸라졌다. 꽤 아플 텐데 그는 잽싸게 다시 일어나서 무기를 들고 헐레벌떡 도망치기 시작했다.

방금 전까지 무시하고 있던 쥐방울만한 계집에게 등을 보이며 줄행랑치는 꼴이 볼썽사나웠다. 난 한심한 눈으로 그들의 뒷모습을 보고 있다가 아차, 하고 손가락을 퉁겼다.

"마력석은 두고 가야지."

나는 윙투스를 꺼내 들며 속삭였다.

"뺏어 와, 얘들아."

그 즉시 금색 사슬에서 검은 그림자가 튀어나와 빠른 속도로 에키드나들의 뒤를 쫓았다. 곧 안개 속에서 겁에 질린 비명 소리가 들려왔다. 아마 땅에서 갑자기 솟아난 데스사이드들을 마주친 것이겠지. 암흑 왕국에서 만난 검은 낫을 든 사신. 혼절하지 않고는 못 버틸 조합이었다.

암흑 왕국. 사람보다 마수의 숫자가 훨씬 많은 나라. 마수의 땅이라고도 불리는 이곳은, 사역술사가 전력을 키우기에 최적의 장소였다.

한참 후에 파견을 떠났던 데스사이드 중 하나가 마력석을 주렁주렁 들고 돌아왔다. 기특해서 머리라도 쓰다듬어 주고 싶었지만, 정작 눈을 마주치니 그런 마음이 쏙 들어갔다. 정말 미안하게도, 이 아이들을 마주하고 있노라면 함부로 손을 댔다가는 저주라도 받을 것 같은 느낌이 들었다.

언젠가 친해질 날을 고대하며 나는 녀석을 사슬 속에 집어넣었다. 비명 소리가 잦아드는 것을 보니 이제 차차 상황이 정리되어 가는 것 같았다.

"주인님."

"응?"

고개를 들자 까망이가 걱정스런 눈으로 날 내려다보고 있었다. 어둠 속에서도 반짝이는 황금색 눈동자. 덩치가 크긴 하지만, 눈빛은 이렇게나 순한데. 대체 저 도적들은 까망이의 뭘 보고 저렇게 줄행랑을 치는 건지 모르겠다.

"하나가 뒤로 돌아옵니다."

"오."

난 작게 감탄했다. 개중 용기 있는 남자가 하나 있었던 모양이다. 종종 나 같은 여자애한테 마력석을 빼앗기는 게 억울하고 분해서 저렇게 용기를 내는 사람이 하나씩 있었다.

"어떻게 할까요?"

"그냥 살짝 겁만 줘."

내 말에 까망이가 고개를 끄덕였다. 용감한 도적은 까망이의 꼬리를 돌아 내게로 다가오는 중이었다. 그가 중얼거렸다.

"움직이지도 않는 것 같은데. 뭐가 무섭다는 거야? 바로 옆에 있는 저 여자애도 안 공격하는구만."

용감한 것이 아니라 멍청한 것이었던 모양이다. 까망이가 내 사역마라는 것도 눈치채지 못하다니. 하긴, 다이어 울프를 사역한 술자로는 알려진 사람이 없었으니 모르는 것도 무리는 아니었다. 남자가 꼬리를 지나가기 직전에 까망이가 천천히 몸을 일으켰다.

"……."

까망이가 몸을 움직이기 시작할 때부터 그는 그 자리에서 그대로 굳어 버렸다. 까망이가 일어나자 다리 사이로 남자의 모습이 드러났다. 난 웃으며 그를 향해 손을 흔들어 줬다.

"어, 어떻게……."

"크르르르……."

까망이가 이를 드러내고 으르렁거렸다. 남자는 까망이를 향해서 칼을 고쳐 들었다. 난 그의 벌벌 떨리는 손과 새하얗게 질린 얼굴을 보고 생각했다. 저 아저씨 곧 기절할 거 같은데.

그때 까망이가 거대한 앞발을 들었다.

"컹!"

"히이익!"

까망이가 짖자 남자는 뒤로 넘어져 엉덩방아를 찧었다. 나는 혼자 킬킬거리며 까망이를 응원했다. 우리 까망이 잘한다. 난 까망이가 위협적으로 발을 굴리는 것과 남자가 바닥을 기는 모습을 구경하다가 멈칫했다.

우리 까망이가 좀 크긴 하지만, 발 좀 굴렸을 뿐인데 아까부터 너무

심하게 땅이 흔들리고 있는 것 같다. 난 잠시 쿵쿵대는 지면에 귀를 기울이다가 깜짝 놀라 외쳤다.

"까망아, 잠시만!"

그러나 때는 이미 늦었다. 까망이가 거세게 땅을 내려치는 순간, 지면이 무너져 내렸다.

* * *

"아이고……."

정신을 차리니 머리가 띵했다. 힘겹게 눈을 떴으나 앞뒤로 보이는 것은 암흑뿐이었다.

"주인님."

그때 곁에서 까망이의 목소리가 들렸다. 그리고 손아래에 무언가가 들어왔다.

"이게 뭐야?"

"주인님이 품에 넣어 두신 라이트닝 마법진이요."

"오."

나는 즉시 마법진 위에 손을 올리고 마력을 불어넣었다. 마법이 발동되며 마법진이 사라지고 그 위로 하얀빛의 구가 생성되었다. 그와 동시에 주변이 갑자기 환해지면서 빛에 익숙해지기까지 잠시 앞이 잘 보이지 않았다.

그 희미한 시야로 나는 얼핏 사람 실루엣 같은 것을 보았다. 순간 까망이와 싸우던 남자가 날 공격하려 하나 싶어 방어적으로 윙투스를 들었다. 그러나 명순응이 끝나고 시야가 바로 잡히자, 눈앞에 보이는 것은 얌전히 앉아 꼬리를 흔들고 있는 까망이였다.

방금 뭐였지?

나는 까망이의 얼굴에 빛을 가져다 대고 그 애의 상태를 확인했다.

"까망아, 너 어디 이상한 데 없니?"

내가 묻자, 까망이가 미간을 찌푸린 채로 대답했다.

"……눈이 부신 것 빼곤 괜찮습니다."

"아."

그 말에 난 빛의 구를 옆으로 치웠다. 잘못 봤나? 나는 고개를 숙여 내 손 아래에 끼어 있는 양피지를 바라봤다.

"포켓에 넣어 뒀는데, 이걸 어떻게 꺼냈어?"

"……입으로 물어서요."

"그래? 침 묻은 흔적은 없는데."

"절 뭘로 보십니까."

까망이가 툴툴댔다. 나는 피식 웃었다. 역시 잘못 봤나 보다.

까망이는 지면이 또 무너질까 걱정됐는지, 작은 늑대의 모습으로 변한 채였다. 다이어 울프의 모습에 비해 작았지만 늑대치고는 꽤 자라 있었다. 이제 어디 가서 강아지라고 속이지는 못할 것 같았다.

둥글고 유순했던 눈은 어릴 때에 비해 제법 날카로워졌고, 크기도 커져서 녀석은 이제 이 모습으로도 날 태울 수 있다고 떵떵거릴 정도니까. 물론 다이어 울프의 크기에 익숙해진 나는 까망이의 다리가 부서질까 봐 무서워서 그러지 말라고 말렸지만 말이다.

"아, 그 에키드나 남자는?"

"기절했습니다."

까망이가 구석을 가리키며 말했다. 빛을 비추니 구석에 고꾸라져 있는 남자의 모습이 보였다. 그의 생존까지 확인했으니 이제 우리가 서 있는 이곳이 어디인지 알아볼 차례였다.

난 빛의 구로 우리가 선 지하 공간을 한 바퀴 쭉 비춰 보았다. 대충 지형이 파악되자 난 조심스럽게 입을 열었다.

"여기, 역시 그거겠지?"

"그런 것 같습니다."

우리는 서로를 마주 보며 고개를 끄덕였다. 지도에 표시되어 있던 위치를 아무리 맴돌아도 유적지 비슷한 것도 발견하지 못했다. 그런데 지금 여기, 지하에 숨겨진 거대한 공간. 빛의 구로 비추는 곳마다 마수의 모습을 한 석상이 보이는 수상한 공간. 일렬로 늘어선 석상들 끝에는 신전의 모습이 보였다.

우리가 지난 두 달간 찾던 암흑 왕국의 유적지. 그곳임이 분명했다.

에키드 왕국에 왜 마수를 기리는 신전이 있는지는 알 수 없지만, 우린 일단 석상들을 따라가 보았다. 신전에 도착해 계단 위에 발을 딛고 빛의 구를 비추자, 바닥에 쓰여 있는 커다란 글씨가 보였다. 나는 바닥에 쌓인 모래를 털어 내고 고대어로 된 글씨를 읽어 보았다.

눈의 여신

"주인님, 여기."

그때 까망이가 나를 불렀다. 그 애가 가리키는 곳으로 갔지만 어떤 글씨나 흔적은 찾아볼 수 없었다.

"왜?"

"여기서 마수의 기운이 느껴지지 않습니까?"

"……내가 그런 걸 어떻게 느껴."

난 그렇게 핀잔을 주고 바닥을 살폈다. 눈에 힘을 주고 신경을 바짝 기울여 보았지만 딱히 아무것도 느껴지지 않았다.

"아무것도 없는 것 같은데?"

"……."

까망이가 가만히 내 앞에 발을 디뎠다. 그러자 잠시 뒤, 기묘한 떨림과 함께 바닥에 검은 점이 나타났다. 그 점은 마치 어떤 문양을 그리는 것처럼 바닥을 돌며 곡선과 직선을 만들어 냈다. 그것은 점차 거대한 마법진이 되었다. 난 눈을 휘둥그레 뜨고 까망이를 바라봤다.

"어떻게 한 거야?"

"마수의 흔적이 남아 있는 곳에 마력을 불어넣어 봤습니다."

"나도, 나도 해 볼래."

까망이는 내 얼굴을 보더니 얌전히 발을 뗐다.

"그러십시오."

"……."

방금 쟤가 어째 나를 주인이 아니라 막냇동생 대하듯이 본 것 같은데. 기분 탓이겠지.

난 바닥에 무릎을 꿇고 앉아 까망이가 그려 낸 문양 위에 손을 올렸다. 그리고 문양 위에 천천히 마력을 불어넣었다. 그러자 아까처럼 검은 선이 움직여 가장 안쪽에 있던 글씨를 완성시켰다.

"와, 이거 신기……."

난 말을 하다가 갑자기 손아래에서 검은빛이 번쩍이는 것에 놀랐다. 문양 위에서 빛나는 검은빛은 내가 만든 라이트닝 마법을 집어삼키며 시야를 잠식했다.

"으악, 이 마법진 아직 발동하는 거였어?!"

나는 그렇게 소리치며 까망이를 돌아봤다. 그런데 거기에는 까망이 대신 다른 것이 있었다.

발아래까지 오는 백발, 눈처럼 하얀 피부와 긴 속눈썹, 물빛의 눈동자. 파리한 보랏빛 입술. 금방이라도 쓰러질 것처럼 약해 보이는 아름다운 여자가 나를 쳐다보고 있었다. 그녀는 발을 옮겨 천천히 내게 다가왔다.

내 앞에 당도한 그녀는 가느다란 팔을 뻗어, 내 뺨 위에 손을 올렸다.

[당신을 기다리고 있었어요.]

난 당황해서 반문했다.

"저, 저를요?"

[이 마법을 본다면 약속의 땅으로 와 주세요.]

그러나 그녀는 내 말에 대답도 않고 자신이 할 말만 했다. 그러고는 내 뺨에서 손을 떼더니 천천히 멀어지기 시작했다. 난 다급히 손을 뻗었다.

"잠시만요, 약속의 땅이 어디……."

그녀의 모습이 사라지기 직전, 구슬픈 목소리가 속삭였다.

[영원히 녹지 않는 눈이 내리는 곳…….]

난 내 손 위에서 눈이 되어 녹아 사라지는 환상을 가만히 보다가 문득 읊조렸다.

"눈의 여신."

"주인님, 괜찮아요?"

고개를 들자 환상 대신 나타난 까망이가 걱정스런 눈으로 나를 보고 있었다.

"너도 봤니?"

"네."

"이게 뭘까?"

"……고대 마법."

나는 턱을 문지르며 신음했다.

"흐으음, 역시 그렇겠지."

"무슨 고민을 하십니까?"

"가 볼까, 거기. 약속의 땅."

"어딘지 알고요?"

나는 유창하게 고대어를 구사하던 여신님의 말씀을 따라 읊었다.

[영원히 녹지 않는 눈이 내리는 곳.]

"너무 추상적인 표현인 것 같은데."

난 씩 웃으며 까망이의 머리를 쓰다듬었다.

"짚이는 데가 있지 않아?"

우리는 만년설이 내리는 산 하나를 알고 있었다. 슬슬 방랑 생활을 청산하고 제자들에게 들를 때가 되었다.

7. 설산의 여신

어렴풋이 경첩이 삐걱거리는 소리를 들은 것 같다. 집에 들어서는 가벼운 발자국 소리도. 하지만 나는 딱히 경계심을 느끼지 못하고 잠을 좀 더 청했다. 그때, 다가오던 그 무언가가 내 발을 툭 건드렸다.

"으……."

뒤늦게 내가 머리까지 끌어 올린 이불을 조금 걷어 내 보려고 손을 뻗었을 때였다.

"꺄아아악!"

찢어지는 비명 소리에 난 깜짝 놀라 몸을 일으켰다. 이불이 부스럭거리며 흘러내렸다.

"왜, 왜 그래……."

내가 비몽사몽간에 물었다. 손바닥으로 눈가를 누르며 고개를 들자, 보기 드문 분홍색 머리의 여자애가 부들부들 떨고 있었다.

"체, 첼시 님……!"

"어, 안녕……."

"살아 계셨군요!"

그 아이가 내 손을 덥석 잡더니 눈물을 글썽이며 나를 올려다봤다. 난 조금 멋쩍어져서 물었다.

"응, 근데 넌 누구……?"

"로즈탈레인 프라온, 엘레나 언니의 사촌 동생이에요."

"아아……."

그러고 보니 두 달 전에도 같은 인사말을 들었던 것 같다. 하도 잠깐만 보고 말았더니 통 이름이 외워져야 말이지.

"두 달 전이랑은 많이 달라졌네? 못 알아볼 뻔했어."

그때는 귀족 영애의 표본 같은 모습을 하고선 시골 마을에서 이질적인 존재감을 뽐내고 다녔는데. 지금은 수더분하고 편한 옷을 입고 있어서 그냥 평범한 견습 마법사 정도로 보였다. 그것만으로도 이 마을에선 충분히 이질적이긴 했지만.

"네, 마을 분들과도 많이 친해졌고 선생님이 주신 책도 거의 다 읽었어요. 공녀님의 가정교사 권유도 거절하신 분이 절 제자로 받아 주셨으니, 큰 영광으로 여기고 열심히 하겠습니다."

"……둘만 있을 땐 그냥 언니라고 불러, 로즈. 엘레나의 동생이면 나한테도 동생인 건데."

난 그렇게 말하고 찌뿌둥한 목을 풀었다. 로즈는 나를 빤히 바라보고 있었다. 난 잠깐 그녀가 왜 저런 눈으로 나를 보는지 궁금했으나, 금방 해답을 찾았다.

어젯밤 집에 도착해서 침대로 가던 길에 쓰러져 부엌문 앞에서 잠들었던 모양이다. 어쩐지 발에 뭐가 채이더라. 이불은 까망이가 덮어 준 건가…….

"빨리 오려다 보니 잠을 못 자서……."

나는 궁색하게 변명하며 자리에서 일어났다. 하지만 로즈가 날 바라본 이유는 그게 아니었다.

"아뇨, 그런 게 아니라. 그, 다른 사람들 앞에서 실수할 수도 있으니까 저도 그냥 선생님이라고 부를게요. 그래도 그렇게 말씀해 주셔서 감사해요……."

말미에는 로즈가 고개를 숙이며 얼굴을 붉혔다. 엘레나와 다르게 수줍음이 많은 아이인 것 같았다. 하지만 그 수줍음 많은 아이는 내가 화장실로 걸어가 세수를 하고, 부엌으로 가서 물을 마시는 동안에도 계속 내 뒤를 졸졸 쫓아다니며 재잘거렸다.

"……그렇게 앨런이 어제 처음으로 기본 마법을 발동시켰어요. 그래서 마을 사람들은 이제 앨런이 나이를 안 먹을 줄 알더라고요. 사람들은 선생님이 마흔여덟 살인데 마법사여서 늙지 않는 거래요. 마법사가 적은 시골 마을이라 그런가, 선생님이 마흔여덟 살이란 말을 정말로 믿었나 봐요. 그래서……."

그녀는 내가 없는 동안에 브리튼 마을에서 일어난 모든 소식을 다 전해 줘야 한다고 생각한 모양이었다. 난 내 일을 하면서 그녀의 말을 반쯤 흘려들었다. 그러던 중에, 로즈가 뭔가가 떠오른 듯 손뼉을 쳤다.

"아! 그리고 앨런이 그러는데, 오늘 귀족 같아 보이는 남자가 하나 왔대요."

"귀족?"

"네, 아침에 이 집 앞에서 어슬렁거리는 걸 봤다고 하던걸요. 그래서 부엌에 누가 자고 있는 걸 보고, 전 또 그 남자가 들어온 줄 알고 깜짝 놀랐지 뭐예요."

"아, 그래서 비명을 질렀구나."

"선생님이 돌아오셨을 거라곤 생각을 못해서……."

로즈가 작게 웅얼거리는 것을 들으며 나는 잠시 고민했다. 내가 없는 동안 슈웨인이 왔을 리는 없을 테고, 그를 제외하고 덴버의 집 근처를 어슬렁거릴 만한 귀족은 한 사람밖에 없었다.

"영주가 왔었나?"

"헉, 나스티아 소공작님이요?"

난 잠시 그 능글맞은 청년을 떠올렸다. 공작의 사돈을 사칭하던 전 영주가 연행되던 날, 공작의 기사단에 섞여 있던 그 갈색 머리 청년은 역시 소공작이었다.

옛날에 나스티아의 사신이 우리 집에 찾아왔을 때, 그가 소공작의 초상화를 보여 준 적이 있었다. 왜 공녀의 가정교사가 되어 달라고 청하면서 소공작의 얼굴을 보여 준 것인지는 아직도 잘 모르겠지만.

처음 만났을 때는 긴가민가했으나 그 후에 자꾸 어울리지도 않는 평민 분장을 하고 마을을 기웃거리는 통에 확신할 수 있었다. 아무리 평민 연기를 해도, 고상한 말투와 행동거지에서 다 티가 난다는 걸 당사자인 소공작만 모르는 것 같았다. 급기야 그 어린 앨런에게도 들킬 정도인 것을 보니.

때마침 누군가가 현관문을 두드리는 소리가 났다. 고상한 세 번의 노크. 앨런이나 모데라토 중 누구도 저런 식으로 문을 두드리지는 않으니…….

"소공작도 양반은 못 되시는군."

"열어 드릴까요?"

"그래."

로즈가 잽싸게 뛰어가 문을 열었다. 곧 반질거리는 얼굴과 어울리지 않게 서민 옷을 챙겨 입은 소공작이 집에 들어섰다. 오늘은 척 봐도 값비싸 보이는 사프란 꽃다발까지 손에 든 채였는데, 누가 보아도 서민 분장을 한 귀족 나리셨다.

소공작이 예의바르게 인사했다.

"그간 잘 지내셨습니까?"

"네, 나스티아 소공작께서도 잘 지내셨나요?"

"……."

소공작은 허를 찔린 얼굴을 했다.

"그걸 어떻게."

"제가 마법사잖아요."

"아, 그래서."

농담이었는데, 소공작은 납득했다는 듯 고개를 끄덕였다.

"그럼 정식으로 인사드리겠습니다. 제 이름은 데러니스 나스티아, 나스티아 공작가의 장남입니다. 데런이라고 불러 주세요."

"아, 저는……."

"첼시 로드랭, 그때 로드랭가의 인장이 찍혀 있는 서신을 써 주셨지요."

데런은 그렇게 말하며 내게 악수를 청했다. 거기까지 알고 있다면 어쩔 수 없지. 난 한숨을 내쉬며 그의 손을 잡았다.

"네, 맞아요."

"그때는 정체를 숨기고 계셔서 제대로 감사 인사를 못했지만, 지금은 피차 정체를 숨긴다는 것을 알게 됐으니 인사를 드려도 되겠지요. 늦었지만 저희 가문을 사칭하고 영지민들에게 끔찍한 짓을 저지른 악질적인 범죄자를 고발해 주셔서 정말 감사합니다."

"아…… 별말씀을요."

그가 정체를 숨기고 있다는 것은 잘 이해가 안 되지만 난 대충 고개를 끄덕였다. 데런은 빙긋 웃으며 말을 걸어왔다.

"교육은 적성에 맞습니까?"

"네?"

"제 동생은 거절하셨으면서, 평민 아이들을 가르치고 계시다고요."

"이런, 기분 상하셨나요?"

"초청을 거절당해 시무룩해하던 동생이 떠올라 안타까운 마음은 있습니다만."

데런은 환하게 웃으며 그처럼 화려한 사프란 꽃다발을 불쑥 내밀었다.

"레이디께서 저와 식사 한 번만 같이 해 주시면 풀릴 것 같군요."

"허억……!"

옆에 서 있던 로즈가 화들짝 놀라며 커다랗게 숨을 들이켰다. 나와 데런이 동시에 로즈를 돌아보자, 그녀는 빠르게 손을 내저었다.

"저, 저는 이만 가 봐야 할 것 같네요."

나는 그대로 뒤돌아 가려던 로즈의 손을 황급히 잡았다.

"아냐, 같이 가."

"네?"

"저, 제가 사실 오랜만에 마을에 온 터라. 제자들과 시간을 좀 보내야 할 것 같거든요."

난 데런에게 꽃을 건네받고 말했다.

"그러니까 식사는 다른 분들과 하셔야 할 것 같은데, 선물은 감사해요."

"……."

내 말에 데런과 로즈가 멍하니 나를 바라봤다. 난 갑자기 그들이 말을 잃은 이유를 알지 못해서 어리둥절해졌다. 결국 데런이 겸연쩍게 입을 열었다.

"제가 너무 말을 돌렸던가요? 저는 지금 레이디께 데이트 신청을 하고 있는 것인데요."

"아."

난 그제야 내 실수를 깨달았다. 선물을 거절하는 것은 예의가 아니라고 생각해서 받았고, 식사는 아이들과 함께해야 할 것 같아서 거절한 것이었는데.

"아니요. 제가 이런 방면으론 눈치가 좀. 죄송해요, 그럼 이 선물도 거절해야겠네요."

난 데런에게 꽃다발을 도로 안겨 주며 말했다. 그는 당황한 표정을
지었다.

"제가 마음에 안 차시나요?"

"네?"

나도 나지만 저쪽도 꽤 직설적인 사람 같았다. 덕분에 대화를 편하게
할 수 있어서 좋았다

"음, 소공작께선 아무런 부족함이 없으세요. 그냥 제 문제죠."

"레이디의 문제라면……?"

"제가 연애는 적성에 안 맞아서요."

"예?"

데런은 두 번째로 당황한 표정을 지었다.

"저는 눈치도 없고, 연애를 할 시간도 없고, 누군가에게 신경 써 줄 만
한 여유도 없거든요."

난 덴버가 주고 간 허름한 오두막집과, 암흑 왕국에서 돌아온 후로도
갈아입지 못한 내 차림새를 가리키며 말했다.

"지금 제 꼴을 보세요. 소공작께서는 저보다 훨씬 더 나은 사람을 만
나실 수 있을 거예요. 이렇게 연구에만 빠져 있는 방구석 마법사가 아니
라요."

"그 점이 마음에 든 건데요."

"……"

그간 용병들 사이에서 제법 안하무인의 방식을 배웠다고 생각했는데,
소공작은 꽤나 강적이었다. 난 고개를 절레절레 저었다.

"아무튼 저는 연애를 할 시간도 여유도 없어요. 그리고 아침부터 남의
집에 어슬렁거리는 행동은 그만두세요. 소공작님의 체면도 중요하잖아요?"

"지금은 오후입니다만."

"아침에도 들르셨다고 들었는데요."

데런은 고개를 갸웃했다.

"이 집을 찾아온 것은 지금이 처음입니다."

그는 그렇게 말하면서 내게 꽃다발을 다시 안겨 주었다.

"아무튼, 말씀은 잘 알겠습니다. 선물은 첼시 님을 위해 준비한 것이니 받아 주시면 좋겠습니다. 그럼 다음에 또."

데런은 제멋대로 인사하고 집을 나가 버렸다. 그러니까 다음은 없다는 뜻이었는데. 난 그의 뒤를 쫓아가서 그 점을 지적해 주려다가 그냥 내버려 뒀다.

데런의 말이 사실이라면, 오늘 그가 나를 만난 것은 순전히 우연이었다. 이 이후로는 우리가 만날 일도 딱히 없을 테니, 그럼 데런도 곧 포기하게 되겠지. 난 그가 오늘 아침에는 들른 적이 없다고 한 말이 조금 신경 쓰였으나 뭔가 착오가 있었나 보다 생각하고 넘겨 버렸다.

소공작이 떠나고 나서 나는 씻고 따뜻한 옷으로 갈아입은 후 로즈와 함께 모데라토의 집으로 갔다. 그곳에는 오늘도 앨런을 포함하여 많은 아이들이 식사를 하기 위해 모여 있었다. 내가 들어서자 아이들은 눈이 휘둥그레져서 다 함께 스푼을 떨어뜨렸다.

"스승님!"

……하고 나를 부른 사람은 모데라토도 앨런도 아니었다. 에키드나 아이들이 쪼르르 달려와 내 다리에 매달렸다.

이렇게 많은 제자들을 둔 기억은 없는데.

영주 성의 마수를 퇴치한 것이 나와 덴버였다고 알려진 덕분에 마을 사람들이 내게 호의를 갖게 된 것 같았다. 게다가 고아가 대부분인 에키드나 꼬마들의 정신적 부모 노릇을 하고 있는 모데라토와 앨런이 나를 스승이라고 부르니, 아이들도 자연히 그 호칭을 따라 부르는 것 같았다.

난 로즈에게 짐을 맡기고 에키드나 꼬마들의 머리를 쓰다듬어 줬다.

"건강해 보이셔서 다행이에요. 걱정 많이 했는데."

모데라토는 반가운 얼굴로 날 안았다. 난 그녀에게 사프란 꽃다발을 건넸다. 모데라토가 뒤에 있던 앨런에게 음식을 내오라고 시키자, 앨런이 화들짝 놀라 부엌으로 달려갔다.

"천천히 해."

나는 킥킥거리며 테이블에 앉았다. 모데라토가 꽃향기를 맡으며 물었다.

"웬 꽃이에요?"

난 그릇을 들고 온 앨런에게 고맙다고 인사한 후 대답했다.

"음, 영주님이 주셨어."

덜그럭!

나는 깜짝 놀라 아래를 바라봤다. 내 앞에 음식을 놓던 앨런이 손을 삐끗한 모양이었다. 스튜가 그릇에서 넘쳐 약간 흘러내렸다.

"죄, 죄송해요."

"괜찮아, 옷에 묻은 것도 아니고."

앨런이 허둥지둥 테이블을 수습하고 나서 식사가 재개되었다. 영주가 바뀐 후에 브리튼 마을의 사정은 꽤 나아져서, 예전 같은 돼지죽이 아닌 제대로 된 음식이 나왔다. 난 오랜만에 먹는 맛있는 음식에 감사하며 모데라토의 음식 솜씨를 칭찬했다.

그런데 모데라토는 대답이 없었다. 고개를 들자 그녀는 앨런을 빤히 바라보고 있었다. 의아해진 내가 앨런를 돌아보려고 할 때 모데라토가 입을 열었다.

"그런데 선생님, 혹시 사랑해 보신 적 있었어요?"

"응? 갑자기 왜?"

"제 주변에 짝사랑 때문에 힘들어하는 친구가 하나 있거든요."

"풉!"

그때 갑자기 앨런이 사레가 들렸다. 난 깜짝 놀라 그의 등을 두드려 줬다. 겨우 앨런의 기침이 그치고 나자 나는 모데라토의 질문을 다시 떠올리고 대답해 줬다.

"응, 있었지. 작년까지."

"헉, 정말요?!"

그 목소리는 앨런에게서 나왔다. 나는 조금 무안해져서 대답했다.

"응, 지금은 끝났지만."

"지금은…… 이혼하신 거예요?"

이혼? 난 그 단어에 잠시 움찔했다. 아, 이 애들 날 마흔여덟 살로 알고 있었지.

난 카르멘과 정식으로 결혼을 하지는 않았지만 황실 사람들은 내가 황자비가 된 것처럼 대해 줬다. 그러니까 우린 어떤 측면으로 보면 거의 부부 관계였다고도 할 수 있을 것이다.

"음, 그렇지 뭐……."

"……."

갑자기 앨런이 고개를 푹 숙였다. 그리고 접시에 코를 박고 스튜를 떠먹기 시작했다. 갑자기 스튜의 맛있음을 깨닫기라도 한 걸까? 그때 모데라토가 재차 날 불렀다.

"그럼 선생님, 나이 차이가 많이 나는 연인은 어떨 거 같아요?"

"그 친구가 나이 차이가 많이 나는 사람을 좋아해?"

나는 눈살을 찌푸리며 물었다. 모데라토는 날 보며 눈을 깜빡이다가, 이내 깨달았다는 듯이 말했다.

"아, 선생님이 덴버 씨를 싫어한 것도 어린 미녀를 좋아한다고 생각해서였죠."

"어, 알고 있었어?"

난 머쓱하게 반문했다. 그때 스튜에 코를 박고 있던 앨런이 불쑥 고개를 들었다.

"……나이 차이가 많이 나는 게 싫어요?"

"싫다기보다는…… XX 같아."

내 말에 앨런의 어깨가 움찔 떨렸다. 모데라토가 어색한 웃음소리를 냈다.

"선생님, 돌아오실 때마다 입이 험해져 있는 것 같아요."

"앗, 미안."

요즘 들어 계속 질 나쁜 사람들만 상대했더니 나도 모르게 그들의 어휘가 입에 익어 버린 것 같다. 말조심 좀 해야지.

식사가 끝나고 나서 나는 내 제자들에게 그간 있었던 일과 설산에 갈 계획을 빠르게 설명해 줬다. 바로 출발할 것이라고 말했더니 앨런이 깜짝 놀랐다.

"'설인'이 사는 산에 혼자 가겠다니, 위험해요."

"그냥 둘러만 보고 올 거야. 사전 답사로."

앨런은 잠시 고민하다가 입을 열었다.

"……그럼 저도 따라가면 안 돼요?"

그 귀여운 질문에 나도 모르게 웃음이 흘러나왔다. 무슨 일이 있었는지는 몰라도 앨런은 식사 후에 계속 주눅이 들어 있었다. 그런데 와중에 날 위해 그렇게 말해 주는 것이 기특했다.

"고맙지만 괜찮아, 꼬맹아. 빨리 올 테니까 걱정하지 마."

칭찬한 것인데 앨런은 어쩐지 더 주눅이 든 것 같았다.

아무튼, 난 모데라토의 집을 나와 브라운을 소환했다. 갑자기 나타난 거대 독수리를 보고 길에 있던 에키드나 아이들이 감탄을 내뱉었다. 아이들의 함성 속에서, 나는 설인이 사는 산으로 향했다.

* * *

그렇게 멋지게 설산을 향해 출발했으나, 얼마 되지 않아 우린 커다란 문제에 봉착했다.

분명 리튼산 반대편에 있는 에키드나 연구소로 날아가서 암흑 왕국에서 가져온 마력석을 마법 장치에 넣을 때까지만 해도 괜찮았다. 이걸로 연구소에 있는 사람들의 수명을 더 늘릴 수 있게 될 것이었다. 그때까지만 해도 브라운은 잘해 주고 있었는데…….

딱딱거리는 소리를 듣다못해 나는 입을 열었다.

"브라운."

"……."

"그렇게 추워?"

난 브라운의 목에 내 목도리를 매 주며 물었다. 브라운이 아까부터 달달 떠는 통에 멀미가 올 지경이었다. 분명 나와 똑같은 체온 유지 마법을 걸어 줬을 텐데, 이상하게도 브라운에겐 별 효과가 없었나 보다.

아직 정상은 머나멀었다. 독수리는 추위에 강한 동물로 알고 있었는데. 리튼산의 추위가 독수리가 견딜 수 있는 정도를 넘어선 모양이었다. 난 브라운의 머리에 앉은 눈을 털어 주며 말했다.

"그럼 우선 돌아가자. 마법을 정비하고 다시……?!"

마법을 정비하고 다시 오자고 제안하려던 내 말은 끝맺어지지 못했다. 갑자기 브라운이 빠르게 하강하기 시작했다.

"브라운, 브라운?!"

난 큰 소리로 브라운을 불렀으나 브라운은 대답이 없었다. 지면이 코앞으로 다가왔다.

"끼야아악!"

푹.

비명을 지르는 나를 안아 준 것은 소복이 쌓인 눈밭이었다. 허우적거리며 눈 속에 빠진 머리를 빼냈다.

"푸우."

난 도리질을 쳐서 머리에 묻은 눈을 털어 냈다. 옆을 보니 까망이도 몸을 푸드득 떨어 대고 있었다. 나는 브라운을 다시 사슬 속으로 불러들였다. 크기가 마수만큼 크다고 마수가 된 건 아닌데, 너무 혹사를 시킨 것 같아 마음이 무거웠다.

"미안해, 푹 쉬어."

나는 나쁜 주인이야······. 다음부턴 조심해야지······.

"브라운은 추위에 약하구나."

난 혼자 읊조리다가 문득 눈앞에 펼쳐진 광활한 눈밭을 바라봤다.

"······그런데 여긴 어디지?"

휘오오.

답은 없고, 서릿발 같은 바람만 우리의 뺨을 치며 지나갔다. 나는 얼굴을 덮친 머리카락을 뒤로 넘기며 현재 상황을 정리해 보았다. 리튼산은 눈부실 정도로 새하얀 만년설을 자랑하고 있는데, 우리는 길을 잃었다.

* * *

걸음을 옮길 때마다 무릎이 푹푹 파묻혔다. 덕분에 한 걸음 한 걸음을 떼는 것도 고역이었다. 이렇게 추운데 내뱉는 숨은 더웠다.

그러나 육체적인 피로보다는 정신적인 피로가 더 문제였다. 아무리 걸어도 그저 끝없는 눈밭뿐이니 방향감각이 무너져서 제대로 가고 있는 것인지 알 수가 없었다. 이러다간 설산에서 밤을 맞이하게 생겼다.

헉헉거리는 나를 보고 까망이가 말을 걸었다.

"주인님, 제 등에 타십시오."

"됐어, 키는 내가 너보다 더 크거든."

"원래 모습으로 돌아가면 됩니다."

"아서라, 설산에서 다이어 울프로 뛰어다니다가 눈사태 일으킬 일 있니?"

난 고개를 젓고 묵묵히 눈을 걷어 내며 걸었다. 까망이가 꼬리를 흔들며 내 옆에 따라붙었다. 나는 녀석의 까만 털을 힐끔 바라봤다. 그래도 늑대는 추위에 강한 것 같아 다행이었다. 문득 뒤를 돌아봤다가 까망이가 걸어온 길에 찍힌 귀여운 발자국을 발견했다. 내가 작게 웃자 까망이가 날 물끄러미 바라봤다.

"아무것도 아냐."

뜬금없지만 기분이 조금 나아졌다. 하얀 설산을 걷는 까만 늑대의 모습은 동화 속에서 튀어나온 것처럼 근사했다. 그러고 보니 갑자기 보이지 않던 것들이 눈에 들어왔다.

걸으려니 막막하게 느껴지지만 사실 리튼산은 아름다웠다. 시야에 들어차는 것은 그저 순백의 눈뿐이고, 좌우는커녕 앞뒤 구분도 없는 설산. 모든 것이 허무하게 느껴지는 광대한 눈밭을 보고 있자니 이런 것이 대자연의 신비가 아닐까 하는 생각이 든다.

나는 그 눈밭을 구경하다가 문득 눈과 눈이 마주쳤다.

"……?"

……눈에 왜 눈이 달려 있는 걸까? 난 나를 보며 눈을 깜빡이는 회색 눈동자를 가만히 바라봤다. 곧 나는 그 눈에 갈기도 달렸고, 발도 달렸고, 조용히 꼬리를 흔들면서 내게 다가오고 있기까지 한다는 것을 깨달았다.

"……눈이 아니라 사자잖아!"

그 순간 백사자가 커다랗게 울부짖으며 내게로 달려들었다. 난 곧바로 윙투스를 꺼내 공격 태세를 갖췄지만, 내 윙투스보다 나의 사역마가 더 빨랐다.

하얀 사자와 검은 늑대가 허공에서 맞부딪혔다. 까망이가 놈의 갈기를 물고 곧이어 날카로운 발톱으로 몸통을 공격했다. 까망이의 발톱이 할퀴는 대로 눈사자의 몸이 찢겨 나갔다. 그러다 종내에는 완전히 가루가 되어 버렸다.

머리 위에서 흩어져 내리는 하얀 조각을 손바닥으로 잡았다. 손 위에서 녹아내리는 그것을 빤히 바라보며 중얼거렸다.

"……눈?"

"주인님!"

난 까망이의 목소리에 고개를 돌렸다가 그대로 굳었다. 흰 눈밭이 어느새 하얀 눈사자의 소굴로 변해 있었다.

나는 눈사자들이 에워싸고 있는 벌판을 바라봤다. 아까까지만 해도 고요하던 눈들이 꿈틀거리더니 하얀 사자의 얼굴이 되었다. 그것들이 울음소리를 내며 눈을 헤치고 기어 나왔다. 아까까지만 해도 고요하고 아름답던 눈들이 사나운 눈사자로 변해 내게로 다가왔다.

"저게 뭐야……."

눈사자 무리가 우리에게 달려들었다. 나는 윙투스를 꺼내 들어 달려드는 눈사자를 파괴했다. 까망이와 나는 서로 등을 맞대고 서서 사방에서 이빨을 드러내는 눈사자와 대치했다. 눈사자는 공격을 받을 때마다 하얀 눈가루가 되어 흩어졌다. 그러나 눈은 너무 많고, 눈사자가 생성되는 건 우리가 공격하는 속도보다 빨랐다.

이대로는 끝이 없었다. 도망쳐야 하는데. 어떻게 따돌리지? 내가 고민하고 있을 때, 까망이가 문득 말을 걸었다.

"주인님."

"응?"

"안 되겠습니다."

어쩐지 결연한 목소리에, 난 불안감을 느끼고 뒤를 돌아봤다. 그러나 까망이는 이미 다이어 울프로 변하고 있었다. 까망이를 바라보던 눈사자들의 시선이 천천히 위로 꺾였다.

까망이가 내 후드를 입으로 물고 나를 달랑 들어 등에 태웠다. 뒤늦게 정신을 차린 눈사자들이 까망이의 다리로 달려들었다. 까망이의 발에 차인 눈사자가 깨갱거리며 눈밭으로 날아갔다.

까망이는 앞길을 가로막는 눈사자들을 발로 쳐 내며 달리기 시작했다. 흰 설산 한가운데 나타난 거대한 다이어 울프가 눈사자 무리에 쫓기고 있었다. 누가 봤더라면 분명 꿈을 꾸는 것이라고 생각할 법한 광경이었다. 난 까망이의 목덜미를 껴안고 킥킥거렸다.

"왜 웃으십니까?"

"그 덩치로 너무 폼 안 나게 도망치는 거 아냐?"

"이 덩치로 소란을 피웠다간 눈사태가 일어난다고 충고하신 건 주인님이신데요."

"소란은 이미 충분히⋯⋯."

난 말을 하다가 문득 어디선가 기묘한 소리가 들린다는 것을 깨달았다. 샘솟는 불안감에 나는 천천히 고개를 들었다. 그 순간, 잔잔하던 진동이 거세지고 산 위로 쌓여 있던 눈이 무너져 내리기 시작했다. 난 정상에서 쏟아져 내리는 눈들을 바라보며 중얼거렸다.

"이미 늦었는데."

눈이 우리를 뒤덮기 직전, 까망이가 나를 품에 안고 등을 둥글게 말았다. 곧 세상이 한층 더 새하얗게 변했다.

* * *

땅의 진동이 잠잠해지고 숨이 막혀 올 무렵, 까망이가 이리저리 몸을 뒤틀어 나를 눈 위로 올려 주었다. 그제야 난 쌓인 눈 더미 사이를 빠져

나가 다시 하늘을 볼 수 있었다. 나는 몸에 묻은 눈을 털며 주변을 둘려 봤다. 광활한 눈밭 가운데 움직이는 것이라곤 우리밖에 없었다.

"죄송합니다."

어느새 작아진 까망이가 귀를 축 내리고 사과했다.

"아냐, 눈사자는 따돌렸는걸?"

난 녀석의 머리를 쓰다듬며 위로했다. 까망이가 올려다보자 난 방긋 웃었다.

"게다가 알아낸 것도 있고 말이야."

우리가 알맞은 장소에 왔다는 사실 말이다.

눈으로 만들어진 눈사자, 저건 평범한 마수나 짐승이 아니었다. 어찌 됐건, 이 리튼산이 평범한 산이 아니라는 것은 확실해졌다. 대체 브리튼 마을에서 왜 이렇게 괴상한 일들이 많이 일어나는지는 모르겠지만.

그때, 어디선가 눈이 들썩이는 소리가 들렸다. 우리는 동시에 그곳으로 고개를 획 돌렸다. 잠잠해 보이지만, 저 눈밭 아래에는 눈사자 무리가 깔려 있을 것이다. 나는 까망이에게 조용히 제안했다.

"……빨리 도망가자."

"네."

우린 서둘러 걸음을 옮겼다.

어느새 저녁노을이 지고 있었다. 하얀 눈밭이 붉은 노을로 물들어 갔다. 분명 브라운이 그렇게 많이 올라오진 못했던 것 같은데. 이상하게도 한참 을 걸었는데 마을의 모습은 보이지 않았다. 몸이 점점 무거워지던 와중에 동굴을 하나 발견했다.

우리는 그곳에서 눈사자를 피하며 숨을 좀 돌리기로 결정했다. 난 가져 온 양피지들 위에 화염마법을 그려서 장작처럼 한쪽에 쌓아 놓고 하나씩 불을 붙였다. 짐을 벗어 놓고 따뜻한 불을 쬐니 좀 살 것 같았다.

"잠시라도 눈을 좀 붙이세요."

"응, 너도 쉬어……."

난 까망이의 배를 베고 눈을 감았다.

잠시 어린 시절의 꿈을 꿨던 것 같다. 다시 눈을 떴을 때는 어딘지 포근한 기분으로 잠에서 깨어났다.

나는 곧 내가 잠에서 깬 이유가 까망이가 으르렁거리고 있기 때문이라는 것을 깨달았다. 의아하게 까망이의 시선을 따라가자, 동굴 입구에 고개를 내밀고 있는 눈사자의 얼굴을 발견했다.

"……!"

나는 서둘러 몸을 일으켰다. 어떻게 여기 있는 걸 알았지?

눈사자는 이빨을 드러내며 동굴 안으로 걸어 들어왔다. 서너 마리의 눈사자가 녀석의 뒤를 따르고 있었다. 난 윙투스를 들고 녀석들을 바라봤다. 어쩐지 아까보다 크기가 더 커져 있는 것 같았다. ……그런데 내가 설마 결계석을 설치 안 하고 잠들었던가?

"크르르!"

눈사자가 동굴 안으로 달려 들어왔다. 까망이가 선두에 선 눈사자를 덮쳐서 놈의 몸을 깔아뭉개고 물어뜯었으나, 눈사자는 한참을 사라지지 않고 버둥거렸다. 나는 까망이의 등 뒤로 달려드는 눈사자를 보고 윙투스를 들었다. 윙투스의 금색 촉이 눈사자의 몸통을 꿰뚫었다. 원래라면 윙투스가 닿는 순간에 파괴되었을 텐데, 녀석은 몸이 꿰뚫린 채로 나를 노려보고 있었다.

난 잠시 움찔했다. 곧 녀석의 몸은 눈이 되어 흩어졌다. 그러나 눈사자들이 아까보다 더 크고 튼튼해졌다는 것은 확실했다.

눈사태 때문일까?

내가 무언가를 고민할 새도 없이, 다른 눈사자들이 곧장 내게로 덤벼들었다. 윙투스는 원거리 무기인데, 좁은 동굴 안에서 싸우려니 다루기가 조금 까다로웠다.

반면 좁은 동굴을 커다란 몸으로 가득 채운 눈사자들은 살판이 난 것 같았다. 공간이 좁아서 다시 재생되는 시간도 더 짧아진 눈사자들의 공격은 연쇄적으로 이어졌다. 동굴 밖으로 유인해야 하나? 난 내게 달려드는 눈사자를 파괴하며 진저리쳤다.

"으, 귀찮아!"

무엇보다 이것들 때문에 단잠을 방해받았다는 사실이 가장 짜증났다. 좋은 꿈을 꾸고 있었는데.

내게 파괴당했던 눈사자들이 다시 뭉쳐져서 나를 노려보는 회색 눈동자가 만들어질 때였다.

"불!"

갑자기 누군가의 목소리가 내게로 소리쳤다.

"불을 써!"

난 고개를 돌려 바닥을 바라봤다. 양피지를 모두 태우고 꺼져 가는 불씨가 보였다.

"크르르!"

그때 재생된 눈사자 하나가 달려들어 내 앞을 가로막았다. 내가 피하기 위해서 몸을 돌릴 때, 눈사자가 비명을 지르며 파괴되었다. 난 땅으로 떨어진 단검을 보았다. 동굴 입구 쪽에서 누군가 단검을 날린 것 같았지만 더 고민할 시간이 없었다.

나는 정체 모를 사람과 까망이의 서포트를 받으며 불씨가 있는 곳으로 달렸다. 마침내 불씨 앞에 당도한 나는 바닥으로 손을 뻗었다. 그리고 꺼져 가는 불씨가 아니라 그 옆, 내가 화염마법을 그려 놓은 양피지들을 주워 들었다.

"여기야!"

그리고 양피지에 마력을 불어넣어, 쓰러진 눈사자들의 위로 던졌다.

"키이익!"

양피지에서 피어난 불덩이들이 눈사들의 몸통 위로 떨어지자, 그것들은 기이한 비명 소리를 내며 녹아 버렸다. 눈사자들은 녹아 버린 뒤에는 더 이상 재생되지 못했다.

불이 약점이었구나.

내 행동을 본 까망이가 저와 싸우고 있던 눈사자의 목덜미를 물었다. 그대로 질질 끌고 와서 아직 불타고 있는 불씨 위에 짓눌렀다.

"휴."

난 완전히 사라진 눈사자들의 웅덩이를 보며 안도의 한숨을 내쉬었다. 그나저나 갑자기 나타난 서포터 덕분에 눈사자들의 약점이 불이라는 것을 알아낼 수 있었다. 난 누군지는 몰라도 감사 인사를 해야겠다고 생각하며 고개를 들었다.

"……."

"……."

그러나 동굴 입구에 선 낯익은 얼굴을 마주한 나는, 하려던 인사를 내뱉지도 못하고 입을 도로 닫았다.

노을마저 사라져 가는 늦은 밤에 홀로 햇살을 받는 듯 빛나는 금발. 절대 다른 이와 헷갈릴 수 없는 아름다운 얼굴이었지만, 나는 내가 무언가 잘못 보았나 생각하며 연신 눈을 깜빡였다.

그도 그럴 것이, 아카데미에서 가장 인기 많은 남자였고, 이제는 전쟁 영웅이 된, 무엇보다 그 태생은 이런 곳에 있어서는 안 될 귀-한 황족이신 카르멘 데일라르크 님이 나스티아 시골 산골짜기의 외진 동굴 입구에 서 있었던 것이다.

내가 아직 꿈을 꾸고 있는 걸까?

나는 꿈인지 아닌지 확인하기 위해 카르멘의 볼을 쭉 당겨 보았다.

"……아파."

그리고 카르멘이 말했다. 난 화들짝 놀라 그의 볼을 놓았다.

"미, 미안."

촉감이 부드럽고 따뜻한 걸 보니 환상이 아닌 모양이었다. 전쟁을 다녀왔다더니, 피부는 여전히 고왔다. 헤브람 제국의 보물이라고 해도 좋을 그 얼굴이 망가지지 않아서 참 다행이고…….

나는 너무 믿기지 않는 현실을 마주한 탓에 쓸데없는 잡생각을 잠시 했다. 도피의 일환이었다. 그러다가 문득, 카르멘도 나와 비슷한 얼굴을 하고 있다는 것을 깨달았다. 자신의 눈을 의심하고 있는 사람의 얼굴을.

그의 시선이 나와, 내 옆에 있는 까망이를 혼란스레 오갔다. 카르멘은 몇 번 입술이 달싹거리더니 끝내 입을 열었다.

"네가 왜 이런 데 있는 거야?"

"……."

나는 조금 당황했다. 그건 내가 할 말 아닌가? 난 힘을 내서 물었다.

"……그러는 넌?"

"지금 그게 중요한 게 아니잖아."

그런데 카르멘이 이상한 소리를 했다. 나는 나스티아 공국에 있어도 엄연히 헤브람 제국의 제국민이었고, 우리나라에 애국심을 가지고 있었다. 그런 내가 헤브람 제국의 황자를 중요하게 생각하는 것은 지극히 당연한 일일 텐데. 그런데 카르멘이 내게 한 발짝 다가오며 물었다.

"로드랭 후작 부처께서는 네가 이런 데 있다는 걸 알고 계셔?"

"……."

그가 전쟁 영웅이긴 한 모양이다. 난 그에게 한 방 먹고 입을 닫았다. 치사하게 부모님을 들먹이다니.

우리 부모님은 내가 모험을 떠난 것은 아시지만 어디로 갔는지는 모르셨다. 물론 궁금해하셨지만, 나는 가족들이 내 위치를 물어볼 때마다 그냥 안전한 곳에서 잘 지내고 있는 척을 했다.

모험은 하되 그냥 마법사들의 왕래가 많은 산이나 바다를 다니고,

각종 도시를 떠돌며 여러 사람들을 만나고 다양한 문화를 접하고…….
부모님은 내가 그렇게 살고 있다고 생각하고 계실 것이다.

내가 암흑 왕국의 접경지에 터를 잡고 용병 일을 하며 지내다가 암흑 왕국에 가서 몇 달 살다 온 것을 안다면 아마 기절초풍하시겠지. 내가 집을 나서는 마지막 순간까지 못마땅해하시던 아버지의 얼굴을 떠올렸다.

카르멘은 내 표정을 보고는 진상을 알겠다는 듯 한숨을 내쉬었다.

"넌 왜 항상……."

카르멘이 내게 한마디 할 줄 알았는데, 그는 말을 하다 말고 입을 닫더니 동굴 밖을 바라봤다.

"시간이 늦었으니까, 일단 해가 완전히 저물기 전에 빨리 돌아가자."

"응?"

"왜, 어디 다쳤어? 걷기 힘들 거 같아?"

"아, 아니, 그건 아니야."

내 말에 카르멘이 기다렸다는 듯이 동굴 안으로 척척 걸어가 내 짐을 챙겨서 짊어졌다. 나도 딱히 별수가 있었던 건 아니라 순순히 그의 뒤를 따라갔다.

산을 내려갈 때는 갑자기 함박눈이 내리기 시작했기 때문에, 우리는 걸음을 서둘렀다. 카르멘이 왔던 길을 잘 기억해 둬서 다행이었다.

"이 산은 은근히 협곡이 많아서 방향을 알기 힘들긴 하지만, 지형이 특이하고 특징이 많아. 올라올 때 못 봤어?"

카르멘이 그렇게 말했지만 난 어깨를 으쓱했다. 산을 오를 때는 브라운을 타고 날아와서 지형이고 뭐고 전혀 살피지 못했다고 대답할 순 없으니까.

다행히도 덴버 씨의 집이 산중턱에 지어져 있어서, 우리는 해가 지는 시간에 맞춰 어떻게든 집에 도착할 수는 있었다. 나는 집에 들어서며 하늘을 바라봤다.

날씨가 정말 이상했다. 눈은 멈추지 않고 계속 내려왔다. 아무리 겨울이라도 나스티아 공국은 사시사철 따뜻한 중부 사막지대였다. 오직 리튼 산만이 이 나라에서 유일하게 만년설이 쌓인 곳이었다.

그런데 이 함박눈은 덴버 씨의 집 앞까지 소복하게 쌓이고 있었다. 덴버 씨의 집은 설산과 가까웠기 때문에, 집 앞에서 눈을 본 것이 처음은 아니었다. 그러나 이렇게 많이 쌓인 것은 처음이었다. 심지어 눈은 그칠 기미도 보이지 않고 펑펑 쏟아져 내렸다.

"내가 뭔가를 잘못 건드렸나. 걱정이네."

난 행거에 코트와 짐을 걸어 놓으며 중얼거렸다. 짐과 겉옷을 벗어 던진 나는 까망이와 함께 따뜻한 물에 몸이라도 담글 생각에 고개를 돌렸다. 그러자 문 앞에서 아직도 들어오지 않고 가만히 서 있는 카르멘의 모습이 보였다.

나와 눈을 마주치자 카르멘이 인사했다.

"그럼 이제 난 가 볼게."

"뭐?"

카르멘은 그대로 등을 돌렸다. 난 반사적으로 뛰쳐나가 그의 팔을 잡았다. 내 딴에는 힘주어 잡긴 했지만 기사에게는 다르게 느껴질 텐데, 카르멘은 크게 휘청거리며 멈춰 섰다. 그가 당황한 얼굴로 나를 돌아봤다. 그 표정이 어이가 없었다.

"이 폭설에 어딜 나간다는 거야? 해도 다 졌는데."

"하지만……."

"하지만이 아냐, 아까 눈사태도 있었단 말이야."

"그렇긴 하지만……."

"그러니까 하지만이 아니래도?"

그리고 우린 이와 같은 공방을 백 번쯤 반복했다. 결국 카르멘이 패배를 선언함으로써 결판이 났다.

찬물도 위아래가 있는 법이라, 난 고귀하신 황자님께 목욕을 먼저 하라고 양보했다. 하지만 카르멘은 기사도가 더 중요했는지 내게 양보해 줬다. 까망이에게 같이 목욕하러 가자고 하자 그 애는 질겁하며 사양했다.

하루 종일 걸었더니 몸도 무겁고 피곤했기 때문에, 나는 사양 않고 먼저 목욕을 했다. 그리고 그대로 곯아떨어졌던 것 같다.

* * *

다음 날 나는 아침 일찍 잠에서 깨어났다. 어제 평소보다 빨리 잠을 청했던 덕분인지 푹 자서 기분이 개운했고 피로도 사라져 있었다. 욕실로 들어가 세수를 할 생각을 하자 행복해졌다.

떠돌이 생활을 해 본 사람이라면 따뜻한 물과 깨끗한 옷의 소중함을 절절히 느끼기 마련이었다. 옷을 갈아입었으면 이제 식사를 해야겠지. 난 세수를 하고 잠기운을 좀 떨쳐 낸 채 욕실에서 나왔다. 그리고 욕실 문고리를 잡은 채 그대로 굳었다.

"아, 좋은 아침."

카르멘이 거기에 서 있었다. 그러고 보니 어젯밤 꿈에 카르멘이 나온 것 같긴 했다. 그런데 그게 꿈이 아니었구나?

"신기하네, 꿈이 아니었다니……."

내가 중얼거리자 카르멘이 황당한 얼굴을 했다. 난 부엌으로 가서 먹을 것이 있는지 탐색했다. 놀랍게도 부엌에는 통밀 빵이 한 덩이 있었다. 난 차를 끓이고 빵을 반으로 잘라서 차와 함께 내왔다.

황자가 먹기에는 심각하게 소박한 음식이었으나, 카르멘은 식탁을 보고도 딱히 불만스런 기색이 없었다. 아니, 오히려 고맙다고 말하며 그야말로 완벽한 칼놀림으로 빵을 잘라 먹었다. 그 순간 나는 내가 황실의 만찬 테이블에 앉아 있는 줄 알았다.

카르멘이 고상하게 눈을 내리깔고 차를 음미하며 마셨다. 그 모습을 본 나는 안심하고 식사를 시작했다. 빵을 먹고 차를 한 모금 마셨다가 화들짝 놀라 찻잔을 내려놨다.

"왜 그래?"

카르멘이 의아한 눈으로 물었다. 나는 충격을 금치 못하고 찻잔을 바라봤다. 차에서는 구정물에 걸레를 삶은 것 같은 맛이 났다.

"너 이거 어떻게 마셨어?"

카르멘이 미묘하게 웃으며 눈을 굴렸다. 맛없는 차도 정도껏이지, 이건 그냥 상한 것 같았다. 난 그대로 컵을 가져가 죄다 흘려 버리고 차를 끓일 때 썼던 맹물을 담아 와 다시 건네줬다.

식사를 하는 동안에는 대화가 전혀 없었다. 그러나 식사가 끝나자마자 나는 기다렸다는 듯이 식탁 위에 포크를 탁 내려놓고 물었다.

"여기는 왜 온 거야?"

"그건 내가 할 말인데."

내 전투적인 질문이 허무하게도 카르멘은 동굴 속에서 했던 것과 같은 대답을 했다. 난 미간을 찌푸렸다.

내가 왜 브리튼 마을에 있냐고? 토벌대를 따라갔다가 다이어 울프를 만난 순간에서부터 지금에 이르기까지. 그 말로 설명하기 힘든 시간들이 파노라마처럼 내 머리를 스쳐 지나갔다. 난 대답할 말을 결정하고 입을 열었다.

"난 내가 할 일을 하고 있을 뿐이야."

"나도 그래."

카르멘이 담백하게 대답했다. 나는 깨달음을 얻고 눈을 반짝 떴다. 그렇구나? 뭔지는 몰라도 볼일이 있으시겠다. 그럼 나도 할 말이 더 없었다.

"알았어, 그럼 할 일 해."

"……뭐?"

난 카르멘을 내버려 두고 자리에서 일어나 문으로 걸어갔다. 그런데 때마침 문이 벌컥 열렸다. 하마터면 부딪힐 뻔해서 움찔 놀라 뒷걸음을 치자, 문 앞에 선 사람의 얼굴이 보였다. 어제도 이 집에 왔던 그……

분홍머리 여자애였다.

"선생님, 좋은 아침이에요."

"응, 좋은 아침. 너는……."

어제 들었는데, 이름이 뭐였더라? 달리아, 자스민, 그런 거였는데. 내가 말을 얼버무리자 그녀가 찬 바람이 들어오는 눈밭을 등지고 방긋 웃었다.

"제 이름이 어렵죠? 로즈탈레인, 그냥 로즈라고 불러 주세요."

"아, 아니야. 로즈, 미안해."

내가 사과를 하는데, 어쩐지 로즈의 얼굴에는 서서히 경악이 서렸다. 의아하게 여기고 뒤를 돌아보자 거기에 카르멘이 서 있었다.

"화, 황자 전하?!"

로즈가 황급히 치맛자락을 잡으며 예법을 갖춘 인사를 했다. 일단 절을 하긴 하면서도, 그녀의 표정에는 혼란이 가득했다.

"안녕하십니까, 프라온 양."

"우, 우와, 절 기억하시나요?"

"물론입니다."

카르멘이 부드러운 목소리로 말하며 미소 짓자 로즈의 얼굴에 홍조가 서리는 게 보였다. 어쩐지 익숙한 장면이구나 하는 생각을 하며, 현관에 서 있는 그녀가 들어오든 나가든, 둘 중 하나를 해야 나도 밖으로 나갈 수 있을 것이다. 그러나 로즈는 발을 움직이는 대신 입을 열었다.

"황자 전하, 여기는 무슨 일로 오신 건가요?"

"이 마을에 볼일이 있어서요."

"헉, 여기에요? 오는 길이 험했을 텐데, 같이 온 사람은 없나요?"

"네, 저 혼자 왔습니다."

"어머, 세상에. 역시 말로만 듣던……."

아마도 로즈는 현관 앞이 마음에 쏙 든 모양이었다. 그녀는 그 자리에 서서 카르멘에게 재잘재잘 질문을 쏟아냈다. 내가 로즈에게 무어라 말하기 위해 입을 열 때, 갑자기 로즈가 내게로 고개를 돌렸다.

"그런데 황자님, 혹시 어젯밤에 이 집에서 함께 주무신 거예요?"

"……."

그녀의 질문에 난 열었던 입을 닫았다. 그렇게 당황스런 단어들로 표현될 수 있는 상황인지는 미처 몰랐다.

"예기치 않게 폭설이 와서요."

다행히도 카르멘이 끼어들어 대답해 주었다. 그러나 로즈는 눈을 가늘게 뜨고 우리를 바라보며 이상한 미소를 지었다.

"그래요?"

어쩐지 피곤해졌다.

정신을 차려 보니 나는 카르멘과 로즈와 나란히 모데라토의 집으로 향하고 있었다. 로즈의 화기애애한 분위기에 말려든 것이다. 모데라토의 집에 도착하자, 로즈는 아이들에게 카르멘을 소개시켜 줬다. 모데라토는 어리둥절한 표정을 지었다.

"헤브람 제국에서 오셨다고? 선생님과는 무슨 관계인데요?"

"선생님의 옛……!"

로즈가 이상한 소리를 하려고 하기에, 난 황급히 그녀의 입을 막았다. 그러나 그녀가 굳이 말하지 않아도 아이들은 다 알겠다는 표정을 지었다. 새로운 사람의 방문에 신난 에키드나 꼬맹이들이 말했다.

"선생님이랑 이혼한 사람!"

"이혼남!"

그러자 모데라토가 손뼉을 짝 쳤다.

"아하, 그 전남편."

그녀는 깨달았다는 듯이 말했다. 과자를 먹다가 마중을 나왔던 앨런이 들고 있던 과자를 바닥에 툭 떨어뜨렸다. 난 슬쩍 고개를 돌려 카르멘의 얼굴을 올려다봤다. 바다를 그대로 도려낸 듯 맑고 푸르른 눈동자가 사정없이 흔들리고 있었다.

모데라토의 집으로 오는 길에, 카르멘은 로즈에게 자신이 황자라는 사실은 비밀로 해 달라고 부탁했었다. 로즈는 우리도 그러고 있으니 걱정 붙들어 매시라고 대답했지.

그러니 카르멘도 우리가 신원을 거짓말로 꾸며 내고 있다는 것은 알았겠지만, 자신이 이혼남이 되어 있을 줄은 몰랐을 것이다. 내가 어떻게 해야 될지 알 수가 없어서 카르멘을 바라봤다. 그런데 카르멘은 그새 흔들리던 눈동자를 진정시키고 모데라토에게 손을 내밀었다.

"……네, 맞아요. 첼시의 전남편, 데일입니다."

나는 그의 대처에 무척 당황했다. 카르멘은 황족의 성 '데일라르크'의 앞 두 글자를 따서 가명을 만든 모양이었다. 못 본 새 애가 임기응변이 늘었다. 모데라토는 카르멘의 손을 맞잡으며 물었다.

"전남편이 여기까진 어쩐 일로?"

모데라토의 질문에 카르멘은 애매하게 웃었다. 그냥 곤란한 질문을 받은 사람의 곤혹스런 미소였지만, 미남이 하면 그마저도 대단히 사연 있어 보이는 효과가 난다.

카르멘은 아무런 말도 하지 않았는데 모데라토는 마치 대답을 들은 사람처럼 다 이해한다는 표정을 지었다. 그러고는 나를 돌아보더니 무척 능력 있는 스승을 보는 듯한 눈으로 말했다.

"선생님이 차신 거구나."

"……."

난 사실과 너무 다른 추측을 들으면 오히려 해명을 할 수 없어진다는 것을 배웠다.

"아저씨도 마법사예요?"

그때 앨런이 불쑥 물었다. 나는 조금 당황했다. 카르멘은 시종들에게까지 존댓말을 쓰는 황족이었지만, 평민 아이가 함부로 아저씨라고 불러도 될 만한 사람은 아니었다. 심지어 그 애의 표정에는 기묘한 적대감까지 흐르고 있었다.

난 조마조마한 심정으로 카르멘을 살폈다. 그러나 그는 딱히 불쾌한 기색도 없이 대답했다.

"아니."

"그럼 몇 살이에요?"

"열아홉 살."

"네에에에?"

집 안에 있던 모든 아이들이 한목소리로 반문했다. 나는 이마를 짚었다. 몇몇 에키드나 여자아이들이 눈을 반짝이며 나를 우러러봤다.

"그렇구나. 그럼 형이라고 불러도 돼요?"

이유는 알 수 없지만, 앨런은 갑자기 얼굴이 확 밝아져서 물었다. 카르멘은 마음대로 하라고 고개를 끄덕여 줬다.

"형아, 눈사람 만들러 가요."

"우리랑 눈싸움해요."

분명 외부인을 두려워했었던 에키드나 꼬마들은 기이할 정도로 카르멘에게 호감을 보였다. 어릴수록 외모지상주의라더니, 그 말이 꼭 맞았다. 에키드나 꼬마들에게 질질 끌려가는 카르멘의 뒷모습을 보고 있노라니 어쩐지 무척 피곤해졌다.

나는 모데라토에게 어제 있었던 일들만 빠르게 말하고 다시 집으로 돌아갔다. 그리고 어제의 실패를 반면교사 삼아, 설산에서 써먹을 수 있을 만한 마법들을 연구했다.

저녁이 되어 배가 고파질 때쯤 로즈가 찾아와 마을에서 만찬회를 여는데 같이 가자고 말했다. 갑자기 웬 만찬회인가 싶었지만, 배가 고팠으므로 기꺼이 따라 나섰다.

에키드나 아이들과 함께 마을로 내려가자 종종 뵈었던 마을 사람들이 반갑게 인사를 해 왔다. 그들은 내가 마수를 잡은 이후부터 쭉 우호적인 태도를 보여 왔지만, 오늘은 어쩐지 날 보는 그들의 미소가 한층 더 짙어 보였다. 난 의아했지만 곧 그 이유를 알 수 있었다.

내가 집구석에 틀어박혀 연구를 하는 동안, 마을에선 이미 '첼시는 눈 튀어나오도록 잘생기고 나이는 거의 서른 살이나 어린 영계 남편을 찾으며 그녀에게 차인 그 불쌍한 남편이 첼시를 붙잡기 위해 목숨을 걸고 사막을 건너왔다.'는 소문이 쫙 퍼졌던 것이다.

나는 해명하고 싶었다. 그러나 그 소문이 너무 걷잡을 수 없이 퍼졌고 일부분 내가 일조한 바도 있었기 때문에 아무 말도 할 수 없었다.

만찬회라고 해 봤자 작은 마을의 어느 집 정원에서 이뤄졌다. 긴 야외 테이블 두 개를 붙여서 음식을 모아 놓고 흰 식탁보를 깔아 놓았다. 그 위에 각자 집에서 해 온 음식을 가져다 놓는 포틀럭 파티였다.

집주인이 신경을 썼는지 예쁜 등잔불이 여기저기 피워져 있었다. 어디에서 꺾어 온 것 같은 꽃들이 들쭉날쭉한 화병에 꽂혀 있기도 했다. 거기에 릴리가 있어서 난 아이들과 함께 그녀의 옆자리에 앉았다. 로즈가 식탁 위에 가져온 음식을 풀어 놓았다.

잠시 후에 카르멘이 마을 사람들과 함께 이야기를 나누며 걸어왔다.

"첼시."

나는 그를 보고 조금 당황했다. 내가 집에 틀어박혀 있는 동안 많은 일이 있었던 모양이다. 아침까지만 해도 새 옷으로 갈아입어서 깔끔했던 그의 모습이 많이 흐트러져 있었다.

"아, 애들이랑 놀아 주느라."

"······볼일 있다며?"

내가 지적했으나 카르멘은 딴청을 했다. 그의 볼일이 마을 아이들과 놀아 주고 사람들과 친해지는 것은 아니었을 텐데.

그는 내 옆자리를 훑어봤지만 내 오른쪽에는 로즈가, 왼쪽에는 릴리가 앉아 있었다. 카르멘은 로즈의 옆자리에 앉았다. 카르멘과 함께 온 사람들도 줄줄이 그의 옆에 앉았다.

그들은 지나가면서 한 명씩 돌아가며 내게 인사해 왔다. 나는 한동안 사람을 만나지 않고 책이나 마수들만 보고 살아서 그런지, 그런 것들이 조금 불편하게 느껴졌다.

갑자기 결정된 이 만찬회는 어쩐지 여성의 비율이 무척 높았다. 카르멘의 옆자리에 앉은 이름 모를 마을 여자가 그에게 계속해서 말을 걸어 댔다.

"우리 마을에선 날이 추워지면 이렇게 다 같이 모여 파티를 하는 문화가 있어요."

난 그 말을 듣고 고개를 갸웃했다. 브리튼 마을에 그런 문화가 있다는 소리는 처음 들었다. 하지만 내가 이곳에서 겨울을 나는 것은 이번이 처음이었으니 난 그랬었구나, 하고 고개를 끄덕이고 있었다.

"헛소리지."

그런데 옆에서 릴리가 킥킥거리며 말했다.

"이 마을에 저렇게 잘생긴 남자가 온 적이 없어서 다들 신났나 봐."

그렇구나. 나는 곧바로 수긍했다. 사실 이 마을뿐만 아니라 어딜 가도 카르멘만 한 미남을 보기는 쉽지 않을 것이다. 어쩐지 이 상황이 묘하게 친숙하다 했더니, 아카데미 때와 비슷해서 그랬나 보다. 그때도 카르멘은 항상 사람들에게 둘러싸여 있었지.

"여전하네."

나는 그를 바라보며 중얼거렸다. 역시 사람이 같으면 환경이 좀 바뀐 대도 상황은 달라지지 않는 모양이다.

그때 개최자 아주머니가 사람들에게 체리주스를 하나씩 돌렸다. 난 그걸 마시고 약간 충격을 받았다. 체리의 신맛은 하나도 느껴지지 않고 달고 상쾌한 맛만 살린 엄청난 주스였다. 난 그 완벽한 맛에 그만 그대로 원샷을 해 버리고 말았다.

컵을 내려놓고 나자 나처럼 빈 잔을 들고 있는 로즈가 말했다.

"너무 맛있어요."

"그치?"

난 로즈와 신나서 말하다가 문득 카르멘이 주스에 하나도 손을 대지 않다는 걸 깨달았다. 내가 그에게 물었다.

"왜 안 마셔? 맛있는데."

그런데 카르멘의 눈이 커다랗게 변했다.

"진심으로 하는 말이야?"

"응, 뭐가?"

그냥 체리주스를 마시라고 한 것뿐인데 왜 그렇게 놀라는지 모를 일이다. 내가 반문하자 카르멘은 조금 미묘한 표정을 지었다. 과거에는 그 표정에 담긴 감정을 읽을 수 있었겠지만, 지금의 나로선 알 수가 없었다.

아니, 과거에도 몰랐을지도 모르지. 나는 나를 향한 그의 감정도 제대로 읽지 못했으니까 말이다.

"……아무것도 아냐. 너 마셔."

카르멘은 체리주스를 내게 건네줬다. 난 조금 의아했지만 고맙게 받아 마셨다. 두 잔을 마셔도 그 환상적인 맛은 조금도 희석되지 않았다.

식사가 끝나자 디저트 타임이었다. 사람들은 이제 본격적으로 이야기를 시작하려는 것 같았다. 카르멘의 옆에 앉은 사람이 그에게 결혼에 대한 화두를 슬쩍 꺼내고 있었다. 그것을 듣고 있자니 곧 내가 처할 곤란이 너무 뻔히 보였다. 그래서 난 바쁜 일이 있다고 말하고 그냥 자리에서 일어났다.

정원을 나오는데 뒤에서 카르멘의 목소리가 들렸다.

"첼시!"

난 생각 없이 뒤를 돌아봤다가 그대로 굳었다. 아깐 제대로 못 봐서 몰랐는데, 신발이 물과 진흙으로 엉망이 되어 있었다.

"너 꼴이 왜 그래?"

나도 모르게 놀란 목소리가 튀어나왔다. 카르멘이 당황해서 말했다.

"모데라토 양이 집 앞에 눈 치우는 걸 도와 달래서……."

"뭐?"

난 화들짝 놀랐다. 세상에, 나의 자랑스런 제자 모데라토. 천하의 황족에게 삽질을 시키다니. 난 카르멘이 브리튼 마을에 온 이후로 받을 충격은 다 받은 줄 알았는데, 아직도 뭐가 남아 있었던 모양이었다.

"거절하면 되지, 그걸 왜 다 하고 있어?"

"하지만 집에 아이들과 여자밖에 없던걸."

"……."

아, 그래. 얘는 원래 이런 애였지. 어쩐지 웃음이 나왔다. 카르멘이 한쪽 눈썹을 들어 올렸다.

"왜 웃어?"

"네가 너무 그대로라는 생각이 들어서."

"그래?"

시간이 많이 흐르고 전쟁 영웅이 되었다고 들어서 나도 모르게 무언가 많이 변했을 거라 생각했나 보다. 내가 고개를 끄덕이자 카르멘은 미묘한 표정을 지었다.

"넌 달라졌어."

"내가?"

"응."

카르멘의 등 뒤로 노을이 드리웠다. 이렇게 붉은 노을이 카르멘의 머리 위로 내려앉으면 마음이 이상하게 일렁인다고 생각하던 때가 있었는데, 나는 이제 그 흔들림이 무엇인지 알지 못한다.

내가 문득 입을 열어 물었다.

"언제 제국으로 돌아갈 거야?"

카르멘은 잠시간 나를 빤히 바라보다가 대답했다.

"네가 돌아가면."

"뭐?"

난 그의 말을 이해하지 못해서 눈을 깜빡였다. 그때, 카르멘이 내게 손을 내밀었다.

"나랑 같이 돌아가자, 첼시."

* * *

[첼시.]

"……."

[첼시!]

"아, 미안. 딴생각하느라."

[대체 뭐야. 오늘 왜 이렇게 영혼이 없어?]

손거울 속 엘레나가 인상을 찌푸리며 물었다. 난 한숨을 내쉬었다.

"엘레나, 카르멘 말이야."

[……응, 말해 봐.]

"걔 혹시 결혼할 여자가 없대?"

[뜬금없이 무슨 말도 안 되는 소리야?]

"……."

내가 입을 닫자 엘레나는 고개를 갸웃했다.

[그럴 리가 있어? 카르멘 데일라르크 황자는 지금 헤브람 제국에서 가장 선망 받는 남편감이라고. 아카데미 때부터 그 인기는 유구했지만, 그 땐 어렸던 데다 약혼녀인 네가 옆에 붙어 있었으니 말이야. 지금은 아카데미 때의 그 빛나는 외모는 그대로, 성격은 여전히 다정하고 어른스런 왕자님이야. 그런데 거기다 마수 전쟁에서 선봉을 서면서 부드러운 리더십이나 숨겨진 카리스마 같은 반전 매력까지 갖췄다는 사실을 증명했지. 심지어 이런 시대에선 누구나 환장하는 전쟁 영웅이기까지 하잖아? 남녀노소 가리지 않는, 헤브람 제국 최고의 인기남이지.]

엘레나가 청산유수 같은 설명을 줄줄줄 쏟아 냈다. 나는 심각하게 그녀의 말을 듣다가 테이블 위에 엎어졌다. 내가 테이블 위에 한쪽 뺨을 내려놓자, 손거울 속의 엘레나도 우측으로 90도 기울어졌다.

"그렇지, 그러니 그럴 이유가 없는데 왜 그럴까?"

내가 한숨처럼 말했다. 내 알쏭달쏭한 질문이 짜증났는지, 엘레나는 결국 인상을 찌푸렸다.

[뭐야, 뭔데 그래. 너 있는 곳에 황자가 찾아가기라도 했어?]

"헉, 어떻게 알았어?"

정말 엘레나는 뭐든지 아나 보다. 난 깜짝 놀라서 감탄했지만, 엘레나는 반응이 없었다. 그러다 잠시 후에 높은 비명 소리가 거울을 뚫고 들어왔다. 난 깜짝 놀라 귀를 막았다.

"귀 아파."

[진짜야? 언제? 미친, 세상에. 얼른 자세히 말해 봐!]

엘레나가 다다다 쏘아 댔다. 난 그 정신없는 재촉에, 카르멘을 어쩌다 산에서 만난 것부터 시작해서 마을 만찬회에서 묘한 말을 들은 것까지 모두 털어놓았다. 그러자 엘레나는 그야말로 난리를 쳤다.

[7황자 그거, 너 데리러 간 거네!]

우리가 헤어진 정황을 듣고 나서부터일까? 엘레나는 요새 묘하게 카르멘을 하대하고 있었다.

"언젠 인기남이라며? 그럴 이유가 없잖아."

[인, 인기남……. 야, 다른 사람한테나 그렇겠지!]

엘레나는 분통이 터진다는 듯, 이 겨울날에 왜 들고 있는지 모를 부채를 흔들어 대며 말했다.

[생각해 봐. 7황자는 카르멘 데일라르크지만, 넌 첼시 로드랭이잖아. 너 모르니? 로드랭가의 대단함을?]

"……우리 가문을 띄워 주는 건 고맙지만 상대는 황족인뎁쇼."

[그 말투는 뭐야? 너 요새 말하는 게 좀 이상해졌어. 아무튼, 상대가 황족이라서 가치 있는 거야. 아는 사람들은 다 아는, 황실 내부 사정이라는 게 있잖니.]

언제나 든든한 프라온 공작가 정보통 씨는, 네가 정치에 관심 없는 건 알지만 로드랭이라면 이 정도는 알아 두라면서 설명을 시작했다.

[헤브람 제국의 황위 계승자가 몇 명인지는 알지?]

"내가 바본 줄 알아? 여섯 명."

[그래, 지금은 막내인 8황녀님 밑으로 동생이 둘 있었지만 지금은 죽었지. 그러니까 황위 계승자 열 명 중에 거진 반이 죽은 거야. 왜일 거 같아?]

"음, 그러니까…… 황녀 둘은 사고로, 황자 둘은 병으로?"

난 옛날에 알고 있었던 기억을 더듬어 대답했다. 제대로 답을 말한 것 같아 조금 뿌듯했는데, 엘레나는 미묘한 표정이었다.

[그래, 아무튼 살아남기가 이렇게 어려운 황실에서 황족들은 자기들끼리 편을 만들었단 말이야. 황제가 되기 위해서.]

"황제가 될 사람은 어차피 첫째 황녀잖아?"

[법률상으론 그렇지.]

엘레나는 한숨을 내쉬었다.

[황실에 있는 황후의 소생은 1황녀와 4황녀야. 법률상으로야 정당성을 갖지만 모두 여자지. 헤브람 제국에서 여자가 황제가 된 역사라곤 단 한 번뿐, 그것도 오백 년쯤 전이야. 그래서 오랫동안 유력한 황제 후보는 3황자였지. 하지만 마수 전쟁 이후로 판도가 바뀌었어.]

마수 전쟁.

나는 그 단어를 곱씹었다. 비록 실제는 아니었지만, 나는 그 붉은 머리의 황녀가 전장에 선 모습을 본 적이 있었다.

'네놈들 말대로 아버지가 날 죽이려고 이곳에 보냈다고 해도, 난 죽을 마음이 없다.'

분명 그녀가 그런 말을 했었지.

[전쟁은 비록 패배했지만 그녀가 그 끔찍한 마수 전쟁에서 살아 돌아왔기 때문에, 전세가 뒤집혔지. 1황녀와 4황녀는 무척 우애가 좋고, 3황자와 5황자는 서로 이해관계가 잘 맞아떨어졌어.]

"흐으으응……."

[그리고 7황자와 8황녀, 그러니까 카르멘 황자와 캐럴 황녀님은 원래 황실에서 가장 힘이 약한 계층이었지. 평민 출신의 어머니를 뒀기 때문에 말이야. 황후 폐하가 그나마 그들에게 우호적이었지만 그렇게 밀접한 관계는 아니었어. 하지만 카르멘이 전쟁 영웅이 된 후로, 공적인 자리에서 1황녀와 카르멘은 유독 친근한 모습을 보였어. 아마 전쟁을 계기로 둘 사이에 무슨 일이 있었던 게 아닐까? 아무튼 중요한 건 카르멘과 캐럴이 1황녀와 한배를 타게 되었다는 거야.]

원래 신분이 어떠했던 간에 4황비님은 좋은 사람이었다. 하지만 황실에서는 그것이 큰 흠이 될 수도 있었을 것이다.

[영향력이 비슷한 1황녀와 3황자에게 중요한 것은 황제의 마음을 사는 것. 현 황제가 가장 애틋하게 여기는 것 중 하나는 돌아가신 그의

아버지야. 그리고 너도 알다시피, 선황제는 살아생전 절친한 친구 한 명과 손주들을 결혼시키자고 약속을 한 바가 있지.]

"설마……."

엘레나가 고개를 끄덕였다.

[그래, 너희 증조할아버지 말이야. 카르멘은 가지고 있는 패는 모두 써야 되는 상황이고, 마침 결혼하기 적합한 나이가 됐지. 카르멘은 폐하의 마음을 얻기 위해 너와 결혼을 진행하려고 널 데리러 간 거야.]

엘레나는 직설적으로 설명했지만, 나는 그 말을 전부 이해하기 어려웠다. 나는 정치나 권력 쟁탈 같은 것들은 어른들이 생각해야 할 일이고 나와 다른 세상의 이야기라고 생각했다. 그리고 카르멘이나 캐럴도 그런 데에 딱히 관심이 없는 줄 알았다. 그런데 그들이 그런 세계에 깊숙이 발 딛고 있다는 것이 이상했다.

게다가 나는, 여섯 살 때부터 카르멘을 봐 왔는데. 내가 아는 카르멘은 자신의 이익을 위해서 타인을 이용해 먹을 수 있을 만한 위인이 아니었다.

"카르멘은 그럴 애가 아니야."

[네가 카르멘에 대해서 뭘 알겠어? 걔가 너를 어떻게 생각하고 있는지도 몰랐으면서.]

"……."

듣고 보니 그렇군. 반박할 여지가 없다.

내가 말문을 잃자 엘레나는 걱정스러운 기색을 잔뜩 띠고 거울로 상체를 기울였다.

[첼시, 순진한 내 친구. 귀족 사회가 다 너 같지는 않단다. 다른 사람들에게는 카르멘이 닿을 수 없는 고고한 왕자님일지 몰라도, 너에게만큼은 그냥 구질구질한 파혼남에 불과해. 남자들은 꼭 그렇게 다 끝난 다음에 미련을 가진다니까. 기억나? 아카데미 내내 사귀었던 내 전 남친? 우리가

어떻게 헤어졌었는데, 뻔뻔하게도 얼마 전에 날 찾아온 거 있지? 그걸 전문 용어로 후폭풍이라고 부르는데……]

엘레나는 진지한 목소리로 내게 조언을 해 줬다. 난 엘레나의 말이 길어질수록 머리가 복잡해지는 것을 느꼈다.

[특히 자기가 찼으면 헤어지고도 자기가 원하면 언제든지 다시 합칠 수 있다고 생각한다니까? 끝난 건 끝난 건데. 정말 이기적이지 않아? 사람을 뭐라고 생각하는 건지!]

"하하……."

그러나 엘레나의 조언은 예시가 많았고 신빙성이 있었다. 정말 카르멘이 날 이용하기 위해 이곳에 왔다는 생각은 들지 않았지만, 난 힘없이 고개를 끄덕였다.

"알았어, 조언 고마워."

[그래, 첼시. 카르멘이 또 귀찮게 굴면 그냥 무시해! 무시가 답이야. 알겠지? 너무 스트레스 받지 말고. 잘 자.]

"너도 잘 자."

엘레나에게 생각지도 못한 이야기를 들어서 머리가 가득 찼다. 그러나 연락을 끊고 나서는 그 대화는 잠시 머리 저편으로 제쳐 두고, 내일 일정을 짜는 것에 몰두했다.

내일 아침에 다시 설산에 올라가야 하기 때문이다.

지난번의 경험으로 난 암흑 왕국의 유적지에서 본 그 '눈의 여신'이 리튼산에 있을 것이라고 추측했다. 눈의 여신이 아니라도, 리튼산에서 무언가 이상한 일이 벌어지고 있는 것은 분명하다.

설산에서 만난 그 죽지도 지치지도 않고 계속해서 재생하는 눈사자들. 난 녀석들에게 사역술을 써 보기도 했지만 발동되지 않았다. 즉, 녀석들은 짐승도 마수도 아니라는 뜻이다.

누군가의 조종을 받는 '환수'. 나는 그렇게 결론을 내렸다.

그것은 내가 고대 마법을 추적하던 중에 얻은 지식이었다. 환수는 주술자가 무언가를 매개로 삼아 만든 마수로, 주술자나 매개 중 하나가 부서지지 않는 한 사라지지 않는다고 한다. 눈사자들의 매개는 눈이었을 것이다. 그리고 그들의 약점은 '불'.

그러나 화염 마법은 알려진 것이 많지 않았다. 끽해야 불의 구를 만들어 날리는 '파이어 볼' 정도가 다였다. 정말로.

마력을 많이 불어넣어서 불의 강도를 세게 만들거나 날리는 속도를 빠르게 만드는 정도의 변형을 줄 수도 있긴 하다. 그 정도 변형을 넣었다고 이런저런 화려한 이름들을 붙여 놓지만 잘 보면 전부 불의 구를 만들어 날리는 것뿐이다.

이 마법도 유용하지만, 내가 눈사자들을 상대할 장소는 바로 설산이었다. 당연하게도 그곳에서는 화염 마법의 위력이 훨씬 약해진다. 그래서 나는 좀 더 근본적인 변형을 한번 연구해 보았다. 화염 마법에 약한 바람 마법의 마법식을 섞으면 얼마나 강력해지는지, 식물 속성 마수의 도움을 받으면 어떤 위력이 생기는지…….

그리고 그 결과는 나쁘지 않았다.

나는 배낭을 쌀 준비를 했다. 양피지를 수북이 쌓아 놓고 바닥에 배를 깔고 누웠다. 콧노래를 흥얼거리며, 내 무기가 될 마법진을 그려 넣었다.

* * *

다음 날 아침, 난 모든 준비를 마치고 어제 싸 둔 배낭을 멨다. 전날 잠을 푹 자서 몸이 개운했다. 까망이도 컨디션이 좋아 보였고, 그렇게 기분 좋게 집을 나서려고 할 때였다.

똑똑똑.

고상하고 예의바른 세 번의 노크 소리. 나는 문고리를 잡아 열기도 전에 문 밖에 있는 사람이 누구일지 알았다.

내가 그에게 모호한 태도를 취했던가? 아니요.

혹시나 모를 여지를 남겼나? 아니요.

흠, 그렇다면 상대에게 문제가 있는 거였다. 난 고개를 들고 당당하게 문을 열었다.

"안녕하세요, 소공작님."

예상대로 문 밖에는 또다시 화려한 사프란 꽃을 한 아름 안고 온 데런이 서 있었다. 그가 내게 꽃을 건네며 인사했다.

"좋은 아침입니다, 첼시. 편하게 데런이라고 불러 주세요."

"세 번 본 사람을 편하게 여길 정도로 친화력이 좋지가 않아서."

난 꽃을 받으며 대답했다. 기분 좋으라고 한 말은 아니었는데, 데런은 재밌는 농담을 들은 것처럼 즐겁게 웃었다.

"그래도 꽃은 받아 주시는군요."

"비싼 거잖아요. 제자한테 갖다주려고요."

나는 내 말에 데런의 기분이 상할 거라 예상했다. 하지만 데런은 이번 에도 호탕하게 웃고 말았다.

"그렇게라도 쓸모가 있다니 다행이군요. 제자들과 함께라도 괜찮으니, 저와의 데이트 신청을 받아 주시겠어요? 비싼 곳으로 모시지요."

소공작이 미소와 함께 건넨 제안에는 나도 조금 당황했다. 내가 여태 까지 봐 왔던 사람들은 에키드나들을 괴물 취급하곤 했으니까. 작위가 높고 명성이 있는 사람일수록 더했다. 전 영주만 보더라도 그랬다.

나는 소공작이 어떤 사람인지 아직 잘 몰랐지만 그의 그릇에 대해서만 큼은 인정할 수밖에 없었다. 아무리 작은 공국이라도, 일국의 지배자가 될 사람은 역시 좀 다른가 보지.

"저기, 소공작님."

그래서 더 안 되겠다. 나는 좀 전과는 달리 공손한 투로 말했다.

"전 소공작님이 좋은 사람이라고 생각해요. 외국인인 제가 이런 말을 하면 좀 이상하게 들리겠지만, 브리튼 마을처럼 외진 곳에도 신경 써 주셔서 감사하고요. 그러니까 이 말씀을 꼭 드리고 싶어요. 시간 낭비 하지 마세요."

공손하려고 노력해 봤자 내겐 말을 꾸며 내는 재주가 없었다. 나는 내 말이 그의 신경을 거슬러도 어쩔 수 없다는 생각으로 솔직하게 말했다. 그러나 소공작은 미묘한 표정으로 턱을 매만지고 있을 뿐, 불쾌한 기색까진 보이지 않았다.

"저, 나쁜 뜻으로 한 말이 아니에요. 시간은 귀중한 거니까요. 전 절대 그렇게 안 할 거거든요."

"저와의 데이트를 안 한다는 말씀이십니까, 아니면 시간 낭비를?"

"둘 다요."

난 열심히 데런의 표정을 살폈지만, 그의 감정을 읽기는 조금 힘들었다. 그래도 그의 기분을 상하게 하고 싶지는 않아 나답지 않게 눈치를 조금 봤다. 브리튼 마을에 아끼는 사람들이 살고 있기도 했고, 데런이 나쁜 사람 같지는 않았기 때문이다.

내 말에 데런은 내 얼굴을 빤히 바라봤다. 나는 그의 시선을 피하지 않고 마주 바라봐 주었다. 그러자 그는 눈싸움을 그만두고 웃음을 지으며 말했다.

"그렇게까지 말씀하신다면 어쩔 수 없군요. 만약 데이트가 아니라면, 같이 식사하고 어울려 주실 마음이 있으신가요? 이곳이 아니라 공작 성에서라도."

오. 내 눈이 살짝 커졌다. 데런의 여동생이 나를 무척 좋아한다는 얘기는 들은 바가 있었다. 아마 그는 여동생이 나를 만나도록 해 주고 싶은 모양이었다.

"좋아요!"

난 흔쾌히 승낙했다. 그와 인사를 하고 집을 나서는데, 데런의 등 뒤로 누군가 서 있는 게 보였다. 내가 그를 바라보자 데런도 뒤를 바라봤다. 자연히 데런이 시아에서 사라지며 그 사람의 모습이 보였다. 데런의 평민 분장보다 몇십 배는 더 어색한 모험가 분장을 하고 서 있는 카르멘이었다.

"너……."

카르멘은 어쩐지 조금 혼란스러운 얼굴을 하고 있었다. 그의 쨍한 파란색 눈동자가 나와 데런 사이를 황망하게 오갔다. 그러다 문득, 그의 시선이 내 로브와 배낭에 고정되었다.

"어디 가는 거야?"

그 목소리가 어쩐지 날이 서 있었다. 왜 갑자기 화를 내는 거야? 나는 덩달아 차가운 목소리로 대답했다.

"리튼산."

"첼시."

카르멘은 조금 불쾌한 기색으로 내게 다가왔다.

"거길 또 왜 가는데?"

평소였다면, 나는 그냥 그가 날 걱정하나 보다 여기고 대답해 줬을 것이다. 그러나 그 순간 내 머릿속엔 엘레나의 말이 떠올랐다.

'카르멘이 너에게 간섭하는 것도 이상해! 자기가 과거에 상처 주고 파혼했던 사이인데, 네가 또 오해하고 상처받으면 어쩌려고 그래?'

'과거에 자기를 좋아했던 애라고 너무 함부로 구는 거 아냐? 우월감을 느끼면서 즐기는 게 아니라면 그럴 수가 있어?'

그래서 나는 다소 방어적인 태도로 반문했다.

"그게 왜 궁금한데?"

그러나 카르멘은 내 질문을 이해할 수가 없다는 듯한 얼굴이었다.

"그야 당연히, 위험하잖아. 그 산은 평범한 산이 아냐. 이상한 것들이……."

"카르멘."

나는 그의 말을 자르고 그를 불렀다.

"넌 내가 못 미더운 모양이지만."

카르멘이 당황한 눈으로 나를 바라봤다.

"난 마법사야. 난 내가 해야 할 일이 있어."

"하지만……."

"내 말부터 들어. 네가 뭐라고 하든 난 내가 가고 싶은 데로 갈 거야."

내 단호한 목소리에 카르멘의 입이 다물렸다. 그는 눈을 동그랗게 뜨고 나를 바라봤다.

"네가 수도로 돌아가든 말든, 나는 너랑 같이 안 가. 내 일은 내가 알아서 하니까, 너도 네 일은 네가 알아서 해."

나는 소공작에게 불편한 모습을 보여서 죄송하다고 사과하고는, 그대로 카르멘을 지나쳐 갔다.

등 뒤에서 뒤늦게 나를 부르는 카르멘의 목소리가 들렸고, 데런과 카르멘 사이에 무슨 언쟁이 붙은 것도 같았다. 하지만 나는 그 모든 일을 등지고 그냥 걸어갔다.

카르멘이 황녀의 편에 섰다든가, 황제의 마음을 얻기 위해 나와 결혼할 필요가 있다든가. 그가 어떤 위치에 있고 무엇을 원하는지는 내가 상관할 바가 아니었다.

로드랭 별장의 정원에서 우리가 이별을 결정했을 때, 나는 카르멘을 완전히 포기했다. 그러나 나만 그를 놓친 것이 아니라, 그도 나를 놓쳤다. 우리의 길은 갈렸고, 그가 어떤 길을 가든 간에 나는 나대로 중요한 것이 있었다. 그리고 그건 카르멘이 아니다.

"주인님."

까망이가 나를 불렀다. 나는 멈춰 서서 고개를 들었다. 어느새 설산의 초입에 다다라 있었다.

에키드나들이 사는 곳까지 눈이 소복이 쌓일 때 알아보았다. 설산에는 거센 눈보라가 치고 있었고 새하얀 눈밭 사이로 얼핏 거대한 실루엣이 아른거렸다.

세차게 부는 바람 속에서 앞을 보기 위해 나는 로브를 눈꺼풀 아래까지 끌어당겼다. 그러자 낯익은 하얀 갈기가 보였다. 눈에 익은 것은 그것이 달고 있는 갈기뿐이었다.

눈사자들은 전보다 세 배쯤 크기가 불어나 있었다. 팔다리에 우락부락한 근육을 달고 있는 것도 놀랍건만, 그것들은 두 발로 일어서기까지 했다. 직립 보행을 하는 눈사자라니.

나는 리튼산의 별명을 마음속으로 되새겼다. '설인이 사는 산.' 그 별명의 정체는 저 괴물들이었을까. 아니, 저것들의 머릿수를 감안하면 '설인들이 우글거리는 산.' 정도로 고쳐야 하는 게 아닐까?

나는 어색한 웃음을 지으며 물었다.

"까망아, 저걸 사자라고 할 수 있을까?"

"사자를 본 적이 없어서 모르겠어요."

"으음."

난 앓는 소리를 내며 양손을 쥐었다. 손바닥에 그려져 있던 마법진에서 검은빛이 발한 후에, 타오르는 불의 구가 튀어나왔다.

"크르르!"

그 순간, 눈사자들이 양발을 쿵쿵거리며 우리를 향해 달려오기 시작했다. 그것들은 나보다 열 배는 거대해 보였으나, 난 두렵지 않았다. 그것들보다 몇 배는 더 거대한 다이어 울프가 내 뒤에 서 있었기 때문이다. 나는 양손에 불의 구를 띄우고 눈사자들을 기다렸다.

눈사자들이 30m 반경에 들어왔을 때, 나는 불의 구를 던졌다. 그러나 불의 구는 눈사자에게 닿지 못하고 바닥으로 떨어졌다. 저 정도 거리까진 못 닿는구나.

이번에는 눈사자들이 20m 반경에 들어올 때까지 기다렸다가 다시 불의 구를 던졌다. 불의 구는 빠르게 날아가 가장 앞서서 달려오던 눈사자의 머리 위를 머리를 날렸고, 뒤따라오던 눈사자의 배를 관통한 뒤에 바닥에 떨어졌다.

가장 앞서서 달려오던 눈사자는 머리가 날아간 채 허우적거리다가 바닥에 넘어졌다. 그러나 놈의 팔다리는 계속해서 움직이고 있었다. 심지어 배를 관통당한 눈사자는 몸 한가운데가 뻥 뚫린 채 이쪽으로 달려왔다.

지름이 50㎝가 넘는 커다란 불의 구였는데, 눈사자들이 너무 거대한 것이 문제였다. 나는 눈 더미에 묻혀서 아직도 불타고 있는 불의 구를 바라봤다.

불을 강하게 만들기보다는 크게 만들 것을 그랬을까? 아무리 강하다 해도 맞지 않으니 아무런 쓸모가 없었다. 마력 효율성을 높이려고 한 것이었는데, 이 마법으로 눈사자 두 마리도 제대로 죽이지 못한다면 헛짓거리를 한 거나 다름없다.

나는 혀를 차면서 뒷걸음질을 쳤다. 까망이가 기민하게 내 상태를 눈치채고는 나를 물어 올려 등에 태웠다. 내게 달려오던 눈사자들이 까망이의 주변을 에워쌌으나, 까망이는 그것들을 신경을 쓰지 않고 내게 물었다.

"무슨 문제라도?"

"눈사자들이 너무 커."

"그렇습니까?"

그때, 눈사자들이 까망이의 다리를 물었다. 그러자 까망이는 발을 들어 눈사자를 밟아 죽였다. 저 거대한 눈사자를 개미처럼, 밟아서. 나는 까망이의 발아래에서 곤죽이 되어 부서지는 눈사자를 허무한 눈으로 바라봤다.

"……너한테는 아니겠지만."

"갑자기 기분이 나빠지셨네요."

"이렇게 쉽게 이길 수 있는데, 난 괜히 열심히 대비했네."

"무슨 말씀이십니까."

까망이가 달려드는 눈사자의 배를 물고 집어 던졌다. 놈의 뒤로 달려오던 눈사자들이 제 동료의 몸뚱이에 맞아 뒤로 넘어갔다. 나는 까망이의 목덜미에 매달려서 감탄했다. 이런 게 이이제이라는 걸까?

"제가 싸워 봤자 시간 끌기밖에 안 됩니다. 계속 되살아나니까요."

까망이는 발밑에서 꿈틀거리며 재생되는 눈사자를 도로 밟아 부수며 말했다. 그 말대로, 잠시 잠잠해졌던 눈밭이 저마다 들썩거리더니 눈사자들이 하나씩 다시 몸을 일으켰다.

까망이가 내게 물었다.

"도망칠까요?"

"아니야. 계속 날뛰게 놔둬."

재생된 눈사자들이 우리를 노려보며 주위를 맴돌았다. 공격할 타이밍을 잡던 그것들은, 까망이가 슬쩍 발을 떼자 곧바로 반응했다.

"컹!"

눈사자들이 울부짖으며 우리에게로 달려왔다. 다시금 땅이 쿵쿵거리며 울리기 시작했다. 나는 산 위를 바라봤다. 달려오던 눈사자들도 나를 따라 고개를 들었다.

산 위에서 수북이 쌓였던 눈이 쏟아져 내리는 모습은 흡사 하늘에서 구름 더미가 무너져 내리는 것처럼 보였다. 또다시 눈사태였다.

"주인님!"

까망이가 날 얼른 등에서 떨어뜨려 품에 안고 몸을 둥글게 말았다. 나는 저번처럼 머리가 눈 범벅이 되지 않도록, 후드를 끌어 내려 꽉 붙잡고 까망이의 품속을 파고 들어갔다. 땅의 진동이 점점 거세어졌을 때, 또다시 세상이 하얀색으로 뒤덮였다.

우왕좌왕하는 눈사자들의 울음소리와 눈이 무너져 내리는 둔탁한 울림이 완전히 멎었을 무렵, 까망이가 다시 고개를 들었다. 나도 까망이와 함께 눈 밖의 세상으로 올라왔다. 내가 로브에 묻은 눈을 털어 내는 사이, 작은 늑대의 모습으로 돌아온 까망이도 눈 밖으로 완전히 빠져나와 몸을 탈탈 털었다.

"이 짓도 익숙해질 거 같아."

내 말에 까망이가 작게 웃었다. 까망이는 설산에 오면 어째 좀 들뜨는 것 같았다. 썰매견 체질인 걸까.

"타세요."

까망이가 나를 향해 등을 보이며 말했다.

이것은 원래부터 합의한 사항이었다. 이 눈밭에서 내 발로 걸어가는 건 너무 느리고, 추위에 약한 브라운을 타고 가는 건 불가능했다. 이 설산을 최대한 빠르게 오르기 위해서는 까망이가 나를 태우고 가는 것이 최선이었다.

나는 머뭇거리며 까망이의 등에 올라탔다. 그러나 땅에 디딘 발을 떼기가 망설여졌다.

"그렇게 조심스럽게 대하실 필요 없어요. 주인님을 업는 정도로 다리가 부러지진 않습니다."

"으응……."

그래, 논리적으로 생각하면 크기가 변했다고 해서 본질이 바뀌는 것은 아니니까. 나는 마음을 굳게 먹고 땅에서 발을 뗐다. 몸을 낮춰서 까망이의 목에 팔을 두르고 꽉 붙잡았다.

"……안 떨어뜨릴 테니 목은 조르지 마세요."

"아, 미안."

그때 우리가 디디고 있는 옆쪽의 땅이 꿈틀거렸다. 화들짝 놀란 우리는 흔적을 지우고 재빨리 자리를 피했다. 멀찍이 떨어진 곳에 있는 눈 더미 뒤에 몸을 숨기고 상황을 관찰했다.

눈밭에 묻혀 있던 눈사자들이 하나둘 고개를 들기 시작했다. 그들은 주위를 두리번거리거나 땅에 대고 코를 킁킁거리며 우리의 자취를 찾는 듯했다.

"히이익."

그때 문득, 땅 속에서 로브를 입은 여자애가 하나 솟아났다. 여자애는 눈사자들을 보고 놀라서 몸을 굳혔다. 그러나 눈사자들은 곧 그녀의 인기척을 눈치채고 고개를 돌렸다.

"꺄아아아아악!"

눈사자들과 눈이 마주치자, 그녀는 비명을 지르면서 우리와 반대편으로 달리기 시작했다. 소녀는 보기보단 재빨랐으나, 거대한 사자보다 빠르지는 못했다. 소녀를 쫓던 눈사자의 발톱이 그녀의 등에 닿았다.

"아아아악!"

소녀가 바닥으로 넘어지면서 그녀의 후드가 벗겨졌다. 후드 아래에서 나타난 것은 나와 똑같이 생긴 얼굴이었다. 눈사자의 공격은 한 번뿐이었지만, 연약한 소녀를 해치우기에는 충분했던 것 같았다.

흰 눈밭을 붉은 피를 적시고, 소녀는 일어나지 않았다. 눈사자들은 무심한 눈으로 그녀를 잠시 바라보다가 곧 등을 돌렸다. 그러나 다음 순간, 쓰려져 있던 소녀가 벌떡 일어났다. 눈사자들이 깜짝 놀라 뒤를 돌아보자, 그녀는 허겁지겁 도망치기 시작했다.

"첼시 로드랭 살려!"

나는 여태 흥미진진하게 그 광경을 구경하고 있었으나, 그 찢어지는 비명 소리를 듣고는 눈살을 찌푸리지 않을 수 없었다.

"내가 언제 저렇게 했어? 어제 연습한 거랑 다르잖아."

나의 타당한 지적에 까망이는 내 눈을 피했다.

"주인님도 아시다시피, 마수경의 능력은 모습을 복제하는 것인데요."

"뭐?"

난 어이가 없어서 다시 마수경을 바라봤다.

그렇다. 지금 저 눈밭에서 눈사자의 주목을 끌며 힘차게 뛰어다니고 있는 가짜 첼시의 정체는 마수경이었다.

마수경이 요란하게 소리를 지르며 달아나자, 눈사자들이 그녀의 뒤를 쫓아 공격했다. 가짜첼시는 순식간에 만신창이가 되었으나 금방 다시 일어나 도망쳤다.

부서져도 재생하는 눈사자들에게 뭉개져도 되살아나는 마수경은 완벽한 술래잡기 파트너였다. 가짜첼시와 눈사자는 순식간에 우리에게서 멀어졌다. 우리는 그들의 끝없는 추격전을 한참 구경하다가, 눈사자들의 모습이 시야에서 사라진 후에야 몸을 일으켰다.

까망이가 나를 등에 태우고 물었다.

"어디로 갈까요?"

"뭘 물어? 위로 가야지."

내 대답이 떨어지자마자 까망이가 설산을 달리기 시작했다. 나는 슬쩍 등 뒤를 바라봤다. 가짜 첼시의 비명 소리도, 눈사자들의 분노에 찬 울음소리도 아득히 멀어졌다. 새하얀 눈밭 위에 보이는 것은 까망이의 발자국뿐이었다. 그 순백을 고즈넉하다고 느끼던 것도 잠시.

우리는 틈틈이 챙겨 온 물과 음식으로 허기를 채울 때 말고는 별달리 쉬지도 않고 달려서 산을 올랐다. 눈밭을 비추던 해도 저물어 갔고, 나는 징그럽게 하얀 눈에 완전히 질려 버리고 말았다.

나를 업고 이 험한 눈밭을 뛰어오르고 있는 까망이에게는 미안하지만, 나는 달리는 늑대의 등 위에서 떨어지지 않고 버티는 것만으로도 고역이었다. 춥고 어지럽고 속이 울렁거렸고 엉덩이와 허리가 욱신거렸다. 이쯤 되자 이렇게 무턱대고 위로 올라간다고 뭐가 나오기는 할까 의구심이 들기 시작했다.

까망이의 목을 끌어안고 좀 쉬었다 가자고 말해야 하나 고민할 무렵, 갑자기 까망이가 멈춰 섰다.

"뭐야, 왜……."

까망이도 지쳤나 싶어 의아하게 고개를 들었는데, 그곳엔 성이 있었다. 눈을 벽돌처럼 쌓아 올려 만든 하얀 버팀벽, 투명한 지붕 위로는 얼음으로 만들어진 날카로운 피너클과 첨탑이 솟아 있었다. 투명한 얼음으로 이루어져 경사면마다 붉은 노을이 반사하는 성의 표면은, 반짝이는 옐로우 다이아몬드처럼 아름다워 보였다.

설산의 꼭대기, 하얀 눈밭 가운데에 문득 나타난 얼음성의 존재는 동화처럼 비현실적이었다.

"이게 뭐야……."

나는 눈을 의심하며 몇 번이고 얼음성을 다시 확인했다. 그러나 뺨을 때리는 이 칼바람의 감촉은 분명히 현실이었다.

"……왜 이런 데 성이 있지?"

"그게 그렇게 놀랄 일인가요?"

"무슨 말이야, 당연하지. 딱 봐도 이상하잖아."

"재생하는 눈사자도 있는데?"

나는 고개를 저었다.

"환수를 만드는 것과 얼음으로 성을 짓는 건 전혀 다른 일이라고. 환수에 대한 기록은 고대 서적에도 기록되어 있지만, 얼음으로 이렇게 정교한 건축을 할 수 있다는 이야기는 어디에서도 들은 적이 없어."

"그 눈사자는 단순한 환수가 아니잖아요. 계속 진화하고 있는데."

까망이가 자세를 낮춰 주었다. 나는 까망이의 등에서 훌쩍 내려 성으로 다가갔다.

"그리고 주인님도 이 산에 내리는 눈이 이상하다고 했었잖아요."

음, 그야 그랬다. 나스티아에 사시사철 눈이 쌓여 있는 설산이 있다는 것부터가 이상한 일이니까. 사람들은 이 산에 사는 '설인'이 만년설을 내리고 있다고 믿고 있었다.

하지만 나는 이 설산에 눈이 내리는 이유가 설인과 상관이 없을 거라고 생각했다. 암흑 왕국에 접해 있어서 생기는 이상기후라든가, 리튼산이 눈을 내리게 하는 무슨 특이한 성질을 가졌다든가. 아무튼 자연이나 환경에 이유가 있을 거라고 생각했다.

설인의 정체가 인간이든 마수든, 눈을 내리는 힘 따위는 없을 거라고.

하지만 우리가 리튼산에 처음으로 올랐을 때, 에키드나가 사는 마을까지 함박눈이 내렸다. 두 번째로 산에 들어서려고 하자 거센 눈보라가 쳤다. 마치 이 눈이 누군가의 감정을 대변하기라도 하는 것 같다. 정말로 눈을 조종하는 설인이 살기라도 하는 것처럼 말이다.

그리고 이제는 눈으로 만들어진 얼음성이 나타났다. 이쯤 되자 암흑 왕국에서 보았던, 신전의 바닥에 쓰여 있던 글자가 생각났다.

"눈의 여신."

사람이나 마수는 자연을 지배할 수 없다.

그렇다면 정말 설인이 신이라도 된단 말인가? 이 리튼산에, 신이 살고 있다고?

나는 혼란스러운 마음으로 얼음 계단 앞에 섰다. 얼음성은 방벽이나 성문조차 없었고 벽면은 온통 뻥 뚫린 아치였다. '자유롭게 들어오세요.' 그렇게 말하는 것 같았다.

[당신을 기다리고 있었어요.]

그러고 보니 눈의 여신이 그런 말을 했었지, 암흑 왕국의 신전에 있던 그 마법은 마력을 불어넣을 줄만 알면 누구나 쓸 수 있게 되었다. 즉, 이 성의 주인은 자신이 기다리는 사람이 올지도 모르니 언제나 문을 열어 놓고 기다린 것이다.

이 얼음성을 지은 사람은 정말로 신일까. 그렇다면 신을 기약 없이 기다리게 만든 사람. 그는 또 누굴까.

이 성에 들어가면 알 수 있을까?

내가 당초에 알고 싶어 했던 고대 마법의 비밀 위로, 조금 다른 의문점이 생겨났다. 까망이가 의아하게 내 곁으로 다가왔다.

"주인님, 왜 떨고 계세요?"

"응? 걱정이 돼서."

"걱정되는 얼굴이 아니신데."

난 움찔 놀랐다. 서둘러 표정을 굳히고 까망이에게 엄포를 놓았다.

"이러고 있을 시간이 없어, 어서 에키드나 연구실의 마법을 풀 실마리를 찾자!"

"갑자기 심각한 척을 하시네요."

되바라진 사역마의 말을 뒤로하고, 나는 얼음 계단에 발을 디뎠다. 이 안에 무엇이 있을까. 엄청난 고대 마법의 비밀, 혹은 자연까지 조종하는 눈의 여신, 그도 아니면 내가 상상하지도 못하는 무언가?

우리는 그렇게 미지의 얼음성 안으로 발을 들여놓게 되었다.

* * *

얼음성 내부는 바닥 전체에 눈이 깔려 있어서 생각보다 미끄럽지 않았다. 아치형으로 된 천장에는 언뜻 글씨 같은 것이 새겨져 있는 것 같았지만 너무 높아서 잘 보이지 않았다.

"막상 들어와 보니까 그렇게 안 무섭네."

"무서우셨습니까?"

"사람들은 이질적인 걸 무섭다고 느낀단다."

난 성의 벽면으로 손을 뻗어 보았다. 차가운 벽면을 문지르자 손에 물이 묻어나왔다.

"이상하긴 하지만 그렇게 무섭진 않네. 이런 귀여운 것도 있고."

양옆의 벽 쪽에 키가 나보다 세 뼘 정도 큰 눈사람이 줄지어 서 있었다.

헤브람 제국에 눈이 올 때면 나도 카르멘이나 가족들과 하나씩 만들곤 했었다. 하얗고 동글동글한 눈사람은 친근하고 귀엽게 느껴졌다. 난 추억에 잠겨서 눈사람이 늘어선 복도를 걷다가 묘한 기시감을 느꼈다.

생각해 보니 암흑 왕국의 지하 신전 앞에도 이런 길이 있었던 것 같다. 그때는 이런 투박한 눈사람이 아니라 오래되고 정교한 조각상이긴 했지만, 신전으로 향하는 길의 양옆에도 이렇게 조각상이 경비대처럼 일렬로 늘어서 있었었다.

기억을 더듬으며 눈사람을 관찰하면서 걷다가, 무언가 이상한 것을 발견했다.

"눈사람 얼굴에 구멍이 났네?"

"네?"

나는 내 앞의 눈사람을 손가락으로 가리켰다.

"봐, 이 눈사람에만 이렇게 구멍이……."

얼굴에 검은 홈이 파여 있는 눈사람과 다른 눈사람을 비교하다가, 난 움찔 놀랐다. 우리가 지나쳐 온 모든 눈사람의 얼굴에도 홈이 파여 있었다.

원래 이런 모양이었나?

내가 영문 모를 얼굴로 까망이를 돌아봤는데, 까망이도 똑같은 얼굴로 나를 바라봤다. 혼란에 빠져 있는 내 손가락에 무언가 차가운 감촉이 느껴졌다. 난 의아하게 고개를 돌렸다가 그대로 굳었다.

"무음흐드."

눈사람이 얼굴에 난 구멍으로 내 손가락을 물고 있었다. 그 구멍에서 말소리까지 들렸다.

"으악!"

깜짝 놀라 손가락을 빼냈다. 너무 힘껏 빼내는 바람에 중심을 잃고 뒤로 넘어져 엉덩방아를 찧었다. 내가 바닥에 주저앉아 고개를 들자, 눈사람의 몸통이 일그러지며 움찔거리는 모습이 보였다. 조금 겁을 먹고 슬슬 뒤로 물러났는데, 눈사람의 몸통에서 검은 손이 불쑥 튀어나왔다.

눈사람이 갓 생겨난 손을 들더니 엄지와 검지로 제 얼굴을 찔렀다. 그러자 거기에 검은 눈이 생겼다. 나는 괴상한 서커스라도 보는 기분으로 그 모습을 바라보았다. 눈사람은 방금 생겨난 검은 눈동자로 나를 내려다봤다. 그 둥글고 하얀 얼굴에 그림자가 졌다.

"사람한테 손가락질을 하면 안 되지."

눈사람 주제에 사람이라니⋯⋯. 나는 공포에 질려 침을 꿀꺽 삼켰다. 그것이 검은 손을 들어 올려 성벽을 잡아 뜯자, 놀랍게도 칼이 나왔다. 도축업자나 쓸 것 같은 직사각형 모양의 커다란 칼이었다. 놈은 칼을 드높이 들어 올리더니 힘껏 내리쳤다.

"주인님!"

까망이가 내 옷을 물고 재빨리 옆으로 피했다. 그 직후 날카로운 파열음과 함께 얼음 조각들이 옆으로 튀었다. 내가 숨을 헐떡이며 옆을 바라보자, 눈사람이 칼로 내리친 바닥은 커다랗게 금이 가 있었다. 난 하얗게 질린 얼굴로 눈사람을 바라봤다. 그러자 둥근 몸통 위에 얹어진 동그란 머리가 옆으로 매끄럽게 돌아가며 나를 마주 보았다. 등줄기를 타고 한기가 느껴졌다.

"이런."

그때 까망이가 날 등에 태우면서 중얼거렸다. 그 애의 시선을 따라가자, 등 뒤에서 일렬로 늘어선 눈사람들이 다 함께 손가락으로 얼굴을 찔러 가며 눈을 만들고 있는 것이 보였다. 그 순간에 어쩐지 처음 마수경을 만났던 때가 떠올랐다.

"꽉 잡아요."

아래에서 들려온 목소리에 난 화들짝 놀라 까망이의 목을 끌어안았다. 까망이의 의중을 눈치챘는지, 눈앞에 있던 눈사람이 다시 칼을 들었다.

그러나 눈사람이 공격을 하기 전에, 까망이는 눈사람의 팔 아래로 뛰어 들어갔다. 눈사람은 재빨리 칼을 휘둘렀으나 커다란 헛스윙이었다.

난 안도의 한숨을 내쉬다가 우리를 따라 뛰어오기 시작하는 눈사람들을 보고 화들짝 놀랐다. 눈사람들은 둥근 몸통으로 공처럼 튀며 우리를 쫓아왔다. 경악한 내 머리 위로 이상한 기척이 느껴졌다. 고개를 들자 커다란 눈덩이가 날아왔다.

"꺅!"

다행히도 까망이가 재빨리 피해서 눈덩이는 바닥에 철퍼덕 떨어졌다. 나는 한숨을 내쉬었다가 그 부서진 눈덩이에 검은 눈이 달려 있다는 것을 깨달았다. 의아함을 느낄 때, 다시 눈덩이가 날아왔다.

"뭐야?"

가까스로 눈덩이를 피하고 나서, 나는 다시 눈덩이가 날아온 곳을 바라봤다. 난 날아온 눈덩이의 출처를 알고 경악했다. 어떤 눈사람들이 옆에 있던 동료의 머리를 뺏어서 우리에게로 던지고 있었다.

"미친놈들!"

적을 해치우기 위해서 동료의 머리를 무기로 쓰는, 말 그대로 피도 눈물도 없는 놈들이었다. 나는 눈사람들의 정신 나간 공격 방식에 공포를 느꼈다. 저것들에게 붙잡히면 어떤 꼴을 당할지 상상도 가지 않았다.

까망이는 눈사람들을 따돌리기 위해 코너를 돌아 좁은 문 아래로 비집고 들어갔다. 이 정도 크기의 문이라면 덩치 큰 눈사람들이 따라오지 못할 수도 있을 것 같았다.

기대를 가지고 뒤를 돌아보았으나, 눈사람들은 동료들의 목과 몸통을 분리해서 문 쪽으로 굴렸다. 성난 눈사람들이 눈을 부라리며 몸을 튀겼다. 전과 달라진 것은 숫자가 두 배로 많아지고 좀 더 무서워졌다는 것밖에 없었다.

나는 까망이의 목을 끌어안고 쫓아오는 눈사람 무리를 힐끔거렸다.

저것들이 눈사자들과 비슷한 종류라면, 윙투스로 공격하는 것은 별 효과가 없을 것이다.

그렇다고 화염 마법을 쓰기에는 자칫하다 이 얼음성까지 모조리 무너져 버릴 위험성이 있었다. 까망이가 다이어 울프의 모습이 되는 경우도 마찬가지였다. 내가 어찌할 바를 모르고 갈팡질팡하고 있을 때, 까망이가 갑자기 끼익, 멈춰 섰다.

"어?"

막다른 길이었다. 나와 까망이는 진땀을 흘리며 뒤를 돌아봤다. 쿵쿵거리며 땅을 울리는 소리가 났다. 물소 떼가 여름을 맞이하여 대이동을 하는 소리처럼만 들리는데, 저게 우리를 쫓는 눈사람 무리의 소리였다. 소름이 끼쳤다.

"어쩌죠, 싸울까요?"

"숫자가 너무 많아."

"도망치기엔 늦은 것 같은데."

"그러게 말이다."

그야말로 진퇴양난. 우리는 갈피를 잡지 못하고 소리가 들려오는 아치만 바라봤다. 그때, 검은 손이 튀어나와 아치를 턱 짚었다. 내적 비명을 지르는 순간, 누군가가 내 팔을 잡았다.

"첼시!"

내 몸이 기우뚱 옆으로 넘어갔다. 익숙한 목소리와 내 등을 받치는 단단한 감촉에, 난 놀라서 고개를 들었다. 그리고 경악하고 말았다. 거기에는 헤브람 제국에서 가장 이곳에 있으면 안 될 사람, 7순위에 빛나는 7황자가 있었다.

"너······!"

내가 반사적으로 입을 열자, 카르멘의 손이 내 입을 막아 왔다. 그가 검지를 제 입에 대며 속삭였다.

"쉬잇."

난 할 말을 잃고 그 얼굴을 바라봤다. 쉬잇은 무슨, 여기가 어른들의 눈을 피해 함께 빠져나가던 어린 날의 황실 정원이라도 되는 줄 아시나.

하지만 문밖에서 눈사람들이 통통거리는 소리가 들려오기에 난 일단 그의 말을 따라 주었다. 잠자코 기다리고 있자 눈사람들의 인기척이 완전히 사라졌다. 그제야 내 입을 막고 있던 손도 떨어져 나갔다.

"네가 여기 왜 있어?"

난 다짜고짜 따지고 들었다. 카르멘이 날 끌고 온 이곳은 비밀 통로쯤 되는 듯했다. 방과 방 사이의 벽 틈에 존재하는 듯한 이 통로는 좁고 어두워서 카르멘의 얼굴이 잘 보이지 않았다.

"일단 여기서 나가자."

카르멘이 말했다. 묻고 싶은 게 많았으나 나도 일단은 그의 뒤를 잠자코 따라가기로 했다. 카르멘과 나, 까망이가 뭉쳐 있기에는 통로가 너무 좁았다.

그는 대체 어떤 경로로 여기에 온 걸까. 인간의 몸으로 눈사자들을 따돌리고 정상을 오르기는 불가능에 가까운 길이었을 텐데. 어떻게 여기까지 멀쩡히 올 수 있었는지도 궁금했지만 가장 문제되는 것은 왜 왔는지였다.

각자의 길을 가자고 말하지 않았나. 사람이 그렇게 확고한 태도로 말했으면 듣는 척이라도 해야 할 텐데 무시하고 따라온 그의 행동이 이해되지 않았다.

그를 따라 통로를 나오자 커다란 방이 나왔다. 그의 말을 따라 주었으니 이젠 내가 질문할 차례였다.

"대체 어떻게 온 거야? 길이 험하고 방해하는 환수들도 있었을 텐데."

"이 성에는 숨겨진 통로가 많아. 지름길도 있었어."

설산에 지름길이라? 아무리 통로가 있어도 산의 초입부터 시작되지는 않았을 테니 어떻게 카르멘이 눈사자들을 뚫고 왔는지는 여전히 알 수 없었다. 하지만 지름길이 있다는 것은 새로운 정보였다. 나는 나중에 더 자세히 물어보기로 하고 고개를 끄덕였다.

"좋아. 그럼 두 번째, 여기는 왜 왔어?"

"……네가 걱정돼서."

"내 일은 내가 알아서 한다고 하는 말, 못 들었어?"

카르멘이 답답한 얼굴로 한숨을 내쉬었다. 그가 제 머리를 헝클어뜨리며 말했다.

"들었어."

"그런데 왜 따라와?"

"알아서 한다던 사람이 왜 코너에 몰려 있어? 내가 구해 줬으니 됐잖아."

카르멘의 말에 나는 반박하지도 못하고 입을 벌렸다. 할 말이 없어서가 아니라, 당황스러워서였다.

낮은 목소리, 살짝 찌푸린 얼굴, 화를 참는 듯 다물린 입술은 영락없이 화난 사람의 것이었다. 카르멘이 화를 내는 것은 한 번도 본 적이 없는데, 이런 타이밍에 얼토당토않게 화를 내다니?

"코너에 몰리다니. 그런 적 없거든?"

그래, 카르멘이 안 왔어도 결국 나는 어떻게든 잘 빠져나왔을 것이다. 얼음성을 무너뜨릴 각오로 화염 마법을 쓴다면 말이다. 하여튼 카르멘은 여기에 있으면 안 됐다.

"넌 황자잖아. 황자가 돼 가지고 고작 파혼녀 하나 때문에 죽을 위험을 감수하고 여길 와? 시간 낭비에다가 인력 낭비야. 널 키우는 데 든 제국의 세금이 울겠다."

"그러는 넌 로드랭 후작가의 귀한 막내딸 아니었어? 난 어렸을 때부터 기사로 자랐고, 사선을 넘는 데에 선택지는 없었어. 하지만 넌 그럴 필요 없잖아. 이딴 일 하지 않아도 아무도 널……."

그때 우리 옆으로 그림자가 드리워졌다. 힐끗 고개를 돌려보니 성을 돌아다니던 눈사람 하나가 우릴 발견한 모양이었다. 난 반사적으로 윙투스를 들었다. 그러나 내가 무언가를 하기 전에 먼저, 카르멘이 허리춤에 찬 검을 빼 들었다.

"카르⋯⋯!"

난 깜짝 놀라 그를 말리려고 했다. 그런데 그의 손에 들린 검이 무언가 이상했다. 마력도 아닌 이상한 기운을 뿜어냈는데, 내가 의아해하던 다음 순간에 눈사람이 세로로 반 토막이 되어 있었다.

2m가 넘는 거대한 눈사람을 그렇게 무 자르듯 잘라 버리기에는, 검은 그냥 평범한 크기였다. 나는 입을 벌리고 그것을 보다가 문득 바닥에 무너진 눈사람이 다시 스멀스멀 움직이는 것을 발견했다. 즉시 소매를 걷어 화염 마법 하나를 발동시켰다.

이건 화염 마법에 비행 마법을 섞은 마법이었다. 내 손 위에 아주 작은 불의 구가 만들어졌다. 나는 그것을 눈사람에게로 보내서 촛농으로 그림을 그리듯 녀석의 눈 위로 움직였다. 섬세한 작업 끝에 바닥을 부수지 않고 눈사람을 녹여 버리는 데 성공했다. 눈사람을 처리하고 고개를 들자 카르멘이 놀란 눈으로 나를 보고 있었다. 나는 그를 향해 외쳤다.

"너, 소드마스터가 됐어?!"

"어? 어⋯⋯."

"세상에, 왜 엘레나가 말을 안 했지?"

"⋯⋯안 알렸거든."

"뭐? 왜?"

"화제가 되면 귀찮아지니까."

"⋯⋯."

난 할 말을 잃었다. 제국 제일의 남편감에서 더 올라갈 순위도 없는데 인기가 더 많아져 봐야 쓸데도 없다, 이 소리지 지금?

카르멘, 좋은 애였는데. 재수 없는 남자가 됐어.

"그런 눈으로 보지 말아 줄래."

카르멘이 멋쩍은 얼굴로 칼을 집어넣으며 말했다.

"그러니까 네가 걱정 안 해도 내 몸 하나쯤은 지킬 수 있어. 더불어, 너도."

"나?"

"그래, 첼시."

카르멘이 내 눈을 보며 말했다.

"이런 데 있지 말고, 같이 제국으로 돌아가자."

"……."

그의 진지한 서슬에 나는 난처해졌다.

"카르멘, 그때도 말했지만 너랑 안 갈 거거든."

"왜?"

"왜라니, 내 말을 안 들은 거야?"

"그 소공작 때문이야?"

이건 또 무슨 소리인가. 무슨 오해를 해서 여기서 소공작의 이름이 나오는지 모르겠다. 그저 황당할 따름이었다.

"무슨 말도 안 되는 소리야?"

"그래?"

"그래!"

내가 외쳤다. 남을 당황스럽게 만들어 놓고 카르멘은 도리어 침착해진 기색이었다.

"……그럼 나한테 한 번만 기회를 줘."

"뭐?"

"첼시."

카르멘이 내게 한 발짝 다가왔다. 나도 똑같이 한 발짝 뒤로 걸어갔지만,

가까워진 거리만큼 멀어지진 못했다. 다리 길이 차이 때문인지.

"내가 잘못했어."

"어?"

카르멘은 살짝 멀어진 그 거리마저 도로 좁히며 다가왔다. 그가 내 손을 잡았다.

"전처럼 돌아와 달라는 말은 안 할게. 부서진 신뢰를 다시 붙일 수 없다는 것도 알아. 하지만 난, 네가 없으면 안 되는 것 같아."

"카르……."

"사랑해."

카르멘이 속삭였다.

그에게 잡힌 손이 차가웠다. 심장이 빠르게 뛰고, 나는 혼란스러워졌다. 이건 오래된 꿈이다.

약혼식을 앞두고 카르멘과 함께 포도주를 마셨던 밤 이후로, 집에 돌아와 매일매일 꾸었던 꿈. 카르멘이 내가 틀어박혀 울고 있는 침실 문을 열고 들어와 내게 사랑한다고 말해 주는.

그런데, 왜 이제 와서?

심장이 빠르게 뛰는데 머리가 차가워지다니. 이상한 일이었다. 네가 사랑을 말하는데, 속에서 화가 치밀었다. 나는 헛웃음을 치며 말했다.

"내게 그 말이 필요하던 순간이 있었어."

네 말 한마디에 천국과 지옥을 오가던. 널 사랑하지 않는다는 그의 고백 하나에 우주에 떠다니는 먼지가 된 비참함까지 맛보던 그 여자애에게는 그 말이 정말 절실했다. 하지만…….

"지금은 아니야."

나는 카르멘의 손을 뿌리쳤다. 나를 바라보는 새파란 눈동자에 당황이 서려 있었지만 그것은 내 발목을 붙잡지 못했다.

"여기서 나가든 말든 너 알아서 해."

내가 듣기에도 차가운 목소리가 내 입에서 흘러나왔다. 나는 카르멘을 지나쳐, 반대편 통로로 걸어갔다. 카르멘은 얼이 나간 건지 어쩐 건지 나를 붙잡지 않았다. 그대로 내 발이 문턱을 넘어가려 할 때였다.

"누-가 내 성에서 불- 놀이를 하는 거지?"

어디선가 기묘한 목소리가 들려왔다. 가늘고 높은데 이상하게도 귀에 대고 소리를 지르는 것처럼 커다랗게 들리는 목소리였다. 동시에 이상하리만치 차가운 한기가 발밑으로 스멀스멀 밀려왔다. 나는 본능적으로 뒷걸음질을 쳤다. 까망이가 으르렁거리며 내 앞을 막아섰다.

서늘한 바람과 함께, 무언가가 여기로 걸어오고 있었다. 보온 마법을 몇 겹이나 썼는데도 온몸이 떨려 왔다. 뼛속까지 얼어붙을 것 같은 한기였다. 긴장된 시선 끝으로, 새하얀 인영이 서서히 모습을 드러냈다.

말 그대로 눈처럼 하얀 여자였다.

눈이 달라붙은 얼굴은 물론이고, 바닥까지 끌리는 긴 머리카락, 드러난 어깨와 손, 바닥에 치맛자락이 끌리는 긴 드레스까지, 모두 다. 눈썹이나 손톱은 도리어 새파랗게 보였고, 흰 동공은 차갑게 얼어붙어 있어서 살아 있는 사람이 맞는 건지 의심이 될 정도였다.

그녀가 딛는 걸음마다 하얀 서리가 뚝뚝 떨어지고 이미 얼어 있던 얼음도 더 차갑게 얼어붙었다. 피부는 어쩐지 기억보다 더 창백해 보였으나, 나는 그녀의 얼굴을 똑똑히 기억했다. 암흑 왕국의 신전에서 보았던 그 얼굴이었다.

"눈의 여신."

난 숨을 헐떡이면서 벽에 등을 붙여 몸을 숨겼다. 그러나 창백하고 길쭉한 손가락이 내 옆에 있던 아치를 붙잡았다. 그녀의 손아귀에 잡힌 얼음 아치가 새하얗게 얼어붙고, 곧 나를 노려보는 여신의 매서운 눈동자가 아치를 넘어왔다. 그녀가 새파란 입술을 열어 말했다.

"내 성에 인간이? 이 산에는 마수만 들어올 수 있게 해 놨을 텐데."

가까이서 보니 여신은 무척 거대했다. 드높게 보였던 아치도, 그녀에게는 정수리에서 고작 한 뼘이 높은 정도의 적당한 통로가 되었다. 그 거대한 눈의 여신을 앞에 두고, 나는 정신을 잃을 것 같은 기분이 되었다.

'이건' 대체 뭐지?

이것은 인간이라기에는 너무 비상식적이고, 마수라고 하기에는 너무 인간적인 존재였다.

키가 2m가 넘고 얼음을 자유자재로 부릴 수 있는 인간, 혹은 인간의 외양을 하고 인간의 옷을 입으면서 인간의 언어를 할 수 있는 마수.

눈앞의 여자는 어느 쪽에 집어넣어도 말이 되지 않았다. 그야말로, 규격 외의 존재였다. 혼란스런 눈으로 눈의 여신을 훑는 나를, 그녀도 기묘한 시선으로 훑고 있었다. 머리끝부터 아래로 서서히 훑어가던 그녀의 건조한 눈이, 어느 순간 갑자기 이채를 얻었다.

"루나 님."

무슨 말을 하는 거지? 나는 당황해서 그녀의 시선을 따라갔다. 거기에는 손에 감긴 윙투스가 소매 밖으로 삐죽 튀어나와 있었다.

"아니, 아니지."

여신은 실수를 한 것처럼 자신의 입을 가볍게 때렸다. 그리고 다시 입을 열었다.

"루나틸."

'님' 자를 뺀 것 외에는 하나도 정정이 되지 않았다. 둘 다 나를 부르기는 적합하지 않은 호칭이었는데, 아무튼 여신은 그것으로 만족한 듯 미소 지었다. 그러더니 돌연 감격한 목소리로 중얼거렸다.

"네가 여기에 있다는 건……."

그녀가 고개를 번쩍 들었다. 방 안을 샅샅이 훑던 그녀의 시선이 멈춘 것은, 처음부터 내 발 앞에 있었던 까망이었다. 여신의 눈이 혼란스럽게 흔들렸다.

"케라아임……?"

그녀는 휘청거리는 걸음으로 다가오며 까망이에게 손을 뻗었다. 닿는 것은 모두 얼려 버리는 손을. 나는 깜짝 놀라 윙투스를 꺼내 들었다. 그리고 까망이를 보호할 작정으로 윙투스를 여신에게로 날렸다.

챙!

그러나 윙투스는 여신에게 닿지 않았다. 그녀의 손바닥에서 나온 두꺼운 얼음이 윙투스를 가로막았다. 여신이 차가운 시선을 들어 나를 바라봤다. 약간 긴장되긴 했지만, 나는 굴하지 않고 입을 열었다.

"까망이한테 손대지 마."

내 경고에 여신이 고개를 기울였다.

"까망이?"

"그래, 까망이는 내 사역마야."

"……그럼 케라아임 님은?"

이해할 수 없는 질문이었다. 나는 눈살을 찌푸렸다.

"그게 누군데?"

"나쁜 계집!"

갑자기 여신이 고함을 질렀다. 손톱으로 벽을 긁는 것같이 높고 소름 끼치는 목소리. 고막이 울리는 고통에 나는 몸서리치며 귀를 막았다. 여신의 발밑에서 얼음 바닥에 금이 가더니, 조각조각 부서지기 시작했다.

"그새 남자를 갈아치워? 그래, 너에게는 한낱 사역마에 불과하겠지!"

바닥에서 떨어져 나온 날카로운 얼음 조각들이 허공으로 떠올랐다. 허공에 뜬 수십 개의 얼음 조각들이 내게로 첨단을 기울였다. 그리고는, 곧장 내게로 날아오기 시작했다. 나는 서둘러 화염 마법진 위로 손을 옮겼다. 그러나 내가 마법을 발동시키기 전에, 카르멘이 내 앞을 가로막았다.

챙!

날카로운 소리와 함께 얼음 조각들의 그의 칼끝에서 부서져 내렸다. 나는 그대로 마법을 발동시켰다. 손 위로 만들어진 커다란 불의 구를, 여신을 향해 던졌다.

"빙결!"

여신이 손을 뻗었다. 그녀의 손아귀에서 검은빛이 뿜어져 나왔다. 그녀의 앞으로 날아간 거대한 불의 구가 흰 눈가루에 휩싸여 사라졌다. 나는 경악에 휩싸였다.

"저건……."

아주 짧은 순간이었지만, 나는 똑똑히 보았다. 그녀의 손에서 뿜어져 나온 빛, 그건 마법진을 발동시킬 때 나타나는 빛이었다. 그 여자는 손바닥에 마법진을 그려 놓은 것이다. 마치 사역술사처럼.

마법진 없이 얼음을 움직이는 것은 마수의 능력이었다. 마법진 없이도 불을 뿜는 용, 모습을 바꾸는 마수경처럼. 하지만 그녀는 마법진 없이 얼음을 자유자재로 부리면서, 불덩이를 얼릴 정도의 강한 마법이 필요해지자 마법진을 이용해 마법을 사용한다.

나는 얼음처럼 차가운 눈을 가진 여신을 바라봤다. 그러나 아무리 뜯어보아도 실마리가 잡히지 않았다. 저건 대체 뭐지? 사람인가, 마수인가. 그조차 알 수가 없었다.

"어머, 너도 있었구나."

느닷없이 여신은 반가운 기색을 드러내며 말했다. 그녀의 시선은 제 공격을 가로막은 카르멘을 향해 있었다. 파란 입술이 비뚜름한 미소를 만들어 냈다.

"데일라르크."

카르멘과 아는 사이인가? 나는 놀란 눈으로 카르멘을 바라봤지만, 카르멘의 등이 내 앞을 가로막고 있어서 그의 표정을 볼 수 없었다.

"하긴, 저 계집이 있는 데라면 네가 없을 리가 없지."

여신이 계속해서 중얼거렸다. 나는 참다못해 카르멘에게 물었다.

"둘이 아는 사이야?"

"……그럴 리가 없잖아."

카르멘이 당황한 목소리로 답했다. 하긴, 그게 당연했다. 그는 어렸을 때부터 황궁과 아카데미만 왔다 갔다 하는 아주 답답한 삶을 살았으니까. 내가 아니었으면 이런 공국 촌 동네까지는 올 일도 없었을 것이다.

하지만 그렇다면 사건은 더욱 미궁에 빠진다. 어떻게 저 여자가 처음 보는 카르멘의 성을 정확히 알고 있단 말인가? 혹시, 카르멘의 형제와 착각을 하고 있는 걸까? 하지만 카르멘의 형제라고 해 봐야 3황자와 5황자뿐이었다. 그들이 이 리튼산까지는 왜, 어떻게 왔다는 것인가?

이 궁금증을 해소할 가장 빠른 방법은 눈앞에 있는 여신에게 물어보는 것이지만, 애석하게도 그녀는 나와 대화할 의지 따위는 없어 보였다. 그녀의 주위로 또 날카로운 얼음 조각들이 떠오르고 있는 것은 문제도 아니었다. 어느새 눈사람 군단이 그녀의 뒤로 당도해 있었던 것이다.

눈의 여신은 긴 손가락으로 턱을 매만지면서 나를 바라봤다.

"마음 같아서는 당장 얼음과자로 만들어 버리고 싶지만…… 그럴 순 없지. 그분은 널 사랑하시니까, 널 붙잡아 두면 그분도 오시겠지."

저 여자는 처음 만난 순간부터 끝까지 당최 무슨 말을 하는 건지 알 수가 없다. 그러나 그녀는 내 이해 따위는 안중에도 없는 것 같았다. 여신이 나와 까망이를 손가락으로 가리켰다.

"저 녀석들을 지하 감옥에 가둬."

눈사람들이 통통 튀어서 우리에게로 다가왔다. 까망이가 나를 바라봤다. 어떻게 할지 묻는 눈이었다. 난 양손을 들었다.

"그냥 투항하자."

싸울 수도 있지만 지금은 상황이 안 좋았다. 우린 반나절 동안 산을 오르느라 너무 지쳐 있었고, 내 몸에 남은 것은 이제 무식하게 강력한 화염 마법밖에 없었다. 저 눈사람들은 물리 공격만으로는 없앨 수 없을 텐데, 얼음성 안에서 이런 마법을 이용해 싸웠다간 성이 무너져 버릴 것이다.

그럴 바에는 감옥에 갇혀서 마법을 정비하고 탈출하는 편이 더 안전하고 쉬울 것 같았다. 처음 본 여신님이 왜 저렇게 나를 고까워하시는지는 모르겠지만. 그래도 저 여신이 우리를 더 괴롭힐 생각은 없어 보이니…….

그런 생각으로 고개를 들었다가, 난 화들짝 놀랐다. 카르멘이 칼을 들고 다가오는 눈사람들과 대치하고 있는 것이다. 난 다급히 그의 팔을 잡았다.

"그만둬."

"뭐?"

"나한테 생각이 있으니까, 그냥 놔둬."

카르멘은 불안한 얼굴로 날 돌아봤다. 그리고 잠시 내 눈을 들여다보더니 어쩔 수 없다는 듯 칼을 집어넣었다. 난 그제야 안도했다. 소드 마스터라도 칼에서 불을 뿜어낼 수는 없을 텐데, 대체 무슨 생각을 하는 건지 모르겠다. 카르멘에게 이렇게 무모한 면모가 있었던가? 그렇지는 않았던 것 같은데.

한숨을 내쉬고 고개를 들자 눈의 여신이 나를 응시하고 있었다. 난 움찔 몸을 굳혔다. 그녀가 혀를 차며 중얼거렸다.

"방자한 것……."

꼭 내 머릿속을 다 아는 것 같은 얼굴이었다. 나는 진땀을 흘리며 눈사람에게 붙잡혔다.

"넌 어떻게 할 거지?"

눈의 여신이 카르멘에게 물었다.

"뭘?"

"우린 팀이니까, 넌 봐줄 수도 있어."

"대체 무슨 소리야?"

카르멘이 황당한 목소리로 반문했다. 그러다 문득 눈사람에게 끌려가는 나와 그의 눈이 마주쳤다. 카르멘이 한숨을 쉬며 말했다.

"됐으니까 나도 같이 가둬."

"흥, 나도 나지만 너도 참 여전하구나."

우리는 그렇게 눈사람에게 붙잡혀 지하 감옥으로 끌려가게 되었다. 지하 감옥으로 가는 길 내내, 눈의 여신은 불만스런 눈으로 나를 째려보았다.

* * *

눈사람들이 우리를 감옥에 밀어 넣었다. 주위를 살펴봤으나 보이는 것이라곤 암흑뿐이었다. 나는 라이트닝 마법을 사용해서 빛을 밝혔다. 밝은 빛 아래에서 보자, 이 감옥은 지하에 있을 뿐 얼음성에 있는 다른 방과 비슷하게 생긴 공간이었다.

나는 눈사람들이 나간 문을 슬쩍 밀어 봤는데 역시나 꿈쩍도 않았다. 벽도 하얘서 밖이 잘 보이지 않았다. 저 문을 제외하고 밖과 통하는 곳이라곤 아주 높은 곳에 난 작은 창 하나뿐이었다.

다행인 것은 녀석들이 우리의 짐을 빼앗지 않았다는 것이다. 그 눈의 여신이 그렇게 생각 없어 보이지는 않았는데. 자신감의 표출인지 뭔지는 모르겠지만 우리에겐 잘된 일이었다.

나는 우선적으로 양피지와 펜을 꺼내 보온 마법부터 새로 걸었다. 배낭과 겉옷을 벗어 던지니 그간 몸이 얼마나 무거웠는지 알 것 같았다. 난 겉옷을 바닥에 깔고 그 위로 풀썩 누웠다. 정말이지 진이 다 빠졌다. 그대로 누워서 한숨을 내쉬다가 멀찍이 선 카르멘에게도 외쳤다.

"그러고 있지 말고 너도 옷 좀 벗어 봐."

"뭐?"

"맨바닥에서 잘 수는 없잖아."

"……정말로 여기서 잘 생각이야? 벽을 부수는 게 어려워 보이지는 않는데."

카르멘의 말에 난 한숨을 쉬었다.

"부수면 그 다음은 어쩔 건데? 문 앞을 지키는 눈사람들은? 성을 나간다고 쳐도 어차피 밖은 설산이잖아. 난 이미 반나절 동안 등산을 했단 말이야. 넌 괜찮을지 모르겠지만, 난 더 이상 못 움직여."

이미 여기저기가 욱신거리고 피곤해 죽겠는데. 나는 책을 읽으면서 밤을 새는 것은 할 수 있어도 등산을 하면서 밤을 새는 일 따위는 할 수 없었다. 그동안 나름 체력 단련을 하긴 했지만 사람의 몸이란 게 한계가 있지 않은가.

"난 너 같은 소드 마스터가 아니라고. 작전상 후퇴란 말도 몰라?"

내가 핀잔하듯 말했다. 카르멘은 내 말을 듣고 어쩔 수 없는 상황이라는 걸 인정한 것 같았다. 그는 곤혹스런 표정을 지으면서도 겉옷을 벗어 줬다.

카르멘과 내 외투를 바닥에 깔고 보온 마법을 겹겹이 걸어 놓으니 그나마 몸을 쉴 곳이 생겼다. 난 카르멘에게도 보온 마법을 걸어 주었다. 양피지에 마법진을 그려서 그의 몸에 대고 마력을 불어넣었다. 카르멘은 내가 몇 차례에 걸쳐 그의 몸에 마법을 거는 동안, 신기한 눈으로 그 마력의 빛을 구경했다.

마법을 다 걸고 나선 한숨을 쉬면서 바닥에 깐 로브 위에 누웠다. 내가 마법사여서 망정이지, 아니었더라면 자면서 얼어 죽어도 이상할 게 없는 방이었다. 난 누워서 천장에 그려진 고대어를 구경하다가 문득, 차림새가 가벼워진 카르멘이 아직도 멀뚱히 서 있는 것을 발견했다.

"뭐 해? 너도 누워."

"뭐?"

"지쳤을 것 아냐?"

카르멘이 난처한 표정을 지었다. 난 뒤늦게 그가 뭘 걱정하는지 눈치챘다.

"갑자기 내외하는 거야? 어차피 어렸을 때도 같이 밤샌 적 있었잖아."

"……그건 다른 가족들도 같이 있을 때잖아."

"아냐, 드래곤의 탑에 갇혔을 때를 생각해 봐."

"……."

아차, 드래곤의 탑 이야기는 괜히 꺼낸 것 같았다. 갑작스런 정적이 찾아왔다.

드래곤의 탑에 갇혔던 날, 열 살의 건국절. 그건 우리가 아직 약혼 관계이던 시절, 사이가 좋고 순수하던 때의 이야기였다. 반면에 오늘의 우리는 서로를 반목하는 상황에 이르렀다.

나는 오늘 아침부터 밤까지 카르멘에게 각자 갈 길을 가자는 말을 주구장창 해 댔고, 카르멘은 내 말을 무시하더니 난생처음으로 내게 화를 내기까지……. 갑작스런 눈의 여신의 등장으로 잊고 있었던 불편한 감정들이 도로 올라왔다. 난 한숨을 내쉬었다.

"피차 껄끄럽긴 마찬가지겠지만, 상황이 상황이니 어쩔 수 없잖아. 이런 데서 떨어져서 자면 동사한다고."

"……알았어."

카르멘이 고개를 끄덕이더니 내 곁으로 걸어왔다. 그가 조심스럽게 겉옷 더미 위에 앉으려 할 때였다. 갑자기 검은 털 뭉치가 내 옆으로 불쑥 다가왔다. 까망이였다. 까망이는 아주 자연스러운 동작으로 나와 카르멘 사이로 걸어왔다. 그러고는 카르멘의 외투 위에 배를 깔고 누웠다.

"……."

"……."

난 약간 당황해서 까망이를 바라봤다. 잠시 이 아이의 존재를 잊고 있었다. 카르멘도 다소 당황했는지, 눈을 도르르 굴리며 말했다.

"……네 사역마가 공간의 절반을 차지하고 누웠는데."

"어, 그러네……. 좀 봐주지 않을래? 우리 까망이는 체온이 높아서 같이 자면 따뜻해."

다행히 카르멘은 순순히 고개를 끄덕여 줬다. 나는 빛의 구 위에 양 피지를 몇 장 덮어 밝기를 좀 낮추었다. 은은한 불빛 아래, 보이는 것은 서로의 얼굴 정도였다.

"……."

할 일을 마치고 도로 누우니 다시 정적이었다. 난 눈을 감고 잠을 청해 봤다. 그런데 이상하게도 몸은 무겁고 피로한데 잠은 오지 않았다. 잠자리가 불편해서일까.

한참 잠들려고 노력해 봐도 잘 되지 않아서, 난 아예 눈을 뜨고 천장을 관찰했다. 아까 봤을 때는 천장에 무슨 고대어 같은 것이 적혀 있었던 것 같은데, 불빛이 어두워서 잘 보이지 않았다. 눈을 더 가늘게 뜨고 천장을 노려봤지만 눈에 야광 능력이 있는 것도 아닌데 보일 리가 없었다.

"그러고 보니."

그때 옆에서 카르멘의 목소리가 들렸다. 아차, 안 자고 있었던 걸까. 여태 내 모습을 다 보고 있었더라면 참 할 짓 없어 보였겠다 생각하며 고개를 돌렸다. 그런데 카르멘의 시선은 내가 아니라 까망이를 향해 있었다.

"이 녀석이 그 '웨어 울프'야?"

"어?"

"네가 신종 마수를 발견해서 마탑주의 후계자로 점 찍혔다는 이야기를 들었어."

"아, 아아. 맞아."

카르멘은 한쪽 팔을 괴고 까망이의 모습을 훑었다.

"그런데 하급 마수로 책정됐다더라. 크기도 작고 마력도 적어서 거의 강아지와 다를 바가 없다면서.”

“으응, 강아지도 자라면 큰 개가 되잖아.”

“이건 늑대 같은데.”

“개나 늑대나, 겉으로 봐선 잘 모르지.”

“암만 봐도 하급 마수는 아닌 것 같은데.”

으응? 난 이해할 수 없는 말에 고개를 갸웃했다.

“이거, 모습을 바꾸잖아. 다이어 울프에서 늑대로. 게다가 아까 보니 말도 하던데.”

카르멘의 말에 나는 그대로 경직했다.

“다이어 울프인 걸 어떻게 알았어……?”

내 목소리가 삐걱거리는 것을 눈치채지 못했는지, 카르멘은 여상하게 답했다.

“응? 나 네가 실종됐을 때 추격대 끌고 갔었잖아. 그때 봤지. 다이어 울프가 널 데리고 나타나길래 놀라서 칼을 겨눴는데 조그만 새끼 늑대로 변해 버리던걸.”

“뭐?”

나는 당황했다. 플로라 언니한테도 그때 다이어 울프를 막아선 사람이 있었다는 소리는 못 들었다. 심지어 그게 카르멘이라는 소리는 더더욱. 하지만 그게 사실이라면…….

“……까망이가 변하는 걸 봤구나.”

“응…….”

추격대 중에서도 까망이가 날 데리고 온 걸 본 사람은 몇 없다고 들었다. 그런데 하필 카르멘이 그 몇 안 되는 목격자 중 하나였던 것이다.

까망이의 정체를 제대로 아는 사람은 날 제외하곤 슈웨인밖에 없었다. 까망이는 ‘영혼의 서’와 깊게 연관되어 있어서 아직은 알려지면 곤란하니까.

"으……."

내가 심각한 얼굴을 하자 카르멘도 덩달아 긴장한 표정을 했다. 난 어색하게 미소를 지어보였다.

"원래 술자랑 계약한 사역마는 약간 변화가 생기는 거 알지? 내가 어렸을 때 보여 준 매, 그레이도 좀 특이하게 사람 말을 잘 듣고 그랬잖아."

"응."

"원래 강한 마수일수록 변화가 크게 일어나거든. 그레이는 내 말을 잘 들었고, 그보다 훨씬 큰 우리 까망이는 아예 사람 말을 할 수 있게 된 거지."

휴, 이건 모데라토와 앨런에게 까망이와 대화하는 걸 들켰을 때 써먹은 거짓말이었다. 그때의 경험이 이렇게 도움이 될 줄은 몰랐는데. 내가 지어 낸 말이지만 참 이상하게 설득력이 있는 소리 같다. 역시나 카르멘도 내 말에 흔들리는 듯했다.

"그럼 역시 다이어 울프를 사역했다는 거지?"

"……."

"다이어 울프를 사역했던 사람은 역사상 한 명도 없다고 알고 있는데."

"……하하."

카르멘이 모데라토와 앨런과 다른 점이 있었다. 카르멘은 까망이가 말하는 것뿐만 아니라 다이어 울프로 변하는 것도 봐 버렸으니까.

다이어 울프를 사역했던 사람은 역사상 한 명도 없었던가? 그건 몰랐다. 마지막 드래곤이 목숨을 잃기 전, 마법 제국으로 왕성한 마법사를 지니고 있었던 시절에도 다이어 울프를 사역하는 것은 어려웠던 모양이었다. 그런데 죄다 마력을 잃어버린 이런 시대에 내가 다이어 울프를 사역해 버렸다니……. 정말 이상한 상황이었다.

아니, 우리 선조님들은 마력도 많았으면서 다이어 울프 하나 사역 안

하고 뭘 한 거람? 정말 이해가 안 된다. 적어도 고대 마법을 쓰던 시절에는 사역한 기록이 있었어야 되는 거 아닌가. 내가 곤혹스럽게 되잖아.

나는 의심스럽게 나를 보는 카르멘의 어깨에 손을 턱 얹었다.

"카르멘, 사실 난 천재 마법사였어."

"어?"

"너와 헤어지고 난 이후로 정말 많은 방황을 했거든. 그러다가 우연히 다이어 울프를 만나고…… 숨겨져 있던 내 마력을 개화하게 된 거지."

"그렇게 단기간에……?"

"너도 알잖아. 내가 하나에 빠지면 얼마나 열심히 하는지. 정말 죽기 살기로 노력했단다. 사람이 마음먹으면 안 되는 일은 없는 것 같아."

"뭘 위해서 그렇게 노력했는데?"

"물론 최고의 사역술사가 돼서 마수에게 고통 받는 사람들의 시름을 덜어 주기 위해서지."

나는 괜히 열정적으로 눈을 이글거리며 말했다.

마법사들은 마력을 잃어 가고, 억제력을 잃은 마수가 마구 들끓는 시대. 마수 전쟁으로 인해 지도상에서 나라 몇 개가 사라지는 시국이지 않느냐. 이런 시대에 신께서 내게 이렇게 큰 마력을 부여하신 데는 분명 큰 뜻이 있어서인 것 같다. 큰 힘에는 큰 책임이 따르는 걸 너도 알지 않느냐. 난 헤브람 제국과 나아가 세계평화를 위해 이 힘을 쓰고 싶다…….

나는 플로라 언니의 '기사의 맹세'나 언니가 연설 준비를 할 때 외우던 글귀 같은 것을 열심히 머릿속에서 조합했다. 나라를 위해 몸을 바친 전쟁 영웅에 빙의한 듯 말하다 보니, 내 생각과 크게 다른 말도 없는 것 같아서 완전히 이입해서 열연을 했다. 정신을 차렸을 때는 카르멘이 얼이 나간 눈으로 나를 보고 있었다.

"그런…… 각오를 하고 있는지는 몰랐어."

"으응……."

난 갑자기 부끄러움이 밀려와서 고개를 숙였다. 이렇게 오버하면 오히려 거짓말인 거 다 티 날 것 같은데. 뒤늦은 걱정에 슬쩍 눈을 떠서 카르멘의 표정을 확인했다. 그런데 의외로 카르멘은 약간 씁쓸한 표정만을 짓고 있었다.

"나도 알지. 네가 하나에 빠지면 얼마나 열심히 하는지."

"……응?"

"그래서 나랑 같이 안 돌아간다고 한 거야?"

"어? 어어……."

카르멘이 쓰게 웃었다.

"내가 착각했네."

"……."

뭘 착각했다는 뜻인지 모르겠다. 카르멘은 손으로 얼굴을 문지르며 마른세수를 했다. 난 무슨 말을 해야 할지 알 수가 없어서 그냥 가만히 있었다.

"그럼, 첼시."

한참 정적이 흐른 후에 카르멘이 갑자기 나를 불렀다. 내가 고개를 들자 그가 물었다.

"만약에 내가 그날 밤에 그렇게 말하지 않았더라면, 넌 여기 오지 않았을까?"

카르멘답지 않게 모호한 질문이었다. 그러나 나는 그가 무엇을 묻는지 알 수 있었다. 만약 우리의 약혼식이 일어나기 고작 며칠 전이었던 그날 밤, 카르멘이 날 사랑하지 않는다고 말하지 않았더라면 어떻게 했을 거냐고 묻는 말이었다.

우리가 그대로 서로의 약혼자이고 내가 아직 카르멘을 사랑했었더라면 세계 평화고 제국의 안녕이고 신경 쓰지 않고 그저 단란한 가정을 만드는 것을 꿈꾸고 있었겠느냐고.

천재적인 마법적 재능을 타고났든 말든, 서로 사랑하고 사랑받는 것만 생각하며, 우물 안 개구리처럼.

난 흔쾌히 답했다.

"응."

네가 그날, 그렇게 말하지 않았더라면. 나는 네가 나를 사랑하는 줄 알고 있었겠지. 사랑에 눈이 멀어 마수 전쟁이고 뭐고 바깥의 이야기 따위는 알지도 못했을 것이다. 내가 워낙 주변머리가 없는 데다, 카르멘은 내가 그런 데 신경 쓰는 걸 좋아하지 않았으니까.

만약 알았어도 크게 신경 쓰지 않았을 것 같다. 바깥에서 아무리 난리가 나도 황족과 귀족이 사는 수도까지는 큰 영향을 끼치지 못할 테고, 내겐 카르멘만 있으면 됐으니까.

그러니까 네가 그날 그렇게 말하지 않았더라면, 우리는 결혼을 했겠지. 사람과 계절이 오고 가는 지루한 이야기를 나눴을 거야. 우리를 반씩 닮은 아이들을 얻었겠지. 함께 녹색 여름을 달리고 하얀 눈길을 헤쳤겠지. 서로를 닮아 가면서 늙어 갔겠지. 지나온 세월의 별을 세었겠지. 서로의 수족이 되어 주었겠지.

우리가 갈라지는 미래는 꿈도 꾸지 못했을 거다.

"하지만 그건 이제 다가오지 않을 미래야."

내가 중얼거렸다. 카르멘이 나를 사랑한다고 하는 말이 진심인지 아닌지는 모르겠다. 불현듯 엘레나의 충고가 떠올랐다. 후폭풍이랬나, 다 끝난 사랑에 미련을 갖게 되는 현상. 카르멘은 그런 걸 겪고 있는 걸까. 그러지 말았으면 좋겠는데.

우린 이제 어른이니까. 내게는 왔던 길을 돌아가도 될 정도로 시간이 많지 않다. 인생을 살다 보면 누구에게나 가지 않은 길이 생기기 마련이었다. 그건 어쩔 수 없는 일이다.

카르멘이 더 이상 말을 걸어오지 않아서, 나는 눈을 감았다.

오지 않을 미래에 미련을 갖지 말자. 그보다는 내가 선택한 길에 값진 세월을 쌓아야겠지. 그렇게 후회 없이 나아가다가 황혼이 다가오면, 죽음을 받아들일 수도 있게 되는 거겠지.

* * *

눈을 뜨자 머리가 지끈거렸다. 몸을 일으키려 했는데 잘 되지가 않았다. 팔을 들어 이마를 짚어 보자 손바닥이 다 뜨끈뜨끈했다.

"으……."

어제 좀 고생했더니 근육통이 온 것인가 했는데 그게 아닌 것 같았다. 하필 이런 데서 몸살이 나다니. 사실 이런 곳에 있어서 그런 거겠지만, 정말 난처할 따름이었다.

나는 무거운 몸을 억지로 일으켰다. 짐을 가지고 와야 하는데, 고작 몇 발자국 떨어진 곳에 있는 짐이 아주 멀게 느껴졌다. 그때 내 기척을 눈치챈 까망이가 벌떡 일어나더니 배낭을 가져다 줬다.

"고마워."

"괜찮으십니까?"

"응……."

나는 양피지를 로브 위에 올려놓고 빤히 바라봤다. 머리가 멍해서 뭘 해야 할지도 떠오르지 않았다. 목이 칼칼해서 물통을 열었는데 물이 죄다 얼어 있었다. 물을 녹이기 위해 열 마법을 썼다. 간단한 마법인데 오늘따라 무척 번거롭게 느껴진다. 가져온 육포를 약간 데워서 함께 먹고 나니 조금 정신이 드는 것 같았다.

"첼시?"

"아, 일어났어?"

나는 카르멘에게도 육포를 건네줬다.

"물은 네 물병에 있는 걸 먹어. 난 감기 기운이 좀 있는 것 같아서."

"감기 기운?"

카르멘은 눈가를 문지르며 말했다. 그의 눈 밑이 검은 게, 잠을 제대로 자긴 한 건지 의심스러웠다. 하지만 그의 피곤에 젖은 눈은 나를 보자마자 번쩍 떠졌다.

"감기 기운 정도가 아닌 것 같은데. 괜찮은 거야?"

"괜찮아. 물병 좀 줄래? 물이 다 얼었을 것 같은데."

난 카르멘의 물병도 받아서 열마법을 걸어 줬다. 그리고 다시 양피지로 시선을 옮겼다. 차가운 숨을 들이쉴 때마다 상태가 나빠지는 것 같았다.

마법진을 그려야지. 전략을 짜고 여기서 탈출해서, 눈의 여신에게 가야 한다. 그녀는 고대어를 쓰고 고대 마법을 부리는 사람이었다. 낮에 보니 더 똑똑히 보였다. 천장에 그려진 고대어들. 그러고 보니 이 성에 들어선 순간부터 여기저기서 고대어를 많이 발견했다.

눈의 여신. 그녀에겐 이해할 수 없는 부분도 많았고 묻고 싶은 것도 많았다. 이 궁금증만 해소할 수 있다면, 내가 그동안 알고 싶어 했던 '영혼의 서'의 진실에 다가갈 수 있을 것만 같은 기분이 들었다. 나는 펜을 들고 몸에 마법진을 새기기 시작했다.

그때 카르멘이 내 앞에 자리를 잡고 앉더니 불쑥 물었다.

"뭘 그리는 거야?"

"마법진."

"무슨 계획이라도 있어?"

"응."

"계획이 뭔데? 일단 여기서 탈출부터 해야 할 텐데."

"어제는 벽을 부수는 건 어렵지 않을 것 같다며?"

"그럴 줄 알았는데, 다시 보니까 여기 결계가 쳐져 있더라."

"……그건 어떻게 알았어?"

몸이 아프니까 카르멘의 질문도 귀찮게 느껴져서 나는 그의 말을 반쯤 한 귀로 흘려넘기고 있었다. 그런데 결계가 쳐져 있다는 이야기는 뜻밖이었다. 내가 고개를 들자 카르멘이 어깨를 으쓱했다.

"새벽에 깼는데 밖에 인기척이 안 느껴지길래 슬쩍 벽을 베어 봤거든. 그때 알았지."

"……."

그러니까 저렇게 눈 밑이 그늘졌지. 나는 몸을 일으켜서 벽으로 다가갔다. 방금 막 몸에 새긴 불 마법을 발동시켜서 얼음벽을 향해 불의 구를 던졌다. 그러자 벽에서 파란빛이 일렁이며 불덩이를 집어삼켜 버렸다. 감옥이 하도 허술해서 사람을 얕보나 싶었는데. 최소한의 방비책은 있었다, 이거지. 나는 혀를 찼다.

"결계 무효화 마법부터 써야겠네."

"결계를 해제하면 눈치채지 않을까?"

"전체를 없애지 않고 구멍만 내는 법을 알아."

마수경을 잡으러 갈 때 써먹었던 방법이었다. 결계 마법과는 부딪힌 적이 많다 보니 본의 아니게 재주가 많이 늘었다.

나는 다시 자리로 돌아와 마법진을 그렸다. 카르멘이 계속 어디에 쓸 생각이냐고 일일이 물어 와서 조금 귀찮았던 것 말고는 순조롭게 준비가 끝났다.

그 후에는 방을 잠시 둘러봤다. 천장에 쓰인 글씨는 고대어 같기는 했는데, 밝을 때 봐도 잘 보이지 않았다. 얼음이 투명한 데다가 천장이 너무 높고 글씨는 흐릿했다. 나는 시선을 내려 이번에는 아래를 바라봤다. 자리를 살피다가 무릎을 꿇고 바닥에 마법진을 그렸다.

잉크를 잔뜩 묻혀서 마법진을 그린 후에, 마법으로 마법진의 모습이 사라지게 만들고 다시 그 위에 마법진을 덧씌웠다. 그리고 고개를 들어 카르멘에게 물었다.

"카르멘, 그것 좀 빌려줄래?"

내 손은 카르멘의 칼을 가리키고 있었다. 곁에서 내 행동을 구경하던 카르멘은 의아한 표정이었지만 순순히 칼을 건네줬다. 난 칼집에서 칼을 빼 들고, 힘껏 바닥을 내리쳤다. 가만히 지켜보던 카르멘은 화들짝 놀랐다.

"으악, 뭐 하는 거야?"

"잘 안 되네."

카르멘이 잔뜩 당황한 얼굴로 내 손에서 칼을 빼앗았다.

"그렇게 치면 칼도 너도 다 상해. 뭐, 이 마법진대로 그으면 되는 거야?"

"응, 홈이 생겼으면 좋겠는데."

카르멘은 한숨을 쉬더니 내 부탁대로 바닥을 칼로 긋기 시작했다. 내가 내리쳤을 때는 괜히 파편만 튀기고 제대로 선이 생기지도 않았는데, 카르멘이 하니까 마법진 모양대로 예쁘게 선이 그어졌다. 거의 조판에 가까운 칼 놀림에 나는 내심 감탄하며 구경했다. 완벽하게 마법진을 새기고 나서, 카르멘이 고개를 들었다.

"됐어?"

"응."

"그럼 이제 네 계획을 말해 봐."

"어?"

카르멘은 칼을 휘둘러서 검신에 묻은 얼음 조각들을 털어 내고 다시 칼집에 집어넣었다.

"넌 단독 행동에 익숙한 것 같지만, 원래 전투에서 마법사는 전방에 안 서거든. 차출을 할 때도 항상 기사 몇과 팀을 만들어서 마법사를 지키게 한단 말이야."

그가 설명했지만 나는 말의 의도를 파악하지 못하고 여전히 어리둥절한 눈으로 카르멘을 바라봤다. 내 시선을 받은 카르멘의 입에서 바람 빠지는 웃음소리가 흘러나왔다.

"네가 혼자면 몰라도, 지금은 여기 기사가 있잖아."

"……협력하겠다고?"

"빨리 내려가려면 내가 돕는 게 낫지. 그게 아니면 내가 여기에 왜 왔겠어?"

하긴 어제 그 눈의 여신이 카르멘은 감옥에 안 집어넣으려고 했었지. 눈의 여신이 카르멘에게 호의를 보이는 이유는 알 수 없지만. 아무튼 그런데도 카르멘이 여기 갇힌 건 나 때문일 테니까…… 그래서 아까부터 자꾸 그렇게 내 마법에 대해서 물었던 거구나. 날 도우려고……?

"……알았어."

나는 머뭇거리며 내 계획을 카르멘에게 설명해 줬다. 아까 전에 대충 둘러대고 넘어갔던 마법진에 대한 설명도 다시 제대로 알려 줬다. 간단히 설명을 끝내고, 마지막으로 나는 그에게 오른팔에 새긴 마법진을 보여 줬다.

"이건 사역진이야."

내가 오른팔에 새긴 것은 고대 마법인 '영혼의 서'였다. 카르멘은 어차피 마법진에 대해서 잘 모르니까, 마법진의 모양만 봐서는 이게 평범한 사역진과 다르다는 것을 모를 것이다.

"이 마법으로 다이어 울프도 사역한 거야?"

"맞아."

카르멘은 신기한 눈으로 마법진을 들여다봤다. 내게 카르멘이 검을 잘 다루는 게 신기했듯, 그도 내 마법들이 신기하게 느껴지는 모양이었다.

"그럼 이걸로 눈의 여신도 사역할 수 있을까?"

"……사실 잘 모르겠어."

보험 같은 마음으로 새겨 놓긴 했지만, 솔직히 사역술이 먹히지 않을지도 모르겠다. 아직 그녀가 마수인지 아닌지도 확실치 않으니까. 사역진은 최후의 수단 같은 거였다. 우선은 다른 마법들로 제압할 수 있길 바라야지.

"난 눈의 여신과 대화를 하고 싶어."

그러려면 우선 그녀의 전력인 눈사람 군단부터 해치우고, 눈의 여신을 제압해야겠지. 말해 놓고 보니 좀 무리한 계획처럼 들릴까 봐 걱정이 됐다. 그러나 카르멘은 불평 없이 고개를 끄덕여 줬다.

"좋아. 일단 해 봐야지, 뭐."

시원시원한 대답이 위안이 됐다. 나는 벽으로 다가갔다. 문 앞에는 아무래도 경비가 있겠지. 이 감옥에 끌려올 때, 지하는 다 어두워서 잘 보이지 않았지만 우리가 오른쪽에서 내려온 것은 확실했다. 그러면 그쪽에 계단이 있을 테고…….

나는 왼쪽 벽면으로 걸어가 결계 무효화 마법을 썼다. 마수경이 있던 성에 들어가기 위해서 썼던, 마력효율성을 극단적으로 강화한 마법이었다. 내가 마법을 발동시킨 곳에서, 결계에 지름 1m 정도의 구멍이 뚫렸다.

화력은 약하되 조작은 섬세한 불마법을 써서 얼음벽을 소리 없이 녹였다. 귀가 밝은 까망이를 선두로 세우고, 우리는 감옥을 빠져나갔다. 감옥 문 앞을 지키고 있는 경비들이 돌아보기 전에 재빨리 계단으로 달려갔다.

계단 위에는 눈사람 둘이 지키고 서 있었다. 나는 조금 당황했다. 저 말 많은 눈사람들과 싸웠다간 소란이 일어날 텐데, 감옥을 나가자마자 주목을 끌게 될까 고민되었다.

그러나 내가 뭔가를 말하기도 전에 카르멘과 까망이가 앞서 달려갔다. 그리고 눈사람의 뒤로 소리 없이 다가가, 녀석들이 비명을 지를 새도 없이 머리를 박살내 버렸다.

"와."

감탄하는 나를 카르멘과 까망이가 재촉하듯 바라봤다. 나는 뒤늦게 그 눈빛의 의미를 깨닫고 부서진 눈 더미 위로 화염 마법을 써서 눈을 녹였다. 가는 길에 혼자 서성이는 눈사람을 마주칠 때마다, 우린 같은 방법으로 눈사람을 해치웠다.

마법사를 차출할 때 항상 몇 명의 기사와 팀을 짜도록 한다 했던가. 그 말이 이해가 됐다. 확실히 안정적인 느낌이 든다. 내가 그런 여유작작한 생각을 하며 조금 마음을 놓았을 무렵, 우리는 눈사람 군단과 맞닥뜨렸다.

"이 자식들……."

가장 앞에 서 있는 눈사람은 어쩐지 모양새가 다른 눈사람들과 달랐다. 크기도 컸고 다른 눈사람들과는 달리 코도 있었다. 아무래도 녀석이 대장인 것 같았다. 대장 눈사람은 예의 그 도축용 칼을 번쩍 들더니 소리쳤다.

"동료들이 사라진다 했더니, 네놈들 짓이었냐!"

"헉."

미치광이 눈사람은 화가 잔뜩 난 듯했다. 이쪽은 세 명뿐인데 눈사람들은 거의 열다섯 구 정도가 있었다. 머리와 몸통을 따로 센다면 서른 구. 이렇게 맞붙으면 우리가 너무 불리했다. 대장 눈사람이 옆에 있는 눈사람의 머리통을 집어 들며 외쳤다.

"동료들의 원수, 가만두지 않겠다!"

"도망쳐!"

대장 눈사람이 다른 눈사람의 머리통을 던지는 것과 동시에, 우리는 등을 돌려 도망치기 시작했다. 안 그래도 머리가 어지럽던 나는 본격적으로 뛰기 시작하자 뇌가 쿵쿵 울려서 중심을 잡을 수가 없었다. 내가 발을 삐끗하자, 옆에 있던 카르멘이 깜짝 놀라서 나를 등에 업고 도로 달렸다.

카르멘이 나를 업고 달리는 것도 머리가 울리긴 마찬가지라서, 나는 거의 정신을 놓고 있었다. 코너를 몇 개나 돌아가는데, 뒤에서 까망이의 외침이 들렸다.

"여기는 내가 맡을 테니까 위로 올라가!"

나는 화들짝 놀라 까망이를 돌아봤다. 나와 눈이 마주치자 까망이가 한쪽 눈을 찡긋했다. 늑대는 윙크를 하지 않을 텐데. 나를 안심시켜 주려고 사람들이 하는 것을 따라 하는 것 같았다. 그 애의 뜬금없는 재롱에, 나는 말문이 막혔다.

"전 괜찮아요, 어서."

까망이가 말했다. 경악한 나를 알아채지 못한 카르멘은 고개를 끄덕이고 계단을 올라갔다.

"안 돼!"

나는 카르멘의 어깨를 치며 외쳤다.

"까망이가……."

"다이어 울프잖아. 네 사역마를 믿어 봐."

으, 카르멘의 말을 들으니 까망이가 툭하면 자신은 그리 약하지 않다고 말하던 것이 떠올랐다. 그래, 까망이는 다이어 울프지. 하지만 얼마 전까지는 내 이름도 제대로 발음 못 하고 옹알거리던 애였다. 그 모습이 훤한데, 무서운 눈사람들 사이에서 혼자 도망 다닐 것을 생각하면 머리가 아득했다.

하지만 내가 버둥거리는 걸 카르멘은 눈치채지도 못한 것 같았다. 몸에 힘이 하나도 없었다.

"내려 줘."

내가 힘겹게 속삭이자 카르멘은 그제야 멈춰서 나를 내려 줬다. 난 곧장 까망이에게 돌아가려고 고개를 들었다가, 우뚝 멈춰 섰다.

"여긴 뭐야……?"

천장에는 커다란 용의 그림이 새겨져 있었다. 어제 카르멘에게 건국절 날 있었던 이야기를 해서인지, 나는 드래곤의 탑에서 보았던 용의 그림이 떠올랐다. 고개를 아래로 내리자 보이는 얼음벽 속에는, 책들이 박제처럼 굳어서 벽면을 가득 채우고 있었다.

난 홀린 듯이 벽 가까이로 다가갔다. 얼음 속에 갇힌 책 위로는 하나의 필체로 다양한 이름들이 새겨져 있었다.

〈루나틸 로젤리아〉

〈루나 로젤리아〉

〈루나틸 데일라르크〉

〈R.D〉

루나틸. 그건 눈의 여신이 나를 부르던 이름이었다. 얼음벽 속의 책들은 정식으로 만들어져 출판된 책이라기보다는 공책이나 일기처럼 보였다. 일기. 이 책들은 그녀가 쓴 이름인 걸까. 묘하게 익숙한 글씨로 적힌 이름들을 훑던 내 눈이 커졌다.

"R.D?"

"루나틸 데일라르크?"

나와 카르멘은 동시에 다른 이름을 외쳤다. 영혼의 서를 발명한 대마법사 R.D를 놔두고 다른 이름을 외치다니. 성을 들어 보니 황가의 사람 같았다. 우리는 동시에 의아한 얼굴로 서로를 마주 보았다. 내가 먼저 입을 열어 물었다.

"루나틸 데일라르크가 누군데?"

내 질문에 카르멘은 황당한 표정으로 말했다.

"우리 시조야."

……시조라고? 내가 당황한 얼굴을 하자 카르멘이 설명을 덧붙여 주었다.

"루나틸 데일라르크. 황제와 함께 헤브람 제국을 건국한 첫 번째 황후의 이름이야."

나는 다시 얼음벽을 돌아보았다. '루나틸 데일라르크' 그렇게 적혀 있는 글씨는 다시 봐도 그 옆의 글씨들과 똑같아 보였다. 게다가 그 이름의 변천사도 뻔히 보였다.

'루나틸 로젤리아'는 데일라르크의 성을 가진 사람과 결혼해서 '루나틸 데일라르크'가 되었을 것이다. 그리고 '루나'는 아마 '루나틸'의 애칭일 것이다. 'R.D'는 '루나틸 데일라르크'의 줄임말이고.

그렇다면 R.D가 헤브람 제국을 건국한 최초의 황후라고? 이미 혼란에 빠져 있는 내게 카르멘은 혼란 하나를 더 보태 주었다.

"……그리고 루나 로젤리아는 첫 번째 마탑주의 이름이지."

"뭐?!"

난 목이 아픈 것도 잊고 큰 소리로 되물었다가 기침을 했다. 카르멘이 깜짝 놀라 내 등을 쓸어 주었다.

첫 번째 마탑주는 마탑의 창시자였다. 처음으로 마법사들을 규합하고 규칙을 만들어 마법사들이 사람들에게 해를 끼치지 않고 힘을 합칠 수 있도록 만들었던 사람.

물론 동명이인일 수도 있었다. 하지만 한 시대에 같은 이름을 가진 대마법사가 둘이나 있을 가능성을 생각해 보면, 아마 R.D와 루나틸 로젤리아가 동일 인물인 쪽이 더 신빙성이 있을 것이다. 하지만 말이 되지 않았다.

'영혼의 서'를 만든 천재 마법사 R.D가 마법사들을 모아 마탑을 만들고, 그런 다음 시간이 남아돌아서 헤브람 제국도 건국했다고? 그 모든 일이 한 사람의 업적이었다니. 너무 대단해서 믿기 힘들기도 했지만, 다른 쪽으로도 미심쩍었다.

만약 그게 사실이라면 내가 모른다는 것이 이상했다. 없는 이야기도 만들고 부풀리는 것이 건국 신화인데. 초대 황후가 그렇게 대단한 사람이었다면 이건 대서특필을 해서 자랑해야 할 일이 아닌가. 아카데미 학생들이 모조리 알도록 정규 교육 과정에서 가르치고 동요를 만들어서 아이들이 부르고 놀도록 했어도 모자람이 없을 이야기였다.

혼란의 끝에는 문득, 개인적인 의구심도 떠올랐다. 나는 아직 내 등을 쓸며 괜찮냐고 묻는 카르멘의 손을 저지하며 말했다.

"얼마나 살았는지 알아?"

"어?"

"루나틸 데일라르크 말이야."

카르멘은 제 손목을 잡고 있는 내 손을 슬쩍 보다가 대답했다.

"마흔일곱."

"……마흔일곱."

나는 그 숫자를 작게 입으로 중얼거렸다. 마흔일곱, 영혼의 서를 만든 사람의 수명. 내 생각보다 훨씬 오래 살았다. 카르멘이 의아한 목소리로 물었다.

"그건 왜?"

"그냥."

나는 얼버무리듯 답하고 슬며시 고개를 돌려 벽을 바라봤다. 저 책들은 아무래도 그녀의 일기 같았다. 나는 내가 매일 쓰고 있는 일기를 떠올렸다. 내 일기에는 내가 매일 쓰는 마법과 마력량이 모조리 기록되어 있었다. R.D도 그런 것을 기록했을까.

얼음벽 위로 손을 올려 보자 예상대로 강력한 마법의 기운이 느껴졌다. 겉보기엔 그저 얼음으로 얼린 것 같아 보였지만, 이건 복잡한 보존 마법의 일종일 것이다.

'나쁜 계집!'

문득 눈의 여신이 내게 했던 말이 떠올랐다. 여신은 R.D와 무슨 관계이기에 나와 그녀를 헷갈리고 화를 냈던 걸까. 그리고 그렇게 싫어하는 사람의 일기를 이렇게 까다로운 마법으로 보존해 놓고 있는 것일까.

나는 배낭을 끌러 양피지를 바닥에 펼쳤다. 펜을 들어 마법진을 그리기 시작하자, 카르멘이 어리둥절하게 물었다.

"뭘 하려고?"

대답 대신 카르멘에게 빙긋 웃어 줬다. 눈의 여신이 사용하는 마법은 아마 고대 마법일 것이다. 내가 자그마치 반년 가까이 연구했던 고대의 보존마법. 에키드나 연구소에서 실험체들을 죽지도 살지도 못하도록 얼려 두었던 그것.

나는 암흑 왕국에서 에키드나 연구소를 찾아다니며 자료들을 모조리 훑어보았다. 그리고 그 마법의 정체를 대부분 파악했으나, 딱 하나 부족한 것이 있었다.

'마력식.'

이 마법에는 대체 어느 정도의 마력이 필요한지를 찾지 못했던 것이다. 마력식은 마법을 발동시키는 데 소모되는 마력량도 결정하지만 어떤 형태로 빠져나갈지도 결정한다. 사역식에 쓰이는 마력식은 지속적으로 마력이 소모되는 형식이고, 영혼의 서처럼 아예 마력이 아닌 영혼이 소모되는 식도 있다.

마력식이 잘못되면 마법이 제대로 발동되지 않는 게 보통이지만, 때로는 술자에게 해를 입히는 방식으로 마법이 발동되기도 한다. 처음 마법을 배우는 초보 마법사들은 충분한 마력을 가지고 있더라도 마법을 발동시키지 못하곤 하는데, 그 이유는 아이러니하게도 인간이라면 모두가 가지고 있는 자기 보호 본능 때문이었다.

사람을 살게 하는 최소한의 안전장치. 위기에 닥치면 자연스럽게 몸이 굳고 얼굴에 무언가가 날아오면 반사적으로 눈을 감게 되는 현상.

사람은 마수와 달리 마나 코어를 가지고 태어나지 않는다. 그래서 스스로 마력을 생성하지 못하고 대신 외부의 마력을 몸에 흡수해서 지니게 된다. 마치 공기나 물처럼. 다만 공기나 물과는 달리 마법을 쓰지 않으면 마력은 평생 몸에서 빠져나갈 일이 없다.

물론 마나 코어가 없기 때문에, 인간이 쌓을 수 있는 마력량은 마수에 비해 턱없이 적었다. 몸에 있는 모든 마나가 소진되면 마력 결핍증이 온다. 심하면 블랙아웃 현상과 함께 정신을 잃어버리게 되기도 했다.

마탑을 보유한 헤브람 제국에서는 이런 마력 결핍증이 큰 문제가 되지 않았다. 마력 결핍증이 최고조에 달해 기절을 하더라도 잠시간의 시간만 지나면 곧 다시 정신을 차릴 수 있기 때문이다. 그러나 제국 밖에서는 이 마력 결핍증은 무시무시한 병으로 취급받았다.

마법사들은 이 차이가 헤브람 제국에 쳐진 결계 때문이라고 말했다. 드래곤이 살아 있고 마나가 넘쳐 나던 시절에 쳐진 결계가 여전히 제국에 있는 마나가 밖으로 빠져나가지 못하게 막아 주는 역할도 하고 있다는 것이다.

그러니까 헤브람 제국은 인위적으로 만들어진 공간이기에 예외적인 것이고, 일반적인 사람들은 마력 결핍증을 피하기 위해 본능적으로 마력을 방출하지 않으려고 한다. 마법사와 일반인을 가르는 것은 이 자기 보호 본능을 극복하고 마력을 방출할 수 있는지 없는지에 달려 있었다.

어떻게 보면 이 마력 결핍증은 능숙한 마법사에게만 일어나는 증상이었다. 그러한 마법사일수록 마력식의 중요성이 커졌다. 몸속의 안정 장치가 전혀 기능을 하지 않아, 마력식으로 한계치를 정해 놓지 않으면 몸속의 마력을 모조리 끌어다 소모해 버릴 테니까.

나는 바라카를 구하기 위해 천삼백 마리의 벌레를 소환했다가 마력 결핍증으로 기절한 적이 있었다. 그때 내가 소모했던 마력은 고작 130파시였다. 마력을 너무 많이 소모하다 보니 이제는 아무도 쓰지 않게 된 비행 마법에 들어가는 마력은 약 500파시였다. 그런데 대마법사가 쓰던 고위 고대 마법 같은 것들은 심하면 네 자리를 넘어가는 마력을 소모하기도 했다.

괜찮을까?

복잡한 마음과는 달리 내 손에 잡힌 펜은 유려하게 마법진을 그려 냈다. 곁에서 내가 하는 걸 보고 있던 카르멘이 혀를 내둘렀다.

"마력식이 대체 몇 개야?"

마법엔 문외한인 카르멘도 이 마법진이 무척 복잡하다는 것 정도는 알아보았다. 나는 말없이 웃었다.

'영혼의 서'의 한계는 어디까지일까?

R.D, 이 마법을 만든 당신은 알고 있었을까.

나는 양피지를 들어 얼음벽 위로 붙였다. 수분 때문에 양피지가 얼음벽 위로 달라붙었다. 걱정스런 표정으로 나를 보고 있는 카르멘이 보였다. 머리에 열이 오르고 있으니까, 아픈 게 얼굴로도 티가 나는 모양이었다.

아마 지금 내 얼굴은 새빨갛게 달아올라 있지 않을까. 만약 지금 내가 쓰러지더라도 마력 결핍증이 아니라 몸살 때문이라고 생각할 것 같았다. 그럼 잔소리를 좀 덜해 주려나. 난 나쁜 생각을 떠올렸다가 킥킥 웃었다. 카르멘이 의아한 얼굴을 했다.

나는 심호흡을 하고 마법진에 마력을 불어넣었다. 마법진 위를 검은빛이 에워쌌다. 다음 순간, 커다란 소리와 함께 얼음벽이 유리처럼 부서졌다. 내가 비명을 지르기도 전에 카르멘이 내 눈을 가렸다. 다시 눈을 떴을 때, 나는 그의 품속에 있었다.

"괜찮아?"

카르멘이 물었다. 나는 고개를 끄덕였다. 그는 안도의 한숨을 쉬며 나를 놓아주었다. 그제야 보존 마법이 무너진 벽 앞으로, 크리스털 같은 얼음 조각들 사이로 책들이 떨어져 있는 게 보였다.

카르멘은 벽으로 다가가려는 내 행동을 저지하고 대신 걸어가 책들을 주워 왔다. 그가 건넨 책을 펼쳐 들자, R.D의 글씨로 쓰여 있는 날짜와 줄글이 보였다.

"일기네."

카르멘이 말했다. 나는 내 예상이 맞았다고 생각했다가, 글을 읽고 약간 실망했다.

고대하던 결혼식 아침이었다.

루나틸 데일라르크의 이름이 적힌 일기의 첫 문장이었다.

"마법과 마법진에 대한 기록이 없잖아."

"일기니까."

카르멘이 작게 웃으며 말했다. 나는 투덜거렸다.

"그러니까 말이야."

"이 일기들, 순서가 있는 걸까."

초대 황후의 일기라니. 여기서 이런 걸 보게 될지는 몰랐어. 카르멘이 감탄하며 말했다. 나는 그의 목소리를 듣다가 문득 눈을 번쩍 떴다.

"순서!"

순서가 있었다. 로젤리아의 성을 가지고 있는 것이 앞부분, 데일라르 크의 성을 가지고 있는 것이 뒷부분. 게다가 카르멘은 루나 로젤리아가 첫 번째 탑주라고 말했다. 그 말대로라면 R.D가 마탑을 설립한 것은 결혼을 하기 전이라는 뜻이었다.

나는 루나틸 로젤리아의 일기부터 펼쳤다. 어린아이의 삐뚤빼뚤한 글씨로 쓰여 있는 낱장을 휙휙 넘기며 '영혼의 서'나 사역술에 대한 이야기가 있는지를 중점적으로 찾았다. 카르멘도 내 반대편에서 뭘 찾아야 하는지 묻고는 열심히 페이지를 뒤적거렸다.

루나틸 로젤리아의 일기는 마법에 관한 이야기가 많았다. 그녀는 세 살 때부터 마법 수업을 듣기 시작했다고 하니까. 그러나 그만큼 쓸데없는 일들(에르와 피크닉을 했다든가, 에르와 정원을 걸었다든가, 에르와 데이트를 할 거라든가)에 대한 이야기도 많아서 영혼의 서와 관련된 이야기를 찾기가 힘들었다.

'영혼의 서'에 대한 이야기가 나온 것은 '루나 로젤리아'의 일기부터 였다.

1256년, 12월 27일. 영혼의 서를 시험하기 위해 유령의 산에 올랐다. 에르는 눈이 내리는 날 등산을 하는 건 위험하다고 했지만 내가 아쉬워하자 그럼 함께 가자고 말해 주었다. 거기서 유령, 헤밀리를 만났다.

"헤밀리……."
그게 루나틸이 사역한 첫 번째 마수의 이름인 듯했다.
50년도의 일기에서 R.D는 자신이 열 살이 됐다고 했으니 56년이면 열여섯 살 때였다. 그렇다면 열여섯 살에 '영혼의 서'를 만들었다는 말일까. 과연 천재 마법사였다.
나도 어렸을 때부터 마법에 매진했다면 그만큼의 업적을 쌓을 수 있었을까? 문득 궁금증이 일었다.

마수를 만난 것은 처음이라 무척 무서웠지만 에르가 그녀의 약점이 불이라는 것을 알아냈다. 그가 헤밀리를 제압하고 있는 사이 사역술을 써서 겨우 잡을 수 있었다. 유령의 산은 먼 옛날 큰 전쟁과 학살이 일어났던 땅이다. 헤밀리는 그때 죽은 사람들의 원한과 증오가 모여 만들어진 원귀였다. 그녀가 말을 할 수 있는 건 그 덕분일까?

말을 할 수 있는 마수. 영혼의 서로 사역한 까망이와 똑같은 특성이었다. 하지만 내가 영혼의 서를 이용해 계약한 다른 사역마들은 말을 하지 못했지. 나는 까망이와 다른 사역마들 사이에서 나타나는 차이의 원인이 궁금했다. 하지만 영혼의 서를 만든 R.D조차 그에 대해 정확히 알지는 못했던 모양이었다.
그 이후로는 에르에 대한 이야기가 줄어들고 헤밀리에 대한 이야기가 늘어났다. R.D는 헤밀리를 관찰하고 있었다. 그녀는 헤밀리를 자신의 첫 번째 사역마라고 불렀다. R.D는 헤밀리와 함께 무수히 많은 마법을 만들고 시험했다. 마치 내가 까망이를 처음으로 사역했을 때처럼.

R.D는 자신이 만든 영혼의 서를 다른 사람 또한 써 보도록 시도했지만 실패했다. 마치 나처럼 말이다. 하지만 그녀는 포기하지 않고 유명한 마법 사들을 초청해 마법사 집단을 만들었다. R.D는 다른 마법사들과 함께 영혼의 서를 연구할 계획을 세우고 있었다.

이 집단이 훗날 마탑이 되는 것일까. 내가 숨죽여 일기를 읽고 있는데, 문득 카르멘이 말했다.

"케라아임?"

난 귀에 익은 이름에 고개를 들었다. 카르멘이 들고 있던 것은 표면에 R.D라고 쓰여 있는, 시간상 가장 훗날의 일기였다. 내가 물었다.

"케라아임이 누구였지?"

"……드래곤."

나는 카르멘이 보던 일기를 건네받아 그가 읽고 있던 페이지를 보았다. 거기 쓰여진 글을 읽자마자 내 눈이 커졌다.

드디어 해츨링을 사역하는 데 성공했다. 녀석에게 나는 케라아임이라는 이름을 붙여 주었다.

케라아임. 이제야 기억난다. 드래곤의 탑에서 카르멘이 내게 알려 줬던 드래곤의 이름. 그러다 문득, 눈의 여신을 처음 만났을 때 그녀가 까망이를 불렀던 이름이었다는 걸 깨달았다.

'케라아임 님……?'

그때는 갑자기 나타난 여신에게 정신이 팔려 눈치채지 못했지만, 그녀는 분명 그렇게 말했던 것 같았다.

"루나틸 님께선 드래곤을 사역하셨던 건가……?"

카르멘이 믿기 힘든 듯한 목소리로 말했다. 그럴 만도 했다. 마수를 사역하기 위해서는 마수가 가진 것보다 훨씬 많은 마력이 필요했다. 그러나 드래곤이 가진 것보다 더 많은 마력을 가진 인간이 존재할 리가 없었다.

하지만 R.D는 '영혼의 서'를 가지고 있었다. 영혼의 서로 드래곤을 사역한 것일까. 언젠가 나는 날 걱정하는 슈웨인을 향해 영혼이 마력과 같은 에너지일 것이라고 주장했던 적이 있었다. 하지만 드래곤을 사역할 만한 마력과 대체될 수 있는 에너지라니. 등골이 오싹했다. 공포가 아니라, 기대감으로.

그녀가 했다면, 나도 할 수 있는 걸까?

헤브람 제국의 건국 신화가 떠올랐다. 마탑주와 황제와 드래곤이 힘을 합쳐 헤브람 제국을 만들었다는 이야기.

나는 책을 빠르게 뒤로 넘겼다. 해즐링을 사역한 이후부터 R.D의 일기에는 끝없이 등장하던 에르나, 가족이나 친구에 대한 이야기가 완전히 사라졌다. 그녀는 어떤 술식에 대해 고민하고 있었다.

그러나 그녀의 심경이나 작업의 진척도에 대한 이야기는 하지 않아서 대체 그녀의 목적이 무엇이었는지도 알 수가 없었다. R.D는 마법식을 적었다가 잉크로 덮어 버리기도 하고, 아예 종이를 찢어 버리기도 했다. 시대순으로는 가장 최근에 쓴 일기인데도 불구하고 이 일기가 가장 보존 상태가 나빴다.

어느덧 연도는 1287년으로 넘어가, R.D가 목숨을 잃던 해로 바뀌어 있었다. 마지막 장에서 R.D는 오랜만에 가지런한 글씨로 글을 썼다.

드디어 내 오랜 염원을 이룰 수 있게 되었다.

그 아래에는 몇 개의 마법식들이 쓰여 있었다. 마법진도 아니고 마법식

몇 개. 이걸로 대체 뭘 하려고 했던 건지는 알 수 없지만, 나는 무작정 펜을 꺼내 그걸 양피지에 따라 썼다. 모든 마법식을 옮겨 쓰고 나자 종이의 끄트머리에 작은 글씨가 보였다.

영혼의 전환식

이게 이 마법의 이름이라도 되는 걸까. '영혼의 서'와 비슷한 이름이 었다.

"어, 이거 결계의 마법진이네."

"응?"

카르멘이 보고 있는 건 영혼의 전환식이 있는 페이지 옆이었다.

"헤브람 제국을 지키는 결계 말이야."

"이게 결계의 마법진인지 어떻게 알아?"

"여기 적혀 있잖아."

그가 가리킨 곳에 정말 작게 결계의 마법진이라고 적힌 글씨가 있었다. 카르멘이 감탄했다.

"학자들이 이 결계의 비밀을 풀기 위해 엄청 노력한다더니. 이렇게 복잡한 모양이었구나."

"그래?"

"응, 마법사들뿐만 아니라 모든 학자들이 궁금해하는 점이라던데. 이 책을 가져가면 아주 난리가 나겠는걸. 대체 이런 물건이 왜 여기에 있는 거지?"

"그러게……."

카르멘의 질문에 나는 루나 로젤리아의 일기를 다시 펼쳐 들었다

R.D의 가장 친한 친구는 그녀의 첫 번째 사역마였다. 두 사람은 함께 동고동락하고 함께 모험을 떠났다. 마치 나와 까망이처럼, 그리고…….

오늘은 숲에서 고블린을 만났다. 에르 없이 혼자 마수와 맞닥뜨린 것은 처음이라 나는 공포에 질렸다. 그러나 레밀라가 나를 안심시키며 자기만 믿으라고 말해 주었다. 그녀는 고블린 무리를 모조리 얼려 버렸다.

"얼려?"

나는 가만히 생각에 빠졌다. 그러고 보니 R.D가 헤밀리를 잡을 때도 그녀의 약점이 불이라고 했었지. 불이 약점이고 얼음을 쓰는 마수. 설마, 이건…….

"헤밀리가 눈의 여신이었어."

내가 중얼거리자 카르멘이 의아한 표정을 했다.

"헤밀리?"

"헤밀리는 R.D의 사역마야, 여기를 봐."

나는 카르멘에게 R.D와 헤밀리가 처음 만나던 때의 일기를 펼쳐 들었다. 일기를 건네받아 차분히 읽어 나가던 카르멘의 얼굴이 점점 묘해졌다.

"마력과 영혼을 교환한다고?"

그의 중얼거림에 나는 화드득 놀랐다. 영혼의 서 이야기를 깜빡 잊고 있었던 것이다. 그가 내게 물었다.

"이게 무슨 뜻이야?"

"그…… 글쎄."

고개를 들자 카르멘이 미심쩍은 얼굴로 나를 보고 있었다. 나는 도르륵 눈을 굴렸다.

"이, 이제 그만 일어나자. 까망이도 걱정되고……."

눈에 뻔히 보이는 말 돌리기였다. 그러나 말하고 나니 정말로 까망이가 걱정되기 시작했다. 나는 회피하고 싶은 마음 반, 까망이에 대한 걱정 반으로 급히 몸을 일으켰다. 그러나 뒤이어 밀려오는 어지럼증 때문에 시야가 흔들렸다.

이런, 내 몸 상태를 깜빡했다. 휘청거리는 나를 카르멘이 황급히 받아 안았다.

"괜찮아?"

"난 괜찮은데, 까망이가……."

카르멘은 무척 할 말이 많은 표정으로 나를 바라봤다. 말을 피하려는 수작이 뻔히 보였을 것이다. 나는 그가 날 추궁하면 어쩌나 하는 걱정으로 몸을 움츠렸다. 그러나 다음 순간 그는 모든 말들을 삼키고 나를 도로 앉혔다.

"까망이는 걱정하지 마. 다이어 울프가 쉽게 당할 리 있어?"

"그건 그렇지만……."

"우린 할 일도 있잖아."

카르멘이 다정한 목소리로 어르듯 말했다. 내게는 아침부터 카르멘과 함께 짜 놓은 전략이 있었다. 나는 할 수 없이 고개를 끄덕였다.

R.D의 일기들은 가방 안에 고이 넣어 두었다. 그리고 지하 감옥에서 그랬던 것처럼, 마법진을 이중으로 덧씌우고 카르멘에게 칼로 따라 그려 달라고 말했다.

까망이가 아래층에서 눈사람들을 몰고 다닐 동안 우리는 2층에 있는 모든 방을 방문하며 마법진을 새기고 다녔다. 사역마들을 소환해서 돕게 하자 생각보다 일은 금방 끝났다.

복도의 끄트머리에 도달해서야 우리는 다시 아래층으로 내려가는 계단을 발견했다. 빠르게 계단을 내려갔으나, 의외로 전투의 소음은 들리지 않았다. 나는 오히려 불안해졌다. 층계를 모조리 내려가 1층 복도에 발을 디디자 우리를 맞이한 것은 계단을 에워싸고 있는 눈사람들이었다.

나는 눈이 아픈 백색 사이를 샅샅이 훑어봤으나 검은 늑대는 털끝 하나 보이지 않았다. 초조하게 두리번거리는 내게 높은 목소리가 말했다.

"루나틸."

눈의 여신이었다.

"네가 찾는 건 여기 없어."

그 확신에 찬 목소리에 난 움찔 놀랐다.

"너, 설마 까망이를……."

내 목소리를 자르고 여신이 웃었다.

"이번에 잡으면 다리를 잘라 줄까?"

"뭐?"

"이렇게 쥐새끼처럼 활보하고 돌아다녔으니 그만한 처분이 필요하지 않겠어? 얌전히 있어야지. 케라아임 님이 오실 때까지만이라도 말이야. 그분이 돌아오시면……."

여신이 주먹을 폈다. 그녀의 시퍼런 손톱이 송곳처럼 날카로워졌다.

"네가 원했던 대로, 편하게 해 줄 테니 말이야."

"……."

"평생 죽고 싶어 발악을 했잖니, 좋지?"

그녀의 입가에 날 선 미소가 걸렸다. 나는 나를 '루나틸'이라고 부르며 위협하는 여신의 의중을 읽을 수가 없었다. 그러나 내가 여신을 이해하든 못 하든 그녀는 내게 악의를 드러냈고, 눈사람들은 도축 칼을 들었다.

눈사람이 내 머리 위로 칼을 휘두르자 카르멘이 곧바로 내 앞을 막아섰다. 얼음과 칼이 맞부딪히며 높은 소리가 났다. 무쇠와 얼음의 충돌, 싸움이 되지 않았다. 눈사람의 칼은 부서졌고 카르멘은 녀석의 몸통을 갈라 버렸다. 나는 안도했으나 카르멘의 양옆으로 눈사람들이 다가오는 게 보였다.

"카르멘, 왼쪽!"

나는 소리치면서 윙투스를 그의 오른쪽으로 뻗어 냈다. 카르멘은 반사적으로 왼편으로 칼을 휘둘렀다. 그의 칼끝에서 눈사람이 동강 났고, 내 윙투스는 오른쪽 눈사람의 칼을 부러뜨렸다.

미소 지으며 날 돌아보던 카르멘의 눈이 커졌다.

"첼시, 숙여!"

"응?"

카르멘이 내 머리 위로 칼을 휘둘렀고 나는 화들짝 놀라 고개를 숙였다. 머리 위에서 얼음 깨지는 소리가 들렸다. 눈사람이 내 뒤를 노렸던 모양이었다. 우리는 숨을 고르며 등을 맞댔다. 내가 무쇠와 얼음의 충돌은 싸움이 되지 않는다고 했던가. 그러나 지금은 수적으로 너무나 열세였다.

"괜찮아?"

"응……."

카르멘의 걱정스런 물음에 나는 힘겹게 대답했지만 사실은 온몸이 아파서 서 있는 것조차 힘들었다. 내부의 열과 외부의 추위 사이에서, 정신이 하나도 없었다.

그때 여신이 손을 들었다. 바닥에 무너져 내렸던 눈과 얼음들이 순식간에 다시 뭉쳤다. 얼음은 칼이 되고 둥글게 뭉친 눈은 눈사람이 되었다. 나는 질린 눈으로 그 광경을 보다가 헛웃음을 지었다. 우리가 방금 쓰러뜨린 것은 넷인데, 어째 그보다 더 많은 눈사람이 만들어진 것 같았다.

우리의 노력을 순식간에 무용지물로 만들기 위해 눈의 여신이 한 일은 고작 손을 움직인 것밖에 없었다. 나와 눈이 마주치자 여신은 우아한 미소를 지었다.

"순순히 항복하렴. 지금 포기한다면 아킬레스건만 자르고 봐줄 수도 있어."

여신은 자애로운 목소리로 섬뜩한 말을 했다. 그녀의 표정을 봐선 농담을 하는 것 같지는 않았다. 어떻게 해야 할까. 속으로 수를 세던 내 목울대가 꿀꺽 울렸다. 둔해진 머리도, 열이 오른 몸도, 하나도 도움이 되지 않았다.

쿵!

갑자기 여신의 등 뒤에서 커다란 불덩이가 날아온 것은 그때였다.

눈의 여신은 화염 마법을 눈치채고 황급히 몸을 피했다. 불덩이는 여신의 옆을 스쳐 그녀의 앞에 선 눈사람을 무너뜨리고 허공에서 경로를 바꾸었다.

눈사람들이 비명을 지르며 몸을 피했으나 그 화염은 마치 생명을 가진 것처럼 움직여 눈사람들의 등을 쫓았다. 눈과 부딪힐 때마다 조금씩 크기가 줄어들던 불덩이는, 여섯 채의 눈사람들을 녹여 버리고 나서야 수그러들었다. 제 부하들의 죽음을 황망히 바라보던 여신이 분노한 얼굴로 고개를 돌렸다.

"누구냐!"

여신이 불덩이가 날아온 곳을 향해 소리쳤다. 흐릿하던 실루엣이 점점 가까워졌다. 내 얼굴에 미소가 번졌다.

"까망아."

하얀 얼음벽 끝에서 검은 늑대가 모습을 드러냈다. 화염 마법과 함께한 까망이의 등장에, 여신의 얼굴에 경악이 번졌다.

"어떻게 살아남았…… 아니, 어떻게 저 늑대가 화염 마법을 썼지?"

"잘 생각해 봐."

내가 웃으면서 말했다. 곧이어 커다란 소리가 울리며 성이 진동했다. 이번에는 위층에서 난 소리였다. 눈사람들의 몸이 요란하게 흔들리고, 여신의 무릎이 꺾일 정도로 강한 진동이었다. 카르멘이 휘청이는 내 어깨를 감싸 안았다. 천장에서 떨어져 나온 얼음 잔해들이 바닥에 부딪히는 소리가 났다.

한차례 일었던 진동이 그치자, 황망하게 위를 바라보는 여신의 얼굴이 보였다. 나는 그녀를 따라 시선을 올렸다가 다소 놀랐다.

천장이 없었다. 2층에 설치해 놓은 마법이 커다랗게 구멍을 뚫어 버린 것이다. 내가 설치한 마법이지만 이렇게 깔끔하게 천장을 날려 버리리라곤 생각하지 못했는데, 뿌듯해라.

"내 성에 무슨 짓을 하고 있는 거야!"

화가 머리끝까지 난 여신이 내게 소리쳤다. 난 작게 웃으며 입을 열었다.

"우리가 여기에 올 수 있었던 건 에키드 왕국의 지하에서 네 메시지를 발견했기 때문이었어."

"……뭐?"

"우리에게 보낸 메시지는 아닌 것 같지만. 아무튼 네가 남긴 그 마법, 무척 흥미롭더라고."

암흑 왕국의 유적지에서 발견한 메시지. 그 마법이 발동하는 모습은 특별했다. 아무것도 없는 바닥에 까망이가 마력을 불어넣자 갑자기 마법진이 생겨났고, 충분한 마력이 투입되는 순간 발동되었다.

마법 아래에 진짜 마법을 숨겨 놓는 히든 마법. 아마도 그것은 마력량은 방대하나 마법식은 알지 못하는, 마수를 위해 만든 마법이었을 것이다. 충분한 마력만 불어넣으면 마법 지식이 하나도 없는 마수조차 발동시킬 수 있게 만들어 놓은, 이른바 자동화 마법.

나는 유적지를 뜨기 전에 그 장소를 샅샅이 살폈다. 그리고 바닥에 남은 희미한 굴곡이 마법진의 모양을 만들어 내고 있다는 걸, 이 마법진이 또 다른 마법을 덮어쓰고 있다는 것을 알아냈다.

유적지의 마법진을 본떠 다른 고대 마법들과 대조해 보며 원형을 복원한 결과, 그 마법을 내 것으로 만드는 데 성공했다. 내 행동은 당연한 것이었다. 그렇게 멋진 마법을 만났는데 배우지 않고 넘어갈 마법사가 어디 있겠는가?

"이 성 곳곳에 마법진을 설치해 놓았어. 나의 귀여운 사역마들이 그 앞에서 대기하고 있지. 이번에는 우리 머리 위의 천장이 사라졌을 뿐이지만……내가 명령만 하면 이 성 하나는 순식간에 수증기가 되어 버릴걸."

여신은 자신의 마법이 적에게 역으로 이용당한 것에 적잖이 당황스러웠는지 화도 내지 못하고 입만 벙긋거렸다. 이미 충분히 새하얀 여신의 얼굴에서 더욱 핏기가 가신다. 난 카르멘의 가슴에 기댄 채 그녀에게 감사 인사를 전했다.

"좋은 거 가르쳐 줘서 고마워."

"이게……!"

아차, 그냥 질문 몇 가지에 대답만 해 주면 순순히 마법을 지워 주겠다고 제안할 차례였는데. 내 도발이 좀 심했던 모양이었다. 분노에 찬 여신이 손을 들어 올렸다. 그녀에 손짓에 따라, 천장에서 떨어진 성의 잔해들이 우르르 허공으로 떠올랐다. 맞부딪히는 얼음 조각들이 카랑카랑한 소리를 내며 내게로 날아들었다.

카르멘이 재빨리 나를 등 뒤로 보내고 앞을 막아섰다. 하지만 그것들은 흡사 생명을 가진 벌떼처럼 그의 칼 바로 앞에서 양쪽으로 갈라졌다. 두 갈래로 갈라진 얼음 조각들은 바위에 부딪히는 물결처럼 유려하게 칼을 비켜 와 내 목을 노렸다.

"……!"

카르멘이 곧장 뒤돌아 칼에 오러를 둘러 공격을 막았다. 그러나 그가 아무리 소드 마스터라도 그 순간에 양쪽으로 갈라진 공격을 모두 막지는 못했다. 그가 내 오른쪽을 막자 왼쪽에서 얼음 조각들이 날아왔다. 카르멘의 반응 속도는 그것까지 막지는 못할 것이었다.

하지만 나는 걱정하지 않았다. 충성스런 나의 사역마가 돌아왔으므로. 카르멘이 내 왼편으로 칼을 뻗으려 했을 때는, 이미 까망이가 제 몸에 부딪힌 얼음 조각들을 정말 벌레라도 되는 것처럼 털어 내고 있었다. 그 애가 내게 눈짓했다.

"괜찮으십니까?"

"응, 넌 괜찮니?"

까망이는 예의바르게 고개를 끄덕이곤 카르멘을 돌아보았다. 그리고 삐딱하게 고개를 기울이더니 그를 향해 물었다.

"그게 최선인가?"

헉, 나는 깜짝 놀랐다. 카르멘도 황당한 표정이었다. 나는 다급히 까망이의 목덜미를 잡았다.

"그러면 안 돼."

그리고 카르멘에게도 말했다.

"미안, 우리 애가 마수다 보니 세상 물정을 몰라서."

내가 애써 미소 띤 얼굴로 말하자 카르멘은 고개를 끄덕여 줬다. 그가 자비로운 황자라 다행이지. 그러나 카르멘과 까망이의 눈이 마주치는 순간, 둘 사이에서 약간 기묘한 기류가 흘렀다.

나는 당황스러웠다. 이럴 때가 아닌데. 난 눈의 여신에게로 고개를 돌렸다. 그녀는 방금까지 분노에 차 있던 것이 거짓말이었던 것처럼, 묘하게 가라앉은 눈으로 우리를 보고 있었다.

"너."

문득 여신이 기다란 손가락을 뻗어 누군가를 가리켰다. 카르멘과 눈싸움을 끝낸 까망이가 고개를 돌려 그녀를 바라봤다.

"사람 말을 할 수 있는 걸 보니 알겠구나. 네가 나와 같은 처지라는걸."

그녀가 창백한 입꼬리를 올려 웃었다.

"내가 조언 하나 해 줄까? 너는 이용당할 거야. 내가 그랬던 것처럼."

헉, 나는 짧게 숨을 삼켰다. 주위를 둘러싸고 있던 눈사람들이 갑자기 하나둘 허물어지기 시작했다. 그건 좋은 일이었지만, 무너진 눈사람의 잔해들이 바닥에서 도로 뭉쳐지고 있다는 건 나쁜 징조였다. 구름처럼 모여든 눈덩이들은 어쩐지 하나가 되면서 더 크게 불어나고 있었다.

나는 다급히 여신을 돌아봤다.

"당장 그만둬, 그렇지 않으면 내가 설치한 마법들을 발동시켜 버릴……!"

"어디 해 보렴."

여신은 내 말을 싹둑 잘라 버리고 빙긋이 웃었다.

"내 부하들이고 성이고 다 무너뜨려 봐. 어차피 내 집은 케라아임 님이야. 그분만 만날 수 있다면 다른 건 아무래도 상관없어."

그렇게 말하는 여신은 정말로 다른 건 아무래도 상관없어 보였다. 비웃음이 아닌 상쾌한 미소가 그 시퍼런 입가에 걸렸다. 그녀의 말이 허풍이 아님을 증명하듯, 바닥에서 뭉쳐진 눈사람은 저 드높은 천장을 꿰뚫을 크기로 자라고 있었다. 나는 당황했다.

"하, 하지만…… 이 성에 많은 기록들이 있잖아? 그게 다 사라져도 괜찮아?"

R.D의 일기들에 보안 마법을 걸어 놓은 것은 분명 저 눈의 여신일 것이다. 게다가 이 성에는 거의 모든 곳에 고대어로 적은 글씨가 빼곡하게 있었다. 정성을 들여 반듯한 글씨로 남겨진 기록들은, 분명 이 성의 주인에게 소중한 것일 게 틀림없었다. 그래서 아무것도 쓰여 있지 않은 천장만 일차적으로 부숴 버린 것인데.

"기록?"

그런데 날 돌아보는 여신의 얼굴은 못 들을 말을 들었다는 표정이었다. 그녀가 황당하다는 듯 실소했다.

"기록, 기록…… 하하, 그렇지. 넌 내가 글을 깨우치자마자 하루에 있었던 모든 일들을 기록하고 네가 쓴 마법들을 모조리 따라 그리게 시켰어. 그리고 내가 실수라도 하면 날밤을 새서라도 그걸 싹 다 고쳐 준 뒤에야 잠들곤 했지. 차라리 화를 내는 게 낫지, 그때마다 난 스스로가 한심해서 견딜 수가 없었어. 덕분에 기록 강박증이 생겨서 뭐든 기록하지 않으면 불안해 죽겠단 말이야, 알아?!"

푸념하듯 말을 늘어놓던 여신은 끝에 가서는 거의 소리를 질렀다. 그러니까 나는 R.D가 아니라니까! 난 찡하니 울려오는 귀를 막으며 뒷걸음질 쳤다.

카르멘이 그런 내 어깨를 받쳐 안고 날 뒤로 끌어냈다. 까망이가 내 앞을 막아섰다.

"비켜, 후회할 짓 하지 말고."

"너야말로."

여신의 경고에 까망이가 으르렁거렸다. 둘이 그러건 말건 나는 고개를 들어 천장을 바라봤다. 성이 무너져도 상관없다던 말은 거짓이 아니었는지, 드디어 원형을 이룬 거대한 눈사람이 성의 지붕을 뚫고 고개를 들고 있었다. 녀석이 새까만 손가락으로 제 얼굴을 찔렀다. 흰 얼굴에 만들어진 검은 시선이 아래를 향했다.

"가여운 것, 귀신보다 무서운 인간에게 홀려 버렸구나."

거대한 눈사람의 손이 바닥에 닿았다. 여신은 그 손을 밟고 오르며 말했다.

"순진한 얼굴을 하고 있지만, 그 속은 설산의 마수보다 차갑지."

눈사람이 그녀를 제 어깨 위에 올렸다. 작은 움직임에도 바닥이 진동했다. 급기야 녀석은 성의 계단을 지탱하고 있던, 기다란 기둥을 잡아 뽑기 시작했다. 거대한 얼음 기둥이 놈의 손아귀에 잡혀 들어 올려졌다.

처음부터 저 눈사람의 무기로 쓰기 위해 만들어진 기둥이었던 것일까. 성의 밑바닥부터 최상층까지 관통하며 꽂혀 있던 기둥이 사라졌는데, 성은 신기하게도 무너지지 않았다. 지금 보니 그 기둥은 가늘고 날카로운 검이었다. 지붕 위의 기이한 건축물이라고 생각한 것이 그 검의 손잡이가 되었다.

눈의 여신을 어깨에 앉혀 놓고 성과 똑같은 길이의 얼음 칼을 들고 우리를 노려보는 눈사람이라니. 저 어린애 악몽 같은 광경이 내가 맞서야 할 적의 모습이었다.

나는 혀를 차며 소매를 걷었다. 당장은 무너지지 않는다 하더라도 저렇게 커다란 눈사람이 공격해 오는 이상 이 성이 바스러지기까진 얼마 남지 않았을 것이다. 나는 팔에 그려진 마법진에 손을 올렸다. 마력을 불어넣자, 검은빛과 함께 마법진이 사라졌다. 대신 그 위로 불로 휘감긴 새가 나타났다.

"찌악!"

불새가 찢어지는 소리를 내며 눈사람에게로 날아갔다. 눈사람은 공격을 막기 위해 빠르게 손을 뻗었다. 거대한 몸체에 비해 상상 이상으로 빠른 반응 속도였다. 눈사람에 비교하자면 그야말로 한주먹도 되지 않는 불새는, 놈이 손을 뻗어 잡자 몸이 죄다 가리어졌다.

그러나 그 작은 불새는 내가 화염 마법에 비행 마법과 바람 마법을 이리저리 섞어, 무식하게 많은 마력을 때려 넣어 만든 것이었다. 아니나 다를까, 곧 눈사람의 검은 손을 관통하고 불새가 튀어나왔다.

당황하여 허우적거리는 눈사람의 왼쪽 눈으로, 불새가 자신의 불타는 몸을 부딪쳤다. 빨간 불꽃이 흰 눈덩이 사이로 사라졌다. 눈사람이 황급히 제 얼굴을 부여잡았다. 거대한 몸체가 뒤로 기울어졌다.

저 거대 눈사람은 입이 없었으나, 고통에 찬 움직임이 비명을 대신했다. 마력 효율성을 높이기 위해 이것저것 실험해 보았지만 역시 강력한 마법은 마력을 많이 불어넣는 게 최고인 것 같다.

눈사람이 뒤로 넘어가기 전에 마법을 다 써먹어야겠지.

방금 전에 쓴 불새는 조명탄과 비슷한 역할을 하는 마법이었다. 세 가지 마법이 이리저리 섞여 만들어 낸 기이한 소리. 성 이곳저곳에서 대기하고 있던 내 사역마들도 저 소리를 들었을 것이다.

쾅, 쾅!

성 여기저기에서 검은빛이 번쩍이고 거대한 소리가 울렸다. 곧이어 허우적거리는 눈사람의 몸 위로 불덩이가 쏟아져 내리기 시작했다. 화염 마법들의 폭격이었다. 눈사람의 몸에 구멍이 뚫리자 눈이 사방에 튀어 눈사람의 모습이 뿌예졌다. 흩날리는 눈가루에, 나는 팔을 들어 눈을 가렸다.

"첼시!"

그때 카르멘의 목소리가 들렸다. 내가 다시 눈을 떴을 때 보였던 건 내게 팔을 뻗는 카르멘과 다이어 울프의 모습으로 돌아온 까망이. 그리고 성을 가르며 내려쳐 오는 거대한 칼이었다.

얼음성이 붕괴되었다.

* * *

"으······."

머리가 깨질 것 같은 고통과 함께 나는 깨어났다. 그새 정신을 잃었던 걸까. 아직도 거대한 칼과 얼음성이 맞부딪히며 울리는 굉음이 귓가에 쟁쟁거렸다. 그 뒤로 이어지는, 발밑이 무너지는 감각.

어쩐지 아까보다 몸 상태가 훨씬 안 좋아진 기분이었다. 나는 손을 더듬어 윙투스부터 찾았다. 그게 없으면 나는 마력을 못 쓰니까. 다행히, 평소처럼 손가락에 얌전히 걸려 있는 윙투스의 감촉이 느껴졌다.

나는 떠지지 않는 눈을 억지로 떠서 상황을 확인했다. 나는 카르멘의 품속에 있었다. 어쩐지 푹신하다 했더니 그가 나를 옮기고 있었던 모양이었다. 내 기척에, 다른 곳을 살피던 카르멘의 시선이 나를 돌아보았다.

"첼시, 괜찮아?"

"응····· 까망이는?"

"마수들과 싸우고 있어."

"마수들?"

난 어리둥절하게 반문했다. 눈사람들은 모두 그 거대 눈사람에게 융합되지 않았나? 그 눈사람은 내 공격을 받아서 쓰러지기 직전에 마지막 발악처럼 칼을 휘둘렀고, 덕분에 얼음성이 무너졌고······.

"키이이익!"

그때 멀리서 익숙한 짐승의 울음소리가 들려왔다. 설산의 초입에서 만났던, 눈사자들의 목소리였다.

"눈사람이 무너지고 나서 그 자리에 다른 마수들이 한가득 생겨났거든. 첼시, 설 수 있겠어?"

내가 고개를 끄덕이자 카르멘이 날 조심스럽게 바닥에 내려놓았다. 그가 외투를 벗어 바닥에 깔고 그 위에 나를 앉게 했다.

"크르르……."

눈사자의 목소리가 아까보다 가까워졌다. 카르멘은 벽에 붙어 동태를 살피다가 한숨을 쉬었다.

"여기서 쉬고 있어."

나는 다시 고개를 끄덕였다. 카르멘의 걱정스러운 시선이 내 얼굴에 잠시간 달라붙었지만, 그는 곧 칼을 꺼내서 벽 뒤로 넘어갔다. 벽 뒤에서 날카로운 금속성이 울리기 시작하고, 홀로 남겨진 나는 벽에 기대서 잠깐 숨을 골랐다. 가만히 있어도 자꾸만 숨이 가빠졌다. 머리는 뜨겁고, 몸은 으슬으슬 떨려 왔다.

옆을 보자 카르멘이 외투와 함께 놓고 간 내 가방이 보였다. 난 가방을 열어서 펜을 꺼냈다. 몸에 보온 마법을 몇 개 더 두르자 조금 살 만해졌다.

여기는 아마…… 얼음성의 어느 방.

사면으로 둘러진 벽을 보니 아마도 무너지기 전에는 어떤 방이었을 것 같았다. 주위를 둘러보자 여기저기에 무너진 얼음성의 잔해들이 보였다. 내 화염 마법 때문인지 성의 잔해는 원형의 반도 남지 않았다. 곳곳에 널린 얼음들이 햇빛에 비쳐 크리스털처럼 반짝였다.

난 작은 화염 마법 하나를 발동해 벽에 조그만 구멍을 뚫었다. 꽤나 떨어진 곳에서 눈사자들과 싸우고 있는 카르멘이 보였다. 내가 다칠까 봐 눈사자들을 멀리로 유인한 것 같았다.

시선을 조금 돌리자 저 먼 곳에서 눈사람들과 싸우고 있는 까망이도 보였다. 거대 눈사람이 도로 분해되어 눈사람들이 도로 튀어나온 것일까. 아무리 열심히 해도 불이 없으면 이 싸움을 완전히 끝낼 수 없을 텐데. 얼른 가서 화 염마법을 걸어 줘야겠다.

그렇게 생각하며 몸을 일으키다가, 난 멈칫했다.

'싸움을 끝내?'

나는 벽 뒤로 걸어 나오며 주위를 두리번거렸다.

'눈의 여신은 어디 있지?'

그러나 어디를 보아도 여신의 모습은 보이지 않았다. 나는 눈으로 그녀를 찾는 것을 포기하고 내 사역마들의 위치를 살폈다. 마법진을 발동시키라고 보내 놓은 사역마 중에, 연결이 끊어진 녀석은 몇 없었다.

난 녀석들을 불러 모으는 대신 수색 요정 하나를 소환했다. 윙투스에서 손바닥만 한 크기에 반투명한 날개를 가진 요정이 튀어나왔다. 일전에 용병 일을 하다가 우연히 잡은 아이였다. 난 요정에게 명령했다.

"눈의 여신이 어디 있는지 알아 올래? 내 마수들에게도 찾으면 잡아 놓으라고 말해 줘."

수색 요정이 고개를 끄덕이고 날아갔다. 나는 요정이 흩뿌리고 간 빛의 꼬리가 사라질 때까지 허공을 보다가 고개를 저었다. 정신을 바짝 차려야지.

난 내게 남은 마법들을 점검했다. 크고 작은 화염마법들이 일곱 개, 사역진이 두 개. 더 필요할까? 펜을 들고 고민하던 나는 갑자기 느껴지는 감각에 고개를 번쩍 들었다.

수색 요정과의 연결이 끊어졌다.

여기서 멀지 않은 곳이었다. 나는 펜을 던지고 급히 발을 옮겼다.

* * *

여신의 위치가 가까워질수록 나의 사역마들과의 연결도 가까워지는 것을 느꼈다. 수색 요정은 아마 내 사역마들에게 여신을 잡아 놓으라는 명령을 전하는 것에 성공했던 모양이었다.

눈이 쌓인 언덕을 내려가려다가 발을 헛디뎠다. 언덕을 구르던 내 몸이 눈에 파묻히기 직전, 데스사이드가 나를 받아 주었다. 음산한 얼굴 덕에 내가 살아 있는 게 맞는지 헷갈렸는데, 그보다 더 음산한 목소리가 나를 불렀다.

"루나틸."

저 호칭으로 나를 부르는 것에 익숙해진 나는 반사적으로 고개를 들었다. 한 무리의 눈사람과 데스사이드들이 혈전을 벌이고 있는 뒤로, 눈의 여신이 나를 노려보고 있었다.

나는 휘파람을 불어 데스사이드들을 불러모았다. 내 부름을 받은 녀석들이 싸움을 멈추고 내 등 뒤로 날아왔다. 내 갑작스런 행동에 여신도 의아한 얼굴로 눈사람들을 불러모았다. 눈사람들이 여신의 뒤로 물러가자, 난 한 박자 늦게 대답했다.

"내 이름은 루나틸이 아니라 첼시야."

"그새 개명이라도 한 것이냐? 그렇다고 썩어 빠진 정신이 바뀌는 건 아니지."

"내 정신은 아무 문제도 없고 네가 사람을 헷갈린 거야. 난 단지 너와 대화를 좀 하려고……."

드디어 대화다운 대화를 할 수 있나 했는데, 여신이 갑자기 고함을 버럭 질렀다.

"아무리 세월이 지났어도, 삼십 년을 넘게 봤는데 내가 네 얼굴을 까먹을 거 같아?!"

여신의 분노에 눈사람들이 다시 뛰어나왔다. 나는 황당해져서 소리쳤다.

"그런데 왜 까먹어!"

눈사람의 공격을 막기 위해, 나의 데스사이드들도 급히 앞으로 날아갔다. 여신의 하얀 환수들과 나의 검은 사역마들이 흰 눈밭에서 맞부딪혔다. 투명한 얼음 칼과 잿빛 사신의 낫이 부딪히며 날카로운 소리가 울렸다.

두 개의 무기가 부딪혔을 때 조각나는 것은 당연히 얼음이었다. 그러나 안심할 수는 없었다. 숫자로 따지면 이쪽이 훨씬 열세, 게다가 저 눈사람들은 불사의 능력을 가졌으니까.

반투명한 데스사이드들과, 사신의 낫에 베였다가도 다시 되살아나는 눈사람들. 그 무채색의 전투를 뒤로하고 나는 여신에게로 고개를 돌렸다. 윙투스를 손에 쥔 채 그녀에게 소리쳤다.

"헤밀리!"

제 환수들의 싸움을 바라보던 눈의 여신, 헤밀리가 내게로 시선을 돌렸다. 나는 다급하게 덧붙였다.

"헤밀리. 네 이름, 맞지?"

겨우 반응이 왔다고 생각한 찰나, 그녀의 눈동자에 난데없이 푸른 불길이 일었다.

"날 그 이름으로 부르지 마!"

분노에 찬 사자후와 함께, 날카로운 얼음 칼날들이 내게로 날아들었다. 나는 잡고 있던 윙투스를 뻗어 공격을 막으면서 뒷걸음쳤다. 이쯤 되면 놀라웠다.

"대체 R.D가 어쨌길래 이래?!"

R.D, 헤브람 제국의 시조시여, 대체 당신의 사역마에게 무슨 짓을 한 건가요. 나를 주인으로 오인한 헤밀리와 대화 한마디 제대로 나눌 수 없다니. 내가 존경해 마지않던 역사 속 대마법사님께 슬슬 의구심이 생기기 시작했다.

"진정 좀 해, 난 R.D가 아니야!"

"아직도 발뺌인가. 추하다, 루나틸!"

"발뺌이 아니라 사실이거든!"

나는 울상을 지으며 불마법을 발동시켰다. 붉은 불덩이가 헤밀리에게로 날아갔지만, 헤밀리는 눈을 방패로 끌어 올려 불덩이를 꺼트렸다.

"하, 너는 다 잊었다 이거지?"

헤밀리가 냉소적인 목소리로 말했다. 그녀가 허공에 손을 뻗어 주먹을 쥐자 검은빛이 뿜어져 나왔다. 그녀의 손에서 얼음으로 된 창이 생겨났다. 손에 소환진이라도 새겨 놓았던 걸까. 나도 윙투스를 허공으로 들어 올렸다.

"하루 24시간, 일 년 365일. 널 만나고부터 제대로 쉬었던 날이 없어! 매일같이 마수와 싸우며 깨지고 쥐어 터지고! 체력은 얼마나 징글맞게 강한지. 내게 휴일도 주지 않고 부려먹으며 마력을 뽑아냈잖아!"

그녀의 말에 나는 당황했다. 아니, 무슨 마수가 악덕 고용주에게 착취당한 노동자 같은 발언을……

나는 무서운 기세로 다가오는 헤밀리를 막기 위해 윙투스를 뻗었다. 챙! 그녀의 창과 나의 윙투스가 부딪혔다. 창은 얼음인데도 불구하고 이상하게도 깨지지 않았다. 한번 맞부딪힌 것뿐이지만, 손끝에 전해진 감각이 단순한 얼음과는 전혀 달랐다. 얼음이 아니라 돌이나 무쇠와 부딪힌 것 같은 묵직함이었다.

나는 위대한 우리의 시조를 마음속 깊이 원망하며, 윙투스를 잡지 않은 손으로 내 소매를 걷어 마법진을 있는 대로 찾았다. 마법을 발동시키자, 작은 불의 구들이 허공에 떠올랐다.

연습은 몇 번 해 보았으나 실전에서 여러 개의 불꽃을 동시에 다루는 것은 처음이었다. 그래서 마법을 쓰며 내가 참고한 것은 우습게도 여러 개의 얼음 조각들을 다루던 헤밀리의 공격이었다. 윙투스를 상대하느라 생긴 헤밀리의 빈틈으로, 불의 구들이 날아갔다.

"하!"

하지만 헤밀리는 코웃음을 치며 등 뒤로 얼음 방벽을 만들어 냈다. 내 공격들은 손쉽게 저지되었다. 그렇다면 반대로 불의 구를 방어하느라 윙투스를 방어하는 쪽에 허점이 생기지 않았을까.

나는 윙투스에 새겨진 세 번째 주술인 투명화 마법과 다섯 번째 주술인 증폭 마법을 걸었다. 그리고 여태까지 그녀가 제대로 방어하지 않던 오른쪽 옆구리로 윙투스를 날려 보냈다.

챙!

그러나 헤밀리는 물 흐르듯 창을 움직여 내 회심의 공격을 받아쳤다. 그녀의 움직임이 마치 오래된 습관처럼 자연스러웠다.

나는 당황해서 윙투스를 늘려 곧장 왼쪽으로 꺾었다. 나는 이제 윙투스를 내 세 번째 팔처럼 움직일 수 있었다. 그러나 헤밀리는 얼음 바늘을 만들어 그 공격도 저지했다. 그리고 내 윙투스 위로 눈가루를 휘날려, 투명화 마법이 무용지물이 되도록 만들었다.

"……!"

나는 조금 당황했으나 멈추지 않고 공격했다. 물러났다가 찌르기, 날려 보내기, 꺾기, 불마법과 섞은 연쇄 공격. 나는 수많은 전투를 치러 오며 꽤나 자신감이 생겼던 참이었다. 여태까지 누구도 내 윙투스를 상대로 이렇게까지 잘 싸우진 못했다.

아니, 싸운다고 해야 할까. 헤밀리는 마치 춤을 추는 것 같았다. 그녀의 동작은 내 공격을 뻔히 꿰뚫어 보는 것처럼 매끈했고 군더더기가 없었다. 마치 수백 번 연습했고 수천 번 맞부딪혔던 적을 상대하는 것처럼.

"루나틸, 너는 어째."

헤밀리가 한쪽 입꼬리를 올리며 웃었다.

"그새 실력이 퇴보한 것 같구나."

그녀와 나의 거리는 어느덧 세 걸음밖에 나지 않았다. 나는 뒷걸음질 치며 방어했으나, 이미 좁혀진 거리를 늘리기엔 역부족이었다. 장거리에서 유용한 나의 무기와 단거리에서 유용한 그녀의 무기. 장거리에서도 잡지 못했는데, 단거리에서 상대가 될 리가 없었다.

체격 차이를 이용해 몰아치듯 위를 공격하던 헤밀리는, 갑자기 창을 틀어 다리를 찌르고 들어왔다. 공격은 간신히 피했으나 나는 중심을 잃었고, 뒤로 넘어지고 말았다.

"윽……!"

바닥에 쓰러져 고개를 들자 헤밀리의 얼굴이 보였다. 나를 내려다보는 그녀의 입가에 음산한 미소가 걸렸다.

"날 그렇게 버리고 가 버리더니, 결국 이 꼴이구나."

그녀가 쓰러진 내게로 손을 뻗어 왔다. 얼음처럼 차가운 손이 내 목을 감쌌다. 헤밀리가 내 목을 조르며 소리쳤다.

"죽음으로 죗값을 갚아라, 루나틸!"

그녀의 손에 힘이 들어갔다. 나는 반항조차 할 수 없었다. 안 그래도 상태가 좋지 않던 몸은 반복해서 싸우고 넘어지는 동안 체력이 많이 닳아 있었다. 이제 몸과 머리가 뜻대로 움직여 주지 않았다. 호흡이 막혀 생각이 이지러지고, 새까만 절망을 떠올리던 순간이었다.

"첼시!"

카르멘이 나를 부르는 목소리가 들려왔다. 그 순간, 헤밀리의 손아귀에서 힘이 약간 풀렸다. 나는 그 틈에 다급히 손을 들어 내 목을 감싼 그녀의 손목을 잡았다.

"그래, 난 R.D가 아냐. 난 첼시, 첼시 로드랭이야."

"시끄러워!"

헤밀리가 분노에 차서 외쳤다. 그녀의 목소리는 날카롭고 적의에 차 있었다. 난 위협을 느꼈지만, 말을 멈추지는 않았다.

"그 시절로부터 육백 년이 지났어, 사람은 그만큼 오래 살지 못해!"

"아니야!"

헤밀리가 고함을 치자 내 등 아래에서 빙판이 쩍쩍 깨지는 듯한 감각이 느껴졌다. 커다랗고 높은 목소리에 머릿속이 쟁쟁 울렸다. 그녀가 화를 내는 것은 내가 제대로 하고 있다는 뜻이다. 마수는 스스로를 보호하고 싶을 때 분노하니까. 그래서 나는 고통스런 와중에도 필사적으로 입을 열었다.

"정말이야……. 당연한 일이잖아. 루나틸 데일라르크는 이미 한참 전에 죽었어."

"닥쳐……."

"맞아! 내 얼굴을 봐. 우연히 닮았다고 해도, 루나틸은 죽을 때 이미 사십 대였지. 난 그녀의 후손이야."

헤밀리의 옅은 눈동자가 흔들렸다. 난 빠르게 말을 쏟아 냈다.

"당신이 그렇게 원망하는 R.D는 이제 세상에 없어. 케라아임도, 이미……!"

"그만해!"

헤밀리가 다시 소리쳤다. 날카로운 얼음 조각들이 그녀의 뒤로 떠올랐다. 나는 움찔 놀라 눈을 질끈 감았다.

"……?"

그러나 아무리 기다려도 예상했던 공격은 없었다. 대신 내 볼 위로, 따뜻한 것이 떨어졌다. 나는 이상함을 느끼고 감았던 눈을 다시 떴다. 천천히 떠지던 내 눈이, 종내에는 커다랗게 변했다.

"나도, 알아……."

헤밀리가 울고 있었다.

"나도 알아, 다들…… 날 두고 죽어 버렸다는걸……."

* * *

나는 당황으로 눈을 깜빡였다. 내가 그 울음의 갈피를 잡지 못하는 동안에도 내 얼굴 위로는 계속해서 헤밀리의 눈물이 뚝뚝 떨어지고 있었다. 내 목을 옥죄던 손이 완전히 떨어져 나가고, 대신하여 그 손이 내 뺨을 찬찬히 쓸어내렸다.

"닮았다고 생각했는데."

색이 옅은 눈동자가 한층 더 뿌옇게 흐려졌다. 헤밀리의 눈은 나와, 내가 아닌 누군가를 동시에 비추고 있었다.

"눈동자 색만 같을 뿐, 가까이서 보니 전혀 다르구나."

헤밀리가 몸을 일으켰다. 곁에 도착한 카르멘이 헤밀리에게서 나를 보호하듯 안아 들었다.

"미안하다, 헤브람의 딸아."

헤밀리가 희미한 목소리로 사과했다. 카르멘은 그녀를 향해 칼을 들어 올렸지만, 분위기가 심상치 않다는 것을 느끼고는 나를 돌아봤다. 내게 설명을 요하는 듯한 시선이었지만, 상황을 파악하지 못한 것은 나도 마찬가지였다. 나는 헤밀리를 바라보며 조심스럽게 물었다.

"R.D를…… 싫어하는 게 아니었어?"

"증오하지."

헤밀리는 그렇게 말하면서 작게 웃었다. 만지면 버석거리며 떨어져 나갈 것 같은 메마른 웃음이었다. 방금까지 그녀의 눈에 일렁이던 푸른 분노가 재가 되기 직전의 회광반조였던 것처럼.

"증오하고, 원망해. 어떻게 그러지 않을 수가 있겠니? 친구라고 말했으면서, 사실 나를 동료로도 생각하지 않았던 그녀를."

당장이라도 스러져 버릴 것 같은 목소리로 말하는 그녀는 더 이상 거대한 눈의 여신 같아 보이지 않았다. 그 오래된 일기에서 R.D의 시선으로 기록되었던, 귀엽고 여린 첫 번째 사역마 같았다.

* * *

루나틸 로젤리아는 이제는 사라지고 없는, 모란 왕국의 막내 공주였다.

나라에 속한 땅보다 주인 없는 땅이 더 많고, 사람의 수보다 마수의 수가 더 많은 시대였다. 나이 먹어 죽는 사람보다 마수에게 잡아먹혀 죽임을 당하는 사람이 더 많은 시대.

당시에는 아주 소수의 사람들만 전유할 수 있었던 마법. 개중에서도 인기 없던 학문인 사역술에 관심을 가진 것은 그녀 혼자였다.

그녀만이 그 학문의 매력과 가능성을 알아보았다. 남들이 유난스럽다고 할 정도로 파고들어 연구했다. 그녀는 사역술을 유달리 좋아하였다. 다섯 살 때 옆 나라에 볼모로 잡혀 온 이후부터 그녀의 유일한 친구이자 연인이 된, 사랑하는 엘데니아 왕자님만큼이나.

헤밀리에게는 잘된 일이었다. 시체와 마수만이 바글거리는 리튼산, 통칭 유령의 산에서 그녀를 구해 준 것이 그 사역술에 푹 빠져 있던 루나틸이었으니까.

'헤밀리.'

루나틸이 엘데니아를 꼬셔서 리튼산에 왔던 그날. 세상이 암흑과 죽음으로만 이루어져 있는 줄 알았던 원귀는 처음으로 빛을 보았다. 루나틸 로젤리아는 그녀가 처음으로 만난 빛이었다.

"매일 꿈만 같은 나날이었어."

루나틸은 헤밀리에게 말을 가르치고 세간의 지식을 알려 주었다. 루나틸의 말이면 뭐든지 눈을 반짝이며 들어주는 헤밀리를 보며, 그녀는 헤밀리가 마법에 관심이 있는 게 틀림없다고 생각했다. 그래서 루나틸은 헤밀리를 위해 마력만 불어넣으면 사용할 수 있는 이중 마법을 고안해 내고, 마법적 지식을 가르쳤다.

루나틸은 남자 친구보다 헤밀리와 더 많은 시간을 보내고, 더 많은 이야기를 나눴다. 그녀는 헤밀리를 세상에서 가장 소중한 단짝이라고 말했다. 마탑을 세워 수많은 사람들이 그녀를 따르기 시작했을 때도, 엘데니아와 결혼을 하고 다섯 개의 왕국을 통합하여 제국을 세웠을 때도, 아이를 낳은 후에도 그랬다.

그랬던 루나틸이 달라진 것은 그녀가 마수 전쟁에서 전설에나 나오던 최상급 마수, 드래곤의 새끼를 사역하고 나서부터였다. 해츨링, 케라아임은 헤밀리처럼 말을 했다.

'헤밀리, 나 이 마법의 사용법을 찾은 것 같아⋯⋯.'

헤밀리는 기쁜 얼굴로 울먹이며 말하던 그녀의 목소리를 기억했다.

그 후 루나틸은 새로운 아이디어가 생겼다며 연구에만 몰두했다. 온종일 케라아임과 연구실에서 시간을 보내는 루나틸을 보며 엘데니아는 아내를 빼앗긴 것 같다고 말했다. 그 말은 농담이었겠지만 방에서 나오지 않는 루나틸을 보며 걱정한 것은 사실이었다.

루나틸이 연구에 심취하는 건 하루 이틀 있는 일이 아니었지만 이번만큼은 조금 이상했다. 루나틸은 항상 헤밀리와 모든 걸 공유하였는데, 이번에는 무슨 마법을 연구하는지 전혀 알려 주지 않았으니까.

최상급 마수인 드래곤을 사역마로 삼았으니, 자신은 이제 필요 없어진 걸까?

이유가 뭐든 간에, 케라아임의 존재가 루나틸에게 무슨 영향을 끼친 것은 분명했다. 루나틸은 이상해졌다. 엘데니아와 헤밀리는 둘을 찢어 놓을 필요가 있다고 느꼈다.

헤밀리가 케라아임을 사랑한다고 말하며 따라다니기 시작한 것도, 방에 틀어박혀 있던 루나틸과 케라아임을 끌어내기 위해 헤밀리와 엘데니아가 팀을 먹은 것도 이때였다.

그러던 어느 날, 마수들이 루나틸의 모국이었던 모란 왕국을 점령했다는 전보가 왔다. 전보가 온 지 얼마 되지 않아 루나틸은 헤밀리를 데리고 리튼산으로 갔다.

'여기서 잠시만 기다려.'

'왜요? 전쟁이라면, 나도 같이 갈래요.'

"내가 그녀의 명령에 토를 단 건 그날이 처음이었어."

'조금만 기다려. 다시 돌아올게. 나 못 믿어?'

"불길한 예감이 들었는데……."

'다시 돌아오면 나를 루나 님이 아니라 루나틸이라고 불러 줘. 우린 친구니까.'

"아주 오랜만에 그녀가 내게 환한 미소를 보여 주며 하는 그 말에 그만, 넘어가 버려서."

'돌아오지 않으면 저주할 거예요.'

'……'

'네? 진심이에요.'

헤밀리는 자신의 으름장에 그저 웃으며 손만 흔들던 루나틸의 얼굴을 기억했다. 그게 헤밀리가 본 그녀의 마지막 모습이었다.

몇 날 며칠을 산에서 기다렸다. 그러나 루나틸은 돌아오지 않았다. 마침내 헤밀리가 이상함을 느끼고 헤브람 제국으로 돌아갔을 때, 그녀를 기다리고 있었던 것은 루나틸의 장례식이었다.

'루나는 자신이 너를 이길 수 없고, 또 내가 그녀를 이길 수 없다는 걸 알았나 봐.'

그새 십 년은 늙어 버린 것 같은 얼굴로 엘데니아가 말했다. 기록을 사랑하던 루나틸의 행적은 그녀의 일기에 고스란히 담겨 있었다. 그녀가 연구하던 '영혼의 전환식', 그것은 강력한 힘을 가진 마수를 살아 있는 마력석으로 만드는 마법이었다.

헤밀리의 말과는 달리, 루나틸은 사역마들의 마력을 함부로 쓰지 않았다. 자신이 영혼의 서로 바치고 있는 영혼의 정체를 알지 못했기 때문이었다. 그녀는 평생 그 마법을 다른 사람들도 쓸 수 있게 만들 방법을 연구했다.

그러나 루나틸은 결국 알아낸 것이다. 자신이 마력보다 더 강력한 에너지를 마수에게 바치고 있다는 걸. 그것을 모조리 끌어 쓰면 어떤 위대한 일도 해낼 수 있다는 걸.

마탑의 모든 마법사들이 강력한 마력을 주어, 끝없이 몰아치는 마수들을 완전히 무찌르게 할 수 있을 정도로 위대한 일도.

그녀는 제국에 영혼을 바치고 죽어 버렸다.

'아니야!'

비록 삼십 년을 빛의 가호 아래에서 살았어도 그 태생은 어두운 원귀. 헤밀리는 그 사실을 받아들이고 앞으로 나아갈 수 있을 만큼 강하지 못했다.

'그 사람은 죽은 게 아냐, 그 사람은 나를…… 버리고 간 거야.'

모든 사람들이 루나틸의 죽음을 받아들이고 미래를 도모할 수 있게 되었을 때도, 헤밀리는 그저 그녀의 죽음을 부정하는 단계에 머무르며 한 발자국도 나아가지 못했다. 헤밀리는 온 세상을 누비며 루나틸을 찾아 헤맸다. 그러나 루나틸은 어디에도 없었다. 한참을 방황하던 헤밀리는 결국 약속의 장소인, 리튼산으로 다시 돌아갔다.

'나는 기다릴 거야. 이 산에서. 루나 님, 아니 루나틸이 돌아올 때까지. 계속…….'

어느덧 녹음이 깔린 리튼산이 얼어붙기 시작한 것은 그때부터였다. 리튼산은 박제처럼 얼어 영원히 녹지 않는 눈이 내리는 설산이 되었다. 마치 헤밀리가 루나틸과 처음 만난 그 겨울에서 영원히 멈춰 버린 것처럼.

"돌아오지 않으면 저주하겠다고 말했어. 난 분명 진심이었는데, 루나틸은 웃고 말았지."

헤밀리가 탄식하듯 중얼거렸다.

"뭐든 함께할 것이라고 말했으면서. 죽음은 함께해 주지 않았어."

"헤밀리……."

"배신감을 느껴."

나는 카르멘의 품에서 벗어나 헤밀리를 향해 손을 뻗었다. 손바닥에 와 닿는 그녀의 얼굴은 차가웠으나, 눈물만은 거짓말처럼 따뜻했다.

"원망해."

난 숙여지는 헤밀리의 등을 끌어안았다. 그녀가 내 어깨에 얼굴을 묻고 흐느꼈다.

"하지만 내게 사랑한다고 말해 준 건 그 애뿐이었어……."

어깨가 축축하게 젖어 왔다. 나는 헤밀리가 눈물을 그칠 때까지 그녀의 등을 토닥여 주었다.

자그마치 육백 년. 루나틸 데일라르크가 세상을 하직한 것은 아주 먼 옛날이었다. 그 긴 세월 동안 헤밀리는 그녀의 죽음을 부정하며 홀로 이 산에서 그녀를 기다려 왔던 걸까.

그 고통은 지나온 세월만큼이나 길고 무거워서, 헤밀리는 아주 오랫동안 울음을 토해 냈다. 커다란 몸이 부서질 듯이 우는 그녀를 보며 내 마음도 시큰거렸다.

헤밀리가 울음을 그쳤을 때는 해가 질 무렵이었다. 우리는 얼음성의 잔해 사이에 앉아, 눈밭을 황금색으로 물들이는 노을을 보았다. 헤밀리는 차분해진 목소리로 내게 말했다.

"너는 영혼의 서의 비밀을 알기 위해 왔구나."

"응."

"그래, 네 예상이 맞아. 루나틸은 '영혼의 전환식'을 만들어 케라아임이 사람들에게 마력을 나눠 주게 만들었지. 사역술사와 사역마의 계약은 상응하는 대가만 제공한다면 까다로운 조건도 얼마든지 붙일 수 있으니까. 이 경우에 '대가'는 루나틸의 영혼, '조건'은 아마…… 제국민들에게 마력을 제공해 달라는 것이었겠지."

이미 얼핏 짐작하긴 했으나 그 대마법사의 사역마에게 직접 확인받는 진실은 무게가 달랐다. 나는 충격에 숨을 삼켰다. 헤브람 제국을 마법 강국으로 만들었던 것은 재능 있는 마법사의 혈통도, 마탑의 존재도 아니었다.

그저 루나틸 데일라르크 한 사람의 영혼. 그것이 육백 년 동안 마법사들의 원동력이 되어 주었던 것이다.

"드래곤을 살아 있는 마력석으로 만드는 마법. 상당히 복잡한 마법이기 때문에, 여러 가지 준비가 필요했을 거라 생각해. 헤브람 제국에 있는 결계나, 드래곤의 탑은 그것을 위해 설치된 것이겠지. 그리고 또 하나는, 마력을 나눠 받을 촉매. 아마 그게 마법사들의 지팡이일 거야. 루나틸이 죽기 전까지 마법사들은 그런 것을 쓰지 않았으니까."

나는 고개를 끄덕이며 헤밀리의 말을 모두 기억했다. 지팡이라. 그러고 보니 우리 부모님 세대에는 그런 것을 썼다고 들었다.

"하지만 아쉽게 되었구나. 루나틸이 '영혼의 전환식'을 기록해 놓은 일기가 저 속에 있으니……."

헤밀리가 안타까운 목소리로 말하며 무너진 얼음성을 바라보았다. 나는 헤밀리의 시선을 따라갔다가, 내가 여태 그녀의 성에서 일기장을 가져왔다는 사실을 말하지 않았던 것을 깨달았다.

"사실, 저 속에 있어."

나는 손가락으로 머리카락을 꼬며, 우리의 등 뒤를 눈짓했다. 약간 떨어진 곳에서 대화 중인 까망이와 카르멘의 옆에, 내 가방이 얌전히 놓여 있었다. 헤밀리는 멍하니 내가 가리킨 곳을 보다가 허탈하게 웃었다.

"그래, 그렇구나…… 그렇게 되었구나."

그녀는 혼자 무언가를 납득한 것처럼 중얼거리다가 묘한 표정으로 나를 보았다.

"첼시, 혹시 알고 있니? 영혼의 서로 계약한 사역마들이 왜 제각기 다른 능력이 생기는지 말이야."

난 눈을 동그랗게 떴다.

"까망이는 계약 후에 말을 하게 됐는데, 다른 애들은 못 그러는 이유 말이야? 아니, 몰라."

"역시 그랬구나. 이건 루나틸도 알아내지 못했으니까. 루나틸은 계약을 할 때 스스로의 바람이 사역마들에게 영향을 미친다고 추측했지. 하지만 그녀는 틀렸어. 우리는 주인에게 힘과 충성을 바치지만, 그녀가 준 영혼은 우리의 것이지. 인간의 영혼은, 그 자체로도 무척 달콤하지만…… 시간이 흐르니까 알겠어. 술자에게 받은 영혼은, 마수의 소망을 이루어 준다는걸."

"소망?"

"그래, 눈과 얼음을 다루는 능력을 가질 수도 있고, 거대한 몸을 작게 만들 수도 있지. 그리고…… 사람이 되고 싶다는 소망도 이룰 수 있어."

"……그 말은."

"그래, 내가 말을 하게 된 건 루나틸을 향한 존경 때문이었어. 그 애는, 죽음과 암흑 속에서 살았던 내가 처음으로 만난 빛이었으니까."

헤밀리는 그렇게 말하며 까망이를 돌아봤다. 신기하게도 그 순간에 까망이도 그녀를 돌아봤다. 헤밀리가 까망이를 향해 옅게 눈웃음을 짓자, 까망이는 못마땅한 얼굴로 고개를 돌렸다. 헤밀리는 다시 나를 돌아봤다.

"반면에 케라아임은 그저 인간이 가진 필멸을 갈망했지. 아마 육백 년 동안 제국에 마력을 제공하여 받은 대가로 케라아임은 필멸의 존재가 되길 소망한 걸 거야. 녀석이 죽었단 건 드디어 그 오랜 숙원을 이뤘다는 뜻이겠지."

헤밀리의 말에 나는 눈을 깜빡였다. 마지막 드래곤, 케라아임. 막연하게 강한 존재라고만 생각했는데 죽음을 갈망하고 있었다니. 아니, 어쩌면 마지막 드래곤이기 때문이었을까. R.D가 드래곤을 사역한 것은 전쟁 통이었다고 했다. 그에게도 남모를 고통이 있었을지 모른다.

"그런 부분에서 둘이 닮았었지. 죽고 싶어 환장했다는 점이."

헤밀리가 작게 미소 지으며 말했다. 그 미소가 금방이라도 스러져 버릴 것만 같아서, 나는 충동처럼 입을 열었다.

"헤밀리…… 내 사역마가 되지 않을래?"

말을 시작한 것은 충동이었으나 끝에는 확신이 되어 있었다. 헤밀리가 눈을 동그랗게 뜨고 나를 돌아봤다. 나는 그녀를 향해 믿음직한 표정을 지어 줬다.

"영원히 함께할 수 있을 거라곤 말하지 않을게. 네가 원하는 만큼 있다가 떠나도 돼. 그저 여기가 아닌, 다른 곳을 찾아가는 거야."

"여기가 아닌, 다른 곳을 찾아 떠나는 모험……."

헤밀리가 꿈결처럼 중얼거렸다. 하지만 멍하던 그녀는 곧 툭 하고 웃음을 터뜨렸다. 진지하게 말하던 나는 당황해서 그녀를 봤다. 어깨까지 떨며 웃던 헤밀리가 맺힌 눈물을 닦으며 말했다.

"됐어, 첼시. 내 주인은 예나 지금이나 한 명이면 족해."

아……. 납득하며 고개를 숙이는 나를 향해, 헤밀리가 장난스럽게 덧붙였다.

"독한 주인을 만나 죽도록 굴려지는 건 한 번이면 충분하거든."

"푸."

헤밀리의 농담은 처음 들어 본 것이었다. 나는 어처구니가 없어 그녀를 따라 웃었다. 한참 나와 함께 킥킥거리던 헤밀리는, 아직 웃음기가 깃든 목소리로 내게 말했다.

"하지만, 고맙구나."

고개를 들자 하늘을 바라보는 헤밀리의 모습이 보였다. 그녀의 흐릿하던 눈동자가 노을을 담아 또렷한 색채로 빛나고 있었다. 나와 눈동자 색이 같다던, R.D의 황금빛으로.

"증오와 원한에서 태어나, 짧은 고통 끝에 흩어졌어야 할 원귀가……."

헤밀리의 몸이 내게로 기울어졌다.

"분에 넘치는 사랑과 행복을 누리고, 육백 년을 살았으니."

그녀는 내 어깨에 머리를 기댔다.

"이제 됐어……."

헤밀리의 목소리가 흐려짐에 따라, 어깨를 누르던 그녀의 무게도 옅어졌다. 나는 이를 꾹 악물었다. 눈물로 흐릿해진 내 시야에, 녹아내리는 만년설이 보였다. 이쪽을 기웃거리던 눈사람들과 눈사자들도 하나둘 사라지고, 얼음성의 잔해도 신기루처럼 흩어져 버렸다.

수백 년 동안 얼어붙어 있던 설산이 녹아내렸다. 헤밀리의 힘으로 멈춰 있던 시간이 순식간에 흘렀다. 나는 그곳에 앉아서 수백 번의 봄과 여름, 가을과 겨울이 지나가는 것을 보았다.

그리고 마침내 도달한 오늘. 육백 년의 시간을 넘어 드디어 리튼산에 봄이 왔다. 녹아내린 눈밭 위로 어린 생명이 돋아나고 메마른 가시나무 위로 꽃이 피어나는 봄이.

시야가 온통 녹색으로 가득 찼을 때, 헤밀리가 걸어 둔 마법이 풀리기라도 한 것처럼 갑자기 몸에 힘이 풀렸다. 세상이 기울어지는 것 같다고 생각했을 때, 카르멘의 다급한 목소리가 들렸다.

"첼시!"

그리고 암전이었다.

* * *

사람의 뇌는 종종, 의문을 가지고 잠에 들면 꿈속에서 해답을 풀어내는 경우가 있다. 그리고 무의식은 의식보다 기억력이 좋다.

내 꿈은 되풀이되던 봄과 여름, 가을과 겨울을 내게 다시 보여 주었다. 나는 거기에 앉아 있었다. 얼음성의 잔해가 사라진 어느 바위 위, 수백 번의 사계가 흘러가던 곳.

나는 거기서 시간의 흐름을 보았다. 새싹이 꽃을 틔우고 열매를 맺고 죽음을 맞이했다가 다시 새싹으로 틔워지는 것을 보았다.

아니, 내가 본 것은 새싹이 아니라 세상이었다. 호랑이는 사슴을 잡아 먹고 사슴은 풀꽃을 뜯어 먹고 풀꽃은 죽은 호랑이의 시체에서 양분을 얻는다. 그것이 순리이며 자연의 균형이다. 모든 살아 있는 것들은 서로 를 잡아먹고 잡아먹히며 일정한 개체수를 유지한다.

나는 갑자기 의문을 가지고 고개를 갸웃했다.

그럼 마수와 마법사는?

왜 마수와 비등한 힘의 균형을 맞추며 서로의 개체수를 유지하고 있던 마법사는, 한 사람의 영혼을 바치지 않고서는 존재할 수가 없게 되었나. 마법사의 존재 자체가 인위적인 것이라? 마력은 본디 사람이 아니라 마 수의 힘이라서?

하지만 헤밀리는 리튼산을 얼어붙게 만들었다. 단순한 원귀였던 그녀 는 시간을 멈추고 얼음을 부리며 육백 년을 살았다. 이상한 일이었다. R.D는 제 영혼을 모조리 바쳐 영혼의 전환식을 완성하지 않았는가. 그 강대한 마법으로 헤브람 제국에 있는 모든 마법사의 힘을 육백 년 동안 지탱했다. 그런데 그것도 모자라, 그녀의 사역마인 헤밀리까지 그렇게 강하게 만들었다고?

인간의 영혼이 그렇게 강력한가?

아니, 잠깐, 그게 아니지. 나는 고개를 저었다. 마법사들에게 마력을 제공했던 것은 R.D가 아니라 케라아임이었다. R.D는 케라아임과 계약 을 하고 영혼을 주었을 뿐.

난 문득 그럴 법한 이야기 하나를 떠올렸다. 나는 R.D가 죽게 된 과정에 대해서 모른다. 그러니 이것은 모두 가정에 불과하다. 하지만 어쩌면…….

마법이 발동되는 과정을 간단하게 정리하면 '투입'과 '산출'로 나눌 수 있다. 화염 마법의 경우, 마력을 투입하면 불꽃이 산출된다. 대가를 주면, 보상이 나온다는 것이다.

'영혼의 전환식'은 마수를 강력한 마력석으로 만들어, 제국민에게 마력을 나누어 주게 만드는 마법이다. 상당히 까다로운 마법인 만큼 지팡이 같은 매개나, 결계를 설치해야 한다는 조건이 주어졌다. 하지만 간단하게 정리하자면 여기서 '대가'는 마수이고 '보상'은 '제국민들이 쓸 마력'이다. 이 마법 자체만 본다면 그렇다.

그러니까 R.D의 영혼을 잃게 만든 것은, '영혼의 전환식'이 아니라 케라아임이었다. 정확하게는, '영혼의 서'였다.

나는 손톱을 씹었다. 보통의 사역마법을 쓸 때는 '계약 기간'이라는 것이 존재했다. 내 첫 번째 사역마였던 강아지 까망베르는 소환한 지 일 년을 채우지 못하고 계약이 끝났었다. 계약이 끝나는 이유는 여러 가지가 있는데, 난 그때 까망베르에게 무리하게 일을 시켰다가 마력이 바닥나는 바람에 계약이 깨졌다.

보통의 사역식에서는 술자가 사역마에게 마력을 제공한다. 처음 계약을 할 때뿐만 아니라 계약을 이어 나가는 동안에도 계속해서 마력을 줘야 하고, 사역마가 명령을 이행하는 동안에는 더 많은 마력이 나간다. 명령의 난이도가 높을 때는 술자가 방전될 정도로 많은 마력이 나가기도 한다.

'영혼의 서'로 계약한 마수는 어떨까. 내가 까망이의 마력을 끌어다 쓸 때마다, 나는 그 애에게 그만큼의 영혼을 바치고 있었던 것이다. 헤밀리는 마수들이 인간의 영혼을 통해 원하는 것을 얻어낼 수 있다고 했다. R.D의 일기 속에서, 케라아임은 해츨링이었다. 그러나 이십여 년 전쯤 드래곤의 탑에 나타난 케라아임의 시체는 완벽한 드래곤의 모습을 하고 있었다.

'해츨링의 마력량으로는 '영혼의 전환식'을 발동시키기 역부족이었을 테니까……'

R.D는 케라아임을 드래곤으로 만들기까지 해 가며 그의 마력량을

늘렸다. 그 후 막대한 양의 마력을 써서 '영혼의 전환식'을 완성시켰다. 그 과정에서 케라아임은 마력을 소모하고 R.D는 영혼을 소모했다. '영혼의 서'로 계약한 사역마의 마력을 끌어다 썼으니, 결과적으로는 R.D의 영혼을 바치게 된 셈이었다.

R.D는 죽고 케라아임은 살아남았다. 그 드래곤은 R.D와의 계약을 이행하여, 그 후 600년 동안 제국에 많은 마력을 제공했다. 마수에게 있는 마나 코어는 끊임없이 마력을 재생시키니까. 끊임없이 피를 생성하는 심장처럼 말이다.

……잠깐만, 그러면 영혼은?

나는 내가 모험을 떠나기 전에, 슈웨인과 영혼의 서에 대해 이야기했던 것을 떠올렸다. 그때 슈웨인은 내게 '영혼'이 무엇인지도 모르면서 함부로 쓰면 안 된다고 어르며 경각심을 주려 했었지. 그리고 나는 그의 걱정을 누르기 위해서 '영혼은 마력같이 그저 에너지의 이름일 뿐이다.' 하고 반박했었다.

물론 그때 슈웨인이 제시한 걱정은 합당한 것이었다. 영혼의 서는 정말로 생명을 깎아 먹는 마법이 맞았으니까. 아마 R.D의 일대기와 그녀의 마법이 사람들에게 알려지지 않은 이유도 그것이었겠지. 그녀의 죽음을 본 엘데니아 황제가 마법의 반출을 철저히 막았던 걸지도.

하지만 그때 내 이론에도 꽤 일리가 있었다.

영혼은 마력같이, 어떤 방대한 에너지였다. 어쩌면 우리가 모를 뿐, 마나 코어 같은 코어가 우리의 몸속 어딘가에 숨어 있을 수도 있다. 그리고 마력처럼, 사용하더라도 다시 원래의 양만큼 재생되고 있는 걸지도 모른다.

꿈속의 나는 왼손으로 '영혼의 서'의 마법진을 펼쳐 들었다. 그리고 '영혼의 전환식'도 펼쳤다. 이 두 마법에는 공통점이 있다. 마력식이 없다는 것. 마력이 아니라 영혼을 사용하는 이 마법들은, 마력식 대신 영혼식이 있었다.

능숙한 마법사들은 마력 결핍증을 우려하여 마력식을 정교하게 만든다. 그래서 마력식을 세우는 데는 세 개의 정확한 수치가 필요했다. 첫째로 마법의 마력 효율성, 둘째로 술자의 마력량, 그리고 마지막으로, 1파시의 마력이 재생되는 데 걸리는 시간.

마법사들은 그 세 개의 수치를 이용해 몇 파시의 마력이 빠져나가게 되는지 완벽하게 계산해서 마력식을 세운다. 하지만 영혼식은 이 수치를 알 수가 없었다. 애당초 영혼이 재생되는지도 확실하지 않았으니까. 하지만 만약 영혼이 재생된다고 가정해 본다면, 헤밀리의 그 엄청난 힘도 설명이 되었다.

헤밀리는 R.D의 첫 번째 사역마였다. 그녀는 삼십 년이 넘게 R.D에게 마력을 제공해 주었다.

일반적인 사역술에서, 술자는 계약을 할 때와 계약이 된 상태일 때에 끊임없이 마력을 제공한다. 이때 술자가 가진 마력의 총량이 100파시라도, 계약 기간 동안 사역마에게 1,000파시의 마력을 줄 수도 있다. 술자의 마력은 매일 매시간 회복이 되고 있으니까.

만약 영혼이 회복된다면, 헤밀리가 그렇게 강해질 정도로 많은 영혼을 받았는데도 R.D가 47세까지 생존했던 것이 모두 설명된다. 내 무의식은 어느새 '영혼의 서'를 완벽하게 떠올려 마법진의 형태로 바닥에 띄웠다.

나는 되풀이되던 계절과 자연의 흐름을 떠올렸다.

영혼의 서를 이용하면 술자의 영혼은 사역마를 통하여 마력으로 전환된다. 식을 거꾸로 되짚어 가면, 사역마의 마력이 술자의 영혼으로 전환될 수도 있다. 그리고 이 사이에 마력의 회복 속도와 영혼의 회복 속도를 다룬 수식이 섞인다면, 절대량에 전혀 영향을 미치지 않고 마력과 영혼을 교환하는 게 가능해진다.

자연이 종의 개체수를 유지하듯 완벽하게 균형을 맞춘, 선순환.

영혼의 순환식. 나는 이 마법식의 이름을 그렇게 정했다.

"헉."

나는 번쩍 눈을 떴다. 물에서 빠져나온 것처럼 숨을 몰아쉬는 내 정신은 어느 때보다 명료했다. 먼 옛날, 목욕을 하다가 돌연히 난제의 해법을 찾았다던 어느 현자가 이런 기분이었을까? 잠을 자다가 갑자기 난제의 해법을 얻어 낸 나는 침대에서 튕겨 나듯 일어났다.

"당장 기록해야 돼, 까먹기 전에 당장!"

정신은 이렇게 말똥한데, 몸은 아직 잠에서 완전히 깨어나지 못했는지 아주 제멋대로 움직였다. 나는 흔들리는 걸음으로 허둥지둥 방문을 향해 걸어갔다. 그리고 힘차게 문고리를 잡았다.

꾸욱.

"⋯⋯?"

그러나 손을 뻗은 곳에는 문고리 대신 카르멘이 있었다. 팔짱을 낀 채 방문에 기대어 잠들어 있던 카르멘의 눈이 서서히 떠졌다.

"⋯⋯."

"⋯⋯?"

아차!

나는 황급히 카르멘의 허리에서 손을 뗐다. 의아한 표정으로 눈을 깜빡이며 내 손과 제 허리를 보던 카르멘의 입에서 바람 빠지는 웃음소리가 흘러나왔다.

"오래 안 일어나기에 걱정했는데⋯⋯."

그가 눈을 접으며 웃자, 새파란 눈동자가 눈꺼풀에 반쯤 가려졌다.

"건강해 보여서 다행이네, 첼시."

나는 황당함에 카르멘을 가리키며 입만 벙긋거렸다.

"누, 누가⋯⋯!"

갑자기 시야가 깜깜해지며 머리가 핑 돌았다. 카르멘이 화들짝 놀라 내게 팔을 뻗었다.

"이크."

다음 순간에는 카르멘이 나를 받쳐 안고 있었다. 나는 느릿하게 눈을 깜빡였다. 묘하게 익숙한 안착감에 우스꽝스러운 기분이 들었다. 덴버가 내게 주고 간 집. 마지막에 여기서 카르멘을 만났을 때, 내가 그에게 뭐라고 말했더라?

'나는 너랑 같이 안 가. 내 일은 내가 알아서 하니까, 너도 네 일은 네가 알아서 해.'

대충 그렇게 말했었지, 아마.

그를 보자 내가 기절하기 전까지의 기억이 파노라마처럼 떠올랐다. 얼음성에서 카르멘을 만나고 서로 별말을 다 하다가 끝에는 내가 몸살이 나는 바람에 그에게 업혀 다녔던 기억만 가득했다. 각자의 길은 따로 있다고 해 놓고서, 설산에서 최소 이틀 밤은 함께 보냈을 것이다. 내가 정신을 놓았던 시간이 이미 저녁이었으니.

그래도 카르멘이 나를 업고 설산을 내려오진 않았겠지……. 까망이와 카르멘 둘이서 나를 어떻게 여기로 옮겼을지, 상상이 잘 되지 않았다.

"미, 미안."

나는 후다닥 상체를 들어 올려 그의 품에서 벗어났다. 그리고 재빨리 방문을 열어 욕실로 뛰어 들어갔다. 차가운 물로 얼굴을 적시자 좀 마음이 차분해졌다. 내 정신을 온통 차지하고 있던 헤밀리의 문제가 사라진 지금, 나는 이제야 상황이 좀 보였다.

'사랑해.'

얼음성에서 카르멘이 내게 그렇게 고백했다. 그러니까 다시 말해, 카르멘은 나를 좋아하는 사람. 그렇다면 나는 행동을 시정할 필요가 있었다. 여태까지는 정신머리가 없어 덥석덥석 안기고 다녔지만 만약 카르멘이 진심이라면 그러면 안 되는 거잖아. 방금도 아마 날 간병……하고 있었던 것 같은데. 그러면 안 되는…….

"……."

나를 좋아하는 남자에 대한 매뉴얼을 발동하려던 나는 고개를 갸웃했다. 당시 나는 화를 내고 넘어갔지만, 지금 생각해 보니 조금 찝찝했다. 그거, 진짜 진심이었을까?

'ㅇㅇㅇㅇ음…….'

나는 턱을 문지르며 고민했다. 아무리 생각해 봐도 앞뒤가 이상했다. 카르멘이 나와 약혼자로 살았던 세월이 자그마치 십이 년이었다. 그동안에도 생기지 못했던 사랑이 왜 이제 와서 싹튼단 말인가?

불현듯 엘레나의 조언이 떠올랐다.

'남자들은 꼭 그렇게 다 끝난 다음에 미련을 가진다니까. 그걸 전문용어로 후폭풍이라고 부르는데…….'

아니, 아니지. 나는 고개를 붕붕 돌렸다. 카르멘은 약혼자이기 이전에, 내가 여섯 살 때부터 알아 온…… 아는 사람이었다. 내가 오랫동안 봐 와서 아는데, 이…… 아는 사람은 늘 생각이 깊었다. 아무튼 제 손에서 빠져나가니까 그제야 아쉬워져서 구질구질하게 굴 그런 얄팍한 애가 아니라는 뜻이다.

"첼시, 괜찮아?"

그때 욕실 문 밖에서 카르멘의 목소리가 들려왔다. 답을 해야 하는데, 내 고민의 원흉이 말을 걸어온 게 당황스러워서 대답이 나오지 않았다.

"또 기절한 건 아니지?"

다시 물어 오는 카르멘의 목소리에는 걱정이 잔뜩 끼어 있었다. 내가 욕실에서 쓰러져 머리라도 박고 죽어 버렸을까 봐 그러는 걸까? 언제까지고 묵비권을 행사할 수는 없는 노릇이라, 난 힘겹게 입을 열었다.

"안 죽었어."

"……알았어."

내 대답에 카르멘의 발소리가 멀어졌다. 나는 안도의 한숨을 내쉬며 벽에 이마를 기댔다. 좋아, 첼시. 적을 알고 나를 알면 백전백승. 카르멘 데일라르크에 대해서 생각해 보자.

그가 어떤 인물이었던가? 헤브람 황립 아카데미에서부터 명실상부 최고의 인기남. 명성에 걸맞게 그는 나를 사랑하지 않았음에도 날 홀딱 속일 만큼의 센스는 있던 남자였다.

생일날 분홍색 장미가 받고 싶다고 하면 내가 집으로 가는 길목을 분홍색 장미로 수놓아 주고, 비가 와서 봄꽃이 빨리 졌다고 툴툴거리면 아직 시들지 않은 꽃을 공수해 정원을 꾸며 주던 사람이었단 말이지. 내가 그와 헤어지고 나서 선물 받은 물건들을 처분하느라 얼마나 힘들었던가.

그런데 이번엔 날 데려가겠다고 이 촌구석까지 와서 붙잡는 타이밍이 그답지 않게 하나같이 어수선했다. 그 흔한 보석도 꽃도 없고, 사랑을 고백하던 장소는 심지어 적진이 아니었나. 카르멘은 여섯 살 때도 만난 지 백 일째 되는 날이라고 다이아 목걸이를 선물하던 남자였는데.

'엘레나는 정치적 상황 때문이라고 말했지만…….'

만약 그런 것이 얽혔다면 더 신중하게 행동해야 할 텐데. 나는 정리되지 못한 기분으로 욕실을 나왔다.

"첼시."

덴버의 집은 부엌과 욕실이 너무 가까워서 큰일이었다. 카르멘과 까망이가 부엌에 앉아 나를 기다리고 있었다. 나는 카르멘의 앞에 놓여 있는 찻잔을 힐끔 보고 그의 맞은편에 앉았다. 닭고기 스튜가 놓여 있었다. 갑자기 식욕이 밀려왔다.

"사흘 동안 아무것도 못 먹어서 배고프지? 얼른 먹어."

나는 카르멘의 권유에 기꺼이 숟가락을 들고 스튜를 퍼먹다가 문득 멈췄다.

"사흘?"

"응."

내가 사흘 동안 잠들어 있었나? 어쩐지 열은 내렸는데 몸이 뻐근해서 죽겠더라니. 그래서였구나……. 나는 내심 놀라면서도 숟가락을 열심히 움직였다.

어느 정도 배가 찼을 무렵, 난 카르멘이 이상한 낌새로 나를 살핀다는 걸 깨달았다. 내가 말했다.

"뭔데? 할 말 있으면 해."

"너 다 먹고 나서."

"다 먹었어."

나는 마지막 한 입까지 말끔하게 먹어 치운 후에 숟가락을 내려놨다. 카르멘은 잠깐 멍한 눈으로 빈 그릇을 내려다보다가 물었다.

"……더 줄까?"

"이따가."

카르멘이 작게 고개를 끄덕였다. 그는 생각에 잠긴 듯 잠시 말이 없었다.

"첼시, 너한테 고백할 게 있어."

까망이가 문득 일어나 부엌을 나간 후에, 카르멘이 다시 입을 열었다. 나는 눈을 동그랗게 떴다. 또?

"이걸 알면 네가 오히려 위험에 뛰어들까 봐 말하지 않으려고 했는데……."

카르멘의 말끝에 한숨이 섞였다.

"내가 널 데리러 여기까지 온 이유는, 곧 일어날 재난 때문이야."

"……재난? 그게 무슨 소리야?"

나는 어리둥절하게 물었다. 카르멘은 손등에 턱을 괸 채 잠시 망설이다가 결국 입을 열었다.

"지금으로부터 반년 뒤, 암흑 왕국에 마계의 문이 열릴 거야."

8. 마계의 문

예상치 못했던 카르멘의 고백에, 나는 잠시 반응할 타이밍을 놓쳤다. 뒤늦게 내 입에서 말이 흘러나왔다.

"⋯⋯마계의 문?"

마계의 문이라니. 책에서 언뜻 본 적이 있긴 했다. 인간계와 마계를 이어 주는 문이 세상 어딘가에 숨겨져 있으며, 특정한 때가 되면 마계의 문이 열려 무시무시한 마수들이 흘러들어 온다는 이야기였다. 하지만 나는 그게 허구라고 생각했고, 딱히 관심이 끌리지 않아 자세히 알아보지 않았다.

한 박자 늦은 나의 반문에 카르멘은 고개를 끄덕였다.

"아직 황실에서밖에 풀리지 않은 이야기지만, 이미 여러 가지 징후가 나타났어. 마탑의 마법사들이 보다 정확한 때를 예측하게 되면 민간에도 정보가 갈 거야."

카르멘은 나와 눈을 마주쳤다.

"첼시, 이건 정말 심각한 사안이야. 이 마을은 암흑 왕국과 너무 가까이 위치해 있어. 네가 여기 있다가 자칫 휘말리기라도 하면……."

카르멘의 눈빛은 진지하다 못해 절실해 보였다. 그는 거짓말을 하는 것 같지 않았다. 오히려 내 신변을 심각하게 걱정하고 있음을 느낄 수 있었다.

"네가 이 마을을 떠나지 못하는 게 마을 사람들 때문이라면, 그건 걱정할 거 없어. 곧 수도로 피난 갈 거니까."

"피난?"

"나스티아 소공작이 대책을 세울 거야."

확고한 말투를 보아하니 이미 확정된 사항이 있는 듯했다. 나는 새로 얻은 이 정보에 대응할 시간이 필요하다는 것을 느꼈다. 시간을 가지고 위험성을 파악하고, 대비할 방법을 모색하고, 내가 취해야 할 태도를 정해야 했다. 하지만 카르멘은 초조해 보였다. 그는 내 눈치를 살피더니 조심스럽게 입을 열었다.

"그러니까, 첼시."

나는 그의 입에서 무슨 말이 나올지 알 것 같았다.

"같이 돌아가자."

"……카르멘……."

나는 이번만큼은 곧바로 거절의 말을 올리지 못했다. 마계의 문이 열린다니, 그것도 고작 반년 뒤에. 너무 예상치 못한 일이라서 어떻게 반응해야 할지 정하기 힘들었다. 나는 생각을 정리하려고 노력하면서 말했다.

"그럼 네가 브리튼 마을에 온 건……."

나는 카르멘의 얼굴을 살피며 말을 이었다.

"내가 마계의 문에 휩쓸릴까 봐 걱정되어서야?"

"……맞아."

그가 시선을 내리깐 채로 대답했다. 나는 팔짱을 끼고 의자에 등을 기댔다. 이제야 아귀가 맞아떨어졌다. 카르멘이 얼음성에서 맥락 없이 사랑 고백을 한 것도, 저답지 않게 굴었던 것도 다 이것 때문이었구나.

카르멘의 입장에서 생각해 보면, 그는 아마 나를 찾아 브리튼 마을에 왔을 때부터 계속 당황하고 있었을 것이다. 카르멘이 보아 왔던 나는 전형적인 수도의 귀족 영애 그 이상도 이하도 아니었을 테니까.

그런 사람이 암흑 왕국의 접경지에서, 그것도 험준한 설산의 눈사자들 사이에서 쩔쩔매고 있는 걸 마주했으니 충격이 이만저만이 아니었을 테지. 분명 내가 미쳤다고 생각했을 것이다. 그리고 눈사자 소굴에도 들어가는 애가 마계의 문이 열린다고 하면 신나서 달려갈까 봐 걱정스러웠을 것이다. 실제로도 비슷한 생각을 하고 있기도 하고.

카르멘이 기억하는 나는 항상 그에게 사랑한다고 말하며 매달리던 모습뿐이었을 테니, 이제 저도 사랑한다고 구슬리면 함께 제국으로 돌아가 줄 거라고 생각한 걸까?

나는 한숨을 내쉬었다. 일 년 전의 나였다면 정말로 그랬을 테니 틀린 생각은 아니었다. 카르멘이 내게 거짓말을 한 것은 분명 무례한 행위였지만……. 무작정 화를 내기도 망설여졌다.

"그러니까, 나를 구하려고 그런 거지?"

마계의 문이 열려서 내가 그 일에 휘말려 목숨을 잃기라도 할까 봐. 그가 무례를 범하는 것보다 내 목숨을 구하는 게 우선이라고 생각해서 한 행동이라면 정상 참작의 여지가 있었다. 카르멘은 곧장 고개를 끄덕였다. 그럼 그렇지. 나는 마음 넓게 그를 이해해 주기로 했다.

"좋아, 알아들었어."

"……정말?"

카르멘은 무심결인 듯 물어 놓고 실수했다는 표정을 지었다. 나는 어리둥절하게 대답했다.

"그래, 대외비였다면 네가 솔직하게 말하지 못하고 억지 쓰던 것도 납득되고. 다른 일들도 날 걱정해서 한 거라면 이해해."

"그게 아니라……."

"아, 얼음성에서 내가 좀 화내기는 했지만…… 이젠 괜찮아. 별일도 아니었고."

"아."

카르멘은 약간 당황한 얼굴을 했다. 나는 쩔쩔매는 그를 안심시켜 주기 위해 인자한 미소를 지어 줬다.

"선의를 베풀어 준 건 오히려 고마워할 일이지. 우린 이미 파혼한 관계인데, 날 위해서 여기까지 와 준 걸 보면 너……."

그렇게 말하며 내가 카르멘을 빤히 바라봤다. 카르멘은 눈을 동그랗게 뜨고 상체를 약간 뒤로 물렸다. 나는 그를 향해 씨익 웃었다.

"날 친구로 생각해 주는 거지?"

고귀한 황자 전하께서 오로지 나를 걱정해서, '마수의 바다'라고 불리는 사막을 건너 나스티아 변방의 촌구석까지 찾아올 만한 이유는 그것밖에 없었다.

내가 카르멘을 보고 지낸 세월이 십 년이 넘었다. 비록 약혼 관계는 깨졌으나, 우리가 함께 손을 잡고 황실 정원을 뛰놀았던 시간이 아예 사라지는 것은 아니었다. 그 시간은 사랑으로 결실 맺지는 못했으나, 다른 모습으로 변모하여 남아 있었다. 그건 우정이었다.

나는 우리가 이별하던 날, 카르멘과 다른 방향으로 걸어오며 언젠가는 그와 정말로 친구가 될 수도 있을 거라 생각했다. 그리고 나는 이제, 그 '언젠가'가 왔음을 직감했다.

우리가 서로를 향한 감정의 응어리를 훌훌 털어 내고, 설산에서 함께 등을 맞대고 싸우고 온 지금이 바로 그 언젠가였다. 물론 카르멘은 애초에 털어 낼 감정의 응어리조차도 없었겠지만.

아무리 그래도 날 걱정해서 여기까지 와 주다니. 카르멘은 기사답게 의리를 아주 중요시하는 게 분명했다. 그는 약혼자로서는 최악이었지만 친구로서는 아주 괜찮은 사람인 것이다.

내 자신만만한 미소를 보며 카르멘의 표정이 미묘해졌다. 녀석, 쑥스러워서 맞다고는 대답 못 하는 게 우스웠다. 나는 기분이 조금 나아졌다.

그에 대한 마음의 응어리는 다 털어 버렸지만 의미 없이 소모되어 버린 시간에 대해서는 조금 아쉬운 마음이 남았었다. 후회라기보다는 그저, 사랑에 눈이 멀어 모든 것을 던져 버릴 시간에 만약 내가 마법 공부를 했더라면 어땠을까 하는 생각이었다.

하지만 십 년을 넘도록 함께한 약혼자는 잃었어도 십 년 지기 친구는 남아 있었던 모양이다. 황족 친구를 가져서 손해 볼 것은 없다. 게다가 그처럼 능력 있고 괜찮은 친구라면 금상첨화였다. 그것만으로도 흘러간 세월을 조금은 보상받은 기분이었다.

카르멘은 약간 혼란스런 얼굴로 말했다.

"……아무튼, 그럼 같이 제국으로 돌아간다는 거지?"

"글쎄, 당장 답해야 돼?"

마계의 문에 대한 정보를 알아보고 취합할 시간이 필요한데. 내가 곤란한 얼굴로 중얼거리자 카르멘은 조금 황당한 표정으로 말했다.

"하지만 난 오늘 돌아가야 해."

"아, 그렇겠지."

사실 아직까지 카르멘이 여기 있다는 게 이상한 일이었다. 애초에 브리튼 마을에 온 것부터가 이상했지만. 마계의 문이 열릴 것이란 말이 나온 시점에 전쟁 영웅이 남의 나라에서 농땡이 부리고 있어도 되는 것인지 모르겠다.

"언제까지 돌아가야 하는데?"

"열흘 전까지."

"……?"

열흘 전이라면 카르멘이 브리튼 마을에 온 그날이었다. 비논리적인 대답에 내가 의아한 표정을 짓자 카르멘이 쓰게 웃었다. 이어지는 대답에 나는 귀를 의심했다.

"목적지를 제대로 말하지 않고 도망 나왔거든."

"……무슨 말이야, 황자가 그래도 돼?"

"그동안 말 잘 들었으니까 괜찮아."

나는 멍하니 눈을 깜빡였다. 내용 자체는 큰 문제가 없었지만 말하는 사람과 매치가 되지 않아서 혼란스러웠다.

내가 봐 온 카르멘은 성실하고 황실의 법도를 칼처럼 지키는 사람이었다. 그가 살면서 문제를 일으킨 것은 꺅해야 열두 살 때 날 달랜답시고 드래곤의 성에 몰래 들어갔다가 여섯 시간 동안 실종된 것이 다였다. 그런데 목적지도 제대로 말하지 않고 멋대로 여기까지 왔다니?

전쟁이라는 큰 사건을 겪으며 사람이 달라진 건지, 그저 나이를 먹어서 자연히 유연해진 것인지, 아니면 원래 이런 사람이었는데 내가 여태 몰랐던 것인지 분간이 가지 않았다. 내가 그를 빤히 바라보자 카르멘이 어색하게 헛기침을 했다.

"농담이야."

"아."

농담이었구나. 내가 안도의 한숨을 내쉬자 카르멘이 미묘한 웃음을 지었다.

"그게 그렇게 이상해?"

"당연하지. 너 바른 생활 소년이잖아."

"……그게 뭔데?"

"너."

"……."

카르멘은 내 말에 반응하는 대신에 정오까지 시간을 줄 테니까 자기와 함께 돌아갈지 말지 고민해 보라고 했다. 나는 고개를 끄덕였다. 칼만 챙기고 밖을 나서는 그가 어디로 향하는 건지 궁금증이 돋았지만, 대충 묵는 곳이 있겠지 여기고 등을 돌렸다.

"……음, 그럼."

정오까지는 아직 약간 여유가 있었다. 나는 식탁에 놓인 식기들을 정리하고 침실로 돌아갔다. 이리저리 뒤적거리자 까망이가 윙투스를 물고 와서 내게 내밀었다. 나는 까망이의 머리를 쓰다듬으며 고맙다고 말하고 윙투스를 손에 끼웠다. 그리고 마수경을 소환하려고 하다가, 깜짝 놀랐다.

"얘 어디 갔어?"

윙투스 안에 마수경이 없었다. 연결이 끊어지지 않은 것으로 봐서 계약이 끝나거나 죽은 것은 아니었다. 나는 허둥지둥하며 마수경의 위치를 찾다가 또다시 화들짝 놀라서 뛰쳐나갔다. 마수경과의 연결이, 문밖에서 느껴지고 있었다. 나는 마지막으로 마수경에게 내가 내린 명령이 무엇이었는지 기억해 냈다.

"이런……!"

낭패스런 기분이 들었다. 나는 현관으로 달려가 문고리를 거세게 잡아 밀었다. 허겁지겁 문밖으로 뛰어나온 나를 맞이한 것은, 눈부시도록 환한 리튼산의 봄이었다.

나는 짧게 숨을 들이켜며 노란 마당에 쪼그려 앉아 있는 가짜 첼시를 바라봤다. 녀석은 흙을 파고 있다가 기척을 느끼고 나를 돌아봤다. 나는 잠시 나와 똑같은 얼굴을 한 마수와 눈을 마주쳤다.

"주인니임!"

마수경이 내게 달려왔다. 나는 슬라임처럼 조그마한 반고체로 변한 녀석을 황급히 받아 안았다. 영문도 모르고 녀석의 등을 도닥여 주다가, 날 따라 나온 까망이를 돌아봤다.

"뭐가 어떻게 된 거야?"

"그게……."

내 질문에 까망이는 한숨을 내쉬었다.

"주인님이 쓰러지고 나서 저는 황자와 함께 주인님을 업고 산을 내려 왔습니다. 황자가 산을 오를 때 왔다는 지름길은 마법적인 것이었는지 눈의 여신이 사라지자 함께 사라져 버렸거든요. 그래서 걸어 내려오던 와중에 마수경과 마주쳤습니다."

"……카르멘이 당황했겠네."

여태 내 얼굴을 하고 있는 걸 보면 마수경은 나로 변장해 환수들을 유 인하라는 명령을 착실히 수행한 것이 틀림없었다. 그것도 꼬박 이틀 동안. 까망이가 고개를 끄덕였다.

"예, 사실 저도 마수경의 존재를 잊고 있던 와중이라 조금 놀랐습니다. 집에 와서도 헷갈려서 밖에 세워 두었어요."

"뭐?"

나는 순간적으로 동정심이 밀려와 마수경을 더 품에 깊게 안았다. 안 그래도 열심히 일하고 나서 돌아오지 않는 주인을 기다리며 마음고생했을 텐데. 주인과 합류하고 나서도 불합리하게 핍박당했을 녀석을 생각하니 마음이 아팠다.

"까망아, 친구한테 그러면 안 돼. 친절하게 대해 줘야지."

"친구?"

까망이가 생각지도 못했다는 목소리로 반문했다. 나는 엄하게 말했다.

"그래."

"……알겠습니다."

까망이가 떨떠름하게 고개를 끄덕였다. 나는 만족해서 마수경을 안고 집 안으로 들어왔다. 나는 가여운 녀석이 칭얼거리는 걸 받아 주며 실컷 위로해 준 후에, 거울 안에 넣고 슈웨인에게 연락을 취했다.

[첼시!]

거울 너머로 놀라움과 반가움이 섞인 목소리가 들려왔다. 덕분에 슈웨인의 얼굴이 어둠에 가려 잘 보이지 않는데도, 그가 어떤 표정을 짓고 있는지 훤히 알 수 있었다. 나는 방긋 웃으면서 인사했다.

"안녕하세요, 슈슈."

[몸 건강히 잘 계셨습니까? 큰 문제가 있는 것은 아니고요? 오랫동안 연락이 안 되어서 걱정했습니다.]

나는 슈웨인이 빠르게 쏟아 내는 말에 약간 당황했다.

"전 잘 있어요. 그렇게 물어볼 말이 많았으면 연락하지 그러셨어요."

[첼시가 안 받아서요.]

아하. 일부러 슈웨인의 연락을 피한 적은 없었다. 하지만 마수경을 전투에 활용할 때는 연락 불능 상태가 되곤 하고, 나는 마수경을 자주 전투에 써먹었다.

난 변명할 말이 없어져서 곧장 사과했다. 다행히 그는 건강하다면 됐다고 말하며 웃어 주었다. 처음에는 몰랐지만, 슈웨인도 참 정이 많은 사람 같다.

잠시 안부를 주고받은 후에 슈웨인이 내게 용건을 물었다. 나는 냉큼 대답했다.

"슈웨인, 혹시 마계의 문이 열린다는 말을 들으셨나요?"

[……]

"슈웨인?"

질문을 했는데 대답이 없었다. 반응이 이상해서 그의 이름을 불렀는데 갑자기 거울에 비치던 화면이 확 밝아졌다. 빛 아래로 드러난 슈웨인은 기사단에서 입는 정복도 아니고, 그의 집에서 보았던 편한 차림도 아닌 웬 양복을 차려입고 있었다.

[첼시, 혹시 다른 사람들이 대화에 끼어도 괜찮으시겠습니까?]

"어…… 누구요?"

[탑주님과 장로님들이 계십니다.]

"아."

밖인가 싶었는데, 그는 마탑에 있었던 모양이었다. 탑주님이라니. 딱 한 번 마주쳤는데 곧바로 나를 수제자 삼은 그 할아버지 말이지. 나는 조금 당황한 와중에도 고개를 끄덕이며 대답했다.

"네, 뭐, 좋아요."

종잡을 수 없긴 해도 그 할아버지는 일단 탑주셨다. 카르멘은 마탑의 마법사들이 마계의 문이 열릴 정확한 때를 찾아내고 있다고 했다. 마계의 문에 대한 것은 아마 황제 폐하보다 마탑주가 더 빠삭할 터였다.

내 대답이 떨어지자 거울 너머에서 슈웨인이 무어라 소리치는 게 들렸다. 그리고 마탑주의 목소리가 희미하게 들려오더니, 갑자기 거울에 비친 화면이 휙 넘어갔다.

[아니, 이게 누구야. 황제 폐하보다 더 존안을 뵙기가 힘들다는 내 수제자님이 아니신가!]

경쾌한 목소리와 함께 클라우드의 얼굴이 나타났다. 뒤이어 그의 양옆에 앉은 노장의 마법사들이 커다랗게 웃음을 터뜨리는 소리가 들려왔다. 나는 한쪽 귀를 막으며 어색하게 미소 지었다.

"하하, 잘 지내셨어요."

[잘 지냈기는, 요새 정신이 하나도 없었지요. 하나밖에 없는 수제자는 마탑에 이름만 올려놓고 쌩하니 해외로 떠나 버리더니 다른 사람이 제 스승이라며 소문을 퍼뜨리질 않나, 옆 나라에서는 전쟁이 끊이질 않지, 그 와중에 이젠 마계의 문까지 열린다고…….]

"그 마계의 문, 말인데요."

가만히 놔두면 끝이 없을 것 같아, 나는 클라우드의 하소연을 황급히 끊으며 말했다.

"대처할 방법은 없나요? 약 6개월 후에 열린다는데, 그걸 어떻게 알았죠?

어떤 형태로 어떻게 열린다는 거예요?"

[이런. 하나씩 해요, 하나씩.]

내 갑작스런 질문 세례에 클라우드는 신세타령하던 것도 잊고 설명을 시작했다. 어쩔 수 없는 마법사들의 특성이었다.

[마계의 문이라고는 하지만 정말로 문이 생기는 건 아니에요. 실제로는 차원에 난 균열이라고 할 수 있죠.]

클라우드는 손가락에 마력을 모아 검은 균열 같은 것을 만들어 냈다.

[사실 이 균열은 이미 일 년 전부터 생겨 있었어요.]

"일 년 전부터요?"

나도 모르게 목소리가 높아졌다. 클라우드가 고개를 끄덕였다.

[그때부터 계속 나스티아 공국으로 마법사를 파견해 암흑 왕국의 마력 장을 측정해 왔죠. 지금까지는 큰 문제가 되지 않았으나, 한 달 전에는 작은 마수가 넘어올 수 있을 정도로 균열이 커졌어요. 실제로 암흑 왕국 근처에서 전에는 발견할 수 없었던 마계의 마수들이 하나둘씩 발견되기 도 했고요.]

"마계의 마수……."

[이 속도대로라면 반년 후에는 대형 마수가 넘어올 정도로 균열이 커 진다는 계산이 나와요.]

"그럼……."

내가 심각한 목소리로 말하자, 클라우드가 인자한 미소를 지었다.

[하지만 기록에 따르면 육백 년 전에도 비슷한 현상이 일어난 적이 있 다고 해요. 그때 당시 마계의 문은 한계까지 열렸다가 자연히 닫혔다고 하니, 이번에도 그럴지도 모르지요. 아직 아무것도 확정되지 않았으니 그리 걱정하지 않아도 된답니다.]

내 질문을 하나씩 해치운 클라우드는 갑자기 거울을 툭툭 건드렸다. 클라우드의 손바닥이 거울을 가득 채웠다.

[그나저나 로드랭 양이 발견한 이 마수, 참 유용해요. 번식시킬 수는 없나요?]

"……비슷한 생각을 저도 했었지만, 개체수가 하나뿐이니까요."

[그렇군요. 요새 저와 마법사들은 사역술의 대단함에 끊임없이 놀라고 있답니다. 아니, 로드랭 양이 대단한 건가.]

다시 손을 제자리로 돌려놓은 클라우드가 아쉽다는 목소리로 말했다.

[마탑의 마법사들이 모두 첼시만큼의 마력을 가졌다면 이렇게 궁지에 몰릴 일도 없었을 텐데요.]

"……."

클라우드의 말에, 그의 양옆에 앉은 마법사들이 동시에 한숨을 내쉬는 것이 보였다. 우리의 탑주님은 아무래도 칭찬이나 타박이 몸에 밴 지도자인 듯했다. 그러나 그가 뜬금없이 꺼낸 칭찬은 내 마음에 와닿는 구석이 있었다.

"……그렇게 될 거예요."

[뭐라고요?]

"아니에요, 마탑의 대처 계획을 가르쳐 주실래요?"

나는 미소 지어 보이고 질답을 계속했다. 클라우드는 친절한 탑주였다. 이러니저러니 해도 내가 물어보는 말은 모두 대답을 해 주었다. 아마 내게 기대하는 바가 있다는 거겠지. 그는 마탑의 인원과 전투에 참여 가능한 인원을 모두 말해 주었다. 그리고 제국 기사단의 인원도.

마계의 문이 열린다고 예측한 날은 반년 뒤였지만, 클라우드는 우리 제국의 군대가 당장 다음 주부터 나스티아에 주둔하게 될 것이라고 했다. 예측한 날짜가 틀릴 가능성이 있고, 나스티아를 전초 기지로 삼아야 하기에 군대가 이 나라의 지형에 익숙해져야 한다는 것이 그 이유였다.

[이런 질문을 하는 걸 보니 설마, 로드랭 양도 참전할 마음인 건가요?]

그의 질문에 내가 어색하게 웃자 클라우드가 한숨을 쉬었다.

[휴, 나는 모든 질문에 답을 해 줬는데 이러기예요?]

"그게 아니라, 죄송해요."

[정말 다들 나한테 너무하네요. 하나 있는 수제자도 나를 못 믿고, 슈슈도 내게 로드랭 양 소식을 알려 주질 않고, 얼마 전에는 웬 황자가 실종됐다고 황실⋯⋯.]

"정말 죄송해요, 클라우드! 다시 연락할게요!"

나는 다시 그의 끝없는 하소연이 시작되기 전에 잽싸게 연락을 끊었다. 연락을 끊기 직전 클라우드가 무어라 이야기를 한 것 같은데, 급하게 끊느라 제대로 듣지 못했다. 나는 새까만 거울을 바라보다가 고개를 저었다.

뭐, 별일 아니었겠지.

아무튼 클라우드에게서 설명을 듣고 나자 얼추 그림이 그려졌다. 앞으로 남은 시간 동안 내가 어떻게 행동해야 좋을지, 나는 대충의 방향을 정할 수 있었다.

카르멘의 말대로 마을 사람들이 피난을 간다면, 브리튼 마을은 걱정 없었다. 나스티아의 군대 규모가 얼마나 되는진 몰라도, 아마 제국의 군대와 합쳐진다면 그리 유의미한 숫자가 되지는 못할 것이다. 다음 주에는 1만의 군사가 제국에서 나스티아로 온다. 그리고 나는⋯⋯.

정오에 카르멘이 집으로 찾아왔다. 그는 말끔한 정복을 입고 있었다. 편한 모험가 복장을 입은 모습도 나름의 어색한 귀여움이 있었지만, 역시 하얀 기사 복장이 가장 잘 어울렸다.

그는 들어오지도 않고 문 앞에 서서 집 안을 바라봤다. 짐을 싸지도 않고 아침에 헤어진 복장 그대로인 나를 보더니, 그가 비스듬하게 문간에 기댔다.

"첼시."

카르멘의 목소리에는 나를 설득할 기세가 가득했다. 난 어색하게 웃었다.

"정리할 게 있어."

"얼마나 오래 걸리는데?"

카르멘이 한숨을 쉬며 말했다. 안 돌아간다는 것도 아닌데. 카르멘의 얼굴에 실망한 기색이 역력해 보여서 뭐라고 달래야 하나 고민하며 그에게 다가갔다. 그러자 카르멘이 손을 뻗어 내 팔을 잡았다.

"같이 가면 안 돼?"

"……."

"내가 너한테 뭐 부탁한 적 없잖아."

카르멘이 말했다. 아이처럼 조르는 그가 어색했지만, 맞는 말이었다. 어렸을 때부터 항상, 카르멘은 내 부탁을 들어주는 쪽이었지 내게 뭘 부탁한 적은 단 한 번도 없었으니까. 나는 약간 주춤했다. 그러나 내가 할 수 있는 건 미안하단 웃음을 지어 보이는 것뿐이었다.

"미안, 최대한 빨리 갈게."

내 사과에 카르멘이 한숨을 내쉬었다.

"빨리라면, 얼마나?"

"글쎄, 한 일주일?"

거짓말이었다. 난 브리튼 마을 사람들이 모두 피난을 가는 걸 확인하고 싶었고, 그 후에도 마을에 남아서 며칠 상황을 지켜볼 생각이었다. 그런데 카르멘은 그런 내 속을 들여다보기라도 한 것처럼 말했다.

"그럼 나도 그때 같이 갈게."

"……."

나는 이제 약간 당황스러웠다.

"이렇게 오래 황실을 비워도 돼? 다음 주에 나스티아에 제국의 군대가 온다는데."

"난 거기 안 가. 바로 제국으로 돌아갈 거야, 너랑 같이."

"그래도 네가 여기 온 지 벌써 열흘째인데, 사람들이 걱정하지 않겠어?"

"상관없어. 네가 제일 중요하지."

카르멘은 박력 있게 대답했다가 그대로 굳었다. 나를 맹렬히 바라보던 파란 눈동자가 아래로 떨어졌다. 나는 고개를 갸웃하며 웃었다.

"그건 친구로서 하는 말이야?"

이상하게 허둥대던 카르멘의 움직임이 그대로 멎었다. 그가 도로 고개를 들고 나를 마주 보더니 어색한 표정을 지었다.

"첼시, 뭔가 오해가 있는 것 같은데……."

카르멘이 또 날 붙잡으려고 하는 것 같아서 나는 그의 어깨를 툭툭 쳤다.

"그러지 말고 먼저 가. 사실 일주일보단 더 걸릴 거 같지만……."

"그게 아니라."

"최대한 빨리 따라간다니까."

내 말에 카르멘은 한숨을 내쉬었다. 그는 잠시 고민하는 듯하더니 마지못해 입을 열었다.

"알았어, 대신 보름 내에는 와야 해."

"그래, 그래."

끈질기게 확언을 구하던 카르멘은 내가 다섯 번 정도 약속한 후에야 내 팔을 놓았다. 그러고는 약간 뜸을 들이더니 말했다.

"제국으로 돌아오면, 제대로 말할게."

그렇게 말하는 카르멘의 얼굴이 이상하리만치 비장해 보여서 나는 잠시 말을 잃었다. 무슨 말을 하려는 걸까 싶었으나, 그 미묘하게 긴장한 표정을 앞에 두고 있으니…… 아무리 눈치가 없는 나라도 감이 왔다.

"……너 애인 생겼어?"

"……."

내 추론은 나름대로 논리적인 것이었다. 엘레나는 카르멘이 제국 최고의 남편감이라고 했고, 마침 그는 결혼 적령기였다. 그러나 엘레나의 예상과 다르게 카르멘은 내게 결혼을 제안하려고 온 게 아니었다.

하지만 엘레나의 말대로라면 황실은 지금 경쟁 구도에 있었고, 카르멘은

황제 폐하에게 잘 보이기 위해서든 힘을 얻기 위해서든 얼른 결혼을 해야
했다. 하지만 그는 여태 달리 약혼녀를 만들지 않았으니⋯⋯ 아마 애인이
있는 거겠지. 그러나 내 예상과는 다르게 카르멘의 얼굴에 떠오른 것은
황당함이었다.

"아니."

"아니야?"

"아니야, 내가⋯⋯ 어떻게 그러겠어?"

안 될 건 또 뭐람. 헤브람 제국 최고의 남편감인데.

"그래, 내가 무슨 눈치가 있겠어."

이런 눈치로 황자비 안 돼서 다행이지, 아랫사람들이 얼마나 고생했
겠어? 나는 내 감이 빗나간 것에 대해 실망하여 툴툴거렸다. 그러자 카
르멘이 손을 저었다.

"어쩔 수 없지, 네가 무슨 눈치가 필요했겠어. 눈짓만 하면 알아서 챙겨
주는 가족들 사이에서 자랐는데."

"허, 지금 날 놀리는 거야?"

"그런 뜻이 아니라⋯⋯."

카르멘은 재빨리 부정했지만 난 고개를 휙 돌렸다.

"그래, 난 어차피 아카데미 퀸도 못했고⋯⋯."

"그거 십 년 전 일이잖아, 언제까지 우려먹을 거야?"

"십 년이라니, 칠 년이거든."

내가 반박하며 카르멘을 돌아봤다. 시선이 허공에서 마주치는 순간,
우린 동시에 짧은 웃음을 터뜨렸다. 다시 이렇게 마주 보고 웃을 날이
올 수 있을 거라곤 생각하지 못했는데. 정말 시간이 약이었다.

"⋯⋯."

다시 고개를 들었을 때 카르멘은 미소 띤 얼굴로 날 보고 있었다.
이번엔 내가 먼저 입을 열었다.

"잘 가."

"빨리 오기로 한 거 잊지 마."

"알았어, 몇 번을 말해?"

"첼시, 정말로."

카르멘이 문간에 머리를 기대고 내게 손을 뻗었다. 그러나 그 손은 내게 닿지 못하고 도로 돌아갔다.

"다치지 마."

"……."

"이 부탁은 들어줘야 돼."

난 작게 미소 지었다.

"알았어."

그렇게 그는 브리튼 마을을 떠났다.

카르멘이 제국으로 떠난 오후, 나는 그가 사라진 문간을 바라보며 미약한 죄책감을 느꼈다. 카르멘에겐 미안한 일이었지만, 난 그가 내게 했던 첫 번째 부탁과 마찬가지로, 두 번째 부탁 또한 보증해 줄 수 없을 것 같았다.

내게 주어진 반년은 길다면 길고 짧다면 짧은 시간이었다. 나에게는 그사이에 해결해야 할 일이 몇 가지 있었다. 사역마들을 돌보고, 마법을 연구하고, 상황을 기록하고, 나의 에키드나 제자들에 대한 일도 마무리를 지어야 했다.

이튿날 나는 모데라토와 앨런을 에키드나 연구소로 데려갔다. 마계의 문 이야기를 했을 때 그들은 무척 혼비백산했다. 그러나 연구소에 도착해 천장 가득 그려진 마법진을 마주하고서는 말문을 잃은 듯했다.

"이건……."

"완성된 거예요?"

앨런이 멍하니 내게 물어 왔다. 나는 싱긋 웃었다.

수많은 고대 서적들을 읽고 다섯 개의 에키드나 연구소를 다니며 찾아낸 역보존 마법, 그리고 헤밀리에게서 얻어 온 이, 마법 아래에 진짜 마법을 숨겨 놓는 자동화 마법.

나는 얼음성에서 R.D의 일기를 얻기 위해 역보존 마법을 발동해 보았다. 그러나 에키드나 연구소의 보존 마법이 얼음성의 것보다 훨씬 규모가 컸기에, 내 마력이 버텨 줄지는 알 수 없었다.

하지만 역보존 마법과 자동화 마법의 조합이라면 내 마력을 소모할 필요 없이 마법을 발동시킬 수 있었다. 자동화 마법을 걸어 두면 마력만 채워진다면 언제라도 역보존 마법을 발동시킬 수 있으니, 술자의 마력 대신 마력석을 소모시키면 된다. 대신…….

"마법을 발동시킬 마력석이 있어야겠지만."

"마력석이라니…… 얼마나요?"

앨런이 물었다. 정확한 마력량은 알 수 없지만, 얼음성에서의 기억을 되살려 대강 유추를 해 보면…… 나는 연구실을 열심히 돌리고 있는 마력석들을 가리켰다.

"글쎄, 저거의 스무 배 정도?"

내 말에 모데라토와 앨런의 얼굴이 순식간에 어두워졌다. 이런, 죽상이 되라고 한 말이 아닌데. 난 황급히 그들의 어깨에 손을 올렸다.

"왜들 축 처졌어?"

"하지만, 마력석은…….

"릴리 님이 그렇게 고생해서 사막을 건너도 겨우 손톱만 한 마력석 하나 구해 온 게 다인걸요."

모데라토가 우울하게 중얼거렸다. 흐음, 나는 등을 돌리고 연구실 중앙으로 걸어갔다. 까망이가 느리게 내 뒤를 따라 걸었다.

"모데라토, 앨런. 마력석을 어떻게 만드는지 알아?"

"아니요."

그들이 동시에 대답했다. 그걸 만들 수 있어? 앨런이 조그맣게 묻는 소리가 들려왔다. 앨런이 모를 만도 했다. 나도 카르멘이 마을을 떠난 후에 본격적으로 알아보고 나서야 자세히 알게 됐으니까.

마력석을 만드는 방법은 두 가지인데, 가장 흔한 방법은 마수의 마나 코어를 보석에 녹여서 만드는 것이었다. 이때 마력석은 마수의 마력을 담아 검은색을 띠었다. 이렇게 만들어진 마력석은 마수가 죽으면서 마력이 많이 소모되었을 가능성이 높아, 아주 질 좋은 마력석이 되기는 어려웠다.

그리고 또 하나는 보석에 마법사가 직접 자신의 마력을 담는 방법이었다. 보석에 마력을 담는 것은 무척 까다로워서 아주 숙달된 마법사만 가능한 방법이지만, 이 방법을 사용하면 마법사의 마력량에 따라서 얼마든지 질 좋은 마력석을 만들 수 있었다. 마력석은 마법사의 마력의 색을 닮아 파란색, 초록색 등 다양한 색을 띠었다.

물론 후자는 마지막 드래곤과 함께 강력한 마법사들이 사라져 버린 이후로 쓰지 않게 된 방법이었다.

나는 연구실 가운데에 무릎을 꿇고 앉으며 말했다.

"내가 가르쳐 줄게."

"뭘요?"

"마력석 만드는 방법."

"선생님, 그건 좀⋯⋯."

"에이, 우리가 그런 걸 어떻게 해요?"

모데라토와 앨런이 미심쩍은 얼굴로 반박하고 나섰다. 나는 옅게 미소 지으며 바닥에 손을 댔다. 마력을 불어넣자, 자동화 마법 아래에 숨겨진 결계 마법이 드러났다. 검은 잉크가 절로 그림을 그려 내듯, 연구실 바닥에 거대한 마법진이 그려졌다. 모데라토와 앨런은 눈을 커다랗게 뜨고 그들의 발밑에 마법진이 나타나는 것을 보았다.

마법진이 완성되자, 결계 마법이 발동되었다. 마법진 위로 검은빛이 빛나며 마법진의 모습은 사라지고, 그를 대신하여 보호결계가 생겨났다. 연구실 전체를 아우르는 거대한 결계였다.

강력한 결계가 생길 때 나타나는 옅은 부유감에, 모데라토와 앨런은 아직도 빛나는 것 같은 바닥을 멍한 눈으로 바라봤다.

"마계의 문이 열리더라도, 너희 말고는 아무도 이 연구소를 발견하지도 파괴하지도 못할 거야."

나름대로 수련을 통해 마법을 보는 눈이 생긴 그들은 이 마법이 얼마나 강력한 것인지 얼추 감이 오는 듯했다. 난 씨익 웃었다.

"아직도 내가 의심스러워?"

모데라토와 앨런이 빠르게 고개를 저었다.

그 후 나는 보름가량 그들에게 마력을 보석에 채우는 방법을 가르쳤다. 모데라토와 앨런의 마력은 무척 적어서 마력석을 만들어도 아주 질 낮은 것밖에 만들지 못했다.

그게 답답했는지 평소에는 내 말을 묵묵히 잘 듣던 아이들이 이런 마력석을 만들어 봐야 쓸모가 있겠냐고 물어 왔다. 차라리 내가 하는 게 낫지 않냐고. 하지만 나는 다 필요할 때가 올 거라고 말했다.

"글쎄, 갑자기 너희의 마력량이 불어나는 날이 올지도 모르지. 어쩌면 나보다 더 많이."

"그런 일이 일어날 리가 없잖아요."

앨런이 당연한 듯 반박해 와서 나는 희미하게 웃었다.

모데라토와 앨런은 내 말을 최선을 다해서 따라 주었다. 그들은 배우는 속도는 느려도 성실하고 부지런했다.

나는 혹시나 싶어 슈웨인에게 모데라토와 앨런에 대한 이야기를 털어 놓았다. 그러자 슈웨인은 마수와 섞인 탓인지는 몰라도 마력 조절에 뛰어난 재능이 있는 것 같다고 칭찬했다. 그도 마탑주를 닮아 칭찬을 참 곧잘 하는 듯했다.

모데라토와 앨런이 자신의 마력을 모두 담아 제법 괜찮은 하급 마력석을 만들어 내는 데 성공했을 때, 이 소꿉장난 같은 스승과 제자 놀이도 막바지에 접어들었다. 수도에서 나스티아의 병사들이 온 것이다.

소공작의 주도에 따라 브리튼 마을 주민들의 대이동이 시작되었다. 작은 마을이었지만 여러 인종이 섞여 있어 단합이 쉽지는 않았다. 하지만 소공작의 적절한 안배 덕분에 사람들은 큰 고통을 겪지 않고 고향을 떠날 수 있었다.

프라온 가문이 발각 뒤집힐 것을 우려해서, 로즈는 카르멘이 제국으로 돌아갈 때 미리 보내 놓았다. 모데라토와 앨런은 마을이 텅 빌 때까지 내 곁을 지켰으나, 이제 작별의 시간이었다.

"진짜 같이 안 가세요?"

늦은 저녁, 텅 빈 마을을 등지고 앨런이 내게 물었다. 오랫동안 이 마을에 산 것치고 그들의 짐은 단출했다. 무게가 나가는 짐이라고 해 봐야 겨우 마법서 몇 권. 나스티아에 머물면서도 나스티아에 뿌리를 내리지는 못하는 에키드나의 슬픈 단면을 본 것 같아 안타까웠다.

"그런 얼굴 하지 마, 이곳을 정리하면 곧장 내려갈 거야."

"그래도……."

첫 만남의 그 싸가지 없던 들고양이는 어디로 갔는지, 짐승의 귀를 축 늘어뜨리고 나를 올려다보는 앨런은 마냥 유순해 보이기만 했다. 앨런은 이제 열네 살이 되는데 키는 아직도 열 살짜리 꼬마처럼 작았다. 나는 앨런의 머리를 쓰다듬으면서 말했다.

"내 걱정을 해 줘서 고마워, 앨런. 넌 앞으로 어딜 가든 환영받을 거야."

"에이, 스승님 괜히 말 돌리려고……."

"아니, 진심이야. 이렇게 착하고 잘생긴 남자를 누가 안 좋아하겠어?"

내가 웃으면서 말하자 앨런이 고개를 푹 숙였다. 머리카락 아래로 보이는 빨개진 볼이 귀여웠다.

난 한참 앨런을 달래다가 문득 모데라토가 조용하다는 것을 깨달았다. 이상하다는 생각에 고개를 돌려 모데라토를 보자, 그 애는 말없이 리튼산을 바라보고 있었다. 정확히는 리튼산 반대편, 에키드나 연구소가 있는 곳을.

"걱정돼?"

모데라토가 움찔 놀라며 나를 돌아봤다.

"……네. 솔직히요."

"걱정 마."

나는 모데라토를 향해 미소를 만들어 보였다.

"적당한 때에 반드시, 마법을 발동시킬 수 있을 거야. 약속할게."

"……연구소를 처음 보여 드렸을 때도, 그런 말씀을 하셨죠."

모데라토가 작게 미소 지었다.

"믿어요."

그녀가 고개를 숙이고, 내 손을 잡았다. 맞잡아 오는 손이 작게 떨렸다. 고개 숙인 모데라토의 어깨도 잘게 떨려 왔다. 나는 어떻게 해야 할지 알 수 없었다. 모데라토의 믿는다는 말이, 이제 후드를 쓰지도 않아서 훤히 보이는 풀빛 머리카락과 흉터가 다 무겁게 느껴졌다.

그러다 다음 순간 나는 그들에게 내가 고백하지 않은 진실이 있다는 것을 깨달았다.

"……모데라토, 앨런, 내가 너희한테 거짓말을 한 게 있어."

내 말에 모데라토와 앨런은 어리둥절하게 고개를 들었다. 나는 심호흡을 하고 말했다.

"사실 나…… 열아홉 살이야."

"……."

"……."

용기 내어 고백했는데 반응이 이상했다. 모데라토는 고개를 획 돌려 버렸고, 앨런은 미묘한 표정으로 나를 바라봤다. 내가 의아한 얼굴을 하자 앨런이 담백한 목소리로 말했다.

"알아요."

"……뭐?"

나는 놀라서 눈을 깜빡였다.

"어떻게?"

"그, 저희가 마법의 기초를 다 배웠는데 그렇게 극단적으로 젊음을 유지하는 마법 같은 것은 없기도 했고……."

앨런은 눈을 데구르르 굴리고는 말했다.

"그리고 스승님, 일 년 동안 키 크셨잖아요."

"……."

"세상에 키 크는 마흔아홉 살이 어디 있어요?"

난 얼굴을 확 붉혔다. 그럼 카르멘이 왔을 때, 마을 사람들이 영계 남편 운운할 때도 이들은 진실을 다 알고 있었겠구나. 얼마나 웃겼을까.

"있을 수도 있지. 난 세계 최고의 사역술사라고. 의지만 있으면 안 되는 게 어디 있어?"

난 부끄러워서 괜히 큰소리를 쳤다. 모데라토와 앨런은 눈을 휘둥그레 뜨고 날 봤다가 동시에 웃음을 터뜨렸다.

"그러게요."

모데라토가 킥킥거리며 긍정해서 나는 괜히 더 겸연쩍어졌다. 나는 볼을 문지르다가 말했다.

"……그러니까, 다음에 만날 때는 그냥 언니라고 불러도 돼."

"아니에요. 선생님은 영원히 저희의 선생님이세요. 어딜 가도 선생님 같은 분은 못 만날 거예요. 진심으로, 감사했어요."

모데라토는 듣는 내가 쩔쩔맬 정도로 정중하게 인사를 올리더니, 고개를 들고 싱긋 미소 지었다.

"그리고 제가 연상이에요, 선생님."

"하하, 방금한 대화는 그냥 없었던 걸로 하자."

나는 그렇게 두 에키드나 제자와 여느 때와 같이 웃는 얼굴로 작별을 고할 수 있었다. 내일이라도 다시 만날 사람처럼, 장난스럽게.

마을 사람들이 모두 빠져나가자 마을은 고요해졌다. 나는 그 빈 마을에서 보름을 더 살았다. 그 시간 동안 나는 까망이를 만난 이후부터 줄곧 써 왔던 일기를 정리했다. 내가 알고 있는 것이나, 한 번이라도 떠올렸던 것들을 모두 기록하고 싶었다. 여태까지 내가 사용했던 마법들 외에도 앞으로 시간이 아주 많았다면 하고 싶었던 일들.

예를 들어, 마수들을 성향과 특성에 따라 나누어 인간 친화적인 마수들과 함께 살아가는 일, '영혼의 서'를 모두에게 가르치는 일, 만약 까망이나 헤밀리처럼 인간성을 가진 마수들이 많아진다면 세상이 어떻게 변할지나, 에키드나들이 세상에 어떤 영향을 미칠 수 있는가에 대해서 연구하는 일.

그리고 나는 설산에서 내려왔던 날 꿨던 꿈에서 떠올린 '영혼의 순환식' 연구도 시작했다. 이 마법을 완성시키면 마법사들에게 마력을 주었던 천재 마법사 R.D의 '영혼의 전환식'의 유일한 단점인 '시전자의 죽음'을 감수하지 않아도 될 것이다.

하지만 순환식을 만들기 위해 필요한 숫자가 없었다.

영혼의 양과 영혼의 재생 시간.

대체 어디서 이 숫자를 얻을 수 있을지 감이 오지 않았다. 두 숫자 중 하나라도 알아낸다면 불완전하게나마 계산을 해 볼 수 있을 텐데. 나는 골머리를 썩었으나 아무리 생각해도 알아낼 방법이 떠오르지 않았다.

역시 너무 말도 안 되는 발상이었던 걸까. 아무것도 잃지 않고 마력과 영혼을 교환한다는 건. 이 마법은 제국으로 돌아가서 연구를 계속하기로 마음먹고, 나는 짐을 꾸렸다.

헤브람 제국으로의 귀환이었다.

* * *

휘오오오.

모래바람이 휘몰아치는 옛 에코 왕국의 땅. 나스티아와 헤브람 제국을 잇는 사막, '마수의 바다' 한가운데. 여섯 개의 결계석이 육각형을, 그리고 있는 땅 위에서 나는 마법진을 그리고 있었다.

오늘따라 바람이 심해서 한 치 앞을 보기가 힘든 지경이었지만 나와 까망이가 있는 장소는 바람 한 점 없이 고요했다. 내가 양피지에서 책으로 시선을 돌릴 때마다 이따금 귀에 걸린 레드 다이아몬드가 짤랑일 뿐이었다.

한참 동안 모래 바닥에 펼쳐 놓은 R.D의 일기를 들여다보며 커다란 양피지에 마법진을 따라 그리던 나는, 마침내 펜을 탁 놓았다.

"좋아, 해 보자. 워프 존 만들기."

나는 교본처럼 완벽하게 그려진 마법진을 들고 우리가 서 있는 결계 가운데에 놓았다. 양피지에 손을 올리고 마력을 불어넣자, 검은빛이 마법진을 감쌌다. 거기까지는 평범한 마법들과 같았지만, 다음 순간 검은 빛이 마법진을 관통하듯 아래로 꺼졌다. 쿵 하는 소리와 함께 결계 안에 옅은 진동이 울렸다.

"으……."

나는 고개를 돌리고 귀를 막았다. 내 옆에 있던 까망이가 걱정스러웠는지 내게 머리를 비볐다.

"괜찮아."

나는 녀석의 머리를 쓰다듬으며 말하고 아래를 보았다. 다른 마법 같았으면 마법진이 사라지고 백지로 돌아왔을 양피지는, 가운데가 불에 탄 것처럼 검은 재로 너덜거렸다. 나는 손을 뻗어 양피지를 들어 올렸다.

"오."

양피지가 있던 자리엔 내가 그린 마법진과 똑같은 크기의, 검은 워프 존이 생겨 있었다. 황금색 모래 위에 원형으로 검은 석연을 뿌린 듯한 모양새였지만, 내가 발로 모래를 헤집어도 그 워프 존은 실체가 없는 신기루처럼 사라지지 않았다.

R.D의 일기에서 얻어 낸 이 마법은 공간과 공간을 잇는 마법이라고 했다. 같은 수식을 그려 넣은 워프 존끼리는 연동이 되어 마력만 불어넣으면 당장 다른 워프 존으로 이동할 수 있었다. 반신반의하며 브리튼 마을과 리튼산에 워프 존을 그려 놓고 실험을 해 봤는데, 정말로 이동이 됐다!

워프 존은 지름 1m의 원 한가운데 번개무늬가 그려진 모양을 하고 있었다. 나는 황실 정원에서도, 아카데미 광장 가운데에서도 이것과 비슷한 문양을 본 기억이 있었다.

하여튼 이걸로 세 개째였다. 나는 찌뿌둥한 어깨를 펴며 기지개를 켰다. 그때 까망이가 나를 불렀다.

"주인님."

"응?"

까망이를 돌아봤는데 그 애는 다른 곳을 보고 있었다. 결계 밖, 어디 먼 곳을. 까망이의 시선을 따라가자 흐릿하게 우리가 지나온 나스티아 공국이 보였다.

"이상한 소리를……."

"이상한 소리?"

"아니, 아무것도 아닙니다."

까망이가 고개를 저었다. 나는 어리둥절하게 까망이를 보다가 가방을 마저 정리했다. 그런 다음 우리는 결계 밖으로 걸어 나왔다. 고개를 들자 어느새 다이어 울프의 모습으로 변한 까망이가 보였다.

원래 우리는 제국에서 나스티아로 올 때처럼 마차를 타려고 했다. 하지만 오늘따라 날씨가 흉흉하고 바람이 너무 심해, 우리를 태우고 마수의 바다를 지나가겠다는 마부를 찾을 수 없었다.

이왕 이렇게 된 거, 이 날씨를 이용해서 다이어 울프 모습으로 돌아간 까망이를 타고 자유롭게 이동하기로 했다. 이렇게 한 치 앞도 보이지 않는 날씨라서 지나가는 사람을 만날 일도 없고, 누가 있더라도 모래바람이 까망이의 모습을 가려 줄 것 같았다. 오히려 이쪽이 더 편하지.

까망이는 나를 등에 훌쩍 올려 줬다. 까망이의 뒷목에 바짝 붙어서 휘몰아치는 모래바람을 피하며, 나는 품속에서 결계석을 하나 꺼냈다. 결계석 위에 손을 얹고 마력을 듬뿍 불어넣어 주자, 검은빛과 함께 다이어 울프의 몸보다 커다란 결계가 생겨났다.

결계를 경계로 휘몰아치는 모래가 가라앉고, 귓전을 때리던 바람 소리도 잠잠해졌다. 모래바람이 사라지자 조금 살기가 편해졌다. 나는 까망이의 뒷목에 매달려서 물었다.

"그래서, 뭐가 아무것도 아닌데? 말해 줘."

"그저…… 마수들이 술렁거리는 소리를 들었습니다."

마수들의 소리? 나는 고개를 갸웃했다.

"무슨 말을 했는데?"

"말을 했다고 하긴 좀 그렇지만……."

까망이는 잠시 말을 골랐다.

"최근에 마계에서 온 마수들의 수가 부쩍 늘어났습니다."

"그렇겠지."

마계의 문이 점점 넓어지고 있다고 했으니까. 마계의 마수들도 끊임없이 흘러들어 오고 있을 것이다.

"마계에서…… 커다란 마수들이 움직이고 있다고 합니다."

"커다란 마수?"

나는 고개를 숙여 나를 등에 업고 있는 커다란 마수를 바라봤다. 까망이가 머쓱한지 고개를 저었다.

"저보다 더 크고 강한 마수일 겁니다."

"그래?"

까망이는 상급 마수 다이어 울프 중에서도 최상급에 속하는 알파였다. 다이어 울프는 마수 전쟁에서 멸족되었으니 까망이가 마지막 다이어 울프였다. 나는 여태껏 이 아이보다 커다란 마수는 본 적이 없었다. 암흑 왕국에서도, 헤밀리의 얼음성에서도 강한 마수가 많았지만 까망이만큼은 아니었다.

헤밀리도 대단했지만…… 그녀는 R.D의 첫 번째 사역마였으니까. 그러니까 까망이보다 강하다면…….

"드래곤이야?"

내가 물었다.

인간계에 있던 마지막 드래곤 케라아임은 몇십 년 전에 죽었으나 마계에는 그의 동족이 남아 있을지도 몰랐다.

"글쎄요."

"흐응."

까망이의 모호한 대답에, 나는 확신 없는 추론 대신 확실한 것을 보기로 했다. 난 가방에서 R.D의 일기를 펼쳐 들었다. 수십 번 보아서 이미 완벽하게 외운 지 오래인 '영혼의 전환식'이었다.

R.D가 죽기 전에 기록한 마지막 마법. 그걸 빤히 들여다보고 있으면 내가 떠올린 순환식의 해답이 있을까 봐서.

"숫자가 부족해……."

마력 측정기처럼 영혼 측정기도 있었다면 좋았을 텐데. 그럼 고민할 것 없이 단숨에 술식을 완성했을 텐데 말이다.

순환식을 만들 수만 있으면, 마력과 영혼의 일대일 교환도 가능할 것이다. 그렇게 되면 이론상으로는 목숨을 잃지 않고 헤브람 제국에 마법을 돌려놓는 것은 물론, 마수와 마법사가 자유롭게 서로가 필요한 것을 얻을 수 있게 된다.

듣자 하니 마수에게 인간의 영혼은 꽤 유용하게 사용될 수 있는 것인 듯하니까. 마법사들이 전부 영혼의 서를 터득해서 까망이처럼 사람과 소통이 가능한 사역마가 많아진다면 정말 재밌는 세상이 될 텐데.

물론 이론상의 이야기였다. '영혼의 서'는 이상하게도 나 외에 다른 사람은 발동을 못 시켰으니까.

"하아……."

하지만 마법진을 들여다볼수록 할 수 있을 거라는 생각보단 이 술식은 만들기 불가능하겠다는 생각만 자꾸 들었다. 영혼의 양을 구하라니, 수학보다는 철학에 가까운 질문이 아닌가. 물론 그 둘은 밀접한 관계가 있는 학문이지만…….

"주인님."

그때 까망이가 나를 불렀다. 무심코 고개를 든 내 눈이 휘둥그레졌다. 내가 한숨을 푹푹 쉬는 동안 까망이는 부지런히도 걸었던 모양이다. 저 멀리로 그리운 나의 조국, 헤브람 제국이 모습을 드러내고 있었다.

* * *

국경을 넘기 전에, 사람들이 우리의 모습을 보지 못할 위치쯤에서 까망이는 늑대의 모습으로 변했다. 그쯤부터 나는 내 발로 걸어가고 싶었으나, 생각보다 거리가 멀어 결국 작아진 까망이의 등 위에 올라탈 수밖에 없었다. 난 그 애의 발이 모래에 푹푹 빠지지 않도록 발에 조그마한 비행 마법을 걸어 주었다.

헤브람 제국의 결계 안에 들어온 이후에는 결계석이 필요 없어져서 버렸다. 제국의 결계 안에 들어오자 정말 조국에 도착했다는 기분이 들었다. 이 안전하고 편안한 느낌은 오직 제국민들만 느낄 수 있는 것이리라.

나는 사막에 인접한 지역임에도 브리튼 마을보다는 훨씬 번화한 제국의 땅 끝 마을을 생경한 기분으로 걸었다. 이런저런 음식을 파는 가판도, 듬성듬성 있는 술집이며 가게도 생소하게 느껴졌다. 수도에만 콕 박혀 살 때는 느끼지 못했던 기분이었다.

그런데 문득 나뿐만 아니라 시장의 사람들도 나를 신기한 눈으로 바라보고 있다는 것을 깨달았다. 난 고개를 갸웃하다가, 까망이를 바라봤다.

하긴, 다이어 울프의 모습만큼은 아니겠지만 늑대의 모습일 때도 까망이는 조금 눈에 띄었다. 품에 안고 다니던 아기 시절과는 달리 이제는 너무 커져 버렸으니까. 평범한 늑대보다도 좀 많이 커서, 이젠 썰매견이라고 둘러대기에도 무리가 있었다. 이렇게 커다란 늑대와 함께 다니는 사람이라면 좀 신기해 보일 법도 했다.

나는 작은 목소리로 까망이에게 말했다.

"까망아, 좀 움츠리고 걸어 봐."

"네?"

"사람들이 너 때문에 놀라서 다 굳어 버렸잖아."

진지하게 말한 것인데, 까망이는 코웃음을 쳤다.

"제가 아니라 주인님을 보는 것 같은데요."

이해할 수 없는 말에 나는 고개를 갸웃했다. 늑대를 놔두고 나를 왜 보겠어? 다른 사람들 눈에 난 그냥 로브를 쓴 여자애일 뿐일 텐데.

"아이고!"

그때 반대편에서 손수레를 끌고 오던 노인이 갑자기 앞으로 확 고꾸라졌다. 나는 화들짝 놀라 노인을 받쳐 안았다. 다행히도 사람은 넘어지지 않았지만, 노인의 손에서 벗어난 수레가 옆으로 넘어졌다.

"할머니, 괜찮으세요?"

"난 괜찮은데……."

노인은 황망한 눈으로 수레를 돌아봤다. 넘어질 때 꽤 큰 소리가 나더니, 바퀴가 박살이 나 있었다.

"아……."

나는 일어나서 수레에 가까이 다가갔다. 안에 담긴 물건은 다행히도 빈 상자뿐이었던 것 같은데, 바퀴가 부서져 있었다. 나는 수레 앞에 쭈그려 앉아 바퀴를 바라봤다. 바퀴와 수레를 잇는 쇠가 깔끔하게 떨어져 나간 것 같았다. 부서진 물건을 고치는 마법은 없지만, 떨어진 것을 붙이는 정도는 가능했다.

원래라면 이런 일에까지 오지랖을 부리지 않았을 테지만…….

아까 그 타이밍에 갑자기 넘어지신 건 우리 까망이를 보느라 시선이 빼앗겨서 그런 게 확실해 보였다. 그래서인지 나는 책임감을 느꼈다. 마음 같아서는 돈으로 보상해 주고 싶었으나 나스티아를 떠나기 직전에 경매에 참가해서 값비싼 보석을 사들이는 바람에 수중에 남아 있는 돈이 없었다.

난 쉬운 길을 택하기로 했다. 가방에서 펜을 꺼내 그냥 수레 위에 마법진을 슥슥 그려 넣었다. 그때 내 귀에 이상한 말이 들렸다.

"헉, 마법을 쓰려나 봐."

얼레, 어떻게 알았지.

헤브람 제국이 아무리 마법 제국이라고 불린다지만 그건 옛 이야기였다. 지금은 마법사가 흔하지도 않고 있더라도 마법을 잘 쓰지 않았다. 마력이 귀하니까.

나는 참 감이 좋은 행인이라고 생각하며 마법진에 마력을 불어넣었다. 검은빛과 함께 바퀴가 도로 붙었다.

"와아아!"

"휘익!"

갑자기 들리는 박수 세례와 감탄 소리에 나는 당황해서 일어났다. 어느새 우리 주위로 둥그렇게 구경꾼들이 둘러싸고 있었다.

"아…… 감사합니다."

나는 어색하게 인사하며 수레를 도로 세웠다. 내게 수레를 건네받은 노인이 내 손을 잡으며 인사했다.

"아이고, 고맙습니다. 귀족 나리가 이렇게 별것 아닌 일로 마법을 다 써 주고……."

"아, 아니에요."

"아니기는요. 이렇게 마음이 고와서……."

그분은 이상하게도 내 별것 아닌 선행에 큰 감동을 받으신 듯했다. 나는 괜찮다고 고개를 젓다가 약간 의아함을 느꼈다.

'내가 귀족인 건 어떻게 알았지……?'

모험을 떠날 때라면 몰라도, 지금은 흔한 여행자들보다 꾀죄죄한 차림일 텐데. 내 몸에서 그렇게 귀티가 날까? 아닌데. 엘레나도 요새 내 행동거지가 평민 같아졌다고 타박하곤 했는데.

그때 아직도 내 손을 잡고 있던 노인이 눈물을 글썽이며 말했다.

"시대가 흉흉하다고는 하지만 다음 마탑주님이 이렇게 좋은 분이라, 마음이 푹 놓이네요."

"……네?"

예상치 못한 말에 내가 얼이 나가서 반문하자, 구경꾼 중 하나가 외쳤다.

"첼시 로드랭!"

"차기 마탑주님!"

나는 황망한 눈으로 내 이름을 연호하기 시작한 구경꾼들을 바라봤다. 너무 혼란스러운 나머지 머리가 다 어질어질했다.

내 이름을 어떻게 알지? 아무래도 지난 시간 동안 많이 변한 것은 나 하나만이 아닌 것 같다. 나는 이 행인들의 뛰어난 정보력을 어떻게 해석해야 할지 감이 잡히지 않았다.

"저, 저는 그런 사람 모르는데요……."

나는 뒤늦게 시치미를 뗐다. 그러나 목소리가 떨려서 설득력이 없었다.

"에이, 신문에서 본 거랑 똑같은데요."

"신문……?"

내가 어리둥절하게 묻자 베레모를 쓴 남자아이가 내게 신문을 내밀었다. 난 무심코 그것을 받아 들었다가 충격에 빠졌다. 신문 1면의 헤드라인은 다음과 같았다.

'마탑이 낳은 천재, 첼시 로드랭. 리튼산에 봄을 가져오다.'

대문짝만 한 글씨 아래로는 그보다 더 커다란 초상화가 그려져 있었다. 회색 로브를 쓰고 늑대와 함께 서 있는 여자애는 곁눈질로 보아도 나였다.

"아니…… 이게 왜 제국신문에……."

리튼산이 녹은 것은 나름대로 신기한 일일 수도 있긴 하지만, 이렇게까지 회자되고 있는 줄은 꿈에도 몰랐다. 물론 딱히 비밀로 할 일도 아니어서 브리튼 마을 사람들이 소문을 퍼뜨렸을 수도 있지만…….

오는 길에 나스티아 수도도 지나쳐 왔는데, 특별히 내게 사람들의 시선이 집중된다고는 느끼지 못했다. 난 영문을 몰라 신문을 읽어 내렸다. 맨 아래쪽에는 마탑주와의 짤막한 인터뷰가 첨부되어 있었다.

　　Q. 그럼 로드랭 영애는 어렸을 때부터 다른 아이들과는 달랐나요?

　　A. 클라우드 웨인: 그럼요. 하나를 가르쳐도 열을 알고, 암기력과 사고력이
　　　　비상한 아이였죠

내 손에서 신문이 와작 구겨졌다.

"클라우드으……!"

＊ ＊ ＊

그 후로 마을을 벗어나는 데는 한참이 걸렸다. 나는 덜컹거리는 마차에서 마수경을 소환해 마탑에 연락을 넣었다. 내가 마탑에 마수경을 준 것은 공익에 도움이 됐으면 하는 마음이었지 잡담을 하기 위해서가 아니었다. 하지만 지금은 참을 수가 없었다.

[오, 로드랭 양. 어쩐 일이에요?]

어쩐지 클라우드가 무척 자연스럽게 내 연락을 받았다. 마탑주로서 공적인 업무를 수행하기 위해 잠시 가지고 있는 거겠지……. 그랬기를 바라야겠다.

"탑주님, 제 이야기를 언론에 잘도 팔아먹었더군요……."

[세상에, 드디어 제국에 돌아왔나 보군요. 어서 와요!]

클라우드가 다정한 목소리로 나를 반겼다. 저런 타박을 듣고 내가 제국에 돌아왔다는 것을 눈치채다니? 현 사태를 뻔히 알고 있는 사람의 반응이었다. 나는 시장에서 소년에게 받은 신문을 펼쳐 들었다.

"환영해 주는 건 고맙지만, 나한테 또 할 말이 있지 않나요?"

[하하, 초상화가 멋지게 잘 나왔네요.]

"클라우드……."

내 낮은 목소리에도 클라우드는 빙글빙글 웃음만 지을 뿐이었다.

[뭐가 문제예요. 이렇게 좋은 기사를 두고.]

"덕분에 몰려오는 사람들을 뿌리치느라 엄청 고생했거든요. 모르는 사람들이 제 이름을 부르면서 사인해 달라, 악수해 달라고 소리치는데 얼마나 당황스러웠다고요."

[하하, 로드랭 양은 의외로 부끄러움을 많이 타네요.]

클라우드는 뻔뻔함으로 마탑의 수장 자리를 차지한 것이 분명해 보였다. 나는 언성을 살짝 높였다.

"게다가, 거짓 정보까지 뿌렸잖아요."

[거짓 정보?]

"이 인터뷰 좀 봐요."

나는 아래쪽을 가리키면서 기사를 읊었다.

"내가 어렸을 때부터 하나를 가르쳐도 열을 알았다면서요. 저는 클라우드한테 수업을 들은 적도 없거든요."

[에이, 로드랭 양. 그냥 인터뷰잖아요. 마탑의 선전을 위한 일이다, 생각하고 넘어가 줘요.]

"탑주님……."

[젊은이가 참 빡빡하시네. 유연하게 봐요, 로드랭 양. 거기에 가르친 사람이 나였다는 얘기는 없잖아요?]

클라우드의 말도 안되는 반박에 나는 입을 벌렸다.

"아니……."

[과장 좀 섞으면 어때요. 안 그래도 시국이 뒤숭숭한데. 제국에 떠오르는 천재 마법사라도 하나 있어야 사람들이 희망을 갖지 않겠어요?]

"……."

난 불퉁하게 입을 다물었다. 그의 말이 맞았다. 위상이 땅에 떨어진 마탑에도, 연이어 터지는 전쟁에 지친 사람들에게도 떠오르는 신진은 필요했다. 나는 한숨을 내쉬었다.

"알았어요. 다음엔 적어도 이런 인터뷰를 하기 전에 내게 귀띔은 해 줘요."

[하하, 명심하지요, 수제자님.]

클라우드의 능청에 난 더 투덜댈 마음도 사라져 버렸다. 내가 작게 미소 짓자, 클라우드가 웃으면서 내게 물었다.

[그나저나 참 오랜만에 돌아오는군요. 거의 일 년 만이지요?]

"반올림하자면요."

[본가에부터 돌아가겠군요. 그 다음에는 마탑에도 들러 주겠지요?]

"음, 아니요. 먼저 들를 곳이 있어요."

[어딘데요?]

제국으로 돌아오면 가장 먼저 가겠다고 정해 놓은 곳이 있었다.

황궁, 드래곤의 탑.

드래곤의 탑은 황족에게만 출입이 허락된 곳이었다. 어릴 때 카르멘과 함께 그곳에 들어간 적이 있긴 했다. 하지만 어른들의 눈을 피해 몰래 들어 간 것이었고 그때는 모두들 내가 카르멘과 훗날 결혼할 사이라고 여겼다.

제국에 돌아오는 대로 카르멘에게 출입을 부탁해 볼 생각이었지만, 지 금 나는 예비 황자비도 아니고 그만큼 어리지도 않으니 옛날처럼은 안 될지도 몰랐다. 그렇다면 몰래라도 들어가 봐야겠지.

[로드랭 양?]

클라우드의 목소리에 나는 퍼뜩 정신을 차렸다.

"네, 네. 급한 용무가 끝난 후에는 마탑에도 들를게요."

[기대되네요. 그새 얼마나 자랐을라나……. 아니, 키가 클 나이는 지났 던가요?]

"헤, 사실 누가 좀 컸대요."

클라우드가 작게 웃었다.

[좋아요. 그럼 빠른 시일 내에 뵙지요.]

"네."

[……제국에 돌아온 것을 다시 한번 환영해요.]

클라우드의 다정한 인사말과 함께 연락이 끊겼다.

나는 멍하니 눈을 깜빡이며 거울을 봤다가, 창밖을 바라봤다. 달리는 마차 밖에는 익숙하고도 낯선 제국의 초록빛 봄이 있었다. 밝은 햇살이 우거진 녹음 사이로 부서지는.

난 가만히 눈을 감았다. 시장에서 일어났던 소동의 여파가 아직도 남 아 있었다. 사람들의 시선이 내게 몰리고 다들 나를 알아보는 거. 당시엔 당황스러웠지만 다시 생각해 보니까 그리 화낼 일은 아니었다는 생각이

든다. 여기는 내 나라니까. 수도로 돌아가면 다시 많은 사람들이 나를 알아보겠지.

카르멘과 파혼하고 난 이후로 갑자기 아카데미를 나가지 않았었는데. 아카데미 친구들은 나를 어떻게 생각하고 있을지 궁금했다. 할 일을 끝내고도 시간이 남으면 오랜만에 옛 친구들을 만나도 괜찮을 것이다.

일단 황성부터 갔다가, 가족들을 보고, 그 다음에 마탑에 들러야겠다. 순환식을 완성하려면 시간이 부족했지만, 반대로 여러 사람들과 만나다 보면 문득 해법이 떠오를지도 모르는 일이다.

그러고 보니 돌아간다고 말도 하지 않고 왔다. 갑자기 집에 돌아가면 가족들은 어떤 반응을 보일까. 헤브람 제국이 크게 그립다고 생각하지는 않았는데, 그리웠나. 좋은가, 아닌가.

감은 눈꺼풀 위로 햇살이 물결쳤다. 난 그대로 잠에 빠졌던 것 같다. 덜컹거리는 마차의 바퀴 소리를 자장가 삼아.

"헉!"

'그 느낌'이 온 것은 해가 서쪽으로 넘어갈 무렵이었다. 아무런 소리도, 충격도 느껴지지 않았는데 나는 갑자기 눈을 떴다. 내 반대편에서 잠잠히 누워 있던 까망이도 마찬가지였다. 우리는 잠시 말없이 눈을 마주쳤다.

"까망아, 방금……."

까망이가 고개를 끄덕였다.

"마계에서 거물이 넘어온 것 같습니다."

* * *

난 곧바로 마탑에 연락을 넣었다. 클라우드는 나스티아로 파견된 마법사들이 갑자기 연락이 끊어졌다고 했다. 그는 상황을 알아보고 다시 연락을 준다고 말했다.

나는 어떻게 해야 할지 알 수 없었다. 일단 정해 놓은 할 일이 있었으니까, 마부에게 삯을 주고 중간에 내려 브라운을 소환했다. 그대로 쉬지 않고 날아가면 아침이 되기 전에 수도에 도착할 수 있을 것 같았다.

수도로 가는 길 중간쯤에 마탑에서 다시 연락이 왔다. 이번에는 클라우드가 아니라 다른 마법사였다.

[마계의 문이 닫혔습니다.]

그건 좋은 소식이었다. 하지만 그렇게 말하는 마법사의 목소리는 전혀 기뻐 보이지 않았다. 나는 초조하게 물었다.

"그리고?"

[마계의 문이 닫히기 직전, 커다란 팽창이 있었습니다. 인간계로 대거 흘러 들어온 마수들이 나스티아 공국을 통해 대륙으로 뻗어 나오기 전에, 나스티아에 주둔한 황녀 전하의 군대가 출격하기로 했습니다.]

마계의 문이 닫히기 직전의 커다란 팽창. 그게 클라우드가 말한 '균열'이었다. 마법사들이 예측한 시일보다 거의 5개월이나 빨랐다. 나는 초조해서 미칠 것 같았지만 우선해야 할 일이 있었으므로 수도로 돌아왔다.

조용히 황궁 뒤편으로 와서, 로브에 투명화 마법을 걸었다. 윙투스에 새겨져 있던 세 번째 주술을 따와 내 마음대로 개조시킨 마법이었다. 내 형체가 사라진 후에는, 까망이에게도 같은 마법을 건 천을 덮어씌웠다. 우리는 그렇게 문지기의 눈을 속이고 몰래 황궁에 침입하였다.

내 집처럼 익숙한 황실 정원을 이리저리 헤쳐 드래곤의 탑을 찾아갔다. 옛날에는 탑 앞에 경비를 세워 놓았었는데, 시간이 너무 늦어서인지 전쟁에 정신이 팔려서인지 따로 탑을 지키는 사람은 없었다.

난 탑의 입구에 설치된 쇠문 앞에 도착해서 결계를 쳤다. 단단한 쇠문의 자물쇠를 살피고 윙투스를 꺼냈다. 윙투스에 강화 마법을 걸고 자물쇠를 세게 내리쳤다.

깡! 커다란 소리가 울렸으나, 미리 쳐 둔 결계가 바깥으로 소리가 새어 나가는 것을 막아 주었다. 나는 그대로 몇 번 더 내리쳐 자물쇠를 부수고 문을 열 수 있었다.

쇠문이 열리자 그 안에는 또다시 검은 돌문이 우리를 기다리고 있었다. 그러나 나는 거침없이 벽으로 다가갔다.

"여기쯤이었는데……."

손으로 빠르게 벽을 더듬었다. 그러다 어딘가, 다른 것들과는 묘하게 느낌이 다른 벽돌 하나가 만져졌다. 그것을 꾹 누르자 벽돌이 쑥 하고 안으로 사라졌다. 그러자 육중한 문이 땅을 긁는 소리를 내며 옆으로 열렸다. 9년 전, 카르멘이 내게 보여 줬던 모습 그대로였다.

나는 까망이와 함께 탑 안으로 들어갔다. 탑 안은 탑을 둘러싼 계단이 벽을 타고 최상층까지 끝도 없이 이어진 기다란 원통이었다. 어렸을 때는 저 계단을 한참 등반해서 최상층에 올랐으나, 지금 나는 그럴 시간이 없었다.

난 라이트닝 마법으로 불을 밝히고 신발 밑에 빠르게 비행 마법을 그려 넣었다. 그대로 최상층까지 수직으로 날아올랐다.

"하아."

나는 최상층에 착지해서 고개를 들었다. 천장을 채운 드래곤의 벽화, 커다란 공동. 어릴 때는 그런 것에 집중했었지. 그러나 오늘의 나는 시선을 아래로 내렸다.

이곳 바닥에 그려져 있는 기하학적 무늬. 어렸을 때는 정체를 몰랐지만, 이제는 알 수 있었다. 이것은 다름 아닌 자동화 마법의 흔적이었다.

나는 천천히 바닥을 쓸었다. 한 번 소모되고 나면 감쪽같이 사라져 버리는 다른 마법들과는 달리, 자동화 마법은 사용된 후에도 흔적을 남긴다. 가운데 파인 홈은 윙투스가 들어가기에 딱 알맞았다. R.D의 일기에 따르면 저 홈의 정체는 '제단'이었다.

이 드래곤의 탑의 정체는, 마수와 제국을 이어 주는 촉매였다. 이것을 바라보고 있자니 어쩐지 몸이 떨렸다. 첫 번째 황후이며, 마탑의 창시자인, 대마법사 루나틸 데일라르크의 마지막 마법. 영혼의 전환식. 그리고 이번에는 내 차례였다.

난 돌로 된 아치 아래로 내려와, 팔을 걷었다. 그리고 내 몸에 새겨 놓은 마법을 하나씩 발동시켰다.

첫 번째 마법은, 강력한 바람.

육백 년의 세월에도 풍화되지 못하고 남아 있던 옛 마법의 흔적이 날카로운 바람에 깎였다. 한참 동안 공동을 채우며 흩날리던 모래바람이 가라앉은 후에는, 자동화 마법의 흔적이 완전히 사라진 바닥이 드러났다.

나는 말끔해진 바닥을 향해 윙투스를 뻗었다. 두 번째 주술과 다섯 번째 주술, 변형 마법과 강화 마법을 두른 윙투스는 거대하고 강력해졌다. 그것은 보이지 않는 거인의 펜이 되어 바닥에 마법진을 그렸다.

육백 년의 세월을 뛰어넘어, 기어코 후손에게 전승된 '영혼의 전환식'이 다시 드래곤의 침소를 가득 채웠다. 이번에는, 나의 필체로.

그려진 마법진은 완벽했지만 이 마법을 완성하기 위해선 아직 재료가 필요했다. '보상'을 받기 위해 치러야 할 '대가.'. 바로 제국민 모두에게 마력을 나눠 줄 수 있을 만큼 강력한 마수였다.

마계의 문에서 나왔다는 그 '거물', 드래곤만큼이나 강한 마수일까. 나스티아의 군대가 암흑 왕국으로 향한다는 말을 들은 게 거의 반나절 전이었다. 나스티아에 주둔해 있던 헤브람 제국의 군대는 그 불같은 눈동자를 가진 1황녀가 이끄는 군대였다.

"얼른 가자, 황녀 전하가 마수를 다 퇴치해 버리기 전에."

난 바람에 흐트러진 옷을 바로잡으며 말했다. 그대로 '드래곤의 탑'을 나가려 했는데, 어쩐지 까망이가 날 따라오지 않고 우뚝 서서 가만히 있었다. 나는 의아한 마음에 까망이를 돌아봤다.

"주인님."

미묘하게 긴장한 눈동자에, 나는 까망이가 무슨 말을 하려는지 알아들을 수 있었다.

"……지금?"

"네."

그 애의 단호한 대답에 나는 당장 뛰어 내려가려던 발길을 돌려 다시 까망이에게로 돌아왔다.

"알았어."

나는 내가 걸고 있던 귀걸이와 목걸이를 뺐다. 레드 다이아몬드가 달린 장신구가 바닥에 하나씩 놓였다. 셋 다 나스티아에서 산 최상급의 보석이었고, 마력석을 만들 최고의 재료였다.

마수의 마나 코어를 녹여서 만든 질 낮은 마력석이 아니라, 술자의 마력을 담아 만든 상등품의 마력석을.

마력석을 만드는 것은 마법이 아니었다. 마법진도 필요 없고, 마력식도 필요 없었다. 그저 손에 마력을 모아 자동화 마법을 발동하는 것과 비슷한 영역의 일이었다. 필요한 것은 술자의 뛰어난 마력 제어력뿐.

나는 손에 마력을 모으고, 그것을 목걸이에 걸린 커다란 레드 다이아몬드에 옮겨 담기 시작했다. 피처럼 붉던 다이아몬드에 검은 물이 들기 시작했다.

"……."

그 검은색은 십 분이 지나자 다이아몬드를 검붉은 색으로 바꾸었다. 그리고 삼십 분이 지났을 때는 거의 다이아몬드의 절반이 검정으로 뒤덮인 뒤였다. 한 시간이 지나자, 다이아몬드의 붉은빛은 감쪽같이 사라지고 완전한 블랙 다이아몬드로 변모했다.

내가 보석에서 손을 뗐을 때, 까망이는 크게 지친 얼굴을 하고 있었다. 바닥에 늘어진 그 애의 숨이 다소 거칠었다.

"괜찮아?"

"네."

까망이는 축 늘어져 있는 것에 비해 씩씩하게 답했다. 날 배려하는 마음이겠지. 어쩐지 문득 헤밀리의 목소리가 떠올랐다.

'내게 휴일도 주지 않고 부려먹으며 마력을 뽑아냈잖아!'

"왜 그러십니까?"

내가 가만히 있는 게 이상한지 까망이가 말을 걸었다. 난 웃으며 고개를 저었다.

"아니, 그냥. 내가 나쁜 주인이었나 싶어서."

나는 귀걸이를 손에 쥐고 목걸이와 똑같이 마력을 불어넣었다. 마력을 반쯤 채워 넣었을까, 잠시 잠잠하던 까망이가 입을 열었다.

"나도 주인님을 선택했어요."

"응?"

내가 고개를 들자, 까망이는 어느새 늘어져 있던 몸을 일으켜 반듯하게 앉아 있었다. 그 애의 긴 꼬리가 살랑거렸다.

"그때, 그 동굴에서."

금색 눈동자가 나를 바라봤다.

"주인님이 나를 선택했듯, 나도 주인을 선택했습니다."

"……."

"마수는 손해 보는 거래는 하지 않으니까."

스스로를 마수라고 칭하면서 픽 웃는 까망이는, 어쩐지 마수 같아 보이지 않았다. 까망이를 보고 있으면 계속 헤밀리의 이야기가 떠오르는 건 왜일까. 헤밀리와 까망이는 하나도 닮지 않았는데. 유려한 말투와 말솜씨 때문일까. 아니면…….

"까망아, 제국에서 사는 건 어때?"

난 별 뜻 없는 척 태연한 어투로 물었다. 까망이는 황당하다는 표정이었다.

"갑자기 무슨……."

"갑자기가 아냐, 우리 플로라 언니도 너라면 데려와도 좋다고 했는걸."

"가족들한테 제 이야기를 했어요?"

까망이의 목소리가 높아졌다. 나는 급히 고개를 저었다.

"아니, 그냥 같이 다니는 동료가 있다고만 말했어."

"아."

까망이는 잠시 납득하는 듯했다가 다시 고개를 갸웃했다.

"하지만 동료라고 했다가 제가 가면 당황할 텐데……?"

"앗, 다 됐다!"

난 완성된 마력석을 바닥에 놓으며 말했다. 뻔히 보이는 말 돌리기였지만 까망이는 한숨을 쉬며 넘어가 주었다.

바닥에 가지런히 모인 커다란 마력석들은, 사람이 만든 것이라곤 믿을 수 없을 만큼 새까맸다. 마수의 검은 마력이 달빛을 받아 번들거렸다. 내 사역마들의 마력을 고이 모아 만든 귀중한 것이었다. 나는 그것들을 다시 몸에 착용하고 가방에서 양피지를 꺼냈다. 바닥에 앉아 워프 존을 그리면서 나는 슬쩍 다시 물었다.

"그래서, 언제? 제국에서 사는 건?"

"그 이야기 끝난 거 아니었어요?"

까망이는 내 의중을 이해할 수 없다는 목소리로 물었다.

"이렇게 커다란 늑대를 막내딸의 동료로 받아들여 줄 사람은 없습니다."

"넌 다이어 울프면서 왜 그렇게 속 좁은 소리를 해?"

"속 좁은 게 아니라 상식적인…… 아니, 그런데 갑자기 그건 왜 궁금한데요?"

이 사역마가 주인한테 상식을 가르치려 드네. 나는 작게 웃었다.

"좋아, 그럼 슈웨인한테 가는 건 어때? 내 부탁이라고 하면 네 후원자 정도는 되어 줄걸."

"그 사람이라면 그러겠죠……."

이번에는 이상하게 수긍이 빨랐다. 슈웨인을 그렇게 신뢰하는 줄은 몰랐는데. 까망이는 가만히 고개를 끄덕이다가 갑자기 나를 휙 돌아봤다.

"그냥 주인님이 받아 주면 되지 않습니까."

"……그러게."

난 어색하게 웃었다.

"그래도 한번 생각해 봐, 나랑 계약이 끝나면 어떻게 살아갈지."

"그건……."

까망이가 또 무어라 입을 열려고 하는데, 갑자기 품속에서 작은 소리가 들렸다. 난 로브 안을 뒤져 손거울을 꺼냈다.

[로드랭 양.]

클라우드가 잠깐 사이에 십 년은 늙은 것 같은 피로한 얼굴로 나를 불렀다. 순간 불길한 예감이 들었다. 암흑 왕국에서 무슨 일이 생긴 걸까.

"무슨 일이에요?"

[나스티아에서 출발한 군대가…… 전멸했다는 소식이에요.]

전멸? 나는 눈을 깜빡였다. 짧은 두 음절의 단어일 뿐인데, 잘 이해가 되지 않았다.

"그게 무슨……."

전멸이라니. 나스티아와 헤브람 제국의 군대가? 그럼…….

"그럼, 황녀 전하는……."

[전사하셨습니다.]

나는 내 귀를 의심했다. 전사라니, 1황녀가 죽었다고?

비록 마수경을 통해서였지만, 나는 갑옷을 입고 영웅처럼 지시를 내리던 황녀의 장렬한 순간을 기억했다. 그녀가 얼마나 용맹하고 강해 보였는지도.

"무슨…… 출격한 지 반나절밖에 안 됐잖아요."

그렇게 순식간에, 그렇게 쉽게 죽임을 당할 만한 사람이 아니었다. 대체 그사이에 무슨 일이 있었던 거지?

[마계의 문이 닫히기 직전, 마계에서 대형 마수가 넘어왔어요. 정보를 전달해 줄 우리 연락책들이 모두 죽어 버려서 어떤 종류의 마수인지는 알 수 없어요.]

"대형 마수……."

나는 제국으로 넘어올 때 느꼈던 그 이상한 기운을 떠올렸다. 갑자기 털이 쭈뼛 서고 불길한 예감이 들었지.

[우리의 군대는 마계에서 넘어온 수많은 마수들을 예상하고 암흑 왕국으로 갔어요. 하지만 그들이 갔을 때는 이미…… 대부분의 마수는 사라져 있었지요.]

"그 마수가 죽인 건가요?"

[글쎄요. 황녀 전하는 상황을 알리기 위하여 마수경을 가지고 암흑 왕국으로 넘어갔어요. 하지만 이 말을 전한 직후에 연락이 끊겼어요. 그 후 나스티아에서 전해 온 소식은 '군대의 전멸.']

나는 숨을 몰아쉬며 물었다.

"그 마수, 지금은 어디에 있죠?"

다이어 울프인 까망이의 걸음 속도라면 나스티아의 사막쯤은 순식간에 건넌다. 까망이보다 더 커다란 마수라면 이미 나스티아 공국으로 넘어왔을 수도 있었다. 나스티아 수도에 있을 브리튼 마을의 사람들, 모데라토와 앨런의 얼굴이 눈앞을 스쳐 지나갔다.

[나스티아로 가지 않고 곧장 사막을 향했다고 하는군요.]

사막을 향했다면, 나스티아 공국 옆의 에코 왕국 쪽이었다. 나는 고개를 끄덕였다.

"이거, 지금 들어온 소식인가요?"

[황실에서 먼저 소식을 듣고 마탑에 연락해 왔습니다. 그 후 두 시간

정도가 지났으니까……]

바로 연락을 했어야지! 나는 아랫입술을 물었다. 클라우드가 말을 이었다.

[그래서, 7황자를 선봉에 둔 후발대가 암흑 왕국으로 향하고 있어요.]

"……네?"

내가 들어도 멍청한 목소리가 내 입에서 흘러나왔다. 후발대라니, 7황자? 그거 카르멘이잖아.

"언제요?"

[자정쯤에 국경에 도착했다고 하니, 지금쯤 사막을 지나고 있겠군요.]

난 말문을 잃었다. 아무리 정세에 관심이 없는 나라도 이건 안다. 1황녀가 통솔하는 군대가 제국이 가진 최고의 군대였다는 것쯤은. 그 군대가 전멸한 지금, 후발대를 보낸다는 건 죽으라는 뜻이나 다름없었다.

황족을 최전선에 세우며 솔선수범하는 자세를 보이는 우리 황실의 태도는 존경스러운 것이었다. 하지만 이건 아니지 않는가. 제국 최고의 군대가 전멸한 곳에 곧장 후발대를 보내다니. 말이 좋아 전사이지, 실상 개죽음이나 다름이 없다. 황제 폐하께선 자신의 아들딸들이 연이어 죽임을 당하길 바라시는 걸까.

"……돌아가라고 해요."

[네?]

"돌아가라고. 내가 가겠다고 해요."

[로드랭 양, 어딜 간다는……]

의아한 목소리로 묻던 클라우드의 안색이 대번에 굳었다.

[안 됩니다.]

"내가 가야 해요."

[아니요, 로드랭 양. 이건 당신이 간다고 어떻게 할 수 있는 일이 아니에요.]

"왜요? 탑주님이 내게 계속 소식을 알려 줬잖아요. 내게 기대되는 바가 있어서 그런 게 아니었어요?"

[첼시!]

클라우드가 언성을 높였다. 칭찬이나 요란을 떨기 위해서가 아니라 화를 내기 위해서 그가 큰 소리를 내는 건 처음 보았다.

[내가 당신에게 기대하는 건, 마법적 지식이나 지혜를 추구하는 쪽이에요. 직접 전쟁에 뛰어들길 원하는 게 아니라!]

"생각 없이 말하는 거 아니에요!"

난 절박하게 외쳤다. 클라우드가 놀란 눈으로 나를 바라봤다.

"제발, 탑주님. 내가 탑주의 후계자잖아요. 나한테 천재 마법사라면서요. 한 번만 날 믿어 줘요."

클라우드가 지친 얼굴로 얼굴을 쓸었다.

[미안해요, 로드랭 양. 당신이 7황자와 각별한 사이였다는 걸 더 신경 썼어야 했는데. 아무래도 내가 말을 잘못한 것 같군요.]

"클라우드!"

[일단 좀 진정해요. 난 이만 가 봐야겠어요. 이상한 생각하지 말고, 일단 마탑으로 와요.]

"아니……!"

클라우드의 연락이 끊겼다. 나는 분통을 터뜨리며 거울을 집어넣었다. 왜 내 말을 안 들어 주지? 난 다이어 울프를 사역하여 고대 마법을 발동하고, 암흑 왕국에서 몇 달을 살았다. 하지만 그런 일들을 모두에게 비밀로 해 왔다. 슈웨인의 말을 듣고 파장이나 부작용이 걱정되어서 그렇게 한 것이다.

그래서인가? 그게 이런 식으로 내 발목을 잡을 줄은 몰랐는데.

"젠장."

나는 다 그려진 워프 존을 바닥에 펼쳐 냈다. 그 앞에 무릎을 꿇고 팔에 마법진을 꾹꾹 눌러써 냈다. 분노와 조급함이 원동력이 되었다. 내 손놀림은 어느 때보다 빨랐다.

"어떻게 하실 겁니까?"

"어쩌기는, 발로 뛰어야지."

여태까지 그랬던 것처럼. 난 마법진을 발동시켰다. 검은빛과 함께 양피지가 시커멓게 타오르고, 그 아래에 워프 존이 생겨났다. 난 워프 존 안으로 들어가 다시 한번 바닥에 손을 댔다. 까망이가 나를 따라 들어왔다.

"⋯⋯같이 가려고?"

"네."

까망이가 두 번 말하기 싫다는 듯이 단호하게 답했다. 말다툼할 시간이 없어, 나는 어쩔 수 없이 워프 존을 발동시켰다. 곧 새까만 빛이 빛나며 마법진을 가득 에워쌌다.

* * *

눈을 뜨자 시야를 채우고 있는 것은 검은 사막이었다. '마수의 바다'는 언제나 마수가 우글거리기 마련이었으나, 지금 내 눈 앞에 펼쳐진 풍경은 여느 때와 달랐다.

가고일의 기이한 울음소리에 고개를 들자 날개 달린 마수들로 새까맣게 메워진 하늘이 보였다. 균열을 통해 마계에서 흘러나온 마수들인 것이 분명했다. 세상이 어떤 꼴이 나든, 지평선 너머에서는 어김없이 새벽녘이 떠오르고 있었다. 덩달아 내 마음도 조급해졌다.

'마수의 바다'에서 미적거릴 순 없을 테니, 군대는 쉬지 않고 나스티아를 향해 나아가는 중일 것이다. 그러니 내겐 두 가지 선택지가 있었다. 발 빠르게 움직여 카르멘의 군대를 따라잡아 돌려보내거나, 혹은 암흑 왕국으로 날아가서 카르멘의 군대가 도착하기 전에 마수를 처리하는 것이었다.

나는 내 왼손 손바닥에서부터 팔 전체로 이어지는 마법진을 바라봤다. 꽤 심플해 보이는 마법진이었지만, 아주 강력한 흑마법이었다. R.D의 '저주'. 그녀가 해츨링을 잡을 때 썼던 마법.

이 마법은 강력한 대신 시간이 많이 들었다. 혹시나 마수와의 싸움에 사람들이 휘말릴 위험성을 배제하기 위해서, 난 카르멘의 군대를 따라잡기로 했다.

서둘러 발을 옮기는데, 갑자기 내 몸이 허공에 떠올랐다. 다이어 울프로 변한 까망이가 나를 제 등에 태웠다. 달리기를 시작하는 다이어 울프의 뒷목에 매달려, 나는 걱정스럽게 물었다.

"괜찮아?"

순도 높은 마력석을 만드느라 마력을 있는 대로 뽑아냈는데. 내가 중얼거리자 까망이가 코웃음을 쳤다.

"못 걸을 만큼은 아닙니다. 게다가, 마력을 빼앗긴 만큼 다른 걸 얻었으니까요."

난 잠시 눈을 깜빡이다가 멍하니 답했다.

"내 영혼 말이구나."

까망이는 침묵했다. 나는 긍정으로 받아들였다. 생각해 보니 우리의 거래는 영혼과 마력을 교환하는 거니까. 까망이가 마력을 많이 빼앗겼다면 그만큼 많은 영혼을 얻었을 것이다.

나는 아직 마수들이 술자의 영혼을 이용하여 힘을 얻는 메커니즘을 이해하지 못했다. 그저 무척 방대한 사용처가 있다고만 알고 있을 뿐이다. 마수는 손해 보는 거래는 하지 않는다, 라고 했지. 그 말이 맞을 것이다.

군대의 흔적을 찾아 사막을 가로지르던 와중, 마수경이 꿈틀거렸다. 나는 거울을 들었다.

[첼시!]

그리고 곧장 후회했다. 연락을 걸어 온 사람은 다름 아닌 플로라 언니였다.

[세상에, 너 지금 어디 있는 거야?]

결계를 쳐 둔 덕에 우리 주변으로는 모래바람이 불지도 않는데, 플로라 언니는 내가 사막에 있다는 사실을 눈치챈 모양이었다. 역시 황실 기사단 단장.

"……그게."

[당장 집으로 돌아가!]

언니는 내 변명을 들어 보지도 않고 소리쳤다. 우리 집에서 가장 내 편을 많이 들어주던 플로라 언니였는데, 그녀가 이렇게까지 강경하게 말하는 것은 처음 본다.

[너 혼자 가서 뭘 어쩌겠다는 거야? 사역술 좀 익혔다고, 마수가 우스워 보이니? 왕국 하나를 멸망시킬 힘을 지닌 마수들이야! 네가 사역한 하급 마수들과는 차원이 달라!]

거울이 조금 더 커서 까망이까지 보였다면 차라리 좋았을 것 같다는 생각이 들었다. 언니가 너무 흥분해서 연락을 그냥 끊어 버리는 게 나을 것 같았으나, 나는 그러지 못했다. 언니의 얼굴을 보는 것이 지금이 마지막일지도 모른다는 생각이 들었기 때문이다.

"다 끝나고 설명해 줄게, 언니. 내가 가야 해."

[첼시!]

플로라 언니가 다급하게 소리쳤다.

[앨런이 병에 걸렸어.]

"……뭐?"

난 그녀의 말을 이해하는 데 다소 시간이 걸렸다. 그러나 곧 언니가 말하는 앨런이 나의 제자인 에키드나 꼬마뿐만이 아니라 하나밖에 없는 우리 조카의 이름이기도 했다는 사실을 깨달았다.

[외할머니가 걸렸던 병과 같은 병이야.]

심장이 쿵 하고 내려앉았다. 조카에 대한 걱정 때문이기도 했지만, 엄마에 대한 걱정이기도 했다.

외할머니가 걸렸던 병은 불치병이었다. 치유의 마법사였던 우리 엄마가 할머니의 병을 고치려고 노력했으나 해내지 못했다. 할머니에게서 목숨을 앗아 가고, 엄마가 평생 마법을 싫어하게 만들었던 무서운 불치병.

그 병이 지금은 우리 엄마의 하나밖에 없는 손주를 찾아왔다.

[이런 때에 너마저 잃었다간 어머니는……. 첼시, 알잖아. 제발 돌아가. 부탁이야.]

언니의 말에 마음이 무거워졌다. 엄마는 지금 어떤 심정일까. 끔찍하겠지, 두렵겠지, 지옥을 반복하는 기분이겠지. 나는 까망이를 붙잡은 손에 힘을 주었다. 하지만, 그렇기 때문에, 나는 가야 한다.

"미안해, 언니."

[첼시!]

거울이 새까맣게 변했다. 나는 마수경을 사슬 안에 집어넣고, 거울을 주머니에 넣었다.

"주인님."

그때 까망이가 나를 불렀다. 카르멘의 군대를 발견한 것 같았다. 얼른 고개를 들었으나, 시야에 보이는 것은 아무것도 없었다. 하지만 그 애가 무언가를 발견한 것이 분명했다. 다이어 울프의 감각 기능은 인간보다 훨씬 뛰어나므로.

아니나 다를까 곧 저 멀리서 군대의 꽁무니가 보이기 시작했다. 생각보다 빨리 따라잡았다. 균열에서 흘러 들어온 마수들과 부딪히는 바람에 종군 속도가 늦춰진 모양이었다. 그들에겐 안 된 일이었지만, 나로서는 다행이었다.

그쯤에서 까망이는 다시 작은 늑대의 모습으로 돌아왔다. 나는 드래곤의 탑에 몰래 침입했을 때처럼, 투명화 마법을 시전했다. 우리는 마법이 둘러진 천을 덮어쓰고 군대 사이로 스며들어 갔다. 그리고 마수, '수면나방'을 소환했다.

마을 사람들의 피난이 모두 끝난 후에, 브리튼 마을에는 몇몇 마수들이 고개를 들이밀게 되었다. 그것들이 나스티아 본토로 흘러 들어가는 걸 막는 것도 내 일과 중 하나였다. 그러나 수면나방을 발견했을 때는, 퇴치하지 않고 그것들의 서식지를 찾아 죄다 사역했다.

바로 지금 같은 상황에서 쓰기 위해서였다.

"저것들은 뭐지?"

원래라면 수면나방의 갈색 날개는 사막지대에서 은신하기 좋은 특성이었을 것이다. 그러나 눈에 띄지 않기에는 지금 녀석들의 숫자가 너무 많았다. 갑자기 허공에서 나타난 수많은 수면나방들을 보며 기사들이 웅성거렸다. 그러나 그것도 잠시, 곧 나방들의 날개 끝에서 노란 가루가 뿜어져 나오기 시작했다.

"이건 또 뭐……."

중얼거리던 기사의 목소리가 늘어지더니, 종내에는 바닥으로 풀썩 쓰러졌다. 기사가 타고 있던 말이 당황하여 푸드덕거렸지만, 녀석도 곧 기사의 옆으로 쓰러졌다. 그것을 시작으로 가루를 들이켠 사람들이 하나씩 잠들기 시작했다.

"뭐야, 다들 왜 이래!"

기사들이 차례로 고꾸라지자 군대는 상황을 파악하기 위해 행군을 멈췄다. 그사이에 군대의 한가운데로 들어온 나는 품에 있는 결계석을 꺼내 사람들을 에워싸는 결계를 만들었다. 이 강력한 결계는 안팎을 완벽하게 차단하여, 바깥의 침입뿐만 아니라 내부의 탈출까지 차단해 줄 것이다.

"나방이다! 이것들, '수면나방'이야!"

마수에 대해 잘 아는 누군가가 나방들의 정체를 눈치챈 것 같지만 한발 늦었다. 나의 영혼을 먹고 비약적으로 강력한 힘을 얻게 된 수면나방들의 숫자는 이곳의 기사들만큼이나 많았으니까. 심지어 결계벽으로 막힌 공간 안에서 수면 가루의 힘은 효과적이었다.

우리가 우리와 이 공간을 차단해 주는 작은 결계를 걸치고 있지 않았더라면, 분명 까망이라도 마냥 무사하지는 못했을 터다. 아마 이 기사들도 사나흘 정도는 제정신을 차리지 못하겠지.

"웃, 대체…… 갑자기 왜 이런…….."

"나라를…… 구해야 하는데……."

기사들은 영문도 모르고 하나둘 정신을 잃어 갔다. 죽을지도 모르는 전쟁에 기꺼이 뛰어들고자 하는 헤브람의 자랑스러운 기사들이었다. 그들이 고꾸라져 가는 가운데, 중앙에서 혼자 멀뚱히 서 있자니 무슨 흑막이라도 된 기분이었다.

일을 마친 수면나방들이 내게로 몰려들었다. 난 손등에 앉은 수면나방을 보며 싱긋 웃었다.

"잘했어."

칭찬에 기분 좋은 듯 날개를 펄럭거리는 수면나방의 크기는 평범한 나방보다 조금 큰 정도였다. 아무리 나의 영혼을 잔뜩 먹고서 강해졌다고 하나, 이렇게 작은 마수조차 인간들의 군대 하나 정도는 무력화시킬 수 있게 되었다는 건 많은 것을 깨닫게 했다. 바닥에 쓰러져 있는 사람들 속에는 마검사나, 마법사들도 꽤 있었기 때문이다.

마력 없이 인간은 마수를 이길 수 없다.

이번 난관을 어떻게 극복해 낸다 해도, 또다시 위기는 닥쳐올 것이다. 그때마다 소수의 영웅들이 사람들을 구해 줄지도 모르지. 하지만 그런 식으로는 근본적인 문제를 해결할 수 없다.

살모사의 이빨에 독이 있고, 퓨마가 높은 기동력을 가진 것처럼, 인간에게도 무기가 필요했다. 우리를 마수의 천적으로 만들어 줄. 나는 마음을 다지고 사슬을 꺼냈다. 그리고 내가 그동안 사역했던 사역마들을 모두 소환해 냈다.

이미 소환되어 있던 수면나방들과, 데스사이드들, 마수경, 거대한 독수리, 그리고 다이어 울프. 그렇게 많은 것 같지는 않은데 다들 덩치가 커서인지 거대한 결계가 꽉 찼다. 난 내가 들고 있던 결계석을 까망이에게 건네줬다. 그러고는 내 사역마들을 찬찬히 돌아보며 말했다.

"마지막 명령이야."

마수 중에는, 내게 감화되어 인간 친화적인 성격을 가지게 된 아이들도 몇 있었다. 대표적으로 까망이와 마수경이 그러했다. 사역마보다는 친구 같았던, 나의 마수.

"이 사람들을 안전한 곳까지 옮겨 줘."

하지만 계약으로 이어진 사이였다. 이들은 결국 내게 지배되어, 어쩔 수 없이 내 명령을 따라야 하는 것이다.

"그것만 해 주면, 너희는 자유야."

불필요한 희생은 피할 것이다.

"계약은, 끝이야."

혀끝에서 떨어지는 말의 무게가 무거웠다. 나는 기묘한 기분으로 사역마들을 올려다봤다. 이것들은 모두, 브리튼 마을을 떠나기 전에 합의한 사항이었다. 까망이의 마력을 전해 받은 것도 이것 때문이었으니까.

마수를 사역할 때 필요한 것은 나 자신뿐, 도움은 필요 없다. 마수와의 계약을 유지하는 데는 많은 힘이 필요하다. 새로운 대형 마수를 사역할 때 소모될 영혼의 양을 생각하면, 미리 다른 사역마들과의 계약을 파기해 두는 게 더 낫겠다는 생각이 들었다.

무엇보다 정든 사역마들을 강제로 사지로 내몰고 싶지 않았다.

R.D도 분명, 이런 마음이었겠지.

말없이 결계석을 내려다보고 있는 까망이의 정수리가 보였다. 난 문득 말했다.

"기사님들을 부탁해, 까망아."

까망이가 고개를 들고 대답했다.

"네, 주인님."

난 빙긋 웃었다.

"이제 주인님이라고 안 불러도 돼."

"……아직은 계약이 끝나지 않았으니까요."

"음, 그건 그러네."

괜히 대화가 어색하게 느껴졌다. 좀 더 상쾌하게 끝내고 싶었는데.

"아무튼, 마지막까지 잘 부탁해. 그럼 난…… 갈게, 안녕."

난 사역마들 전체에게 인사하고 등을 돌렸다. 우물쭈물할 시간이 없는데, 쓸데없는 말을 너무 많이 했다.

바닥에 쓰러져 있는 기사 더미들을 지나, 결계 끝으로 왔다. 결계벽에 손을 대고 무효화 마법을 걸었다. 곧 결계벽 위로 내 몸이 지나갈 만한 작은 구멍이 만들어졌다.

"후, 그럼 가 볼까……."

난 사막으로 걸어 나왔다. 시간을 지체할 수 없었기 때문에, 신발에 그려둔 작은 마법진을 발동시켰다. 곧 비행 마법이 걸린 신발이 내 몸을 허공에 띄웠다.

"키에에!"

시끄러운 소리에 고개를 들자, 하늘에서 날개 달린 마수 몇이 나를 노려보고 있었다. 까망이와 같이 있을 땐 쳐다보지도 못하던 것들이 다이어 울프가 없는 나는 만만해 보인다, 이거지.

조금만 더 위로 올라가 그들의 사정거리 안에 들어오면 당장 새까맣게 몰려들 것이 분명했다. 난 땅에서 발이 살짝 뜰 정도로만 마법을 발동시켰다. 다행히도 멀지 않은 곳에 그린로드가 보였다. 중급 마수들이 출몰하는 그린로드로 간다면 자잘한 싸움에 휘말릴 걱정은 하지 않아도 됐다. 워프 존까지는 그린로드로 가야겠다.

비행 마법이 아니었다면 발이 푹푹 빠졌을 사막을 지나 그린로드로 향했다. 내 발이 녹색 땅을 디뎠을 때, 내 뒤에서 들려선 안 될 목소리가 들렸다.

"첼시."

난 내 귀를 의심하며 뒤돌았다. 하지만 나의 청력에는 아무런 문제가 없었던 모양이었다. 어느새 지평선을 완전히 빠져나온 태양이 금색 사막을 찬란한 빛으로 비추고 있었다. 나는 눈을 비볐다. 아니, 마계에서 올라온 마수가 점령한 저 '마수의 바다'는, 아름답지도 찬란하지도 않았다.

그저 거기에 서 있는 금발의 남자가 그 풍경과 지독히도 잘 어우러지고 있을 뿐. 나는 몇 번 더 눈을 비비고 고개를 저어 봤으나, 안타깝게도 그것은 환각도 신기루도 아니었다.

카르멘이었다.

"어떻게……."

내가 아연한 목소리로 중얼거렸다. 코끼리도 잠재울 수 있을 정도로 강력한 수면 가루였다. 인간이라면 적어도 3박 4일 정도는 뻗어 줘야 정상일 것이다. 게다가 거기에는 내 사역마들도 잔뜩 있었는데…….

어떻게 이렇게 맨정신인 채로, 거기에서 빠져나올 수 있었지?

나로서는 당연한 의문이었으나, 내 혼잣말이 카르멘의 심기를 거슬렀던 모양이다. 그의 반듯한 눈썹이 씰룩거렸다.

"어떻게?"

카르멘은 비웃음 비슷한 것을 흘리며 내게 한 걸음 다가왔다. 그의 발이 그린로드의 땅에 들어섰다.

"네가 내게 해야 할 말은 그게 아닐 텐데."

"아……."

"이게 무슨 짓이야?"

카르멘은 나와 거리를 좁히면서 물었다. 그의 질문은 타당했다. 만약 내가 그의 입장이었어도 그것을 가장 궁금해했을 것이다. 반나절 만에 제국 제1의 군대를 전멸시켜 버린, 어쩌면 제국의 존속마저 위협할지 모르는 대형 마수. 녀석을 처치하러 가는 길에 갑자기 내가 방해한 것이니까.

카르멘이 나를 마수의 우군, 제국의 적으로 규정하고 다짜고짜 공격하지 않은 것만으로도 큰 관용을 베푼 것이었다. 그가 내게 대화의 여지를 주고 있는 것은, 우리가 오래 알고 지낸 시간에 대한 보상이겠지. 고마운 일이었으나 지금 내가 무슨 짓을 하는 건지 설명하기에는, 일이 너무 복잡했고 시간이 없었다.

"대형 마수는 내가 처리할 거야. 군대는 필요 없어."

카르멘은 생각지도 못한 말을 들었다는 표정이었다. 오늘따라 내가 그간 명예를 좇지 않았던 것에 대해 후회할 일이 많이 생기는 것 같다. 난 한숨을 내쉬면서 말했다.

"일이 다 끝난 후에는 너도 내 말을 이해하게 될 거야."

"그런 말로 얼버무릴 셈이야?"

"……그냥 한 번만 날 믿어 주면 안 돼?"

그를 설득할 자신이 없었기에, 난 그냥 감정에 호소하기로 했다. 나는 애달픈 목소리로 말했다.

"부탁이야. 나도 네 부탁 들어줬잖아."

브리튼 마을에서 헤어지기 전에 그가 내게 했던, 다치지 말라는 말.

난 그 말을 지켰다. 사실 의도한 것은 아니었지만. 카르멘을 만나게 된 시기가 내 예상보다 빨랐던 탓이었다. 이런 곳에서, 이런 타이밍에 그를 다시 만날 줄은 생각도 못했으니까.

"첼시."

그러나 카르멘은 이를 악물고 말했다.

"말이 되는 소리를 해. 너 혼자서 뭘 어쩌겠다는 거야?"

"혼자라도, 순식간에 군대를 전부 무장 해제시킬 수 있는 '혼자'지."

나도 지지 않고 반박했다. 그러자 카르멘이 코웃음을 쳤다.

"말은 바로 해야지, 첼시."

그가 고개를 까딱하며 말했다.

"전부는 아닌데."

나와 카르멘의 눈이 마주쳤다. 우리 사이의 간격은 고작 두어 걸음 정도인데, 사막에서 불어오는 뒤숭숭한 모래바람이 자꾸만 시야를 가로막았다. 난 윙투스를 잡은 손에 힘을 줬다.

"곱게 보내 주진 않을 것 같네."

"하, 암흑 왕국으로 달려가는 걸 곱게 놔줄 바에야 무력을 써서라도 잡는 게 낫지."

"……진심이야?"

"그래."

카르멘의 목소리는 단호했다. 난 초조하게 아랫입술을 씹었다. 당연한 일이었지만, 그의 입장에서 지금의 나는 방해물이자 제압할 대상일 것이다. 이런 상황에서 나를 믿어 달란 말이 먹힐 리 없지. 나였어도 그랬을 것이다.

상황은 급박했고, 충돌을 피할 수 없다면 질질 끌기보단 빠르게 맞닥뜨리는 것이 나았다. 난 짧게 떠오른 망설임도 곧장 털어 버리고 곧바로 행동에 돌입했다.

내 손안에서 검은 마력이 뭉쳐져 윙투스의 네 가지 주술을 발동시켰다. 투명화된 사슬이 순식간에 늘어나 카르멘의 목덜미를 노렸다.

캉!

카르멘의 검과 나의 윙투스가 맞부딪히며 커다란 금속성이 울렸다.

기습이라고 생각했는데, 그가 언제 칼집에서 검을 빼 들었는지 보이지도 않았다. 소드 마스터라 이거지.

윙투스를 잡은 내 손마디가 찌르르르 울렸다. 카르멘을 보니, 그는 방금까지 제 입으로 무력 운운한 사람치고는 다소 충격받은 표정이었다. 그 얼굴을 보자 나도 덩달아 당황스러웠다.

"왜, 진심이라며?"

"정말 싸우겠다고?"

카르멘이 윙투스를 가볍게 쳐 내며 물었다. 그 목소리가 어쩐지 다소 흔들렸다. 난 조금 죄책감을 느꼈지만, 물러설 마음은 없었다.

"그럼 그냥 보내 주시든지."

"……그렇게는 못해."

나는 미간을 찌푸렸다. 카르멘은 아마 내게 시비를 걸면서도 내가 거기에 응할 것이라곤 생각도 못했던 모양이었다. 그가 적대적으로 나오면 내가 놀라서 항복하기라도 할 거라고 여긴 걸까?

"카르멘, 뭔가 착각하나 본데."

내 손 안에서 검은 마력이 꿈틀거리고, 그에 공명하듯 사슬 끝에 달린 촉이 날카롭게 벼려졌다. 급습해서 기절시키려던 계획이 실패한 이상, 전력을 다하는 수밖에 없었다.

"난 더 이상 네 약혼녀가 아니야."

카르멘의 기분과 그와 나누는 사랑이 목숨보다 소중했던 첼시 로드랭은 이제 없었다. 난 이제 필요에 따라 카르멘과 대립할 수도 있었고, 더 중요한 것을 위해서 그와 싸울 수도 있었다. 카르멘이 내게 그러하듯이.

"……그런 것 같네."

카르멘은 어쩐지 허탈한 목소리로 답하며 칼을 바로 쥐었다. 새하얀 검신에, 손잡이 가운데에 황실의 문양이 박혀 있는 검은 꼭 성검같이 보였다. 주인과 심하게 잘 어울리는 칼이었다.

동화 속에 나오는 성기사가 현신한다면 아마 이런 모습이지 않을까.

카르멘이 좀처럼 반격할 낌새가 없기에, 난 다시 공격을 시도했다. 이번에는 사슬을 늘이지 않고, 염력과 증폭 마법을 이용해서 윙투스를 작은 포탄처럼 쏘았다.

윙투스가 카르멘에게 닿는다고 생각한 순간, 날카로운 금속성이 울렸다. 사슬 촉이 바닥으로 떨어지는 것을 발견한 뒤에야 난 내 공격이 막혔다는 것을 깨달았다. 공격 방식을 바꾼 데다가 증폭 마법에 마력을 꽤 넣었는데도, 카르멘의 코앞에서 공격이 막히고 말았다. 그의 움직임에는 군더더기가 없었다.

"첼시."

카르멘은 칼을 옆으로 휘두르며 내게 한 걸음 다가왔다.

"전략이 짜여 있는 전투라면 모를까, 이런 즉흥적인 싸움에서 마법사가 기사의 상대가 될 리 없잖아."

"흡."

난 숨을 삼켰다. 방금 한 걸음 다가왔다고 생각한 것 같은데, 어느새 카르멘은 내 눈앞에 와 있었다. 나는 곧바로 바닥에 떨어진 윙투스를 잡아당겨 방어하려고 했으나 한발 늦었다. 윙투스가 바닥에서 떠오르기도 전에, 은색 칼날이 내 머리 위에서 내리꽂혔다.

파지직!

그러나 그 검은 내게 닿지 못하고 허공에서 막혔다. 사막에 들어서는 순간부터 두르고 있었던 결계가 칼과 부딪히며 시퍼렇게 번쩍였다. 그 틈에 나는 그와의 거리를 벌렸다.

"하아."

즉흥적인 싸움에서 마법사는 기사의 상대가 되지 않는다는, 카르멘의 말은 일리가 있었다. 내 동체 시력으로는 카르멘의 움직임을 따라잡기 힘들었다. 무엇보다 마법사의 싸움은 기사보다 훨씬 품이 많이 들어가니까.

미리 어떤 마법을 쓸지 전략을 짠 뒤, 소모될 마력과 효율성을 계산해서 마법식을 쓰고, 미리 마법진을 설치해 놓아야 했다. 마법사는 원래부터가 공성전보단 수성전에서, 게릴라전보단 정규전에서 힘을 쓰는 존재였다.

하지만 나는 집을 떠난 이후로 자주 돌발적인 전투를 마주해 왔다. 갑자기 맞닥뜨리는 마수로부터, 암흑 왕국의 에키드나 무리로부터, 스스로를 지키기 위하여.

나는 내 왼손 손바닥에 새겨진 '저주'의 마법진을 바라봤다.

실수로라도 이걸 카르멘에게 쓰진 말아야지. 그리고 이걸 발동하려면, 지금 마력을 많이 소모해선 안 되는데…….

"이제 포기해."

내게로 다가오며 권고하는 카르멘의 목소리는 평소와 달리 무뚝뚝했다. 난 조용히 손가락을 움직였다. 아까부터 바닥에 떨어져 있던 윙투스의 촉이 허공에 떠올랐다.

카르멘은 대답 없는 나를 보며 고개를 기울이다가, 내가 공격을 시도하자마자 뒤돌았다. 거의 동물적인 반사 신경이었다. 사슬 촉이 아슬아슬하게 카르멘의 귀 위쪽을 비껴 나가며 금색 머리칼을 스쳤다.

"첼시……!"

카르멘은 이제 완전히 기분이 상한 것 같았다. 그가 책망하듯 내 이름을 불렀다. 그러면서 방심도 좀 해 주면 좋을 텐데. 생명이 깃든 것처럼 허공에서 곡선을 그리며 다시 카르멘을 공격하는 윙투스를 그는 예상이라도 한 것처럼 유려한 동작으로 방어했다.

"이렇게까지 하는 이유가 뭐야?"

카르멘은 내 공격을 쳐 내면서 소리쳤다. 그의 목소리에는 분노가 섞여 있었다.

"넌 이런…… 이럴 필요가 없잖아."

"뭐?"

난 한쪽 눈을 찡그리며 반문했다. 얼음성에서도 카르멘이 지금과 비슷한 말을 했던 것 같은데.

"네가 천재라는 건 알겠어."

내 반응을 뭐라고 해석한 건지, 카르멘이 말했다.

"큰 책임, 세계 평화. 네 높은 이상들, 다 좋다고."

무슨 말인가 했는데, 얼음성에서 내가 그에게 한 말이었다. 다이어 울프를 사역했다는 사실을 얼버무리려고 아무렇게나 둘러댄, 세계 평화를 위해 내 힘을 쓰고 싶다는 말.

"그런데 왜 하필 이런 방식이야?"

카르멘이 흥분해서 빈틈을 보여 줄 것을 노렸기 때문에, 그가 따져 드는 동안에도 공격을 멈추지 않았다. 덕분에 카르멘의 목소리 사이에 카랑카랑한 금속성이 자꾸만 섞였다.

그는 쉴 틈 없이 쏟아지는 공격을 막으면서 잘도 말을 이어 나갔다. 윙투스의 다섯 가지 주술을 다 보여 준 뒤라서, 단조롭게 합을 주고받는 동안 나는 조금씩 밀리고 있었다. 난 내 소매 아래로 살짝 드러난 마법진을 힐끔 바라봤다. 최대한 아껴 두고 싶었는데…… 짧게 혀를 찼다.

"그럼 어떤 방식으로 해야 하는데?"

"마탑에서 사역마를 지원해 준다든가…… 어쨌든 더 안전한 방식."

분명 윙투스에 투명화마법을 걸어 두었는데. 카르멘은 이제 무슨 검무라도 추듯 자연스럽게 내 공격을 흘려버리고 있었다. 난 하는 수 없이 투명화된 윙투스를 아무렇게나 바닥에 던져두고 소매를 걸어 팔에 새겨진 마법진을 건드렸다.

검은빛과 함께 마법진이 사라지고, 허공에 머리통만 한 불의 구가 떠올랐다. 대화에 정신이 팔려 있는 카르멘의 머리 위로 불의 구가 날아갔다. 크기는 작아도 철도 녹일 정도의 강한 화력을 지닌 데다가 술자의 의지대로 움직일 수 있는, 대마수용 마법이었다.

화륵!

카르멘의 무기를 부숴서 그를 전투 불능으로 만들 목적이었다. 불덩이가 칼에 닿기 직전, 나는 내가 통제를 잘못해서 카르멘이 다칠 것을 걱정하고 있었다. 그래서 다음 순간 벌어진 일을 보고 크게 당황할 수밖에 없었다.

카르멘의 칼끝에서 마법이 갈라져 힘을 잃었다. 불을 가르는 칼이라니, 듣도 보도 못했다. 게다가 이 마법의 화력은 결코 철 따위의 것으로 꺼뜨릴 수 있을 만한 것이 아니었다.

그런데 어떻게……. 나는 아연한 눈으로 힘없이 연소되는 불덩이와, 카르멘을 멍하니 바라봤다. 그러다가 뒤늦게 그의 칼에 푸른빛이 둘러져 있다는 것을 발견했다.

그 모습을 보니 문득 떠오르는 것이 있었다. 오러. 소드 마스터의 경지에 다다른 검사는, 그런 힘을 쓸 수 있게 된다는 말을 들은 적이 있다. 내가 한창 카르멘의 검술 연습을 구경하러 연무장에 드나들던 시절에 언뜻 들은 이야기였다. 그때는 소설 속 주인공 같다며 마냥 멋있어 했는데, 이렇게 마주하게 될 줄은 몰랐다.

어떤 원리로 작용하는 걸까. 가까이 다가가 보면 마력의 기운이 느껴질 것 같았다. 무척 흥미로운 힘이었지만, 지금 중요한 건 그게 아니었다.

"그만해."

카르멘이 낮은 목소리로 경고했다. 난 힐끔 떨어져 있는 윙투스를 바라봤다. 마침 근처에 적당한 크기의 돌이 보였다.

"그렇게 그 마수를 막고 싶으면 그냥 군대에 힘을 보태는 게 어때. 지금이라도 돌아가서 쓰러진 기사들을 도로 깨워. 그러고 나서 네 사역마들을 군대에 투입시키면 되잖아."

"……그건 안 돼."

"대체 왜?"

나는 다음 마법을 발동시켰다. 허공에 열 개가 넘는 작은 불덩이들이 생겨나, 한꺼번에 카르멘에게로 날아들었다. 불덩이들은 생명을 가진 듯 제각기 다른 방향으로 움직였다. 그러나 카르멘은 그 불덩이들의 움직임을 모조리 예측하는 것처럼, 빠르고 정확하게 불덩이들을 반으로 갈랐다.

카르멘은 불덩이들을 하나씩 태워 나가면서 소리쳤다.

"난 이해가 안 돼, 아무도 등 떠밀지 않는데 왜 스스로 위험을 자초하는지! 목숨이 아깝지도 않아?"

"너도 네 발로 전장에 나가는 중이었잖아."

"원해서 가는 게 아니야."

카르멘이 크게 칼을 휘둘렀다. 파란 오러의 검날이 허공을 가르자, 남아 있던 불덩이들이 한 번에 산화되었다. 나는 새파란 오러만큼이나 진한 색으로 일렁이는 카르멘의 눈동자를 바라봤다.

그래, 원해서 가는 게 아니겠지. 죽을 게 뻔한 전장에 나가고 싶은 사람이 어디 있겠는가. 그가 황자만 아니었다면. 혹은 강한 기사만 아니었더라면…….

7황자로 태어난 카르멘은 어렸을 때부터 기사 수업을 받고 자라서 원치 않은 전장에 나가야 하는 운명인데 반해 귀족 영애로 태어난 나는 아카데미 내내 신부 수업만 받고 자라서 전장에 한번 나가려 하니까 뜯어말리고 화내는 사람투성이였다.

각자 주어진 것들이 언제고 만족스럽다면 참 좋을 텐데. 하지만 세상 돌아가는 일이 언제나 그렇게 쉽기만 하겠니. 덕분에 십수 년을 봐 온 친구를 적대하게 되었지만, 그럼에도 불구하고, 내가 이러는 이유는…….

"……이게 제일 안전하니까."

"뭐?"

카르멘이 눈을 동그랗게 뜨고 반문했다. 난 짧게 숨을 내쉬었다.

그래, 나는 사람들을 지켜 주고 싶다. 군대도, 카르멘도, 누구도 다치거나 죽게 하고 싶지 않다. 한 명이라도 더 많이 보호할 방법이 있다면 나는 그것을 택할 것이다. 그리고 이제 이 상황을 안전하게 타개할 방법도 알 것 같았다.

지금 중요한 건, 카르멘이 얼마나 강한지가 아니었다. 중요한 건, 저런 힘을 방어할 때만 발휘하는 그의 태도였다.

"카르멘, 난 죽으러 가는 게 아니야. 죽이러 가는 것도 아니고. 그 마수한테 용건이 좀 있어서 그렇지."

암흑 왕국에 출몰했다는 그 대형 마수는 내게 단순한 적이 아니라, 든든한 마력 제공자이자 내 마법 재료…… 아니, 동료가 될 녀석이니까. 카르멘은 이해할 수 없다는 얼굴을 했다. 뭐, 그건 아무래도 상관없다. 하지만…….

"싸울 생각 없으면 그냥 비켜, 왕자님아."

어느새 다시 그와 나의 거리가 좁혀졌다. 카르멘의 검이 나를 향해 내리쳐질 때, 나는 날 보호하고 있던 결계석을 품에서 꺼내 내던졌다. 날아오던 칼날이 앞에서 우뚝 멈춰 섰다.

"뭐 하는……."

공격을 멈춘 카르멘의 얼굴엔 당황한 기색이 역력했다. 내가 그의 검 끝으로 슬쩍 다가서자, 그는 뒤로 물러서기까지 했다.

"첼시!"

내 이름을 소리쳐 부르는 그의 목소리를 들으며, 난 올라가려는 입꼬리를 간신히 진정시켰다. 그럼 그렇지. 카르멘의 힘에 대해서는 잘 모르겠지만, 그의 태도가 보여 주는 바는 명확했다.

이렇게 급박한 상황에, 군대를 멋대로 잠재우고, 황족이자 지휘관인 그를 방해하다 못해 적의를 드러내기까지 하고 있건만, 카르멘은 날 걱정하고 있었다.

"카르멘."

방호벽도 던져 버리고, 공격도 하지 않으면서 내가 그에게 다가가자 카르멘은 혼란스러운 듯 보였다. 그러나 그는 날 막지 않았다. 이렇게 무른 황자님이 어떻게 전쟁 영웅을 해 먹고 있는 건지 이해할 수 없는 일이었다. 아니, 상대가 나라서 그럴까. 하여튼 소꿉친구가 좋긴 좋구나.

난 카르멘의 가슴에 손을 올리며, 어릴 적 비밀 이야기를 나누던 때처럼 작은 목소리로 속삭였다.

"너, 나한테 사과 안 했지."

"뭐?"

"얼음성에서, 나한테 사랑한다고 말한 거."

"……어?"

뜬금없는 이야기에 카르멘은 당황한 눈치였다. 얼음성에서, 카르멘은 날 구슬려서 안전한 제국으로 돌려보내기 위해 거짓 고백을 했다. 의도 야 어쨌든 그건 무례한 일이었다.

나는 혼란스런 얼굴로 눈을 깜빡이는 카르멘의 등 뒤를 슬쩍 바라봤다. 투명화된 윙투스는, 내 손끝에서 유려하게 움직이며 근처에 있던 작은 돌 위에 마법진을 새겨 놓은 참이었다. 나는 빙긋이 웃으며 말했다.

"그러니까 이걸로 퉁치자."

난 가슴에 올린 손을 힘주어 밀면서, 뒤로 한 발짝 물러났다. 카르멘은 크게 밀리지는 않았지만 멍한 얼굴로 멀어지는 나를 바라보고 있었다. 다음 순간, 그는 곧바로 이상을 알아챘다. 그러나 이미 윙투스를 통해 전달된 내 마력이 마법진을 발동시킨 이후였다.

"첼시……!"

곧 두꺼운 결계가 나와 카르멘 사이를 가로막았다. 정확히는, 방금 내가 만든 결계석에서 생겨난 결계였다.

"미안."

난 카르멘을 향해 짧게 사과하곤 내가 아까 멀리 던졌던 결계석을 도로 주웠다. 카르멘은 멍한 얼굴을 지우고, 곧장 칼에 오러를 둘렀다.

난 헛웃음을 쳤다.

"푸, 그거 대형 마수용 결계석이라고. 하루만 지나면 풀리니까, 괜히 힘 빼지 말고 얌전히……."

파지직!

그런 것으로는 절대 부서지지 않을 거라고 충고하는 중이었는데, 검과 결계 사이에서 생각보다 큰 파열음이 울렸다. 당황해서 고개를 들자 결계벽에 난 작은 흠집이 보였다. 아니, 저놈의 오러라는 건 대체 뭐 하는 거야?

저러다간 정말 무력으로 결계를 부숴 버릴 기세였다. 저 정도로 무식한 힘이라면 동행해도 좋지 않을까 하는 충동이 잠시 들었다. 그러나 곧 고민을 털어 버리고 고개를 돌렸다. 나의 든든한 사역마도 위험하단 이유로 죄다 두고 왔는데, 귀한 황자님을 사지로 함께 끌고 갈 수는 없는 노릇이었다.

"첼시, 제발! 이거 풀…… 가지 마!"

애타게 외치는 목소리를 뒤로하고, 난 곧장 그린로드를 달렸다. 카르멘이 결계를 부수든 어쨌든 간에, 난 빨리 워프 존을 발견해서 이곳을 뜨면 되니까.

하늘을 점령한 마수들 때문에 신발에 비행 마법을 걸어도 높이 날 순 없었지만 가속도를 붙이는 정도는 가능했다. 이미 왔던 길을 되돌아가는 것뿐이기도 해서, 그린로드를 통해 둘러 왔는데도 떠났을 때보다 훨씬 빠르게 워프 존으로 돌아올 수 있었다.

공간 이동을 하기 전에 나는 몇 가지의 마법진을 수정하고 추가하며 전력을 점검하고, 결계도 몇 중으로 몸에 둘렀다. 그러고서 다시 워프 존 위로 올라갔다.

워프 존을 발동시키면, 이 워프 존을 만들기 전에 만들었던 워프 존으로 되돌아간다. 내가 첫 번째로 만든 워프 존의 위치는, 브리튼 마을의

리튼산. 일단 그곳으로 이동한 뒤에 암흑 왕국으로 들어가서 대형 마수를 찾을 생각이었다.

대형 마수를 찾은 후에는, 내 사역마들과의 계약을 해제할 것이다. 널널해진 윙투스로 녀석을 사역한 후, 다시 드래곤의 탑으로 돌아가야 했다. 할 일이 많구만. 얼른 가서 해치우고 와야겠다.

난 땅에 손을 짚고 마력을 불어넣었다. 벌써 두 번째 공간이동인 탓에 마법이 발동되는 동안 가벼운 현기증이 일었다. 마법이 발동됨과 동시에 몸을 감싸 오던 기묘한 부유감이 사라지자, 사막 특유의 건조한 모래 대신 촉촉한 흙의 감촉이 발밑으로 닿아왔다.

그러나 이 진동하는 피 냄새와 묘한 썩은 내는 리튼산의 것이 아니라 암흑 왕국의 것에 가까웠다. 나는 반사적으로 팔을 들어 입과 코를 가리며 고개를 들었다. 그때 내 시야를 가득 채운 것은, 미묘하게 낯익은 검은 마수의 얼굴이었다.

'……드래곤?'

난 당황해서 뒷걸음쳤다. 도마뱀을 닮은 피부와 커다란 몸체, 한 쌍의 날개. 내게로 다가오고 있는 저 마수는, 마치 동화책에서나 보던 드래곤과 비슷한 형상을 하고 있었다.

'마계에서 흘러들어 왔다는 대형 마수가 설마, 드래곤인가?'

공간 이동을 한 후에는 대형 마수를 찾아 암흑 왕국을 전부 뒤질 생각이었는데 이렇게 빨리 맞닥뜨릴 줄은 몰랐다. 심지어 이 마수는 빠른 속도로 나를 향해 날아오고 있었다. 왜 다짜고짜 이러는 건지는 몰라도, 싸움을 건다면 되받아 줄 생각이었다. 그러나 나는 곧 그 마수가 내게로 날아오고 있는 것이 아니라, 떨어지고 있는 중이라는 것을 깨달았다.

"악!"

머리 위로 커다란 핏방울과 함께 녀석의 머리가 쏟아지고 있었다. 난 비행 마법을 발동해 허공으로 높이 날아올랐다.

쿵!

리튼산이 낮게 진동하며 짙은 흙먼지가 일었다. 난 공중에서 마수가 추락한 곳을 내려다봤다. 흙먼지가 가라앉자 산 위로 쓰러진 마수의 경직된 얼굴이 드러났다. 녀석은, 머리가 잘려 있었다.

"하아……."

나는 숨을 고르며 사체의 겉모습을 훑었다. 자세히 뜯어보니 녀석은 드래곤이 아니라 와이번이었다. 드래곤과 달리 앞발이 없고 체급이 작지만 그래도 드래곤의 친척이라고 불리는 종인만큼 최상급 마수임은 틀림없었다. 1황녀의 군대를 전멸시킨 마수가 녀석이라고 하더라도 납득이 되었다. 그런데 녀석은 이미 죽어 있다.

대체 누가?

"아……."

드래곤이 날아온 방향으로 고개를 돌리려는데, 문득 내 머리 위로 커다란 그림자가 드리워졌다. 나는 굳은 얼굴로 시선을 들어 올렸다. 그리고 다음 순간, 난 마계에서 흘러 들어온 '대형 마수'가 무엇인지 똑똑히 알 수 있었다.

핏줄과 근육이 도드라진 창백한 검은 피부. 머리 위로 솟은 두 개의 붉은 뿔, 드래곤과 필적하는 거대한 몸체와, 발 아래에서 놈을 숭배하듯 붙어 있는 구울의 무리.

대륙 어딘가에는 녀석을 받드는 종교가 있다고 한다. 또 어떤 종교에서는 녀석을 본떠 신에게 대적하는 '악마'의 모습을 그려내기도 했다. 녀석은 자신의 손으로 죽인 존재를 구울로 만들어 부릴 수 있는 능력을 가졌는데, 그게 신에게 반하여 인간을 타락시키는 악마의 모습과 꼭 닮았다는 이유에서였다.

하지만 마탑에서 공식적으로 마수 분류법의 기준으로 사용하는 마수대백과에서는 녀석을 다른 이름으로 정의했다.

마수왕.

그게 저 괴물의 이름이었다.

'이런.'

나는 내 손에 새겨진 R.D의 마법, '저주'를 떠올렸다. 이 마법은 중독 마법이라, 시간이 흐를수록 위력이 강해진다. 타깃의 면역력과는 전혀 상관없이 타격을 입힌다는 엄청난 마법이었는데, 그 대신 타깃과 일정 거리 이상 떨어지면 마법이 해제된다는 약점이 있었다.

그래서 나는 결계 마법 몇 가지를 준비해 왔다. 대형 마수를 결계 속에 가둔 상태로 싸우다 놈이 완전히 저주에 잠식될 때까지 시간을 버는 것이 내 계획이었다.

하지만…….

나는 마수왕의 발밑에 우글거리는 구울을 바라봤다. 마계에서 흘러 들어온 마수가 마수왕이란 소리는 없었잖아. 일대 다수인 걸 미리 알았으면, 광역기를 준비해 왔겠지…….

나는 낭패스런 기분이었다. 아무튼 전략을 전면 수정해야 할 것 같았다. 우선 지금은 자리를 좀 떠야 할 것 같은데. 조심스럽게 비행 마법을 발동하려는 순간.

"헉."

마수왕의 붉은 눈동자에 내가 비친 듯했다.

짧은 응시, 단 한 번의 마주침.

그것뿐인데 등줄기에 소름이 돋았다. 얼른 가서 해치우고 와야겠다. 내가 여기 오기 전에 그런 생각을 했던가? 멍청하면 용감하다더니.

"히익."

카르멘과 싸운다고 마력을 낭비한 것도 후회가 되기 시작하려는데, 마수왕이 갑자기 팔을 들어 올렸다. 녀석의 손이 내게로 날아오자 매서운 바람이 몰아쳤고, 나는 기겁하며 비행 마법이 걸린 신발에 마력을 잔뜩 불어넣었다. 아슬아슬하게 마수왕의 손이 내 몸을 비껴 나갔다.

공격은 피했으나, 불어오는 바람과 비행 마법의 반동으로 나는 허공을 빙글빙글 돌았다. 난 그대로 균형 감각이 무너져 하강하는 와중에도 마수왕의 위치부터 확인했다.

이렇게 높은 곳까지 날아왔는데도 마수왕과 내 시선의 높이는 엇비슷했다. 덕분에 헛손질을 한 제 손바닥을 멍하니 내려다보는 마수왕의 행동이 빤히 보였다. 마수왕의 황망한 얼굴을 보고 있자니 어쩐지 기분이 나빠졌다.

녀석의 커다란 손바닥. 그러니까, 맨손이었단 말이지.

마수왕은 방금 나를 손바닥으로 내려치려고 한 것이었다. 그게 녀석의 날 향한 공격이었다. 파리나 모기를 잡듯이, 손바닥으로 내려치는 게.

자존심 상하는 일이었다. 누군 널 잡겠다고, 십 년 지기 친구랑 그 난리를 피우며 싸우고 마음까지 상해서 오는 참인데. 마수왕은 날 상대로 고작 그따위 공격을 한 주제에, 내가 공격을 피한 것을 보고 모기를 놓친 사람처럼 황당해하기까지 했다. 난 바닥으로 떨어지며 씩씩거렸다.

'누군 뭐, 널 안 우습게 여기는 줄 알아?'

난 바람을 맞으며 요란하게 펄럭거리는 로브 아래로 드러난 마법진 위로 손을 얹었다. 검은빛과 함께 팔에 그려진 마법진이 사라지고, 내 손 안에는 회오리치는 화염의 구가 생겨났다. '저주'는 일단 보류하게 되었지만, 만일의 사태를 위한 대비책 몇 가지 정도는 있었다.

첫 번째 마법은, 화염과 바람을 섞은 충격파 마법.

본격적으로 '눈의 여신'을 찾아 리튼산을 오르기 전, 열심히 마력 효율성을 높이기 위해 연구를 거듭했던 내 이중 속성 화염 마법들은 그 힘에 비해 마력을 아주 적게 잡아먹었다. 그래서 이런 것도 가능했다.

나는 회오리치는 화염의 구를 가까워지는 바닥을 향해 쏘았다.

쾅!

커다란 파열음과 함께 내 몸이 마수를 향해 튕겨 나갔다. 거기에 다시 중심을 잡은 비행 마법을 더하자 가속도가 붙은 몸이 빠르게 마수를 향해 날아갔다.

그렇다. 난 최상급 공격 마법을 도움닫기를 하는 데 쓴 것이다. 난 내 몸이 마수의 어깨보다 높은 위치에 올 때까지 기다렸다가 다음 마법을 발동시켰다.

'사신의 낫!'

내 손에 커다란 사신의 낫이 들렸다. 나의 사역마인 데스사이드가 쓰는 무기를 본떠 만든 공격이었다.

데스사이드가 쓰는 낫은 물질계와 영계를 넘나드는 무기이기 때문에 신체적인 제약에서 자유로웠고 상대에 따라 유연하게 변한다는 것이 큰 강점이었다. 적이 강할수록 강해지는 무기. 덕분에, 지금 나의 공격은 사신의 낫이 아니라 거인의 낫이라고 불러야 할 정도로 거대해져 있었다.

방심한 사이, 모기가 도끼를 들고 공격한다면 어떤 기분일까? 눈앞에 있는 마수왕은 크게 당황한 것 같았다. 녀석은 황급히 손을 휘둘러 나를 후려쳤다. 이번에는 녀석의 손끝이 내 몸을 스치고 지나갔다. 고작 스친 것뿐인데, 나는 큰 타격을 받았다.

그러나 나를 공격한다고 해도, 어깨 위까지 직접 날아가 겨눈 공격을 피할 수 있는 건 아니었다. 공격과 타격까지의 틈이, 아주 좁으니까.

"크아아!"

거인의 낫이 마수왕의 왼쪽 어깨에 깊숙이 박혔다. 녀석의 팔이 완전히 잘려 나가지는 않았지만, 잘린 범위가 붙어 있는 범위보다 훨씬 넓을 듯했다.

하강하는 내 왼쪽 귀에서 마력을 모두 소모한 마력석이 부서지는 소리가 들렸다. 난 마력석 조각을 흩날리며 바닥으로 떨어지면서 입꼬리를 끌어 올렸다.

어때? 이게 사역술사의 싸움 방식이다. 비록 지금은 계약한 사역마가 하나도 없지만…….

마계의 문이 열려서 마수왕 같은 대형 마수가 넘어온 것은 확실히 재앙이었다. 저런 놈과 혼자 싸우겠다고 하는 게, 카르멘의 눈에는 확실히 미친 것처럼 보였을 것 같다. 그럼에도 불구하고 이게 가장 안전한 방식이었다.

가장 이상적인 결말은, 최소한의 희생으로 대형 마수를 해치우고 마법을 되찾아 사람들이 스스로를 지킬 힘을 갖는 것. 그게 장기적으로 제국이 생존할 수 있는 유일한 길이었다. 그리고 그 일을 해낼 수 있는 사람은 나뿐이었다.

나는 공중에서 한 바퀴 돌며 바닥에 착지했다. 몸에 두른 결계 덕분에 직접적인 타격은 받지 않았지만, 충격은 있었다. 그래서 머리가 약간 어지러웠으나 눈앞에 있는 거대한 나의 적은 팔이 달랑거리고 있었으므로 전혀 억울하지 않았다.

내가 제국민들에게 정말 마력을 돌려줄 수 있을지는 걱정이 된다. 어쩌면 마수만 겨우 저지하고 마력을 되찾는 것은 해내지 못할지도. 그게 내가 생각한 최악의 상황이었다.

나는 저 '재앙'을 막지 못하는 상황 따위는 상정하지도 않았다. 괴성을 지르며 나를 노려보는 마수왕을 보며, 나는 약속을 하나 했다.

"내가 죽더라도 너 하나는 저승으로 끌고 가 주마."

"크아아아아!"

마수왕이 괴성을 내질렀다. 반쯤 잘려 나간 왼쪽 어깨에서 붉은 피가 울컥울컥 흘러넘쳤다. 녀석은 아직 멀쩡한 손을 말아 쥐고 내게 주먹을 내리꽂았다.

"으아!"

덩치가 크면 굼뜨다는 편견에 맞지 않게 마수왕의 공격은 무척 빨랐다.

질량도 부피도 커다란 주먹에 가속도까지 붙었으니 그 위력은 무시무시할 것이다. 단순한 비행 마법으로는 피할 수 없었다. 나는 바닥을 향해 충격파 마법을 쓰면서 공중으로 날아올랐다.

쾅!

커다란 소리와 함께 마수왕의 주먹이 산에 내리꽂혔다. 움푹 땅이 파였고, 지진 같은 진동이 산 전체를 뒤흔들었다. 마수왕의 주먹질은 단순한 주먹질이 아니었다. 한 번이라도 맞았다간 그대로 저승행이었다. 죽자 사자 피하는 것밖에 답이 없었다.

"크아아!"

분노에 찬 마수왕은 포효마저 공격이 되었다. 녀석이 울부짖는 소리를 정통으로 받아 내는 것만으로도 내장이 다 비틀리는 것 같았다. 내가 정신없이 공격을 피하는 사이, 내 등 뒤에 있던 리튼산이 그 공격을 고스란히 받았다.

쿵!

나는 산비탈에서 바위가 쏟아져 내리는 소리를 듣고 움찔 놀랐다.

이 근처에는 에키드나 연구소가 있었다. 이럴 때를 대비하여 미리 보호 결계를 쳐 놓기는 했지만, 산이 무너진 후에도 그 결계가 제 역할을 해 줄 것인지에 대해서는 걱정이 되었다.

이대로 녀석을 유인해서 암흑 왕국 깊숙한 곳에서 싸우는 게 가장 안전한 방법이었다. 그러나 비행 마법을 써서 안쪽까지 날아간 후에도 마수왕과 싸울 마력이 남아 있을지는 미지수였다.

나는 머릿속으로 내 마력석에 남은 마력을 계산했다. 이미 생각보다 비행 마법을 너무 오래 쓰고 있는 참이었다. 아예 산 아래로 내려가 버리는 게 좋을 것 같아, 나는 마수왕의 공격을 피하면서 아래로 향했다. 산비탈을 따라 하강하여 땅에 착지하려는 순간, 등 뒤에서 수풀이 바스락거렸다.

"구르륵……."

"이크!"

이런, 구울을 잊고 있었다. 나는 황급히 뒤를 돌아봤다가 그대로 굳고 말았다. 구울의 피부는 시퍼렇다 못해 녹색으로 썩어 들어가고 있었고, 몸에서는 썩은 내가 진동을 했다. 그러나 그 흉측한 얼굴의 괴물들은, 낯익은 복장을 하고 있었다. 헤브람 제국 기사의 복장.

마수왕은 제가 죽인 것들을 구울로 만들어 제게 복속시킬 수 있었다. 제국을 위해, 더 나아가 세상을 위해 목숨을 아끼지 않고 전장에 뛰어들었을 헤브람의 기사들은 마수왕의 손에 몰살당했다. 그리고 이제는 마수왕의 종이 되어 내게 이빨을 드러내고 있었다.

"키에에!"

사악한 기운에 물든 기사들의 시신은 죽은 지 반나절도 되지 않았는데도 피부 속까지 부패하여 살점이 녹아내리고 있었다. 괴기한 소리를 내며 벌어지는 입새에서 녹색 침이 흘러나왔다. 숭고한 죽음을 맞이했을 전사들이 받은 처사는 너무나 끔찍한 것이었다.

"웃……!"

풀숲에서 튀어나온 구울 무리가 나를 향해 달려왔다. 나는 반사적으로 위로 날아올랐다가 문득 고개를 돌려 뒤를 바라보았다. 그 순간 시야를 가득 채우고 있는 마수왕의 주먹이 보였다.

"힉!"

피하기엔 이미 늦었다. 나는 공격을 받기 직전, 충격파 마법을 발동해서 차라리 일말의 반격을 가해 보고자 했다.

쿵!

그러나 위력의 차이가 너무 컸던 걸까. 충격파 마법을 걸었는데도 내 몸은 마수왕의 주먹에 붙은 채 그대로 바닥에 박혔다. 시야가 돌고 바닥에 부딪힌 등에서 커다란 소리가 울렸다.

"흑……."

몸에 두른 결계가 나를 대신하여 부서지는 것이 느껴졌다. 이 공격으로, 몸에 두른 여섯 겹의 결계 중 절반이 깨져 버렸다. 결계가 아니었다면 정말로 죽은 목숨이었을 것이다.

나는 숨을 죽이고 곧바로 반격을 꾀했다. 조용히 윙투스에게 마력을 채워 넣고 주술을 발동시킬 준비를 했다. 마수왕이 손을 치우고 시야가 트이자, 나는 기다렸다는 듯이 윙투스의 다섯 가지 주술을 발동시켰다.

투명화된 윙투스가 강력한 증폭 마법을 두르고 내 손을 떠나 마수왕의 손바닥에 박혔다. 나는 탄성을 외쳤다.

"됐……!"

"크아아!"

그러나 박혔다고 생각한 것은 내 착각이었나 보다. 마수왕은 귀찮은 것을 털어 내듯 손을 휘저었다. 그대로 튕겨 나가려던 윙투스를 나는 재빨리 도로 불러들였다.

마수왕의 공격을 이리저리 피하면서 나는 혀를 찼다. 손바닥은 신체 구조상 여린 부위에 속했다. 그런데 내가 마력을 듬뿍 불어넣어 강화된 윙투스로도 손바닥 하나 뚫지 못하다니.

'사신의 낫'의 공격은 먹혔었지만 너무 많은 마력을 소모한다. 그 마법을 쓰는데 이미 귀걸이 하나를 소모해 버렸는데, 또다시 쓰기에는 너무 위험성이 높았다.

쿠르릉!

내가 공격 방법을 강구하는 동안에도 마수왕의 공격은 계속해서 쏟아지고 있었다. 나는 공격을 피하면서 녀석의 등 뒤로 돌아 날아갔다. 암흑왕국 방향이었다.

마수왕의 공격은 속도도 위력도 엄청난 것이었으나, 패턴이 단순해서 차차 익숙해지고 있었다. 마력도 부족했는데, 다행히도 이제 충격파 마법을 쓰지 않아도 피할 수 있는 정도가 되었다. 구울이 우글거리는 땅으로 갈 수는 없었으니, 나는 녀석을 리튼산에서 떨어진 곳으로 유인해야 했다. 이미 반쯤 초토화가 되어 있는 암흑 왕국 안쪽으로.

내가 조금씩 거리를 벌리자 마수왕은 커다란 몸체를 움직여 내 뒤를 따랐다. 비행 마법에 소모되는 마력이 신경 쓰였으나, 땅에 있는 구울 때문에 고도를 크게 낮추지는 못하고 적당히 공중을 점유했다.

그런데 공격은 뜻밖의 곳에서 왔다.

"히이잉!"

멀리서 희미하게 말의 울음소리가 난다 했더니, 갑자기 날개 달린 흑마가 내 위에서 출몰했다. 나는 화들짝 놀라서 말을 피했으나 후드를 붙잡히고 말았다. 내 몸에 두른 결계는 타격을 경감시켜 주는 종류의 것이라 이런 식의 접촉에는 무방비했다. 그래서 나는 윙투스로 등 뒤를 공격하여 날 붙잡은 '무언가'에게서 달아나려고 했다. 그러나 나는 내 후드를 잡은 손의 주인을 발견하자마자 그대로 굳었다.

"웃······!"

등 뒤에서 진동하는 썩은 내가 익숙하여 나를 붙잡은 것이 구울이라는 건 눈치채고 있었다. 그러나 '그녀'는 그냥 구울이 아니었다. 내 친구의 누이이자, 내 나라의 황족이었던 사람. 조금만 더 잘 풀렸더라면 나라에서 다음 황제가 되었을, 가여운 황실의 장녀.

1황녀, 베로니카 데일라르크가 나를 노려보고 있었다.

정확히는, 그녀의 시체가.

"그르르륵!"

인간의 것이 아니게 된 기이한 괴성과 함께, 황녀의 검이 내 목을 노려왔다. 난 윙투스를 팔에 휘감고 검을 막았다. 거친 광도검이었으나, 황실의 문양이 박혀 있는 하얀 검신은 카르멘의 것과 한 쌍처럼 닮아 있었다. 그것을 보자 심장이 무겁게 내려앉았다.

"황녀 전하……."

"크아아악!"

황녀가 비명을 지르며 칼을 휘둘렀다. 그녀의 칼과 내 윙투스가 맞부딪히며 시끄러운 소리가 났다. 구울이라면 마구잡이로 칼을 휘두를 것 같은데, 그녀의 공격은 묘하게 정석적이면서도 치명적이었다. 마치 카르멘처럼.

저 구울은 소드마스터였던 때처럼 검기를 발휘하지는 못하는 것 같으나, 몸에 밴 전투 기술만은 여전히 남아 구울이 된 그녀의 몸에 이어지고 있는 것 같았다. 누가 남매 아니랄까 봐, 황녀와 카르멘은 공격하는 방식도 꽤 닮아 있었다.

성격도 그만큼 닮았을까.

내가 카르멘과 파혼하지 않고 정상적으로 아카데미를 졸업했더라면, 그녀와 나는 가족이 될 수도 있었다.

"크르륵!"

황녀가 타고 있는 날개 달린 말은 비록 피부가 죽고 더럽혀져 시커멓게 보이긴 했지만, 형태는 책에서 보았던 페가수스와 비슷했다. 페가수스 같은 건 신화에나 나오는 공상의 존재라고 생각했는데, 마계에는 저렇게 생긴 마수도 있는 모양이다. 황녀는 날지도 못하면서 말에 탄 채 잘도 싸웠다. 그녀가 움직일 때마다 붉은 머리칼이 바람에 휘날렸다.

진흙과 먼지가 묻어 좀 더럽혀지긴 했지만, 황녀의 붉은 머리칼이나 겉모습은 다른 구울들과 달리 크게 훼손되지 않고 남아 있었다. 그러나 몸 여기저기에는 자상이 남아 있었고, 가장 큰 치명상이 되었을 배에 뚫린 구멍도 칼에 박힌 상처 같았다.

그 흔적들을 통해서 나는 황녀와, 그녀의 군대가 전멸한 과정을 대강 유추할 수 있었다.

마수를 퇴치하기 위해 암흑 왕국으로 진군한 황녀의 군대 앞에 나타난 마수왕. 녀석과 몇 차례 합을 겨루어 본 경험으로 미루어 봤을 때 녀석은 등장과 동시에 군대를 초토화시키기 시작했을 것이다.

인간과 비교도 안 될 정도로 강인하고 거대한 육체를 가진 마수왕은 작은 손짓 몇 번, 발길질 몇 번으로 수많은 기사를 죽여 나갔겠지. 거기서 멈추지 않고, 죽은 기사들이 되살아나 마수왕의 군대로 돌변하였을 테고…….

베로니카의 군대가 그녀의 적으로 돌변해 버리는 것도 순식간이었을 것이다. 그 군대가 강력하고 끈끈했었던 만큼 치명적인 독이 되었겠지.

악마를 떠올리게 만드는 마수왕의 외모. 힘을 합쳐 싸우다가 전사한 동료가 살아남은 동료를 공격하고. 죽은 동료의 시체와 싸워야 했던 기사들은 이미 지옥에 온 것 같은 기분이었을 것이다. 그 아비규환을 쉽게 상상할 수 있었다.

암흑 왕국의 전쟁에서, 함께 싸워 준 기사들을 모두 전우로 알겠다고 말하던 1황녀는 자신을 향해 달려드는 부하들을 보면서 제정신을 유지할 수 있었을까.

"그르르륵!"

쿵! 묵직하게 맞부딪히는 공격에 내 몸이 조금씩 밀려 나갔다. 가까스로 반격하며 나는 확신했다. 황녀는 아마 제정신으로 싸울 수 없었던 것이다. 만약 그녀가 침착했더라면, 아무리 숫자가 많다고 한들 겨우 구울을 상대로 저런 치명상을 입지는 않았을 테니까.

황녀를 죽게 만든 것은 분명 그녀가 가장 가까이 두고 아끼던 부하였을 것이다.

"훗……!"

결국 조금씩 나를 몰아붙이던 황녀의 칼이, 내 팔을 깊게 베었다. 싸움 내내 마수왕이 끼어들지 않았다는 것이 신경에 거슬렸다. 마수왕은 우리의 싸움을 관전이라도 하고 있는 걸까. 비록 나와 싸울 때는 단순한 공격만 반복했지만, 녀석이 이 정도로 지능이 낮은 마수라는 생각은 들지 않았다.

아직 나를 벌레 취급하여 여유를 부리고 있는 것일까. 팔이 절반 가까이 잘려 나갔는데? 아니, 어쩌면 신중하게 나의 싸움 방식을 관찰 중인 것일지도 모르겠다. 녀석은 마계에서 왔고, 마법사의 싸움 방식에 대해서는 잘 모를 테니까. 별것 아닌 줄 알았던 인간이 '사신의 낫' 같은 공격을 썼으니까 경계하고 있는지도 모르지.

어느 쪽이든 마수왕이 끼어들지 않고 있는 것은 다행이었지만, 아래쪽에서 일어나는 일은 문제였다. 우리가 싸우는 동안, 우리 아래의 땅에서는 어디에선가 구울이 자꾸만 몰려들고 있었다.

녀석들은 거의 죽은 헤브람의 전사들이 대부분이어서 하늘을 날아오르지는 못했다. 그래서 나는 그들이 내게 닿지는 못할 것이라 여기며 신경을 끄고 있었다. 그런데 황녀의 공격을 방어하며 마수왕을 주시하고 있는 사이, 문득 차갑고 메마른 시체의 손이 내 발목을 낚아챘다.

"힉!"

나는 반사적으로 아래를 바라봤다가 화들짝 놀랐다. 헤브람의 기사들, 아니, 구울들. 녀석들은 서로의 몸을 밟고 밟히며 탑을 쌓고 있었다. 땅에서부터 수십 수백의 구울들이 쌓여 여기까지 손을 뻗었다. 내 발목을 잡은 구울의 몸을 받치며 아우성치는 구울들은 흡사 빵 부스러기에 몰리는 개미들의 모습과 비슷했다.

"놔……!"

나는 진저리를 치며 내 발목을 잡은 구울의 손을 반대쪽 발로 걷어찼다. 그러나 억센 손아귀는 끄떡도 하지 않았다. 설상가상으로 내 발목을 붙잡은 구울의 등을 타고 여러 마리의 구울이 기어 올라와 내게 매달리기 시작했다.

"윽……!"

검은 페가수스를 탄 죽은 황녀가 나를 향해 달려오며 새하얀 검을 높게 쳐들었다. 발버둥을 쳐 보아도 구울의 손아귀에서 벗어날 수가 없다. 이제는 도리가 없었다. 나는 로브 안을 더듬어 주머니에 넣어 둔 결계석을 발동시켰다.

"키이이이익!"

폭발음과 함께 내 몸 주위로 결계가 만들어졌다. 내 몸에 붙어 있던 구울들은 피부가 그을려서 비명을 지르며 아래로 떨어졌다. 나도 그들과 함께 바닥으로 떨어져 땅에 착지했다.

쿵!

"키에에에엑!"

바닥에 떨어지는 충격을 결계가 경감시켜 주었다. 순식간에 구울들이 결계로 달려들었다. 그것들은 피부가 타는 것도 개의치 않고 결계에 달라붙어 주먹질을 해 댔다. 나는 얼른 일어나 마법 도구들을 꺼냈다. 양피지를 펼치고 펜을 들어 마법진을 그리기 시작했다.

"키이이!"

구울들의 고함 소리와 결계에 주먹이 맞부딪히는 소리, 결계가 쩍쩍 갈라지는 소리가 들리는 가운데서 마법진을 그리려니 평소보다 집중이 잘됐다.

쨍!

마침내 결계가 깨진 순간. 내 손 아래에서 마법진이 완성되었다. 난 곧장 마력을 불어넣었다. R.D의 일기에는 옛 금단 마법의 기록도 있었는데, 이 마법도 금지된 마법의 일종이었다.

대형 흑마법, 메테오라는 이름을 가진 화염 마법이었다.

마지막 귀걸이가 바스러지고, 마법진이 검은빛을 내며 사라졌다. 그리고 그 직후, 머리 위에서 천지가 개벽하는 듯한 소리가 울려 퍼지기 시작했다.

내게 달려들던 구울들도 일제히 행동을 멈추고 하늘을 올려다보았다. 자욱한 안개가 지천으로 깔려 있어 구름 위에서 일어나는 일까지는 보이지 않았다. 그러나 흐릿한 시야로도 하늘이 붉게 물들고 있다는 것은 알 수 있었다.

곧 구름을 뚫고 온 붉은 점 하나가 시야에 잡혔다. 나와 똑같이 보고 있는데도 구울들은 상황이 파악되지 않는 것인지 멍하니 쳐다보고만 있었다. 산에 사는 온갖 짐승들도 위협을 느끼고 도망치고 있었으나, 이미 죽은 자들에게는 재해를 감지할 생존 본능도 남아 있지 않은 것 같았다.

쿵!

거대한 불덩이가 내게로 손을 뻗어 오던 구울들 사이로 떨어졌다. 탑처럼 쌓여 있던 무리의 한가운데를 강타하는 공격에, 구울들은 비명을 지르며 무너져 내렸다.

"키에에에!"

내 다리에 매달려 오는 구울 하나까지 발로 차서 말끔히 떨쳐냈다. 걸림돌들이 사라지자 나는 곧장 달아나기 시작했다. 메테오를 피하며, 암흑 왕국 안쪽으로.

불덩이가 쏟아져 내리는 와중에도 황녀는 나를 쫓고 있었다. 그녀는 흥분한 말을 진정시키며 내 뒤를 따랐다. 용케도 메테오를 피해서 잘 뒤쫓아 온다 싶었지만, 중반쯤에서 커다란 불덩이가 내 뒤를 덮쳤다. 정신없이 도망치던 나도 그 순간은 흠칫 멈춰 서서 그녀를 돌아보았다.

"베로니카!"

생전에는 한 번도 불러 본 적 없었던 이름이 왜 갑자기 입에서 튀어나왔는지 알 수 없었다. 일순, 황녀와 눈이 마주쳤다고 생각했다. 메테오의 불꽃만큼이나 붉은 머리카락이 허공에 흩날리고, 새빨간 화염이 흑마를 탄 전사를 집어삼키기 직전. 그녀의 눈은 살아 있을 때처럼 붉게 빛나고 있었다.

논리적으로 생각하면 말이 안 되는 일이지만, 그 순간은 심장이 덜컹 내려앉았다. 금방이라도 그녀가 살아 있을 때처럼 무어라 대답이라도 해 줄 것 같아서. 그러나 베로니카가 입을 열 새도 없이, 타오르는 화염이 그녀를 집어삼켰다.

쿵!

나는 비처럼 쏟아져 내리는 불덩이의 향연 속에서 멍하니 아래를 내려다보았다. 불타는 땅, 피어오르는 매캐한 연기, 불길 속에서 비명을 지르는, 한때는 사람이었던 자들.

머리로는 마수라는 것을 알면서도, 막상 기사복을 입은 자들이 내 공격에 죽어 나가는 모습을 보자 무척 고통스러웠다. 플로라 언니가 떠올랐고, 그들도 누군가의 소중한 가족이었을 거다.

나라를 위해 용맹하게 출정을 나섰을, 죄 없는 사람들이 왜 저토록 처참한 죽음을 맞이해야 하는가.

"윽……!"

난 잠시 얼이 빠져 있다가 흠칫 놀라 뒤로 물러났다. 내 눈앞으로 불덩이가 떨어져 내렸다. 더 이상 시간을 지체했다가는 나까지 메테오에 휘말릴 것이다.

마법사가 제가 부린 마법에 당해 목숨을 잃는 것만큼 멍청한 죽음도 없겠지. 나는 서둘러 메테오의 권역 밖으로 몸을 피했다. 안전지대에 도달하자, 마법이 멎을 때까지 짧게나마 여유가 생겼다.

나는 바닥에 털썩 주저앉아 마법진을 그리기 시작했다. 전투 중에 양피지도 거의 다 상해 버려서 멀쩡한 것은 두세 장뿐이었으나 어차피 마력도 얼마 없었으므로 별문제가 되지 않았다.

뜻밖에도 R.D의 마법, '저주'를 쓰지 못하게 되어 단기전이 되어 버린 탓이다. 그러니 이제 남은 마력석은 목걸이에 달린 것 하나. 그마저도 메테오를 발동시키느라 거의 다 닳아 있었지만, 어쨌든 이 마력석만으로 마수왕을 잡아야 했다. 메테오는 공격 범위가 넓고 강력한 마법이니 적어도 마수왕의 권속인 구울들을 모조리 죽이기 충분했다. 그러다가 마수왕까지 죽어 버린다면 더 좋고.

아니, 아니지. 나는 홧김에 든 생각에 놀라 고개를 저었다. 마수왕은 내게 필요한 마수였다. 인류가 기나긴 마수와의 전쟁에서 지지 않기 위해서는 강력한 사역마가 필요했다.

마수는 악이 아니다. 마수는 생물이다. 저것들은 악하게 태어나서 인류를 해치는 것이 아니라 본능과 필요에 의해 움직이는 것이다. 세상의 모든 생명체가 그러하듯이.

나는 스스로에게 되뇌었다. 화를 낼 필요가 하나도 없다. 군대가 마수왕을 퇴치하려 했기에, 마수왕도 그에 맞서 싸운 것이다. 마계에서 마수들이 인간계로 넘어온 건 마수들에게도 천재지변과 같은 일이었을 것이다. 녀석은 그저 주어진 상황에서, 할 일을 하는 것뿐이다.

내가 그러하듯이.

"다 됐다."

나는 남은 마력을 계산해서 마법진 몇 가지를 그려 냈다. 마법진을 새긴 양피지 뭉치를 둘둘 말아서 옆구리에 낀 채 몸을 일으켰다. 그리고 마수왕에게로 다시 돌아가려고 하는데…….

"어?"

나는 발아래에서 작은 진동을 느꼈다. 진동은 점차 커졌다. 그건 착각이 아니었다. 뒤를 돌아보자, 제 권속들을 모두 잃은 마수왕이 시뻘건 눈을 하고 내게 다가오고 있었으니까.

내가 서 있는 땅은 리튼산에서 꽤 떨어져 나온 곳이라 풀이나 나무가 거의 없었다. 숨을 곳이 없다는 뜻이었다. 허허벌판에 서 있는 나를, 마수왕은 한눈에 발견해 냈다.

"그워어어!"

메테오가 쏟아붓고 지나간 곳은 온통 쑥대밭이 되어 있었다. 불타는 땅을 등지고 달려오는 마수왕은 정말로 동화책에 나오는 악마 같았다.

"이런."

덕분에 찾으러 갈 수고는 덜었다. 나는 양피지 중 하나를 얼른 빼서 바닥에 던지다시피 펼쳤다. 그리고 급히 마력을 불어넣었다. 검은빛이 바닥을 관통하며 지나가는 것으로, 마법이 발동되고 땅에 워프 존이 새겨졌다.

그 순간 이미 마수왕은 내 눈앞에 당도해 있었다. 나는 두 번 생각하지도 않고 마수왕이 달려오는 방향으로 윙투스를 쏘아 보냈다. 녀석을 향해서가 아니라, 녀석의 뒤에 있는 암벽을 향해서.

윙투스는 마수왕의 다리 사이로 날아가 암벽에 박혔다. 빠르게 사슬의 길이를 늘이고, 윙투스의 촉이 벽에 박히자마자, 도로 길이를 줄였다. 윙투스로는 마수왕에게 별 타격을 줄 수 없다는 것을 일전의 전투로 똑똑히 알았다. 하지만 내 몸 하나는 끌어올 수 있을 만큼 튼튼하니까. 나는 사슬에 끌려 휙 날아갔다.

"크어?"

제 다리 사이로 쏜살같이 끌려가는 나를 마수왕이 황망한 눈으로 내려다봤다. 좀 더 멋지게 접근하고 싶지만 비행 마법은 마력을 너무 많이 잡아먹어서…… 사역마도 없는 사역술사는 근검절약해야지.

암벽에 도착한 나는 바위를 끌어안고 곧바로 윙투스를 뒤로 날렸다. 마수왕을 향해 날아간 사슬이 놈의 목을 감았다. 당연하게도 마수왕은 사슬을 끌러 내기 위해 움켜잡았다.

거기에서 멈추지 않고 놈은 손에 힘을 주어 사슬을 끌어당겼다. 나를 불러와 공격하려는 속셈인 듯했다. 나는 굳이 저항하지 않고 순순히 끌려가 주었다. 거대한 마수왕에 비해 한없이 작은 내 몸이 사슬에 매달려 허공을 날았다.

내 몸이 마수왕의 어깨 위를 날 때쯤, 나는 윙투스에 새겨진 두 번째 주술을 발동했다. 발동된 변형 마법으로 사슬을 실처럼 가느다랗게 변했다. 난 마수왕이 어떤 반응을 보이기 전에 휙 끌어당겼다.

아까 전 '사신의 낫' 공격으로 마수왕은 왼쪽 어깨에 커다란 상처를 입었다. 나는 그곳을 노리려고 했다. 마수왕은 굳이 손에서 빠져나가려는 윙투스를 붙잡지 않았다. 대신 곧바로 나를 노려 왔다.

"헉."

아직 착지도 하지 못했는데, 커다란 손이 어깨 위를 덮쳐 왔다. 나는 앞뒤 가리지 않고, 다가오는 손을 향해 충격파 마법을 쏘았다. 마법의 반동으로 내 몸이 뒤로 훅 밀려났다. 마수왕의 손은 나를 스쳐 지나가, 상처 입은 자신의 어깨를 때렸다.

"크아아!"

녀석이 비명을 질렀다. 왼쪽 팔이 거의 잘려 나가 덜렁거리는 와중에, 어깨에 가해진 충격이 큰 모양이었다. 하하, 멍청하긴.

"어……?"

속으로 마수왕을 비웃던 나는, 빠르게 멀어지는 마수왕의 어깨를 보며 당황했다. 나는 인간. 나는 날개가 없다. 충격파 마법의 도움을 받아 내 몸은 바닥을 향해 힘껏 낙하했다.

"읏……."

나는 서둘러 양피지를 꺼내고, 신발로 손을 뻗었다. 신발에 새겨져 있던 비행 마법을 발동시키자 추락하는 속도가 서서히 줄어들었다. 나는 곧장 마수왕의 등을 향해 손을 뻗었다.

손에 양피지를 얹다시피 하고, 마수왕의 몸과 닿자마자 마력을 불어넣었다. 검은빛이 녀석의 몸을 관통하듯 지나가는 것으로, 마법이 발동되었다.

쿵!

양피지가 재가 되어 날아가고, 마수왕의 몸에 새긴 마법이 드러났다. 워프 존. 머리 위로 그림자가 드리워졌다. 마수왕이 나를 향해 손을 뻗고 있었다. 지체할 시간 없이, 나는 워프 존을 짚고 마력을 발동시켰다.

"후……."

다음 순간, 나는 바닥을 딛고 서 있었다. 아까 마수왕을 처음 만난 그곳이었다. 고개를 들자 갑자기 사라진 나를 찾는 마수왕의 모습이 보였다. 나는 씩 웃으며 입을 열었다.

"야!"

내가 녀석을 부르자, 마수왕이 우뚝 멈췄다. 녀석이 등을 돌려 나를 돌아보았다. 등에 붙어 있던 내가 갑자기 땅에 서 있는 광경을 발견한 녀석의 반응은, 놀라움보다는 짜증에 가까웠다. 벌레만 한 것이 재주를 부리며 요리조리 피해 다니니 성가시긴 하겠지.

마수왕이 나를 향해 쿵쿵 다가왔다. 녀석이 다시 내게 공격을 시도할 때, 나는 바닥에 손을 짚고 마력을 불어넣었다.

"크아……?"

다음 순간, 나는 마수왕의 등 뒤에 있었다. 주먹을 쥔 채 어리둥절하게 멈춰 선 마수왕은 좀 웃겼다. 이번에는 공간이동을 하자마자 곧장 녀석의 어깨로 날아올랐다. 마수왕은 내 기척을 눈치채고 고개를 돌렸으나, 내가 녀석의 어깨에 워프 존을 설치하는 것이 더 빨랐다.

쿵!

검은빛이 발하고, 흩날리는 재 사이로 마수왕의 어깨에 새겨진 워프 존이 드러났다.

"그워어!"

내가 무슨 수작을 부리리란 걸 눈치챘는지, 마수왕은 화를 내며 내게로 손을 뻗었다. 나는 황급히 워프 존을 짚었다.

마수왕의 어깨, 등허리, 그리고 땅.

"휴!"

마수왕이 제 어깨를 향해 헛손질을 끝내고 혼란스러워할 때쯤, 나는 이미 땅으로 돌아와 있었다.

세 개의 워프 존, 두 번의 이동.

여기까지 이동하는 데 1초면 충분했다. 녀석의 몸체가 너무 크고 피부가 단단해서, 윙투스가 박히지도 않았다. 사역술을 발동시키기 위해서는 적어도 윙투스를 몸에 닿게 해야 하는데, 피부에는 조금도 파고들 수 없으니 덜렁거리는 녀석의 왼쪽 어깨를 노려야 했다.

하지만 녀석의 상처에 다가갈 기회가 쉽게 오지 않았다. 그래서 그냥 녀석의 상처와의 최단 거리를 만들어 보았다.

"그르르……."

마수왕도 이제 내 패턴이 눈에 들어왔는지, 내가 사라지자 땅부터 훑기 시작했다. 나를 발견한 녀석의 눈이 번뜩였다. 나는 바닥에 손을 짚고 기다렸다.

마수왕이 주먹을 들고, 나를 공격하려는 타이밍.

공격에 힘이 들어가고, 몸이 가속도를 얻게 되면 바로 자세를 바꾸기 어렵다. 나는 그때를 노려 마력을 불어넣었다. 땅에서, 마수왕의 등허리를 지나, 다시 어깨로.

마수왕의 주먹이 내가 사라진 바닥을 공격할 때, 나는 이미 마수왕의 어깨 위로 올라와 있었다. 나는 곧장 윙투스를 발동시켜 마수왕의 어깨에 벌어진 상처를 향해 쏘았다. 그쯤에선 내 몸은 온통 땀범벅이었다. 고양이 목에 방울을 다는 것 같은 접점 끝에 드디어 얻어 낸 공격 기회였다.

이렇게 혼자서, 목숨을 위협받는 싸움을 하는 것은 오랜만이었다. 암흑 왕국, 이 아무것도 없는 황폐화된 땅에서 거대한 마수와 홀로 분투하고 있자니…….

꼭 옛날로 돌아온 것 같은 기분이 들었다.

윙투스의 촉이 마수왕의 상처에 박혔을 때, 나는 손목에 그려진 마법진을 짚으며 오래된 마법을 선창하였다.

"사역식 제 1장. 너는 내게 귀속하라."

내 목소리에 화답하듯이 마법진이 검은빛을 내며 발동되었다.

사역식 1장이 발동되는 그 순간에, 난 솔직히 방심하고 있었다. '영혼의 서'를 쓸 수 있게 된 이후로 줄곧, 사역식 1장을 발동시키는 데만 성공하면 마수를 사역하는 것도 수월하게 해낼 수 있었다.

사역술을 발동시키면 계약을 하든, 그렇지 않든 간에 마수는 가벼운 디버프에 걸리곤 했다. 아예 움직임이 봉쇄되는 것은 아니었다. 하지만 '영혼의 서'를 발동시키는 시간은 고작 5초면 족했으니, 가벼운 디버프에 걸리는 것으로 충분했다. 나머지는 순식간에 해치울 수 있었으니까.

그 다이어 울프도 이 방법으로 사역해 냈으니, 다른 마수들이야 백전백승이었다. 다이어 울프보다 더 강한 마수는 인간계에서 마주칠 일도 없었으니까.

그러니까…… 마계에서 건너온 마수를 만나기 전까지는 그랬었다.

"크아아!"

마계에서 건너온 초대형 마수, 마수왕이 포효하며 내게로 손을 뻗었다. 사역식 1장을 발동시킨 것과 거의 동시에 일어난 일이었다. 영혼의 서를 발동시키고 어쩌고 할 틈도 없었다.

창백한 검은 손이 내 몸을 강타했다.

"……!"

윙투스를 놈의 상처에 박아 넣기는 무척 어려웠는데, 도로 뽑히는 것은 순식간이었다. 마수왕의 공격을 직격으로 맞은 나는 그대로 수백 미터를 날아 멀찍한 곳에 있던 암벽에 부딪혔다.

쾅!

"커헉……!"

내 몸이 바위와 충돌하며, 커다란 소리가 울렸다. 곧 전신이 고통을 호소하기 시작했다.

고통?

뒤이어 나는 사태의 심각성을 깨달았다. 아래로 고꾸라지려는 몸을 비행 마법으로 간신히 붙잡아 세우고, 시선을 내려 손을 바라봤다. 바위에서 묻어 나온 모래가 후드득 떨어져 내리는 손바닥 위로는 있어야 할 보호 결계가 없었다. 지금의 충격으로 남아 있던 모든 결계가 깨져 버린 것이다.

그 말인즉슨……. 상대는 주먹질 두 번으로 여섯 겹의 결계를 박살 내 버릴 정도로 강한데, 나는 보호 장비 하나 없이 맨몸이 되어 버렸다.

"……."

미치겠네. 애초에 마수왕을 만날 줄 알았으면 결계를 더 칭칭 둘러매고 왔을 것이다.

"크륵……."

그 와중에, 마수왕은 또 내게로 걸어오고 있었다. 나는 거대한 악마를 올려다보며 아연해졌다. 내가 공격당한 것은 사역식 1장이 발동된 직후였다. 마수왕에게 사역술의 '디버프'가 전혀 먹히질 않는 것은 분명해 보였다.

사역식 1장을 발동하고, 영혼의 서를 발동시키는 데까지는 아무리 서두른 데도 최소한 5초는 필요했다.

고작 5초. 마법 두 개를 발동할 만한 시간.

그거면 되는데……!

언제나 먹혔던 방법이 허무하게 막혀 버리니 끔찍하게도 막막한 기분이 들었다. 더 문제인 것은 마수왕이 이제 제 어깨에 워프 존을 깔아 뒀다는 것을 눈치채 버렸다는 것이었다.

첫 번째보다는 두 번째 기습에 대한 반응 속도가 훨씬 높아지리라. 어쩌면 방금 전 그 공격 기회가 최선의 타이밍이었을 수도 있다.

젠장, 더 긴장해야 했는데.

"후……."

나는 가능한 경우의 수를 열심히 머릿속에 떠올려 보았다. 고작 5초의 시간을 만드는 게 아주 불가능한 일은 아니었다. 자동화마법이나 워프 존을 이용하여 이리저리 함정을 설치한다면, 또 한 번의 기회를 만드는 것이 가능할 것도 같았다.

하지만 고작 한 움큼 남은 마력을 이용해서, 다른 누구의 도움도 없이 혼자 그것들을 설치하고 발동시키는 것은 불가능했다. 시뻘건 눈으로 나를 주시하고 있는 마수왕을 앞에 두고는 더더욱.

"그워어!"

마수왕이 나를 향해 다시 공격을 시도했다. 남은 마력도 별로 없는데, 비행 마법을 쓰게 생겼다. 어째 상황이 갈수록 나빠지기만 하는 것 같다. 어쩔 수 없이 마법을 발동시키려는 찰나.

무언가가 내 몸을 덮쳤다.

"……!"

커다란 검은 것이 내 몸을 낚아챘다. 다음 순간, 마수왕에 의해 암벽이 파괴되는 소리가 들렸다. 서둘러 몸을 움직여야 할 상황이었으나 나는 어안이 벙벙하여 눈만 깜빡거렸다. 익숙한 털 뭉치가 나를 등에 올려놓으며 불렀다.

"주인님."

"……까망이잖아……."

눈으로 보고도 믿을 수가 없어, 나는 달리는 등 위에서 중얼거렸다. 네가 어떻게.

우리가 헤어진 지 반나절도 되지 않았다. 까망이와 내가 헤어진 사막에서 이곳 암흑 왕국까지는 결코 그 시간 안에 올 수 있는 거리가 아니었다.

두 공간을 잇는 워프 존이 존재하긴 했다. 그러나 워프 존은 마력만 불어넣는다고 발동하는 자동화마법이 아니었다. 마수는 인간이 만든 마법진을 쓸 수 없었다. 마법은 마법사를 위한 것이니까.

모데라토와 앨런은 마법석만 주면 어떻게든 마법을 발동해 냈지만, 까망이는 아니었다. 그 애가 아무리 똑똑하다고 해도 인간의 마법은 쓸 수 없었다. 그럴 수 있었더라면, 루나틸이 헤밀리를 위해 애써 마수도 쓸 수 있는 마법, 자동화마법 따위를 개발해 낼 필요도 없었을 것이다.

그런데 네가 어떻게. 아니, 그보다 왜?

"기사들을 안전한 곳까지 옮겨 달라고 했잖아."

"했어요."

까망이가 곧바로 대답했다. 그 목소리에 약간 불만이 서려 있었다.

"제가 주인님의 마지막 명령을 어겼을 리가…… 그들은 나스티아 공국까지 잘, 인도하고 왔습니다."

"앞!"

쿵!

마수왕이 까망이가 달려가는 진로를 향해 부서진 바위를 집어 던지기 시작했다. 갑자기 등장한 늑대에게 위기감을 느꼈는지, 공격 방식이 전보다 훨씬 적극적으로 변했다.

그러나 까망이는 나를 업고도 종횡무진 잘 도망쳐 다녔다. 내게 마력석을 만들어 주느라 마력도 모조리 소진해서 힘도 별로 없을 텐데.

"그럼 넌 자유야. 못 들었어? 기사들만 돌려보내 주면 계약은 끝이라고 했잖아. 왜 여기에 온 거야?"

"자유니까요."

까망이가 내뱉듯 말했다.

그 순간 마수왕이 까망이의 발밑으로 바위를 던졌다. 까망이가 마수왕의 추적을 피해 산 위로 올라가고 있던 때였다. 암흑 왕국에 있는 산들은 죄다 식물이 말라 죽은 바위산뿐이라, 마수왕이 던진 바위와 강도가 비슷한 바위산이 부딪히며 깨졌다.

"윽……!"

깨진 바위 조각이 얼굴 쪽으로 튀어 와서 난 몸을 움츠렸다. 까망이가 내 등을 잡아 제 품으로 끌어당겼다.

등을 잡아?

나는 반사적으로 까망이의 품에 몸을 숨기다가 문득 의아해졌다. 평소에 까망이는 무언가를 옮기거나 잡아당길 때 입을 쓰곤 했는데, 이번에 나를 잡아끈 것은 분명 까망이의 손이었다.

늑대의 손이란 게 원래 그렇게 고차원적인 일을 할 수 있는 구조였던가?

잠깐 떠올랐던 의문은 까망이가 무너지는 바위산에서 뛰어내려 바닥에 착지하는 충격에 흩어져 내렸다.

"계약이 끝나면 어떻게 살아갈지 생각해 보라고 하셨죠."

파괴의 여파로 바닥에 깔린 모래와 먼지들이 안개처럼 우리의 시야를 가렸다. 그 속에서, 까망이는 어쩐지 울분에 찬 것 같은 목소리로 말했다.

"이게 내가 하고 싶었던 일이에요."

난 그 말을 듣고 잠깐 멍해 있었다.

저기 마수왕이 우리를 죽이려 하고 있는데. 나와 마찬가지로 까망이도 마력이 바닥을 치고 있고. 다이어 울프쯤 되는 애가 마계에서 흘러 들어온 저 초대형 마수의 위험성을 모르지 않을 텐데도.

까망이는 어딘가 빈정이 상해 보였는데, 그건 아마 내 반응이 야속해서 그런 것 같았다. 그리고 까망이에게는 그 일이 지금 저 마수왕만큼이나 중요한 모양이었다. 이런 상황인데 웃음이 나올 것 같았다.

그렇게 비효율적이고 감정적인 게, 인간이란 거겠지.

"자유 의지로?"

"⋯⋯네, 자유 의지로."

잠시 우리의 몸을 숨겨 주던 모래바람도 잠잠해졌다. 다시 모습을 드러낸 우리를 향해 마수왕이 재차 공격을 해 왔다. 까망이는 다시 달리기 시작했다.

까망이의 목을 힘껏 껴안고 마수왕을 돌아보는데, 갑자기 풍경이 달라져 있었다. 우리가 서 있는 곳은 여전히 시커먼 죽음의 땅. 방금까지만 해도 분명 그 옛날 까망이를 처음 만났을 때로 돌아온 것 같다는 생각을 하고 있었는데.

막상 그 까망이를 다시 만나니 우리가 참 멀리 왔다는 것이 떠올랐다. 내게 이빨을 내보이며 으르렁거리던 다이어 울프가 달라진 만큼이나 나도 달라졌다.

왜냐면 내게는, 까망이가 생겼으니까.

계약이 끊어져도 날 위해 암흑 왕국까지 달려와 줄 동료 말이다.

"좋아, 까망아. 그럼 우선 저기로 가자."

나는 워프 존을 그려 놓은 땅을 가리켰다. 우리가 달리고 있는 방향과 반대쪽, 마수왕이 우리를 따라오고 있는 방향이었다. 까망이는 곧장 방향을 꺾어 뒤쪽으로 달리기 시작했다.

"그어어!"

마수왕이 쫓아오고 있었기 때문에, 까망이는 최대한 크게 호선을 그리며 마수왕을 따돌리려 했다. 그러나 마수왕은 그 커다란 몸을 던지다시피 하며 우리가 달려가는 방향으로 손을 뻗었다.

"웃⋯⋯!"

가속도가 붙어 방향을 트는 건 어려울 듯했다. 나는 황급히 손을 뻗었다. 앞을 가로막는 마수왕을 향해 충격파 마법을 발동시켰다.

펑!

마찰 면적이 높은 손바닥과 충격파 마법이 충돌하자 손바닥으로 수면을 때리는 듯한 소리가 났다. 그 반동을 이용해서 까망이는 공격을 피해 방향을 틀었다. 마수왕은 거의 바닥에 쓰러진 채로 다시 손을 뻗었다.

공격 마법이라고 할 만한 건 아니지만…….

나는 팔에 그려 놓은 화염 마법을 발동시켰다. 마력을 최소화로 소모하는 것 중에서 그나마 쓸 만한 게 화염 마법이었다. 검은빛과 함께 화염의 구가 마수왕에게로 옮겨 붙었다.

화륵!

화력은 약하지만 불은 불이니, 잠깐 당황하게 할 수는 있을 것 같았다. 까망이는 그 순간 내 의중을 알아챘는지 굳이 화염을 피하지 않고, 그대로 직진해 불에 휘감긴 마수왕의 손목을 밟고 뛰어올랐다.

"헉!"

난 까망이의 뒷덜미를 끌어안고 숨을 들이켰다. 마수왕의 손목을 넘어 날아가는 순간, 반격이 이어졌더라면 우리는 아마 압사당해 죽었을 것이다. 까망이의 발이 무사히 바닥에 착지한 다음에야 나는 다시 숨을 쉴 수 있었다. 순전히 마수왕이 바닥에 쓰러져 있어 움직임이 원활하지 않았던 덕에 이용할 수 있었던 경로였다.

"크아아!"

쪼끄마한 것들이 이리저리 피해 다니니 마수왕은 어지간히도 열이 받았던 모양이다. 놈의 울분에 찬 고함을 뒤로하고 나는 로브를 벗었다. 남은 양피지가 없었기에, 대신해서 로브 위에 마법진을 그릴 셈이었다.

이런 상황이지만 마법진은 완벽해야 했다. 지금 당장 그릴 수 있는 마법진은 단 하나. 남은 마력을 전부 써서 발동시킬 수 있을 만한 마법.

마수왕이 다시 자리를 박차고 일어나 우리를 따라왔고, 까망이도 덩달아 속력을 높였다. 내 로브와 긴 머리카락이 마구 휘날렸다. 난 달리는 까망이의 등을 단단히 붙잡고 마법진을 그려 냈다.

"주인님!"

까망이의 발이 워프 존 위를 디뎠다. 나는 곧장 내려가 바닥에 손을 짚었다.

"이제는……."

나는 까망이에게 워프 존의 위치와 앞으로 일어날 일에 대해 빠르게 설명했다. 마수왕의 발걸음에 땅이 쿵쿵 울렸다. 녀석이 우리에게로 손을 뻗는 순간, 워프 존이 발동되었다.

워프 존의 위치는 마수왕의 등허리와 왼쪽 어깨.

몸에 새겨진 워프 존이 연달아 빛나자, 마수왕은 곧장 제 약점인 왼쪽 어깨부터 확인했다. 워프 존의 쓰임에 대해 이미 파악하고 있었기 때문이다. 그러나 녀석이 바라본 곳에는 아무것도 없었다.

"크아아!"

나는 그때를 틈타 윙투스의 촉을 마수왕의 어깨에 박아 넣었다. 길게 늘어난 사슬이 팽팽하게 당겨졌다. 한 차례 비명을 지른 마수왕은 제 어깨에 무언가가 있다는 것을 눈치챘다.

로브에 새긴 마법은 투명화마법이었다. 투명화된 적의 존재를 파악한 마수왕이 공격을 시작했다. 곧바로 공방이 시작되었다.

"사역식 제1장. 너는 내게 귀속하라."

내가 마법을 발동시키자 마수왕은 무언가 잘못되었다는 것을 깨달은 듯했다. 놈이 내게로 시선을 돌렸다. 그러나 때는 이미 늦었다. 투명화된 로브를 뒤집어쓴 까망이가 마수왕의 어깨에서 뛰어 올라가 마수왕의 얼굴을 덮쳤다.

마찬가지로 투명화 마법 때문에 보이지는 않지만, 팽팽하게 당겨진 윙투스 끝은 마수왕의 등허리 쪽에 있었다. 어깨에 새겨진 워프 존을 이용한 것은 애초에 투명화 마법이 걸린 로브를 뒤집어쓴 까망이 하나였다. 나는 단 한 번의 이동을 한 후 비행 마법으로 몸을 띄우고 사각지대에 교묘하게 숨어 곧바로 사역술을 시전하고 있었으니까.

나는 윙투스를 꽉 쥐고 드디어 사역식 25장, 영혼의 서를 선창했다.

"네게 내 영혼을 줄 테니, 내게 네 몸을 다오."

내 입에서 고대의 언어가 흘러나오고, 그에 화답하듯이 마법진이 금빛을 발하며 발동되었다. 시야를 가득 채우는 황금빛 속에서, 나는 화수분같이 넘쳐 나던 어떠한 힘이 몸에서 빠져나가는 것을 느꼈다.

그동안 꽤 여러 번 영혼의 서를 발동시켜 봤지만, 이런 기분을 느껴 본 것은 처음이었다. 그때, 왜인지는 몰라도 카르멘이 내게 했던 말이 떠올랐다.

'넌 이럴 필요 없잖아.'

사막을 떠나기 전 마주쳤던 카르멘은 내가 죽으려고 작정한 사람처럼 보이는 듯했다. 아니, 사실 얼음성에서부터 꾸준히 그랬다. 내가 아주 내 목숨을 함부로 여긴다는 듯한 태도였다. 하지만 그는 오해하고 있었다.

누가 뭐래도 나를 가장 귀하게 여기는 것은 나다. 그리고 난 나를 가치 있게 쓰는 법을 알았다.

"그르르르……."

빛에 둘러싸인 마수왕의 형체가 일렁거렸다. 머리가 핑 돌 정도로 커다란 존재감에, 나는 황홀함마저 느꼈다.

"대단해. 너 정말 강하구나."

윙투스를 붙잡은 손에는 아플 정도로 힘이 들어가 있었다. 나는 의식적으로 힘을 풀었다. 그에게 전하고 싶은 것은 한 가지였다.

너는 나와 싸울 필요 없다.

뭐가 그렇게 화가 나는지, 영혼의 서가 발동한 후에도 마수왕은 발악하며 버티고 있었다. 나는 부드럽게 말했다.

"네가 죽이지 않아도, 난 너보다 빨리 죽을 거야."

마수왕과 같은 존재는 분명 수천 년을 살겠지. 그 긴 생애에서 나와의 계약 기간은 아주 잠시, 내 약속을 들어주는 세월도 아주 잠시.

나는 부드러운 목소리로 말했다.

"그다음에는 나를 다 줄게."

난 그에게 손을 뻗었다. 시선이 마주친 순간, 분노에 찬 붉은 눈동자에서 적의가 한 꺼풀 꺾여 나갔다. 뒤이어 빛이 마수왕의 모습을 덮었다.

마계의 마수가 인간의 사역마로 화하는 순간이었다.

〈다음 권에 계속〉